September,
im Jahr Gottes 893

.I.

Echsenherdenplatz, Stadt Manchyr, Fürstentum Corisande

Paitryk Hainree stand auf seinem improvisierten Podest, gleich oben auf der Zisterne der städtischen Feuerwehr. Von dort aus wetterte er auf seine Zuhörerschaft hinab: »Ich weiß ja nicht, wie es *euch* geht, Leute, aber ich für meinen Teil habe diese Drachenscheiße endgültig satt!«

»Genau. *Mistkerle!*«, ließ sich eine Stimme aus der kleinen Menschenmenge vernehmen, die sich vor der Taverne versammelt hatte. Es war früh am Morgen, ein ganz normaler Mittwoch. Wie überall auf Safehold waren auch in Manchyr die Tavernen geschlossen und würden es auch bis zum Ende der Frühmesse bleiben. Die Sonne war gerade eben erst aufgegangen. Daher lagen die engen Straßen der Stadt noch im Schatten der sie begrenzenden Häuser – dunkle Adern in einer Höhle, die Stadt hieß. Die Wolken am Himmel versprachen einen verregneten Nachmittag, und die Luftfeuchtigkeit war immens.

Immens war auch, wie Hainree nicht entging, die Gereiztheit seiner Zuhörer. Es waren nicht allzu viele. Tatsächlich waren es sogar deutlich weniger, als er sich eigentlich erhofft hatte, und wahrscheinlich war die Hälfte der versammelten Männer eher aus Neugier hier denn aus echter Überzeugung. Aber diejenigen, die *tatsächlich* überzeugt waren …

»Verfluchte Mörder!«, ereiferte sich jemand anderes.

Nachdrücklich nickte Hainree, damit ein jeder seiner zornigen Zuhörer die Geste auch deutlich erkennen konnte. Eigentlich war er Silberschmied. Er war also beileibe kein Redner oder Schauspieler – und ganz gewiss kein Priester. Aber im

Laufe der letzten Fünftage hatte er Gelegenheit gehabt, aus den Erfahrungen und Ratschlägen von Männern zu lernen, die *sehr wohl* ausgebildete Priester waren. Von ihnen hatte er gelernt, seine Stimme richtig einzusetzen. Er hatte auch gelernt, wie scheinbar spontane Körpersprache Gesagtes zu unterstützen oder gar zu verstärken vermochte. Er wusste so den echten, flammenden Zorn seiner Worte noch gezielter einzusetzen.

»Ja!«, rief Hainree nun dem Mann aus dem Publikum eine Antwort zu. »Du hast vollkommen Recht: Es sind Mörder – es sei denn, du willst tatsächlich diesem verlogenen Mistkerl Cayleb glauben!« Hainree machte eine verächtliche Geste. »*Natürlich* ist Cayleb nicht verantwortlich! Ich meine, wie könnte er auch! Hätte *er* etwa einen *Grund* gehabt, den Mord an Prinz Hektor zu befehlen?«

Ein neuerlicher Sturm der Entrüstung brandete dem Mann auf der Zisterne entgegen. Dieses Mal war es pure Wut, Zorngebrüll, keine verständlichen Worte mehr. Hainree verzog die Lippen zu einem brutalen Grinsen.

»Gottverfluchte Schlächter!«, rief eine weitere Stimme. »Priestermörder! Ketzer! Ferayd soll nie vergessen sein!«

»Ja!« Wieder nickte Hainree, ebenso nachdrücklich wie zuvor. »Die da auf den Kanzeln, unser so genannter neuer Erzbischof und seine Bischöfe, die können sagen, was immer sie wollen! Ich aber glaube, dass ihr Recht habt, was Caylebs ach so heiß geliebte ›Kirche von Charis‹ angeht! Mag ja sein, dass es wirklich ein paar Priester gibt, die ihr Amt missbraucht haben. Nur *glauben* will das niemand – *ich* auf jeden Fall nicht! Und wie steht es mit euch? Aber vergesst nicht, was Erzbischof Wyllym in seinem Bericht über das Ferayd-Massaker geschrieben hat! Es steht völlig außer Frage, dass Caylebs Version der Ereignisse eine Lüge ist, und es steht *verdammt noch mal* fest, dass es eine Lüge ist, dass er und seine Speichellecker sich bei der Reaktion auf das Massaker zurückgehalten hätten! Mutter Kirche dagegen war wahrhaftig. Sie hat selbst bestätigt, dass sich die in

Ferayd gehängten Priester – ohne anständiges Verfahren, gottlos gehängten Priester, und das von ›Erzbischof‹ Maikels eigenem *Bruder!* –, dass sich diese Priester haben Missetaten zuschulden kommen lassen. *Mutter Kirche* war wahrhaftig: Der Großvikar hat dem Großinquisitor *persönlich* eine Buße für Ferayd auferlegt – weil er es hat geschehen lassen! Klingt das für euch, als könne man Mutter Kirche nicht vertrauen? Klingt das für euch, als könnten wir uns nicht darauf verlassen, dass *Mutter Kirche* sich um Amtsmissbrauch und Korruption kümmern wird? Klingt das für euch, als sei die einzig mögliche Antwort offener Widerstand gegen Gottes Eigene Kirche? Klingt das für euch, als müsse man das Vikariat stürzen, das Langhorne persönlich verfügt hat?«

Zorniges Schnauben war die Antwort auf Hainrees Worte. Aber er bemerkte, dass es dieses Mal deutlich weniger heftig ausfiel als beim letzten Mal. Das enttäuschte ihn, aber es überraschte ihn nicht. Die meisten Corisandianer hatten sich nie unmittelbar durch die Politik der Kirche des Verheißenen und der Ritter der Tempel-Lande bedroht gefühlt. Das war in Charis sicherlich anders. Die Charisianer hatten ja auch erfahren müssen, dass eben jene Kirche beziehungsweise die Männer an ihrer Spitze ihr ganzes Königreich zum Tode durch Feuer und Schwert verurteilt hatte.

Trotzdem wäre es falsch, ja dumm gewesen, so zu tun, als hätten nicht reichlich Corisandianer Zweifel an den derzeitigen Regenten der Kirche. Manchyr lag nämlich weit entfernt vom Tempel oder der Stadt Zion. In Religionsfragen waren daher die Corisandianer deutlich freidenkerischer eingestellt, als das die Inquisition oder das Vikariat normalerweise geduldet hätten. Darüber hinaus hatten zahlreiche Corisandianer bei der Schlacht im Darcos-Sund Söhne, Brüder oder Väter verloren. Diese Seeschlacht war die entsetzliche Konsequenz eines Krieges gewesen, in dem das Fürstentum Corisande und seine Verbündeten gezwungenermaßen als Strohmänner für die Kirche fungiert hatten. Eines also wusste Hainree gewiss: Unter seinen Zuhörern waren auch jene, die von religiösem Eifer und Orthodoxie getrieben wurden; in ihnen loderte weiß glühend Zorn, der alles andere überwog. Doch der weitaus größte Teil der Corisandianer war, was Religion und Kirche anging, deutlich weniger leidenschaftlich. Ihr Widerstand gegen die Kirche von Charis rührte vor allem daher, dass es eben die Kirche von *Charis* war. Sie sahen diese Kirche untrennbar mit den Bestrebungen des Hauses Ahrmahk verbunden, sich das Fürstentum Corisande einzuverleiben. Mit übersteigerter Orthodoxie hatte das nichts zu tun. Zweifelsohne gab es auch in Corisande so manchen, der insgeheim ebenfalls für eine Reformierung von Mutter Kirche war. Und *diese Leute* mochten sich von der abtrünnigen Glaubensgemeinschaft durchaus angezogen fühlen.

Du darfst nicht zu sehr auf der Ketzerei herumreiten, Paitryk!, mahnte sich Hainree innerlich. *Sollen doch die, die jetzt schon mit Feuereifer dabei sind, ihre Flammen allein nähren! Pater Aidryn hat schon ganz Recht: die werden auch ohne deine Mithilfe ihren Eifer nicht verlieren.* Deine *Funken aber solltest du auf den Zunder der anderen regnen lassen!*

»Eines weiß ich ohne jeden Zweifel: Die Zeit wird kommen, und Gott, Langhorne und der Erzengel Schueler werden sich all der Verfehlungen im Glauben annehmen«, sagte Hainree. »Denn das ist Gottes Angelegenheit und Seine allein! Mutter Kirche und ich werden sie ihm nur zu gern überlassen. Aber was *außerhalb* der Kirche geschieht – was in Corisande geschieht, was hier auf den Straßen von Manchyr geschieht –, das ist Angelegenheit der *Menschen! Unsere* Angelegenheit! Ein Mensch muss wissen, wo er steht, und wenn er das weiß, dann muss er auch dafür *einstehen,* und nicht nur unschlüssig mit den Händen wedeln und lamentieren, er wünschte, es wäre *irgendwie anders.*«

Die letzten beiden Worte hatte er in einem höhnischen Falsett ausgesprochen, was erneut den Zorn seiner Zuhörer zu entfachen vermochte.

»Hektor!«, rief ein drahtiger Mann. Obwohl Hainree den Mann nicht sehen konnte, wusste er, dass dessen linke Wange von unschönen Narben überzogen war. Die Stimme hatte er auch sofort erkannt. Was auch sonst! Schließlich war Hainree selbst dabei gewesen, als eine geborstene Gussform und ein Spritzer geschmolzenen Silbers die Narbe auf der Wange erzeugt hatte. Rahn Aimayl war einer seiner erfahrensten Lehrlinge gewesen, bevor die charisianische Invasion Hainrees einst blühendes Geschäft ruiniert hatte, zusammen mit so vielen anderen Geschäften der belagerten Hauptstadt. Hainree war selbst dabei gewesen, als eine Gussform geplatzt war und ein Spritzer flüssigen Silbers die Narbe auf Aimayls Wange erzeugt hatte.

»Hektor!«, wiederholte Aimayl jetzt. »*Hektor!*«

»Hektor, Hektor!«, griffen andere den Ruf auf, und dieses Mal hätte Hainrees Lächeln einer Peitschenechse zur Ehre gereicht.

»Also«, rief er seinen Zuhörern zu, »letztendlich sind *wir* mehr als *die!* Zwar weiß ich nicht, wie es euch geht, aber zu *einem* bin ich noch nicht bereit – *noch* nicht, hört ihr! Ich will nicht glauben, sämtliche unserer Lords, unserer großen Männer und die Mitglieder des Parlaments wären bereit, vor Cayleb zu buckeln, genau wie dieser *Regentschaftsrat!* Vielleicht brauchen diese Männer einfach nur ein deutliches Zeichen, nämlich, dass auch *wir* nicht vor Cayleb buckeln!«

»Hek-*tor!* Hek-*tor!*«

Gequält verzog Sergeant Edvard Waistyn das Gesicht, als die Menschenmasse näher rückte und der wütende Schlachtgesang an Lautstärke zunahm. Selbst über das majestätische Geläut der Kathedrale in unmittelbarer Nähe war der Name zu verstehen. Das allerdings, so musste sich Waistyn eingestehen, konnte durchaus auch daran liegen, dass er diesen oder einen ähnlichen Schlachtruf im Laufe der letzten Fünftage recht häufig gehört hatte. Bedauerlicherweise.

In den nächsten Fünftagen werde ich ihn sicherlich auch nicht weniger *häufig zu hören bekommen,* dachte er grimmig.

Der Sergeant, einer der Aufklärer-Schützen des Ersten Bataillons von der Dritten Brigade der Imperial Charisian Marines, lag bäuchlings auf dem Dach und spähte auf die schmale Straße unter seinem Versteck hinab. Die Menschenmenge strömte aus den im Schatten liegenden Gassen zusammen wie jedes Mal. Dieses Mal nur schien Waistyn der Mob zögerlicher als sonst. Die Wut der Leute war unverkennbar echt. Daher zweifelte Waistyn keinen Augenblick daran, dass sie ihr Wutgebrüll schon bald wieder mit aller Kraft herausschrien. Doch jetzt hatte die Menge Kuppel und Kirchturm der Kathedrale vor sich. Klar, die Menschen wollten ihrer, nun ... Unzufriedenheit Ausdruck verleihen. Nur galt diese Unzufriedenheit jetzt nicht mehr einem Ereignis in weiter Ferne, sondern einem in unmittelbarer Nähe. Der Mob spürte also, dass der herausgebrüllte Protest unschöne Konsequenzen mit sich bringen mochte.

Schade, dieses *Unwetter verzieht sich nicht einfach wieder, sobald ein wenig Wind aufkommt. Stattdessen wird's regnen – und höchstwahrscheinlich auch das eine oder andere* Gewitter *geben.*

Wachsam wanderte Waistyns Blick über die Männer aller Altersstufen und die Jungen, die ihre Fäuste schüttelten und Verwünschungen ausstießen – in Richtung der Männer in den traditionellen Uniformen der Charisian Marines: dunkelblauer Kasack und hellblaue Hose. Die Marines hielten ihre Gewehre in den Händen und bildeten eine wachsame Sperrlinie. Sie waren die Barriere zwischen der brüllenden Menschenmenge und einer anderen, beinahe ebenso großen Gruppe – die allerdings sehr viel leiser auftrat und zügig die Tempelstufen hinter ihnen erklommen.

Bislang hatte sich noch keine dieser angeblich spontanen Demonstrationen auf das Gelände der Kathedrale gewagt. Eigentlich überraschte das Waistyn. Schließlich besaß dieses Gebäude dank seiner Bedeutung für die ›ketzerische‹ Kirche von Charis Anziehungskraft auf deren Gegner. Ob in Corisande schon *vor* der Invasion religiöse Unzufriedenheit geherrscht hatte? Gar deutlich mehr, als der Sergeant gedacht hatte? Vielleicht aber zögerte selbst der streitlustigste Aufrührer immer noch davor, den heiligen Grund und Boden von Mutter Kirche zu betreten.

Na, vielleicht ist diese Meute hier ja ein bisschen abenteuerlustiger gestimmt als die letzte, mit der wir es zu tun hatten, dachte Waistyn grimmig.

»Verräter!« Es gelang dem Ruf, den rhythmischen Schlachtgesang zu durchdringen, bei dem immer und immer wieder der Name des ermordeten Fürsten von Corisande beschworen wurde. »Mörder! *Gedungene Mörder!*«

»Verschwindet! Verschwindet endlich – und nehmt euren mordlüsternen, dreckigen ›Kaiser‹ mit!«

»Hek-*tor!* Hek-*tor!*«

Das Gebrüll wurde noch lauter, auch wenn das kaum vorstellbar war. Der Mob drängte vorwärts, jetzt deutlich entschlossener, als würden seine Flüche und Verwünschungen jegliches Zögern nach und nach aufreiben.

Ich wünschte, General Gahrvai hätte seine eigenen Leute hier, sinnierte Waistyn. *Wenn das hier so übel wird, wie ich fürchte …*

Mit festen Schritten marschierte eine Gruppe Waffenträger im Weiß und Orange der Erzbischöflichen Garde die Straße hinab auf die Kathedrale zu. Das Gebrüll der Protestierenden steigerte sich, als die Demonstranten die Gestalt sahen, die sich in der Mitte der Waffenträger-Formation befand: Es war ein Mann in weißer Soutane und einer Priesterhaube mit breitem, orangefarbenem Band und weißer Kokarde.

»Ketzer! *Verräter!*«, kreischte jemand. »Langhorne kennt die seinen – *und Shan-wei auch!*«

Na, wunderbar, dachte Waistyn angewidert. *Durch den Hintereingang kann er wohl nicht gehen, was? Sei doch nicht albern, Edvard* – natürlich *kann er das nicht! Nicht heute!* Er schüttelte den Kopf. *Ach, was wird* das *ein Spaß!*

Unten auf der Straße ging Lieutenant Brahd Tahlas, dem noch recht jungen Zugführer des Zweiten Zuges der Alpha-Kompanie, Ähnliches durch den Kopf wie dem deutlich diensterfahreneren Sergeant, der sich hoch über ihm auf dem Dach befand. Nur fluchte Tahlas innerlich weitaus deftiger dabei. Schließlich steckte er mittendrin im Mob.

Zudem lag es in seiner Verantwortung, mit diesem Schlamassel zurechtzukommen.

»Mit Verlaub, Sir, das hier gefällt mir so gar nicht«, murmelte Platoon Sergeant Zhak Maigee. Der Platoon Sergeant war fast doppelt so alt wie Tahlas; in den Dienst der Royal Charisian Marines eingetreten war er im zarten Alter von fünfzehn Jahren. Seitdem war er schon an vielen Orten in der Fremde gewesen und hatte vieles erlebt – oder, wie er es gerne ausdrückte: ›hab schon viele interessante Leute kennengelernt … und sie umgebracht!‹ All die Jahre hatten ihm eine anständige Ausbildung im Kriegshandwerk angedeihen lassen. Einen solchen Mann in seiner Nähe zu wissen, war normalerweise beruhigend. Momentan allerdings blickte er verbiestert drein, ganz wie ein erfahrener Unteroffizier, der die Lage einschätzt, auf Möglichkeiten abklopft und keine entdeckt. Maigee hatte sich bemüht, so leise zu sprechen, dass nur Tahlas ihn verstehen konnte. Der Lieutenant zuckte mit den Schultern.

»Mir passt das auch nicht«, gestand er ebenso leise. Tahlas war selbst ein wenig überrascht, dass es ihm gelang, dabei noch so ruhig zu klingen. »Falls Sie irgendwelche Vorschläge haben, wie man diesen Haufen Idioten wie von Zauberhand verschwinden lassen könnte, bin ich ganz Ohr, Sergeant.«

Der Anspannung zum Trotz schnaubte Maigee belustigt. Er mochte den jungen Lieutenant recht gern. Was auch immer man sonst über Tahlas sagen mochte: Mut hatte der Junge wirklich! Wahrscheinlich war das einer der Gründe, weswegen Major Portyr ihn für seine aktuelle Aufgabe ausgewählt hatte.

Diese Aufgabe, die auch Maigee zukam.

»Also, Sir, bedauerlicherweise will mir im Augenblick nichts rechtes einfallen. Aber ich mach mir mal ein paar Gedanken und meld mich wieder bei Ihnen.«

»Gut. Aber in der Zwischenzeit behalten Sie bitte diese kleine Gruppe da drüben im Auge – da, bei dem Laternenpfahl.« Unauffällig deutete Tahlas in die entsprechende Richtung, sodass Maigee genau wusste, welches Grüppchen sein Vorgesetzter meinte. »Ich beobachte die schon eine ganze Weile. Die meisten aus diesem Gesindel könnten mehr oder weniger zufällig hier sein. Aber für die Männer da drüben gilt das nicht.«

Maigee schaute zu den Corisandianern hinüber, auf die Tahlas ihn aufmerksam gemacht hatte. Ein Blick genügte: Der Lieutenant hatte Recht. Die kleine Gruppe drängte sich nicht an vorderster Front der Meute, hielten sich aber auch nicht möglichst weit hinten. Sonderbarerweise bildeten die Männer tatsächlich eine eigene kleine Gruppe ... eine Einheit – ganz so, als gehörten sie überhaupt nicht zu dieser Menschenmenge. Doch zugleich beobachteten sie wachsam alle anderen hier, in einer Art und Weise, die Maigee bei niemandem sonst hier bemerkte. Und da gab es noch einzelne Männer in der Meute, die ihrerseits diese kleine Gruppe genau zu beobachten schienen. Als warteten sie auf etwas. Vielleicht *rechneten* sie auch mit etwas.

Waistyn sah die Gruppe bischöflicher Waffenträger näher kommen. Der Lärmpegel schwoll stetig an, auch wenn dem Sergeant das kaum noch möglich scheinen wollte. Zu den rhythmischen Prinz-Hektor-Rufen kamen jetzt auch noch Flüche, die sich eindeutig auf religiöse Belange bezogen.

»Also gut, Jungs«, sagte der Sergeant mit ruhiger Stimme zum Rest seines Trupps Aufklärer-Schützen, der zusammen mit ihm auf dem Dach lag. »Überprüft eure Zündsätze, aber solange *ich* keinen ausdrücklichen Befehl erteilt habe, zuckt hier niemand auch nur mit der Wimper!«

Leise wurde seine Anweisung bestätigt. Waistyn grunzte befriedigt. Die ganze Zeit über ließ er die Straße unter sich nicht aus den Augen. Trotz seiner rigoroser Ermahnung machte er sich keine Sorgen, einer seiner Männer könnte schießwütig werden. Seine Marines waren sämtlich Veteranen, und sie alle hatten Major Portyrs Befehle gehört. Portyr hatte seine Anweisungen sehr, sehr eindeutig formuliert. Das Letzte, was Charis gebrauchen konnte, war, dass charisianische Marines mitten auf den Straßen der Hauptstadt von Corisande das Feuer auf angeblich unbewaffnete Zivilisten eröffneten. Na ja, vielleicht war es auch nur *beinahe* das Letzte, was Charis gebrauchen konnte. Waistyn war sich sicher, dass Charis ein Attentat auf Erzbischof Klairmant noch weniger gebrauchen konnte. Schließlich bestand die Aufgabe von Waistyns Trupp eben genau darin, ein solches Attentat zu verhindern.

Tja, nur wenn wir nicht das Feuer eröffnen wollen, sobald die Idioten in Klairmants Reichweite kommen, könnte es ein bisschen *zu spät sein, was das Verhindern betrifft,* dachte er voller Abscheu.

»*Gotteslästerer!*«, brüllte Charlz Dobyns und drohte der näher kommenden Erzbischöflichen Garde mit der Faust. Seine Stimme schnappte über – wenn er sehr angespannt war, tat sie das ärgerlicherweise immer noch. Seine Augen funkelten wütend.

Um ehrlich zu sein: eigentlich hatte Charlz gar keine Meinung zu diesem ganzen ›Kirche-von-Charis‹-Unfug. Und er hatte sich diesen Schlachtruf auch gar nicht selbst überlegt. Es war Rahn Aimayls Vorschlag gewesen. Aimayl war ein Freund seines älteren Bruders. Charlz allerdings war auch nicht der Einzige, der den Schmähruf verwandte. Mindestens ein Dutzend Leute, die meisten kaum älter als Charlz selbst, schrien gerade das gleiche Wort, kaum dass sie Erzbischof Klairmant nahen sahen. Alles lief genau, wie sie es geübt hatten.

Manche Leute um Charlz herum reagierten sofort auf den Schmähruf. Rahn hatte also Recht damit gehabt, es wäre sicher effektiv, den Erzbischof der Gotteslästerei zu bezichtigen.

Eigentlich wusste Charlz gar nicht so genau, was ›Gotteslästerer‹ bedeutete. Ihn selbst hatte die Mutter jedes Mal so genannt und ihm eins hinter die Löffel gegeben, wenn er unnütz Langhornes Namen im Munde geführt hatte. Charlz hatte auch keine Ahnung, wie sich die Lehren der neuen Kirche von Charis von denen der alten Kirche unterschieden. Warum auch? Schließlich war er kein Priester. Aber dass die Anhänger der Kirche von Charis Orgien auf den Altären feierten und Menschenopfer darbrächten, am liebsten Kinder, so hieß es – das glaubte er nicht. Man musste schon ziemlich dämlich sein, um zu glauben, die Charisianer könnten so etwas in Corisandes Kathedrale durchziehen, ohne dass jeder davon gewusst hätte. Niemand Vertrauenswürdiges hatte je mit eigenen Augen eine solche Gräueltat gesehen. Denen aber, die davon erzählt hatten, hätte Charlz noch nicht einmal bei der Frage geglaubt, ob es nun regnete oder nicht.

Was den ganzen Rest betraf, hatte diese neue Kirche möglicherweise Recht. Es wurde viel über diese ›Vierer-Gruppe‹ geredet. Wenn nur ein Viertel davon stimmte, konnte Charlz verstehen, warum man wütend auf die Vikare sein konnte. Ihm aber war auch das eher egal. Das waren *Vikare*, klar? So weit Charlz wusste, gab es eine unumstößliche Regel: Was ein Vikar sagt, das gilt. Mit denen wollte Charlz sich auf keinen Fall anlegen. Wer das anders sah, und es schienen Charlz jede Menge Leute zu sein, sollte das Risiko doch seinetwegen ruhig eingehen. Momentan jedenfalls waren mehr Leute in der Kathedrale und damit gegen die Vikare als Shan-wei noch mal davor!

Charlz' eigene Mutter war Haushälterin im Refektorium von Sankt Kathryn. Er wusste genau, wo sie sich heute Morgen befand, und nach allem, was sie in den letzten Fünftagen so erzählt hatte, schien auch Pater Tymahn dieser neuen Kirche von Charis immens zugeneigt zu sein.

Charlz war das egal. In vielerlei Hinsicht empfand er für Pater Tymahn den gleichen immensen Respekt wie seine Mutter. Aber hier und jetzt verstand die Gute einfach nicht, worum es *eigentlich* ging! Denn *eigentlich* ging es nicht um die kirchliche Lehre und auch nicht darum, wer denn nun hier in Manchyr die Haube des Erzbischofs trug. Oder es *wäre* zumindest nicht um die Frage nach der Priesterhaube gegangen – hätte ihr momentaner Träger, um sie zu erlangen, neben der *Kirche* von Charis nicht auch noch dem *Kaiserreich* Charis Treue schwören müssen. Und das war es, was Charlz an diesem Morgen auf die Straße getrieben hatte.

Dabei war Charlz gar kein fanatischer Patriot. Es gab gar nicht so viele corisandianische Patrioten – nicht in dem Sinne, wie jemand aus der seit Jahrtausenden erloschenen Terra-Föderation diesen Begriff aufgefasst hätte. Außer in der Republik Siddarmark und in Charis waren auf Safehold Treuegelübde in der Regel lokal eng begrenzt; sie galten einem örtlichen Feudalherrn, vielleicht noch einem Fürsten oder Monarchen – aber keiner Nation. Der junge Charlz beispielsweise sah sich in erster Linie als Manchyrianer, also als Bürger seiner Vaterstadt, und dann (mit abnehmender Wichtigkeit) als Untertan des Herzogs von Manchyr und damit auch als Untertan von Prinz Hektor. Es war nur ein Zufall, dass Hektor dies in Personalunion gewesen war.

Vor der charisianischen Invasion hatte Charlz nie darüber nachgedacht, wem eigentlich seine Treue galt oder wie es um die Beziehungen zwischen Corisande und dem Königreich Charis bestellt war. Er hatte nicht einmal verstanden, was den offenen Krieg zwischen Corisande und Charis eigentlich ausgelöst hatte. Andererseits war Charlz gerade einmal sechzehn Safehold-Jahre alt (das entsprach vierzehneinhalb Jahren auf der längst vergangenen Welt Terra). Es störte ihn nicht, nicht allzu viel über Politik zu wissen. Was ihn jedoch störte, war, dass ein anderes Reich Corisande überfallen hatte, dass die Stadt, in der er geboren war und lebte, belagert wurde, dass die Armee von Corisande eine echte Niederlage hatte hinnehmen müssen und dass Prinz Hektor bei einem Attentat ums Leben gekommen war. Und mit dem Prinzen war zumindest für Charlz das einzige echte Symbol für die Einheit und die Identität von Corisande gestorben.

Das war doch Grund genug, sich aufzuregen, oder etwa nicht?

Trotzdem: wenn es nach ihm gegangen wäre, hätte Charlz es dabei bewenden lassen. Er hätte einfach das Beste gehofft. Aber es ging eben nicht nach ihm. In Manchyr gab es reichlich Leute, die es *eben nicht* dabei bewenden lassen wollten, und die ihre Stimme immer lauter erhoben. Charlz fand, dass die Wortführer Recht hatten: Das Volk würde sich schon bald für die eine oder andere Seite entscheiden müssen. Charlz hatte sich bereits entschieden. Der Grund für den Krieg mit Charis war ihm egal. Nicht egal hingegen war ihm, dass dahergelaufene, dreckige Fremde sich in seiner Heimatstadt herumdrückten und in das eine oder andere Wespennest stachen.

(Und dreckig waren sie doch, denn schließlich waren sie unzweifelhaft *Fremde*, richtig?)

»*Gotteslästerer!*«, brüllte er erneut.

»*Gotteslästerer!*«, hörte er andere seinen Ruf aufgreifen. Dieses Mal waren es keine seiner Freunde. Aus immer mehr Kehlen erscholl der neue Schlachtruf. Charlz grinste über das ganze Gesicht, während er unter seinen Kasack griff und mit den Fingern den kleinen, schweren Knüppel umschloss, den er an seinem Gürtel trug.

»Das reicht!«

Paitryk Hainree war ernstlich überrascht. Aber die Stimme des jungen charisianischen Offiziers vermochte tatsächlich die lärmende Menschenmenge zu übertönen. Wahrscheinlich half es, dass der Offizier ein ledernes Sprachrohr zum Einsatz gebracht hatte. Hainree allerdings war sich sicher: Es lag eher an der Ausbildung der Offiziere. Man brachte ihnen bei, sich auch noch über das Getöse auf einem Schlachtfeld hinweg verständlich zu machen.

Hainree war noch überraschter davon, dass die vordersten Reihen dieses Mobs tatsächlich ins Stocken zu geraten schienen. Dann kniff Hainree die vor Überraschung geweiteten Augen zusammen und erkannte zumindest *einen* der Gründe für dieses Zögern. Gewiss, um verstanden zu werden, hatte der Charisianer die Stimme erhoben, aber eben nicht im Zorn. Nein, seine Stimme hatte eher ... Erschütterung verraten. Und nun zeigte sich auch, dass die Körpersprache des jungen Mannes nichts Streitlüsternes besaß: Eine Hand hatte er in die Hüfte gestemmt, das sah Hainree, und ja, tatsächlich: Der junge Offizier da oben auf den Stufen zum Portal stampfte doch allen Ernstes mit dem Fuß auf!

Er sieht aus wie ein verärgerter Lehrer! *Gar nicht wie ein Offizier, der es mit einer feindlich gesinnten Meute zu tun hat!*, ging Hainree auf.

»Es ist Mittwochmorgen!«, fuhr der Charisianer fort. »Ihr alle solltet euch *schämen!* Wenn ihr schon nicht selbst in die Kirche geht, so solltet ihr alle diejenigen in Frieden die Messe besuchen lassen, die das wünschen!«

»Was weißt *du* denn schon von einer Messe, Ketzer?!«, brüllte jemand ihm entgegen – vielleicht war es Aimayl.

»Immerhin weiß ich, dass *ich* nicht kurz davor stehe, Steine durch die Fenster einer Kathedrale zu werfen!«, brüllte der Charisianer zurück. Er schüttelte sich in deutlich zur Schau gestelltem Abscheu. »Langhorne allein weiß, was meine Mutter mit mir anstellen würde, wenn sie so etwas über mich erführe!«

Hainree war ein weiteres Mal überrascht: Es gab tatsächlich welche in der Meute, die lachten (wahrscheinlich sogar zu ihrer eigenen Überraschung)! Andere hingegen fletschten zornig die Zähne, und wieder andere stießen erneut Verwünschungen aus, während Erzbischof Klairmant hinter den Marines durch das Portal in die Kathedrale schritt.

»Geht nach Hause!« Die Stimme des Charisianers klang beinahe freundlich; in ihr schwang mehr Resignation mit als Zorn. »Wenn ihr etwas vorzubringen habt, dann tut das an einem anderen Ort und nicht an einem Tag, der ganz allein Gott vorbehalten ist! An einem Mittwoch möchte ich niemanden verletzt wissen! Meinem Befehl nach soll ich auch genau das verhindern – wenn's sich irgend bewerkstelligen lässt. Nur lautet mein Befehl *zugleich*, die Kathedrale zu beschützen und jeden, der sich in ihr aufhält. Wenn ich dafür jemanden verletzen muss, der sich *vor* der Kathedrale befindet, dann werde ich das auch tun!«

Die Stimme des Offiziers klang deutlich härter. Sein Ziel war immer noch, die aufgebrachte Menge wieder zur Vernunft zu bringen. Zugleich aber warnte er alle: Irgendwann hätte seine Geduld auch ein Ende.

Hainrees Blick galt den vier, fünf Männern in seiner unmittelbaren Nähe. Er bemerkte, dass sie gerade eben hilfesuchend zu ihm schauten. Einer von ihnen wölbte fragend eine Augenbraue und deutete mit dem Kinn kurz in die Richtung, aus der sie gekommen waren. Daraufhin nickte Hainree knapp. Er selbst hatte keine Angst, sich auf ein Gefecht mit den Marines einzulassen. Doch Pater Aidryn hatte unmissverständlich zum

Ausdruck gebracht, es sei Hainrees Aufgabe, den anti-charisianischen Widerstand aufzubauen und anzuleiten. Beizeiten mochte dieser Widerstand Märtyrer erfordern. Momentan allerdings benötigte er weitaus dringender *Anführer.*

Der Mann, der die Augenbraue gehoben hatte, erwiderte das Nicken und bahnte sich einen Weg zur Front der Menschenmenge, die mittlerweile zum Stillstand gekommen war. Einen Moment lang schaute Hainree ihm noch hinterher, dann zog er sich zusammen mit mehreren anderen zu den hinteren Reihen zurück.

Na, da soll mich doch … Der Bursche kriegt das wirklich hin!, dachte Platoon Sergeant Maigee verwundert.

Der Sergeant hätte keine müde Harchong-Mark auf Tahlas verwettet. Aber es schien, als könnte Tahlas den Mob dazu bewegen, einfach kehrtzumachen und nach Hause zu gehen. Ganz offensichtlich hatte der Lieutenant einen wunden Punkt getroffen, als er die Leute daran erinnert hatte, dass Mittwoch war. Maigee hatte eher damit gerechnet, diese Argumentation könnte nach hinten losgehen. Schließlich hatte die Meute zuvor ständig ›Gotteslästerer‹ und ›Ketzer‹ geschrien. Offenkundig war Tahlas besser als sein Sergeant darin, die Stimmung einer Menschenmenge einzuschätzen.

»Dann geht jetzt!«, rief Tahlas freundlich. Der Lautstärke nach, die er brauchte, um sich Gehör zu verschaffen, hatte sich die Menge deutlich beruhigt. »Geht auseinander, bevor jemand verletzt wird! Denn das will ich nicht. Und Kaiser Cayleb, glaubt es oder nicht, will es auch nicht, ebenso wenig Erzbischof Klairmant, und *verdammt noch mal* – verzeiht mir meine Ausdrucksweise – *Gott* erst recht nicht! Also: was haltet ihr davon, wenn ihr und ich jetzt gemeinsam dafür sorgen, dass die alle glücklich und zufrieden sind?«

Charlz Dobyns verzog das Gesicht, als er bemerkte, wie die Stimmung der Leute in seiner Nähe plötzlich umschlug. Irgendwie war das nicht das, was er erwartet hatte. Dieser charisianische Offizier – Charlz hatte keine Ahnung, wie Rangabzeichen zu lesen waren – hätte stinkwütend sein und sie anbrüllen sollen. Er hätte sie *bedrohen* sollen, hätte ihnen deutlich machen müssen, dass er sie für den letzten Dreck hielte. Stattdessen *redete* er mit den Menschen! *Diskutierte* mit ihnen! Das konnte nicht ernst gemeint sein. Das war nur ein Trick.

Trotzdem war auch Charlz den Argumenten des Charisianers gegenüber nicht gänzlich immun. Irgendwie hatte der Mann ja Recht: Es war wirklich Mittwoch. Als der Charisianer seine Mutter erwähnt hatte, hatte Charlz sofort seine eigene vor Augen gehabt ... wie sie darauf reagieren würde, was ihr geliebter Junge so getrieben hatte, statt in der Messe zu sein.

Was den anderen in der Menge durch den Kopf ging, wusste er natürlich nicht. Aber er spürte deutlich, dass sie ins Stocken gerieten. Der ganze Schwung war verloren, der die Menge so weit die Straße hinunter getrieben hatte. Ein paar Leute – darunter auch Charlz' Freunde – stießen immer noch Verwünschungen aus. Doch sie klangen längst nicht mehr so leidenschaftlich. Vielmehr wirkten die Stimmen jetzt schrill, als würden die Rufer immer unsicherer, als wären sie isoliert.

Charlz nahm die Hand vom Knüppel unter seinem Kasack und war fast erschrocken, als er bemerkte, dass er eher erleichtert denn enttäuscht war ob dieser unerwarteten Wendung.

Er wollte sich schon umdrehen. Mit einem Mal jedoch hielt er inne ... und riss entsetzt die Augen auf. Der Mann, der gerade noch hinter ihm gestanden hatte, zog etwas unter seinem Kasack hervor.

Charlz hatte noch nie eine dieser Steinschloss-Musketen gesehen, mit der in jüngster Zeit die Corisandian Army ausgestattet worden war. Trotzdem erkannte er die Waffe sofort. Sie war recht kurz und wirkte gedrungen – eine Muskete mit verkürztem Schaft, deren Lauf nur noch wenige Fuß lang war. Die Waffe war immer noch deutlich größer und unhandlicher als die Pistolen, die die Charisian Imperial Guard trug, und es musste außerordentlich schwierig gewesen sein, ein solches Gewehr unter der Kleidung zu verbergen. Aber ein Steinschloss, das man an die Stelle des Luntenschlosses gesetzt hatte, benötigte wenigstens keine unhandliche, schwelende und unmöglich zu verbergende brennende Lunte.

Wie erstarrt schaute er zu, als der Mann die Waffe hob. Sie ragte über die Schulter eines anderen jungen Mannes hinweg, der neben Charlz stand und höchstens ein Jahr älter sein konnte als er selbst. Der junge Mann zuckte erstaunt zusammen, wandte den Kopf zur Seite und blickte gerade auf die Mündung, als sie in sein Blickfeld kam … und genau in diesem Augenblick drückte der Mann ab.

Der plötzlich knallende Schuss überraschte jeden hier, selbst erfahrene Unteroffiziere wie Waistyn und Maigee. Vielleicht hätte es die Sergeants nicht ganz so unvorbereitet treffen sollen. Doch dass Tahlas so offensichtlich dabei Erfolg gehabt hatte, die aufgebrachte Menge zu beruhigen, hatte selbst sie ein wenig eingelullt.

Der Mann mit der Muskete hatte auf den Lieutenant der Marines gezielt. Doch Brahd Tahlas konnte von Glück reden, dass wirklich niemand die Waffe des Möchtegern-Attentäters als Präzisionsinstrument bezeichnet hätte. Das Gewehr hatte einen glatten Lauf, der auch noch *sehr* kurz war, und geladen war es mit Mehlpulver, nicht mit gekörntem Pulver. Es war erst weniger als ein Viertel des nur langsam abbrennenden, schwächlichen Treibmittels abgefackelt, als der Rest in einer großen, gleißend-hellen Wolke aus dem Lauf geschleudert wurde, und die Flugbahn des Geschosses ließ sich bestenfalls als … erratisch beschreiben.

Der bedauernswerte junge Mann, der genau im Augenblick des Schusses in Richtung Mündung geschaut hatte, schrie vor Schmerzen auf, als sein Gesicht üble Verbrennungen erlitt. Er taumelte rücklings, schlug die Hände vor die Augen, mit denen er niemals wieder etwas sehen würde, und vier oder fünf weitere Leute, die das Pech hatten, genau vor ihm gestanden zu haben, kreischten ebenfalls gequält auf, als lodernde Pulverflocken ihnen so genannte Bergarbeiter-Tätowierungen in den Nacken brannten. Bei einem ganz besonders unglücklichen Mann gerieten die Haare in Brand, und nun sackte er auf die Knie, heulte vor Schmerzen und Entsetzen und versuchte mit beiden Händen, die Flammen zu ersticken.

Charlz Dobyns war vom Ort des Geschehens weit genug entfernt, um nur ein paar oberflächliche Verbrennungen davonzutragen. Jetzt riss er den Kopf herum und schaute nach dem Mann, auf den die Muskete gezielt hatte.

»Scheiße.«

Lieutenant Tahlas fragte sich, ob Platoon Sergeant Maigee überhaupt bewusst war, laut gesprochen zu haben. Schließlich hatte das Wort beinahe beiläufig geklungen. Nicht, dass es einen großen Unterschied gemacht hätte.

Dem Lieutenant war durchaus bewusst, dass diese Musketenkugel höchstwahrscheinlich für ihn bestimmt gewesen war, doch getroffen hatte sie ihn nicht. Stattdessen war sie in die Brust eines seiner Privates eingedrungen, gute vier Fuß zu seiner Rechten. Der Marine brach zusammen, umklammerte mit beiden Händen seinen plötzlich blutigen Kasack, und in dem Augenblick begriff Tahlas noch etwas anderes. Major Portyrs Anweisungen waren absolut eindeutig gewesen, was zu geschehen habe, sollte jemand Schusswaffen oder scharfe Klingen gegen die Soldaten zum Einsatz bringen.

»Bajonette aufpflanzen!«, hörte er sich selbst befehlen, und sofort kamen sämtliche Männer aus seinem Zug der Aufforderung nach.

Er sah, wie zahlreiche Leute aus der Menschenmenge zurückzuweichen versuchten, als man Stahl klicken hörte und die langen, glitzernden Klingen an den Gewehren der Marines erschienen. Einigen der Aufrührer gelang der Rückzug. Die meisten aber behinderten sich gegenseitig im Versuch, den Platz vor der Kathedrale zu verlassen. Wieder andere reagierten in gänzlich anderer Art und Weise: Ihre Gesichter wurden zu Masken des Hasses. Die Männer zogen Schlagstöcke und Knüppel unter ihren Kasacks hervor. Der Mob drängte sich jetzt dichter, die vorderen Reihen bildeten eine Einheit. Es war unverkennbar, dass die Männer dort sich auf einen Kampf vorbereiteten. Ja, sie waren bereit.

Im Augenblick noch, dachte Brahd Tahlas. *Im Augenblick vielleicht noch.*

Er blickte zu dem blutüberströmten Private hinüber, und seine Kiefermuskeln spannten sich an. Mit einem Mal wirkte er deutlich älter, als sein jugendliches Äußeres eigentlich hätte gestatten sollen. Im Talbor-Pass hatte er mehr als genug Leichen gesehen. Er wandte den Blick ab, schaute zu Maigee hinüber, und seine jugendliche Stimme klang nun hart wie Stahl.

»Sergeant Maigee, lassen Sie die Straße räumen!«, befahl er.

.II.

Maikelberg, Herzogtum Eastshare, Königreich Chisholm

»Also«, meinte General Sir Kynt Clareyk von der Imperial Charisian Army. Bis vor kurzem war er noch *Brigadier* Clareyk von den Imperial Charisian *Marines* gewesen. Ebenso frisch war seine Erhebung in den Adelsstand, die ihm den Titel Baron Green Valley eingetragen hatte. Er schenkte Wein in den Kelch seines Gastes ein. »Was haltet Ihr davon, *Seijin* Merlin?«

»Wovon, Mein Lord?«, fragte der hochgewachsene Imperiale Gardist. Seine Stimme war sanft, und der Blick aus auffallend blauen Augen war fest auf seinen Gastgeber gerichtet. Wie stets trug der *Seijin* die schwarzgoldene Uniform des Hauses Ahrmahk.

Er griff nach seinem Kelch und kostete erwartungsvoll den Wein. Was Wein betraf, war Clareyks Geschmack schon immer erlesen gewesen. Seine jüngste Beförderung hatte den ehemaligen Marine keineswegs dazu bewogen, alte Gewohnheiten aufzugeben. Clareyk, so hatte Merlin Athrawes das Gefühl, hatte sich in keinster Weise geändert. Er war immer noch der gleiche fähige Offizier, der er schon immer gewesen war, immer noch bereit, sofort selbst die Ärmel hochzukrempeln und sich in seine Aufgaben zu vergraben. Deutlicher Beleg dafür war das Zelt, in dem Clareyk und Athrawes sich derzeit befanden, während eisiger Herbstregen auf das Dach aus (angeblich) wasserfestem Segeltuch einhämmerte. Übermorgen sollten Cayleb und Sharleyan Ahrmahk ihren ersten Hochzeitstag begehen, und dieser Tag war zugleich auch der Jahrestag der Gründung des Kaiserreiches Charis. Unwillkürlich verglich Merlin das nasskalte Wetter, das Green Valleys Zelt umtoste, mit dem strahlenden Sonnenschein, der tropischen Hitze und dem Blumenmeer, die jenen Hochzeitstag so unvergesslich gemacht hatten.

Der Unterschied war … frappierend. Es war kein Geheimnis, dass Kaiser Cayleb wie auch Kaiserin Sharleyan große Stücke auf Green Valley hielten. Dabei spielte es keine Rolle, dass der Mann lediglich ein kleiner Baron war und dazu einer der jüngsten Neuzugänge des charisianischen Adels (er hatte diesen Titel schließlich erst seit weniger als vier Fünftagen inne). Ebenso wenig war es ein Geheimnis, dass man Clareyk aus dem (mehr oder weniger) eroberten Fürstentum Corisande eigens nach Chisholm zurückbeordert hatte, gerade *weil* das Kaiserpaar ihn so hoch schätzte. Ein Mann mit solchen Beziehungen hätte doch, wie jeder Vernünftige angenommen hätte, gewiss eine behagliche Unterkunft in der nahe gelegenen Stadt Maikelberg finden können. Stattdessen aber hatte er in einem Zelt Unterschlupf gesucht, während der Winter unerbittlich näher rückte.

Und dann auch noch ein Winter im Norden!, dachte Merlin trocken. Sein Blick wanderte hinauf zu der großen, troffnassen Stelle des Zeltdaches. Dort zeigte sich das theoretisch wasserdichte Gewebe den momentanen heftigen Regenfällen nicht gewachsen. *Er kommt doch aus dem tiefsten Süden! Da wird er den Winter in Chisholm keinen Schlag genießen können. Der Regen ist ja schon schlimm genug. Aber es wird ja noch viel schlimmer. Schnee? Was ist* das *denn, bitte schön?!*

Merlin wusste sehr wohl um Green Valleys Motive, in einem Zelt zu residieren statt in einer prächtigen Stadtvilla – oder sich zumindest ein Zimmer in einer der angeseheneren Herbergen der Stadt zu suchen. Aber viele andere charisianische Ex-Marines würden unter wenig idealen Bedingungen den chisholmianischen Winter verbringen. Green Valley weigerte sich schlicht, sein Zelt aufzugeben, solange nicht auch der letzte Mann unter seinem Befehl ein trockenes, warmes Plätzchen in einer der Kasernen gefunden hatte, die derzeit hastig errichtet wurden.

»›Wovon‹, ja?«, wiederholte der General nun Merlins Frage und lehnte sich in seinem Klappstuhl zurück. Neben ihm bemühte sich ein gusseiserner Ofen – derzeit noch erfolgreich –, im Zelt für mehr oder minder annehmbare Temperaturen zu sorgen. »Also, lasst mich mal nachdenken … was *könnte* ich denn wohl gemeint haben? Hmmm …«

In ostentativer Nachdenklichkeit rieb er sich das Kinn, die Augen halb geschlossen. Stillvergnügt lachte Merlin in sich hinein. Es gab nicht allzu viele Menschen auf dem Planeten Safehold, die sich in der Gegenwart des gefürchteten *Seijin* Merlin hinreichend wohlfühlten, ihn tatsächlich zu veralbern. Die wenigen, auf die das zutraf, wusste Merlin Athrawes nur um so mehr zu schätzen.

»Schon gut, schon gut, Mein Lord!« Mit einem Grinsen gestand er seine Niederlage ein. Dann allerdings verschwand das Grinsen wieder. »Um ehrlich zu sein«, fuhr er ernst fort, »bin ich wirklich beeindruckt. Herzog Eastshare und Sie scheinen den Integrationsprozess sogar noch rascher und reibungsloser in Gang gesetzt zu haben und auch am Laufen zu halten, als Ihre Majestäten das erwartet hatten. Und ich habe den Eindruck, als seien Sie an sich zufrieden mit den sich daraus ergebenden Kommandostrukturen.«

Sein Tonfall verwandelte diesen letzten Satz in eine Frage, und Green Valley stieß ein Schnauben aus.

»Von Euch hatte ich einen etwas … visionäreren Kommentar erwartet, Merlin«, sagte er. »Tatsächlich bin ich sogar überrascht, dass Seine Majestät es für notwendig erachtet hat, Euch zur Begutachtung unserer Fortschritte bis nach hier oben zu schicken.«

Es gelang Merlin, nicht gequält das Gesicht zu verziehen. Sein Gegenüber war mit erbarmungsloser Schonungslosigkeit auf den Punkt gekommen. Andererseits war die Bemerkung durchaus vernünftig. Schließlich gehörte Green Valley zu den wenigen Menschen, die genau wussten, dass *Seijin* Merlin deutlich mehr war als nur Kaiser Caylebs persönlicher Waffenträger und Leibwächter.

Die Ereignisse der letzten Jahre hatten praktisch jeden in dem Teil Safeholds, der mittlerweile zum Kaiserreich Charis gehörte, eines gelehrt: Sämtliche der alten Legenden, in denen es um die sagenhaften Kriegermönche ging, die *Seijin* genannt wurden, beruhten auf Tatsachen. Nur hatten die Legenden die Tatsachen heruntergespielt. In Wahrheit waren die Kriegermönche noch todbringender als in diesen Erzählungen. Niemand bezweifelte, dass *Seijin* Merlin der tödlichste Leibwächter war, der jemals in den Diensten eines charisianischen Monarchen gestanden hatte. *Seijin* Merlin hatte bereits eine Vielzahl von Attentaten vereitelt (und beileibe nicht nur solche auf seinen Kaiser). Angesichts dessen war es nicht verwunderlich, dass er stets in Caylebs Nähe blieb. Er behielt seinen Herrn ständig im Auge, im Ratszimmer ebenso wie auf dem Schlachtfeld.

Green Valley allerdings wusste etwas, was wenige seiner charisianischen Mitbürger auch nur erahnten: Cayleb und Sharleyan hatten noch einen anderen Grund dafür, Merlin stets in ihrer Nähe zu behalten – einen ganz besonderen Grund.

Den *Seijin* ereilten Visionen. Er konnte Ereignisse sehen und hören, die sich in weiter Ferne zutrugen. Merlin Athrawes wusste, was in Tausenden von Meilen Entfernung geschah, und das zu genau dem Zeitpunkt, *da* es geschah. Er war in der Lage, den Kriegsratssitzungen und den politischen Debatten von Charis' Gegnern praktisch persönlich beizuwohnen. Das bot dem von allen Seiten belauerten Kaiserreich einen unschätzbaren Vorteil. Der *Seijin* war der effiziente, todbringende Leibwächter, für den ihn alle hielten, und das war die perfekte Tarnung für seine *andere* Rolle: die als Ratgeber. Seiner Effizienz als Leibwächter wegen verstand jede noch so misstrauische Seele, warum Captain Athrawes mit den unmenschlich blauen *Seijin*-Augen stets in unmittelbarer Nähe zum Kaiser blieb – jeder Dorftrottel verstand das! Daher kam niemand auf die Idee, er könne mehr sein als ein bloßer Leibwächter.

Green Valley wusste es besser. Tatsächlich vermutete er allmählich, dass Merlin ebenso sehr ein Mentor war wie ein Ratgeber. Charis' Überleben trotz der überwältigenden Übermacht, der sich das Reich gegenübersah, war – zumindest bisher – radikalen Neuerungen geschuldet. Green Valley glaubte, dass ein Großteil dieser Neuerungen auf Vorschläge des *Seijin* zurückzuführen war. Gewiss, es waren Charisianer gewesen, die die Neuerungen umgesetzt hatten – auf Vorschläge des *Seijin* hin. Genauso war es bei ihm, dem Baron, gewesen. Green Valley selbst, damals noch Major bei den Royal Charisian Marines, hatte die Rolle übernommen, revolutionäre neue Infanterie-Taktiken zu ersinnen. Ganz ›zufällig‹, kurz nachdem ein gewissen Merlin Athrawes in Charis aufgetaucht war, waren so die Feldartillerie runderneuert und Steinschlossmusketen mit gezogenen Läufen eingeführt worden. Um dieses Ziel zu erreichen, hatte Clareyk eng mit Merlin zusammengearbeitet, und während des Corisande-Feldzuges war ihre Zusammenarbeit in vielerlei Hinsicht sogar noch enger gewesen. Tatsächlich war der Sieg, der Green Valley seine Beförderung und seine Baronie eingebracht hatte – und der zugleich auch die endgültige Niederlage Prinz Hektors von Corisande besiegelte –, Merlins Verdienst. Merlin hatte Clareyk gegenüber offen eingestanden, ihn ereilten Visionen.

Baron Green Valley wusste also tatsächlich deutlich mehr über Merlin Athrawes als die weitaus meisten anderen Safeholdianer. Doch was er *nicht* wusste – und wovon Merlin inständigst hoffte, der General *vermute* es nicht einmal – war, wie viel *mehr noch* Merlin tatsächlich war.

Ich würde ihn wirklich gern in den Inneren Kreis aufgenommen wissen, sinnierte der *Seijin, und ich weiß, dass Cayleb und Sharleyan in dieser Hinsicht gleicher Ansicht sind wie ich. Ich glaube sogar, wir wer-*

den ihn aufnehmen müssen. *Es hätte überhaupt keinen Sinn, ihn nicht in alles einzuweihen, und ich glaube, bei* ihm *werden wir uns auch keine Gedanken machen müssen, die Wahrheit könnte ihn in eine religiös motivierte Krise stürzen.*

Bei diesem letzten Gedanken, der viel mit dem eigentlichen Grund für Merlins Hiersein zu tun hatte, hatte Merlin Mühe, nicht – neuerlich – gequält das Gesicht zu verziehen.

»Ihre Majestäten haben mich tatsächlich aus mehrerlei Gründen zu Ihnen geschickt, Mein Lord«, sagte er. »Ihnen sind die Fortschritte wichtig, die Herzog Eastshare und Sie erzielen. Daher wollen Ihre Majestäten sie von mir begutachtet wissen. Denn sie hoffen, dass ich so gezielt auf auftauchende Fragen reagieren und im Namen Seiner Majestät den einen oder anderen Vorschlag unterbreiten kann. Hier allein auf Visionen zu vertrauen, ist, sagen wir, schwierig.«

»Einleuchtend«, nickte Green Valley. Dem *Seijin* entging nicht, dass es den General nicht im Mindesten zu stören schien, seine Arbeit von Merlin ›begutachtet‹ zu wissen.

»Und der zweite Grund, beinahe von gleicher Wichtigkeit«, gestand Merlin, »ist, mich weit genug in Eastshares Nähe zu bringen, sodass ich mit ihm … interagieren kann.«

Dieses Mal nickte Green Valley nur. Merlin war nicht sonderlich überrascht – der Baron war schon immer ein ebenso scharfsinniger wie diplomatischer Bursche gewesen. Er verstand, dass Merlin nicht einmal ihm gegenüber ganz offen sagen konnte: ›Das Kaiserpaar möchte wissen, ob vielleicht auch Eastshare ein Verräter ist.‹

Das Gute war: Merlin war beinahe sicher, dass sich dieser Verdacht bei Eastshare *nicht* erhärten würde. Das Schlechte hingegen: das ›beinahe‹ in dieser Gleichung. Der Herzog war Kaiserin Sharleyans angeheirateter Onkel und der Schwager des kürzlich verstorbenen Herzogs Halbrook Hollow. Beinahe fünfzehn Jahre lang war Eastshare unter Halbrook Hollow der ranghöchste General gewesen, der stellvertretende Kommandeur der Royal Chisholmian Army. Also war ›beinahe sicher‹ zu sein bedauerlicherweise nicht genug.

Nicht angesichts des Hochverrates, dessen sich Halbrook Hollow schuldig gemacht hatte.

»Darf ich fragen, welchen Eindruck Ihr bislang habt?«, erkundigte sich Green Valley höflich. »Nur ganz allgemein, meine ich natürlich. Ich möchte Euch keinesfalls nötigen, hinsichtlich irgendwelcher besonders verdienter Ex-Marines – vorausgesetzt natürlich, es sind entsprechende vor Ort – ins Detail zu gehen und mich mit Eurem überschwänglichen Lob zu beschämen«, setzte er hinzu.

Merlin schnaubte belustigt. »Wissen Sie, Mein Lord«, sagte er mit vorgetäuschter Nachdenklichkeit, »des Öfteren habe ich gehört, eine gewisse, nun ... Unverfrorenheit sei unerlässlicher Bestandteil der Persönlichkeit eines jeden Marines. Sie wissen nicht zufälligerweise, wo der Ursprung dieses Gerüchtes zu suchen ist, oder?«

»Was denn, ich?« In völliger Unschuld riss Green Valley die Augen auf. »Ich bin doch kein *Marine*, *Seijin* Merlin! Ich bin Offizier der Imperial *Army!* Irgendwo hier liegt eine Bestallungsurkunde herum, mit der ich das sogar beweisen könnte. Also woher sollte ein schlichter, ehrlicher, von Natur aus bescheidener Army-Offizier denn etwas über *Marines* und ihr völlig überhöhtes Selbstbild wissen?«

»Das ist ein ausgezeichnetes Argument!«, pflichtete Merlin ihm bei. »Ich weiß überhaupt nicht, was mich dazu gebracht hat, Ihnen eine solche Frage zu stellen.«

»Das will ich doch wohl hoffen!«, gab Green Valley zurück, gespielt gestreng im Ton, während er nach der Weinflasche griff und Merlin nachschenkte.

»Nun, um nun Ihre Frage zu beantworten«, und Merlin wurde ernst, »ist mein erster Eindruck alles in allem gut. Um ganz ehrlich zu sein: Ich war überrascht davon, wie gut aufgestellt die Chisholmian Army tatsächlich war und ist. Dabei hätte ich das aus der Rolle, die sie unter König Sailys und nach dessen Tod gespielt hat, durchaus schließen können. Immerhin verdankte Königin Sharleyan ihr Überleben auch auf politischem Gebiet ihrer Armee. Zwei Drittel der Ressortoffiziere sind Veteranen aus Sailys' Feldzügen. Es ist ganz offenkundig, dass Eastshare – und auch Halbrook Hollow, wo wir gerade dabei sind – ausgezeichnete Arbeit geleistet haben, als es darum ging, diese Armee auszubilden und auszurüsten.«

Nachdenklich nickte Green Valley.

Merlin zuckte mit den Schultern. »Offensichtlich«, fuhr er fort, »waren sie weniger gut ausgerüstet als wir – aber schließlich gilt das für die Ausstattung einer jeden Armee, wenn wir einmal ehrlich sind. Und wie Sie zweifellos schon selbst bemerkt haben, sind die Formationen und der gesamte Drill, die sich auf bestimmte Taktiken beziehen, mittlerweile veraltet. Doch auch in dieser Hinsicht steht die Chisholmian Army kaum allein da. Angesichts der Waffen, die bisher zur Verfügung standen, habe ich den Eindruck, Eastshares Truppen könnten sich im Kampf Mann gegen Mann zumindest gegen jede Armee vom Festland behaupten – und dem Gegner dabei vermutlich noch ordentlich den Hintern versohlen. Außer Siddarmark, natürlich.«

Nun war es an Green Valley, ein Schnauben auszustoßen. Die Republik Siddarmark war – mit gutem Grund – allgemein dafür bekannt, die effektivste Streitmacht in der Geschichte von ganz Safehold zu besitzen. Zumindest, was Gefechte auf dem Land betraf. Über eine Navy verfügte Siddarmark praktisch nicht, und die Royal Charisian Navy hatte auch schon vor Merlin Athrawes' Eintreffen in Tellesberg praktisch über sämtliche Meere von Safehold geherrscht. Aber wo immer eine siddarmarkianische Piken-Phalanx genug Platz fand, sich ordentlich aufzustellen, beherrschte *sie* das Gelände. Das erklärte auch die erfolgreiche, anhaltende Expansion der Republik, die ihren Einflussbereich seit mehr als einhundertundfünfzig Safehold-

Jahren stetig nach Süden ausbreitete, in Richtung des Desnairianischen Reiches. Diese Expansion war erst zum Stillstand gekommen, als die Ritter der Tempel-Lande im Rahmen des Seidenstadt-Abkommens im Jahre 869 die Grenzen des Großherzogtums Silkiah garantiert hatten.

Zumindest formal war Silkiah unabhängig, auch wenn der Großherzog des Landes Desnairia jährlich einen beachtlichen Tribut entrichtete. Auch an die Ritter der Tempel-Lande zahlte er jedes Jahr, selbst wenn *diese* Zahlung als ›Zehnter‹ bezeichnet wurde, den bis vor kurzem jeder Regent auf ganz Safehold zu entrichten hatte. Natürlich ging das Geld offiziell nicht an die ›Ritter der Tempel-Lande‹. Doch das lag nur daran, dass die Ritter der Tempel-Lande zufälligerweise allesamt dem Rat der Vikare der Kirche des Verheißenen angehörten. Diese doppelte Rolle, als weltlicher wie als geistliche Herrscher, verschaffte ihnen einen immensen Vorteil, und doch gingen damit auch gewisse Nachteile einher. Vor allem jetzt. Schon seit langer, langer Zeit machten sich die Ritter der Tempel-Lande ernstlich Sorgen wegen der überlegenen Armee Siddarmarks, die unmittelbar auf der anderen Seite der gemeinsamen Grenze stand. Im Laufe der Jahre hatten sie ihre Macht als Fürsten der Kirche dazu ausgenutzt, jeglichem Abenteurertum Einhalt zu gebieten, was die Nachfolge des Reichsverwesers der Republik betraf. Das Seidenstadt-Abkommen mochte das eklatanteste, aber bei weitem nicht das einzige Beispiel ihres Eingreifens in die weltliche Politik darstellen. Das war den Beziehungen der Kirche zur Republik nicht gerade zuträglich gewesen. Zum offen Bruch war es allerdings nie gekommen, wie auch immer der eine oder andere Vikar das einschätzen mochte. Schließlich war die Vormachtstellung der Kirche unangreifbar.

Doch jetzt ... jetzt, da die Vormachtstellung der Kirche eben *doch* angreifbar geworden war, stiegen die von Kanzlern seit Jahrzehnten gehegten Befürchtungen ins Unermessliche. Es gab noch keine deutlichen Hinweise darauf, die Siddarmarkianer könnten sich der Kirche von Charis zuwenden. Doch das hielt die ›Vierer-Gruppe‹ – die Gruppe einflussreicher Vikare, die letztendlich die Geschicke der gesamten Kirche lenkten – mitnichten davon ab, sich darum zu sorgen, genau das könne beizeiten geschehen.

Ich wünschte wirklich, das würde *geschehen,* dachte Merlin mehr als nur ein wenig wehmütig. *Aber so sehr sich Stohnar auch zumindest über die ›Vierer-Gruppe‹ ärgert – er wird sich nicht offen auf die Seite von Charis stellen. Die Vorwürfe, die Charis hinsichtlich der Korruption in der Kirche erhebt, dürfte er sogar für berechtigt halten. Er gibt sich sicherlich auch nicht irgendwelchen Illusionen hinsichtlich der ›Heiligkeit‹ der ›Vierer-Gruppe‹ und ihrer Beweggründe hin. Aber er ist ein Pragmatiker. Daher ist er sich des herrschenden Gleichgewichts der Kräfte voll und ganz bewusst. Tatsächlich kennt er sich damit vermutlich sogar besser aus als jeder andere auf ganz Safehold. Abgesehen davon scheint er mir nicht der Ansicht, ein offener Bruch mit der Kirche würde in Siddarmark auf allgemeine Zustimmung stoßen. Und zumindest im Augenblick hat er mit dieser Einschätzung gewiss Recht.*

»Aber was mich am meisten beeindruckt an den Chisholmianern«, wandte sich der *Seijin* wieder an seinen Gesprächspartner, »ist ihre Bereitwilligkeit, sich auf neue Taktiken einzustellen. Sie machen rasch Fortschritte.«

Er hob eine Augenbraue und blickte Green Valley an, um ihm eine Bemerkung zu entlocken, und der Baron nickte.

»Damit habt Ihr Recht«, bemerkte dieser. »Mir scheint, als würde das Offizierskorps die Gründe für diese neuen Taktiken sogar noch rascher begreifen als unsere eigenen Leute damals. Die Chisholmianer machen das auch nicht bloß, um Ihre Majestäten zufriedenzustellen. Sie lernen nicht einfach nur, was wir sie lehren. Sie machen sich selbst ernstlich Gedanken und bringen Verbesserungsvorschläge ein.«

»Das ist auch mein Eindruck«, bestätigte Merlin.

»Ich habe auch noch kein einziges Anzeichen für das gesehen, was mir im Vorfeld am meisten Sorgen bereitet hat«, fuhr

Green Valley fort. Wieder wölbte Merlin eine Augenbraue, und der Baron zuckte mit den Schultern. »Charis hat nie über eine Armee verfügt, die diesen Namen verdient hätte, Merlin. Wir hatten eine wahrhaft unübertreffliche *Navy*, und niemand möchte es auf See mit unseren Marines aufnehmen müssen. Aber was Landstreitkräfte betrifft ...

Hier in Chisholm hingegen ...«, Green Valley lehnte sich in seinem Klappstuhl zurück, und seine Miene verriet immense Konzentration, »... ist die *Army* das, was zählt. Es war seinerzeit die Army, der es gelungen ist, die Macht der einflussreichsten Adeligen einzudämmen, und es war auch die Army, die in der Heimat für hinreichende Stabilität gesorgt hat. Mit Hilfe der Army haben der Vater Ihrer Kaiserlichen Majestät und später natürlich auch sie selbst den Wohlstand des Königreiches mehren können. König Sailys' Navy ... na ja, er musste halt Chisholms Handelsschiffe gegen corisandianische Freibeuter verteidigen. Diese Navy aber aufzubauen war ihm erst möglich, nachdem die Army dafür gesorgt hatte, dass das Reich überhaupt hinreichend wohlhabend geworden war. Während für uns Charisianer also die Navy unser ganzer Stolz ist – ganz zu schweigen davon, dass wir ihr auch den Drachenanteil unseres Reichtums verdanken –, ist es für Chisholm die Army.«

Wieder zuckte er die Achseln, ließ seine Worte sacken.

»Unter diesen Umständen«, fuhr er dann fort, »hatte ich ernstlich befürchtet, die Chisholmianer würden Ratschläge hinsichtlich neuer Armee-Taktiken unweigerlich ablehnen. Ich meine, was soll ein Haufen *Marines* denn schon über die richtigen Bedingungen und Erfordernisse wissen, die es bei Kämpfen auf dem *Land* zu beachten gilt? Und in vielerlei Hinsicht ist dieser Einwand auch mehr als berechtigt. Es ist sicherlich unter den charisianischen Navy-Offizieren weit verbreitet, von der Chisholmian *Navy* so wenig zu halten wie die Chisholmianer von unseren Landstreitkräften. Ich hatte befürchtet, die Chisholmianer könnten uns verübeln, dass unsere Marines sämtliche

Gefechte in Corisande ausgetragen haben – während ihre glorreiche Army zu Hause hat herumsitzen müssen. Ach, natürlich haben sie alle *gesagt*, sie hätten das Argument verstanden, es sei logistisch nicht anders machbar gewesen. Also: sie verstünden, dass man nur eine begrenzte Anzahl von Soldaten so weit über den Ozean habe schicken können. Folglich war es notwendig, die neuen Waffen einzusetzen – und damit die Männer, die im Umgang mit ihnen auch ausgebildet waren. Aber ich hatte befürchtet, das seien Lippenbekenntnisse, und die Chisholmianer könnten sich wie eine Art ›Jugendmannschaft‹ behandelt fühlen, die auf der Ersatzbank sitzen gelassen wird, während die Profi-Liga in den Krieg zieht.

Das ist, womit ich gerechnet habe – und das nicht nur, weil man sich in Chisholm Sorgen um die ›Ehre‹ der Army machen könnte. Ihr, Merlin, wisst genauso gut wie ich, dass der Ruf einer Armee – und die Möglichkeit, auf Erfolge verweisen zu können – eine immense Rolle bei der Frage spielt, mit welchem Budget man rechnen darf. Das ist eine *Berufsarmee*, Merlin, mit einem Offizierskorps aus Berufssoldaten. Die müssen sich doch darum sorgen, dass es sich, wenn sie zu Hause bleiben müssen, während jemand anderes in die Schlacht zieht, auf jeden Fall ... na ja, negativ auf ihre berufliche Karriere auswirken wird, könnte man wohl sagen. Ich habe schon bei einer ganzen Menge chisholmianischen Bürokraten, allesamt Zivilisten natürlich, bemerkt, dass sie der Ansicht zu sein scheinen, Charis habe im Gefüge dieses Kaiserreiches unangemessen viel Einfluss und Vorteile. Deswegen hätte es mich überhaupt nicht überrascht, wenn sich bei der Army eine ähnliche Meinung ausgebreitet hätte.«

»Ja«, Merlin nickte, »das habe ich auch schon bemerkt – das mit den Bürokraten, meine ich. Aber aus irgendeinem sonderbaren Grund scheinen sie doch ein wenig zögerlich, dieser Verärgerung Seiner Majestät dem Kaiser oder Ihrer Majestät der Kaiserin gegenüber Ausdruck zu verleihen.«

»Ach, tatsächlich? Woran könnte das denn bloß liegen?«, fragte Green Valley mit Unschuldsmiene, und wieder musste Merlin leise auflachen.

»Aber wie gesagt«, fuhr Green Valley dann fort, »es war meine große Sorge, dass die Army in Chisholm sich stur stellt. Na, ein bisschen was davon habe ich auch tatsächlich mitbekommen – wenngleich wirklich nicht allzu viel, Langhorne sei Dank!«

»Sie meinen also, Offiziere und Mannschaften hier ärgern sich nicht, dass plötzlich überall charisianische Marines herumlaufen?«, setzte Merlin nach.

Der Blick, mit dem er Green Valley bedachte, war sehr aufmerksam. Man hatte den Baron für seine derzeitige Aufgabe ausgewählt, obwohl er noch relativ jung war – er war noch nicht einmal vierzig Jahre alt. Man hatte ihn in den Adelsstand erhoben, nicht nur, weil er seine Aufgaben stets ausgezeichnet erfüllte, sondern auch, weil er über einen bemerkenswert scharfen Verstand verfügte. Nun lächelte Green Valley den *Seijin* ein wenig säuerlich an und schüttelte den Kopf, als wolle er ihn sanft dafür tadeln, eine Frage gestellt zu haben, auf die sie beide doch längst die Antwort wussten.

»Nein, das tun sie nicht«, sagte er dann. »Zum Teil liegt das, meine ich, daran, dass sie eben doch echte Profis sind. Sie sind einfach deutlich mehr daran interessiert zu erfahren, wie sie ihre Aufgabe *noch besser* erfüllen können, als daran, bloß ihren Ruf zu verteidigen. Was das betrifft, erinnern sie mich immens an unsere eigenen Navy-Offiziere, beispielsweise den Grafen Lock Island und Baron Rock Point. Die sind in erster Linie auch echte Profis, und die Primadonna kommt erst an zweiter Stelle – oder eher sogar: an dritter.

Aber wie gesagt, das ist nur *einer* der Gründe.« Jetzt kniff Green Valley die Augen zusammen. Seine Miene wirkte noch konzentrierter. »Viel wichtiger ist, dass, von den allerhöchsten Rängen einmal abgesehen, die Offiziere der Army hauptsächlich dem bürgerlichen Stand entstammen. Was den Adel hier in Chisholm am meisten am Kaiserpaar fuchst, ist wohl, von den wichtigen Positionen in der Army ausgeschlossen zu sein. Selbstverständlich überrascht dieses Vorgehen den Hochadel nicht. Denn König Sailys und Baron Green Mountain – ebenso wie Halbrook Hollow, das muss man ihm zugestehen – haben die Royal Army doch überhaupt nur ins Leben gerufen, um Kronrechte zurückzugewinnen, und das auf Kosten des Hochadels. Nach den Streitigkeiten war klar, dass Generalsposten nicht an Adelige gehen würden, deren Treue der Krone gegenüber nicht über jeden Zweifel erhaben ist. Und dass Soldaten niederen Standes so weit in den Rängen der Army haben aufsteigen können – und viele haben das auch getan! –, erklärt gewiss, warum das Bürgertum die Army so rückhaltlos unterstützt. Hier in Chisholm hat die Army zumindest bei den Bürgerlichen genau den gleichen Stand wie in Charis die Navy. Und diese Army ist noch jung und professionell genug, um flexibel zu sein.« Green Valley schüttelte den Kopf. »Mit derart viel Flexibilität hatte ich allerdings nicht gerechnet.«

Zustimmend nickte Merlin. Er war von Anfang an ein wenig optimistischer gestimmt gewesen, was die Bereitschaft der Royal Chisholmian Army betraf, neue Waffen und Taktiken zu akzeptieren. Doch der *Enthusiasmus* der Chisholmianer, diese Veränderungen aufzunehmen, überraschte selbst ihn.

Und, dachte der *Seijin*, *Green Valley hat sogar noch deutlich mehr Recht, als ihm selbst vielleicht bewusst ist, was die Bedeutung der Army in den Augen der chisholmianischen Untertanen des Kaiserreiches angeht.*

Im Großen und Ganzen schien die Mehrheit der Chisholmianer fest hinter der Entscheidung zu stehen, die Königreiche Chisholm und Charis (das jetzt fast überall nur noch als ›das Alte Charis‹ bezeichnet wurde, um Verwirrung zu vermeiden) zu einem neuen Charisianischen Kaiserreich zu vereinigen. Aber das galt natürlich nicht für alle. Manche – vor allem diejenigen, die in erster Linie an ihre eigene Macht und ihren eigenen Einfluss dachten – bezweifelten, dass die versprochene Gleichheit von Chisholm und dem Alten Charis tatsächlich aufrechterhalten würde. Manche bezweifelten sogar, dass das überhaupt möglich sei. Die Bevölkerung des Alten Charis war anderthalb mal größer als die von Chisholm, und der Reichtum von Charis übertraf den von Chisholm mindestens um das *Vierfache.* Die Wirtschaft von Chisholm war auch schon vor der Vereinigung der beiden Königreiche eindeutig von den charisianischen Manufakturen und Händlern dominiert gewesen. Die charisianische Handelsmarine war der unangefochtene Herrscher über alle Meere von Safehold, und die Royal Chisholmian Navy war – fast spurlos – in der sehr viel größeren Royal Charisian Navy aufgegangen, auch wenn das Ergebnis dieser Vereinigung offiziell als die *Imperial* Navy bezeichnet wurde.

Unter diesen Umständen waren die Zweifel zumindest einiger Chisholmianer daran zu verstehen, ob Chisholm nicht schon bald zum Partner *zweiter Klasse* im imperialen Gefüge absteigen würde.

Cayleb und Sharleyan waren entschlossen, genau das zu verhindern. Aus diesem Grund war Sharleyan Caylebs Ko-Regentin. Deshalb hatte sie von Tellesberg aus in ihrem eigenen Namen das gesamte Kaiserreich regiert, während Cayleb sich auf dem Feldzug gegen Corisande befunden hatte. *Sie* – nicht Cayleb – hatte die schwierige Geburt des neuen Kaiserlichen Parlaments überwacht. Das alles hatte das Ziel, Gleichheit zwischen Charis und Chisholm zu gewährleisten, in greifbare Nähe rückenzulassen. Dass für die Hälfte eines jeden Jahres die Kaiserliche Regierung in Cherayth residieren würde, der Hauptstadt des Königreiches Chisholm, und die andere Hälfte des Jahres in Tellesberg, der Hauptstadt des Königreiches Charis, trieb das Ganze noch ein wenig weiter. Die Bürger von Chisholm sollten deutlich *spüren*, dass die kaiserliche Regierung sich nicht vom charisianischen Blickwinkel dominieren lassen würde.

Die Schaffung einer gemeinsamen Imperial Army sollte ebenfalls ein Zeichen für Einheit und Gleichheit beider Teile des Reiches sein. Durch die imperiale Rolle würde die Armee Chisholms und damit gleichzeitig das bürgerliche Lager an Einfluss im Kaiserreich gewinnen. Damit gewännen auch die beiden Fraktionen Einfluss, die während der Regentschaft von König Sailys und Königin Sharleyan der Krone von Chisholm unverbrüchliche Treue entgegengebracht hatten. Bürgertum und Army hatten Sharleyans junge Regentschaft überleben lassen, genau wie Green Valley es eben gesagte hatte. Bürgertum und Army waren das unerschöpfliche Reservoir, aus dem Sharleyan Unterstützung für die Entscheidung bekommen hatte, Cayleb zu ehelichen und das neue Kaiserreich zu schaffen.

Dessen waren sich Sharleyan und Cayleb voll und ganz bewusst. Deswegen hatte Cayleb darauf bestanden, den chisholmianischen Händlern und Manufakturbesitzern in gleichem Maße Zugang zu den Märkten des Kaiserreiches zu ermöglichen wie den Charisianern. Genau deswegen hatte Das Kaiserpaar auch gemeinsam erklärt, *Chisholm* habe die Führung bei der Schaffung der Imperial Army zu übernehmen. Natürlich gab es Royal Charisian Marines, die sich gegen diese Entscheidung aussprachen (auch wenn sie klug genug waren, das in den weitaus meisten Fällen nur sehr leise zu tun). Die errungenen Erfolge, in Corisande etwa, wo das Marines Corps den Gegner regelrecht aufgerieben hatte, hatten sie stolz auf ihr Corps werden lassen. Daher war man im Corps zutiefst verletzt ob der Vorstellung, die Marines sollten nicht nur wieder ausschließlich an Bord von Schiffen eingesetzt werden, sondern ein Großteil der Veteranen, die beim Corisande-Feldzug so siegreich gewesen waren, seien der Army zu überstellen.

Diejenigen, die töricht genug gewesen waren, ihre Einwände öffentlich zu erheben, hatten rasch … andere Aufgabenfelder gefunden.

»Ich denke, dazu gehört noch etwas anderes«, sagte der *Seijin* nun. »Da Cayleb und Sharleyan vernünftigerweise Charis bei der Navy die Vormachtstellung eingeräumt haben, erscheint es doch nur angemessen, dasselbe Chisholm bei der Army zuzugestehen. Und genau deswegen sind Sie ja nun auch Offizier der Army. Die Entscheidung, einen Großteil der Imperial Marines in die Army einzugliedern – und dabei auch die Weisungsbefugnis der bereits existierenden Offiziere der Army anzuerkennen –, war gewiss nicht leicht, aber sicherlich richtig.«

»Voll und ganz!« Green Valleys Nicken fiel noch heftiger und nachdrücklicher aus als Merlins. »Für die Offiziere, mit denen ich im Augenblick zusammenarbeite, ist diese Entscheidung der Beweis, dass Ihre Majestäten ihren Worten über die Reorganisation der Streitkräfte auch wirklich Taten folgen lassen. Vor allem, nachdem ... na ja ...«

Der Baron stockte, und es klang beinahe – nicht ganz, aber doch *beinahe* –, als sei ihm etwas peinlich. Merlin lächelte, jedoch ohne jede Spur von Belustigung.

»Meinen Sie, vor allem, nachdem der Oberkommandierende der Army sich mit den Tempelgetreuen verschworen hat, um Sharleyan ermorden oder zumindest entführen zu lassen?«

»Na ja ... eigentlich ja«, gestand Green Valley ein. Kaum merklich schüttelte er den Kopf. »Man kann es Mannschaften wie Offizieren kaum verübeln, dass sie sich deswegen Sorgen machen. *Ich* an ihrer Stelle hätte jedenfalls Sorge, ob die Krone der Army im Ganzen noch traut. Vor allem, wenn man bedenkt, wie beliebt Halbrook Hollow war – und ich meine hier: auch bei den einfachen Soldaten, nicht nur im Offizierskorps. Er war derjenige, der diese ganze Army überhaupt erst *aufgebaut* hat, Merlin! Er hat sie zu dem gemacht, was sie heute ist, er hatte bei den entscheidenden Schlachten das Kommando, und er hat seine Soldaten bei jedem einzelnen Feldzug zum Sieg geführt. Wie sollten sie sich nach dem Verrat ihrer aller Galionsfigur *nicht* Sorgen darum machen, wie das Kaiserhaus sie sieht? Viele

Soldaten schämen sich darüber hinaus für Halbrook Hollows Verrat. *Sie selbst* haben nichts Falsches getan, aber er war ihr *Kommandeur,* und zumindest einige sind der Ansicht, sein Hochverrat habe auch ihre eigene Ehre befleckt.«

»Ich weiß genau, was Sie meinen«, gab Merlin ernst zurück.

In Wahrheit, setzte er für sich selbst hinzu, *teilen zumindest einige Offiziere der Army Halbrook Hollows Zweifel am neuen Reich. Beispielsweise der hochwohlgeborene Graf Swayle.*

Barkah Rahskail, seines Zeichens Graf Swayle, war noch jung, gerade einmal siebenunddreißig Safehold-Jahre alt. Für einen Safeholdianer war er sehr hochgewachsen, kaum mehr als einen Zoll kleiner als Merlin selbst. Mit seinem hellen Haar, seinen dunklen Augen und der stets sonnengebräunten Haut war er zudem sehr gut aussehend. Als Merlin Athrawes noch Nimue Alban gewesen war, hätte sie diesen Swayle ganz gewiss ein wenig genauer in Augenschein genommen.

Doch zusätzlich zu seinem guten Aussehen und seinem edlen Geblüt war Swayle auch noch ein eingefleischter Tempelgetreuer. Er wusste das besser zu verbergen als manche seiner Gleichgestellten – Halbrook Hollow beispielsweise. Doch Merlin glaubte genau zu wissen, wie der junge Graf dachte. Wem Swayles Treue galt, wusste der *Seijin* nicht. Würde sein Abscheu vor der ›Abtrünnigkeit‹ und ›Ketzerei‹ der Kirche von Charis ihn zum Hochverrat treiben? Oder reichte da schon der schändliche Tod seines Army-Kommandeurs, den er zutiefst bewundert und respektiert hatte? Für chisholmianische Hochadelige wie Swayle selbst und die Mitglieder seiner Familie war es ungewöhnlich, über eine so lange Zeit dem Hause Tayt Treue entgegenzubringen. Würde das und sein Eid als Offizier der Royal Army ihn davor schützen, es Halbrook Hollow gleichzutun?

Merlin fürchtete bereits zu wissen, welchen Weg Swayle letztendlich einschlagen würde. Doch noch war der Graf diesen Weg nicht gegangen. Weder Cayleb noch Sharleyan neigten dazu, Leute für etwas zu strafen, was sie *vielleicht* tun *könnten.*

Was Merlin Athrawes, wenn er ganz ehrlich war, nur recht sein konnte.

Ich werde all diejenigen im Auge behalten, von denen wir wissen, dass sie zumindest einige der gleichen Zweifel hegen, die auch Halbrook Hollow umgetrieben haben, rief er sich ins Gedächtnis zurück. *Und auch wenn Cayleb und Sharleyan sich auf niemanden stürzen, dessen Verrat noch nicht zweifelsfrei bewiesen ist, werden sie keineswegs zögern zuzuschlagen, wenn es dann so weit ist. Ich weiß, dass sie darauf hoffen, das niemals tun zu müssen. Aber sollte es notwendig werden,* werden *sie handeln. Und wenigstens sieht es so aus, als wären Adelige mit einer gewissen Neigung zu den Tempelgetreuen eindeutig in der Minderheit ... derzeit, zumindest.*

»Und Herzog Eastshare?«, fragte er dann. »Was, glauben Sie, empfindet er angesichts dieser Situation, Mein Lord?«

»Ihr fordert mich da gerade auf, eine Aussage über meinen direkten Vorgesetzten zu tätigen, *Seijin* Merlin«, gab Green Valley mit plötzlicher – und unerwarteter – Heftigkeit zurück und legte die Stirn in Falten. »Ich verstehe wohl, warum Euch diese Frage umtreibt, aber um ehrlich zu sein, erscheint es mir unangemessen, ein Urteil über die Treue Seiner Durchlaucht der Krone gegenüber abzugeben.«

Leicht erstaunt hob Merlin eine Augenbraue. Er wollte schon etwas erwidern, doch dann hielt er inne.

Eigentlich, dachte er, *ist Green Valleys ... Zögerlichkeit ja bereits ein Urteil über Eastshares Treue.* Wenn Green Valley zögerte, dann nicht, weil er Scheu davor hatte, sich den Zorn eines einflussreichen Adeligen zuzuziehen – für den Fall, das Eastshare die Kritik seines Untergebenen zu Ohren kommen sollte.

Das Zögern ist zugleich ein Indiz dafür, wie sehr der Baron Eastshare mittlerweile respektieren *gelernt hat,* sinnierte Merlin. *Hätte er hingegen Zweifel an Eastshares Treue der Krone gegenüber, würde er seinem Vorgesetzten keinen Respekt entgegenbringen. Es wäre dann auch egal, wie flexibel der Herzog sich in beruflicher Hinsicht erweisen hätte. Ich habe also meine Antwort eigentlich schon.*

»Ich verstehe, Mein Lord«, sagte Merlin und klang dabei deutlich förmlicher als sonst in seinen Gesprächen mit Green Valley. Einen Moment lang blickte ihn der Baron an, dann nickte er kaum merklich, und sein Stirnrunzeln verschwand.

»Also sind Sie alles in allem zufrieden?«, fuhr Merlin dann in normalem Konversationston fort, und wieder nickte Green Valley, dieses Mal deutlich nachdrücklicher.

»Ich bin sogar sehr zufrieden. Ich wünschte nur – ebenso wie Herzog Eastshare im Übrigen –, wir hätten ein noch größeres Marines-Kader bereitstellen können. Aber uns beiden ist durchaus bewusst, warum Ihre Majestäten General Chermyn eine hinreichend große Garnisonsstreitmacht für Corisande überlassen mussten. Außerdem wäre es mir lieb, wir könnten die neuen Gewehr- und Kanonengießereien hier in Chisholm deutlich schneller fertigstellen. Aber Chisholm verfügt einfach nicht über so viele erfahrene Mechaniker und Handwerker wie das Alte Charis. Wenigstens sind schon die ersten Gewehr-Lieferungen eingetroffen. Deswegen müssen zumindest nicht *alle* mit Besenstielen üben.

Positiv wirkt sich auch die Landstreitkraft-Tradition Chisholms aus. Der Herzog und seine Offiziere schenken mir, dem Entwickler der neuen Kampftaktiken, sehr höflich Aufmerksamkeit und hören sich geduldig an, was ich an Erfahrungen mit den neuen Waffen im Einsatz habe sammeln können. Aber in Wahrheit haben sie schon reichlich Möglichkeiten gefunden, meine taktischen Ideen zu verbessern. Und von der Logistik, die eine Landstreitkraft benötigt, wissen sie eh mehr als ich. Wir machen so in mancherlei Hinsicht sogar gewaltige Fortschritte.«

Und es spricht immens für Sie, Mein Lord, dachte Merlin, *dass Sie diese Wahrheit nicht nur erkennen, sondern dass Sie auch bereit sind, sie einzugestehen – anderen und sich selbst gegenüber.*

»Sind Sie also der Meinung, ich kann nach Cherayth zurückkehren und Ihren Majestäten berichten, das große Army-

Integrationsprojekt laufe gut?«, fragte Merlin noch einmal nach.

»Ja«, bestätigte Green Valley und blickte dem *Seijin* fest in die blauen Augen. Damit stellte er noch einmal deutlich heraus, dass ihm voll und ganz bewusst war, auf wie vielen verschiedenen Ebenen ihr Gespräch gerade stattfand. »Ja, ich meine sogar, dass Ihr Ihren Majestäten berichten könnt, es laufe sogar *sehr* gut.«

.III.

Königlicher Palast, Stadt Talkyra, Königreich Delferahk

»Was glauben Sie, was die wirklich wollen, Phylyp?«

Irys Daykyns Tonfall klang sehr ruhig, während sie über die leeren Teller auf den Esstisch hinweg ihren Vormund anschaute. Doch ihre haselnussbraunen Augen, die ihre Ähnlichkeit mit ihrer verstorbenen Mutter noch unterstrichen, wirkten dunkel. Das konnte nicht allein Folge des im Raum herrschenden matten Lichtscheins sein.

»Das, was sie gesagt haben, Euer Hoheit«, erwiderte Phylyp Ahzgood, seines Zeichens Graf Coris, und zuckte mit den Schultern. »Ach, ich bezweifle nicht, dass sie noch mehr im Schilde führen. Aber genau wie Ihr, kann ich nur raten, was das sein könnte«, fuhr er fort und meinte auch, was er sagte. Irys Daykyn mochte erst siebzehn Jahre alt sein – und damit noch keine sechzehn Erdenjahre –, doch sie war kaum eine typische Siebzehnjährige. Nicht einmal eine typische siebzehnjährige Prinzessin.

»Ich glaube nicht, dass sie ihre . . . Einladung einzig aus Sorge um Daivyn ausgesprochen haben.« Nun klang Coris' Tonfall regelrecht beißend. Niemals hätte er in der Öffentlichkeit diesen Ton bei einem Gespräch über die ›Vierer-Gruppe‹ angeschlagen. Aber außer der Prinzessin war niemand anwesend, und ihr gegenüber brauchte er sich, was diese Männer anging, nicht zu verstellen. »Allerdings«, fuhr Coris fort, der so viele Jahre lang der Leiter der Spionageabteilung Prinz Hektors von Corisande gewesen war, »glaube ich, dass unsere Lage noch deutlich schlechter sein könnte. Wenigstens bestehen sie nicht darauf, dass Ihr und Euer Herr Bruder mich begleiten.«

»Warum sollten sie sich die Mühe machen, *mich* einzuladen, wie auch immer ihre Motive nun aussehen mögen?«

Irys' Miene war nun sehr viel angespannter, und Coris ertappte sich dabei, zustimmend zu nicken. Seine letzte Bemerkung war eigentlich als kleiner ironischer Scherz gedacht gewesen. Doch es überraschte ihn nicht, dass er danebengegangen war. Ebenso wie Irys selbst wusste er, dass *sie* für die ›Vierer-Gruppe‹ nur von geringem Wert war. Ihr kleiner Bruder Daivyn war der rechtmäßige Fürst von Corisande – selbst Cayleb und Sharleyan von Charis hatten zumindest *das* offen eingestanden –, auch wenn er sich derzeit im Exil befand. Aber Irys? Ihr schenkte man höchstens einen unbedeutenden zweiten Gedanken. Für die ›Vierer-Gruppe‹ besaß sie keinerlei Wert als politische Figur auf dem Spielbrett der Macht. Gewiss würden die Vikare keinen Gedanken darauf verschwenden, was eine Prinzessin im Exil denken mochte, die von den armseligen Brosamen entfernter Verwandter lebte (zumindest soweit sie wussten).

Das war nach Phylyp Ahzgoods Meinung unfassbar töricht von den Vikaren.

Allerdings war durchaus möglich, dass sie beizeiten einsahen, wie sehr sie sich in Irys getäuscht hatten. *Und vielleicht wird diese Erkenntnis schmerzhafter, als ihnen jetzt bewusst ist,* dachte er mit einer gewissen unverkennbaren Befriedigung.

»Was das angeht, habt Ihr leider Recht, zumindest, was deren Sicht der Dinge angeht«, beantwortete er die Frage seines Mündels. »Andererseits: wenn die ›Vierer-Gruppe‹ umgehend umzusetzende Pläne mit Daivyn hätte, dann hätte man vermutlich darauf bestanden, dass ich ihn mitbringe.«

Irys mochte ihren Vormund wirklich. Dennoch und trotz all der Sorgen, die sie selbst momentan umtrieben, konnte sie sich doch angesichts von Coris' säuerlichem Tonfall ein Grinsen nicht verkneifen. Sie grinste, obwohl eine Reise von annähernd neuntausend Meilen selbst im Sommer kein Spaß war. Aber der

Winter rückte rasch näher. Zumindest die letzten Etappen mochten für Coris wirklich gefährlich werden.

»Glauben Sie, sie haben der anstrengenden Reise wegen darauf verzichtet?«, fragte sie und sprach damit indirekt auch ihre Sorge um Coris aus.

»Nein, wohl nicht.« Der Graf verzog die Lippen und schüttelte den Kopf. »Eventuell würde Duchairn sich solche Gedanken machen. Selbst Trynair könnte wegen des Wertes, den Daivyn für die ›Vierer-Gruppe‹ hat, darüber nachdenken. Aber dass Maigwair auch nur einen einzigen Gedanken daran verschwendet, wie unschön es wäre, einen Neunjährigen durch hüfttiefen Schnee zu schleppen, bezweifele ich. Und Clyntahn …«

Coris hielt inne und zuckte mit den Schultern, und nun war es an Irys zu nicken. Vikar Zahmsyn Trynair war vermutlich der kaltblütigste, berechnendste Kanzler, den die Kirche des Verheißenen in den neunhundert Jahren seit dem Tag der Schöpfung hervorgebracht hatte. Er sah in Daivyn Daykyn vermutlich lediglich einen potenziellen politischen Aktivposten, aber keinen kleinen Jungen, dessen Vater erst kürzlich brutal ermordet worden war. Und nach allen Berichten besaß Allayn Maigwair, der Captain General der Kirche, etwa so viel Fantasie und Einfühlungsvermögen wie ein mittelgroßes Stück Holz. Von *ihm* zu erwarten, sich um Daivyn Sorgen zu machen, wäre ebenso töricht wie vergebens.

Und dann gab es da noch Zhaspahr Clyntahn. Irys zweifelte ebenso wenig wie Coris daran, dass der Großinquisitor jeden, der die Frechheit besessen hätte, ihm vorzuschlagen, er könne sich doch in der einen oder anderen Art und Weise um Daivyns Wohlergehen kümmern, einfach nur verständnislos angestiert hätte.

»Falls sie mit Daivyn etwas vorhätten, würden sie ihn in Zion wissen wollen. Denn nur so hätten sie notfalls jederzeit Zugriff auf ihn«, fuhr der Graf fort. »Was das betrifft, wird zumindest

Clyntahn die Gelegenheit nutzen wollen, Daivyn damit zu … beeindrucken, wie gewaltig das Interesse des Inquisitors und seiner Gefährten an ihm ist.« Coris schüttelte den Kopf. »Nein, ich glaube, dass es weitgehend tatsächlich um das geht, was Trynairs Nachricht uns auch hat wissen lassen. Sie werden sichergehen wollen, dass *ich* die Pläne, die sie für Daivyn und seine Zukunft haben, voll und ganz verstehe. Und natürlich werden sie auch erfahren wollen, wie ich die Lage in Corisande einschätze.«

Einen Moment lang wirkte es, als wolle Irys angewidert ausspucken. Coris konnte es ihr wirklich nicht verübeln.

»Ich bin mir sicher, dass sie auf bessere Quellen zurückgreifen können als ich – als *wir*«, sagte er. »Oder zumindest vermögen ihre Quellen deren Berichte rascher nach Zion zu schaffen, als unsere Agenten sich bei uns melden können. Aber alles, was man in Zion über Corisande weiß, stammt bestenfalls aus zweiter Hand, selbst wenn es aus jüngerer Zeit stammt als unsere letzten Nachrichten. Der Versuch, einen Ratgeber Eures Herrn Vaters ausquetschen zu wollen, würde mich nicht überraschen.«

Mit einem kurzen aufblitzenden Lächeln sagte Irys: »Vor allem den Leiter der Spionageabteilung, meinen Sie.« Dann fuhr sie fort: »Vor allem jetzt, da Vater tot ist. Zweifellos werden die von Ihnen erfahren wollen, welchen Eindruck Sie von der Reaktion des Volkes darauf haben, dass Cayleb ihn hat ermorden lassen.«

Dieses Mal nickte Coris nur. Er kannte Irys Daykyn seit ihrer Geburt, war sogar, womit er gern vor ihr kokettierte, mehr als einmal dabei gewesen, als ihre Windeln gewechselt wurden. Er wusste ganz genau, wie nahe sie ihrem Vater gestanden hatte, und er wusste ganz genau, was sein Tod ihr bedeutete. Stets hatte er sich bemüht, sie auch andere Gründe anerkennen zu lassen, die zur Ermordung ihres Vaters geführt haben könnten. Nichtsdestotrotz machte sie Cayleb dafür verantwortlich.

Coris' eigene Vermutungen gingen eher in eine andere Richtung. Diesen Verdacht auszusprechen aber, war gefährlich – nicht nur für ihn, sondern auch für Prinzessin Irys.

»Ich bin mir sicher, dass das zu den Dingen gehören wird, über die wir sprechen werden«, pflichtete er ihr bei. »Dennoch halte ich es für wahrscheinlich, dass die Vikare die Absicht haben, Euch und Daivyn fürs Erste hier in Talkyra bei König Zhames bleiben zu lassen. Bis ich in Zion ankomme, werden mehr als zwei Monate vergehen. Wie lange sie mich dann dort behalten werden, weiß ich nicht. Meines Erachtens aber werden sie mich weder auf Dauer von Daivyn trennen oder ihn, ohne mich, seinen Vormund, an einen anderen Ort schicken. Mit anderen Worten: Er wird wohl mindestens weitere fünf oder sechs Monate hier bleiben. Wahrscheinlich sogar noch länger.«

»Ich wäre nicht todunglücklich, wenn dem so wäre.« Irys seufzte und schüttelte den Kopf. »Keinem von uns gefällt es hier sonderlich. Aber Daivyn braucht unbedingt eine gewisse Stabilität in seinem Leben, Phylyp. Er muss einfach eine Zeit lang an ein und demselben Ort bleiben dürfen, um wenigstens etwas über den Verlust hinwegzukommen.«

»Ich weiß.« Coris streckte den Arm aus und tätschelte der Prinzessin über den Tisch hinweg sanft die linke Hand. »Ich weiß. Und ich werde mein Bestes geben, auch *sie* davon zu überzeugen.«

»Das weiß ich doch.«

Irys lächelte ihn an und hoffte dabei, dass er nicht bemerkte, wie viel Furcht sich hinter diesem Lächeln verbarg. Irys kannte Phylyp Ahzgood gut. Trotz des Rufes, in dem er stand – zumindest bei einigen Corisandianern –, wusste sie, dass er ihrem Vater stets treu ergeben gewesen war, und sie vertraute ihm unbedingt. Wahrscheinlich vertraute sie ihm sogar mehr, als gut war. Dies aber nicht etwa, weil sie es für möglich hielt, dass er ihr Vertrauen missbrauchen oder sie verraten könnte. Nur hatte ihr Vater stets zu sagen gepflegt, niemand, der auf einem

Thron saß oder dafür verantwortlich sei, einen Herrscher zu unterstützen, könne es sich leisten, jemandem *vollends* zu vertrauen.

Aber es gab gute Gründe, weswegen ihr Vater Coris zum Vormund für Daivyn und sie bestimmt hatte. Und zumindest einer der Gründe war, dass Hektor von Corisande, was Phylyp Ahzgood anging, von seiner eigenen Regel, niemandem zu sehr zu vertrauen, abgerückt war.

Und genau deswegen werden sie auch versuchen, dich von uns zu trennen, wenn sie die Wahrheit erst einmal begreifen, Phylyp, dachte sie. *Im Augenblick mögen sie ja all den Geschichten Glauben schenken, die du und Vater stets verbreitet haben, was deinen eigenen Ehrgeiz, deine eigenen Ziele und deine düsteren Motive angeht. Aber wenn sie jemals erfahren, wem deine wahre Treue gilt, dass du* nicht *bereit bist, Daivyn deinem eigenen Vorteil zu opfern oder dich bei ihnen lieb Kind zu machen, dann wirst du für sie zur Bedrohung. Und wenn das geschieht, dann werden Trynair und Clyntahn keinen Augenblick zögern, uns – oder zumindest Daivyn – offiziell zu Mündeln des Rates der Vikare zu erklären.*

Im Schein der Lampen blickte sie Ahzgood über den Tisch hinweg an und betrachtete aufmerksam seine Mimik. Einen kurzen Augenblick lang fühlte sie sich so jung, wie sie körperlich war. Jetzt war sie wirklich nur das junge Mädchen, das der Rest der Welt in ihr sah. Sie wünschte, sie wäre noch so klein, um auf seinen Schoß klettern zu dürfen, den Kopf gegen seine Schulter zu lehnen und sich von ihm umarmen zu lassen. Er würde ihr sagen, alles werde wieder gut, und ihre Furcht verschwände.

Aber es würde nicht alles wieder gut. Niemals wieder. Und das wusste Irys Daykyn auch.

Lass nicht zu, dass man dich mir wegnimmt, Phylyp!, dachte sie. *Was auch immer sonst geschehen mag, lass nicht zu, dass sie dich uns wegnehmen!*

.IV.

Stadt Manchyr, Herzogtum Manchyr, Fürstentum Corisande

CORISANDIANER!

BÜRGER VON MANCHYR!

Das Blut Eures ermordeten Prinzen, vergossen auf den Straßen Eurer eigenen Stadt, schreit nach Vergeltung! Die Stiefel der Sklaven und Lakaien jenes Ungeheuers, das dieses Blut vergießen ließ, marschieren durch Eure Straßen! Die Stimmen der abtrünnigen Priester erklingen in Euren Kirchen! Die Verteidiger des Wahren Glaubens werden zum Schweigen verdammt und in Verstecke getrieben!
Wie lange noch wollt Ihr derartige Schmach, derartige Beleidigungen erdulden?
Diese Kränkung Gottes und der Menschen gleichermaßen?
Wie lange noch …

Konzentriert legte Paitryk Hainree die Stirn in Falten, während er den mit Lettern gefüllten Winkelhaken in seiner Linken begutachtete. Als Silberschmied war er natürlich ein geschickter Graveur. Aber er hatte feststellen müssen (nicht unbedingt zu seiner Überraschung), dass doch nur sehr wenig Gemeinsamkeit zwischen ›Gravieren‹ und ›Setzen‹ bestand. Zum einen hatte er ernstliche Mühe, die spiegelverkehrten Buchstaben zu lesen. Er hatte keine Schwierigkeiten, jeden der Buchstaben eindeutig zu identifizieren, schließlich entnahm er sie stets dem richtigen Fach aus dem Setzkasten (auch wenn er dabei immer zweimal hinschauen musste). Es war eigentlich recht einfach, sich im Vorfeld zu überlegen, welche Lettern denn nun zeilenweise wohin auf den Winkelhaken gehörten. Die Zeilen wurden dann ausgeschossen, das heißt dem gewünschten Format angepasst. Setzlinie nach Setzlinie wurde der Winkelhaken mit Lettern gefüllt, bis der so gesetzte Text aufs Schiff gehoben wurde, ein winkelrechtes Brettchen. Waren auf dem Schiff endlich alle Zeilen einer Seite versammelt, folgten Unterschlag und Kolumnenschnur, und die fertig gesetzte Seite wurde aufs Setzbrett ausgeschossen und war druckfertig. Nur beharrte Hainrees Gehirn störrisch darauf, jedes einzelne Wort zu lesen, während er die Lettern anordnete. Daher war er stets versucht, die spiegelverkehrten Lettern richtig herum, statt, wie es der Druck erforderte, umgekehrt zu Zeilen zusammenzufügen.

Auch wenn einen Text zu setzen ein gänzlich anderes Handwerk war als die Silberschmiedekunst, gab es Ähnlichkeiten, die Hainree die Arbeit leichter von der Hand gehen ließen. Er hatte schon immer Freude an kleinen Details gehabt, hatte sich schon immer gerne auf winzige Einzelheiten konzentriert. Er arbeitete gerne mit Metall, und ihm gefiel, dass man Auge und Hand dabei so perfekt koordinieren musste. Wieder handwerklich tätig zu sein statt als Agitator auf der Straße, besaß zudem viel Reiz für ihn.

Er griff nach der nächsten Letter. In Gedanken aber beschäftigte ihn anderes. Die Plakate, die er gerade setzte, sollten von hier aus – einem Keller der Stadt, in dem sorgfältig verborgen eine Druckpresse stand – durch ein ganzes Netzwerk engagierter Unterstützer weiterverteilt werden. Morgen Abend würden sie dann überall in der Stadt hängen. Natürlich wären schon am nächsten Morgen die Stadtwachen damit beschäftigt, sie allesamt wieder abzureißen. Nicht alle Stadtwachen kämen dem Befehl gern nach – dessen war sich Hainree sicher.

Aber sie würden gehorchen. Dafür würden der ›Regentschaftsrat‹ und dieser verräterische Mistkerl Gahrvai schon sorgen!

Hainree stellte fest, dass er vor Zorn schon wieder die Kiefermuskeln angespannt hatte. Er zwang sich, sich zu entspannen. Irgendwann gehorchten ihm die Muskeln sogar ... zumindest ein wenig. Tief atmete er durch. Allein schon an Sir Koryn Gahrvai zu denken, reichte aus, puren Zorn durch jede einzelne von Hainrees Adern pulsieren zu lassen. Wenn Hainrees Grundstimmung freundlicher war, war er bereit, Gahrvais Niederlage in Unfähigkeit, aber auch schlicht Pech begründet zu sehen. Shan-wei schien sich offenkundig nun einmal um die Ihren zu kümmern. Aber nach seiner Niederlage hatte Gahrvai das Kommando über die Truppen übernommen, die, Schande über Schande, bereit waren, Ahrmahk in Corisande zu Willen zu sein – und das war lupenreiner Verrat! Verräter ist Verräter –, da drängte sich einem doch die Vermutung förmlich auf, dass das, was Unfähigkeit und Pech gewesen zu sein schien, auch schon Verrat gewesen war! Hatte es vielleicht von Anfang an schon eine Art stillschweigende Übereinkunft zwischen Gahrvai und den Angreifern gegeben?

In freundlicherer Stimmung gestand Hainree Gahrvai zu, aus Opportunismus das von den Invasoren ihm angetragene Kommando angenommen zu haben. Das spräche den Mann dann wieder vom Verdacht des Verrates frei. Hainree war sich bewusst, dass es beim derzeitigen Kenntnisstand voreilig wäre, Gahrvai und seinen Vater zu beschuldigen, schon vor Abschluss der Kampfhandlungen mit Cayleb gemeinsame Sache gemacht zu haben. Um das zu begreifen, hätte es Pater Aidryns dezenten Hinweises nicht bedurft. Vielleicht aber wusste man bald mehr, beispielsweise, wenn die Frage nach den Hintermännern des Attentats auf Prinz Hektor endlich beantwortet wäre. Hainree war sich sicher, wie diese Antwort lauten würde, lauten *musste*. Wer schon als diejenigen, die am meisten vom Tod des Fürsten profitierten, sollten den Mord *geplant* haben? Und wer war das? Dieser so genannte Regentschaftsrat, wer sonst! Die Kerle da konnten sich noch so sehr Prinz Daivyns ›Berater‹ nennen – es änderte nichts daran, wem sie tatsächlich Rechenschaft schuldig waren! Und eins war sicher: Ihnen war es nicht nur gelungen, hier zu überleben, nein, sie waren aus der Krise mit noch mehr Einfluss als je zuvor hervorgegangen. Für Hainree ließ das keine Fragen offen.

Und dann noch dieses verdammte Parlament, das so bereitwillig kapituliert hat!, dachte Hainree grimmig. Mit mürrischer Miene betrachtete er den Winkelhaken in seiner Linken. Vermutlich war es unvernünftig zu erwarten, dass das Parlament des Fürstentums sich Ahrmahk widersetzte, wenn der ›Regentschaftsrat‹ sich Ahrmahks Willen schon gebeugt hatte und Corisande von annähernd sechzigtausend Charisian Marines besetzt war. Zwanzigtausend Marines hatte Chermyn allein hier in Manchyr. Auch wenn Chermyn sich redlich Mühe gab, seine Soldaten nicht allzu offenkundig durch die Straßen stolzieren zu lassen, wusste doch jeder, dass sie da waren. Jeder! Also auch das Ober- und das Unterhaus. Und daher tanzten sie alle nach der Pfeife des charisianischen Vizekönigs General Chermyn.

Andererseits mochte es ja durchaus einen Unterschied geben zwischen dem, was sie nach einer Abstimmung beschlossen hatten und dem, was sie *tatsächlich* tun würden. Allen Berichten zufolge würde das Parlament schon bald aufgelöst werden. Sämtliche Abgeordneten würden wieder in ihre Heimatstädte zurückkehren und stünden nicht mehr ständig unter dem wachsamen Auge – und den Bajonetts – der Besatzungsmacht. Was *dann* passieren würde, wäre wirklich interessant! Erster Widerstand hatte sich bereits in Manchyr organisiert, zumindest ein erstes Grundgerüst. Einer von Hainrees Kontaktleuten aus diesem ›harten Kern‹ hatte ihm berichtet, außerhalb der Stadt sei es nicht anders. Natürlich war es nun erforderlich, dieses Grundgerüst, dieses ›Skelett‹ des Widerstandes, entsprechend auszubauen, es sozusagen mit Sehnen und Muskeln auszustatten. All das käme mit der Zeit. Hainree war sich sicher, dem Widerstand wüchse Kraft aus unerwarteten Quellen zu. Sein Kontaktmann etwa hatte fallen lassen, dass die Anführer des Widerstandes bereits diskret Kontakt zu diversen Parlamentsmitgliedern geknüpft hätten. Zweifellos hatten sie auch noch, ähnlich diskret, an anderen Orten den einen oder anderen Samen gesät, der beizeiten reiche Früchte tragen würde.

In der Zwischenzeit würde sich Paitryk Hainree ganz um seine eigenen kleinen Ränke kümmern und sie zu hegen und zu pflegen wissen.

Hainree war viel zu sehr in seine Arbeit vertieft, um das winzige Gerät zu bemerken, das in einer Ecke seines Kellers an der Decke hing. Selbst wenn er nicht durch die Druckpresse abgelenkt gewesen wäre, hätte er das Ding vermutlich nicht bemerkt. Es war beinahe schon mikroskopisch klein, obwohl es immer noch größer war als manches seiner Geschwister. Und hätte irgendjemand Paitryk Hainree erklärt, was dieses kleine Ding zu leisten vermochte, so hätte er diese ungeheuerlichen Behauptungen umgehend ins Reich der Märchen verwiesen.

Bedauerlicherweise für ihn hätte er sich hier getäuscht. Später an diesem Abend, in der weit entfernten Stadt Cherayth, lehnte sich ein imperialer Gardist mit einem dichten Schnurrbart, zu dem ein sauber gestutzter Kinnbart gehörte, mit geschlossenen Augen zurück und rieb sich nachdenklich mit dem Zeigefinger über eine Narbe am Kinn. Währenddessen dachte er über das Bildmaterial nach, das ihm die winzige Spionageplattform übermittelt hatte.

Diesem Meister Hainree würde ich ja zu gern einen Besuch abstatten, sinnierte Merlin Athrawes, ohne die Augen zu öffnen. *Seine*

Freunde und er sind einfach ein bisschen zu gut organisiert für meinen Geschmack. Andererseits liegt uns allmählich ein ziemlich detaillierter Überblick über ihre gesamte Organisation vor. Das in Corisande jemanden wissen zu lassen, wäre hilfreich. Aber so einfach ist es eben nicht.

Dieser Gedanke brachte Merlin Athrawes dazu, die Lippen zu einem säuerlichen Lächeln zu verziehen. Es passte ihm gar nicht, wie viel seiner eigenen Zeit – und der von Owl, Cayleb und Sharleyan – dieses Projekt auffraß. Aber er hatte seine ferngesteuerten Aufklärerplattformen, seine SNARCs, in beachtlicher Anzahl kreuz und quer über die ganze corisandianische Hauptstadt verteilt. Sobald ein neues Mitglied dieser gerade erst entstehenden Widerstandsbewegung identifiziert war, wurde ihm eine dieser Parasiten-Plattformen dauerhaft zugewiesen. Immerhin war die interne Organisation dieser Leute nicht sonderlich ausgeklügelt. Aidryn Waimyn – jemand, mit dem Merlin *wirklich* gern ein paar Worte gewechselt hätte –, hatte sein Bestes gegeben, die Organisation aus einzelnen Zellen aufzubauen. Bedauerlicherweise für Waimyn waren einige seiner Mitstreiter entschieden zu einfach gestrickt und zu direkt für ein ernstlich ausgeklügeltes System. Zudem besaßen sie mehr Enthusiasmus als Geschick, sich unauffällig wie ein Profi zu bewegen. Merlins Beobachtungen nach hatte Waimyn bislang nur wenige Geheimdienstleute des Grafen Coris in die Reihen seiner Organisation eingegliedert.

Natürlich wissen wir nicht, wie lange das noch so bleibt, rief er sich ins Gedächtnis zurück.

Es gab Zeiten, in denen er sehr versucht war, in sein Aufklärer-Schwebeboot zu springen, kurz nach Manchyr zu düsen und Waimyn persönlich auszuschalten. Allzu schwierig wäre das nicht. Es wäre sogar lächerlich einfach – und dazu eine in der momentanen Lage geradezu angenehme Aufgabe. Allerdings hätte Merlin dann in Corisande bleiben und seine Nächte damit verbringen müssen, einen Anführer der Widerstandsbewegung nach dem anderen umzubringen. Viel zu lästig. Da blieb er doch lieber hier vor Ort und vertraute darauf, dass er mit all seinem Wissen zumindest das Schlimmste würde verhindern können. Aber die Aufgabe, einen Aufrührer nach dem anderen auszuschalten, wäre nicht nur lästig, sondern obendrein auch noch unklug: Würde Merlin eingreifen, würde er dem Widerstand lediglich die Anführer und die Organisiertheit nehmen. Im Augenblick war es hilfreicher, Waimyn zu lassen, wo er war, immer zu wissen, wo die führenden Köpfe der Bewegung gerade waren und was sie für Pläne hegten. Zwar wuchs so die Effizienz der Bewegung, aber zerschlüge man die Struktur, wäre der Widerstand unorganisiert, nicht gut zu beobachten, nicht gut auszuheben, wenn dann der Augenblick dazu gekommen wäre, und damit umso gefährlicher.

Ich wünschte nur, dachte Merlin und konzentrierte sich wieder ganz auf das Bildmaterial der SNARC, *mein Instinkt sagte mir nicht, dass sie in der Zwischenzeit immensen Schaden anrichten werden.*

»Das ist unerträglich, ich weiß«, knurrte Hauwyl Chermyn. Die Hände hinter dem Rücken verschränkt, starrte er aus dem Fenster seines Arbeitszimmers zum wolkenverhangenen Himmel empor. »Und um ehrlich zu sein, würde ich diese Mistkerle am liebsten erschießen, sobald sie sich aus der Deckung wagen!«

Brigadier Zhoel Zhanstyn, Kommandeur der Dritten Brigade der Imperial Charisian Marines, betrachtete den Rücken seines Vorgesetzten und lächelte in sich hinein. Dieses Lächeln verriet Zuneigung und Respekt, auch wenn es gewiss ein wenig Belustigung barg – und vielleicht auch ein *wenig* Erschütterung zu verbergen suchte. Erschütternd war die Lage, nicht das, was Vizekönig General Chermyn tat oder sagte.

Und wenn der Alte einfach mal an irgendwem seine Wut auslassen muss, dann bin ich wohl der, den's trifft, weil er gleich daneben steht, sinnierte Zhanstyn. *Ist ja nicht so, als gäbe es hier noch jemand anderen, dem gegenüber er* nicht *ständig auf der Hut sein muss.*

Aber das, so grübelte der Brigadier weiter, träfe wohl auf praktisch jeden zu, der sich in Chermyns alles andere als beneidenswerten Situation befände. Chermyn trug doppelte Verantwortung: Er war Kommandeur der Besatzungsstreitmacht und als Vizekönig offizieller Vertreter von Kaiser Cayleb und Kaiserin Sharleyan. Diese Verantwortung hätte wohl für jeden eine beachtliche Herausforderung dargestellt. Chermyn verabscheute die Politik. Bisher war es ihm stets gelungen, alles zu vermeiden, was auch nur ansatzweise nach einer Tätigkeit bei Hofe aussah. Dementsprechend schwierig wäre es gewesen, jemanden zu finden, der sich für diese Aufgabe noch weniger geeignet fühlte als der frisch eingesetzte Vizekönig.

Das Kaiserreich Charis konnte von Glück reden, dass Hauwyl Chermyn niemals der Gedanke gekommen wäre, seinen derzeitigen Auftrag abzulehnen. Das war deswegen gut, weil man, unabhängig davon, für wie ungeeignet er selbst sich hielt, keinen Besseren hätte auswählen können, um diese Aufgabe zu meistern. Gut, der Vizekönig-General mochte Politik nicht, und bei Hofe benahm er sich vielleicht recht ungeschliffen (und das war noch milde ausgedrückt). Aber er *verstand* etwas von Politik, und zu eisernem Pflichtgefühl und Integrität gesellte sich immense Bereitschaft, einen Konflikt auch wirklich auszutragen. Und das bemerkte selbst noch der größte Narr.

Chermyns Bereitschaft, Konflikte auszutragen, hatten zweifelsohne Adelige wie Bürgerliche im Parlament von Manchyr deutlich gespürt. Denn niemand war töricht genug gewesen, ihn herauszufordern. Zumindest nicht offen. Zhanstyn zweifelte nicht daran, dass es immer wieder, zu den unterschiedlichsten Anlässen und in den verschiedensten Privatgemächern, zu heimlichen Unterredungen käme. Man würde sich dann angelegentlich fragen, ob es nicht eine Methode gäbe, Chermyns Entschlossenheit, die vom Kaiser verfügte politische Linie umzusetzen, heimlich und unbemerkt zu hintertreiben. Doch im Augenblick hatte der Vizekönig-General die hohen Lords von Corisande fest im Griff.

Vereinfacht wurde ihm die Lage dadurch, dass der Hochadel ebenso wie die wohlhabenderen Mitglieder des Unterhauses einfach zu viel zu verlieren hatten. Das ließ sie vorsichtig werden und hielt sie von offenem Widerstand ab. Zudem hatte Chermyn in seiner ebenso schonungslosen wie ungehobelten und dabei kristallklaren Art erklärt, was er mit jedem Adeligen zu tun beabsichtigte, der die kürzlich geschworene Lehnstreue der charisianischen Krone breche. Da er auf die sonst üblichen diplomatischen Verzierungen verzichtet hatte, konnten seine Zuhörer überhaupt nicht auf die Idee kommen, er könne das Gesagte vielleicht doch anders meinen. Ebenso unmissverständlich war Chermyn auch bei einem anderen Punkt gewesen: Bei ihm, so hatte er gesagt, stieße die Ausrede, ein einem Exkommunizierten geleisteter Eid sei nicht bindend, auf taube Ohren, wenn er mit seiner Belagerungsartillerie vor den Burgmauern eines Eidbrechers auftauche.

»Unerträglich oder nicht«, fuhr Chermyn jetzt fort, wandte sich von dem Fenster ab und drehte sich mit hinter dem Rücken verschränkten Händen zu dem Brigadier um, »so muss es nun einmal laufen. Zumindest im Augenblick.« Er verzog das Gesicht. »Mir wäre wirklich nichts lieber, als diese verdammten Aufrührer in die Finger zu bekommen, am liebsten aber die Anführer! Denn die meisten, die denen hinterherlaufen, da bin ich mir sicher, werden nur an der Nase herumgeführt.« Er schnaubte verächtlich. »Selbstverständlich habe ich deren polemische Flugblätter gelesen, genau wie Sie! Da versucht jemand, die ganze Situation hier aufzumischen, ganz wie Seine Majestät es ja auch schon vermutet hat. Sich provozieren zu lassen, wäre also gänzlich falsch.«

»Ganz Ihrer Meinung, Sir«, bestätigte Zhanstyn und erlaubte so seinem Vorgesetzten, zumindest verbal noch ein wenig mehr Dampf abzulassen. Besser als zum falschen Zeitpunkt zu platzen.

»Das Letzte, was wir hier gebrauchen können, ist, den Mistkerlen, die hinter der ganzen Sache stecken, auch noch ein paar Märtyrer zu liefern«, knurrte Chermyn prompt. Neuerlich warf er einen Blick aus dem Fenster; in dicken Bächen strömte der Regen daran herab. »Wahrscheinlich verhielten sich die meisten aus dieser Bande irgendwie Unzufriedener still und unauffällig, wenn die Hintermänner des Aufruhrs sie nur in Ruhe ließen. Ich will damit nicht behaupten, wir könnten die ganze Sache ewig im Griff behalten. Aber eigentlich müssen wir das ja auch nur so lange schaffen, bis Anvil Rock, Tartarian und der Rest des Regentschaftsrates endlich ein Bein auf den Boden bekommen. Respekt und Legitimität brauchen sie – das ist es, was sie sich erarbeiten müssen! Diese Sache da kürzlich vor der Kathedrale«, unvermittelt schaute er Zhanstyn direkt in die Augen, »das hätte wirklich unschön werden können. Ist schon schlimm genug, dass wir einen von unseren Leuten verloren haben. Aber dieser junge Lieutenant, den Sie da eingesetzt hatten – Lieutenant Tahlas, richtig?« Chermyn schwieg, bis Zhanstyn bestätigend genickt hatte. Dann schnaubte er. »Wenn dieser junge Kerl die Beherrschung verloren hätte und nicht nur ein paar Schädel eingeschlagen und ein paar Knochen gebrochen hätte, hätte das der Gegenseite das Blutbad geliefert, auf das die mit Sicherheit aus gewesen sind!«

»Ich habe Lieutenant Tahlas deswegen bereits belobigt, Sir«, gab Zhanstyn zurück. Deutlich zeigte er seine Freude darüber, dass der Vizekönig-General sich an den Namen des jungen Offiziers erinnerte. »Und mit Verlaub, Sir, bin ich in allem ganz Ihrer Meinung. Trotzdem, Sir: die Gegenseite legt es auf eine offene Konfrontation an. Wenn wir dabei weitere Leute verlieren, werden wir irgendwann zurückschlagen *müssen*. Es ist eine

Sache, Zurückhaltung zu üben. Aber es ist etwas völlig anderes, wenn die Gegenseite Gelegenheit hat, das als Zeichen der Schwäche zu deuten.«

»Das stimmt.« Mit grimmiger Miene nickte Chermyn. »Deswegen möchte ich ja auch, dass Gahrvais Truppen so rasch wie möglich aufgestellt werden. An vorderster Front wäre mir nämlich bei dieser Art von Konfrontation ein Corisandianer lieber. Wir sollten nur noch die Rolle der Unterstützung im Hintergrund spielen.« In einem sehr schmalen Lächeln entblößte der Vizekönig die Zähne. »Glauben Sie, einer von diesen Kerlen da draußen versteht, dass wir auf keinen Fall mehr als absolut unvermeidbar von denen umbringen wollen?«

»In einer perfekten Welt, Sir, gewiss. Nur ist dies keine perfekte Welt.«

Der Brigadier zuckte mit den Schultern, und Chermyn stieß ein raues, knappes Lachen aus. Dann straffte er die Schultern und ging zu seinem Schreibtisch hinüber. Er ließ sich in den Sessel sinken und griff nach der ersten Akte, die auf einem ganzen Stapel von Ordnern lag.

»Nun, dann werden wir uns in dieser unperfekten Welt, Brigadier, wohl einiger unperfekter Details annehmen müssen. Und mit diesem Ersuchen von Brigadier Myls fangen wir an.« Mit dem Zeigefinger tippte er auf das Deckblatt des Ordners. »Ich glaube, er hat mit seiner Einschätzung nicht ganz Unrecht. Er hat tatsächlich zu wenig Männer und ist wirklich überlastet.«

»Richtig, Sir.« Gequält verzog Zhanstyn das Gesicht. »Er hat wirklich ein Problem. Bedauerlicherweise ahne ich bereits, wo Sie die erforderlichen Männer zu finden glauben, um dieses Problem zu lösen.«

»Auf Draht wie immer, was!« Chermyns leises Lachen klang schon deutlich fröhlicher. »Also, was denken Sie: Wo sollte ich Sie am besten ausplündern?«

»Also, Sir, wenn wir die Alpha-Kompanie aus dem Zwoten

Bataillon der Dritten nehmen, und dann auch noch die Charlie-Kompanie aus dem Ersten Bataillon der Vierten, dann hätten wir eine ziemlich gute Mischung aus Erfahrung und Enthusiasmus. Und wenn wir dann noch ...«

Oktober,
im Jahr Gottes 893

.I.

Merlin Athrawes' Aufklärer-Schwebeboot, in safeholdnaher Umlaufbahn, geostationär über dem ›Amboss‹

Kaiserin Sharleyan hatte sich darauf vorbereitet geglaubt, ein Wunder zu erleben. Doch sie war es nicht. Das, was sie gerade erlebte, ging über alles, was sie sich hatte vorstellen können, weit hinaus. Sich darauf vorzubereiten war gar nicht möglich.

Sie saß in der Passagierkabine des ›Aufklärer-Schwebebootes‹, wie Merlin es nannte. Ihre Nase war vielleicht fünf Zoll von der Wand der absolut durchsichtigen Kuppel aus PanzerPlastik entfernt. Fassungslos starrte Sharleyan den Nachthimmel darüber an. Der Mond stand klar und hell am Firmament. Wie eine unfassbar glitzernde Silbermünze schimmerte er am Himmel, der schwärzer war, als Sharleyan es jemals zuvor erlebt hatte. Rings um den Mond leuchteten die Sterne, unfassbarerweise heller noch als der Mond. Es war sonderbar, die Sterne so klar und deutlich erkennen zu können, ohne die Spur ihres üblichen Funkelns. Nicht einmal am klarsten und kältesten aller Wintertage waren die Sterne so klar zu erkennen. Unwillkürlich erschauerte Sharleyan, als ihr noch einmal Merlins Erklärung dafür durch den Kopf ging.

Wir sind hier so hoch, dass es nicht einmal mehr Luft *gibt. Zumindest nicht genug.* Sharleyan schüttelte den Kopf. *Ich wäre nie auf die Idee gekommen, dass die Sterne nur deswegen funkeln, weil wir sie durch so viele* Meilen *von Luftschichten sehen, die das Bild verzerren. Ich hatte immer gedacht, klare Luft würde auch wirklich ›klar‹ bedeuten. Aber so ist das gar nicht! Und jetzt bin ich oberhalb von alledem. Ich bin genau an der Grenze zu dem, was Merlin ›Weltraum‹ nennt!*

Kein anderer auf Safehold geborener Mensch war jemals so hoch emporgestiegen, das wusste Sharleyan. Nicht einmal Cayleb auf seinem Flug von Corisande nach Charis. Sharleyan starrte nach unten, in die unendliche Tiefe, in der ihr ganzer Heimatplanet sich in eine riesige Kugel verwandelt hatte. Sie starrte dorthin, wo die Wolken, unfassbar weit vom Schwebeboot entfernt, silbrig-schwarz dahinzogen, langsam über den ›Amboss‹ trieben, jene windumtoste Wasserfläche zwischen Chisholm und der Hammer-Insel. Aus dieser Höhe konnte sie die Oberfläche der Welt nicht erkennen, nicht in der Dunkelheit der Nacht, nicht mit ihren eigenen Augen, die nun einmal nur die Augen einer Sterblichen waren. Doch sie wusste, dass alles, was sie kannte, wirklich dort war. Sie brauchte nur den Kopf zur Seite zu drehen und sich das so genannte Display anzuschauen, um die gewaltige, sturmbewegte Salzwasserfläche in atemberaubendem Detailreichtum sehen zu können. Merlin hatte ihr gezeigt, wie sie das Display bedienen konnte. So lieferten ihr die computergesteuerten Sensoren bereitwillig tageslichthelle Echtfarbenaufnahmen von allem, worauf Sharleyan sie auszurichten beliebte. Sie konnte den Bildausschnitt vergrößern – ›heranzoomen‹, nannte Merlin das –, bis selbst noch Dinge, die sich in weitester Ferne befanden, so wirkten, als seien sie zum Greifen nah.

Cayleb hatte ihr prophezeit, es würde ihr so ergehen, und so war es nun auch: Das Wunder des Displays, diese Möglichkeit, die Welt mit den Augen Gottes zu sehen, verblasste angesichts dessen, was Sharleyan mit ihren eigenen Augen wahrnahm, sobald sie durch die PanzerPlastik-Scheibe blickte.

Diese ›Bildgeber‹ sind Zauberwerk, dachte sie, *egal, was Merlin sagt. Das verrät mir mein Gefühl: Sie stammen aus dem Märchenland wie die Märchen meiner Kindheit. Die Bilder eines Displays sind nicht ganz … real. Aber* das hier – *der Mond, die Sterne, die Wolken –, das alles sehe ich mit meinen eigenen Augen! Das ist* wirklich real. *Und ich sehe sie hier aus einer Höhe von Tausenden und Abertausenden Fuß!*

Ich bin wirklich hier oben, *ich fliege zwischen dem Mond und den Sternen! Sie alle sind wirklich dort draußen, über mir, unter mir und um mich herum!*

Tief atmete sie durch und grinste in sich hinein, weil dieser Gedanke ihr den vorangegangenen Abend ins Gedächtnis zurückrief.

Endlich hörte Sharleyan auf, sich zu übergeben (hoffte sie zumindest). Mit einem warmen, feuchten Tuch wischte sie sich das Gesicht ab. Der ekelige Geschmack, den sie im Mund hatte, blieb zurück und brachte ihren Magen dazu, sich erneut zu verkrampfen. Doch mit festem Willen kämpfte Sharleyan dagegen an. Ein paar Sekunden lang versuchten die Muskeln in ihrem Unterleib sich der Entscheidung zu widersetzen. Doch dann gaben sie auf ... vorerst, zumindest.

»Besser?«, fragte eine Stimme. Mit einem matten Lächeln blickte Sharleyan von der Schüssel in ihrem Schoß auf.

Trotz des Feuers, das hinter ihrem Gemahl prasselte, und den Heizungsrohren unter den Kacheln des Schlafzimmerfußbodens war die Luft gelinde gesagt kühl. Von dem frischen Tuch, das ihr Cayleb gerade aus dem Topf auf dem Ofen geholt hatte, stieg dick der Dampf auf. Unter diesen Umständen war es nur verständlich, dass der Kaiser sich in eine Decke gehüllt hatte, so wenig hochherrschaftlich es auch aussehen mochte. Tatsächlich war Sharleyan sogar der Ansicht, dass es über ›wenig hochherrschaftlich‹ weit hinausging. Er sah albern aus.

Andererseits, dachte sie, *ist er wirklich sofort aus dem Bett gesprungen und hat mir ein Tuch geholt, als er hörte, dass ich mich schon wieder übergeben musste. Das zählt ja auch etwas ... immerhin ist das Ganze seine Schuld!*

»Besser ... glaube ich«, erwiderte sie. Die Einschränkung kam ein wenig später. Schließlich versuchte ihr Magen schon wieder, sich gegen sie aufzulehnen.

»Gut.«

Cayleb nahm ihr das Tuch ab, mit dem sie sich das Gesicht abgewischt hatte – und das bereits merklich abgekühlt war – und reichte ihr ein anderes, das er gerade erst ausgewrungen hatte. Das benutzte Tuch landete wieder im Topf mit dem kochenden Wasser. Die Schüssel trug Cayleb ins benachbarte Badezimmer. Kurz darauf hörte Sharleyan, wie die Toilettenspülung betätigt wurde. Als er zurückgekehrt war, stellte er die frisch ausgewaschene Schüssel auf ihren Nachttisch. Dann kletterte er zu ihr ins Bett und schlang die Arme um sie.

»Uah!«, protestierte sie, als seine eisigen Füße die ihren berührten.

»Also«, erklärte Cayleb Zahn Haarahld Bryahn Ahrmahk, Herzog Ahrmahk, Fürst von Tellesberg, Schutzherr des Reiches, König von Charis und von Gottes Gnaden Kaiser von Charis, seiner Gemahlin, Sharleyan Alahnah Zhenyfyr Ahlyssa Tahdayo Ahrmahk, Herzogin Cherayth, Schutzherrin von Chisholm, Königin von Chisholm und von Gottes Gnaden Kaiserin von Charis, »sie sind schließlich in deinen Diensten eingefroren. Da kannst du mir doch wenigstens dabei behilflich sein, sie wieder aufzutauen!«

»Und wenn der Schock, mit zwei Eisklumpen gepiesackt zu werden, mich dazu bringt, mich wieder zu übergeben?«, fragte sie mit düsterer Stimme.

»Der Kürze der Intervalle wegen, mit denen du dich erbrichst, macht es keinen Unterschied, ob ich dich jetzt mit Eisklumpen piesacke oder nicht«, gab er philosophisch zurück.

Manche Dinge konnte keine Kaiserin, die auch nur einen Funken Selbstachtung kannte, auf sich sitzen lassen. Also fuhr Sharleyan herum und bohrte ihrem Mann rachsüchtig den Zeigefinger in die Achselhöhle. Es war eine der gerechteren Entscheidungen des Universums gewesen, Cayleb deutlich kitzliger sein zu lassen als sie, und nun nutzte Sharleyan diesen Vorteil gnadenlos aus.

»Schon gut! Schon gut!«, japste er schließlich. »Ich gebe auf! Dann taue ich meine Füße halt allein auf, du undankbares und unvernünftiges Weibsbild!«

»Ooooh! Weibsbild, ja?«, gab sie zurück. Cayleb lachte und kicherte und japste, als sie ihn durchkitzelte. Endlich aber bekam er ihre Handgelenke zu fassen und zwang Sharleyan auf die Matratze. Als er sich über sie beugte und sie sanft auf die Stirn küsste, gab Sharleyan jeglichen Widerstand auf.

»Aber du bist mein absolutes Lieblings-Weibsstück auf der ganzen Welt«, sagte er leise, und sie schüttelte lächelnd den Kopf.

»Euer Majestät, Euer romantischer Wortschatz bedarf der Überarbeitung!«, erklärte sie hoheitsvoll. »Allerdings angesichts der Tatsache, dass das vermutlich das Beste ist, was ein armes, primitives Männerhirn zustande zu bringen in der Lage ist, lasse ich mich herab, Eure Entschuldigung anzunehmen.«

»Entschuldigung?« Fragend hob er eine Augenbraue. »Ich kann mich nicht erinnern, eine Entschul…«

Ein Hüftknochen bohrte sich Cayleb in den Magen. »Ich wollte natürlich sagen«, korrigierte er sich in würdevollem Tonfall, »dass ich dankbar bin – *zutiefst* dankbar – ob deiner Nachsicht.«

»Deswegen erlebst du überhaupt nur den nächsten Morgen«, säuselte sie.

»Ein Gedanke, der mir auch schon gekommen war«, gestand er und küsste sie erneut auf die Stirn, bevor er sich wieder auf das Kissen zurücksinken ließ.

Angesichts des Geschmacks in ihrem Mund konnte Sharleyan es ihm nicht verübeln, dass er sie nicht auf die Lippen küsste. Er schlang den rechten Arm um sie und zog sie an sich, sodass ihr Kopf an seiner Schulter ruhte. Sie kuschelte sich an ihn, genoss die Wärme ihrer Decken und sog seinen Duft ein. Zärtlich strich Cayleb ihr über das Haar.

»Ernsthaft jetzt«, sagte er dann, »was denkst du, wie lange das noch so weitergeht?«

»Auf jeden Fall *zu* lange«, erwiderte sie düster. Dann zuckte sie mit den Schultern. »Ich weiß es nicht. Mutter sagt, ihr sei morgens nie schlecht geworden, und Oma auch nicht, soweit Mutter sich erinnert. Also hilft uns das nicht weiter. Und wirklich *fair* ist es auch nicht, wenn ich's mir recht überlege. *Sairah* sagt, ihre Mutter habe die ganze Schwangerschaft darunter gelitten. Oder sogar noch länger. Ach, keine Ahnung, jedenfalls zu lang!«

Sie deutete ein gequältes Grinsen an. Cayleb brummte mitfühlend. Sairah Hahlmyn war seit Sharleyans Kindertagen ihre persönliche Zofe. Sairah schien die Schwangerschaft der Kaiserin momentan mehr zu genießen als die Schwangere selbst. Auf jeden Fall war sie ständig in der Nähe ihrer Herrin. Egal, was Pater Derahk, der Palastheiler, auch sagte, man konnte sich darauf verlassen, dass Sairah immer eine ihrer unzähligen weiblichen Vorfahren einfiel, die angeblich das gleiche Problem durchlitten hatte – nur stets ungleich schlimmer. Zweifellos glaubte sie, es sei ihrer Regentin eine Beruhigung zu wissen, es hätte noch schlimmer kommen können.

»Na ja, vielleicht kann Merlin uns ja eine grobe Abschätzung vorlegen.«

»Vielleicht.« Sharleyan wusste, dass ihre Stimme ein wenig vorsichtig klang. Doch zugleich fand sie, ein gewisses Maß an Besorgnis stehe ihr einfach zu, wenn man bedachte, was für eine Reise für sie vorgesehen war.

»Nervös?«, fragte Cayleb mit sanfter Stimme, als hätte er ihre Gedanken gelesen … nicht dass es eines esoterischen Talentes bedurft hätte, sich zu überlegen, worüber genau sie gerade nachgedacht hatte.

»Ein bisschen«, gestand sie und kuschelte sich noch enger an ihn. »Ist ja nicht so, als hätte *ich* so etwas jemals schon gemacht.«

»Na ja, ich hab's bislang auch nur zweimal gemacht – und wenn wir von einer Rundreise sprechen, dann sogar nur ein einziges Mal«, gab Cayleb zurück. »Merlin hingegen hat das schon wer weiß wie oft gemacht. Natürlich sind wir innerhalb der Atmosphäre geblieben«, der Tonfall des Kaisers ließ vermuten, er schmolle deswegen, »aber damals musste er auch nicht so weit reisen wie jetzt. Und wenn er sich sicher ist, dass seine Tarnvorrichtung für diese Fahrt geeignet ist, werde *ich* ganz bestimmt nicht mit ihm darüber diskutieren.«

»Das ist sehr großherzig von dir. *Du* sollst ja auch gar nicht auf diese Reise gehen«, merkte sie sehr trocken an.

»Nein, das stimmt«, pflichtete er ihr bei. »Aber tatsächlich wünschte ich, es wäre so.« Liebevoll drückte er seine Frau erneut an sich. »Trotzdem, da er ja nur einen Passagier mitnehmen kann, denke ich wirklich, dass du für diese Reise besser geeignet bist als ich, und das sogar in mancherlei Hinsicht. Pater Derahk versichert uns ständig, dass alles in Ordnung ist und diese morgendliche Übelkeit völlig normal sei. Aber trotzdem wäre es mir lieber, wenn Owl uns das noch einmal bestätigen würde.«

»Mir auch«, gab Sharleyan zu, und dann kicherte sie leise in sich hinein. Es klang unverkennbar nervös. »Trotzdem fühlt es sich ein bisschen komisch an, dass man die Meinung einer ... Maschine einholen möchte.«

»Nur ›komisch‹?«, fragte Cayleb leise nach.

»Na gut«, antwortete sie nach kurzem Schweigen und klang nun deutlich ernster. »Ich gebe wohl zu, dass es mich auch ein bisschen beunruhigt. Ich kann nichts dafür. Hier oben ...«, sie tippte sich gegen die Schläfe, »... weiß ich, dass alles, was uns die Kirche gelehrt hat, eine einzige Lüge ist. Ja, ich *weiß* es, und ich *glaube* es auch, ganz und gar aufrichtig. Aber trotzdem wurde ich als Tochter von Mutter Kirche erzogen, Cayleb. Irgendwo tief in mir ist da immer noch dieses kleine Mädchen, dass brav seinen Katechismus rezitiert. Und dieses kleine Mädchen kann gar nicht anders, als ein bisschen Angst davor zu haben, geradewegs Shan-weis Versteck zu betreten. Ich weiß auch, dass das albern ist, aber ...«

Sie sprach nicht weiter, und Cayleb schloss sie noch fester in die Arme.

»Ich halte das überhaupt nicht für albern«, erwiderte er ihr. »Es ist noch nicht einmal fünf Monate her, dass du die Wahrheit über Merlin und alles andere erfahren hast. Und tatsächlich denke ich, das ist einer der Gründe, warum es besser ist, wenn *du* Merlin bei dieser Reise begleitest, und nicht ich. Schließlich hatte ich schon viel länger Zeit, mich an das alles anzupassen – soweit das überhaupt möglich ist. Und ich müsste lügen, wollte ich sagen, ich hätte nicht hin und wieder immer noch meine Zweifel. Und ich weiß auch ganz genau, was du meinst. Es geht hier nicht darum, ob man Zweifel hat oder nicht. Es geht darum zu begreifen, dass man wirklich endgültig und ganz mit allem gebrochen hat, was zu glauben einem das ganze Leben gelehrt worden ist. Mit allem zu brechen, was man glauben *sollte.* Andererseits hilft es, sich zu fragen, ob der Erzengel Langhorne, gäbe es ihn wirklich, zugelassen hätte, dass sich etwas wie die ›Vierer-Gruppe‹ bildet.«

»Das stimmt wohl«, pflichtete Sharleyan ihrem Gemahl grimmig bei.

Es war ja nun auch wirklich nicht so, als hätte Sharleyan Zweifel am Wahrheitsgehalt dessen, was Merlin Athrawes ihnen erzählt hatte. Andererseits blitzten die tief sitzenden Ängste immer wieder auf und hinterließen ein ungutes Gefühl darüber, wie wohl der Rest der Bevölkerung von Safehold reagieren würde, wäre die Zeit gekommen, die ganze Wahrheit über die Kirche des Verheißenen zu enthüllen. Sharleyan fürchtete immer mehr, es würde schrecklich werden, alles im Chaos versinken.

Denn die Menschen glaubten das, was man auch sie selbst, die Kaiserin, einst gelehrt hatte: Sie alle glaubten der *Heiligen Schrift,* in der Gottes Plan für Safehold enthüllt war, und den *Offenbarungen,* in denen der Tag der Schöpfung genauestens geschildert war. Und warum auch nicht? Die Adams und Evas, die Verfasser der *Offenbarungen*, hatten doch nichts als die absolute Wahrheit niedergeschrieben – die Wahrheit, wie sie ihnen bekannt war. Natürlich hatten sie allesamt nicht gewusst, dass man während jener langen Reise im Kälteschlaf ihre Erinnerungen manipuliert hatte (wie das mit diesem ›Kälteschlaf‹ funktionieren sollte, war Sharleyan allerdings immer noch nicht klar). Seinerzeit hatte man sie alle auf die Reise zu ihrer neuen Heimat geschickt, damit sie dem Untergang entkämen, zu dem ihr Planet namens Erde verdammt war. Sie alle hatten nicht gewusst, dass die ›Erzengel‹, die ihnen als Gottes Boten und Stellvertreter in menschlicher Gestalt erschienen waren, in Wahrheit Mitglieder der Kommandobesatzung jener Kolonisierungsexpedition gewesen waren.

Und sie hatten nicht gewusst, dass der ›Erzengel Langhorne‹ und der ›Erzengel Bédard‹ Dr. Pei Shan-wei und alle anderen kaltblütig ermordet hatten, die sich gegen Langhornes Plan ausgesprochen hatten, Safehold für alle Zeiten zu einem Leben in einer prätechnischen Zivilisation zu verdammen.

Daher war es nicht überraschend, dass ihre gänzlich korrekten Schilderungen all dessen, was sie gesehen und erlebt, gespürt und gefühlt hatten, nachdem sie hier auf Safehold erwacht waren, so verwünschenswert schlüssig und überzeugend ausgefallen waren. Schlimmer noch: es gab im wahrsten Sinne des Wortes Millionen davon … und nicht eine einzige dieser ›Offenbarungen‹ stand im Widerspruch zur offiziellen Lehre der Kirche.

Na ja, vielleicht eine *doch*, rief Sharleyan sich ins Gedächtnis zurück und dachte an das Tagebuch von Sankt Zherneau. Dieser Text war nicht Bestandteil der offiziellen *Offenbarungen*. Sharleyan wusste genau, was die Inquisition tun würde, sollte sie jemals von der Existenz dieses Tagebuches erfahren. Doch Sankt Zherneau – Jeremiah Knowles – war *ebenfalls* ein Adam gewesen, und seine Schilderungen der Ereignisse stimmten nicht mit der *Heiligen Schrift*, den *Offenbarungen* oder der Lehre von Mutter Kirche überein. Das lag natürlich daran, dass er zu Pei Shan-weis Alexandria-Enklave gehört hatte. Er hatte die Wahrheit über Safehold gewusst; er hatte von den mörderischen Gbaba gewusst, die die so genannte Terra-Föderation vernichtet hatten. Diese Gbaba hatten die letzten Überreste der Menschheit auch dazu getrieben, zu fliehen und sich zu verstecken. Knowles hatte den ursprünglichen Plan für die Besiedlung Safeholds gekannt. Er hatte gewusst, dass keineswegs jegliche Erinnerung an die Gbaba für alle Zeiten verloren gehen sollte. Ursprünglich war man davon ausgegangen, dass früher oder später die Menschheit und die Gbaba wieder aufeinander treffen würden. Diesem Plan nach sollte die Menschheit nur vorübergehend auf jegliche höher entwickelte Technologie verzichten. Das würde so lange nötig sein, wie sie sich in der Unendlichkeit der Sterne verborgen halten könnte. Dann aber würde es unerlässlich, zur rechten Zeit sämtliche Aspekte dieser Technologie wieder in den Vordergrund treten zu lassen.

Die Alexandria-Enklave um Pei Shan-wei hatte diese Wahrheit gekannt und sich geweigert, von ihr abzurücken. Deshalb und aus keinem anderen Grund hatte Langhorne Pei Shan-wei und jede andere lebende Seele dort mit seinem *Rakurai* ausgelöscht – einem alles vernichtenden kinetischen Bombardement, das Alexandria in das offiziell verdammt und verfluchte Armageddon-Riff verwandelt hatte.

Doch Knowles, seine Gemahlin sowie sein Schwager und seine Schwägerin hatten den Angriff überlebt. Sie hatten sich in einer winzigen Kolonialsiedlung namens Tellesberg versteckt – jenem Tellesberg, das eines Tages zur Hauptstadt des Königreiches Charis werden sollte. Sie hatten ihre eigene Offenbarung verfasst, einen Bericht über das, was tatsächlich geschehen war. Sie hatten diesen Bericht versteckt und darauf gehofft, dass eines Tages, wenn er entdeckt würde, Jahrhunderte später, jemand bereit wäre, die Wahrheit zu erkennen, wenn sie ihm endlich enthüllt wurde.

Genau das war tatsächlich geschehen. Über vierhundert Jahre lang hatte die Bruderschaft von Sankt Zherneau dieses Wissen bewahrt und gehütet. Sie hatte es weitergegeben, hatte insgeheim immer weiter daran gearbeitet, die alles erdrückende politische und spirituelle Tyrannei der ›Kirche‹ zu unterminieren, die Langhorne und Bédard errichtet hatten. Zu keiner Zeit war die Bruderschaft zahlenmäßig groß gewesen. Stets hatten ihre Mitglieder an Wahnsinn grenzende Vorsicht walten lassen müssen, und doch hatten sie niemals aufgegeben.

Es erstaunte Sharleyan, dass sie Knowles' Tagebuch Glauben zu schenken vermocht hatte. Die intellektuelle und spirituelle Integrität, die erforderlich war, als einzelne Stimme Widerspruch zu erheben ebenso wie dieser einen einzelnen Stimme zu glauben, raubte Sharleyan den Atem, wann immer sie darüber nachdachte. Sie hoffte, über sich sagen zu dürfen, wäre sie an Knowles' Stelle oder an der der ersten Mitglieder der Bruderschaft gewesen, hätte sie das Gleiche getan. Doch tief in ihrem Herzen zweifelte sie daran. Auf eine einzige Stimme des Protestes zu vertrauen, wie leidenschaftlich sie auch ihr Wissen verkündete? Wo es doch die Offenbarungen von *acht Millionen* anderen Adams und Evas gab? Auf das Wort eines Menschen zu bauen, der fast siebenhundert Jahre vor Sharleyans eigener Geburt gestorben war, und nicht dem Wort der lebenden, atmenden Kirche des Verheißenen? Jeden einzelnen Aspekt hinsichtlich Gottes Willen *zurückzuweisen*, den man sie seit ihrer Kindheit gelehrt hatte?

Nein. So enttäuscht sie auch über die Fehler und Schwächen der Kirche war, so deutlich sie auch erkannte, wie verderbt und korrupt die Männer waren, die über diese Kirche herrschten, Sharleyan hätte es nicht gekonnt. Trotz ihrer zutiefst verwurzelten Überzeugung, die Kirche müsse irgendwie, auch wenn es unmöglich schien, von jener Korruption bereinigt werden, hatte sie doch niemals die grundlegende, alles umfassende ›Wahrheit‹ in Frage stellen können, die man sie über Langhorne und Bédard gelehrt hatte. Und wenn sie ganz ehrlich war, hätte sie das auch niemals geschafft ... wäre sie nicht jemandem begegnet, der sogar noch länger tot war als Jeremiah Knowles.

Merlin Athrawes. *Seijin* Merlin. Der größte Krieger der Welt, ein Mann, den Visionen ereilten, Caylebs Beschützer, Mentor, Freund und Berater. All das war er ... und zugleich auch ein PICA – ein Persönlichkeits-Integrierter CyberAvatar, in dem die Erinnerungen, Hoffnungen und Träume einer jungen Frau gespeichert waren, die einst den Namen Nimue Alban getragen hatte.

Merlin, der Einzige auf dem ganzen Planeten Safehold, der die Wahrheit über die Terra-Föderation und deren Zerstörung kannte – weil er sie mit Nimues eigenen Augen mitangesehen hatte. Weil Nimue selbst vor über neunhundert Jahren gestorben war. Sie hatte aus freien Stücken ihr Leben geopfert, damit dieser Planet, Safehold, eines Tages nicht mehr nur der Zufluchtsort der Menschheit sein möge, sondern die Wiege der Wiedergeburt der Menschheit.

Nein, ohne Merlin hätte ich das alles niemals geglaubt, gestand sich Sharleyan ein. *Ich hätte es glauben* wollen*, ja, das vielleicht. Aber ich hätte es nicht glauben* können. *So sehr ich Cayleb liebe, ich glaube, dass nicht einmal* er *mich hätte überzeugen können. Aber ich habe Merlin.* Wir *haben Merlin. Und wie könnte ich angesichts dessen* nicht *glauben?*

»Ich wünschte, du wärest jetzt hier, Cayleb«, sagte sie wehmütig und hörte in ihrem Ohr leises Lachen.

»Das wünschte ich auch«, erwiderte ihr Ehemann von ihrem gemeinsamen Schlafzimmer in Cherayth aus ... in mehr als sechstausend Meilen Entfernung. »Und das nicht nur, weil Ehdwyrd und ich ernstliche Schwierigkeiten haben dürften zu erklären, wo du gerade steckst, falls jemand bemerken sollte, dass du fort bist.«

Der wasserklare, beinahe unsichtbare Ohrhörer in ihrer rechten Ohrmuschel übertrug seine Stimme aus dem Sicherheits-Kom, das sie an einer goldenen Kette um den Hals trug.

»Glücklicherweise«, meldete sich eine zweite, tiefere Stimme zu Wort, »seid Ihr einer der talentiertesten ... Geschichtenerzähler, den ich je kennengelernt habe, Cayleb.«

»Jeder Diplomat erlernt es, glaubwürdige Lügengeschichten zu ersinnen, Merlin«, erwiderte der Kaiser.

»Wieso habe ich das Gefühl, Ihr hättet erlernt, glaubwürdige Lügengeschichten zu ersinnen, indem ihr versucht habt, irgendwelche Kleinigkeiten zu erklären, zum Beispiel eingeschlagene Fensterscheiben, verschwundene Äpfel und all diese anderen kleinen Missetaten aus der Kindheit, derer Ihr Euch zweifellos schuldig gemacht habt?«, setzte Merlin Athrawes aus dem vorderen Cockpit des Schwebebootes nach.

»Weil Ihr ihn kennt?«, schlug Sharleyan mit Unschuldsmiene vor.

»Wahrscheinlich«, gab Merlin trocken zurück, und Sharleyan lachte in sich hinein.

Na ja, dieser ›Kommunikator‹ mag ja Zauberwerk sein, dachte sie. *Aber wenn dem so ist, dann ist das zumindest Zauberwerk, an das ich mich allmählich gewöhne. Ich frage mich aber, ob ich je den Punkt erreiche, all das einfach für* selbstverständlich *zu halten, so wie Merlin das tut?*

Manchmal vermutete sie, eines Tages wäre es so weit; dann wieder war sie sich sicher, dass es *niemals* geschehen würde. Es war einfach zu wundersam, zu unmöglich. Doch es gab auch jene Momente, in denen ihre eigene Unvertrautheit mit Merlins wundersamen Spielzeugen ihr zum Vorteil gereichte.

Das Kom, das sie um den Hals trug, war ein gutes Beispiel dafür. Es war deutlich kleiner als das, das Merlin ihr ursprünglich ausgehändigt hatte. Wieder verzog Sharleyan die Lippen zu einem schiefen Grinsen, als sie darüber nachdachte, warum dem so war. Zunächst war ihr überhaupt nicht der Gedanke gekommen, so ein ›Kommunikator‹ *könne* überhaupt kleiner sein als der, den Merlin ihr ursprünglich gezeigt hatte. Doch als sie mehr und mehr Beispiele für hin und wieder unfassbar kleine Erzeugnisse der Technologie kennenlernte, die Merlin ihr und Cayleb zeigte, war ihr ein Gedanke gekommen.

Von Anfang an fand sie, es müsse unbedingt möglich sein, Dinge wie diese Kommunikatoren zu verbergen. So klein die Handgeräte auch sein mochten, die Merlin ihnen gegeben hatte, sie waren immer noch ganz offensichtlich – und gefährlicherweise – fremden Ursprungs. Sie waren nicht Bestandteil der auf Safehold gewachsenen (und zulässigen) Technologie. Jeder, der sie sah, würde das sofort bemerken. Es mochte ja beliebig unwahrscheinlich sein, dass jemand sie zu Gesicht bekäme. Aber ›unwahrscheinlich‹ bedeutete nun einmal nicht ›unmöglich‹. Merlin selbst hatte einmal gesagt: sollte die ›Vierer-Gruppe‹ jemals herausfinden, dass ihre Feinde sich tatsächlich mit dem verbotenen Wissen Shan-weis befassten, hätte das katastrophale Konsequenzen.

Vor allem, wenn sie es auch noch beweisen könnten.

Daher hatte Sharleyan Merlin gefragt, ob es in ›Nimues Höhle‹ vielleicht auch noch kleinere Koms gäbe, die sich leichter verbergen ließen. Dem war nicht so. Als Merlin allerdings über Koms nachdachte, kam er zu dem Schluss, es gebe keinerlei Grund, weswegen er *keine* kleineren Kommunikatoren bauen könnte. Die meisten der existierenden Einheiten hatten eine bestimmte Größe, weil sie immer noch groß genug sein mussten, um von Menschenhand bedienbar zu bleiben. Tatsächliche technische Beschränkungen spielten dabei keine Rolle. Die gleichen grundlegenden Funktionen ließen sich durchaus auch in etwas deutlich Kleinerem unterbringen, wenn man erst einmal davon Abstand nahm, sie sollten von Hand bedient werden können. Tatsächlich hatte es derartige Geräte sogar schon gegeben, kurz vor der Zerstörung der Föderation. Damals hatte das Terranische Militär an ihre Soldaten Kommunikatoren ausgegeben, die chirurgisch implantiert wurden. Natürlich verfügte Merlin über derlei nicht. Und hätte man auf Safehold jemandem ein solches Gerät implantiert, wäre etwas derart Fremdartiges, das untrennbar mit dem Haaransatz verbunden gewesen wäre, jedem Heiler sofort aufgefallen. Allerdings könnte Merlin Owl dazu bringen, ein Kom zu entwickeln, das ausschließlich auf verbale Befehle reagierte – mit, wie Merlin es genannt hatte, Stimmaktivierung. Ein solches Gerät wäre dann kaum größer als das vorderste Glied von Sharleyans schlankem Daumen.

Genau so ein Gerät hatte Merlin konstruiert. Dafür hatte er die Fertigungsmöglichkeiten genutzt, die ihm in ›Nimues Höhle‹ zur Verfügung standen. Diese Höhle war der Ort, an dem Pei Shan-wei und Commodore Pei Nimues PICA verborgen hatten (zusammen mit allem, was sie diesem PICA an Technologie zur Nutzung überlassen hatten). Merlin hatte die Koms in große Goldanhänger eingearbeitet: goldene Szepter, das Zeichen ihrer Macht und Hoheit. Sharleyan und Cayleb trugen beide diese Machtsymbole an einer schweren Kette vor der Brust, seit Cayleb den Anhänger Sharleyan bei ihrer Ankunft in Corisande als Willkommensgeschenk um den Hals gelegt hatte. Die jetzigen Anhänger waren exakte Duplikate der ursprünglichen: Sie hatten die winzigen Stempel des Künstlers, der sie geschaffen hatte, und sogar noch den letzten kleinsten Kratzer im Gold. Man hätte diese Anhänger im wahrsten Sinne des Wortes zerschmettern müssen, um auf die verbotene Technologie zu stoßen, die in ihrem Innersten verborgen war.

Weil Merlin nun schon dabei war, schuf er auch noch ein weiteres Wunderwerk der Technik: die, wie er es nannte, ›Kontaktlinsen‹, die Sharleyan auch in diesem Augenblick gerade trug. Zunächst hatte ihr der Gedanke, sich einen Fremdkörper ins Auge zu tun – selbst wenn es so klar, durchsichtig und winzig war wie diese Kontaktlinse –, alles andere als behagt. Doch Cayleb hatte sich als deutlich abenteuerlustiger erwiesen. Seine

Begeisterung ob dieses neuen Spielzeugs war so enthusiastisch ausgefallen, dass Sharleyan all ihren Mut zusammengenommen und sich ebenfalls auf dieses Wagnis eingelassen hatte.

Und darüber war sie immens froh: Ein kleiner Vorteil war, dass diese winzigen Kontaktlinsen ihre leichte Weitsichtigkeit korrigierten (die im Laufe der letzten Jahre deutlich zugenommen hatte). Wichtiger allerdings war, dass ihr neues Kom auch in der Lage war, Bildmaterial unmittelbar auf die Linsen in Sharleyans Auge zu übertragen. So konnte sie Aufzeichnungen von Fernsonden betrachten – auch diese wurden über ihr Kom übertragen –, ohne dass irgendwo eines dieser verräterisch-fremdartigen Hologramme auftauchte, wie es bei dem ursprünglichen, größeren Kommunikator der Fall gewesen war. Tatsächlich konnten Cayleb und sie jetzt auch Material betrachten, das Merlins SNARCs abgespeichert hatten – diese selbsttätig navigierenden, autonomen Aufklärer- und Kommunikationsplattformen, deren Funktionsweise Sharleyan bestenfalls ansatzweise verstand. Das wiederum gestattete ihnen, Merlin und dieser künstlichen Intelligenz namens ›Owl‹ bei den endlosen Bemühungen behilflich zu sein, das ganze Aufklärungsmaterial zu sichten, das Merlins SNARC-Netzwerk bereitstellte.

Sich so Hilfe zu verschaffen war Merlins Idee gewesen. Jeder, der zum, wie Cayleb es nannte, Inneren Kreis gehörte, verfügte ebenfalls über ein Kom und Zugang zu den SNARCs. Der Innere Kreis waren jene Leute, die tatsächlich die *ganze* Wahrheit über Safehold und über Merlin kannten. Lang war die Liste dieser Leute nicht, doch allmählich wurde sie länger. Es war von unschätzbarem Vorteil, jederzeit und ohne Zeitverlust mit Leuten kommunizieren zu können, die buchstäblich Tausende von Meilen entfernt waren – ganz zu schweigen davon, dass man auch mit Owl kommunizieren oder sich Merlins ›Visionen‹ selbst anschauen konnte. Gleichzeitig jedoch war das die Quelle von Frustration. Denn nur mit immenser Vorsicht durfte man den errungenen Vorteil auch nutzen. Der Innere Kreis durfte keinen Verdacht erregen, etwa in der Frage, wie seine Mitglieder es schafften, sich trotz der großen Entfernungen in ihrem Handeln so perfekt aufeinander abzustimmen. Zudem war es frustrierend, sich zwar mit den engsten Verbündeten rasch in Verbindung setzen zu können, aber eben nicht mit *allen.*

Trotzdem ...

Hör auf zu schwadronieren, Sharley!, herrschte sie sich innerlich an. *Du willst dich ja nur vom momentan Wesentlichen ablenken!*

Keine Überraschung bei diesem Anblick: Sharleyan erblickte über sich die gewaltige, gekrümmte Oberfläche von Safehold vor ihr. *Es wird schon heller,* bemerkte sie und verspürte neu aufbrandende Begeisterung bei dem Gedanken, dass der Schweber gerade den Tag einholte, den Chisholm schon so lange hinter sich gelassen hatte.

»Wie weit noch bis zu Eurer Höhle, Merlin?«, fragte sie und hörte über ihr Kom leises, belustigtes Lachen. Anscheinend war es ihr nicht gelungen, so beiläufig zu klingen, wie sie das beabsichtigt hatte.

»Noch ungefähr fünfundzwanzig Minuten, Eure Majestät«, erwiderte er. »Bloß noch etwa siebeneinhalbtausend Meilen.«

.II.

Nimues Höhle, die Berge des Lichts, die Tempel-Lande

Sharleyan schnappte nach Luft wie ein kleines Kind, das zum ersten Mal im Leben einen Zauberkünstler auf der Bühne erlebte. Dagegen vermochte sie nichts zu tun. Eigentlich war es ihr auch herzlich egal, als sie mit atemloser, unverfälschter Freude zuschaute, wie Merlin in der wieder sehr viel dichteren Luft und dem hellen Tageslicht der Berge des Lichts das Schwebeboot vorsichtig aufsetzen ließ.

›Dichtere Luft‹, na sicher! Ihr eigener Gedanke brachte sie dazu, ein belustigtes Schnauben auszustoßen. *Wir sind hier immer noch hoch genug, dass du fast sofort ohnmächtig würdest – ganz zu schweigen davon, dass du fast genau so schnell einfach* erfrieren *würdest –, wenn du nicht in Merlins Schwebeboot säßest, du Schaf!*

Die Bergspitzen, die sich vor ihnen dem Himmel entgegenreckten, waren von dicken Schichten ewigen Eises bedeckt. *In diesen Breitengraden herrscht tiefster Winter, ja. Aber diese Bergkuppen da sind* immer *schneebedeckt, ganz egal, welche Jahreszeit herrscht,* dachte sie. Dann verfeinerte sie das Bild auf ihrem Display und erschauerte innerlich, als sie die trostlosen, eisigen Gipfel und die Gletscher sah, die in endloser Langsamkeit daran herabströmten. Sharleyan betrachtete die Eiskristalle, die der Wind umhertrieb; im gleißenden Sonnenlicht glitzerten sie wie Edelsteine.

Es war das erste Mal, dass sie den Kontinent East Haven besuchte. Tatsächlich war es überhaupt das erste Mal, dass sie Festland betrat. Sie hatte schon immer die Absicht gehabt, beizeiten die Pilgerreise nach Zion anzutreten, zum Tempel, genau wie die *Heilige Schrift* das allen Kindern Gottes empfahl. Bislang allerdings hatte sie stets zu viel zu tun, zu viele Entscheidungen zu treffen gehabt. Es gab einfach zu viele politische Krisen, die die erste tatsächlich auch *regierende* Königin in der Geschichte von Chisholm bewältigen musste.

Und im Moment wäre es ja auch gänzlich unmöglich, eine Pilgerreise zum Tempel anzutreten!, dachte sie verbittert. *Ich glaube nicht, dass es mir gefallen würde, von der Inquisition persönlich willkommen geheißen zu werden. Andererseits, werter Victor Zhaspahr, wird der Tag kommen, an dem sogar* eine ganze Menge *Charisianer nach Zion aufbrechen werden, ob die Inquisition uns dort zu sehen wünscht oder nicht!*

»Seit Ihr sicher, dass niemand uns sehen wird, Merlin?«, fragte Sharleyan besorgt und blickte auf das Sekundär-Display, das Merlins Gesicht zeigte.

»Ganz sicher, Eure Majestät«, erwiderte Merlin und lächelte ihr über dieses Display beruhigend zu. »Hier lebt wirklich niemand, selbst im Sommer nicht, und die SNARCs halten das gesamte Gebiet ständig unter Beobachtung. Vertraut mir, dort unten ist wirklich niemand! Und selbst wenn: Ich habe das Schwebeboot auf maximale Tarnung eingestellt. Für jeden, der sich doch dort unten aufhalten sollte, wären wir gänzlich unsichtbar.«

»Verzeiht, ich bemühe mich wirklich, nicht so nervös zu sein«, sagte sie in halb-entschuldigendem Ton.

»Eure Majestät ... Sharleyan ... Ihr haltet Euch deutlich besser als ich das vermutlich täte, wäre ich an Eurer Stelle.«

»Das halte ich, mit Verlaub, für absolut unmöglich«, gab sie trocken zurück. »Da ich gelernt habe, mich stets zu kontrollieren, merkt Ihr mir die Nervosität wahrscheinlich nicht in ihrem eigentlichen Maße an. Mahrak hat mir immer gesagt, es sei unerlässlich, allen Leuten stets das Gefühl zu geben, man sei gelassen und habe die Lage im Griff, ganz egal, wie verängstigt man in Wirklichkeit ist.«

»Vater hat mir dasselbe beigebracht«, bemerkte Cayleb über den Ohrhörer. Wieder hörte sie, wie ein gewisser Neid seine Stimme färbte. Sie wusste, dass er die Bilder betrachtete, die das Schwebeboot an ihn weiterleitete. Doch sie wusste auch, dass das ganz und gar nicht das Gleiche war, wie selbst hier zu sein.

Und wahrscheinlich bin ich die einzige Person, die sich noch mehr als er *wünscht, er wäre jetzt hier!*

Es gelang ihr, sich das nervöse Kichern zu verbeißen, das ihr daraufhin in der Kehle kitzelte.

»Nun, es dauert nicht mehr lange«, versicherte Merlin ihr. »Schaut!«

»Wo …?«, setzte Sharleyan an. Doch dann erstarrte sie, die Augen weit aufgerissen. Merlin raste geradewegs auf eine senkrecht abfallende Steilwand zu!

Eigentlich sind wir gar nicht so schnell, meldete sich eine Stimme in ihrem Hinterkopf zu Wort. *Zumindest nicht im Vergleich zu der Geschwindigkeit, mit der wir hierher geflogen sind!* Aber sie waren doch schnell genug, dass ihr das Herz bis an den Hals schlug. Sie spürte, wie sie sich in Erwartung des Aufpralls unweigerlich zusammenkrampfte. Sie japste, als sich vor ihnen gedankenschnell ein kleines Portal öffnete.

»Merlin!«

»Verzeihung!«

Seine tiefe Stimme ließ die Bitte um Entschuldigung durchaus aufrichtig klingen … doch zugleich schwang da auch eine gewisse Spur Belustigung mit. Sharleyan nahm sich fest vor herauszufinden, ob man einen PICA erwürgen konnte. Bei ihm, ihrem flegelhaften Ehemann, dessen schallendes Gelächter sie über ihr Kom hörte, ging das jedenfalls wunderbar!

»Ach, das findest du wohl komisch, was, Cayleb?«, erkundigte sie sich in gefährlich freundlichem Ton. Unterdessen schwebte das Schwebeboot mittig in einem riesigen, absolut runden Tunnel in die Tiefe.

»Öhm, nein. Nein, eigentlich gar nicht«, erwiderte der Kaiser augenblicklich und bewies damit erneut taktischen Scharfsinn.

»Gut«, gab sie zurück. »Was Euch betrifft, Merlin Athrawes ...!«

»Ich weiß: Das werdet Ihr mich büßen lassen«, fiel er ihr ins Wort. »Aber ... das war's wert.«

Wieder lachte Cayleb. Dieses Mal konnte Sharleyan nicht anders, als sich ihm anzuschließen. Ihr Puls war mittlerweile fast wieder normal. Sie schüttelte den Kopf, während der Tunnel vor ihnen sich anscheinend bis in die Unendlichkeit erstreckte. Der Schweber flog langsam genug, dass Sharleyan erkennen konnte, wie glatt und poliert die Steinwände rings um sie waren. Sie wirkten glatt wie ein Spiegel. Sie reflektierten das grelle Licht der endlosen Reihe von ... was waren es? ... Leuchten, die genau in die Mitte der gekrümmten Decke eingelassen waren. Der Tunnel war breit genug, dass mindestens ein halbes Dutzend Fluggeräte von der Größe des Schwebebootes hier Seite an Seite hätten entlangfliegen können. Sharleyan kam sich sehr, sehr klein vor, beinahe schon winzig.

»Wie weit nach unten führt der Tunnel?«, erkundigte sie sich.

»Also, die Höhle befindet sich unter dem ›Olymp‹«, antwortete Merlin. »Im Augenblick sind wir noch etwa zwei Meilen vom Berg selbst entfernt – wir nähern uns von Norden aus. Wenn wir angekommen sind, werden wir etwas mehr als zwölftausend Meter – das sind ungefähr siebeneinhalb Meilen – tief sein.«

»Siebeneinhalb *Meilen?*«, wiederholte Sharleyan sehr bedächtig. Wieder lachte Merlin leise in sich hinein. Doch Sharleyan entging nicht, dass er dabei nicht allzu vergnügt klang, und fragte sich nach dem Grund.

»Also, siebeneinhalb Meilen unterhalb der Bergspitze, nicht unter dem Meeresspiegel«, erläuterte Merlin. Noch war Sharleyan kein Grund eingefallen, weswegen sich ein Schatten über sein Lachen gelegt haben könnte. »Trotzdem ist das wahrscheinlich tief genug. Commodore Pei und Shan-wei wollten sichergehen, dass wirklich niemand durch Zufall über mich stolpert, bevor ich aufwachte.«

Sharleyan wollte schon etwas erwidern. Da endlich begriff sie plötzlich den Grund für den Schmerz in Merlins Stimme. Manchmal fiel es ihr schwer zu behalten, dass Menschen, die ihrer Erfahrung nach vor beinahe schon einem Jahrtausend gestorben waren, für den Mann, der einst Nimue Alban gewesen war, vor nur einer Hand voll von Jahren den Tod gefunden hatten.

»Wie dem auch sei«, fuhr Merlin dann fort und klang jetzt deutlich – und gewiss auch bewusst – fröhlicher, »nachdem die beiden mich dort versteckt hatten, haben sie den gesamten Tunnelkomplex mit einer Inertgas-Atmosphäre geflutet. Das bedeutet, dass es hier unten nichts mehr gegeben hat, was ein Mensch aus Fleisch und Blut hätte atmen können. Aber Owl hat das Kraftwerk für die Lüftung aktiviert. Also sollte da unten reichlich Atemluft sein, wenn wir ankommen.«

»Na, das erleichtert mich aber«, gab Sharleyan nüchtern zurück und fragte sich, was genau denn nun wieder eine ›Inertgas-Atmosphäre‹ war.

»Man bemüht sich, Eure Majestät«, versicherte Merlin ihr. »Und wo wir gerade von ›ankommen‹ sprechen ...«

Noch während er das sagte, verließ das Schwebeboot den Tunnel und erreichte eine ungleich größere Kammer. Scharf sog Sharleyan die Luft ein, als noch mehr Lichter an der Decke aufflammten. Sie erhellten eine atemberaubend große Höhle. Die Höhle hatte annähernd die Form einer abgeflachten Halbkugel. Die Wände waren einwärts geschwungen, genauso glatt wie die des Tunnels, und verschmolzen gute zweihundert Fuß über ihnen zu einer ebenso glatten Decke. Doch so hoch dieser Raum auch sein mochte, er war noch viel, viel breiter als hoch! Als das Schwebeboot weiter und weiter hineinschwebte, bemerkte Sharleyan, dass auf dem pflasterglatten Boden der

Höhle Dutzende von Geräten und Maschinen standen, die allesamt ebenso wundersam aussahen wie das Aufklärer-Schwebeboot selbst. Noch einige Augenblicke lang glitt das Boot lautlos weiter. Dann setzte es sanft neben einem zweiten Schwebeboot gleicher Art auf; neben den beiden stand ein anderes, deutlich größeres Luftfahrzeug – oder was immer es denn war. Während der Landung hatte Sharleyan bereits gesehen, dass allein schon eine der Tragflächen, an der sie vorbeischwebten, ihr eigenes Fahrzeug regelrecht winzig erscheinen ließ. Der Blick zur Decke der Höhle verriet Sharleyan, dass diese Höhle mindestens eintausend Schritte breit sein musste.

»Mein Gott!«, hörte sie sich selbst murmeln.

»Was ist *das* denn für ein Ding, Merlin?«, erkundigte sich Cayleb über den Kommunikator. Sharleyan hörte den ehrfürchtigen Ton in seiner Stimme.

»Was denn für ein Ding?«, fragte Merlin nach.

»Dieses Ding, neben dem Ihr gerade gelandet seid!«

»Ach so.« Merlin zuckte mit den Schultern. »So etwas nennen wir einen Sturmshuttle«, erklärte er »Stellt es Euch wie das Landungsboot vor, mit dem wir nach Corisande gefahren sind, aber eben dafür gedacht, Truppen vom Orbit aus auf die Oberfläche eines Planeten zu befördern.«

»*Wie viele* Truppen?« Mit einem Mal klang Caylebs Stimme noch einige Grade interessierter, als würde er im Geiste bereits Zahlen durchgehen. Merlin und Sharleyan grinsten einander über die Bildschirme zu. Ganz eindeutig meldeten sich gerade die militärischen Instinkte des Kaisers.

»Nur ein paar Hundert«, beantwortete Merlin in bewusst beiläufigem Tonfall die Frage.

»*Nur* ein paar Hundert, ja?«, wiederholte Cayleb trocken.

»Mehr oder weniger«, bestätigte Merlin. Sharleyan richtete sich auf, als die beiden Kuppeln des Schwebebootes sich öffneten.

Kühle Luft hüllte sie ein, die zwar frisch und sauber roch,

aber doch ein wenig bitter nach altem Gestein schmeckte. Merlin kletterte die selbstausfahrende Einstiegsleiter des Fahrzeugs hinab und streckte Sharleyan dann die Hand entgegen.

Sie griff danach und ließ zu, dass er ihr dabei behilflich war, die Leiter hinabzuklettern. Eigentlich war sie wohl kaum so alt und gebrechlich – oder so hochschwanger –, dass sie seiner Hilfe wirklich bedurft hätte. Andererseits konnte sie, das bemerkte sie rasch, seine Hilfe vielleicht doch ganz gut gebrauchen. Sie war so sehr damit beschäftigt, mit offenem Mund all diese Wunderwerke anzustarren, dass sie nicht einmal bemerkt hatte, bereits am Ende der Leiter angekommen zu sein. Erst als sie sich heftig den Zeh an dem massiven Fußboden anstieß, weil sie immer noch versuchte, mit der Fußspitze die nächste Sprosse zu ertasten, begriff sie es. Sie stolperte, beinahe wäre sie gestürzt. Doch Merlins Hand half ihr mühelos wieder auf die Beine.

Sie riss sich zusammen und lächelte Merlin an.

»Ich bin beeindruckt«, sagte sie.

»Ach, *das* ist doch noch gar nichts!«, versicherte er ihr.

». . . und das ist die medizinische Versorgungseinheit«, erklärte Merlin Sharleyan beinahe eine Stunde später.

Unbegrenzt viel Zeit hatten sie nicht. Dennoch hatte sich Merlin bewusst genug Zeit genommen, um Sharleyan nicht gänzlich zu überfordern. Dass sie in der Lage war, in dieser Art und Weise mit all den Wundern zurechtzukommen, beeindruckte und überraschte ihn gleichermaßen. Eigentlich hätte er nicht überrascht sein müssen. Er hatte doch schon gewusst, dass Sharleyan zu den intelligentesten Menschen gehörte, die er kennengelernt hatte. Auch ihr unbeugsamer Wille war ihm mittlerweile durchaus vertraut. Trotzdem musste ihr das alles hier doch einen gehörigen Schock versetzen, so gut sie sich darauf auch vorbereitet gewähnt haben mochte. Jetzt blieb ihr genug Zeit, ihr geistiges Gleichgewicht wiederzufinden, ehe sie sich der Untersuchung unterzog, um derentwillen sie beinahe einen halben Planeten umrundet hatten.

»Verstehe«, sagte sie, neigte den Kopf ein wenig zur Seite und betrachtete die schimmernden, geschwungenen Oberflächen der Diagnostik-Instrumente, die über dem bequem gepolsterten, liegestuhlartigen Sessel hingen. Vielleicht hatte ihre Stimme bei diesem Wort gezittert. Doch trotz seines PICA-Gehörs hätte Merlin das nicht beschwören mögen. Einen Moment lang betrachtete Sharleyan noch die Gerätschaften. Die Arme hatte sie vor der Brust verschränkt und rieb sich mit den Handflächen über die Oberarme, als müsse sie sich gegen die Kälte wappnen. Dann warf sie Merlin ein schiefes Grinsen zu.

»Irgendwie sieht das nicht einmal ansatzweise wie das Arbeitszimmer eines der Heiler aus, die ich kenne«, merkte sie an.

»Ich weiß.« Merlin schenkte ihr ein mitfühlendes Lächeln. »Aber ich kann versprechen, dass Herr Doktor jetzt für Euch Zeit hat.« Er hob die Stimme ein wenig. »Owl?«

»Jawohl, Lieutenant Commander Alban?«

Sharleyan erkannte die Stimme der KI – der so genannten künstlichen Intelligenz – wieder, die Merlin Owl getauft hatte. In letzter Zeit hatte Sharleyan diese Stimme dank des Ohrhörers ihres Koms recht oft gehört. Sie hatte sogar mit dem ›Besitzer‹ dieser Stimme schon verschiedene Dinge diskutiert … und hatte dabei Gelegenheit gehabt, Merlin Recht zu geben: Owl war wirklich außerordentlich fantasielos und neigte dazu, alles so nüchtern zu betrachten, dass man manchmal das Gefühl hatte, er würde alles, absolut alles wörtlich nehmen. Sharleyan erschien es immer noch wie ein Wunder, dass es so etwas wie Owl überhaupt geben sollte, aber ganz egal: ein bisschen langsam im Denken war er schon. Doch hier erlebte Sharleyan zum ersten Mal, dass er nicht aus einem Gerät, sondern aus dem Nichts heraus zu ihr sprach. Reflexartig blickte sie sich um. Beinahe, ging es ihr einen Moment später durch den Kopf, als hätte sie erwartet, dass doch aus einem dieser Schränke hier ein verhutzelter, kleiner Gelehrter herausträte.

Dieser Gedanke brachte sie zum Lächeln, und dann blickte sie Merlin kopfschüttelnd an.

»Hallo, Owl«, sagte sie dann.

»Guten Morgen, Eure Majestät«, erwiderte der Computer. »Willkommen.«

Erstaunt bemerkte Sharleyan, dass Merlin angesichts dieses letzten Wortes eine Augenbraue wölbte. Aber die Antwort auf ganz andere Fragen interessierten sie momentan mehr.

»Ich hoffe, du nimmst es mir nicht übel, wenn ich ein wenig ... beunruhigt wirke, Owl«, sagte sie. »Ich meine, ich zweifele natürlich keinen Moment an deiner Kompetenz, aber für mich ist das alles neu.«

»Für mich ebenso, Eure Majestät«, gab der Computer zurück. Sharleyan stieß ein Schnauben aus. Es war doch mal *so richtig* beruhigend, dass ihr ›Heiler‹ ihr das ausgerechnet hier und jetzt versicherte!

»Owl selbst mag das zwar bislang noch nie getan haben«, warf Merlin ein und warf einen ziemlich zornigen Blick in Richtung eines winzigen Lämpchens. Plötzlich begriff Sharleyan, dass das vermutlich die Anzeige von Owls eigenem Video-Sensor war. »Aber das liegt daran, dass er in erster Linie eben ein Taktik-Computer ist. Bis er schließlich zu meinem persönlichen Bibliothekar wurde, hat er sich um Waffensysteme gekümmert, nicht um medizinische Gegebenheiten. Aber der medizinische Computer, der die eigentliche Untersuchung durchführen wird, hat das schon Hunderte Male gemacht, bevor Commodore und Dr. Pei ihn aus dem Transporter geholt und hier unten untergebracht haben. Owl muss nichts anderes tun als diesem Gerät sagen, dass es anfangen soll.«

»Ich verstehe.« Mit ernster Miene blickte Sharleyan den persönlichen Waffenträger ihres Mannes an, unterdrückte aber innerlich ein Grinsen. Merlin gegen seinen Zorn über die Taktlosigkeit dieser KI ankämpfen zu sehen, hatte durchaus etwas Komisches. »Aber wie viel Übung hat es *seitdem* gehabt?«, fragte sie und gestattete ihrer Stimme, Beunruhigung zu zeigen.

»Nun, was Schwangerschaften betrifft, nicht allzu viel«, gestand Merlin ein. *Recht unwillig*, bemerkte sie, und warf ihm einen Blick zu. Sie tat besorgt. »Aber das Gerät ist mehr als in der Lage, die Aufgabe zu erfüllen«, fuhr der PICA daraufhin in bemüht beruhigendem Tonfall fort. »Und Eure vollständige Krankenakte ist ebenfalls bereits abgespeichert.«

»Tatsächlich?« Sharleyan blinzelte. »Wie ist das denn passiert?«, fragte sie und kniff die Augen zusammen. Jetzt war ernstlich ihre Neugier geweckt, und so ließ sie davon ab, Merlin weiter aufzuziehen. Aber so ganz hatte sie sich immer noch nicht für diesen kleinen Trick mit der Felswand revanchiert!

»Oh.« Einen Moment lang schien Merlin ernstlich verblüfft. Dann riss er sich zusammen. »Öhm, also, um ehrlich zu sein ...«, setzte er an. »Ich habe dem Computer Euer gesamtes Profil eingegeben. Dafür habe ich eine der Ferndiagnose-Sonden verwendet ... während Ihr geschlafen habt«, setzte er hinzu.

»Während ich geschlafen habe?« Sharleyan warf ihm einen Blick zu, den eigentlich nur ein kleines Mädchen zustande bekommt, das gerade ihrem Kindermädchen erklärt, sie wisse ganz gewiss nicht, wo die frisch gebackenen Kekse hingekommen seien. Nein, Ma'am, *ich* doch nicht! »Und warum habt Ihr das getan, *Seijin* Merlin?«, fragte sie in recht scharfem Ton. »Ohne dies mir gegenüber auch nur zu erwähnen, meine ich.«

»Nun, damals hatte die Bruderschaft noch nicht unserem Plan zugestimmt, Euch einzuweihen, was das Tagebuch von Sankt Zherneau betraf«, gab Merlin zurück. »Also hätte ich es Euch nicht erklären können.«

»Also hättet Ihr es mir *seinerzeit* nicht erklären können«, merkte sie recht nachdrücklich an. »Aber das sagt nichts darüber aus, warum Ihr es mir *seitdem* nicht erklärt habt. Und es beantwortet auch nicht die eigentlich wichtige Frage: warum Ihr es *überhaupt* getan habt.«

Lange blickte Merlin sie nur an, dann schüttelte er den Kopf. *Du hast doch gewusst, dass dieser Moment kommen wird,* rief er sich ins Gedächtnis zurück. Und er hatte nicht damit gerechnet, dass sie *allzu* wütend auf ihn sein würde.

Aber sicher nicht, dachte er nüchtern. *Deswegen hast du dich ja auch so beeilt, hier reinen Tisch zu machen, nicht wahr,* Seijin *Merlin? Und warum muss Owl ausgerechnet jetzt damit anfangen, unter Beweis zu stellen, dass er in der Lage ist, autonom spontan auf Fragen zu reagieren? Hätte er bloß die Klappe gehalten, so wie immer ...*

»Also gut«, seufzte er. »Ich hatte einen guten Grund, dem MediComp Eure Krankenakte einzuspeisen – und auch die Eure, Cayleb«, setzte er noch hinzu, schließlich wusste er, dass der Kaiser ihm aus Cherayth zuhörte. »Nur so konnte ich anfangen, für Euch beide Nanotech zu erstellen.«

»›Nanotech‹?«, wiederholte Cayleb über das Kom. Er sprach das Wort sehr vorsichtig aus, und Merlin nickte.

»Ja. Im Rahmen der Nanotechnologie kann man sehr, sehr kleine Maschinen herstellen. Maschinen, die so klein sind, dass man sie nicht einmal mit dem besten Vergrößerungsglas würde erkennen können, das der beste Optiker auf ganz Safehold schleifen könnte. Hier geht es jetzt um Maschinen, die medizinisch wirksam sind. Die sind darauf ausgelegt, im Inneren eines menschlichen Körpers für seine Gesundheit zu sorgen.«

»Es befinden sich kleine Maschinen in uns?« Sharleyan wusste, dass sie erschüttert klang. Und sie *war* es.

»Ja. Aber sie sind so winzig, dass niemand ihre Existenz je bemerken wird«, erklärte Merlin hastig. »Und sie werden Euch niemals schaden – und auch niemand anderem!«

»Darf ich angesichts dessen, was Ihr gerade gesagt habt, davon ausgehen, dass Ihr diese Maschinen in uns beiden zum Einsatz gebracht habt?« erkundigte sich Cayleb, und in seiner Frage schwang schwach, aber unverkennbar, Strenge mit.

»Ja«, wiederholte Merlin und straffte die Schultern. »Ihr und Euer Herr Vater seid beide in die Schlacht gezogen, Cayleb, und ich *brauchte* Euch beide.« Seine Miene wurde steinern, und auch seine Stimme wurden harscher und härter. »Euren Herrn Vater habe ich trotzdem verloren«, fuhr er heiser fort. Offenkundig war er immer noch nicht in der Lage, sich das zu vergeben. »Und ich habe nicht die Absicht, auch Euch noch zu verlieren – zumindest nicht, wenn ich es irgendwie verhindern kann! Daher habe ich Euch, während Ihr geschlafen habt, die Nanotech injiziert, die bei der Terra-Föderation Standard war. Und das Gleiche habe ich bei Sharleyan gemacht, nachdem sie in Tellesberg eingetroffen war. Und ...«, wieder zuckte er mit den Schultern, »wenn jetzt schon der Zeitpunkt gekommen ist, alles aufzudecken, sollte ich Euch beiden wohl auch gestehen, dass ich das Gleiche auch bei Maikel und Domynyk gemacht habe und ... noch ein paar anderen.«

»Aber ... warum?«, fragte Sharleyan.

»Weil das verhindern wird, dass sie erkranken.«

»Woran erkranken?«, setzte Cayleb nach.

»Ganz egal, woran«, antwortete Merlin nur.

»Was?!« Wieder blinzelte Sharleyan ihn an. Er konnte doch unmöglich meinen ...

»Ganz egal, woran«, wiederholte Merlin. »Ihr werdet niemals an Krebs erkranken, an einer Lungenentzündung oder auch nur an einer einfachen Erkältung. Und falls Ihr verletzt werden solltet, werden diese Nanniten – so heißen die winzigen Maschinen – dafür sorgen, dass die Verletzungen schneller wieder verheilen. Sogar *deutlich* schneller. Das war sogar einer der Gründe, weswegen ich mich anfänglich gescheut habe, die Nanotech zum Einsatz zu bringen. Sollte irgendein Heiler bemerken, wie rasch Ihr Euch beispielsweise von einer Schnittwunde oder einem Knochenbruch erholt, dann könnte das dazu führen, dass ... Fragen gestellt werden.«

»Wartet mal!«, sagte Cayleb. »Jetzt wartet mal! Wollt Ihr damit sagen, dass keiner von uns jemals wieder krank wird? *Nie* wieder?«

»Ganz genau.« Wieder seufzte Merlin. »Ich habe zwar nicht die zugehörigen Medikamente, die auch noch den Alterungsprozess verlangsamen, selbst wenn wir es wagen könnten, sie überhaupt zum Einsatz zu bringen, aber das war das Mindeste, was ich tun konnte. Ihr beide seid viel zu wichtig für das, was wir hier bewirken wollen, als dass ich das Risiko eingehen konnte, *nicht* so zu handeln.« Er schüttelte den Kopf, und seine Miene wirkte immer noch unermesslich hart, wie aus Gusseisen. »Ich kann nicht verhindern, dass Ihr oder Sharley bei einem Unfall ums Leben kommt, Cayleb, und wir haben schon mehr als genug Beweise dafür gesehen, dass ich auch nicht garantieren kann, Ihr werdet nicht in irgendeiner unsinnigen Schlacht fallen. Aber ich werde verdammt noch mal nicht zulassen, dass ich einen von Euch auch nur eine Minute früher verliere, als das Schicksal das für Euch bereithält. Ihr werdet mir nicht wegen irgendeiner dämlichen *Bazille* wegsterben!«

Sharleyans Miene, bis eben noch ähnlich hart wie die Merlins, wurde deutlich sanfter, als sie begriff, wie heftig die Emotionen waren, die Merlin hinter der Maske aus Härte verbarg. Es ging hier nicht um Bazillen – was immer das nun wieder sein mochte. Es ging hier darum, dass Merlin Athrawes immer noch auch Nimue Alban war und Nimue vor neunhundert Jahren ihre ganze Welt verloren hatte. Merlin Athrawes wusste, dass er die ganze *ihm* bekannte Welt auch wieder verlieren würde – oder zumindest alle Menschen darin, die ihm etwas bedeuteten. Schon zuvor hatte Sharleyan versucht, sich das vorzustellen. Sich vorzustellen, wie es sich wohl anfühlte, gerade für jemanden, der seine Freunde so unverkennbar liebte. Wie es wohl wäre, alle sterben zu sehen, die einem am Herzen lagen, bis man allein zurückbliebe. Sharleyan war nicht fähig gewesen, sich das vorzustellen. Als sie Merlin Athrawes nun in diese Saphir-Augen blickte – und das waren *richtige* Augen, verdammt noch mal, nicht bloß Stückchen aus Glas und Metall und ›Technologie‹! –, wusste sie, dass Cayleb und sie für Merlin von immenser Wichtigkeit waren. Und zugleich wusste sie auch, dass Cayleb und sie, so wichtig sie auch für Merlins großen Plan hier auf Safehold sein mochten, doch nur ein Teil seiner Motivation darstellten – und vielleicht noch nicht einmal den wichtigsten Teil.

Schweigen lag über ›Nimues Höhle‹. Dann streckte Sharleyan Ahrmahk die Hand aus. Sanft legte sie dem PICA, der ihren Freund beherbergte, die Hand auf den Unterarm. Sie lächelte.

»Ich hoffe, es wird Euch nicht verletzen zu hören, dass es hier doch ein wenig zu kühl ist, die Kleidung abzulegen, Doktor – selbst für ein Mädchen aus Chisholm.«

»Oh, das wird nicht nötig sein«, versicherte Merlin ihr und lächelte nun ebenfalls. Doch seine blauen Augen verloren ihre Härte, als er bemerkte, wie bewusst die Kaiserin von Charis das Thema gewechselt und damit gezeigt hatte, dass sie ihm den heimlichen Nanniten-Einsatz nicht verübelte. Kurz legte er zärtlich seine Hand auf die ihre. Dann deutete er mit derselben Hand auf den Untersuchungsstuhl. »Bitte legt Euch einfach auf diese Liege hier! Dann wird Owl alles Weitere übernehmen.«

Wieder betrachtete Sharleyan den etwas erhöhten Sessel und zuckte mit den Schultern. Erneut reichte Merlin ihr die Hand. Sie griff danach, stieg auf einen Tritt neben dem Sessel und streckte sich dann auf dem Behandlungsstuhl aus. Die Oberfläche des Möbelstücks bewegte sich unter ihr wie von selbst, passte sich ganz an ihre Körperkonturen an. Das nahm Sharleyan hin, ohne mit der Wimper zu zucken. Schließlich kannte sie das schon aus dem Andrucksessel des Aufklärer-Schwebebootes.

»Und jetzt bleibe ich einfach hier liegen? Ist das alles?«, fragte sie und hob den Kopf.

»Das ist alles«, bestätigte Merlin.

Vielleicht zwei Sekunden lang blickte Sharleyan ihn nur schweigend an. Dann holte sie tief Luft und lehnte sich wieder ganz in den Sessel zurück.

»Entspannt Euch einfach!«, ermunterte Merlin sie, und Sharleyan hob die Augenbrauen, als die Stimme des *Seijin* sich merklich veränderte. Das tiefe, männliche Timbre wurde höher, verwandelte sich in eine kehlige Altstimme, die Sharleyan noch nie zuvor gehört hatte, ohne die Charakteristika von Merlins Stimme dabei zu verlieren. Mit einem Mal begriff die Kaiserin, wen sie hier zum allerersten Mal hörte: *Nimue Alban*, nicht Merlin Athrawes!

Sie wandte den Kopf zur Seite und blickte Merlin an. Er lächelte. Es war ein sanftes, sonderbar trauriges Lächeln. Sharleyan neigte ein wenig den Kopf zur Seite und blickte ihren Freund fragend an.

»Ich war schon sehr lange nicht mehr Nimue, Sharleyan«, sagte die Altstimme, »aber mir kam der Gedanke, dass Ihr Euch angesichts der Umstände vielleicht in ihrer Gegenwart ein wenig wohler fühlen könntet als in Merlins. Abgesehen davon, werdet Ihr bald etwas erfahren, was sich Nimue immer gewünscht hat: Kinder ... Babys ... Zu Nimues Lebzeiten hat niemand, der auch nur einen Funken Verantwortungsbewusstsein hatte, noch Kinder in die Welt gesetzt. Nicht, wo man genau wusste, dass die Gbaba letztendlich doch alle umbringen würden.«

Sharleyan streckte die Hand aus und berührte erneut sanft Merlins/Nimues Unterarm, als sie die Trauer spürte, die hinter dem Lächeln auf diesem Gesicht verborgen lag.

»Ich wusste schon immer, dass ich niemals Kinder haben würde«, sprach Nimue weiter, verborgen hinter Merlins Gesicht und Merlins Bart. Das war das Sonderbarste, was Sharleyan jemals erlebt hatte, und doch barg das Ganze eine sonderbare Perfektion. Irgendwie war es einfach *richtig* so.

»Ich wusste, dass mir das niemals widerfahren würde. Aber

ich hatte nicht gewusst, hätte mir nicht einmal vorstellen können, dass ich eines Tages hier stehen würde und eine Frau anschauen, die schon bald Mutter werden wird.« Traurig lachte Nimue auf. »Das entbehrt nicht einer gewissen Ironie, nicht wahr? Ich hatte immer damit gerechnet, jung zu sterben. Jetzt bin ich neunhundert Jahre alt, und werde vielleicht noch weitere neunhundert Jahre lang weiterleben – wer weiß das schon? Und trotzdem werde ich nie eigene Kinder haben.«

»Oh doch, das werdet Ihr!«, widersprach Sharleyan sanft. »Das hier *ist* Euer Kind, Merlin ... Nimue. Nur Euretwegen wird dieses Kind leben. Nur Euretwegen wird dieses Kind aufwachsen. Ohne Euch hätten Cayleb und ich einander niemals kennengelernt. Ohne Euch wäre ich im Kloster Sankt Agtha gestorben. Ohne Euch wäre Charis nur noch ein verkohlter Aschehaufen, und alle Charisianer wären längst tot. Ohne Euch würde die ›Vierer-Gruppe‹ gewinnen – *Langhorne* würde gewinnen. Die *Heilige Schrift* sagt, ein Kind sei mehr als nur das Fleisch seiner Eltern, und auch wenn die *Heilige Schrift* so viele Lügen birgt, heißt das doch nicht, dass sie *immer* lügt. Was auch immer geschehen mag, wir, Cayleb und ich, werden uns immer daran erinnern, dass wir dieses Kind mit *Euch* teilen, nicht nur miteinander. Das wird immer so sein, und das wissen wir. Und ich verspreche dir, Nimue«, braune Augen blickten fest in saphir-blaue, suchten die junge Frau dahinter, die seit neunhundert Jahren tot war, »dass eines Tages, ob Cayleb und ich das noch erleben oder nicht, auch die ganze Welt es wissen wird.«

Lange blickten die beiden einander nur schweigend an. Dann lächelte Merlin wieder. Immer noch barg dieses Lächeln eine gewisse Trauer, doch es lag noch mehr darin: Zärtlichkeit. Mit seinen sehnigen Fingern tätschelte der Kämpe die zarte Frauenhand, die auf seinem gepanzerten Unterarm lag.

»Na, dann sollten wir jetzt vielleicht loslegen und das einfach hinter uns bringen!«

.III.

Castle Mairwyn, Stadt Serabor, Baronie Larchros, Fürstentum Corisande

Verdammt, ist das kalt! Sogar eine Bergpeitschenechse würde sich hier die Eier abfrieren!, dachte Sahlahmn Traigair, seines Zeichens Graf Storm Keep, während er sich aus dem Sattel schwang.

In Corisande bedeutete Oktober immer noch Sommer, nicht Winter. Doch des eiskalten Regens wegen wäre wohl niemand diese Idee gekommen. Der Regen prasselte auf Straßen und Dächer von Serabor. Es war der gleiche eisige Bergregen, der Traigair und seine Gefährten schon seit einem ganzen Tag plagte. Der Regen zerrte an den Nerven, auch wenn Storm Keep mit dem örtlichen Wetter durchaus vertraut war. Seine eigene Grafschaft lag im Nordosten von Larchros, und im Laufe der Jahre war der Graf schon sehr häufig zu Besuch nach Serabor gereist. Die zerklüfteten Marthak Mountains bildeten dabei die Grenze zwischen Larchros und der Grafschaft Craggy Hill. Obwohl der Äquator die nördlichen Marthaks genau durchschnitt, waren die höchsten Gipfel dieser Bergkette fast das ganze Jahr über schneebedeckt, und die Barcor Mountains, in deren Ausläufer sich Serabor schmiegte, waren sogar noch höher.

Eigentlich ist es gar nicht kalt genug, um zu erfrieren, gestand Traigair sich grummelnd ein. Er massierte sich das schmerzende Hinterteil, während der Rest seiner beachtlich großen Gruppe von Dienern, Gefolgsleuten und Wachen rings um ihm ebenfalls von den Pferden stiegen. *Aber es fühlt sich auf jeden Fall so an!*

»Willkommen in Castle Mairwyn, Mein Lord«, ertönte eine

Stimme, und Storm Keep wandte sich dem Mann zu, der ihn angesprochen hatte. Rahzhyr Mairwyn, Baron Larchros, war ebenso nass – und sah fast ebenso erbärmlich aus –, wie er selbst sich fühlte. Trotzdem brachte Storm Keeps Gastgeber ein Lächeln zustande. »Wenn Ihr nicht allzu durchgefroren seid, erwarten uns sogleich ein Feuer und heiße Schokolade – und vielleicht sogar etwas noch Stärkeres.«

»Das, lieber Rahzhyr, klingt nach der *besten* Idee des heutigen Tages!«, meinte Storm Keep, und sein Gesicht hellte sich auf.

»Dann sollten wir nach beidem Ausschau halten!«, schlug Larchros vor und bedeutete Storm Keep mit einer Handbewegung, sich ihm anzuschließen, während Stallburschen ihre Reittiere fortführten.

Der Graf nickte, und gemeinsam marschierten sie über den gepflasterten Hof, den die Stallungen umgaben. Dann durchquerten sie den eigentlichen Burghof und stapften die Stufen des massigen, altmodischen Bergfrieds empor. Castle Mairwyn war mehr als drei Jahrhunderte alt. Trotz der nachträglich vergrößerten Butzenfenster, die in fast alle der höher gelegenen Schießscharten eingelassen waren, wirkte die Festung so alt, wie sie tatsächlich war. Storm Keep zog ja seine deutlich neuere Residenz in der Stadt Telitha vor, von der aus man einen herrlichen Ausblick auf das funkelnd-blaue Wasser der Telith Bay hatte. Auf jeden Fall gefiel ihm die Umgebung dort deutlich besser. So pittoresk die schmalen, gewundenen Straßen von Serabor auch sein mochten, sie konnten doch den breiten, geradlinigen Prachtstraßen von Telitha nicht das Wasser reichen. Aber das lag daran, dass Serabor auf der Kuppe einer Erhebung lag, die man vermutlich überall als Berg bezeichnet hätte – nur eben nicht in derart unmittelbarer Nähe zu den Barcors. Die letzte Meile bis zum Stadttor war es unablässig (und anstrengend) bergauf gegangen, eine echte Qual für die Pferde. Und die Burg selbst krönte die massige Granitkuppe, um die herum vor so vielen Jahren die Stadt Serabor entstanden war.

Tja, dachte Storm Keep, *wer auch immer es war, der sich seinerzeit dafür entschied, hier eine Burg zu errichten, wusste ganz genau, was er tut. Allein schon diese Burg zu erreichen ist eine echte Plage. Aber diese Burg* erstürmen *zu wollen, wäre noch ungleich schlimmer!*

Noch vor drei Monaten hätte Storm Keep dieser Überlegung kaum Aufmerksamkeit gewidmet. Im Augenblick allerdings ging ihm dieser Gedanke kaum noch aus dem Kopf.

Endlich hatten sie die Stufen erklommen und betraten den Palas, das Herrenhaus mit der zentralen Halle der Feste. Lady Larchros erwartete sie bereits. Herzlich lächelte sie ihnen zu. Hocherfreut sah Storm Keep sie in jeder Hand eine Tasse dampfend-heißer Schokolade halten.

»Willkommen zu Hause!«, sagte Raichenda Mairwyn und lächelte ihren Gemahl an. Dann wandte sie ihre Aufmerksamkeit Storm Keep zu. »Und ein doppeltes Willkommen Ihnen, unserem Gast, Mein Lord! Die Wache hat mich schon über Ihr Kommen unterrichtet, und angesichts des Wetters dachte ich mir, Ihr beide wüsstet das hier gewiss zu schätzen.«

Sie streckte ihnen die Tassen mit dem dampfenden Inhalt entgegen. Storm Keep lächelte über das ganze Gesicht und umschloss die Tasse mit beiden Händen. Die Wärme tat seinen durchgefrorenen Fingern wirklich gut.

»Unter allen Gastgeberinnen seid Ihr ein Juwel, Lady Raichenda«, sagte er, hob die Tasse und nahm genießerisch einen Schluck. Die Wärme des Getränks durchströmte sofort seinen ganzen Körper. Er stieß einen genießerischen Seufzer aus. »Dafür wird Langhorne Euch dereinst im Himmel reich belohnen«, versicherte er ihr.

»Langhorne mag mich belohnen, Mein Lord.« Ihre Stimme klang nun ebenso ernsthaft, wie ihre Miene wirkte. »Doch es steht zu hoffen, dass er dies nicht nur wegen einer einfachen Tasse heißer Schokolade tut.«

»Wahrhaft, so sollte es sein«, gab er leise zurück und blickte ihr fest in die Augen. Anscheinend hatte ihr Gemahl sie mehr ins Vertrauen gezogen, als Storm Keep das erwartet hatte.

Nun ja, du weißt doch schon seit Jahren, wie abgöttisch er sie liebt, rief er sich ins Gedächtnis zurück. *Und Frau hin oder her, sie gehört zu den klügsten Menschen, die du kennst. Selbst wenn er ihr kein einziges Wort verraten hätte, so hätte sie wohl schon bald* erraten, *worum es hier geht.*

»Aber in der Zwischenzeit ...«, fuhr sie fort. »Ich habe mir erlaubt, Ihnen beiden ein heißes Bad einzulassen. Mairah«, sie nickte einer der Dienerinnen zu, die sich fast unmerklich im Hintergrund hielten, »wird Sie zu Ihrem Gemach führen, Mein Lord. Bei diesem Wetter halte ich es für gut denkbar, dass Ihr Gepäck zumindest ein wenig feucht geworden ist. Aber Sie und Rahzhyr sind beinahe gleich groß. Daher habe ich für Sie bereits frische Kleidung herauslegen lassen. Sobald Ihr Kammerdiener aus dem Stall kommt, werde ich ihn zu Ihnen hinaufschicken. Aber nun, bitte: wärmen Sie sich doch erst einmal richtig auf!«

Etwa eine Stunde später fühlte sich Storm Keep schon beinahe sündhaft wohl: Ihm war warm, und er saß in einem dick gepolsterten Sessel in dem Raum, der Larchros als Arbeitszimmer diente. Der Schreiber des Barons war nirgends zu sehen. Pater Airwain Yair aber, Larchros' Kaplan und Beichtvater, saß ihm in einem nur geringfügig schlichteren Sessel am Kamin gegenüber. Regen prasselte gegen die Fensterscheiben und gluckerte melodisch durch die Regenrinnen und Fallrohre. Auf dem Kaminrost glomm ruhig ein Kohlenfeuer, auf dem marmornen Kaminsims glitzerten kunstvoll geschliffene Kristalle, und jeder von ihnen hatte einen großen Brandyschwenker in Griffweite. Die Szenerie war so friedlich und gemütlich, wie sich nur vorstellen ließ. Dennoch wirkte Yairs Miene sehr angespannt, als er Larchros anblickte.

»Also haben die Verräter sich wirklich dafür entschieden, vor Cayleb zu kapitulieren, Mein Lord?« Der Priester klang, als habe er immer noch Schwierigkeiten, das zu glauben.

»Um ehrlich zu sein, Pater«, sagte Storm Keep, bevor der Baron das Wort ergreifen konnte, »hatte der Regentschaftsrat kaum eine andere Wahl. Nachdem Prinz Hektor und sein Sohn tot sind, Daivyn das Fürstentum verlassen hat und Cayleb die Hauptstadt belagern ließ, war die Frage nur, ob sie kapitulieren oder ob sie sich auf eine Belagerung einließen, die nur ein einziges Ende finden konnte.«

»Das ist wohl wahr, Sahlahmn.« Larchros' Stimme klang deutlich rauer als die des Grafen. »Aber es gibt einen Unterschied zwischen der taktischen Entscheidung, eine Stadt kampflos aufzugeben, und das zu tun, was Pater Airwain so treffend ›kapitulieren‹ genannt hat.«

»Dem kann ich nicht widersprechen«, gestand Storm Keep ein. Nun klang auch seine Stimme deutlich düsterer. »Aber vergessen Sie nicht: was Anvil Rock vorgebracht hat, ist wirklich nicht gänzlich falsch. Nachdem es kein stehendes Heer mehr gibt, unsere Flotte im Hafen festsitzt und Cayleb jederzeit neue Truppen herbeirufen kann, wann immer ihm der Sinn danach steht: was hätten wir denn tun sollen, um ihn davon abzuhalten, einfach das zu tun, was er will? Schon jetzt hat er Tausende von Mann im Fürstentum, und bislang sind noch nicht einmal Truppen aus Chisholm dabei! Also hat er immer noch die Soldaten aus Sharleyans Armee in der Hinterhand – und ich möchte hinzufügen, dass diese Armee deutlich größer und ungleich kampferfahrener ist als die, die er bereits vor Ort hat. Mir hingegen stehen in meiner gesamte Garde weniger als achtzig Waffenträger zur Verfügung. Wie sieht es bei Ihnen aus?«

Larchros grollte, doch dem Argument des Grafen hatte er nichts entgegenzusetzen. Prinz Fronz, Prinz Hektors Vater, hatte beinahe zwanzig Jahre gebraucht, um sämtliche Truppen, die seine Adeligen eigenständig ausgehoben hatten, seinem

Befehl zu unterstellen. Um ehrlich zu sein: Storm Keep und ein Großteil des Adels von Corisande hatten Fronz' Motive durchaus verstanden – natürlich erst im Nachhinein. Erst hatte es ihnen wenig gepasst, dass die Royal Army mit ihrem festen Stamm von erfahrenen Berufssoldaten jegliche Truppen mühelos hätte aufreiben können, die ein jeder von ihnen hätte ausheben und gegen sie in den Kampf schicken können – selbst wenn sich mehrere Adlige mit ihren frisch ausgehobenen Truppen zusammengeschlossen hätten. Niemand von ihnen hätte es sich leisten können, eine eigene Armee zu unterhalten. Erst ein stehendes Heer aber hätte eine echte Veränderung der Machtverhältnisse herbeizuführen vermocht. Das aber hätte vorausgesetzt, dass Prinz Fronz die Aufstellung eines solchen Heeres bei anderen zugelassen hätte. Das aber wäre niemals der Fall gewesen. In Wahrheit waren die weitaus meisten Magnaten des Fürstentums glücklich damit, dass die ewigen Fehden untereinander ein Ende gehabt hatten. Unter der Regentschaft von Fronz' Vater und Großvater war es mit entsetzlicher Regelmäßigkeit zu Kriegen auch unter Verwandten gekommen, gar zu Brudermord. Fronz hatte also ihnen allen die Kosten erspart, eigene Privat-Armeen zu unterhalten. Das stehende Heer des Fürsten sorgte auf diese Weise dafür, dass der Adel nicht in der Lage war, gegen den Prinzen zu putschen.

Bedauerlicherweise rächte sich Prinz Fronz' Politik gerade – und zwar gewaltig.

»Die größten Einheiten, die jeder von uns derzeit würde ins Feld führen können – selbst die Herzöge –, reichen bestenfalls aus, um unsere eigenen Ländereien zu verteidigen. Keiner von uns verfügt über diese neuen Waffen«, merkte der Graf schonungslos an. »Möchten Sie sich mit solchen Truppen einem oder zwei Bataillonen dieser Charisian Marines entgegenstellen, die auch noch diese verwünschten Gewehre und ihre Artillerie haben?«

Einen Moment lang herrschte völliges Schweigen. Nur das

unablässige Prasseln des Regens gegen die Fensterscheiben war zu hören. Endlich schüttelte Larchros den Kopf.

»Nein«, sagte er. »Zumindest … *noch* nicht.«

»Ganz genau«, bestätigte Storm Keep sehr, sehr leise, und er und der Baron blickten einander an.

Nicht, dass sie die Lage nicht schon während ihres langen Rittes nach Serabor ausgiebig diskutiert hätten. Doch dabei hatten sie zumindest ein gewisses Maß an Vorsicht walten lassen müssen. Schließlich wusste man nie, wer gerade lauschte. Selbst in ihrem eigenen Gefolge mochte es jemanden geben, der sich bei den charisianischen Besatzern lieb Kind machen wollte und interessante Geschichten zum Besten gab. Doch sie beide kannten einander schon seit langem. Beide wussten ganz genau, wie der jeweils andere zur momentanen Situation stand. Andererseits …

»Man wird das sehr vorsichtig angehen müssen«, merkte Storm Keep leise an.

»Oh, sicher, ja!« Larchros verzog das Gesicht. »Wenn ich mich nicht sehr täusche, sind zumindest ein paar der Südländer bereit, Cayleb wie treue Hunde die Hand zu lecken … oder ihm gleich ganz in den Arsch zu kriechen!« Angewidert schüttelte er den Kopf. »Auch wenn ich nie gedacht hätte, das jemals sagen zu müssen: Ich bin mir ziemlich sicher, dass das auch für Anvil Rock gilt.«

»Wirklich, Mein Lord?« Yair schüttelte den Kopf. »Ich muss gestehen, ich hatte immer gedacht, der Graf sei Prinz Hektor treu ergeben – von Mutter Kirche ganz zu schweigen!«

»Das ging mir auch so, Airwain.« Larchros zuckte mit den Schultern. »Aber so, wie er auf jeden unserer Vorschläge reagiert hat und nichts als Zeit geschunden hat, glaube ich langsam, dass wir uns da wohl getäuscht haben. Entweder das, oder er hat jeglichen Mut verloren. Von seinem verwünschten *Sohn* ganz zu schweigen!«

Kurz zog Storm Keep in Erwägung anzumerken, Sir Koryn

Gahrvai, der Sohn des Grafen Anvil Rock, habe sich angesichts der alles zerschmetternden taktischen Überlegenheit der Charisianer so gut geschlagen wie möglich. Gahrvai die Niederlage seiner Armee vorzuwerfen mochte ja sehr befriedigend sein, aber es war alles andere als gerecht.

Andererseits geht es hier im Augenblick ja auch überhaupt nicht um Gerechtigkeit, rief sich der Graf ins Gedächtnis zurück. *Und wenn dieser Zorn auf Anvil Rock und Gahrvai dabei behilflich ist, Rahzhyr und ein paar der anderen zu ... motivieren, dann ist das eben so.*

»Nun, Pater«, sagte er schließlich und blickte den Priester an, »Anvil Rock, Tartarian und North Coast haben deutlich klar gemacht, dass sie keinerlei bewaffneten Widerstand unterstützen werden. Und bevor Cayleb nach Chisholm aufgebrochen ist, hat er – seine Seele möge verdammt sein! – sogar noch deutlicher zum Ausdruck gebracht, dass jeder, der ihm den Lehnseid verweigert, seinen Titel ebenso einbüßt wie seine Ländereien.« Er zuckte mit den Schultern. »Ich kann nicht behaupten, dass mich das sonderlich überrascht hätte. Schließlich war das der Grund, uns alle nach Manchyr zu beordern. Und so bitter das auch sein mag, er hat diesen verdammten Krieg schließlich gewonnen. Also sollten wir nicht überrascht darüber sein, wenn er sich wie ein Sieger benimmt.«

»Und diese ... Abscheulichkeit, Mein Lord? Diese so genannte Kirche von Charis, die er unterstützt?«

»Das gleiche Ultimatum hat er auch dem Klerus gestellt«, gestand Storm Keep schweren Herzens ein. »Ich bin mir sicher, dass Sie das schon bald von Ihrem Bischof hören werden – Ihrem *neuen* Bischof, sollte ich wohl sagen.«

»Bischof-Vollstrecker Thomys hat diese Kirchenspaltung akzeptiert?« Ungläubig starrte Yair den Grafen an.

»Nein. Tatsächlich ist es dem Bischof-Vollstrecker und Pater Aidryn gelungen, Manchyr der Belagerung zum Trotz zu verlassen«, antwortete Baron Larchros anstelle von Storm Keep. »Niemand scheint zu wissen, wie genau sie das geschafft haben.

Aber *dass* es ihnen gelungen ist, scheint doch deutlich zu zeigen, dass ›Kaiser‹ Cayleb nicht ganz so unfehlbar ist, wie er uns gern glauben machen will!«

»Und wer ...?«

»Bischof Klairmant. Oder vielleicht sollte ich lieber sagen: *Erzbischof* Klairmant«, erklärte Larchros verbittert, und Yair erbleichte sichtlich.

Klairmant Gairlyng, der Bischof von Tartarian, einer der angesehensten Prälaten im ganzen Fürstentum Corisande, stammte aus den Tempel-Landen. Gewiss, die Gairlyngs gehörten wahrlich nicht zu den großen Kirchendynastien. Wäre es anders, hätte man Klairmant zweifellos eine deutlich einflussreichere Diözese zugestanden. Doch er war immerhin zumindest entfernt mit mehreren der derzeitigen Vikare verwandt. Das hatte ihm stets beachtliche moralische Autorität im Klerus von Corisande eingebracht. Schlimmer noch: Seit sechzehn Jahren stand er seiner Diözese nun vor, ohne auch nur ein einziges Mal nach Zion gereist zu sein. Aber zugleich hatte er sich den Ruf erworben, außergewöhnlich fromm zu sein. Dass *er* den Primat dieses Ketzers Staynair anerkannte, versetzte der Autorität der gesamten Kirche einen ernst zu nehmenden Stoß. Yair hob die Hand. Er schlug das Szepter von Langhorne, und Baron Larchros lachte kurz auf, doch allzu viel Belustigung lag nicht in diesem Laut.

»Leider ist der gute Bischof mitnichten der einzige Diener von Mutter Kirche, der sein Mäntelchen nach dem Wind hängt, Pater – oder sollte ich lieber sagen: seine Soutane?«, sprach er tonlos weiter. »Wenn man es recht bedenkt, ist das vielleicht sogar das Verstörendste an diesem ganzen ›Sonderparlament‹, das Cayleb da einberufen hat. Mehr als ein Drittel – sogar fast die Hälfte – aller Bischöfe des Fürstentums waren bereit, dieser ›Kirche von Charis‹ Treue zu schwören.« Angewidert verzog er die Lippen. »Und wenn schon die Bischöfe vorangehen, ist es dann wirklich überraschend, dass der Rest der Priesterschaft es ihnen gleichtut?«

»Ich kann ...« Yair schüttelte den Kopf. »Ich kann einfach nicht glauben ...«

Er stockte. Storm Keep streckte die Hand aus und tätschelte dem Kirchenmann tröstend das Knie.

»Es ist noch früh, Pater«, sagte er leise. »Ja, es sieht ganz so aus, als hätte Gairlyng tatsächlich die Absicht, zu einer ... sagen wir: zu einer Übereinkunft mit Cayleb und Staynair zu kommen. Ich will nicht einmal so tun, als wisse ich, was ihn dazu treibt. Andererseits kennt er Tartarian seit Jahren. Soweit ich weiß, haben sie sich stets bestens verstanden. Das mag zum Teil dazu beitragen. Und um Shan-wei zuzugestehen, was ihr zukommt: es ist wohl auch durchaus möglich, dass er zumindest versucht, irgendwelche Pogrome hier in Corisande zu verhindern. Die charisianische Version der Inquisition wird gegen offenen Widerstand der Tempelgetreuen ja wohl nicht allzu sanft vorgehen.«

Auch wenn, gestand er sich widerwillig selbst ein, *die Marines von diesem ›Vizekönig-General‹ Chermyn deutlich sanfter auftreten, als ich das erwartet hatte ... bislang, zumindest. Musketen-Kolben und Bajonette sind schon schlimm genug. Aber Kugeln sind noch viel schlimmer, und was* die *angeht, war Chermyn damit durchaus sparsam, gerade wenn man sich die Umstände genauer anschaut.*

»Und vielleicht sehen Gairlyng, Anvil Rock und Tartarian ja auch allesamt eine Möglichkeit, ihr eigenes Nest noch ein bisschen besser zu polstern. Also zu Shan-wei mit der Verhinderung irgendwelcher Pogrome!«, sagte Larchros mit beißender Stimme.

»Ja, damit könnten Sie Recht haben«, gestand Storm Keep ein.

»Sie haben gesagt, mehr als ein Drittel der Bischöfe hat Staynairs Autorität anerkannt, Mein Lord«, wandte sich Yair nun an Larchros. »Was ist mit denen passiert, die sich geweigert haben?«

»Die meisten haben sich irgendwo versteckt, so wie wohl

auch Bischof Amilain«, erwiderte der Baron. Dieses Mal lag in seinem Lächeln zumindest eine Spur echter Belustigung.

Amilain Gahrnaht, der Bischof von Larchros, war unter geheimnisvollen Umständen verschwunden, bevor Baron Larchros nach Manchyr aufgebrochen war. Offiziell wusste der Baron nicht, wohin genau Gahrnaht verschwunden war. Er wusste indes, dass Pater Airwain mehr darüber bekannt war. Das Gleiche galt für Storm Keep. Das war tatsächlich auch der Hauptgrund, warum der Graf bereit war, so offen vor einem einfachen Kaplan zu sprechen, den er persönlich kaum kannte.

»Nachdem nun die Semaphorentürme in der Hand von Gairlyngs Speichelleckern sind«, fuhr der Baron deutlich düsterer fort, »ist es natürlich schwierig herauszufinden, was sich wirklich gerade ereignet. Viele Bischöfe und Oberpriester haben sich – genau wie auch Bischof Amilain – schlichtweg geweigert, vor Cayleb zu treten. Bei den Bischöfen hat er vor seiner Abreise zusammen mit Gairlyng bereits Nachfolger bestimmt. Und Vizekönig-General Chermyn hat erklärt, er werde jedem dieser Nachfolger Truppen zur Seite stellen. Er *sagt*, es werde keine Massenfestnahmen und keine Verfolgung der Tempelgetreuen geben, solange sie sich nicht in offene Rebellion begäben.« Larchros stieß ein zorniges Schnauben aus. »Ich kann mir gut vorstellen, wie lange das so bleibt!«

»Aber ... aber Cayleb und Staynair wurden doch exkommuniziert!«, protestierte Yair. »Kein Eid, der von einem von ihnen geschworen wird, ist vor den Augen Gottes oder der Menschen bindend!«

»Das habe ich auch die ganze Zeit über im Hinterkopf«, bestätigte Larchros und gestattete sich ein grimmiges Lächeln.

»Für mich gilt dasselbe«, bemerkte Storm Keep. »Ich kann mir sogar vorstellen, dass eine ganze Menge von Prinz Daivyns Adeligen das bedacht haben. Und ich bin mir ziemlich sicher, dass das auch auf Bischof Mailvyn zutrifft.«

»Tatsächlich?« Yairs Miene hellte sich sichtlich auf. Mailvyn

Nohrcross war der Bischof von Barcor. Im Gegensatz zu Gairlyng war er gebürtiger Corisandianer. Zudem war er recht eng mit Baron Barcor verwandt. Seine Familie besaß beachtlichen Einfluss, sowohl in geistlichen wie in weltlichen Dingen.

»Ich möchte nicht behaupten, wir hätten das ausdrücklich erörtert, Pater«, schränkte Storm Keep ein. »Aber angesichts einiger beiläufiger Bemerkungen, die er in meiner Gegenwart hat fallen lassen, scheint es mir, als halte er es im Augenblick für ratsam, ein Lippenbekenntnis zur Kirche von Charis abzugeben. Wie dem auch sei, ich bin zuversichtlich, dass er sein Bestes tun wird, Schaden von all jenen abzuwenden, die nach wie vor treu zu Mutter Kirche stehen.«

»Ich glaube ...« Larchros blickte seinen Kaplan recht nachdrücklich an. »Nun, hätte jemand die Gelegenheit, mit Bischof Amilain über die derzeitigen Ereignisse zu sprechen, dann wäre, so vermute ich, der Bischof durchaus bereit, einem gleichgestellten Prälaten, den man so unbillig des Amtes enthoben hat, stillschweigend Schutz angedeihen zu lassen.«

Einen Moment lang erwiderte Yair nur schweigend den Blick des Barons, dann nickte er. Storm Keep zuckte mit den Schultern.

»Die Wahrheit ist, Pater Airwain, dass niemand wirklich weiß, was geschehen wird. So wie ich das verstanden habe, hat Cayleb die Absicht, sämtliche Angelegenheiten, die Corisande unmittelbar betreffen, diesem Regentschaftsrat zu überlassen ... natürlich mit Vizekönig-General Chermyn als ›Berater‹. Anscheinend hegt Cayleb den Glauben – oder vielleicht die *Hoffnung* –, nachdem er jetzt nach Chisholm aufgebrochen ist, könnte das Volk vergessen, dass er Prinz Hektor hat ermorden lassen. Deswegen haben wir ja so viele Fünftage in Manchyr verbracht, selbst noch nachdem Cayleb schon mit Ziel Cherayth in See gestochen war. Anvil Rock, Tartarian und die anderen haben uns die ganze Zeit über eingehämmert, sie würden mit aller Kraft das Fürstentum zusammenzuhalten und dessen uralte Vorrechte zu bewahren versuchen. Sie *sagen*, Cayleb habe ihnen versprochen, er werde Corisande so viel Selbst-Regierung zugestehen wie möglich. Ich überlasse es Ihnen, sich vorzustellen, wie viel ›selbst‹ sich in dieser ›Regierung‹ wird wiederfinden lassen!«

Voller Verachtung sog der Priester die Luft durch die Nase. Der Graf nickte.

»Ganz genau«, bestätigte er. »Doch im Augenblick hat er Anvil Rock und Tartarian damit beauftragt, für Ordnung zu sorgen, während er das ... dornige Problem, die Angelegenheiten der Kirche in den Griff zu bekommen, Gairlyng überlassen hat. In Manchyr kursieren schon Gerüchte, Staynair selbst wolle uns in einigen Monaten besuchen. Im Augenblick spielen zwei oder drei Oberpriester aus Charis die Rolle von Gairlyngs Intendanten. Es steht völlig außer Frage, dass sie ihn auch für Staynairs Version der Inquisition im Auge behalten. Meines Erachtens geht Cayleb davon aus, dass es für ihn am besten aussieht, wenn er vorgibt, in Corisande ein bisschen die Zügel schießen zu lassen – sofern wir Corisandianer ihn denn lassen.«

»Glaubt Ihr, deswegen hat er auch Daivyn als Prinz Hektors Erben akzeptiert, Mein Lord?«

»Ich denke, das gehört zumindest dazu, gewiss.« Storm Keep wedelte mit der Hand, als wolle er einen dichten Nebel verscheuchen. »Aber um ehrlich zu sein, wüsste ich wirklich nicht, was ihm sonst zu tun bliebe. Er hat deutlich genug zum Ausdruck gebracht, dass Corisande, ob wir das nun wollen oder nicht, Teil seines Charisianischen Kaiserreiches wird. Das ist für das Fürstentum schon bitter genug, ganz egal, wie die Umstände nun aussehen. Aber nach der Ermordung Prinz Hektors wird es allen noch ungleich bitterer erscheinen. Wenn Cayleb geradeheraus einen seiner Günstlinge an die Stelle des Prinzen gesetzt oder die Krone für sich selbst beansprucht hätte, wäre das ganze Fürstentum in Flammen aufgegangen. Das weiß Cayleb auch. Auf diese Weise können er und dieser Regentschaftsrat sich hinter Daivyns berechtigtem Anspruch verstecken. Er kann sogar so tun, als habe er nur die Interessen des Jungen im Sinn, schließlich hatte *er* ja überhaupt nichts mit Prinz Hektors Ermordung zu tun, nicht wahr? Ach was, *natürlich* nicht!«

Die Ironie des Grafen war fast unerträglich beißend.

»Und dann gilt es auch noch dies zu berücksichtigen: Nachdem Daivyn nun das Fürstentum unbehelligt hat verlassen können, fehlt jedem potenziellen Widerstand hier vor Ort ein Punkt, an dem er sich würde vereinigen können«, merkte Larchros an. »Schlimmer noch: Anvil Rock und dieser ›Regentschaftsrat‹ können behaupten, sie hätten nichts als Daivyns berechtigten Anspruch auf die Krone im Sinn, wenn sie jeglichen Widerstand, sollte er sich *doch* regen, sofort im Keim ersticken! Schauen Sie sich doch nur an, was für eine schöne Deckung sie damit haben! Und sollte Daivyn töricht genug sein, jemals wieder zurückzukehren oder sich Cayleb auch nur zu nähern, kann man ihn immer noch den Weg nehmen lassen, den schon sein Vater und sein älterer Bruder eingeschlagen haben. Cayleb muss nur zu dem Schluss kommt, er brauche Daivyn nicht mehr. Und dann *wird* er einen seinen verwünschten Günstlinge auf den Thron setzen!«

»In vielerlei Hinsicht beneide ich Cayleb kein bisschen: Er hat sich hier in Corisande wirklich arg viel vorgenommen«, sagte Storm Keep sehr offen. »Den Prinzen und den jungen Hektor ermorden zu lassen, war vermutlich das Dümmste, was er überhaupt hat tun können. Aber, weiß Langhorne, Hass kann den Menschen nur allzu leicht dazu treiben, etwas Dummes zu tun. Mir fällt niemand ein, die einander mehr gehasst hätten als Prinz Hektor und Cayleb – vor allem, nachdem Haarahld im Darcos-Sund gefallen ist. Und wir sollten gar nicht erst auf das Thema eingehen, wie *Sharleyan* über den Prinzen denkt! Möglicherweise hat sich Cayleb gedacht, die persönliche Befriedigung, endlich Rache nehmen zu können, sei jegliche politischen Schwierigkeiten wert, die er sich damit einhandelt. Und wenn er nicht wusste, dass Daivyn das Fürstentum bereits verlassen hatte, dann hat er sich vielleicht überlegt, es sei ungleich einfacher, einen kleinen Jungen zu manipulieren als jemanden, der im Alter des jungen Hektor war. Wahrscheinlich ist es Cayleb sinnvoll erschienen, auch noch den Kronprinzen ermorden zu lassen ... zumindest seinerzeit. Und wie Sie gerade angemerkt haben, Rahzhyr, hätte Cayleb immer noch dafür sorgen können, dass Daivyn einen dieser ›Unfälle‹ hat, wie sie ungewünschten Erben anscheinend allzu oft widerfahren.« Die Miene des Grafen wirkte sehr finster. Er zuckte mit den Schultern. »Aber er hat Daivyn nicht in seiner Gewalt. Damit befindet sich die ganze Situation gewaltig im Aufruhr.«

»Was denken Sie, wird geschehen, Mein Lord?«, erkundigte sich Yair leise. »Langfristig, meine ich.«

»Im Augenblick vermag ich das nicht zu sagen, Pater«, gab der Graf zurück. »Unter bestimmten Voraussetzungen könnte Cayleb sein Eroberungsfeldzug gelingen. Dazu gehört, dass der Regentschaftsrat für einige Monate der Ruhe sorgen kann. Dazu gehört auch, dass Gairlyng und die anderen Abtrünnigen tatsächlich einen Weg finden, sanft und fast unbemerkt zu dieser Kirche von Charis überzugehen. Aber es sieht in meinen Augen nicht danach aus, um ganz ehrlich zu sein«, er ließ seine Zähne in einem Lächeln aufblitzen, das wirklich keinerlei Belustigung barg, »denn *ich* beispielsweise habe die Absicht, alles in meiner Macht stehende zu unternehmen, um die Lage für Cayleb zu verschlimmern. Aber es ist durchaus *möglich*, dass er damit durchkommt. Zumindest vorerst. Aber langfristig betrachtet?«

Er zuckte mit den Schultern.

»Langfristig wird sich, so lange Daivyn noch in Freiheit ist, ein Fokus ergeben, an dem sich alles an Widerstand wird versammeln können. Vielleicht wird dieser Fokus nicht in Corisande liegen. Vielleicht wird ein direkter Kontakt zwischen Daivyn und uns fast unmöglich sein. Aber das Symbol wird immer noch existieren. Es ist egal, ob dieser Regentschaftsrat behauptet, in seinem Namen zu handeln oder nicht. Solange sich Daivyn außerhalb des Fürstentums aufhält und ›sein‹ Rat ganz offenkundig Caylebs Befehle entgegennimmt, wird seine Rechtmäßigkeit zumindest zweifelhaft sein – gelinde gesagt. Und das Gleiche gilt auch für Bischof-Vollstrecker Thomys. Solange die Hierarchie der wahren Kirche intakt bleibt, selbst wenn sie sich im Untergrund verbergen muss, wird jeglicher Versuch, die ›Kirche von Charis‹ zu etablieren, auf Sand gebaut sein. Letztendlich werden Cayleb und seine Handlager feststellen, dass sie es mit einem ausgewachsenen Volksaufstand zu tun haben, Pater. Sie werden begreifen müssen, dass ihre Autorität deutlich weniger tief greift, als sie alle immer gedacht hatten. Es liegt in der Natur der Sache, dass ein Aufstand schon die Saat für den nächsten legt, ob dieser erste Aufstand nun erfolgreich ist oder nicht. Es wird der Tag kommen, da Cayleb genötigt sein wird, sich Bedrohungen deutlich näher an seiner Heimat zu stellen. Dann wird er seine Truppen von corisandianischem Grund und Boden abziehen, und seine Schiffe verlassen die corisandianischen Gewässer. Und all diejenigen von uns, die auf genau diesen Tag gewartet und hingearbeitet haben, die entsprechende Pläne geschmiedet haben, werden in der Lage sein, ihm eine äußerst unwillkommene Überraschung zu bereiten!«

.IV.

König-Ahrnahld-Turm, Königlicher Palast, Stadt Gorath, Königreich Dohlar

Lywys Gardynyr, seines Zeichens Graf Thirsk, war alles andere als guter Laune, als Gardisten vor ihm salutierten und ihr Kommandeur ihn mit einer tiefen Verneigung einzutreten bat.

Langhorne, wie ich Politik hasse – *vor allem* höfische *Politik!*, dachte der Graf. *Und ganz besonders in solchen Zeiten!*

Natürlich hätte es auch noch schlimmer sein können. Dieser Gedanke kam dem Grafen, während einer von Herzog Ferns zahllosen Sekretären ihn ebenfalls mit einer tiefen Verbeugung begrüßte, kaum dass der Graf einen Fuß in den König-Ahrnahld-Turm gesetzt hatte. Tatsächlich *waren* die letzten beiden Jahre schlimmer gewesen – sogar *viel* schlimmer. Allmählich sah es danach aus, als würde die ganze Lage sich deutlich verbessern, zumindest für ihn persönlich. Dafür war er immens dankbar. Wenn es nach ihm gegangen wäre, hätte diese Änderung schon deutlich früher eintreten dürfen ... und vielleicht auch nicht zu einem derart katastrophal hohen Preis für alle anderen.

Der Sekretär führte Thirsk einen kurzen, breiten Gang hinab, bog um eine Ecke, stieg eine langsam ansteigende Treppe empor und klopfte vorsichtig an eine mit aufwendigem Schnitzwerk verzierte Tür.

»Herein!«, antwortete ihm eine tiefe Stimme. Der Sekretär stieß die schwere Tür auf.

»Graf Thirsk ist hier, Euer Durchlaucht«, verkündete er.

»Ausgezeichnet! Ausgezeichnet! Kommt herein, Mein Lord!«

Thirsk folgte der Einladung und trat an dem Sekretär vorbei

in ein geradezu luxuriös eingerichtetes, sonnenlichtdurchflutetes Arbeitszimmer. Die Mauern des König-Ahrnahld-Turms waren mehr als drei Fuß dick. Dennoch hatte es der Baumeister geschafft, in das massige Mauerwerk Fenster einzusetzen, die nun vom Boden bis fast zur Decke reichten. So strömte Licht in den Raum und schuf dem eisigen Wetter draußen zum Trotz zumindest die Illusion von Behaglichkeit und Wärme. Das Feuer indes, das fröhlich im Kamin prasselte, trug deutlich mehr dazu bei, die Kälte abzuwehren. Dafür war Thirsk wirklich dankbar – auch wenn der Kamin anscheinend nicht anständig zog.

»Ich danke Ihnen, dass Sie gleich gekommen sind, Mein Lord«, ertönte die tiefe Stimme erneut, und der Mann hinter dem Schreibtisch erhob sich.

Samyl Cahkrayn, Herzog Fern, war ein Mann mittlerer Größe und mit breiter Brust. Er besaß trotz all der Jahre, die er in einem ganz ähnlichen Arbeitszimmer wie diesem hier verbracht hatte, immer noch kräftige Arme und Hände. Mit zunehmendem Alter war sein lockiges Haar immer silbriger geworden. Doch es war immer noch bemerkenswert dicht, obwohl er mehrere Jahre älter war als der grauhaarige Thirsk. Die Schreibtischarbeit hatte seine sehnigen Hände glatter werden lassen; stets waren sie säuberlich manikürt. Die Schwielen, die in seiner Jugend zahllose Schwertkämpfe hinterlassen hatten, waren jetzt nur noch Erinnerung. Herzog Fern hatte feststellen müssen, dass die Feder tatsächlich ein ungleich tödlicheres Instrument war als jedes Schwert, das er jemals geschwungen hatte.

»Meine Zeit ist gänzlich das Eigentum Ihrer Majestät, Euer Durchlaucht«, erwiderte Thirsk und verneigte sich vor dem Ersten Ratgeber des Königreiches Dohlar, »und Offiziere zur See lernen sehr rasch, dass es nichts Kostbareres gibt als Zeit.« Er richtete sich wieder auf, und sein Lächeln wirkte geradezu erschreckend dünn. »Der Wechsel der Gezeiten kennt nur wenig Nachsicht, und es ist allgemein bekannt, dass Winde ganz nach Laune drehen. Also lernt ein jeder Seefahrer, niemals zu trödeln, wenn beide, Wind und Gezeiten, ihm gerade ihre Gunst gewähren.«

»Ich verstehe.« Fern erwiderte das Lächeln des Grafen. Das seinige fiel sogar noch schmaler aus. Dann deutete er mit anmutiger Geste auf den anderen Mann, der sich im Arbeitszimmer aufhielt. »Gerade«, fuhr er fort, »haben Herzog Thorast und ich genau darüber gesprochen. Nicht wahr, Aibram?«

»Allerdings«, erwiderte Aibram Zaivyair, seines Zeichens Herzog Thorast. Doch auf seinem Gesicht lag nicht einmal die Andeutung eines Lächelns, und die knappe Verneigung, die er Thirsk angedeihen ließ, war kaum mehr als ein Nicken.

»Ach tatsächlich, Euer Durchlaucht?«, fragte Thirsk nach und wölbte, Thorast zugewandt, fragend eine Augenbraue. Vermutlich war das nicht sonderlich klug von ihm. Doch unter den gegebenen Umständen konnte er es sich einfach nicht verkneifen, eine gewisse Neugier in seiner Stimme mitschwingen zu lassen.

»Allerdings«, erwiderte Fern, bevor sein gleichrangiger Besucher reagieren konnte. Es war dasselbe Wort, aber sein Tonfall war unverkennbar gereizt. Thirsk bemerkte es und hielt dem Blick des Ersten Ratgebers stand. Was der Herzog Thirsk damit hatte bedeuten wollen, war klar. Thirsk nickte, ein doppeltes Eingeständnis: das, verstanden zu haben, und das, den Tadel zu akzeptieren.

Wahrscheinlich hat er sogar Recht, sinnierte Thirsk. *So gerne ich mir ansehe, wie dieser Mistkerl sich windet, muss ich doch mit ihm zusammenarbeiten. Also ist es wahrscheinlich keine sonderlich gute Idee, noch Salz in die Wunden zu reiben. Aber, verdammt noch mal, hat sich das* gut *angefühlt!*

»Wie Ihr sagt, Euer Durchlaucht«, sagte er dann. »Und es ist ja auch nicht überraschend, dass wir nicht unbegrenzt Zeit haben.«

»Genau, denn das haben wir auch nicht«, stimmte Fern zu und forderte mit einer Handbewegung in Richtung eines großen Sessels vor seinem Schreibtisch Thirsk auf, sich zu setzen. »Bitte, hier, Mein Lord. Wir haben viel zu besprechen.«

»Selbstverständlich, Euer Durchlaucht.«

Thirsk nahm in dem ihm zugewiesenen Sessel Platz. Seine Miene war sehr aufmerksam. Ferns förmliches Schreiben hatte keinerlei Begründung dafür enthalten, warum er ins private Arbeitszimmer des Ersten Ratgebers zitiert worden war. Thirsk glaubte dennoch zu wissen, worum es ging. Dass ihn Thorast hier zusammen mit dem Ersten Ratgeber erwartete – und dabei voller Erwartung ein Gesicht zog wie eine Katzenechse, die einen Haufen Fischgräten erspäht hatte –, schien ihm Recht zu geben. Nun galt es nur noch abzuwarten, in welchem Ausmaß er, Thirsk, rehabilitiert werden würde.

»Wie Ihnen gewiss bewusst ist, Mein Lord«, begann Fern nach kurzem Schweigen, »ist Vikar Allayn, der Captain General von Mutter Kirche, vor einigen Monaten zu der Einschätzung gekommen, unser ursprüngliches Schiffsbau-Programm erfordere ... gewisse Veränderungen.«

Na, so *kann man das auch ausdrücken,* dachte Thirsk säuerlich. *Schließlich würde es sich ja wohl kaum geziemen zu sagen: ›Dieser bescheuerte Idiot hat endlich den Arsch hochgekriegt und begriffen, dass er weiß Langhorne wie viele Mark darauf verschwendet hat,* genau die falschen *Schiffe bauen zu lassen, verdammt noch mal!‹ Auch wenn es* deutlich *zutreffender wäre.*

»Auch wenn ich mir sicher bin, dass zahlreiche der Galeeren, die wir bereits auf Stapel gelegt haben, sich zweifellos als nützlich erweisen werden«, fuhr Fern fort, »scheint es doch, als würden wir, wie Vikar Allayn bereits angemerkt hat, eine Flotte von *Galeonen* benötigen, wenn es an der Zeit ist, den Krieg von Mutter Kirche zu den Abtrünnigen zu tragen.«

Was genau das ist, was ich *diesem Idioten in sämtlichen meiner Berichte nahegelegt hatte – meinen äußerst* detaillierten *Berichten!*

Und das ist, wenn mich meine Erinnerung nicht trügt, jetzt immerhin schon achtzehn Monate her, ging es Thirsk durch den Kopf.

Natürlich hatte man ihn äußerst taktvoll, aber nachdrücklich – äußerst nachdrücklich – angewiesen, keinesfalls zu erwähnen, wie lange Vikar Allayn Maigwair sämtliche seiner Warnungen vor Cayleb Ahrmahks Galeonen gänzlich ignoriert hatte. Dabei war es so offensichtlich gewesen! Schließlich hatten Caylebs schwere, mit Kanonen bewaffnete Galeonen den Galeeren der Royal Dohlaran Navy bei den Schlachten von Rock Point und in der Klippenstraße entsetzliche Verluste zugefügt.

»Wie Ihnen gewiss bewusst ist, hat der Captain General vor sechs Monaten angeordnet, die Konstruktionen deutlich zu verändern«, sagte der Erste Ratgeber. »Es hat einige Fünftage lang gedauert, diese Anweisungen bei unseren eigenen Bemühungen hier in Gorath auch umzusetzen« – tatsächlich hatte es, wie Thirsk wusste, mehr als zwei Monate gedauert –, »aber wir haben für die bereits existierenden Handelsgaleonen ein aufwendiges Umbauprogramm entwickelt. Auch die Arbeiten an den neuen Schiffen gehen mittlerweile gut voran, und mehrere unserer ursprünglichen Schiffe werden im laufenden Betrieb umgebaut. Herzog Thorast …«, kurz nickte Fern Thorast zu, »hat mir berichtet, dass die ersten umgebauten Galeonen innerhalb eines Monats einsatzbereit sein werden. Die ersten unserer neuen Galeonen werden bald danach vom Stapel gelassen, auch wenn es natürlich deutlich länger dauern wird, sie aufzutakeln und so weit vorzubereiten, dass sie tatsächlich in See stechen können. Aber sobald das so weit ist, habe ich die Absicht, Ihnen, Mein Lord, das Kommando über diese Flotte zu übertragen.«

»Ich fühle mich geehrt, Euer Durchlaucht«, erwiderte Thirsk leise. »Darf ich mich jedoch erkundigen, ob ich diese Flotte im Dienste König Rahnylds befehligen werde oder im Namen des Tempels?«

»Spielt das eine Rolle?«, gab Thorast in scharfem Ton zurück. Thirsk blickte ihn ruhig an.

»In vielerlei Hinsicht nicht im Mindesten, Euer Durchlaucht«, erwiderte er. »Aber wenn ich die Zahl der Schiffe, die es zu bemannen gilt, richtig in Erinnerung habe, wird uns keine andere Wahl bleiben, als neue Matrosen zum Dienst zu pressen. Allein schon hinreichend viele erfahrene Offiziere zu finden, wird sehr schwierig. Die Anzahl erfahrener *Seeleute* wird sogar noch eingeschränkter sein. Zumindest im Verhältnis zu den Mengen an Mannschaften, die ich benötige.«

Thorast presste die Lippen zusammen. Er schien etwas entgegnen zu wollen. Dann aber blickte er kurz zu Fern hinüber und entschied sich offensichtlich dagegen.

Ist vielleicht auch ganz gut so, dass ich nicht erwähnt habe, wem *wir diesen Matrosen-Mangel zu verdanken haben,* sinnierte der Graf trocken. *Schließlich ist Malikai, dieser Riesen-Idiot, ja sein Schwager. Und dann hat dieser Kerl in den letzten zwei Jahren auch noch nichts unversucht gelassen, dieses Flotten-Fiasko* mir *anzuhängen! Und was Caylebs Freibeuter unserer Handelsflotte angetan haben – während Malikai selbst das Oberkommando innehatte –, war nun wirklich nicht hilfreich, was die Zahl verfügbarer Matrosen angeht. Ganz zu schweigen davon, dass es den möglichen Nachschub für diese umgebauten Galeonen, von denen Fern gerade gesprochen hat, auch noch deutlich eingeschränkt hat.*

»Und worauf wollen Sie hinaus, Mein Lord?«, fragte Fern nach, als wisse er nicht im Mindesten, was Thirsk gerade durch den Kopf ging ... was ganz gewiss nicht der Fall war.

»Ich will darauf hinaus, Euer Durchlaucht, dass es einen ziemlichen Unterschied machen wird, ob diese Matrosen vom Königreich Dohlar oder von Mutter Kirche in den Dienst gepresst werden. Auch wenn mir bewusst ist, dass niemand das zuzugeben bereit ist: Viele der Untertanen Seiner Majestät haben wenig oder gar keine Gewissensbisse dabei, den Presspatrouillen der Navy aus dem Weg zu gehen. Mit Bedauern muss ich gestehen, dass es auch nicht gerade wenige Untertanen gibt, denen es keinerlei Gewissensbisse bereitet, ihren Landsleuten dabei behilflich zu sein. Um ehrlich zu sein, es wäre gänzlich unvernünftig, etwas anderes zu erwarten, gerade angesichts des Schicksals, das einen einfachen Matrosen auf einem Kriegsschiff erwartet.

Wenn sie allerdings im Namen von *Mutter Kirche* in den Dienst gepresst würden, dann, so will es mir scheinen, werden viele derjenigen, die sich sonst verstecken, deutlich bereiter sein, den Dienst auch anzutreten. Weiterhin erscheint es mir sogar noch wahrscheinlicher, dass viele derjenigen, die ansonsten bereit wären, den ... weniger enthusiastischen Mitbürgern ihre Hilfe angedeihen zu lassen, davon absehen würden, wenn sie damit einer direkten Weisung von Mutter Kirche zuwiderhandeln.«

Nachdenklich legte Fern die Stirn in Falten. Der Erste Ratgeber selbst war niemals auf See gewesen. Doch in der Royal Army hatte er einen beachtlich hohen Dienstgrad erreicht, bevor er sich einer Karriere in der Politik verschrieben hatte. Er begriff genau, welche Frage Thirsk hier in Wirklichkeit gestellt hatte.

»Ich verstehe, was Sie meinen, und Ihre Frage ist auch durchaus berechtigt, Mein Lord«, gestand der Herzog nach mehreren Sekunden des Schweigens ein. »Bedauerlicherweise vermag ich darauf im Augenblick noch nicht zu antworten.«

»Darf ich ganz offen sprechen, Euer Durchlaucht?«

»Selbstverständlich, Mein Lord.« Fern lehnte sich in seinem Sessel ein wenig zurück und kniff die Augen zusammen. Thirsk deutete ein Schulterzucken an.

»Euer Durchlaucht, mir ist bewusst, dass Großvikar Erek sich noch nicht dafür entschieden hat, zum Heiligen Krieg gegen Charis aufzurufen.« Thorast versteifte sich sichtlich, doch Fern blieb ruhig sitzen. Mit ruhiger Stimme sprach Thirsk weiter. »Aber wir sind diejenigen, in deren Verantwortung es liegt, den

Aufforderungen von Mutter Kirche Folge zu leisten, wenn sie erst einmal ausgesprochen sind. Solange wir unter uns sind, erscheint mir eine gewisse Unverblümtheit durchaus angemessen. Niemand im ganzen Königreich kann Zweifel daran hegen, warum Mutter Kirche eine derart gewaltige Flotte bauen lässt. Angesichts dessen, was die Charisianer im Laufe der letzten Jahre alles unternommen haben, muss Mutter Kirche sich Cayleb und Sharleyan offen entgegenstellen. Jeder erwartet das. Ich bin mir absolut sicher, dass dies auch *Cayleb und Sharleyan* wissen – es sei denn, sämtliche ihrer Spione wären plötzlich nicht nur mit Taubheit, sondern auch noch mit Blindheit geschlagen! Wie die Dinge also liegen, halte ich es für besser, von Anfang an offen zuzugeben, in wessen Dienste diese Schiffe – und deren Mannschaften – stehen, und warum. Etwas anderes vorzugeben, wird niemanden täuschen. Zugleich würde es auch das Auftreiben geeigneter Matrosen deutlich erschweren. Unter diesen Umständen wäre es mir ungleich lieber, wenn ich meinen Offizieren und meinen Mannschaftsdienstgraden von Anfang an sagen könnte, welche Aufgabe sie letztendlich erwartet.«

Beinahe eine Minute lang herrschte völliges Schweigen in Herzog Ferns privatem Arbeitszimmer. Selbst Thorast wirkte jetzt eher nachdenklich als streitlustig – zumindest vorerst. Schließlich nickte Fern bedächtig.

»Ich verstehe, Mein Lord«, sagte er. »Und ich muss gestehen, ich bin geneigt, Ihnen beizupflichten. Aber im Augenblick liegen mir in dieser Hinsicht weder vom Captain General noch vom Kanzler Instruktionen vor. Ohne derartige Instruktionen wäre es gewiss ... übereilt, von uns aus offen zu verkünden, dass ein Heiliger Krieg bevorsteht. Da dem so ist, können wir Ihnen meines Erachtens nicht zugestehen, Ihre Presspatrouillen im Namen von Mutter Kirche auftreten zu lassen. Zumindest noch nicht. Aber ich kann Bischof-Vollstrecker Ahrain darum bitten, dem Captain General hierzu über Semaphoren eine Anfrage zukommen zu lassen. Ich werde Vikar Allayn darüber informieren, dass ich Ihnen in dieser Hinsicht voll und ganz zustimme. Ich bin geneigt zu glauben, dass zwar der Großvikar noch nicht so rasch zum Heiligen Krieg aufrufen mag, aber Vikar Allayn«, *oder der Rest der ›Vierer-Gruppe‹*, setzte der Erste Ratgeber wohlweislich nur in Gedanken hinzu, »wird sofort zustimmen: Es ist tatsächlich offenkundig, dass die Flotte im Dienste von Mutter Kirche gebaut wird.«

»Ich danke Ihnen, Euer Durchlaucht«, gab Thirsk leise zurück.

»Gern geschehen.« Fern schenkte ihm ein Lächeln, das beinahe schon aufrichtig wirkte. Dann wandte er sich einem anderen Thema zu.

»Wie Sie vielleicht noch nicht wissen, Mein Lord ...«, sagte er munter, »hat der Großinquisitor persönlich entschieden, die neuen Artillerie-Lagerungen verstießen mitnichten gegen die *Ächtungen*. Auch wenn wir alle diese Frage gern deutlich früher geklärt gesehen hätten, werden ab sofort sämtliche neuen Geschütze ab Werk mit den erforderlichen Drehzapfen ausgestattet. Zudem wurde ich informiert, dass man mittlerweile eine Möglichkeit gefunden hat, auch bereits fertiggestellte Geschütze mit Drehzapfen zu versehen. Ich selbst bin wahrhaftig kein Handwerker. Also bin ich mit den Einzelheiten der erforderlichen Methoden nicht vertraut. Aber ich bin sehr zuversichtlich, dass ein erfahrener Offizier zur See wie Sie sofort begreifen wird, was erforderlich ist.

Zudem werden wir einen neuen Segelriss verwenden. Weiterhin hat man mich informiert, dass unsere Büchsenmacher bereits mit der Konstruktion einer neuen, deutlich leistungsfähigeren Muskete beschäftigt sind. All das zusammen bedeutet meines Erachtens ...«

.V.

Palast des Erzbischofs, Stadt Tellesberg, Königreich Charis

»Noch ein Glas, Bynzhamyn?«, erkundigte sich Erzbischof Maikel Staynair. Er streckte schon den Arm nach der Brandy-Karaffe aus. Dabei wölbte er fragend eine seiner buschigen, allmählich ergrauenden Augenbrauen.

»Unter den gegebenen Umständen dürfte das wohl kaum schaden, Eure Eminenz«, stimmte Bynzhamyn Raice, seines Zeichens Baron Wave Thunder, zu.

Der Baron war ein erstaunlich kräftig gebauter Mann. Sein Schädel war gänzlich kahl, seine Nase auffallend groß. Aus sehr bescheidenen Verhältnissen war Wave Thunder bis zu seiner derzeitigen Position im Königlichen Rat des ›Alten Charis‹ aufgestiegen. Mittlerweile hatte Prinz Nahrmahn von Emerald das Amt des offiziellen Kaiserlichen Ratgebers für nachrichtendienstliche Aufgaben übernommen. Wave Thunder aber war schon in König Haarahlds Diensten, also lange bevor Cayleb seinem Vater auf dem Thron gefolgt war, Leiter der Spionageabteilung gewesen. Diesen Posten, mit dem gewiss die heikelsten aller nachrichtendienstlichen Aufgaben im ganzen neuen Kaiserreich Charis einhergingen, hatte er immer noch inne. Das war so, weil Wave Thunder ganz ausgezeichnet in dem war, was er tat. Neuerdings konnte er darüber hinaus gewisse Vorteile nutzen, die er sich zuvor nicht einmal in seinen wildesten Träumen hätte ausmalen können.

Staynair und er saßen im Studierzimmer des Erzbischofs. Es lag im dritten Stock des erzbischöflichen Palastes, der seinerseits unmittelbar neben der Kathedrale von Tellesberg lag.

Durch die offenen Fenster wehten die nächtlichen Geräusche der Stadt herein. Die Nacht war recht kühl – zumindest für einen Oktober-Tag in Tellesberg. Das war ein echter Segen nach der Hitze des Tages. So spät am Abend waren die Geräusche der Stadt nur noch sehr verhalten, auch wenn es in Tellesberg nie ganz still wurde – nicht hier, in der Stadt, die niemals schlief. Aber der Palast lag weit genug entfernt von den stets geschäftigen Docks, sodass der dort selbst zur Abendstunde herrschende Lärm kaum noch zu hören war.

Die Residenz des Erzbischofs befand sich in einem herrlichen Park, der mehr als einen Hektar groß war. Allein das Grundstück besaß beachtlichen Wert, gerade wenn man bedachte, wie kostspielig Grundstücke in Tellesberg waren. Der Palast war ein prächtiger Bau aus goldschimmerndem Ahrmahk-Marmor. Es war ein Prunkgebäude, in dem ein Erzbischof von Mutter Kirche so zu residieren vermochte, wie es ihm dank seines hohen Amtes zustand. Doch Staynairs Geschmack war deutlich schlichter als der der meisten seiner Vorgänger. Schon kurz nach Amtsantritt hatte er beispielsweise deren kostspielige Möbel aus dem Raum entfernen lassen. Jetzt war das Arbeitszimmer mit Stücken möbliert, die er und Ahrdyn, seine schon vor langer Zeit verstorbene Gemahlin, im Laufe der Jahre zusammengetragen hatten. Diese Möbelstücke waren durchaus geschmackvoll, sehr bequem und zweifellos alt. Und sie wurden (ganz offenkundig) sehr geliebt.

Staynair hatte es sich in seinem Liegesessel bequem gemacht, die Lehne war zurückgekippt, sodass er darin eher lag als saß. Den Sessel hatte seine Frau zur Feier seiner Ordinierung zum Bischof eigens anfertigen lassen. Seitdem hatte Staynair den Sessel zweimal neu beziehen lassen. Warf man jetzt einen genaueren Blick auf den Polsterstoff, erkannte man sofort, dass der dritte Bezug bald fällig wäre. Dieses Mal war der Grund die schneeweiße Katzenechse, die momentan zufrieden auf dem Schoß des Bischofs lag und glücklich schnurrte, ansonsten aber gern ihre Klauen am Polster des Sessels wetzte. Die Katzenechse hieß, obwohl männlichen Geschlechts, nach Staynairs Frau Ahrdyn. Ahrdyn war dankbar für den herrlichen Kratzbaum in Liegesessel-Form. Nur wusste er genau, im Gegensatz zu irgendwelchen albernen Menschen, wer hier in Wahrheit wem gehörte.

Das Schnurren brach ab, und Ahrdyn hob missbilligend den Kopf. Staynair nämlich beugte sich soeben weit genug vor, um einen neuen Schluck Brandy in das Glas einzugießen, das Wave Thunder ihm entgegenstreckte. Glücklicherweise blieb die Ordnung des Universums, jedenfalls in den Augen der Katzenechse, nicht lange gestört. Denn rasch nahm Ahrdyns Lieblingsmatratze wieder eine annehmbare Position ein. Besser noch: die Hände seines Menschen, der wegen eines schnöden Getränks davon abgelenkt worden war, seine natürliche Aufgabe zu erfüllen, nahmen pflichtschuldig das Kraulen und Streicheln wieder auf, das Ahrdyn einfach zustand.

»Es ist wirklich beruhigend zu wissen, dass der oberste Hirte des Kaiserreiches aus so hartem Holz geschnitzt ist«, merkte Wave Thunder trocken an und schwenkte das Glas. »Wie unangenehm wäre mir der Gedanke, Ihr könntet Euch manipulieren lassen, Gott behüte!«

»Ich habe keine Ahnung, wovon Sie sprechen«, gab Staynair zurück, ein gelassenes Lächeln auf den Lippen.

»Oh, natürlich nicht!« Wave Thunder stieß ein Schnauben aus. Er nahm einen weiteren Schluck Brandy. Einen Moment lang behielt er ihn noch im Mund und genoss das volle Aroma, ehe honigsüßes Feuer seine Kehle hinabrann. Wave Thunder genoss auch dies. Erst dann wandte er sich dem eigentlichen Grund für seine heutige Unterredung mit dem Erzbischof zu.

»Ich erkenne durchaus die Logik, die hinter Eurem Reiseplan steht, Maikel«, sagte er nüchtern. »Aber, um der Wahrheit die Ehre zu geben, habe ich einige ernst zu nehmende Einwände dagegen.«

»Jemand mit Ihren Aufgaben kann gar nicht anders, als dagegen Einwände zu haben.« Kaum merklich zuckte Staynair mit den Schultern. »Ein Teil von mir wünscht sich schließlich auch, ich könnte einfach hier zu Hause bleiben. Das liegt nicht nur daran, dass überall gedungene Mörder lauern könnten oder eine solche Reise ungleich profanere Gefahren birgt. Ich weiß sogar, dass ich mich einen beachtlichen Teil der Zeit unsäglich langweilen werde. Aber das alles spielt keine Rolle.« Er verzog das Gesicht. »Ich kann es schlicht nicht verantworten, diese Reise *nicht* anzutreten. Zunächst einmal ist da nämlich meine spirituelle Pflicht als Erzbischof der Kirche von Charis. Wir hatten bereits mehr als genug Erzbischöfe, die ihrer Diözese fast das ganze Jahr über fernblieben. Die Kinder Gottes aber verdienen etwas Besseres. Und ich habe die Absicht, ihnen zu geben, was ihnen zukommt – soweit es in meiner Macht steht.«

Staynair schürzte die Lippen, und sein Blick verdunkelte sich. Wave Thunder wusste besser als jeder andere, dass Maikel Staynair zu den wenigen wahrhaft Sanftmütigen gehörte, die die Menschheit hervorgebracht hatte. Es reichte allerdings ein einziger Blick auf die Miene des Erzbischofs, um deutlich zu erkennen, wie gewaltig doch der Unterschied zwischen ›sanftmütig‹ und ›schwach‹ war.

»Darüber hinaus ist es einfach unerlässlich«, fuhr Staynair nach kurzem Schweigen fort, »dass auch die Menschen außerhalb des Alten Charis meinen Namen mit einem Gesicht verbinden können oder vielleicht besser: mit einem *Amt.* Es wird nicht mehr lange dauern, bis die ›Vierer-Gruppe‹ ihren Gegenangriff einleitet. Wenn das geschieht, steht die Kirche von Charis vor ihrer ersten Feuerprobe. Sie wird Stärke und Stabilität zeigen müssen. Wenn ich ganz ehrlich bin, ist genau das, diese Stärke und Stabilität, etwas, dessen Maß mir noch weitgehend unbekannt ist. Was den Zustand der Kirche hier im Alten Charis angeht, bin ich sehr zuversichtlich. Ich mache mir auch durchaus *Hoffnungen*, was Emerald und Chisholm betrifft. Es liegen uns genug Korrespondenz und Erkenntnisse ... anderer Art vor. Aber es wäre ungerecht und ein Fehler, von Erzbischof Fairmyn in Emerald oder Erzbischof Pawal in Chisholm einfach so zu erwarten, in dem Sturm, der heraufzieht, standhaft zu bleiben. Sie müssen ihren Klerus fest an ihrer Seite wissen. Das wird kaum möglich sein, wenn sie nicht zuvor wenigstens eine Gelegenheit hatten, *ihren* Erzbischof von Angesicht zu Angesicht kennenzulernen.«

»Wie ich schon sagte: Ich verstehe sehr wohl die Logik hinter Eurer Entscheidung«, betonte Wave Thunder. »Aber vielleicht habe ich ein wenig mehr als Ihr die Möglichkeit weiterer Attentate im Blick. Ich weiß, dass Ihr Eure eigenen Gardisten mitnehmen werdet. Dass Ihr sozusagen ein bewegtes Ziel sein werdet, wird einen koordinierten Angriff auf Euch ungleich schwieriger machen als den, der Sharleyan beinahe das Leben gekostet hätte. Leider bleibt aber die Möglichkeit dennoch bestehen. Daher wird sich meine Laune erst wieder heben, wenn Ihr entweder in Chisholm angekommen seid und ich damit Merlins wachsames Auge auf Euch weiß oder Ihr wieder in der Heimat eintrefft, wo *ich* über euch wachen kann. Es gibt einfach zu viele Leute – und ich meine damit jetzt noch nicht einmal die ›Vierer-Gruppe‹ –, die Euch gerne tot sähen. Ich für meinen Teil will diesen Leuten stets eine Enttäuschung bereiten. Es dürfte mir sogar gelingen, vorausgesetzt Ihr widersetzt Euch mir nicht allzu sehr.«

Er warf dem Erzbischof einen gestrengen Blick zu. Der Blick verfinsterte sich rasch, als Staynair ihn gänzlich gelassen erwiderte. Einen Augenblick lang maßen sie sich mit Blicken, ehe Wave Thunder sich aus diesem wortlosen Gefecht zurückzog.

»Zusätzlich dazu«, fuhr er dann fort, »ergeben sich eine ganze Zahl von Problemen, wenn Ihr dem Königreich so lange fernbleibt. Diese Probleme haben noch nicht einmal direkt mit der Kirche zu tun – und auch nicht mit potenziellen Attentätern. Und das wisst Ihr auch. Zum einen ...«

Mit dem Zeigefinger tippte er sich gegen das rechte Ohr, und Staynair nickte ernst. Wie Wave Thunder trug auch er einen dieser fast unsichtbaren Ohrhörer, der zu Merlin Athrawes' Sicherheits-Koms gehörte. Der Baron war einer der Ersten gewesen, die in Caylebs Inneren Kreis aufgenommen worden waren. Merlin hatte die Geräte bereitgestellt, nachdem ein Versuch, Sharleyan zu ermorden, erschreckenderweise beinahe erfolgreich verlaufen wäre.

Dieses Attentat lag nun schon beinahe fünf Monate zurück. Seitdem hatten sich Staynair und Wave Thunder immens an die vielen Vorteile gewöhnt, die diese Koms mit sich brachten. Der Erzbischof vermutete sogar, dass Wave Thunder diese Vorteile als noch ungleich größer erachtete als er selbst. Das war kaum verwunderlich, wenn man bedachte, welche Aufgaben der Baron zu erfüllen hatte. Als Priester war Staynair nicht sonderlich glücklich darüber, in welchem Maße, besonders durch Merlins SNARCs, das Leben anderer ausgekundschaftet werden konnte. Allerdings wusste er, dass Merlin – und Cayleb und Sharleyan billigten das ausdrücklich – so genannte Filter eingebaut hatte (deren Funktionsweise über Staynairs Auffassungsgabe hinausging). Damit war das Eindringen in die Privatsphäre so weit wie eben möglich minimiert. Natürlich war Wave Thunder immens versucht, *sämtliche* Informationen zu nutzen, die in irgendeiner Weise zweckdienlich sein mochten – was nicht weiter verwunderlich war. Schließlich hatte der Baron Jahre damit verbracht, ein charisianisches Spionage-Netzwerk aufzubauen und alles Greifbare an Informationen auszuwerten. Doch Staynair vertraute genug auf die Integrität des Barons, um nicht nächtelang wach zu liegen und sich zu fragen, wie sehr Wave Thunder Privatsphären verletzte. Staynairs Wissen nach konferierte der Baron mittlerweile jeden Tag mindestens eine Stunde lang mit Owl und ließ sich sämtliche nachrichtendienstlichen Erkenntnisse des Tages präsentieren. Doch wusste Staynair auch, dass Wave Thunder durchaus zufrieden damit war, die Analyse der eigentlichen Überwachungsarbeit, die Merlins Aufklärer-Plattformen leisteten, dem Computer zu überlassen. Wenn Wave Thunder sich etwas persönlich anschaute, dann nur, weil es in genau definierte Parameter fiel. Die Parameter waren so ausgewählt, dass nur wirklich wichtiges Material vorgeführt wurde. Voyeurismus in welcher Form auch immer war so ausgeschlossen.

Bedauerlicherweise konnte man die Zahl der *anderen* Personen im Alten Charis, die auf die gleichen Informationen zugreifen konnten wie sie beide, buchstäblich an den Fingern einer Hand abzählen (vorausgesetzt, natürlich, Ahrdyn wäre bereit gewesen, Staynair den eigenständigen Gebrauch besagter Hand überhaupt lange genug zuzugestehen, um diese Rechenoperation durchzuführen). Tatsächlich waren die einzigen Personen, die bislang derartige Kommunikationsgerätschaften nutzen durften, Staynair selbst, Wave Thunder, Dr. Rahzhyr Mahklyn von der Königlichen Hochschule und Admiral Sir Domynyk Staynair, seines Zeichens Baron Rock Point (und Maikel Staynairs Bruder). Dazu kamen noch Sir Ehdwyrd Howsmyn, der zweifellos wohlhabendste Bürger im ganzen Kaiserreich Charis, und Pater Zhon Byrkyt, der Abt des Klosters Sankt Zherneau. Es gab zahlreiche andere, die Staynair liebend gern ebenfalls auf der Liste gewusst hätte. Doch diese Entscheidung stand weder ihm zu noch Cayleb oder Sharleyan allein. Staynairs eigener Ungeduld zum Trotz musste er Caylebs ursprünglicher Entscheidung beipflichten, in dieser Art und Weise vorzugehen. Staynair war durchaus bereit einzugestehen, welche überwältigenden Argumente dafür sprachen, den Inneren Kreis nur langsam zu vergrößern. Dennoch wirkte die Vorsicht, die man walten ließ, beinahe schon unvernünftig zögerlich.

Und das ist auch ungefähr das Einzige, was es mir gestattet, Zhon und dem Rest der Bruderschaft gegenüber zumindest den Anschein von Geduld zu wahren, rief er sich ins Gedächtnis zurück. *Aber jemand* muss *ja nun einmal die Stimme der Vernunft spielen. Und nun sei doch wenigstens dir selbst gegenüber ehrlich, Maikel! Im Augenblick zählt allein, niemanden einzuweihen, von dem sich später herausstellt, dass wir ihm* nicht *hätten trauen dürfen. Wir* können *nicht einfach jeden Einzelnen auf die Liste aufnehmen, der uns lieb wäre.*

»Domynyk hat das Königreich bereits verlassen«, fuhr Wave Thunder fort. »Howsmyn schlägt in seiner Gießerei im Augenblick fast schon Wurzeln. Diese Gießerei befindet sich, wie ich anmerken möchte, beinahe elfhundert Meilen von unserem derzeitigen Aufenthaltsort entfernt, nur für den Fall, dass Ihr das vergessen haben solltet. Pater Zhon ist praktisch ein Einsiedler, soweit das überhaupt möglich ist, wenn man mitten in Tellesberg wohnt. Wenn *Ihr* also auch noch das Königreich verlasst, können der Kaiser oder die Kaiserin hier nur noch auf mich und Rahzhyr zurückgreifen. Rahzhyr gehört nicht einmal dem Rat an – jedenfalls noch nicht. Um schonungslos offen zu sein: Ich habe auf Rayjhis nicht einmal annähernd so viel Einfluss wie Ihr. Wir sind zwar Freunde und Kollegen, und in vielen Bereichen verlässt er sich auch ganz auf mein Urteilsvermögen. Aber er räumt mir nicht einmal ansatzweise den gleichen *Status* ein wie Euch – was auch für den ganzen Rest des Rates gilt, wenn wir schon dabei sind. Wenn die Herrschaften in die falsche Richtung marschieren, bin ich nicht in der Lage, sie so zur Ordnung zu rufen, wie Ihr das könntet.«

»Zugegeben.«

Staynair nickte, und wieder verdunkelte sich einen Moment lang sein Blick. Wave Thunder hatte ganz Recht, was Staynairs und seinen eigenen Einfluss auf Sir Rayjhis Yowance betraf, seines Zeichens Graf Gray Harbor und Erster Ratgeber des Alten Königreiches Charis. Die beiden kannten einander im wahrsten Sinne des Wortes schon seit ihrer Kindheit, und sie vertrauten einander unbedingt. Aber das war nicht der einzige Grund, warum Gray Harbor dem Urteilsvermögen von *Erzbischof* Maikel Staynair unbegrenzt vertraute.

Es gibt immerhin einen Grund dafür, dass ich noch nicht einmal in Erwägung gezogen habe, Rayjhis in den Inneren Kreis aufzunehmen, dachte er mit mehr als nur einem Hauch von Trauer. Dann verzog er das Gesicht. Der Gedanke hat etwas tatsächlich Widernatürliches. *Es ist wirklich ziemlich dämlich, wenn ein Erzbischof den tief empfundenen persönlichen Glauben des Ersten Ratgebers bedauert,* rief er sich selbst innerlich zur Ordnung.

Andererseits: Staynair *musste* die tiefe Religiosität des Ersten Ratgebers bedauern. Wie jeder andere Safeholdianer war auch Gray Harbor mit der Kirche des Verheißenen aufgewachsen, und so sehr er auch die ›Vierer-Gruppe‹ und die anderen Männer, die diese Kirche korrumpiert hatten, aus tiefstem Herzen verabscheute, war sein Glaube doch immer noch ungebrochen. Dieser Glaube war ein grundlegender Teil seiner selbst. Dieser Glaube war das, was ihn zu einem so starken und redlichen Mann machte.

Dieser Glaube aber war der Grund, warum Sir Rayjhis Yowance niemals die Wahrheit über den ›Erzengel‹ Langhorne und die ganze perverse Lüge erfahren durfte, auf der dessen Kirche aufbaute. Daran zerbräche Gray Harbor. Vielleicht aber auch nicht. Yowance war ein wahrhaft starker Mann. Sein Glaube ging tief. Vielleicht würde er auch eine derart tief greifende Krise überstehen ... Doch Staynair war davon überzeugt, dass die Schlacht, die Sir Rayjhis dafür mit sich selbst würde ausfechten müssen, entsetzlich wäre. Eine derart tief greifende Krise würde die starke, selbstbewusste Entschlusskraft erschüttern oder lähmen, die so sehr Teil seiner selbst war – und ihn so hervorragend für seine derzeitige Position geeignet machte.

Der Erzbischof persönlich hätte aus tiefster Seele ein Dankgebet gesprochen, wenn dem Königreich durch diese Krise lediglich der effektivste Erste Ratgeber verloren ginge, den Charis seit mindestens zwei Generationen erlebt hatte. Vielleicht war das kurzsichtig von Staynair. Doch bevor man ihn zum Bischof ordiniert hatte, war er lange einfacher Priester gewesen. Nacht für Nacht betete Staynair darum, er möge nie

Staatsangelegenheiten mehr Augenmerk schenken als der Seele eines Einzelnen. Doch der Priester, der Staynair eben auch immer noch war, fürchtete, dass das Königreich Charis eben nicht nur seines fähigsten Ersten Ratgebers beraubt würde … und genau darin lag Maikel Staynairs wahres Dilemma. Denn er war ein Mann Gottes.

Nicht für einen Moment zweifelte Staynair daran, dass Gott die Stärke und die Leidenschaftlichkeit des Glaubens von Männern wie Rayjhis Yowance erkannte. Da spielte es keine Rolle, wie sehr dieser Glaube durch die Männer an der Spitze der Kirche verdorben und entstellt worden war. Diese Männer hatten vergessen, Seelen zu nähren. Wie Staynair selbst Merlin Athrawes gegenüber einmal gesagt hatte, mochte Gott manchen Seiner Diener viel abverlangen. Aber was auch immer Er sonst sein mochte, Er war gewiss alles andere als dumm. Niemals würde Gott einen Mann wie Rayjhis dafür verdammen, an das zu glauben, was zu glauben man ihn gelehrt hatte.

Eines Tages jedoch würde es nötig werden, die Wahrheit zu verkünden. Glaube konnte und durfte nicht auf einer bewussten Täuschung, auf einer blanken Lüge, basieren. Und diejenigen, die über diese Lüge Bescheid wussten, *mussten* sie eines Tages auch als solche entlarven. Wie sollten Staynair und die anderen, die ebenfalls die Wahrheit kannten, das dann bewerkstelligen? Welchen Preis würden all diejenigen zahlen müssen, die man gelehrt hatte, genau jene Lüge zu glauben? Maikel Staynairs eigener Glaube war tief und fest. Unerschütterlich. Dennoch zweifelte er keinen Moment daran, dass viele, würde die Wahrheit endlich enthüllt, zu dem Schluss kämen, Gott selbst sei eine Lüge. Diesen Moment fürchtete Staynair. Er fürchtete den Preis, den so viele Seelen würden zahlen müssen. Trotzdem wusste er, dass es eines Tages geschehen *musste.* Ebenso wie er wusste, dass der Glaubenskrieg, den *jenes* Schisma herbeiführen würde, in vielerlei Hinsicht den Glaubenskrieg, der schon jetzt herrschte, winzig und unbedeutend erscheinen ließe.

Deswegen mussten sie auch zuerst die ›Vierer-Gruppe‹ zerschlagen und den Würgegriff brechen, in dem die Kirche des Verheißenen ganz Safehold hielt.

Das wiederum brachte Staynair zum Problem seiner eigenen anstehenden Abreise zurück – und zu der Lücke, die er damit im Rat hinterlassen würde.

»In Wahrheit, Bynzhamyn, mache ich mir um Rayjhis gar nicht so viele Sorgen«, erklärte er. »Es ist ja nun schließlich nicht so, als wären Sie und ich in letzter Zeit ständig damit beschäftigt gewesen, ihn dazu zu bringen, die Dinge in unserem Sinne zu tun – das heißt in Caylebs und Sharleyans Sinne. Ich meine, er macht diese Dinge doch schon *von sich aus* so. Er hat weiß Gott oft genug sein Können unter Beweis gestellt. Abgesehen davon hat jede Einflussnahme auf ihn und andere auch seine Grenzen. Es sei denn, in der nächsten Ratssitzung wollen *Sie* aufstehen und verkünden, Sie würden Stimmen hören!«

»Wohl nicht.« Wave Thunder stieß ein Schnauben aus.

»Na, damit wäre das dann ja wohl auch geklärt.« Wieder zuckte Staynair mit den Schultern. »Ohne Rücksprache mit dem Rat wird Rayjhis keinen politischen Richtungswechsel initiieren. Sollten Sie aufgrund Ihres Wissensvorsprungs Entscheidungen, die er trifft, für einen großen Fehler halten, können Sie eben nur Ihr Bestes geben! Und das am besten auch erst nach Absprache mit Cayleb und Sharleyan persönlich. Eventuell finden wir, wenn wir alle unsere Köpfe zusammenstecken, etwas, womit wir seinen … sagen wir: Enthusiasmus dämpfen können. Aber so wie ich Rayjhis kenne, wird er auch ohne unser Intervenieren nichts tun, was tatsächlich töricht oder riskant wäre.«

»Damit habt Ihr vermutlich Recht«, meinte Wave Thunder. »Nein, damit *habt* Ihr Recht! Trotzdem gefällt es mir nicht, dass der Hof in Cherayth residieren soll.« Er verzog das Gesicht. »Sicherlich ist es Green Mountain und Königinmutter Alahnah genauso gegangen, als der Hof hier in Tellesberg residiert hat. Ich begreife auch, dass wir alle uns an wechselnde Hauptstädte werden gewöhnen müssen. Aber das heißt noch lange nicht, dass mir das *passt.*«

»Nein, wirklich nicht«, stimmte Staynair zu. »Die großen Entfernungen und damit die Zeit, die vergeht, bis Nachrichten von hier nach dort geschafft wurden, zumindest auf offiziellem Wege, sind meines Erachtens die größte Schwäche des Kaiserreiches. Das wissen wir alle. Die ›Vierer-Gruppe‹ weiß das sicherlich auch. Jemand, der so schlau ist wie Trynair oder Clyntahn, wird sein Bestes geben, genau diese Schwäche auszunutzen. Nur«, Staynair entblößte die Zähne in einem entschieden unbischöflichen Grinsen, »wissen die ja nicht alles, nicht wahr? Wir mögen ja hier sitzen und uns die Köpfe darüber zerbrechen, wie wir Rayjhis lenken können, aber *die* haben keine Ahnung, dass Sie oder ich notfalls jederzeit mit Cayleb oder Sharleyan sozusagen von Angesicht zu Angesicht reden können!«

»Und das macht es nur um so frustrierender, dass wir nicht auch mit *anderen* in dieser Art und Weise reden können, falls es erforderlich wird«, knurrte Wave Thunder, und der Erzbischof lachte in sich hinein.

»Die *Heilige Schrift* sagt, Geduld sei eine der göttlichen Tugenden«, merkte er an. »Interessanterweise gilt das auch für sämtliche anderen Religionen, über die ich mit Owls Hilfe etwas gelesen habe. Also dürfen Sie von mir kein Mitgefühl erwarten, bloß weil es eine Tugend ist, die bei Ihnen sichtlich durch Abwesenheit glänzt, Bynzhamyn!«

»Ich hoffe, Ihr findet das immer noch so komisch, wenn Ihr während einer Flaute mitten auf der Chisholmianischen See auf einer Galeone hockt«, erwiderte Wave Thunder, und seine dunklen Augen funkelten. »Das mit der Geduld, meine ich.«

»Irgendwie habe ich das Gefühl, eine Windstille über der

Chisholmianischen See dürfte mitten im Winter das geringste meiner Probleme sein«, gab Staynair mit einem schiefen Grinsen zurück. »Aus irgendeinem Grund wurde mir geraten, reichlich Güldenbeer-Tee einzupacken.«

Belustigt lachte Wave Thunder auf. Güldenbeer-Tee, ein Aufguss der Blätter des Güldenbeerbaums, der etwa zehn Fuß hoch wurde und in praktisch jedem Klima wuchs und gedieh, war auf Safehold *das* Mittel der Wahl gegen Seekrankheit.

»*Sie* mag diese Vorstellung ja erheitern«, entgegnete Staynair mit gestrenger Miene, »aber ich bezweifle, dass es mir ebenso ergeht, wenn ich die ersten Wellen sehe, die ungefähr so hoch sind wie der Glockenturm der Kathedrale!«

»Wohl kaum«, gestand Wave Thunder grinsend ein. Er lehnte sich in seinem Sessel zurück und nippte einige Augenblicke lang nur schweigend an seinem Brandy. Dann richtete er den Blick wieder auf Staynair.

»Und was ist mit Nahrmahn?«, fragte er. »Habt Ihr diesbezüglich Pater Zhon schon ein wenig Druck gemacht?«

»Eigentlich nicht«, bekannte Staynair. »Um ehrlich zu sein, bin ich da immer noch nicht ganz eins mit mir selbst. Ich weiß wohl, wie wertvoll Nahrmahn sein könnte. Aber ich kann ihn einfach noch nicht gut genug einschätzen – als Menschen, meine ich, nicht nur als Prinzen. Daher wage ich nicht einmal zu vermuten, wie er auf die ganze Wahrheit reagieren wird.«

»Mit der ›Merlin hat Visionen‹-Version der Wahrheit ist er gut genug zurechtgekommen«, merkte Wave Thunder an.

»Das gilt auch für Rayjhis«, gab Staynair sofort zurück. »Oh, bitte verstehen Sie mich nicht falsch, Bynzhamyn! Wenn es jemanden gibt, der ... sagen wir: geistig beweglich genug ist, die Wahrheit zu akzeptieren, ist das zweifelsohne Nahrmahn. Ich bin sehr geneigt zu glauben, dass Merlin und auch Cayleb ganz Recht haben: Nahrmahn ist dem Kaiserreich durchaus treu ergeben. Vielleicht ist das Problem einfach, dass Emerald so lange ›der Feind‹ war. Ich meine, es ist durchaus möglich, dass ich hier immer noch eine Art unterbewusster Vorurteile allem Emeraldianischen gegenüber hege, einschließlich dem *Prinzen* von Emerald. Ich *glaube* das zwar nicht. Aber das bedeutet ja nicht, dass es nicht vielleicht doch so ist. Ich weiß nur einfach nicht, wie ... stabil seine Treue ist. Nein, das trifft es nicht ganz.« Abwehrend hob der Erzbischof die Hand. Seine Miene verriet deutlich, wie wenig er es gewohnt war, sich nicht ganz mit der Präzision auszudrücken, die ihm vorschwebte. »Ich denke, es läuft auf Folgendes hinaus: Ich habe einfach noch nicht genug Zeit mit ihm verbracht, um das Gefühl zu haben, ich würde ihn wirklich *kennen.*«

»Na, das leuchtet mir ein«, gestand Wave Thunder. Prinz Nahrmahn hatte nicht einmal anderthalb Monate in Tellesberg verbracht, bevor er zusammen mit Kaiser Cayleb gegen Corisande gezogen war. Vor zwei Monaten war er ins Alte Charis zurückgekehrt. Doch nach weniger als zwei Fünftagen war er schon wieder nach Emerald aufgebrochen. Natürlich konnte ihm niemand verübeln, Emerald eine gewisse Priorität einzuräumen. Schließlich hatte er seit fast einem Jahr weder seine Gemahlin noch seine Kinder gesehen. Aber das bedeutete, dass Staynair – und auch Wave Thunder – nur herzlich wenig Zeit geblieben war, ihn wirklich kennenzulernen.

»Vielleicht werdet Ihr ja während Eurer Reise durch die Gemeinden Gelegenheit haben, ihn besser kennenzulernen«, merkte der Baron an.

Staynair nickte. »Das habe ich zumindest vor«, gab er zurück. »Und tatsächlich halte ich es für durchaus möglich, dass er letztendlich sogar zusammen mit mir nach Chisholm zurücksegelt. Wie Sie es gerade mir gegenüber so taktvoll ausgedrückt hatten«, gequält verzog der Erzbischof das Gesicht, »sollte ich dann reichlich Zeit haben!«

»Ich habe gehört, solche Seereisen seien bestens dazu geeignet, lebenslange Freundschaften zu schließen«, kommentierte Wave Thunder. Nun war es an Staynair zu schnauben.

Dann wurde die Miene des Erzbischofs ein wenig nachdenklicher.

»Eigentlich«, sagte er in einem Tonfall, als müsse er hier etwas eingestehen, was ihn zumindest ein wenig überrasche, »halte ich eine echte Freundschaft mit Nahrmahn sogar tatsächlich für möglich.« Er schüttelte den Kopf. »Wer hätte das vor einem oder zwei Jahren gedacht!«

»Ich bestimmt nicht, das ist mal sicher!« Auch Wave Thunder schüttelte jetzt den Kopf, aber deutlich nachdrücklicher. Dann warf er einen Blick auf die Uhr. »Na«, er setzte sein bauchiges Glas ab, »ich denke, ich sollte jetzt wieder nach Hause gehen. Ich würde jetzt gerne sagen können: ›wahrscheinlich fragt sich Leahyn allmählich, wo ich denn stecke‹. Bedauerlicherweise *weiß* sie bereits, wo ich stecke. Und vermutlich hat sie auch schon eine recht genaue Vorstellung, was wir beide so treiben.« Er verzog das Gesicht. »Zweifellos wird sie meinen Atem sofort einer Schnüffelprobe unterziehen, sobald ich zur Tür hereinkomme!«

Wieder lachte Staynair leise in sich hinein. Leahyn Raice, ihres Zeichens Lady Wave Thunder, wurde hin und wieder als Furcht einflößend beschrieben – was durchaus zutreffend war. Sie war beinahe so groß wie ihr Gemahl, und nie hätte jemand sie als zierlich beschrieben. Zu so manchem Thema hatte sie eine sehr eindeutige Meinung. Außerdem besaß sie eine äußerst spitze Zunge, die zum Einsatz zu bringen sie sich auch nicht scheute, und einen scharfen Verstand, mit dessen Hilfe sie ihrem Mann bei schon einigen kniffligen Problemen geholfen hatte. Zugleich war sie aber auch eine warmherzige, sehr fürsorgliche Frau. Das wusste kaum jemand so gut wie der Priester, der schon lange auch ihr Bischof war. Leahyn Raice gab sich redlich Mühe, sich ihre Herzensgüte nicht anmerken zu lassen. Allerdings war sie dabei nicht sonderlich erfolgreich. Bynzhamyn und sie waren schon fast fünfundzwanzig Jahre verheiratet. Staynair wusste zwar, dass Wave Thunder immensen Spaß daran hatte, so zu tun, als bewache sie ihn, ihren Ehemann, mit Wyvernaugen und ließe ihm keine ruhige Minute. Aber jeder, der sie kannte, wusste, dass dem nicht so war. Trotzdem ließ sich nicht bestreiten, dass Leahyn Raice recht besitzergreifend war, was ihren Gemahl betraf – wie eine Wyvern ihre Brut, umhegte sie ihn und überschüttete ihn mit Fürsorglichkeit.

»In Wirklichkeit piesackt Ihre Gemahlin Sie doch nur wegen dieses Herzanfalls, wissen Sie?«, sagte der Erzbischof jetzt sanft.

»Das weiß ich doch!« Wave Thunder gestattete sich ein schiefes Grinsen. »Aber das ist doch schon *sechs Jahre* her, Maikel! Alle Heiler haben mir gesagt, ein Schlückchen Wein hier und da – oder auch Whiskey, in Maßen genossen – würde mir überhaupt nicht schaden. Tatsächlich haben sie sogar gesagt, das würde mir guttun!«

»Wenn ich nicht genau wüsste, dass Ihre Heiler Ihnen das gestattet haben, hätte ich Sie niemals eingeladen, meine Vorräte zu plündern«, merkte Staynair an.

»Ach, ich wünschte nur, einer von denen würde mal mit *ihr* reden!«

»Unfug!« Spielerisch drohte Staynair ihm mit dem Finger. »Versuchen Sie doch nicht, *mich* hinters Licht zu führen! Dieses Spielchen spielen Sie beide doch schon seit Jahren, und ich weiß wirklich nicht genau, wer von Ihnen beiden mehr Spaß daran hat!« Scharfsinnig blickte er Wave Thunder an. »Meistens habe ich ja das Gefühl, dass in Wahrheit *Sie* das sind.«

»Das ist doch lächerlich!« So recht überzeugend klang der Widerspruch des Leiters der Spionageabteilung nicht – wie Staynair nicht entging. »Aber wie dem auch sei, ich sollte jetzt wirklich nach Hause gehen.« Wave Thunder wuchtete sich aus dem Sessel.

»Ich weiß«, gab Staynair zurück. Doch etwas in seinem Ton ließ den Baron mitten in der Bewegung innehalten. Fragend hob Wave Thunder die Augenbrauen, dann ließ er sich wieder in den Sessel zurücksinken und neigte den Kopf ein wenig zur Seite.

»Und was habt Ihr gerade eben *doch noch* mir gegenüber zu erwähnen beschlossen, Maikel?«, fragte er.

»Wir kennen einander *wirklich* schon geraume Zeit, nicht wahr?«, merkte Staynair an.

»Allerdings. Und *diesen* Gesichtsausdruck kenne ich auch. Also, warum legt Ihr nicht einfach los, statt sich von mir alles, was Ihr mir ohnehin eigentlich erzählen wollt, einzeln aus der Nase ziehen zu lassen?«

»Das ...« Staynair klang ausgesprochen ernst, beinahe schon zögerlich, »... ist für mich wirklich ein bisschen schwierig.«

»Warum?«, erkundigte sich Wave Thunder in merklich verändertem Tonfall. Besorgt kniff er die Augen zusammen, als er bemerkte, dass das Unbehagen des Erzbischofs gänzlich echt war – und höchst ungewöhnlich.

»Morgen«, setzte Staynair an, »wird Pater Bryahn Sie schon sehr früh in Ihrem Büro aufsuchen und Ihnen ein halbes Dutzend Päckchen aushändigen. Sonderlich groß sind sie nicht, aber trotzdem ziemlich schwer – weil sie fast nur aus Papier bestehen.«

»Papier?«, wiederholte Wave Thunder. Dann lehnte er sich erneut in dem Sessel zurück und schlug die Beine übereinander. »Was für eine Art Papier, Maikel?«

»Dokumente«, erwiderte Staynair. »Eigentlich eher Akten. Gesammelte Notizen, offiziell getätigte Aussagen, persönliche Briefe. Betrachten Sie das alles als ... Beweismittel.«

»Beweismittel? Worum geht es hier?«, fragte Wave Thunder sofort nach.

»Beweismittel, die etwa zwanzig Jahre der Korruption im Vikariat und bei der Inquisition peinlichst genau dokumentieren.« Plötzlich klang Staynair erstaunlich tonlos, und seine Augen wirkten eisig. »Beweismittel zu Wucher und Erpressung, zu Diebstahl – sogar zu Vergewaltigung und Mord. Und Beweismittel, die deutlich zeigen, dass zumindest Zhaspahr Clyntahn über wenigstens einige dieser Scheußlichkeiten informiert war und aktiv dabei mitgewirkt hat, sie zu vertuschen.«

All den Jahren beruflicher Erfahrung zum Trotz sackte Wave Thunder die Kinnlade herab. Mehrere Sekunden starrte er seinen alten Freund nur schweigend an. Er war im wahrsten Sinne des Wortes sprachlos. Dann schüttelte er heftig den Kopf, um wieder ganz zu sich zu kommen.

»Das ist kein Scherz, oder? Ihr meint das wirklich ernst?«

»Oh, ja!«, seufzte Staynair. »Und eigentlich wollte ich Ihnen gar nicht berichten, dass ich diese Dokumente habe. Aber bedauerlicherweise können sich nun einmal Unfälle ereignen, und ich werde die nächsten Monate auf einer recht langen, beschwerlichen Reise sein. Deswegen habe ich beschlossen, das ganze Material weiterzugeben ... nur für den Fall.«

»Und wie lange habt Ihr dieses Material schon?«, fragte Wave Thunder vorsichtig.

»Seit ungefähr einem Monat befasse ich mich damit«, gestand Staynair. »Es hat eine Zeit gedauert, bis sie hier eintrafen, schließlich ist es ja doch recht weit von ... ach, ist ja auch egal.«

»Und Ihr wolltet niemandem davon berichten?« Langsam und bedächtig schüttelte Wave Thunder den Kopf. »Maikel, Ihr wisst doch selbst nur zu gut, welche alles entscheidende politische Durchschlagkraft Beweise dieser Art haben. Vor allem, wenn es richtige Dokumente sind, die wir auch *vorlegen* können.«

»Um ehrlich zu sein, ist das Teil des Problems.« Auch Staynair lehnte sich in seinem Sessel wieder zurück. »Was ich hier habe, sind *Duplikate* der Original-Dokumente. Ich selbst bin voll und ganz von ihrer Echtheit überzeugt. Aber ich kann nicht beweisen, dass es nicht doch sehr aufwendig gemachte Fälschungen sind. Mir wurde mit diesen Papieren ein sehr zweischneidiges Schwert in die Hand gegeben. In diesem Propaganda-Krieg, der zwischen uns und Zion ausgebrochen ist, könnten wir uns selbst immens schaden, wenn wir Anschuldigungen vorbrächten, deren Richtigkeit wir nicht eindeutig *beweisen* können.«

»Vielleicht«, gab Wave Thunder zu. »Andererseits ist es fast egal, wie viele Beweise wir haben. Die ›Vierer-Gruppe‹ und ihre Sprecher würden doch ohnehin Stein und Bein schwören, das seien alles nur Fälschungen. Ich meine, es ist egal, wie viele *echte* Beweise wir haben; auf beiden Seiten werden alle nur die Dinge akzeptieren, die genau das stützen, was sie ohnehin schon glauben. Oder was sie glauben *wollen*, zumindest.«

»Ich weiß. Und ich habe auch schon darüber nachgedacht. Aber da spielt noch etwas anderes mit.«

»Ach, und was?«, bohrte Wave Thunder nach.

»Diese Informationen fallen unter das Beichtgeheimnis«, erwiderte Staynair. »Die Person, die mir dieses Material hat zukommen lassen, hat mir zugebilligt, dass ich ganz nach eigenem Ermessen entscheiden kann, wie ich es nutze. Aber *von wem* das ganze Material ursprünglich stammt, habe ich in meiner Funktion als Priester erfahren. Und die Person, die mir das Material ausgehändigt hat, wünscht nicht, dass jemand die Identität des ursprünglichen Informanten erfährt.«

»Auch nicht Cayleb oder Sharleyan?«

»Niemand.« Staynairs Miene war sehr düster. »Ich glaube zwar, dass der Überbringer ein wenig übervorsichtig ist. Aber diese Entscheidung steht mir nicht zu. Ich muss zugeben, angesichts dessen, was man mir berichtet hat – und auch dessen, was ich von diesem Material schon persönlich in Augenschein genommen habe –, kann ich diese Vorsicht durchaus verstehen. Sollte die ›Vierer-Gruppe‹ jemals vermuten, und sei es auch nur ganz vage, dass uns dieses Material vorliegt, und vor allem wie es in unseren Besitz gelangt ist, hätte das für eine äußerst mutige Person entsetzliche Konsequenzen! Um genau zu sein, wären diese Konsequenzen sogar fatal, und das wahrscheinlich auch für eine deutlich größere Zahl Personen.«

Wave Thunder bemerkte, dass er noch nie zuvor so viel Sorge im Blick des Erzbischofs gesehen hatte.

»Aus vielerlei Gründen sollte ich dieses Material wohl Hainryk übergeben, damit er es sicher verwahrt«, fuhr Staynair langsam fort. »Ich habe auch darüber nachgedacht ... lange sogar. Aber letztendlich ist dies eine jener Angelegenheiten, bei der es sorgfältiger Abwägung meinen Verpflichtungen dem Kaiserreich gegenüber und meinen Verpflichtungen Gott gegenüber bedarf. Mit dem Schluss, zu dem ich gekommen bin, bin ich nicht ganz zufrieden. Aber das ist das Beste, was ich nach zahllosen Gebeten und Stunden der Meditation habe erreichen können. Und glauben Sie mir, Bynzhamyn, so ausgiebig habe ich noch nie in meinem Leben gebetet oder meditiert.«

Bedächtig nickte Wave Thunder. Hainryk Waignair, der Bischof von Tellesberg, war der zweithöchste Prälat des Bistums der Kirche von Charis im Alten Charis. Waignair würde auch als Erzbischof von Charis amtieren, bis Staynair wieder von seiner Reise zurückgekehrt wäre. Zugleich gehörte Waignair der Bruderschaft von Sankt Zherneau an. Das bedeutete, dass er – ebenso wie Wave Thunder und Staynair – die Wahrheit über den ›Erzengel‹ Langhorne und die Kirche des Verheißenen kannte. Staynair und er waren nicht nur Kollegen und Brüder des gleichen Ordens, sondern auch schon seit langem eng befreundet. Wave Thunder wusste, dass Staynair Waignair unbedingtes Vertrauen schenkte, sowohl dem Menschen wie dem Priester. Der Baron bezweifelte nicht, dass es wahrhaftig immenser Anstrengung in Gebet und Meditation bedurft hatte, um den Erzbischof dazu zu bewegen, dieses belastende Material letztendlich doch nicht seinem Freund Waignair auszuhändigen, sondern es in die Obhut des Spionageleiters Wave Thunder zu geben.

»Als Mitglied des Kaiserlichen Rates, als Erzbischof von Charis und als persönlicher Ratgeber von Cayleb und Sharleyan, zweifle ich keinen Moment, dass ich all diese Informationen schon längst an Sie hätte weitergeben und Ihnen auch genauestens berichten müssen, woher es stammt, Bynzhamyn«, fuhr Staynair fort. »Aber als ›Pater Maikel‹ – als *Priester* – kann ich niemals das heilige Beichtgeheimnis brechen. Und ich *werde* es auch nicht tun. Die Kirche des Verheißenen mag eine einzige große Lüge sein. Aber Gott ist *keine* Lüge, und ebenso wenig der Glaube der Person, die mir in dieser Angelegenheit unbegrenztes Vertrauen geschenkt hat.«

Wave Thunder hatte schon den Mund geöffnet, um seinem Gastgeber zu widersprechen. Doch nun klappte er ihn wieder zu. Glaube und Integrität panzerten Maikel Staynair gegen jeglichen Einwand.Wenn Bynzhamyn Raice ganz ehrlich war, dann wusste er, dass er deutlich weniger auf die Existenz Gottes vertraute, nachdem er die Wahrheit über die Kirche des Verheißenen erfahren hatte. Er fühlte sich wirklich nicht wohl dabei, das zuzugeben, nicht einmal sich selbst gegenüber. Doch da war dieser nagende Zweifel – wahrscheinlich ein Nebenprodukt des Zynismus, der für den Leiter einer Spionageabteilung so unabdingbar war: Wenn es möglich war, *eine* Religion gezielt zu erfinden, dann mochte das für *alle* Religionen gelten. Er konnte diesen Zweifel nicht leugnen; dazu war Bynzhamyn entschieden zu ehrlich, auch sich selbst gegenüber. Aber dieser Zweifel raubte ihm nachts nicht den Schlaf. Ob Gott nun existierte oder nicht, das Kaiserreich Charis befand sich immer noch in einem Kampf auf Leben und Tod mit der ›Vierer-Gruppe‹. Sich jetzt des Atheismus schuldig zu machen (›Atheismus‹ – ein Wort, das Wave Thunder nie gehört hatte, bis er auf die Aufzeichnung hatte zurückgreifen können, die Owl in den Computern gespeichert hatte), würde nur jemandem wie Clyntahn eine tödliche Waffe in die Hand geben.

Maikel Staynair aber, das wusste Wave Thunder, wurde nicht von Zweifeln wie diesen geplagt. Der Erzbischof war so weit davon entfernt, ein religiöser Fanatiker zu sein, wie sich das nur denken ließ. Deshalb würde er, wenn er von Wave Thunders

Zweifeln wüsste – und Wave Thunder war überzeugt davon, dass der Erzbischof davon wusste –, den Baron niemals dafür verurteilen. Das war nicht Staynairs Art. Wave Thunder hatte sich selbst bei der Hoffnung ertappt, es gäbe diesen Gott, an den Maikel Staynair glaubte – diesen Gott, der einen Mann wie Maikel Staynair *erschaffen* hatte, einen integren, rechtschaffenen Mann. Ein derart integrer Mann wie Staynair gäbe nicht sein Wort als Priester, um es dann zu brechen.

Und das ist, wenn man es genau nimmt, der wahre *Unterschied zwischen ihm und jemandem wie Clyntahn!*, ging es Wave Thunder durch den Kopf. *Clyntahn glaubt an die* Kirche. *Er glaubt an die* Macht *der Kirche, nicht an Gott, obwohl ihm niemand jemals auch nur einen einzigen Hinweis gezeigt hat, der Zweifel an der Existenz Gottes aufkommen lassen könnte. Maikel* weiß, *dass die Kirche eine Lüge ist … und doch ist sein Vertrauen auf Gott nicht für einen einzigen Moment ins Wanken geraten.*

»Also gut, Maikel«, sagte er leise. »Ich verstehe, was Ihr meint. Und ich respektiere Eure Entscheidung. Aber wenn Ihr mir diese Beweismittel aushändigt, dann wird es meine Pflicht sein, sie auch zu nutzen. Oder sie zumindest einer sehr genauen Prüfung zu unterziehen. Ihr wisst, wie viel wir über die Kirche und die Inquisition in Erfahrung gebracht haben dank der Akten, die Domynyk in Ferayd an sich hat bringen können. Nach allem, was Ihr bisher gesagt habt, könnten *diese* Dokumente hier uns noch höllisch viel mehr Informationen liefern – bitte verzeiht den Ausdruck.«

»Das ist mir bewusst. Das ist auch einer der Gründe, weswegen ich so lange damit gezögert habe, sie Ihnen auszuhändigen. Ich habe sogar in Erwägung gezogen, sie einfach hier zu lassen und lediglich dafür zu sorgen, dass man sie Ihnen aushändigt, für den Fall, dass mir etwas zustößt – zusammen mit einem Brief, der kurz erklärte, um was es sich eigentlich handelt. Aber dann bin ich zu der Überzeugung gelangt, ich müsse Ihnen das unbedingt persönlich erklären. Diese Überzeugung stützt sich auf dieselben Gründe, die ich anzuführen habe, das Material *Ihnen* zu geben und nicht Hainryk. Hainryk ist mein Bruder in Gott und einer meiner besten Freunde, und er hat den Mut eines Großen Drachen. Aber seine größte Freude und Befriedigung zieht er daraus, Priester zu sein und sich um die Bedürfnisse seiner Gemeinde zu kümmern. Das ist einer der Aspekte, der ihn so ideal für das Amt des Bischofs von Tellesberg macht – na ja, um ganz ehrlich zu sein, kommt noch hinzu, dass ich mich auf seine Treue verlassen kann. Aber wenn ich *ihm* dieses Material ausgehändigt hätte, hätte das meinen Freund in eine äußerst unschöne Lage gebracht. Ich hätte ihn höchstwahrscheinlich in dieselbe problematische Lage gebracht, in der ich mich selbst befunden habe. Das aber möchte ich nicht. Ich möchte nicht, dass er bindende Weisungen von mir entgegenzunehmen hat, die vielleicht im Widerspruch zu seinem Gewissen als Priester stehen.

Hinzu kommt, dass er Politik auf der ganzen Linie verabscheut – selbst die Kirchenpolitik, auch wenn ihm durchaus bewusst ist, dass er sie nicht gänzlich ignorieren kann. Aber weltliche Politik, Diplomatie und Strategie sind Dinge, die er deutlich lieber in den Händen anderer weiß. Und das bedeutet, dass er deutlich weniger gut informiert ist über die ... tatsächlichen Gegebenheiten und Notwendigkeiten im Kaiserreich. Ungleich weniger informiert als Sie oder ich. Zweifellos ist er nicht die erste Wahl, wenn es darum geht, den Inhalt dieser Akten hinsichtlich ihrer Bedeutung und ihres Wertes für das Kaiserreich zu beurteilen.

Sie hingegen haben einen ausgeprägten Sinn für derlei Dinge. Meines Erachtens gibt es nirgendwo im Alten Charis jemanden, der den Wert dieser Unterlagen besser beurteilen könnte als Sie. Deswegen habe ich mich entschlossen, Ihnen das Material zu geben ... und Ihnen unmissverständlich zu erklären, warum ich Ihnen deren Quelle nicht nennen darf. Ich vertraue da ganz auf Ihr Urteilsvermögen, und ich weiß, dass Sie hier außergewöhnliche Sorgfalt werden walten lassen. Und«, Staynair blickte Wave Thunder fest in die Augen, »ich weiß, dass Sie keiner Menschenseele verraten werden, woher *Sie* das Material haben, bis ich Ihnen das nicht ausdrücklich gestatte.«

Wieder wollte der Baron Einwände vorbringen, und wieder entschied er sich ob deren Zwecklosigkeit dagegen. Staynair setzte hohes Vertrauen in ihn. Es war schlichtweg undenkbar, dieses Vertrauen zu missbrauchen.

»Also gut«, sagte er schließlich. »Ihr habt mein Wort, was das betrifft. Aber nur unter einer Bedingung, Maikel!«

»Und was ist das für eine Bedingung?«

»Sollte Euch doch etwas zustoßen – was Gott verhüten möge! –, werde ich mit diesen Beweismitteln alles tun, was mir angemessen und sinnvoll erscheint.« Wave Thunder blickte Staynair ebenso fest an, wie es gerade eben der Erzbischof bei ihm getan hatte. »Ich werde mein Bestes geben, Euren Informanten zu beschützen, wer immer es nun sein mag. Ich werde so vorsichtig sein, wie es eben geht. Aber ich kann und darf dieses Versprechen nur geben, wenn ich meiner eigenen beruflichen Pflicht folgen kann. Das heißt, ich muss alle erforderlichen Entscheidungen eigenmächtig treffen dürfen, solltet *Ihr* nicht mehr dazu in der Lage sein. Einverstanden?«

»Selbstverständlich«, erwiderte Staynair nur.

»Gut.«

Einen Moment lang legte sich Schweigen über das Studierzimmer. Dann stieß Wave Thunder ein leises Schnauben aus.

»Was?«, fragte der Erzbischof nach.

»Ach, mir ist nur gerade durch den Kopf gegangen, ob Ihr die Absicht habt, Cayleb und Sharleyan davon zu berichten.«

»Ich habe es damit zumindest nicht eilig«, gab Staynair mit einem schiefen Grinsen zurück. »Die beiden werden ganz gewiss die Verpflichtungen zu akzeptieren wissen, die mit meinem Amt einhergehen. Aber das bedeutet natürlich nicht, dass sie darüber *glücklich* sein werden. Also, wenn es Ihnen recht ist, werde ich keine schlafenden Drachen wecken.«

»Um ehrlich zu sein ...« Wave Thunders schiefes Grinsen hatte beinahe schon etwas Verschlagenes, »halte ich das für die vielleicht beste Idee des Abends!«

.VI.

Kirche Sankt Kathryn, Kerzenziehergasse, Stadt Manchyr, Fürstentum Corisande

Es hatten sich deutlich mehr Gläubige versammelt, als Pater Tymahn Hahskans an einem Mittwoch in seiner Kirche zu sehen gewohnt war.

Sankt Kathryn war immer recht gut besucht, vor allem bei den Abendmessen. Hahskans, der selbst die Morgenmesse bevorzugte, wusste, dass der Abendgottesdienst vor allem seinetwegen mehr Gläubige anzog. Der Pater mühte sich redlich, keine unbotmäßige Befriedigung daraus zu ziehen. Die *Heilige Schrift* erlegte jedem Menschen schließlich die Pflicht zur Bescheidenheit auf. Nicht immer war der Pater im Ringen um diese Bescheidenheit erfolgreich. Er war so sterblich und so fehlbar wie jeder andere Mensch auch. Dass die Zahl der Besucher wuchs, wenn an der Pforte angeschlagen stand, Hahskans halte die Predigt, erfüllte ihn mit sündigem Stolz. Vor allem dann versündigte sich der Pater, wenn eines seiner Gemeindemitglieder erzählte, er habe erlebt, wie ein Mitglied einer anderen Gemeinde eine von Tymahns Predigten zitiert hatte.

Dieses Mal jedoch war es anders. Tymahn stand vor dem Altar, genau vor der niedrigen Schranke, der das Allerheiligste abtrennte. Er lauschte dem Chor, der hinter ihm herrliche, gottgefällige Melodien anstimmte. Sein Blick galt den überfüllten Sitzbänken und dem Gedränge auf den Stehplätzen nahe der Kirchenmauer. Dieses Mal beunruhigte Tymahn der Anblick. Die Unruhe weckte keinen Zweifel an dem, was er gleich sagen würde. Er rechnete allerdings damit, dass seine Predigt nicht in allen Teilen der Stadt gleichermaßen begeistert aufgenommen würde ... gelinde gesagt. Was ihn beunruhigte, regelrecht ängstigte, war, dass er endlich aussprechen würde, was ihm schon lange auf dem Herzen lag. Im Laufe der Jahre hatte man ihm immer wieder den Mund verboten. Immer wieder hatte man ihn ermahnt, hinsichtlich gewisser Dinge unbedingt den Mund zu halten. Und immer wieder war er vor seine Vorgesetzten zitiert worden, weil er den verbotenen Themen wieder einmal zu nahe gekommen war.

Und jetzt, wo du endlich in der Position bist, aus der du freien Herzens sprechen kannst, Tymahn, wird mindestens die Hälfte deiner Zuhörerschaft annehmen, du seist ein Shan-wei-verdammter Verräter, der sich bei den Besatzern lieb Kind machen will!

Er spürte, wie er unwillkürlich das Gesicht verzog, und zwang sich dazu, sich wieder zu entspannen. Darin hatte er jahrelange Übung. Er war jetzt sechsundfünfzig Jahre alt und stand seit mehr als zehn Jahren auf der Kanzel von Sankt Kathryn. Er war nun wirklich kein frisch ordinierter Unterpriester mehr. Die Erfahrung hatte ihn gelehrt, der Gemeinde nichts zu zeigen, was die Einfallsreichsten darunter als Zweifel oder Zögerlichkeit auslegen mochten. Nicht auf der Kanzel. Dort sprach Gott durch ihn – zumindest theoretisch. Im Großen und Ganzen war Hahskans stets zuversichtlich gewesen, Gott werde ihm schon die richtigen Worte eingeben. Allerdings hatte es immer wieder Zeiten gegeben, in denen es ihm schwergefallen war, Gottes Stimme in den lautstarken Verkündigungen der Kirche überhaupt noch zu hören.

Dieses Problem hatte er hier und heute nicht. Die *Heilige Schrift* warnte in mehr als einer Textstelle davor: Gottes Botschaft zu verkünden machte bei Gottes *Kindern* nicht immer beliebt. Allzu eifrig glaubten die Menschen, Gott vertrete genau ihre eigene Meinung ... Anders Lautendes ignorierten sie gern. So mancher Bote Gottes konnte sich glücklich schätzen, wenn ›ignorieren‹ das Einzige war, was seine Gemeinde tat.

Wenigstens hatten Erzbischof Klairmant und Bischof Kaisi

ihm, Tymahn, ihre Unterstützung zugesichert, falls – oder: sobald – es unschön zu werden drohte. Der Tenor der heutigen Predigt unterschied sich deutlich von Bischof-Vollstrecker Thomys' Haltung zu dem behandelten Thema. Aber die Predigten der beiden neuen Kirchenherren schlugen selbst schon genug Wellen. Ob sie also in der Lage wären, die Wogen zu glätten, sollte er, Tymahn, in schwere See geraten, bliebe dahingestellt. Höchstwahrscheinlich gäbe es reichlich ›unschöne Momente‹, ehe Kirche und Gemeinden wieder in den sicheren Hafen einlaufen würden.

Sofern das überhaupt möglich war.

Pater Tymahn ging in diesem Augenblick auf, dass die *Heilige Schrift* nie den sicheren Hafen versprach.

Das Lied, das der Chor zu Beginn der Kollekte angestimmt hatte, näherte sich seinem Ende. Hahskans hob die Hand und schlug das Zeichen des Szepters von Langhorne.

»Erhebet die Herzen, meine Kinder!«

Die vertrauten, mit Inbrunst geliebten Worte der Liturgie flossen ihm über die Lippen, kaum dass nach dem Chor auch der letzte Ton der Orgel verklungen war. Trotz der Stille in der Kirche klang seine Aufforderung sanft. Das Tröstliche dieser Worte stärkte Tymahn; seine Stimme gewann an Kraft.

»Wir erheben die Herzen zu unserem Herren und zu den Erzengeln, die Ihm dienen.«

Einstimmig antwortete die Gemeinde ihm; der Nachhall erfüllte das Gotteshaus wie fernes Donnergrollen bis hinauf zu den vom Alter geschwärzten hölzernen Tragbalken der Decke.

»Lasset uns nun danken dem Herrn, unserem Gott, der uns geschaffen hat, und Langhorne, der sein Diener war, ist und auf ewig sein wird«, fuhr er fort.

»Das ist würdig und recht.«

Nicht allein die zusätzlichen Stimmen der ungewohnt großen Gemeinde verliehen der Antwort mehr Nachdruck als gewöhnlich. Es war die Inbrunst, mit der diese Worte gesprochen wurden. Die Gläubigen sehnten sich nach Trost und Gemeinschaftsgefühl, wie eine Messe sie gemeinhin spendete. So waren heute die Worte nicht Formeln einer allzu vertrauten Liturgie. Sie waren der Erkenntnis geschuldet, dass sie alle hier, versammelt im Namen Gottes als seine Kinder, in diesen Zeiten die sprichwörtliche stürmische See würden durchfahren müssen. Die Angst der Gläubigen war spürbar, und – wie stets – wandten sie sich Mutter Kirche und ihrem Klerus zu, um Trost und Führung zu finden.

»In Wahrheit ist es würdig und recht und zugleich auch unsere Pflicht und Schuldigkeit, Dir immer und überall zu Danken, o Herr, Schöpfer der Welt und des Weltalls, Ewiger Gott. Darum loben und preisen wir Deinen ruhmreichen Namen, zusammen mit denen Erzengels Langhorne und Erzengels Bédard, für immer wollen wir Dich preisen und sagen ...«

»Heilig, heilig, heilig!«, erwiderte die Gemeinde. Ihre Stimmen vereinten sich mit der ihres Hirten. »Herr der Heerscharen, Himmel und Erde sind voll Deiner Gnade. Ehre sei Dir, o Herr. Amen.«

»Amen«, sagte Hahskans leise in die Stille, die auf die Erwiderung der Gemeinde folgte und lächelte, als ihn wieder die Seelenruhe umfing, die mit seinem Amt einherging.

Alles ist gut, dachte er. *Was auch immer geschehen mag, wohin auch immer es uns führt, alles ist gut, solange nur Du bei mir bist.*

»Setzt euch, meine Kinder!«, forderte er die Gemeinde auf. Man hörte das Scharren zahlloser Füße, und Kleider raschelten, als Männer, Frauen und Kinder in den Sitzbänken seiner Aufforderung nachkamen. Selbst durch die Menge, die stand, ging eine Bewegung: Man lehnte sich an Säulen oder Steinwände, suchte sich eine bequemere Körperhaltung. Und doch war die Entspannung der Gemeinde in vielerlei Hinsicht rein körperlich: Es war nur das Entspannen von Muskeln und Sehnen, damit sich Verstand, Herz und Seele noch besser auf das konzentrieren konnten, was nun folgen würde.

Hahskans lächelte und schritt zur Kanzel hinüber. Dort schlug er das schon bereitliegende Missale auf, einen gewaltigen Folianten. Das herrliche Exemplar mit allen liturgischen Texten des Kirchenjahres war einer der Schätze von Sankt Kathryn. Es war das Geschenk einer der wenigen wirklich wohlhabenden Familien der Gemeinde, im Andenken an geliebte Eltern gestiftet. Das war drei Jahre vor der Geburt von Hahskans Vater geschehen. Schon damals musste diese Ausgabe ungefähr das Doppelte von Hahskans jährlichem Gehalt gekostet haben. Denn es war keine gedruckte Standard-Ausgabe, sondern von Hand geschrieben und illuminiert. Es besaß herrlichen Bildschmuck, so genannte Miniaturen etwa an den Rändern und innerhalb der Kolumnen, der Spalten, in die der Text auf der großen Seite unterteilt war. Aber daneben fanden sich auch ganzseitige Miniaturen, ganz zu schweigen von prachtvollen Initialen (der Bildschmuck der hervorgehobenen Anfangsbuchstaben bestand teils aus textbezogenen figürlichen Darstellungen, teils aus ornamentalen Verzierungen). Der edelsteingeschmückte Ledereinband und die dicken Pergamentseiten hatten sich mit dem Duft von Kerzenwachs und Weihrauch vollgesogen. Als Hahskans nun das Missale aufschlug, stieg ihm dieser Duft in die Nase, als wäre es Gottes ureigenster Duft. Tief und genießerisch atmete der Priester durch, bevor er den Blick wieder auf die wartende Gemeinde richtete.

»Die heutige Lesung stammt aus dem fünften Kapitel des *Buches Bédard*, beginnend mit dem neunzehnten Vers«, erklärte er den Männern und Frauen, die ihn alle erwartungsvoll anblickten, sich von den heiligen Texten Kraft und Trost versprachen. Vielleicht war es ein gutes Omen, dass die heutige Lesung aus dem Buch des Schutzheiligen seines eigenen Ordens stammte.

»Denn seht«, las er, »ich verkünde euch eine große Wahrheit, würdig aller Menschen und dem Herren geheiligt. Höret und achtet sie, denn am Letzten Tage wird einem jeden von euch

Rechenschaft abverlangt werden. Die Kirche ward von Gott und dem Gesetz Langhornes geschaffen, um der Hüter und der Lehrer der Seelen aller Menschen zu sein. Die Kirche soll nicht dem Willen des Menschen dienen, noch soll sie dem eitlen Ehrgeiz der Menschen unterworfen sein. Sie ward nicht geschaffen, um den Menschen zu lobpreisen, noch soll sie vom Menschen benutzt werden. Sie ward nicht ins Leben gerufen, auf dass dieses Leben missbraucht werde. Sie ist das große Leuchtfeuer, Gottes eigenes Licht, aufgestellt auf dem mächtigen Hügel Zions, auf dass sie Seine Majestät und Seine Macht verbreite, auf dass sie der ganzen Welt das Licht Gottes spende und die Schatten der Finsternis vertreibe. Achtet, dass ihr den Zylinder jener Lampe rein und heilig haltet, sauber und makellos, frei von Schmutz und Flecken. Besinnt euch des Gesetzes, das euch gegeben ward, des Willen Gottes, der euch den Weg zu Ihm weisen wird, und alles wird gut sein für euch und eure Kinder und eure Kindeskinder, bis zur letzten Generation, da ihr Ihn und uns, die wir Ihm dienen, von Angesicht zu Angesicht schauen werdet im Wahren Licht, das kein Ende hat.«

Hahskans blickte auf. Die Stille in der Kirche war ungleich mächtiger geworden, und er lächelte.

»Dies ist das Wort Gottes an die Kinder Gottes«, erklärte er ihnen.

»Dank sei Gott und den Erzengeln, die Ihm dienen«, erwiderte die Gemeinde. Hahskans schloss das kostbare Buch wieder, faltete die Hände und legte sie auf den prachtvollen Buchdeckel. Die Autorität, die von der *Heiligen Schrift* ausging, empfand er als zutiefst tröstlich. Dann blickte er wieder der Reihe nach die Gemeindemitglieder an.

Die Furcht, die Hahskans zuvor verspürt hatte, und all die Besorgnis waren verschwunden. Er wusste, dass beides wiederkommen würde. Denn er war nur ein einfacher Sterblicher, keiner der Erzengel, die nach Safehold zurückgekehrt waren. Doch jetzt, an diesem Tag, war er endlich frei, jene Botschaft zu verkünden, die schon so lange in seinem Herzen brannte. Eine Botschaft, die, so wusste er, in den Herzen von ungleich mehr Priestern brannte, als jene, die das Orange des Vikariats trugen, auch nur vermuteten.

»Meine Kinder«, setzte er mit seiner tiefen, volltönenden Stimme an, »es ist uns nicht gegeben, in friedvollen Zeiten zu leben. Es sei denn, euch wäre eine andere Definition von ›friedvoll‹ bekannt, als ich in meinen Wörterbüchern zu finden vermochte.«

Sein Lächeln wurde breiter, und ein belustigtes Raunen durchströmte das ganze Gotteshaus – noch nicht ganz ein Lachen, das wäre doch unziemlich gewesen. Hahskans wusste diese Reaktion der Gemeinde zu schätzen. Dann jedoch verschwand sein Lächeln wieder. Seine Miene wurde ernster, und er schüttelte den Kopf.

»Nein«, sagte er, »›friedvoll‹ sind diese Zeiten wahrlich nicht! Und das macht sie so erschreckend. Wir wollen doch allesamt ehrlich sein, meine Kinder. Es *sind* erschreckende Zeiten, und das nicht nur für uns selbst. Welcher Vater müht sich nicht mit aller Kraft, seine Kinder gut zu nähren und ihnen Schutz und Sicherheit zu bieten? Welche Mutter gibt nicht alles, was sie hat, um Schaden von ihren Kindern abzuwenden? Um die Schatten eines jeden Albtraums zu vertreiben? Um nicht nur jedes verschrammte Knie zu pflegen, sondern jede Verletzung auch der Seele zu verhindern? Alles in uns schreit danach, unsere Kinder von jeder Gefahr fernzuhalten. Sie zu beschützen. Sie zu hüten und jede Bedrohung von all jenen abzuwenden, die wir lieben.«

Immer noch herrschte völlige Stille in der Kirche. Langsam ließ Hahskans den Blick über die Gemeinde schweifen, blickte so vielen von ihnen direkt in die Augen, wie das eben möglich war.

»Auch Mutter Kirche hat die Aufgabe, von all *ihren* Kindern Schaden abzuwenden«, fuhr er fort. »Mutter Kirche ist die feste

Burg, die Eiserne Festung der Kinder Gottes. Ihre Diener wurden von den Erzengeln persönlich geweiht, um Gott in der Welt zu dienen, und die Weisheit des Großen Lehrmeisters der Menschheit Seinem Volk nahezubringen. Die Gefahren für Sein Volk sind mannigfach – Seuchen, Unruhen, Sturm, Feuer, Erdbeben ... und Krieg. In solchen Zeiten wenden sich Seine Kinder eben Seiner Heiligen Kirche zu, so wie ein Kind im Sturm die schützenden Arme seines Vaters sucht und die Umarmung der Mutter, wenn des Nachts die Albträume kommen. Die Kirche ist unsere Heimstatt, unser Zufluchtsort, unsere Maßlehre in einer Welt, die nur allzu oft von Gewalt und Grausamkeit und dem Ehrgeiz der Menschen verdorben wird. Wie die Heilige Bédard uns selbst lehrt, ist die Kirche jenes große Leuchtfeuer, jene Lampe, aufgestellt auf einem Hügel, auf dass sie uns alle erleuchte und erhelle ebenso wie jeden Zoll von Gottes Schöpfung, ein Widerschein Seines Heiligen Lichtes.«

Wieder hielt Hahskans inne. Er spürte die Anspannung seiner Gemeinde, fühlte, wie ihre Blicke auf ihm lasteten, während sie seinen Worten lauschten. Erneut atmete Hahskans tief durch.

»Dies sind Zeiten der Unruhe und des Krieges«, sprach er ruhig weiter. »Unser Fürstentum wurde angegriffen. Unser Prinz wurde gemeuchelt und mit ihm auch sein Sohn und Erbe. Eine fremde Armee hat unser Land erobert, und der Klerus einer fremdartigen Kirche – einer *abtrünnigen* Kirche, die sich von Mutter Kirche abgespalten hat und gegen Mutter Kirche *Krieg* führt – ist zu uns gekommen und verbreitetet furchterregende, ketzerische Lehren. Tausende unserer Väter, Söhne und Brüder kostete die Schlacht im Darcos-Sund das Leben, oder sie sind in der Nähe ihrer eigenen Heimstatt gefallen, als sie ihren Grund und Boden verteidigten. Und während wir diese Gezeiten der Katastrophe betrachten, diesen Strudel der Zerstörung, rufen wir nach Gott und den Erzengeln – nach Mutter Kirche – und suchen nach dem uns versprochenen

Schutz und der uns verheißenen Führung. Wir ersehnen innere Erleuchtung, die uns alle inmitten einer solchen allumfassenden Finsternis zum Licht zu führen vermag. Die es uns erlaubt, in all dem Chaos immer noch einen Sinn zu sehen und trotz Donnergrollens noch Gottes Stimme zu vernehmen.

Ich weiß, dass es viele in diesem Fürstentum gibt, sogar hier in dieser Stadt, die uns auffordern, uns in gerechtem Widerstand zu erheben, uns gegen die fremden Schwerter und Bajonette zu stellen. Sie möchten, dass wir die Ketten und die Schande der Unterdrückung abwerfen. Ich weiß, dass viele von euch, meine Kinder, verängstigt und verwirrt sind, weil die Priesterschaft von Mutter Kirche den Zusammenhalt verliert und sich in widerstreitende Gruppen aufspaltet. In Gruppen, die einander wechselseitig als Verräter, Ketzer und Abtrünnige schmähen. ›Gotteslästerer!‹, schreit der eine, ›Verführer der Unschuldigen!‹ versetzt der andere. Und wenn die Hirten einander angreifen, wo soll dann die Herde Schutz finden? Und wo Wahrheit?«

Er löste seine Finger aus der fast krampfartigen Verschränkung und strich sehr sanft und ehrfürchtig über den Buchdeckel des Folianten, der vor ihm lag.

»*Hier*, meine Kinder.«

Er sprach jetzt leise. Jene, die am weitesten von der Kanzel entfernt saßen oder standen, mussten sich ernstlich anstrengen, ihn zu verstehen, obwohl seine ausgebildete Stimme, selbst wenn er noch so leise sprach, die ganze Kirche ausfüllte.

»Hier«, wiederholte Pater Tymahn, »in diesem Buch. In *dem* Buch. In Gottes Eigenem Wort, und in den Worten der Erzengel, die Er auf diese Welt geschickt hat, auf dass sie Sein Werk tun und uns Sein Gesetz bringen. *Hier* werden wir die Wahrheit finden.

Doch ...«, jetzt erhob er die Stimme wieder, »wie Langhorne selbst uns gewarnt hat, ist die Wahrheit nicht immer leicht zu ertragen. Die Wahrheit findet ihren Weg nicht immer in einem

Gewand zu uns, das uns genehm ist. Sie sagt uns nicht immer, dass wir uns richtig verhalten haben, dass *jemand anderes* Fehler gemacht hat. Und die Wahrheit ist auch nicht immer ohne Gefahren. Sie verlangt viel von uns, und sie duldet keine Selbsttäuschung. Wenn wir von einem Baum fallen, können wir uns eine Prellung zuziehen oder eine Verstauchung. Aber wir können uns auch einen Arm oder ein Bein brechen ... oder den Hals. Wenn wir nicht zu Zeiten des Friedens Gottes Wort achten, wenn wir Seine Wahrheit in friedvollen Zeiten ignorieren, dann müssen wir sie eben in Zeiten des Sturms erkennen. Er wird uns Seine Wahrheit in jedweder Form senden, die Er für richtig hält, um uns – Seine dickköpfigen eigensinnigen Kinder, die nur mit sich selbst beschäftigt sind – dazu zu bringen, sie zu hören. Und die Form, die Er wählt, mag jede Gestalt annehmen: fremde Kriegsschiffe, fremde Schwerter und Bajonette, selbst ketzerische Priester, die man uns mit vorgehaltener Klinge eines fremden Herrschers aufzwingt.«

Immer noch herrschte völlige Stille in der Kirche. Zweifellos hörten alle aufmerksam zu. Doch hatte sich die Stille verändert. Sie war ... unnachgiebiger, angespannter. Sie war wachsam und vorsichtig, schien den Atem anzuhalten, als hätte die Gemeinde, die für diese Stille sorgte, verstanden, dass ihr Priester etwas aussprechen würde, was ihm zuvor niemals gestattet gewesen war.

»Die Heilige Bédard lehrt uns in der heutigen Lesung, dass Mutter Kirche nicht im Dienste der Menschen steht. Dass sie nicht verderbt und missbraucht werden darf, um eitlem, korruptem, weltlichem Ehrgeiz dienlich zu sein. Dass es gilt, sie ohne Schmutz und Makel zu halten. Wir alle wollen nicht glauben, sie könnte jemals makelbehaftet sein. Wir alle wollen nicht glauben, Gott könnte zulassen, dass *Seine* Kirche dem Bösen anheim fällt. Wir wollen nicht, dass *Seine* große Lampe irgendwann nicht mehr Quelle des Lichtes ist, sondern Quelle der Finsternis. Voller Zorn schreien wir auf, wenn uns jemand zu sagen wagt, unser Wunsch sei vergebens. Jene, die uns derartige Dinge zu sagen wagen, jene, die es wagen auszusprechen, dass Mutter Kirche derartige Dinge widerfahren können, bedenken wir mit jeder Schmähung, die uns nur einfallen will – Gotteslästerer, Ketzer, Abtrünniger, Gottloser, von Gott Verfluchter, Diener der Finsternis, Brut Shan-weis, Kind des Bösen ... diese Aufzählung könnte endlos weitergehen. Und doch, so sehr es mich schmerzt, das auszusprechen, so bittere Tränen mein Herz auch vergießen mag, es waren nicht die Ketzer, die uns angelogen haben. Es ist nicht die Kirche von Charis, die zur Handlangerin Shan-weis geworden ist.

Es ist Mutter Kirche.«

Ein tiefes, heiseres Stöhnen ging durch die ganze Kirche, beinahe schon Protest. Es kam aus tiefster Seele, war voller Schmerz. Niemand aus der Gemeinde aber fand die Worte, jenem Protest auch Gestalt zu verleihen. Niemand widersprach. Niemand aus der Gemeinde wies zurück, was ihr Priester gerade ausgesprochen hatte. Dass dies nicht geschah, dass der Protest sich nicht in Worte kleiden ließ – dass Trauer durch das Aufstöhnen sprach, nicht durch *Leugnen*–, verriet Tymahn Hahskans sehr viel über seine Gemeinde.

Tränen brannten ihm in den Augen, als er spürte, wie innere Not an den Herzen und Seelen seiner Zuhörer riss. Als er ihre Trauer spürte, die Furcht nicht nur vor dem, was er ihnen bereits dargelegt hatte, sondern vor dem, was, wie sie genau wussten, noch kommen musste, da wusste Tymahn, dass ihr Entsetzen der Vorläufer dazu war, die Wahrheit zu akzeptieren.

»Ich bin nicht der einzige Priester im Dienste von Mutter Kirche, der schon seit langem gegen ihre Unterdrückung aufzubegehren wünscht«, fuhr Hahskans fort. »Ich bin nicht das einzige ihrer liebenden Kinder, das mit eigenen Augen die Korruption gesehen hat, das sah, wie diese Korruption tief in ihrem Herzen wuchs und wucherte. Es gibt mehr von uns, als ihr vielleicht jemals vermutet hättet, und doch hat man uns zum Schweigen verdammt. Wir durften niemandem davon berichten, mit eigenen Augen gesehen zu haben, wie dieser Makel wuchs und der Zylinder von Gottes Lampe immer weiter beschmutzt wurde. Wir mussten vorgeben, nicht gesehen zu haben, wie weltliche Macht und Reichtum, Pomp und weltlicher Prunk manchen Kirchenfürsten immer wichtiger wurden, die doch die Aufgabe hatten, eben jenen Zylinder von Gottes Lampe makellos zu halten. Weltliches wurde ihnen wichtiger als ihre eigenen Pflichten vor Gott und den Erzengeln.«

Stetig war Tymahns Stimme kräftiger geworden. Es schwang die unbändige, mitreißende Kraft eines echten Visionärs darin. Die dunklen Augen des Priesters blitzten.

»Wir wurden angewiesen – *ich selbst* wurde angewiesen –, über all jene Dinge Stillschweigen zu bewahren. Aber dieses Stillschweigen zu bewahren bin ich nicht länger gewillt. Ich werde den Mund aufmachen und euch berichten, ja. *Ja!* Meine Kinder, all diese Dinge habe ich mit eigenen Augen gesehen. Vor Trauer und Enttäuschung sehen meine Augen die Dinge immer klarer. Und was ich sah, hat mich jeglicher Illusion beraubt. Ich habe das Böse gesehen, das sich hinter dem schönen Antlitz von Mutter Kirche verbirgt. Ich habe Männer gesehen, die dazu berufen wurden, das Orange zu tragen, und die sich doch von Gottes wahrer Botschaft abgewandt haben. Männer, die ihre Herzen nicht Gott gewidmet haben, sondern ihrer eigenen Macht und ihrem eigenen Ehrgeiz. Ich habe gesehen, wie Mutter Kirche in Fesseln liegt. Ich habe gehört, wie sie um Beistand fleht, und in den dunklen Nachtstunden habe ich ob ihrer Gefangenschaft getrauert. Anderen erging es ebenso, und unsere Herzen sind uns schwer geworden, schwer wie Blei, denn wenn *sie*, wenn unsere Mutter Kirche, zu einem Hort der Korruption und der Verderbtheit werden kann, gilt das gewiss für alles andere auf Gottes Welt auch! Wenn *sie* nicht Schutz vor dem Bösen bietet, vermag nichts und niemand diesen Schutz zu bieten, und dann gibt es keine Hoffnung mehr! Niemand kann *uns* helfen. Denn wir haben bei der großen Aufgabe, die uns die Heilige Bédard auferlegt hat, versagt, und Gottes Eigene Kirche ist beschmutzt und befleckt. Mutter Kirche selbst ist zum Portal des Bösen geworden, zum Tor, durch das uns Shan-weis dunkle Seelengifte ereilen, und wir – *wir,* meine Kinder! – sind diejenigen, die diese entsetzliche, furchtbare Veränderung haben geschehen lassen. Durch unser Schweigen, durch unsere stillschweigende Billigung, durch unsere *Feigheit* sind wir selbst zu Komplizen jener geworden, die Mutter Kirche beflecken. Und zweifelt nicht einen Moment daran, dass am Ende wir alle für unsere größten Fehler zur Rechenschaft gezogen werden!

Und doch ...«

Seine Stimme verklang, bis sich erneut völlige Stille über das Kirchenschiff gesenkt hatte. Diese Stille ließ Pater Tymahn wachsen, schwerer und schwerer werden, bis sie auf Sankt Kathryn lastete wie eine gewaltige Gewitterwolke, aus der schon bald Gottes *Rakurai* herniederfahren musste. Endlich, nach einer kleinen Ewigkeit, ergriff er wieder das Wort.

»Oh ja, meine Kinder ... und doch. Das große, gewaltige ›Und doch‹. Das *glorreiche* ›Und doch‹! Denn Gott *hat* uns erneut Hoffnung geschenkt. Er hat sie in der unwahrscheinlichsten Verkleidung zu uns geschickt, die sich nur erdenken lässt. In den Worten der Abtrünnigen, in jener Gruppe von Schismatikern und in den Lehren der Ketzer. Ich weiß, wie entsetzt viele von euch sein müssen, das zu hören, wie bestürzt, wie verängstigt! Und doch, als ich die Lehren dieser Kirche von Charis studiert habe, da vermochte ich nichts Böses darin zu entdecken. Ich entdeckte Zorn. Ich entdeckte Aufruhr. Ich entdeckte Vorwürfe und Widerstand. Aber nichts von dem, meine Kinder – *nichts davon!* – ist gegen Gott gerichtet. Oder gegen die *Heilige Schrift.* Oder gegen das, was zu tun Mutter Kirche einst aufgetragen ward und was sie, mit Gottes Hilfe, eines Tages auch wieder tun wird!

Ich behaupte nicht, die gottgefällige Liebe aller Kinder Gottes untereinander hätte das Kaiserreich Charis an unsere Küste getrieben. Ich werde euch nicht weismachen, weltlicher Ehrgeiz und der Streit zweier Herrscher um Tand und die Illusion der Macht hätte nicht auch eine Rolle dabei gespielt … oder dabei, was im Darcos-Sund geschehen ist, nachdem die verderbten, korrupten Männer in Zion unsere Söhne und Brüder ausgeschickt haben, um jene zu vernichten, die sich dem Ehrgeiz eben jener korrupten Männer in Zion entgegenzustellen gewagt haben. Menschen sind Menschen. Sie sind sterblich, fehlbar, nicht ohne Makel. Ihre Herzen und ihre Seelen werden von Ehrgeiz und weltlichem Hass zerfressen. So sind die Menschen nun einmal. Und doch leben sie in Gottes Eigener Welt, und Gott kann – und wird – selbst ihre Schwächen dazu nutzen, Sein großes Ziel zu verfolgen! Wenn ich Seine Welt betrachte, wenn ich über Sein Wort meditiere«, wieder strichen Tymahns Hände sanft über das große Buch vor ihm, »sehe ich, dass Er genau das tut. Ich sage euch jetzt etwas, und kein fremder Ketzer hat mir diese Worte in den Mund gelegt: Das, was die Kirche von Charis euch über die Korruption, die Dekadenz, *das Böse* der ›Vierer-Gruppe‹ berichtet, und über jene, die ihnen dienen, ist Gottes Eigene Wahrheit. Sie wurde im Sturm des Krieges zu uns getragen, weil Gottes Kirche in den Zeiten des Friedens nicht Seiner geachtet hat. Die Männer in Zion, jene Männer, die sich Herren von *Gottes* Kirche wähnen, sind keine Hirten, sondern Wölfe. Sie dienen nicht dem Licht, sondern der tiefsten, schwärzesten Finsternis. Sie sind nicht die Hüter der Seelen aller Menschen, sondern die Feinde Gottes, entfesselt um Shan-weis Niedertracht über uns alle zu bringen … es sei denn, jene, die *tatsächlich* dem Licht dienen, halten sie auf und besiegen sie ein für alle Mal!

Gottes Schwert auf der Welt ward entfesselt, meine Kinder! Es ist unser Schicksal, im Schatten eben jenes Schwertes zu leben, und es ist an jedem Einzelnen von uns, sich zu entscheiden, auf welcher Seite wir stehen, wenn Seine Wahrheit von uns Rechenschaft verlangt. Diese Wahl wird ein jeder von uns treffen müssen. Wenn wir diese Wahl nicht treffen, so tun wir das auf eigene Gefahr. Denn jene, die sich nicht dafür entscheiden, dem *Licht* zu dienen, werden dereinst, wenn die Zeit gekommen ist, der Finsternis überantwortet. Ich beschwöre euch, da ihr nun in jenen Zeiten des Aufruhrs lebt, trefft eure Wahl! *Trefft eure Wahl!* Tretet für Gott ein, wie Gott euch die Kraft gibt, die Wahrheit zu erkennen, und gürtet euch für die größere und ungleich schwerere Prüfung, die noch vor uns liegt!«

Merlin Athrawes schüttelte den Kopf und öffnete die Augen. Das Bildmaterial, das winzige Sensoren im Kirchenschiff von Sankt Kathryn für ihn aufgezeichnet hatten, verblasste. In seinem Sessel in Cherayth, Tausende von Meilen von Manchyr entfernt, richtete er sich auf und spürte rings um sich die nachtschlafende Ruhe des Palastes. Etwas tief in seinem MolyCirc-Herzen schien sich mit aller Macht gegen die einschränkende Enge seines Verbundwerkstoff-Brustkorbs auflehnen zu wollen.

Immer noch hallte die Kraft und die Leidenschaft von Tymahn Hahskans Predigt in Merlins Gedanken wieder. In Sankt Kathryn hatte ein Mann gesprochen, der von seinem eigenen, brennenden Glauben beseelt war. Selbst jetzt noch wollte ein winziger Teil von Merlin diesen Glauben verhöhnen und verspotten. Denn im Gegensatz zu Hahskans kannte Merlin die Wahrheit. Er wusste, auf welchem Lügengebäude dieser Glaube ruhte. Er wusste, wer Adorée Bédard in Wahrheit gewesen war. Er wusste, dass Zhaspahr Clyntahn und Zahmsyn Trynair in Wahrheit einem gewissen Eric Langhorne deutlich ähnlicher waren, als Maikel Staynair das jemals sein könnte. Er sehnte sich danach – mit einer Tiefe und Leidenschaftlichkeit, die ihn selbst mehr als nur ein wenig erschreckte –, Tymahn Hahskans dafür hassen zu dürfen, dass er Massenmörder wie Bédard und Langhorne verehrte.

Doch das konnte Merlin nicht. Im wahrsten, buchstäblichen Sinne des Wortes *konnte* er es nicht. Er verzog die Lippen zu einem schiefen Grinsen, als er wieder einmal über die feine Ironie des Ganzen nachdachte. Adorée Bédard persönlich war dafür verantwortlich gewesen, jeden einzelnen Kolonisten auf dem Planeten Safehold einer Gehirnwäsche zu unterziehen, sodass jeder Einzelne glaubte, ›erschaffen‹ worden zu sein. Jeder Kolonist glaubte, man habe ihm persönlich den Odem des Lebens eingeblasen, und dann habe er die Augen geöffnet und zum ersten Mal diese Welt erblickt. Stein um Stein hatte Adorée Bédard ein unfassbares Lügengebäude errichtet. Jedes Wort im *Buch Bédard* – ob sie es nun tatsächlich persönlich abgefasst hatte oder ob es ihr erst nach dem Tod zugeschrieben worden war – diente dazu, dieses Lügengebäude zu stützen, alle der Tyrannei der Kirche zu unterwerfen.

Trotzdem war es der Bédard-Orden – dem Männer wie Tymahn Hahskans und Maikel Staynair angehörten –, der die Speerspitze der Reformisten-Bewegung bildete. Es war der Bédard-Orden, der darauf bestand, Adorée Bédard beim Wort zu nehmen und ihre Lehren tatsächlich auch *anzuwenden*. Es war der Bédard-Orden, der darauf beharrte, all jene zur Rechenschaft zu ziehen, die für die Verderbtheit der Kirche verantwortlich waren.

Merlin Athrawes machte keinesfalls den Fehler anzunehmen, jeder, der die Kirche von Charis unterstützte, würde damit zugleich auch das *Kaiserreich* Charis gutheißen. So einfach funktionierte die Welt nicht. Doch zugleich wusste Merlin auch – dank der einzigartigen Einblicke, die ihm seine SNARCs gewährten –, dass der Zorn ob der Korruption der ›Vierer-Gruppe‹ nie ausschließlich auf das Königreich Charis beschränkt gewesen war. Selbst Merlin war es nicht gelungen, die Macht dieses Zorns richtig einzuschätzen, der unter der Oberfläche gärte.

Denn mit ihrer repressiven Macht hatte die Kirche – und vor allem die Inquisition – dafür gesorgt, dass jener Zorn auch immer schön unter der Oberfläche *blieb*. Er war ungesehen und ungehört geblieben an all jenen Orten, an denen es nicht gestattet war, sich der Autorität und der Macht der Kirche entgegenzustellen – und jenen Männern, die sich selbst zu Herren der Kirche aufgeschwungen hatten.

Es gab noch andere wie diesen Hahskans. Merlin wusste das, schon seit er den Machtkampf zwischen Zion und Charis herbeigeführt hatte. Niemals hatte er daran gezweifelt, dass Männer wie Hahskans für sich das Recht in Anspruch nehmen würden, frei zu sprechen, auch über die neue Kirche von Charis. Merlins Hoffnung war es, sie alle würden ihre Stimme erheben, sobald die Inquisition ihnen nicht mehr das Wort verbieten konnte. Mit Befriedigung hatte er Tymahn Hahskans' Namen auf der Liste derer gesehen, die bei Klairmant Gairlyngs erster Proklamation als Erzbischof von Corisande in ihrem Amt als Pfarrer bestätigt wurden. Ob das Hahskans selbst nun bewusst war oder nicht, die SNARCs hatten Merlin schon vor langer Zeit verraten, dass der Pfarrer von Sankt Kathryn einer der angesehensten Priester von ganz Manchyr war. Hahskans verdiente den Respekt, den ihm der Laienstand der Hauptstadt von Corisande zollte. Er war ein begnadeter Prediger, ja. Aber der wahre Grund, weswegen Pater Tymahn Hahskans so respektiert wurde – ja, sogar geliebt –, war, dass nur der Blindeste oder der Zynischste ihm Verstand, Integrität und Gottes- wie Menschenliebe hätte absprechen können, die allesamt diesen Mann Gottes erfüllten.

Und er ist *ein Mann Gottes,* dachte Merlin. *Ob man das durch das Prisma der Kirche des Verheißenen betrachtet oder nicht, Hahskans hat wirklich seinen eigenen Weg zu Gott gefunden. Wie er selbst sagt, ist er nicht der einzige Priester in Corisande, der die Korruption in Zion mit eigenen Augen gesehen hat. Aber es gibt verdammt noch mal keinen anderen Mann in ganz Manchyr, der es deutlich furchtloser hätte anprangern können! Hätte ich jemals an der Existenz Gottes gezweifelt, so ist doch die Tatsache, dass sich ein solcher Mann in einer Kirche mitten in* Manchyr *finden ließ, ein eindeutiger Beweis dafür.*

Der Mann, der einst Nimue Alban gewesen war, schüttelte erneut den Kopf. Obwohl er niemals wieder Sauerstoff benötigen würde, atmete er tief durch.

»Also gut, Owl«, sagte er leise. »Jetzt gib mir mal die Mitschnitte aus der Kathedrale von Manchyr. Ich bezweifle zwar, dass Erzbischof Klairmant das eben Gehörte noch überbieten kann, aber wir sollten ihm wenigstens eine Chance geben.«

»Selbstverständlich, Lieutenant Commander«, erwiderte die KI aus weiter Ferne gehorsam, und Merlin schloss wieder die Augen.

.VII.

IHNS *Eisechse*, Stadt Yu-Shai, Provinz Shwei, Kaiserreich Harchong

»Willkommen an Bord, Mein Lord.«

»Ich danke Ihnen«, erwiderte Phylyp Ahzgood. »Captain …?«, setzte er noch hinzu und hob fragend eine Augenbraue, während er die Verneigung des untersetzten, bärtigen Mannes in der Uniform der Kaiserlichen Marine von Harchong erwiderte. Der Mann hatte ihn am oberen Ende des Laufstegs bereits erwartet.

»Yuthain, Mein Lord. Captain Gorjha Yuthain, von der Marine Seiner Kaiserlichen Majestät, zu Ihren Diensten.« Wieder verneigte sich der Offizier, dieses Mal noch tiefer. In seiner Bewegung lag ein gewisser Schwung, den anscheinend nur ein echter Harchongese zustande bekam.

»Ich danke Ihnen, Captain Yuthain«, wiederholte Graf Coris. Er wusste es zu schätzen, wenn ein Offizier sich angemessen vorstellte. So lächelte er in aufrichtiger Dankbarkeit – wenngleich er ein wenig erschöpft war.

Es war nicht das erste Mal, dass er Yu-Shai besuchte. Bei seinem letzten Besuch hatte er der Stadt kaum Beachtung geschenkt. Es war nicht die Bevölkerung, die ihn beunruhigte. Doch Stadtbewohner wie Provinzverwaltung legten ganz genau die Arroganz und das unerträgliche Gefühl der Überlegenheit an den Tag, die zum Klischee eines echten harchongesischen Bürokraten gehörten. Die allgegenwärtige Bürokratie des Kaiserreiches war in höchstem Maße spezialisiert, dabei aber immens effizient. Die richtige Motivation vorausgesetzt, war mit diesem politischen Instrument Erstaunliches zu vollbringen.

Bedauerlicherweise war die harchongesische Bürokratie auch zutiefst korrupt. So lösten sich Geschick und Effizienz nur allzu oft in Luft auf, schmolzen dahin wie Schnee im Hochsommer, wenn man nicht die angemessenen ›kleinen Geschenke‹ vorzuweisen hatte. Dass Graf Coris und seine beiden fürstlichen Mündel politische Flüchtlinge waren, weit von der Heimat entfernt, ließ das örtliche Beamtentum deutlich großzügigere ›Geschenke‹ erwarten als gewöhnlich. Phylyp Ahzgood indes hatte von Natur aus eine immense Abneigung dagegen, nach Strich und Faden ausgenommen zu werden.

Doch dieser Captain Yuthain hier schien aus einem gänzlich anderen Holze geschnitzt. Coris kannte diesen Menschenschlag. Er hatte ihn oft genug in seiner Heimat in Corisande erlebt: echte Seefahrer, die auf Jahre harter Arbeit auf hoher See zurückblicken konnten; sie hatten bemerkenswert wenig Geduld mit jener Art Bürokrat, die dem Grafen bei seinem ersten Besuch jede Mark abgepresst hatten, derer sie habhaft werden konnten. Selbstredend war sich auch Yuthain vermutlich nicht zu schade, hier und da eine Extra-Mark einzustreichen. Vielleicht ließ er sich sogar auf wohlüberlegte Schmuggelei ein – oder drückte zumindest ein Auge zu, wenn jemand anderes das eigentliche Schmuggeln übernahm. Wirklich bestechlich aber, so schien es Coris und hoffte sich nicht zu täuschen, war dieser Mann nicht. Die fachliche Tüchtigkeit und das dem Captain daraus erwachsende Selbstvertrauen waren unverkennbar.

Das war gut. Und das belustigte Funkeln, das der Graf in Yuthains Augen erkannt zu haben glaubte, war ein weiteres gutes Zeichen. Denn wenn sich Coris nicht sehr täuschte, würde Yuthain in den nächsten Fünftagen eine ganze Menge Humor benötigen – und seine gesamte Tüchtigkeit. Der eisige Wind war schon hier unten in den Docks, im Schutze der Buhnen und der Gebäude, kräftig genug. Sobald Yuthains Schiff den Hafen erst einmal verlassen hätte, würde er noch deutlich kräftiger werden. Es gab einen guten Grund, weswegen sich niemand darauf freute, in einer Galeere den Golf von Dohlar zu durchqueren. Sobald der Winter in West Haven seine Krallen nach dem Gewässer ausstreckte, war eine Seereise kein Vergnügen mehr. Und nicht nur das: was Schiff, Mannschaft und Passagier nach ihrer Ankunft im Hafen von Fairstock in der kaiserlichen Provinz Malansath erwartete, versprach noch deutlich weniger angenehm zu werden.

Nach einem Monat in Kutschen und auf dem Rücken diverser Pferde erschien Coris jedoch die Vorstellung, drei oder vier Monate an Bord eines Schiffes zu verbringen, regelrecht verführerisch. Das Deck mochte sich ja unter seinen Füßen hin und her bewegen, wahrscheinlich sogar ziemlich heftig. Aber Phylyp Ahzgood war in einem Fürstentum geboren und aufgewachsen, das auf einer Insel lag. Schon recht früh hatte er herausgefunden, dass er ein sogar sehr guter Segler war. Aber in den letzten Wochen hatte er wieder und wieder unter Beweis gestellt, dass an ihm wirklich kein guter Reiter verloren gegangen war. Tatsächlich kostete es ihn immer noch jeden Funken Willensstärke, sich nicht hier und jetzt das schmerzende Hinterteil zu massieren.

»Mir scheint, dass Sie bislang eine alles andere als geruhsame Reise hatten, Mein Lord – wenn Sie mir gestatten, das anzumerken«, stellte Yuthain fest. Wieder funkelten seine brauen Augen belustigt, als er Coris' schlammbespritzte Stiefel und seinen leicht o-beinigen Gang bemerkte. »Die *Eisechse* ist kein edles Kreuzfahrtschiff. Leider wird sie um diese Jahreszeit auch ihrem Namen alle Ehre machen, sobald wir auf See sind. Aber wir können erst mit der Flut morgen früh auslaufen. Wenn Sie also schon Ihre Habe an Bord verstauen möchten, können Sie anschließend noch eine letzte ruhige Nacht an Land verbringen. Was das betrifft ...« Mit dem Kinn deutete er auf die laternenbeschienenen Fenster einer Taverne am Ende des Kais. »Die Küche im Kupferkessel ist durchaus anständig, und ein gutes

Badehaus gehört auch dazu. Jemand, der die letzten Fünftage im Sattel verbracht hat, mag vielleicht mit einem schönen, dampfend-heißen Bad den Abend einleiten.«

»Das mag er durchaus, Captain«, pflichtete ihm Coris mit einem noch dankbareren Lächeln bei. Er blickte über die Schulter hinweg zu seinem ebenso von der Reise erschöpften Diener, der ihm dichtauf folgte.

Rhobair Seablanket war ein hochgewachsener, hagerer Mann um die fünfzig. Seine Schultern hingen auffallend herab. Er hatte braunes Haar und dunkle Augen und trug einen sauber gestutzten Vollbart. Seine Nase war bemerkenswert lang. Seine Miene wirkte ständig kummervoll. Wer ehrlich war, musste ihn als humorlos bezeichnen. Zugleich aber war er ein sehr aufmerksamer, kompetenter, hin und wieder ein wenig zu eifriger Kammerdiener – und er war Corisandianer. Letzteres hatte Coris dazu gebracht, den Mann in seine Dienste zu nehmen, nachdem Captain Zhoel Harys den Grafen und seine beiden fürstlichen Mündel nach Yu-Shai gebracht hatte. Damals war es ihr erster Besuch dieses Reiches gewesen. Sie hatten hier nur Zwischenstation auf ihrer Reise nach Delferahk eingelegt. An Bord der beengten Handelsgaleere *Schwinge* von Corisande aus einen Bediensteten mitzunehmen, war nicht möglich gewesen. Schließlich hatten sie sich als Personen sehr bescheidenen Wohlstands ausgegeben. Seine Anwerbung in Yu-Shai hatte Seablanket in den langen, ermüdenden Fünftagen seitdem mit Tüchtigkeit – in mehr als nur einer Hinsicht – vergolten.

»Jawohl, Mein Lord?«, erkundigte sich Seablanket jetzt. Er hatte den Blick seines Arbeitgebers sofort zu deuten gewusst.

»Ich halte Captain Yuthains Rat für ausgezeichnet«, antwortete Coris. »Ich habe die Absicht, mir das gerade eben erwähnte heiße Bad nicht entgehen zu lassen. Gehen Sie doch schon voraus und sorgen Sie dafür, dass unsere Sachen an Bord kommen! Falls ich noch einen trockenen Satz Kleidung habe, packen Sie sie aus und bringen Sie sie zum ... zum Kupferkessel, ist das richtig, Captain?« Yuthain nickte, und Coris wandte sich erneut Seablanket zu. »Bringen Sie die Kleidung hinüber, damit ich mich umziehen kann! Und wenn die Küche wirklich so vielversprechend ist, wie Captain Yuthain das andeutet, dann bestellen Sie mir auch etwas zu essen!«

»Sehr wohl, Mein Lord.«

»Und vergessen Sie nicht, sich selbst auch frische Kleidung mitzubringen!«, ermahnte Coris ihn und wedelte mit einem Zeigefinger. »Ich könnte mir vorstellen, dass Sie ebenso durchgefroren sind wie ich, und ich möchte darauf wetten, dass es dort mehr als nur eine Badewanne gibt.«

»Jawohl, Mein Lord. Ich danke Ihnen!«

Seablankets Miene hellte sich sichtlich auf. Doch Coris tat die Dankbarkeit seines Bediensteten mit einem Achselzucken ab.

»Und nun, Captain ...«, sagte der Graf und richtete seine Aufmerksamkeit wieder auf Yuthain, um sich von ihm zu verabschieden. »Bitte halten Sie mich nicht für unhöflich, wenn ich Sie jetzt verlasse. Aber je rascher ich dieses heiße Bad bekomme, desto besser. Zudem bin ich mir sicher, dass, auch wenn die *Eisechse* ein formidables Schiff ist, ich eine ganze Weile Ihr Gast sein werde. Wir werden also viel Zeit haben, einander auf dem Weg von hier nach Fairstock kennenzulernen.«

Das Badehaus des Kupferkessels erwies sich, wenn es auch ein schlichter, aber robuster Bau war, als vollständig ausgestattet. Fast eine Stunde verbrachte Coris damit, bis zum Hals im heißen Wasser zu liegen. Mit geschlossenen Augen genoss er zufrieden die Wärme, döste beinahe schon und spürte, wie sich seine schmerzenden Muskeln entspannten. In den vergangenen Monaten hatte er mehr Zeit im Sattel oder in holpernden Postkutschen verbracht als je zuvor in seinem Leben. Er spürte jede einzelne Meile bis tief in seine Knochen. Zugegebenermaßen waren Howards wichtige Verkehrswege deutlich besser geplant, angelegt und auch *instand gehalten*, als das für Corisande galt. So breit, wie sie waren, gepflastert, mit Entwässerungsgräben und stabilen Brücken, war es möglich gewesen, an einem Tag durchschnittlich fast einhundert Meilen zurückzulegen. In seiner Heimat wäre Coris das niemals gelungen. Trotzdem hätte er sich auch gern Howards Straßen erspart. Denn Geschwindigkeit beim Reisen bedeutete noch lange nicht Annehmlichkeit. In den vergangenen Monaten, seit seinem Aufbruch von Talkyra, war dem Grafen wieder einmal bewusst geworden, dass er Seereisen eindeutig vorzog.

Der Ritt durch Howard war natürlich der *einfache* Teil seiner Reise gewesen. Düster ging ihm dieser Gedanke durch den Kopf, während er endlich doch aus dem Wasser stieg. Er griff nach dem Handtuch, das für ihn vor dem großen Kachelofen angewärmt wurde; dieser Ofen heizte zugleich das ganze Badehaus. Im Oktober war der Golf von Dohlar das schrecklichste aller Gewässer. Auch wenn Captain Yuthain auf Coris einen sehr kompetenten Eindruck gemacht hatte, war die *Eisechse* nun einmal eine Galeere, keine Galeone. Galeeren hatten praktisch keinen Tiefgang; ihre Bordwand war niedrig, der Schiffsriss versprach keine Schnittigkeit. Dank seiner Erfahrung sah der Graf mit einem Blick, dass die *Eisechse* sich auf der Fahrt wie eine Ausgeburt Shan-weis persönlich gebärden würde.

Sollte sich Yuthain als so tüchtig herausstellen, wie Coris vermutete, standen die Chancen vermutlich nicht allzu schlecht, die Überfahrt zu überleben. Dann aber folgte eine Überland-Reise von herzerfrischenden dreizehnhundert Meilen – dieses Mal mitten im November, bei hüfthohem Schnee. Danach sollte er das südliche Ufer des Pei-Sees erreicht haben. Dann kamen – noch viel herrlicher! – die vierhundert Meilen Seeüberquerung. Der See würde bei Coris' Eintreffen sicher schon zugefroren sein. Das wiederum bedeutete, dass Coris – oh

Freude! – die ganze Strecke an Bord eines Eisseglers würde zurücklegen dürfen.

Gegen eine Reise im Eissegler würde sich die Fahrt auf der *Eisechse* wie eine luxuriöse Kreuzfahrt ausmachen, ganz egal, was Captain Yuthain über sein Schiff sagte.

Gut, dass du noch keine fünfzig bist, Phylyp!, sinnierte er, nachdem er sich abgetrocknet und nach der Leinenunterhose gegriffen hatte. Seablanket hatte des Grafen Kleidung in weiser Voraussicht vor den Kachelofen gelegt, um sie anzuwärmen. *Vermutlich wirst du's überleben. Ist schon gut, dass du rechtzeitig dein Testament gemacht hast. Du wirst es überleben – zumindest bist du nach Zion kommst.*

Das nämlich war der eigentliche Haken an der Sache. Was würde wohl geschehen, wenn er erst einmal Zion und den Tempel erreicht hatte? Dass auch der Großinquisitor die schriftliche Vorladung unterzeichnet hatte, nicht nur der Kanzler, war nicht gerade dazu angetan, Coris sonderlich zu beruhigen. Vielleicht war das auch nicht überraschend, denn Coris bezweifelte ernstlich, dass Beruhigung das war, was erwünscht gewesen war. Trynair und Clyntahn konnten in Daivyn unmöglich etwas anderes sehen als einen möglicherweise nützlichen Bauern in ihrem großen Schachspiel. Eines Tages, sollte es besagtem Bauern gelingen, die letzte Reihe des Schachbretts zu erreichen, würde er vielleicht aufgewertet werden – umgewandelt in eine Figur deutlich höheren Wertes. Wenn man ehrlich war, dann war Daivyn Daykyn aber eben doch nur ein kleiner Junge. Zumindest Clyntahn würde niemals vergessen, dass Bauern meist nur für ein Bauernopfer gut waren.

Coris hatte sein Bestes gegeben, Irys zu beruhigen. Er kannte die Prinzessin entschieden zu gut, um ihr zu diesem Zweck irgendwelche Lügen aufzutischen. Das Mädchen war Coris' Ansicht nach noch klüger und schlauer, als es ihr Vater gewesen war. Sie scheute sich niemals, den Verstand, den ihr Gott und die Erzengel geschenkt hatten, auch zum Einsatz zu bringen.

Sie war ebenso gut wie ihr Vater dazu in der Lage, einen Groll so lange zu hegen und zu pflegen, bis er an Altersschwäche verstarb – um ihn anschließend ausstopfen und irgendwo im Palast ausstellen zu lassen, sodass sie ihn in regelmäßigen Abständen bewundern konnte. Doch sie hatte – bislang zumindest – durchaus Umsicht walten lassen, wenn es um die Frage ging, welchen Groll man hegen sollte und welchen lieber nicht. Das konnte sich natürlich ändern – das mochte sich sogar bereits geändert haben! –, wenn man betrachtete, wie ihre Welt innerhalb eines einzigen Jahres in Trümmer gegangen war. Doch obwohl sie noch so jung war, verstand sie ebenso gut wie Coris selbst, woher der politische Wind wehte und welche Sturmwolken sich über ihrem jüngeren Bruder zusammenbrauten. Deswegen hatte Coris ihr auch nichts als die Wahrheit erzählt. Deswegen hatte er gesagt, er bezweifle, dass die ›Vierer-Gruppe‹ *schon jetzt* Pläne habe, wie sie Daivyn am nutzbringendsten würde verwenden können. Doch früher oder später *würden* sie entsprechende Pläne schmieden. Das war der Grund, weswegen sich die Vikare dafür entschieden hatten, Daivyns Vormund all diese Tausende von Meilen zurücklegen zu lassen, mitten im Winter.

Sie wollten sichergehen, dass ein gewisser Phylyp Ahzgood genau wusste, wo sein Platz war, wenn denn der Zeitpunkt gekommen wäre. Er sollte seine wahren Herren anerkennen, mit klarem Blick, ohne dass er dem Hause Daikyn noch deplatziert die Treue hielte. Das wollten sie ihn unmissverständlich wissen lassen ... und sie wollten ihn persönlich in Augenschein nehmen, um sich selbst eine Meinung über ihn zu bilden. Wenn diese Meinung nicht erfreulich genug ausfiele, würden sie ihn seiner Vormundschaft über Daivyn und Irys entheben. Mit unverschämt viel Glück überlebte er das sogar und verschwände nicht einfach – was ja viel praktischer wäre. Doch im Augenblick war Coris bereit zu wetten, sogar fünfzig zu eins, dass sie die praktische Variante wählten.

Tja, Phylyp, alter Junge, dachte er und streifte sich das bestickte Hemd aus Stahldistelseide über, *dann wirst du wohl dafür sorgen müssen, dass sie eine* sehr *positive Meinung über dich bekommen! Kann doch nicht so schwer sein. Nicht für einen erfahrenen, verschlagenen Lügner wie dich. Du musst sie doch bloß davon abhalten, auch nur ansatzweise herauszufinden, wie du* wirklich *über die ganze Sache denkst. Wie schwer kann das schon werden?*

»Ich muss wieder zum Kupferkessel zurück«, sagte Rhobair Seablanket. »Mittlerweile wird er aus der Wanne gestiegen sein. Dann will er sein Abendessen serviert wissen, und sobald ich das auftragen lasse, wird er sich fragen, warum ich nicht ebenfalls im Badehaus liege.« Er verzog das Gesicht. »Um ehrlich zu sein, weiß ich *selbst* nicht, warum ich mich nicht bis zum Hals in heißes Wasser gelegt habe!«

»Ich verstehe«, erwiderte der Mann auf der anderen Seite des wackeligen Schreibtischs. Der Tisch stand im kleinen Arbeitszimmer eines der vielen Lagerhäuser im Hafen.

Das Zimmer war nicht sonderlich sauber, und es war auch nicht sonderlich warm. Die Scheibe des winzigen Fensters war so verschmutzt, dass niemand hätte hindurchschauen können. Der Raum war für ihre Zwecke schlichtweg ideal.

»Ich verstehe«, wiederholte Seablankets Gegenüber. »Meine Vorgesetzten dürften zufrieden sein. Zumindest glaube ich nicht, dass jemand von Ihnen … mehr Aktivität verlangen wird.«

»Das hoffe ich sehr«, erwiderte Seablanket mit Nachdruck. Fragend wölbte sein Gesprächspartner eine Augenbraue. Der Kammerdiener stieß ein Schnauben aus. »Dieser Mann ist kein Narr, Pater. Ich bin hinsichtlich aller Dinge, die ich bislang berichtet habe, sehr zuversichtlich. Ich glaube, Ihre Vorgesetzten liegen mit der ursprünglichen Einschätzung seines Charakters nicht allzu falsch. Aber ich möchte nicht angewiesen werden, etwas zu tun, was ihn dazu bewegen könnte, sich Gedanken über mich zu machen. Sollte er je begreifen, dass ich über alles, was er tut, Bericht erstatte, wird er wahrscheinlich recht drastische Gegenmaßnahmen ergreifen. Bitte vergessen Sie nicht, dass er der Leiter von Hektors Spionageabteilung war! Sie wissen schon ... derjenige, dem sämtliche von Hektors *Attentätern* Bericht zu erstatten hatten.« Seablanket verzog das Gesicht. »Der corisandianische Geheimdienst hatte noch nie sonderlich viele Skrupel, angemessen beschwerte Leichen in leicht erreichbaren Seen oder Buchten zu versenken – oder auch Sümpfen. Coris und ich stehen kurz davor, mitten im Winter den Golf von Dohlar zu überqueren. Es wäre mir lieb, auf der anderen Seite auch anzukommen.«

»Halten Sie es wirklich für wahrscheinlich, dass er in dieser Art und Weise reagieren würde?« Sein Gegenüber war ernstlich belustigt, wie Seablanket nicht entging.

»Keine Ahnung. Aber wenn es Ihnen nichts ausmacht, Pater, würde ich es lieber nicht herausfinden. Es mag sein, dass er ein wenig Zurückhaltung üben wird, wenn er herausfindet, *wer* mich bei seiner letzten Reise nach Yu-Shai auf ihn angesetzt hat – aber vielleicht auch nicht. Genauso gut könnte ihm das auch herzlich *egal* sein.«

»Na, das können wir natürlich nicht zulassen!« Sein Gegenüber erhob sich und strich seine purpurne Soutane mit dem Abzeichen der Flamme glatt. Dann hob er die rechte Hand und schlug zur Segnung das Zeichen von Langhornes Szepter. »Meine Gebete werden dich begleiten, mein Sohn«, sagte er feierlich.

»Oh, ich *danke* Ihnen, Pater.«

Vielleicht war es ein Zeichen für Seablankets Maß an Besorgnis darüber, wie eine Enttarnung seiner Person den Grafen reagieren ließe. Tatsache aber war, dass er es sich gestattete, sich seine Verärgerung im Tonfall anmerken zu lassen. Vielleicht lag es aber auch nur daran, dass er diesen Pater schon so lange kannte. Vielleicht war ihm bewusst, dass ein solches Verhalten in Wahrheit doch nicht ganz so riskant war, wie es anderen erscheinen musste.

Schließlich mochte ja selbst jemand, der als Krisenbewältiger im Dienste des Großinquisitors stand, einen gewissen Sinn für Humor haben.

November,
im Jahr Gottes 893

.I.

Kaiserlicher Palast, Stadt Cherayth, Königreich Chisholm und an Bord von HMS *Dawn Wind*, ›Straße der Delfine‹

»Was haltet Ihr von Merlins und Owls letzten Berichten aus Corisande, Maikel?«, erkundigte sich Sharleyan.

Cayleb und sie saßen in der Prinz-Tymahn-Suite, den Räumen unmittelbar über ihren eigenen Gemächern. Man hatte die Suite zu einer Kombination aus Bibliothek und Arbeitszimmer umgestaltet. Hier gab es, anders als in ihrem Schlafgemach, noch nicht den neumodischen, heizbaren Fußboden. Aber ein brandneuer Ofen aus Gusseisen war bereits installiert. Das Kohlenfeuer in dessen eisernem Bauch spendete willkommene Wärme.

»Ihr beide habt das gleiche Bildmaterial gesehen, das ich von Merlins SNARCs erhalten habe«, erwiderte Maikel Staynair über das kleine Gerät in ihrem rechten Ohr. Für jemanden, der mehr als viertausend Meilen weit von Cherayth entfernt war – viertausend Meilen Luftlinie, wohl gemerkt! –, klang seine Stimme erstaunlich klar und deutlich. »Wie denkt Ihr darüber?«

»Nein, das Spielchen machen wir nicht mit«, gab Cayleb mit einem breiten Grinsen zurück. »Wir haben *zuerst* gefragt!«

Wie ein strenger Schulmeister räusperte sich Staynair, und Sharleyan grinste ihrem Gemahl zu. Ihre Kontaktlinsen lieferten ihnen ein Abbild des Erzbischofs: Er saß in der Kabine an Bord seines Schiffes und blickte aufs Meer hinaus, in dem gerade die Sonne versank. Auf seinem Schoß saß natürlich Ahrdyn. Maikels Linsen hingegen übermittelten ihm jetzt Sharleyans Grinsen. Daher schnitt er eine Grimasse. Schließlich zuckte er mit den Schultern, und sein Tonfall klang unerwartet ernst, als er fortfuhr.

»Was die Kirche angeht, sind wir, so will es mir scheinen, mit Gairlyng wahrhaft gesegnet – und vor allem mit Männern wie Pater Tymahn«, sagte er sehr nüchtern. »Charis-Patrioten werden wir allerdings nicht so bald in Corisande finden, nicht einmal im Klerus. Aber reformistisches Gedankengut hat sich in der corisandianischen Hierarchie als deutlich stärker erwiesen, als ich vor der Invasion zu hoffen gewagt hätte. Die wirklich gute Nachricht ist in mancherlei Hinsicht, wie viele dieser Reformisten corisandianische Patrioten sind – wie eben dieser Pater Tymahn. Das verleiht der Stimme der Vernunft ein corisandianisches Gesicht – und das wird für uns langfristig von unfassbarem Wert sein.

Betrachtet man es von der rein politischen Warte«, fuhr der Erzbischof dann fort, »haben General Chermyn, Anvil Rock und Tartarian die Dinge so gut im Griff, wie man es eben erwarten darf, Eure Majestät. Im Übrigen ist Bynzhamyn der gleichen Ansicht. Keiner von uns beiden wüsste zu sagen, wie er seine Aufgabe noch besser würde erfüllen können, gerade angesichts der Umstände, unter denen Hektor ermordet wurde. Es gibt wahrscheinlich nicht einmal ein halbes Dutzend Menschen in ganz Corisande, die in Cayleb *nicht* den Verantwortlichen dafür sehen. Dabei sind die Reformisten unter den Priestern bereits mitgezählt.«

»Schon richtig«, erwiderte Cayleb mit demselben Ernst. »Ich würde mich zugegebenermaßen deutlich wohler fühlen, wenn die Bruderschaft uns endlich gestattete, Hauwyl in den Inneren Kreis aufzunehmen. Wenn wir wenigstens *einer* Person in Corisande eines von Merlins Koms in die Hand drücken könnten, würde ich des Nachts deutlich ruhiger schlafen.«

Sharleyan nickte. Um der Wahrheit die Ehre zu geben, war sie sich dennoch nicht sicher, ob es wirklich eine gute Idee wäre, Hauwyl Chermyn einen Kommunikator auszuhändigen. Sharleyan zweifelte nicht an der Treue des Marines, auch nicht an seiner Intelligenz oder seiner geistigen Widerstandskraft. Das Problem war, dass Chermyn, so sehr er die ›Vierer-Gruppe‹ hasste, immer noch an Mutter Kirche glaubte – aus tiefstem Herzen. Genau wie bei Rayjhis Yowance und Mahrak Sahndyrs konnte man auch bei ihm unmöglich sagen, wie er auf die Wahrheit reagieren würde.

Und es ist ja nun nicht so, als wären sie die Einzigen, auf die das zutrifft, gestand sie sich unglücklich selbst ein. *Oder als wären sie die Einzigen, die so viel* mehr *leisten können, wenn wir es nur wagen dürften, sie einzuweihen.*

Bedauerlicherweise aber konnten sie das eben nicht tun, trotz all der Schwierigkeiten, die das mit sich brachte. Es war schon schlimm genug, dass sie Gray Harbor nicht einweihen konnten. Schließlich war er der Erste Ratgeber des Kaiserreichs Charis. Aber Sahndyrs, seines Zeichens Baron Green Mountain, war mindestens ebenso wichtig. Schließlich war er der Erste Ratgeber des Königreichs Chisholm.

Ganz zu schweigen davon, dass er der Liebhaber meiner Mutter ist (ob ich das jetzt wissen sollte oder nicht) und der Mann, der mich alles darüber gelehrt hat, eine Königin zu sein, dachte sie unglücklich. *Ach, warum konnten die beiden politischen Ratgeber, auf die Cayleb und ich uns am meisten verlassen, denn nur nicht ein ganz klein bisschen* weniger *integer sein ... zumindest, was die* Kirche *betrifft!*

»Ich habe mein Bestes gegeben, Zhon und die anderen ein bisschen anzutreiben, Euer Durchlaucht«, erklärte Staynair jetzt trocken, an Cayleb gewandt. »Der Fairness halber muss ich sagen, dass sie tatsächlich deutlich flexibler geworden sind, was Neuzugänge zum Inneren Kreis angeht. Nachdem sie lange Zeit so knauserig mit Zulassung von Neuzugängen waren – über zahllose *Generationen* der Bruderschaft hinweg, wenn man ehrlich ist –, dann ist das sicher bemerkenswert.«

»Auch richtig«, meinte Cayleb. Er nahm dabei den leicht

tadelnden Tonfall des Erzbischofs zur Kenntnis. »Auch richtig! Es ist zwar ärgerlich, aber ich muss zugeben, meinen gelegentlich übermäßigen Enthusiasmus hinsichtlich dieser Frage zu zügeln, ist sicher nicht das Schlechteste.« Der Kaiser schnitt eine Grimasse. »Wahrscheinlich neigen alle Monarchen dazu, nur auf die Zweckdienlichkeit zu achten und dabei jegliche Vorsicht außer Acht zu lassen. Ich bin sogar bereit zuzugestehen, dass die Bruderschaft sich mit Recht Sorgen wegen meines jugendlichen Ungestüms hat machen dürfen, als es darum ging, mich einzuweihen.«

»Ach, so weit würde ich nicht gehen«, erwiderte Staynair. »Allerdings bin ich erleichtert, dass Ihr das so seht.«

»Na ja, ich werde ja schon langsam ein wenig reifer«, versicherte Cayleb ihm trocken. »Dass Merlin und Sharleyan hier sind und mir notfalls ein paar über die Rübe ziehen, hat nun einmal einen solchen Effekt.«

»Effekt? Vielleicht, wenn du nicht einen solchen Dickschädel hättest!«, warf seine Gemahlin ein. Sie lächelte und fuhr ihm mit dem Finger durchs Haar. Er erwiderte ihr Lächeln. Dann lehnte sich Sharleyan in ihren Sessel zurück und schüttelte den Kopf.

»Zumindest was Corisande betrifft, sind du und ich jetzt näher an der Sache dran als in Tellesberg«, betonte sie. »Die Semaphoren zwischen hier und Tellesberg – oder von hier nach Eraystor – stehen in *unseren* Diensten, nicht in denen der ›Vierer-Gruppe‹. Von Cherayth aus können wir daher Depeschen ungleich schneller nach Manchyr schicken.«

»Ja, das ist gut«, stimmte Cayleb ihr zu. »Was die Semaphoren betrifft, sind wir hier sogar besser aufgestellt, als das in Tellesberg der Fall wäre. Schließlich ist Cherayth der geographischen Mitte des Reiches ungleich näher. Natürlich ist das nicht dasselbe, als wäre ich wirklich vor Ort und könnte Corisande persönlich im Auge behalten. Trotzdem bin ich nicht glücklich darüber, dass wir Nachrichten auf dem Landweg über Zebediah schicken müssen, auch wenn wir die Leiter der Semaphoren allesamt persönlich auf Herz und Nieren geprüft haben«, setzte er ein wenig säuerlich hinzu.

»Nein, dasselbe wie vor Ort zu sein ist das nicht«, stimmte Sharleyan ihm zu. Andererseits kannten sie beide den Grund dafür, dass Cayleb sich nicht mehr in Manchyr aufhielt und persönlich die alles andere als ruhig verlaufende Eingliederung des Fürstentums in das Kaiserreich beaufsichtigte. Sharleyan hatte durchaus persönliche Gründe, gutzuheißen, dass Cayleb zu Hause, sprich in ihrer Heimat Chisholm war. Dazu gehörte auch der Grund, der sich allmählich deutlich auf ihre Figur auswirkte. Darüber hinaus schien sich das kaltblütige politische Kalkül, das ihren Gemahl nach Cherayth geführt hatte, in der Praxis zu bewähren. Sharleyan ging nicht davon aus, dass Graf Anvil Rock und Graf Tartarian in der Lage wären, die zahllosen Unruhen, die im Fürstentum in den verschiedensten Formen Gestalt annahmen, auf unbegrenzte Zeit einzudämmen. Die spontanen wie gelenkten Demonstrationen (Paitryk Hainrees Werk) in Manchyr waren ein böses Omen: Sie zeigten sehr deutlich, dass am Horizont ein echter Sturm aufzog. Doch die Daten von Merlins SNARCs bewiesen auch, dass es ungleich unschöner geworden wäre, hätte Cayleb sich weiterhin in Corisande aufgehalten. Wenigstens waren Anvil Rock und Tartarian selbst Corisandianer. Sie regierten Corisande (zumindest offiziell) im Namen Prinz Daivyns, nicht im Namen eines fremdländischen Kaisers. Sicher vermochte jeder zu sehen, dass besagter fremdländischer Kaiser immer noch dicht hinter Daivyns (leerem) Thron stand. Doch dass Cayleb nicht anwesend war, verlieh den beiden Grafen in den Augen der Corisandianer zumindest ein gewisses Maß an Legitimation. Eine solche Legitimation hätte man Vizekönig-General Chermyn gewiss nicht zugestanden.

Wieder einmal waren sie in eine verwickelte Geschichte geraten. Diese hier war sogar richtig, *richtig* verwickelt.

Ich wünschte, ich hätte mit Irys nicht so viel Mitleid, dachte Sharleyan grimmig. *Ich weiß, dass ich es mir nicht leisten kann, mich von diesem Mitleid leiten zu lassen. Aber ich weiß auch, wie es ist, wenn man die Ermordung des eigenen Vaters miterleben muss. Ich weiß* ganz genau, *was einem das antun kann. Und so sehr* ich *Hektor Daikyn verabscheut und gehasst habe, er war ihr Vater. Sie hat ihn* geliebt, *hat ihn ebenso geliebt wie ich meinen Vater. Und sie wird Cayleb niemals vergeben können, dass er ihn hat ermorden lassen – ebenso wenig wie ich jemals Hektor für die Ermordung meines Vaters vergeben habe.*

Sharleyan Ahrmahk war sich der bitteren Ironie dieser Parallelen zwischen ihr und Irys Daykyn nur zu gut bewusst. So sehr auch der Hass auf Hektor von Corisande immer noch in ihr brannte, empfand Sharleyan doch tiefes, schmerzliches Mitleid mit Hektors noch lebenden, jetzt verwaisten Kindern. Wenn es auf Safehold jemanden gab, der niemals den Fehler machen würde, die lodernde Entschlossenheit eines ›Mädchens und bloß eines Mädchens‹ zu unterschätzen, dann war das Sharleyan von Chisholm. Sie wusste genau, welche Gefahr von jemandem ausging, der wildentschlossen war, einen Vatermord zu rächen.

Genau deswegen machen mir *Larchros, Storm Keep und all ihre verdammten Freunde und Nachbarn noch mehr Kopfschmerzen als Cayleb. Wenn wir doch nur einfach hingehen und sie alle festnehmen lassen könnten! Wir wissen doch* genau, *was sie treiben!*

Doch genau das konnten sie unmöglich tun. Caylebs Entschluss, nicht sämtliche von corisandianischen Adligen besetzten Posten neu zu vergeben, war richtig gewesen: Wen Cayleb auch erwählt hätte, er hätte stets als des Kaisers Günstling gegolten. Nein, wer aus dem Adel dem Kaiser Lehnstreue geschworen hatte, musste unbedingt seinen Posten behalten! Es sei denn, Cayleb hätte unanfechtbare Beweise dafür, dass besagter Fürst oder Adeliger sich des Hochverrats schuldig gemacht hätte. Vor Gericht aber konnten sie unmöglich das Beweismaterial vorlegen, das die SNARCs zusammengetragen hatten. Damit blieb ihnen nichts anderes übrig, als ein sehr wachsames Auge zu haben auf das, was Merlin die ›Nord-Verschwörung‹ genannt hatte.

Es gab Momente – und Sharleyan war sich dessen bewusst –, in denen sie wünschte, man könnte gegen all die Agitatoren auf den Straßen von Corisande vorgehen. Selbstverständlich konnte sie Bürgerliche auf Verdacht hin festnehmen lassen. Einzige Voraussetzung dafür war, ihre genaue Identität General Chermyn zukommen zu lassen. Oder Koryn Gahrvai. Aber wie könnte das Kaiserpaar jemandem, der nicht dem Inneren Kreis angehörte, schlüssig erklären, warum sie in der Lage waren, die fraglichen Personen so eindeutig zu identifizieren? Nein, damit würden nur alle erdenklichen Fragen aufgeworfen, Fragen, die unbestreitbar katastrophale Konsequenzen haben konnten! Und: selbst wenn man diese gar nicht so unbedeutende Kleinigkeit außer Acht ließe – war es denn das, was Cayleb und sie *wollten?* Wahrscheinlich käme irgendwann der Zeitpunkt, an dem ihnen gar keine andere Wahl mehr bliebe. Doch wie Cayleb gerade angemerkt hatte: Es war stets verführerisch und nur selten weise, sich ganz der Zweckdienlichkeit zu verschreiben. Sharleyan selbst hatte die feste Absicht, den Zeitpunkt, an dem sie wirklich keine andere Wahl mehr hätten, so weit wie nur möglich hinauszuzögern.

Natürlich gab es noch einige andere, schwerwiegende und rein pragmatische Argumente für ihre derzeitige Politik des ›Hände-weg‹. Die ›Datenbank‹ der Agitatoren, die Owl auf Merlins Anweisung hin erstellt hatte, wurde größer und größer. Unbestreitbar lagen viele Vorteile darin … zumindest bis zu einem bestimmten Punkt. Auf diese Weise würden sie nicht nur, wenn der richtige Zeitpunkt schließlich gekommen wäre, ganz genau wissen, wo sie ihre gut organisierten Feinde würden finden können. Nein, indem sie die Gegenseite ungehindert Rekrutierungsversuche machen ließen, würden sie dafür sorgen, dass sich ihre gefährlichsten Gegner alle in einer Gruppe zusammenfänden. Dann hätte man es im Ernstfall mit einem einzigen Ziel zu tun, das man notfalls mit einem einzigen Handstreich ausschalten könnte.

Wenn, sinnierte Sharleyan, *wir weiterhin gründlich Owls ›Aufklärer-Mitschnitte‹ durchgehen, wie Merlin das nennt, dann hilft uns das auch dabei herauszufinden,* warum *sich jemand dem Widerstand anschließt. Ich hatte überhaupt nicht begriffen, wie hilfreich so etwas sein kann, bis Merlin mich darauf aufmerksam gemacht hat. Zu wissen, was jemanden dazu motiviert, sich aktiv gegen einen zu stellen, ist wirklich unglaublich informativ. Es gestattet einem, die Effektivität der eigenen Politik besser zu bewerten. Nicht jeder, der sich Leuten wie Hainree und Waimyn anschließt, sollte mit denen einfach in einen Topf geworfen werden. Auch auf der Gegenseite gibt es gute, anständige Männer und Frauen – Leute, die wirklich* glauben, *das Richtige zu tun. Leute, die glauben, sie würden das tun, was Gott von ihnen verlangt. Es ist schwer genug, das nicht aus den Augen zu verlieren, wenn man die Beweise dafür genau vor der Nase hat. Doch ohne sie käme mir das vermutlich überhaupt nicht mehr in den Sinn, wenn die Zeit für die Abrechnung schließlich gekommen ist.*

Wenigstens war es jetzt nicht mehr so anstrengend, den Gegner im Visier zu behalten, wie zuvor. Jetzt, da Merlin die Überwachung vorbereitet und strukturiert hatte, wies Owl eigenständig jedem neuen Anti-Charis-Aktivisten einen Parasiten-Sensor zu, sobald die betreffende Person eindeutig identifiziert war. Derzeit mussten weder Merlin noch Sharleyan jeden einzelnen auf dieser Liste im Auge behalten. Wenn Merlins so genannter Filter anständige Arbeit leistete, würde Owl jeglichen wichtigen corisandianischen Kirchenmann, Adeligen und auch jedes Parlamentsmitglied identifizieren, sobald betreffende Personen Kontakt mit jemandem aus dieser Datenbank aufnahmen. Von diesem Moment an würde Merlin auf besagte Personen aufmerksam gemacht: Die entsprechende Datei erhielte einen Marker, damit man auch diese Personen in der Zukunft besser beobachten könnte. Mehrere der wichtigeren (oder zumindest *aktiveren*) Agitatoren waren auch auf eine Liste mit Personen zur besonderen Beobachtung aufgenommen worden. Owl informierte Merlin regelmäßig über jede bislang noch nicht vermerkte Person, die mit diesen Agitatoren Kontakt hatte, ganz egal, welche gesellschaftliche Bedeutung ihr zukam. Hauptsächlich aber wurde stetig die Liste aktiver Widerständler erweitert. Die langsam anwachsende, zunehmend komplex werdende Organisation, die besagte Personen aufbauten, wurde sozusagen kartografiert. So schwer es fiel, die gegnerischen Kräfte anwachsen zu sehen: Sie konnten den Widerstand nicht einfach im Keim ersticken. Keiner von ihnen war töricht genug zu glauben, sie könnten eine solche Entwicklung verhindern, ganz egal, was sie unternähmen.

Früher oder später werden *wir in der Lage sein, deren Organisation zu zerschlagen*, dachte Sharleyan. *Früher oder später werden wir das sogar tun* müssen – *und das nicht nur in Manchyr. Die Nord-Verschwörung wird auch noch auf unserer Liste landen. Letztendlich werden sie uns Beweise liefern, die wir auch vorlegen können. Und wenn das geschieht, dann werden sie feststellen, wie effizient unsere Scharfrichter sind!*

In gewisser Weise freute sie sich auf diesen Tag.

»Also«, setzte sie nun wieder an, »zumindest sieht es nicht danach aus, als würde Corisande schon heute oder morgen Feuer fangen. Es kann auch nicht schaden, sowohl Chisholm als auch Corisande Gemeindebesuche abzustatten, Maikel. Aber wenn sich erst einmal herumspricht«, jetzt klang ihre Stimme selbstgefällig, ganz ohne Zweifel sogar, »dass wir bald einen Erben präsentieren können, wird das einige, die ich durchaus auch namentlich nennen könnte, mindestens ebenso verärgern, wie es *unser* ganzes Volk beruhigen wird!«

»Oh, da bin ich mir sicher«, stimmte ihr Cayleb im Brustton echter Befriedigung zu, »ganz sicher sogar!«

»Für Emerald gilt das Gleiche«, erklärte Staynair. »Auch das wird nicht so bald Feuer fangen, meine ich.«

Keiner von ihnen sprach sonderlich laut. Der Erzbischof aber dämpfte seine Stimme noch mehr als das Kaiserpaar. Die beiden hatten ja den großen Vorteil, von dicken Mauern umgeben zu sein, und vor ihrer schweren Tür aus massiver Fasteiche standen zwei Kaiserliche Gardisten, die Merlin Athrawes und Ehdwyrd Seahamper persönlich für diesen Dienst ausgewählt hatten. Niemand würde Kaiser und Kaiserin nahe genug kommen, sie belauschen zu können.

Staynair hingegen verbarg sich gerade in der Admiralskabine an Bord von HMS *Dawn Wind*, einer der neueren Galeonen der charisianischen Flotte. Für ein Quartier an Bord eines beengten, überfüllten Kriegsschiffs war diese Kabine erstaunlich geräumig, durchaus angemessen der Würde eines Erzbischofs und der Privatsphäre, die sein Amt häufig erforderte – ganz zu schweigen davon, dass er auch seine Ruhe brauchte, um sich ungestört in Meditation und Gebet zu versenken. Trotzdem befand sich diese geräumige Kabine an Bord eines beengten, überfüllten Kriegsschiffs. Mit anderen Worten: die Schotts waren sehr dünn, die Türen bestanden nicht aus massiver Fasteiche, und jederzeit konnte jemand hereinkommen, der die Privatsphäre des Erzbischofs empfindlich störte. Glücklicherweise hatte Staynair es sich bereits zur Gewohnheit gemacht, sich an jedem Abend in seine Kabine zurückzuziehen, um durch das große Heckfenster den Sonnenuntergang zu genießen und zu meditieren. Solange er nicht übermäßig laut sprach – und das Oberlicht der Kabine geschlossen hielt –, war es unwahrscheinlich, dass jemand ihn belauschte. Schließlich gab es an Bord eines jeden Schiffs unter Segeln unvermeidbare, mitunter recht laute Geräusche. Noch unwahrscheinlicher war also, dass jemand, der Staynair tatsächlich sprechen hörte, seine Worte auch verstünde. Logischerweise würde ein solcher Lauscher also annehmen, der Erzbischof bete. Und jeder an Bord würde sich dann so rasch wie möglich aus der Hörweite zurückziehen.

»Meines Erachtens«, fuhr der Erzbischof jetzt fort, »wird man in Emerald ebenso erfreut sein, von Eurer Schwangerschaft zu erfahren wie im Alten Charis oder in Chisholm, Sharleyan. Sie haben sich jetzt für unsere Seite entschieden – und das wissen sie auch –, und sie sind ebenso begierig darauf, die Erbfolge geregelt zu wissen, wie jeder andere.«

»Wirklich?«, fragte Sharleyan nach. »Nun, auch ich hatte diesen Eindruck«, gestand sie, »zugegebenermaßen mit der Befürchtung, es sei Wunschdenken meinerseits.« Ein wenig gequält verzog sie das Gesicht. »In mancherlei Hinsicht macht der Zugang zu Merlins SNARCs es nur noch schwieriger zu erfahren, was das Volk wirklich denkt. Ich habe Jahre damit verbracht zu erlernen, wie man eine Lage möglichst genau abschätzt. Ich habe gelernt, Berichte aus zweiter oder dritter Hand sinnvoll auszulegen. Aber jetzt höre ich das Volk direkt. Ich sehe es mit eigenen Augen und muss herausfiltern, was wichtig ist und was nicht. Das ist richtig *schwierig!* Kein Wunder, dass Merlin hin und wieder unter dem erstickt, was er gerne Daten-Overload nennt!«

In ihrer Stimme schwang echtes Mitgefühl mit. Cayleb nickte zustimmend. So ganz genau verstand er immer noch nicht, wie diese Hochgeschwindigkeits-Dateninterfaces funktioniert haben sollten, über die Merlins PICA-Körper einst verfügt hatte. Aber Cayleb brauchte auch nicht zu verstehen, wie es *funktionierte*, um zu begreifen, was es zu *leisten* vermochte. Oder zu begreifen, wie bitter Merlin es bedauerte, darauf eben nicht mehr zugreifen zu können. Nachdem Cayleb nun selbst erfahren hatte, welche Unmengen an Bild- und Tonmaterial durch Merlins planetenumspannendes Netzwerk aus Aufklärer-Plattformen strömten, wünschte er, *er selbst* hätte so ein Hochgeschwindigkeits-Interface!

Glücklicherweise machten sie wenigstens Fortschritte. Auch wenn Cayleb sich nicht ganz sicher war, schien ihm Owl doch nach und nach besser darin zu werden, Informationen zu sortieren und nach Prioritäten zu ordnen. Owls Hilfe war unschätzbar, sicher. Aber es war eben auch immens hilfreich, dass Merlin in der Lage war, Auswertungen von bestimmten Mitschnitten seiner Aufklärer an andere zu delegieren. Natürlich hatte das seine Grenzen. Niemand verfügte über so etwas wie Merlins eingebaute Kom-Ausrüstung. Alle anderen mussten mit normal lauter Stimme sprechen, um mit Owl (oder jemand anderem) zu kommunizieren. Subvokalisieren konnten sie nicht. Das schränkte natürlich immens ein, wann und wo sie mit der KI oder untereinander in Kontakt treten konnten. Zudem bestanden sie alle nur aus Fleisch und Blut. Damit gingen auch sämtliche allzu menschlichen Schwächen einher – einschließlich dem Bedürfnis, hin und wieder Nahrung aufzunehmen und wenigstens ein gewisses Maß an Schlaf zu finden.

Allerdings hatte selbst Merlin auf unschöne Weise herausfinden müssen, dass er Ruhephasen benötigte. Eigentlich war es ja Cayleb gewesen, der das herausgefunden hatte. Deswegen hatte er seinen Leibwächter angewiesen, sich tatsächlich auch die ›Auszeit‹ zu nehmen, die er brauchte, um frisch und geistig rege zu bleiben.

Sich Ruhe gönnen war genau das, was Merlin in diesem Augenblick gerade tat. Oder zumindest sollte er das verdammt noch mal gerade tun. Denn wenn Cayleb oder Sharleyan ihn mit Owls Hilfe dabei erwischten, dass er Berichte durchging, wenn er eigentlich ›schlafen‹ sollte, würden sie ihm das Fell über die Ohren ziehen!

»Also, in diesem Falle, Eure Majestät, halte ich diesen Eindruck für zutreffend«, erklärte Staynair ihr. »Ich darf Euch sogar melden, dass ich erleichtert bin über das, was ich hier vorgefunden habe.«

›Hier‹ ist ja eigentlich nicht mehr ganz das richtige Wort, ging es Sharleyan durch den Kopf. Die *Dawn Wind* war mit der Nachmittagsflut aus der Eraystor-Bucht in See gestochen. Im Augen-

blick steuerte sie die westliche Hälfte der ›Straße der Delfine‹ an. Für jemanden, der schon einmal in Merlins Aufklärer-Schwebeboot gesessen hatte, kroch die Galeere sozusagen durch die Wellen; die *Dawn Wind* war nun einmal keine Wyvern, die Riffe, Untiefen, Inseln, Strömungen und ungünstige Winde einfach ignorieren konnte. Aber für alle anderen Safeholdianer flog sie förmlich über das Meer dahin. Auch wenn es sehr unwahrscheinlich war: Mit etwas Glück, wenn sie allen Stürmen entginge, könnte sie die Strecke in für die Jahreszeit erstaunlich kurzer Zeit zurücklegen und würde für die dreitausendsiebenhundert Seemeilen bis Cherayth nur etwa zehn Fünftage brauchen.

Zehn Fünftage! Es passte Sharleyan überhaupt nicht – wirklich *überhaupt* nicht –, dass Staynair so lange auf diesem Schiff festsaß. Sie hatte allerdings eingesehen, dass sie eigentlich keine Wahl hatten. Es war unerlässlich, dass das geweihte Oberhaupt der Kirche von Charis sämtliche der neuen Länder des Kaiserreiches persönlich aufsuchte. Im Gegensatz zur Kirche des Verheißenen hatte die Kirche von *Charis* von vornherein erklärt, dass ihre Bischöfe und Erzbischöfe dauerhaft in ihren Bistümern residieren würden. Statt nur jährlich den Gemeinden, für deren Seelenheil sie verantwortlich waren, eine kurze Stippvisite abzustatten, würden sie nur zur jährlichen Synode der Kirche von Charis ihre Diözese verlassen. Wirklich nur einmal im Jahr, nicht öfter. Den Rest der Zeit würden sie daheim verbringen und sich um die spirituellen Bedürfnisse ihrer Gemeinde kümmern. Auf diese Weise wären sie in der Lage, sich ganz auf das zu konzentrieren, was wirklich zählte. Die jährliche Synode würde dann jedes Mal in einer anderen Stadt abgehalten, nicht immer am gleichen Ort. Es sollte auf keinen Fall eine Kaiserstadt entstehen, ein charisianisches Gegenstück zur Stadt Zion.

Der Erzbischof von Charis und die ihm unterstellten Prälaten wären hingegen das ganze Jahr über auf Reisen. Bisher war es undenkbar gewesen, dass ein Großvikar eine solche Reise anträte und sich so den Strapazen aussetzte, die damit einhergingen – ganz zu schweigen von den unvermeidlichen Gefahren, die Wind und Wetter bei solch langen Reisen mit sich brachten. Maikel Staynair aber empfand das als akzeptabel. Je größer und zahlreicher die Unterschiede zwischen der Kirche von Charis und der Kirche des Verheißenen, desto besser, und das aus mehrerlei Hinsicht. Staynair selbst war entschlossen, hier mit gutem Beispiel voranzugehen und eine Tradition zu begründen. Keinem seiner Nachfolger sollte es allzu leicht fallen, von dieser Tradition wieder abzurücken.

Die derzeitige Reise war Teil von Staynairs Bemühungen, diese Tradition zu begründen. Zugleich diente die Reise einem weiteren Zweck: Staynair war entschlossen, die Hauptstadt jedes einzelnen Landes aufzusuchen, das Teil des Charisianischen Kaiserreichs war, und dazu noch so viele der größeren Städte, wie sich bewerkstelligen ließ. Wie Wave Thunder vor Staynairs Abreise nach Emerald zu betonen nicht müde wurde, war das Ganze sicherheitstechnisch ein einziger Albtraum. Gott allein wusste, wie viele Tempelgetreue dem ›Erzketzer‹ Staynair, wie sie ihn nannten, liebend gern etwas sehr Scharfkantiges, Spitzes zwischen die Rippen gerammt hätten. Ihre Zahl musste gewaltig sein. Einen Versuch hatte es schon gegeben – und das auch noch in seiner eigenen Kathedrale. Wer vermochte schon zu sagen, welche Gelegenheit sich böte – oder sich herbeiführen ließe –, das Gleiche noch einmal in der Kathedrale eines anderen Bischofs zu versuchen! Andererseits musste der Erzbischof persönlichen Kontakt zu so vielen Angehörigen des neuen Klerus knüpfen, wie nur denkbar war. Schließlich war ihm daran gelegen, dass besagter Klerus ihm eines auch abnahm: nämlich dass ihm in diesen Zeiten der Kirchenspaltung ihre Sorgen, Nöte und Gewissenskonflikte am Herzen lagen.

Und das alles liegt ihm wirklich *am Herzen,* dachte Sharleyan. *Wirklich und wahrhaftig! Er versteht* ganz genau, *was er ihnen allen abverlangt. Wer ihn fünf Minuten lang erlebt, muss gänzlich von Intoleranz und Hass geblendet sein, damit ihm das entgeht. Deshalb sind die persönlichen Kontakte unabdingbar. Es spielt keine Rolle, dass ich ihn am liebsten in der Kathedrale von Tellesberg und im Erzbischöflichen Palast in Sicherheit wüsste.*

»Also seid Ihr, zumindest was Emerald betrifft, zufrieden. Was die Kirche betrifft, meine ich«, sagte Cayleb, und Staynair nickte.

»Ich glaube nicht, dass Prinz Nahrmahns Emeraldianer ganz so viel ... sagen wir: Feuereifer zeigen wie wir zu Hause«, entgegnete er. »Andererseits sollten ja auch nicht die Emeraldianer dem Willen der ›Vierer-Gruppe‹ nach vergewaltigt und ermordet werden. Gleichzeitig bin ich zutiefst befriedigt darüber, wie klar das Volk in Emerald die grundlegende Korruption erkennt, die die ›Vierer-Gruppe‹ überhaupt erst an die Macht hat kommen lassen. Langsam bin ich überzeugt davon, dass viele Kirchenmänner das bereits lange vor Nahrmahns Entscheidung, Euch Lehnstreue zu schwören, erkannt hatten. Vielleicht bin ich zu optimistisch, wenn ich behaupte, es seien sogar die meisten Kleriker. Aber glaubt mir: Diejenigen, die das begriffen haben, wissen auch, dass sie Clyntahns *nächstes* Ziel hätten werden können. Wir könnten an vielen Orten möglicherweise eine stärkere Reform-Bewegung und noch mehr Hingabe erleben, als wir ursprünglich erwartet haben.«

»Reformistische Hingabe«, griff Cayleb den Gedanken auf, und wieder nickte Staynair, deutlich zurückhaltend. Er brachte viel mehr Zurückhaltung auf, als Sharleyan an seiner Stelle sicher war, zeigen zu können.

»Einen Schritt nach dem anderen, Cayleb!«, riet ihm der Erzbischof ruhig. »Einen Schritt nach dem anderen! Merlin hatte Recht, als er sagte, Gott könne durch jede Ritze schlüpfen, wann immer es Ihm beliebe. Wir werden allerdings zulassen müssen, dass Er das nach Seinem Ermessen und Zeitplan tut. Zunächst einmal sollten wir versuchen, den größten, offensichtlichsten Missbrauch zu bekämpfen. Wenn wir das Volk erst einmal dazu gebracht haben, ernstlich über Fragen der kirchlichen Lehren *nachzudenken,* ist der Zeitpunkt gekommen, an dem wir versuchen können, ihnen ... wesentlichere Veränderungen nahezulegen.«

»Damit hat er Recht, Cayleb«, meinte Sharleyan leise. Cayleb blickte sie an. Sie streckte die Hand aus und strich ihm über die Wange. Dieses Gespräch hatten sie schon oft genug geführt. Sie wusste, wie sehr es an seinem Pflichtgefühl zerrte, der Kirche des Verheißenen nicht einfach die Maske von der Fratze reißen zu dürfen. Er wollte die widerlichen Lügen enthüllen, all die Verdrehungen des Glaubens, auf denen diese Kirche beruhte. Das *nicht* zu tun, war die größte Herausforderung seines Lebens.

»Ich weiß, Liebste«, erwiderte Cayleb. »Es muss mir ja nicht gefallen. Und es gefällt mir tatsächlich nicht. Aber ich weiß, dass er Recht hat.«

»Darüber hinaus glaube ich«, fuhr Staynair fort, »der junge Saithwyk könnte vielleicht wirklich einen guten Kandidaten für den Inneren Kreis abgeben – in ein oder zwei Jahren.«

»Ihr beliebt zu scherzen!« Sharleyan bemerkte, dass sie sich unwillkürlich in ihrem Sessel aufgerichtet hatte, die Augen weit aufgerissen.

»Ich weiß nicht, was Euch auf diesen Gedanken bringt, Eure Majestät.«

Staynairs Tonfall war ruhig. Doch in seinen Augen war ein gewisses Funkeln nicht zu übersehen. Sharleyan kniff die Augen zusammen. Fairmyn Saithwyk war der neugeweihte Erzbischof von Emerald. Er war kaum vierzig Jahre alt – also weniger als siebenunddreißig terranische Standard-Jahre. Er entstammte einer konservativen Familie. Das emeraldianische Oberhaus hatte seine Ernennung nach Kräften unterstützt. *Das ist jetzt nicht gerade die perfekte Abkunft für einen radikalen Rebellen,* dachte sie. Doch als sie Staynairs Miene studierte ...

»Ihr beliebt *nicht* zu scherzen«, sagte sie langsam.

»Nein, tatsächlich nicht!« Milde lächelte er sie an. »Vielleicht darf ich Euch daran erinnern, dass ich in erster Linie für die Auswertung aller Berichte verantwortlich bin, die Owl über den ranghöheren Klerus abliefert«, bemerkte er. »Angesichts dessen sollte mein Wissensvorsprung Euch nicht überraschen. Außerdem solltet Ihr Euch daran erinnern, wer ihn *ursprünglich* ernannt hat.«

»Nahrmahn«, erwiderte Cayleb nachdenklich.

»Ganz genau, Euer Durchlaucht.« Staynair nickte Cayleb zu; es war fast schon eine Verneigung. »Ihr selbst habt nie vor der Notwendigkeit gestanden, jemanden zu ernennen. Schließlich hattet Ihr das große Glück, dass *ich* mit all meiner gewaltigen Befähigung bereits in Tellesberg zur Verfügung stand.«

Cayleb schnaubte auf, und Staynair lachte stillvergnügt in sich hinein. Doch dann wurde seine Miene wieder ernst.

»Aber in Corisande habt Ihr Euch nicht in einer derart bequemen Lage befunden, Cayleb. Und das Gleiche galt für Sharleyan in Chisholm. Oder für Nahrmahn in Emerald. Vergesst nicht, ich war mit Braynair sehr zufrieden! Er unterstützt mich und die Krone. Das hat er getan, als Sharleyan das Kaiserliche Parlament hier in Tellesberg einberufen hat. Und das tut er seitdem in Cherayth. Ich hatte den Eindruck, auch Ihr wäret durchaus zufrieden mit ihm.«

Er blickte Cayleb fest in die Augen, bis der Kaiser nickte. Dann zuckte er mit den Schultern.

»Wir nehmen das, was Gott uns schenkt, und damit versuchen wir dann das Beste zu erreichen, Cayleb«, sagte er. »Und in diesem Falle hat er uns, so denke ich, ordentliches Holz geschenkt, mit dem man gut arbeiten kann. Pawal Braynair ist ein guter, solider, zuverlässiger Mann. Er ist Gott und Sharleyan treu ergeben, und zwar in genau dieser Reihenfolge. Er hat begriffen, wie verderbt das Vikariat geworden ist. Bedauerlicherweise wird er niemals so weit kommen, dass er die ganze

Wahrheit erfahren darf – genau wie Rayjhis oder Baron Green Mountain. Aber er ist trotzdem ein guter Mann.

In Saithwyk hat Nahrmahn meines Erachtens einen noch größeren Schatz gefunden.« Einen Moment lang zuckten die Lippen des Erzbischofs, dann schüttelte er den Kopf. »Sicher bin ich mir da nicht, das wohl. Aber ich hatte doch den Eindruck, er versuche herauszufinden, wie ... revolutionär, im Sinne der kirchlichen Lehren, *ich* wohl zu sein bereit bin. Ich habe noch keine Ahnung, in welche Richtung *er* das Ganze gern steuern würde. Aber ich denke, das werde ich schon bald herausfinden. Ich möchte ihn noch ein bisschen länger im Alltag erleben, gewiss. Dennoch meine ich das, was ich gesagt habe, ganz und gar ernst. Also: er könnte ein äußerst geeigneter Kandidat für den Inneren Kreis sein. Und seien wir doch ehrlich: je mehr ranghohe Kirchenmänner wir rekrutieren können, um so besser!«

»Na ja, dem kann man nicht widersprechen«, gestand Sharleyan ein. Dann schüttelte sie den Kopf und erhob sich.

»Und damit, Erzbischof Maikel, bringe ich diese Besprechung nun zu einem Ende und meinen Gemahl ins Bett, bevor er auf die Idee kommt, den Whiskey hervorzukramen, die ganze Nacht wach zu bleiben und mit Euch über die Entfernung hinweg einen zu heben.«

»Einen zu heben?«, wiederholte Cayleb in verletztem Ton. »Du solltest doch wissen, dass man mit einem Erzbischof nicht einfach ›einen hebt‹!«

»Ich habe ja auch nicht gesagt, dass Seine Exzellenz das mit dem ›Heben‹ übernehmen wird«, bemerkte sie. »Bei ihm ist gerade einmal die zwanzigste Stunden angebrochen. Hier aber ist die vierundzwanzigste schon beinahe verstrichen. Eine Kaiserin in anderen Umständen braucht ihren Schlaf. Wenn ich auch wirklich Schlaf finden soll, brauche ich meine Wärmflasche ... ähm, meinen Gemahl.« Sie grinste ihn an. »Hach je, wie ich mich so ... versprechen konnte!«

»Ach?« Auch Cayleb erhob sich jetzt aus dem Sessel. Seine Augen funkelten belustigt. Über das Kom war Staynairs leises Lachen zu hören. Sharleyans Lächeln täuschte Unschuld vor.

»Versprochen, aber ja!«, versicherte sie ihm. »Ich würde doch niemals in einer derart zweckmäßigen, selbstsüchtigen Art und Weise über dich denken! Ich weiß *wirklich* nicht, wie mir eine solche Formulierung über die Lippen kommen konnte!«

»Na, ich schon«, gab er zu. »Und das, junge Lady – das hat noch ein Nachspiel!«

»Wirklich?« Sie neigte den Kopf zur Seite, dann klimperte sie mit den Wimpern. »Oh, prima! Soll ich die Gardisten ein bisschen in der Gegend herumschicken? Irgendwann werde ich sicher nicht mehr gelenkig genug sein, weißt du?«

Cayleb stieß einen erstickten Laut aus. Sein Gesicht nahm einen recht beunruhigenden Rotton an, als er gegen das Lachen ankämpfte. Sharleyan kicherte erfreut. Sie blickte den Erzbischof an und lächelte ihm zuckersüß zu.

»Und damit, Maikel, wünschen wir Euch eine Gute Nacht!«

.II.

Erzbischöflicher Palast, Stadt Manchyr, Fürstentum Corisande

»Also, Mein Lord …« Erzbischof Klairmant Gairlyng achtete sorgsam darauf, deutlich munterer zu klingen, als ihm zumute war. »Nun, da Sie bereits einen Fünftag hier sind: Was denken Sie?«

»In welcher Hinsicht, Eure Eminenz?«, gab Bischof Zherald Ahdymsyn milde zurück, während der Erzbischof und seine beiden Gäste Gairlyngs Studierzimmer betraten.

»Zherald …«, setzte Bischof Kaisi Mahkhynroh an und hob scheltend einen Zeigefinger. Leise lachte Ahdymsyn in sich hinein. Dann blickte er wieder Gairlyng an.

»Vergebt mir, Eure Eminenz!« Tatsächlich lag eine Spur Zerknirschung in seinem Ton. »Ich fürchte, mein Sinn für Humor verführt mich hin und wieder zu unziemlicher Leichtfertigkeit. Das liegt wohl zum Teil daran, dass ich mich früher selbst entschieden zu ernst genommen habe. Und wie die *Heilige Schrift* uns lehrt: Gott hat den Menschen auch zum Lächeln geschaffen, nicht nur zum Weinen.«

»Das ist wohl wahr, Mein Lord«, stimmte Gairlyng zu. »Und manchmal ist Lachen wohl auch das Einzige, was einen davon abhält zu weinen.« Er umrundete seinen Schreibtisch und trat an den bequemen Drehsessel heran, der dahinter stand. Mit einer höflichen Handbewegung deutete er auf die noch bequemeren Lehnsessel, die vor dem Schreibtisch aufgestellt waren. »Bitte, Mein Lord, machen Sie es sich bequem! Darf ich Ihnen vielleicht eine Erfrischung anbieten?«

»Für mich nicht, danke, Eure Eminenz.« Ahdymsyn nahm in

einem der angewiesenen Sessel Platz. »Nach unserer Besprechung speise ich mit dem Grafen Anvil Rock und seinem Sohn zu Abend. Wie ich gehört habe, werden sich uns Graf Tartarian und mindestens noch ein oder zwei weitere Mitglieder des Regentschaftsrates anschließen.« Er verzog das Gesicht zu einem freudlosen Grinsen. »Als Bischof-*Vollstrecker* von Mutter Kirche habe ich extreme Standfestigkeit beweisen müssen. Jetzt, wo ich nur noch ein einfacher Bischof bin und damit auf deutlich gemäßigtere Gewohnheiten zurückfallen muss, scheine ich nicht mehr ganz so viel Alkohol zu vertragen. Meine Scherze werden neuerdings viel zu früh zu laut, und auch mein Urteilsvermögen ist deutlich eingeschränkter, als es mir dann scheinen will.« Nachdenklich runzelte er die Stirn und rieb sich die Augenbraue. »Eventuell ist es aber auch so, dass ich noch nie viel vertragen habe. Nur hat mich damals niemand darauf aufmerksam zu machen gewagt.«

Er lächelte breit. Dann wurde seine Miene wieder ernst. Er blickte Gairlyng über den Schreibtisch des Erzbischofs hinweg fest an.

»Sonderbar – niemand mag das Urteilsvermögen des ranghohen Klerus von Mutter Kirche in Frage stellen, was?«

Einen Moment lang breitete sich Schweigen aus. Gairlyng blickte zu dem Privatsekretär hinüber, der ihn und seine Gäste von der Kathedrale von Manchyr in den Erzbischöflichen Palast begleitet hatte.

»Das wäre dann alles, Symyn«, sagte er. »Falls ich Sie brauche, werde ich Sie rufen!«

»Sehr wohl, Eure Eminenz.«

Auf der braunen Soutane des dunkelhaarigen jungen Unterpriesters mit dem auffallend dunklen Gesicht prangte das Szepter des Langhorne-Ordens – ebenso wie auf Gairlyngs orange abgesetzter weißer Soutane. Aus irgendeinem Grund war zwischen den beiden eine gewisse Familienähnlichkeit unverkennbar, obwohl kein Verwandtschaftsverhältnis zwischen ihnen bestand. Zum einen war der Unterpriester gebürtiger Corisandianer. Und nur wenn er mehrere Jahre jünger oder Gairlyng mehrere Jahre älter gewesen wäre, hätte man sie für Vater und Sohn halten können. Ahdymsyn war überzeugt davon, es handele sich nur um einen jener typischen Fälle, in denen ein junger Mann sein eigenes Verhalten und seine Haltung an Verhalten und Haltung eines Vorgesetzten anpasste, den er tief respektierte.

Es sieht ganz so aus, als gäbe es an diesem Erzbischof eine ganze Menge *zu respektieren*, dachte Ahdymsyn. *Sogar deutlich mehr, als es in der guten alten Zeit an* mir *zu respektieren gab!*

Wieder zuckten seine Lippen, denn ihm gingen Gespräche durch den Kopf, die er einst mit dem damaligen Bischof Maikel Staynair geführt hatte. Es war, so sinnierte er (und das weitaus nicht zum ersten Mal), wirklich gut, dass Staynairs Sinn für Humor ebenso ausgeprägt war wie sein Mitgefühl.

Die Tür schloss sich, als der Privatsekretär den Raum verließ. Gairlyng widmete seine Aufmerksamkeit wieder ganz seinen Gästen. Im Laufe der letzten beiden Monate hatte er Mahkhynroh überraschend gut kennengelernt. Aber vielleicht war es auch gar nicht so überraschend. Schließlich arbeiteten sie beide eng zusammen, seit er selbst in den Primat von Corisande berufen worden war und man Mahkhynroh zum Bischof von Manchyr ernannt hatte. Sie beide als Freunde zu bezeichnen, wäre zu viel gewesen, aber gute Kollegen waren sie gewiss. Bislang zumindest. Man respektierte einander. Gairlyng wusste den beeindruckend scharfen Verstand des Bischofs, seinen tiefen Glauben und sein Mitgefühl zu schätzen. Obwohl Mahkhynroh durch eine fremde, ›ketzerische‹ Kirche in sein Amt eingesetzt worden war, hatte er bereits gezeigt, dass er den Priestern und der Laienschaft in seiner Diözese *zuzuhören* verstand. Ja, er verstand sie sogar davon zu überzeugen, dass ihre Sorgen und Nöte bei ihm Gehör fänden. Im Gegenzug scheute er sich nie, gegebenenfalls offen das Wort gegen seine Schäfchen zu führen. Niemand würde ihn jemals der Schwäche oder des Wankelmuts bezichtigen. Aber zugleich hätte auch kein ehrlicher Mensch ihm Intoleranz oder tyrannisches Verhalten vorzuwerfen vermocht.

Dagegen war Ahdymsyn für Gairlyng bislang ein gänzlich unbeschriebenes Blatt. Der Erzbischof kannte zwar seinen offiziellen Werdegang, aber es gab zahlreiche Dinge, die offenkundig in diesem offiziellen Werdegang unerwähnt geblieben waren. Ahdymsyn war einst als Bischof-Vollstrecker in Charis für Erzbischof Erayk Dynnys tätig gewesen war. Dynnys war in Ungnade gefallen und schließlich wegen Ketzerei und Hochverrats hingerichtet worden. Ahdymsyn entstammte Gairlyngs Wissen nach einer bestenfalls respektabel zu nennenden Familie aus den Tempel-Landen. Damit verfügte er über deutlich weniger – und ungleich weniger einflussreiche – Verbindungen als Gairlyngs eigene Familie. Als Staynair noch Bischof von Tellesberg gewesen war, hatte Ahdymsyn als Bischof-Vollstrecker ihn mehr als einmal ermahnt und diszipliniert. Das war bekannt. Ebenso war bekannt, dass Ahdymsyn unter Hausarrest gestellt worden war, nachdem das Königreich Charis sich offen gegen die Kirche des Verheißenen gestellt hatte. Dann aber war Ahdymsyn zu einem der Krisenbewältiger in Staynairs Diensten aufgestiegen. Der jetzige Erzbischof vertraute und schätzte seinen ehemaligen Vorgesetzten und kirchenpolitischen Gegner. Die neu gewonnene Vertrauensposition war der Grund für Ahdymsyns Besuch in Corisande.

Was Gairlyng *nicht* wusste, war, wie – und warum – Zherald Ahdymsyn die Seiten gewechselt hatte. Gairlyng wurde zunehmend bewusst, dass seine bisherigen Vermutungen in eine gänzlich falsche Richtung gelaufen waren. Einige Sekunden lang dachte er jetzt genau darüber nach. Dann kam er zu dem Schluss, Offenheit sei hier vermutlich die beste Vorgehensweise.

»Vergeben Sie mir, Mein Lord«, sagte er nun und erwiderte Ahdymsyns festen Blick, »aber ich werde den Verdacht nicht mehr los, ich läge hinsichtlich der Frage, wie Sie ... sagen wir: in Ihre derzeitige Position gekommen sind, mit meiner ursprünglichen Vermutung vielleicht doch falsch.«

»Diplomatisch umschrieben«, meinte Ahdymsyn trocken. »Eure ursprüngliche Vermutung dürfte doch wohl so ausgesehen haben: Ich hätte, so glaubt Ihr, irgendwann begriffen, woher in Charis der Wind weht. Da nichts, was ich zu meiner Verteidigung vorbrächte, den Großinquisitor und den Kanzler dazu bringen würde, mich mit offenen Armen im Tempel zu empfangen, hätte ich mein Mäntelchen – oder sollte man besser sagen: meine Soutane? – nach dem Wind gehängt. Trifft es das so in etwa, Eure Eminenz?«

Das, bemerkte Gairlyng, war etwas mehr Offenheit, als er eigentlich im Sinn gehabt hatte. Bedauerlicherweise ...

»Nun ja ... ja, eigentlich schon«, gestand er. Er hielt sich dabei an der Tatsache fest, dass er immerhin *Erz*bischof war, während Ahdymsyn nur das Amt eines einfachen Bischofs bekleidete. »Wie ich schon sagte: Ich komme allmählich zu dem Schluss, diese Vermutung sei falsch. So unverblümt allerdings hätte ich es nie in Worte gekleidet.«

»Wahrscheinlich ist die Geschichte auch in dieser Form zu Euch nach Corisande tragen worden – vor der Invasion«, mutmaßte Ahdymsyn.

»Ja«, meinte Gairlyng gedehnt. Er klang sehr nachdenklich. Ahdymsyn zuckte mit den Schultern.

»Ungeachtet ihrer eigenen Meinung dazu hätte die ›Vierer-Gruppe‹ die Dinge gewiss immer so darstellen lassen. Allerdings liegt es dieses Mal so, dass das Vikariat sich sicher ist, genau das wäre wirklich geschehen.« Ahdymsyn verzog das Gesicht. »Der Grund liegt auf der Hand: Die vier Herren hätten in meiner Lage sicher so gehandelt. Gestützt wurden sie in dieser Einschätzung aber, wie ich leider zugeben muss, durch Berichte von Menschen, die mich wirklich gut kannten. Ich gestehe es nur äußerst ungern ein, Eure Eminenz. Aber meine eigene Einstellung – der Zustand meines Glaubens – zu dem Zeitpunkt, da das alles seinen Anfang genommen hat, ließ eine derartige Hypothese jedem, der mich besser kannte, äußerst vernünftig erscheinen.«

»Das ist ein bemerkenswert offenes Eingeständnis, Mein Lord«, sagte Gairlyng leise. Als er sich zurücklehnte, quietschte sein Stuhl ein wenig. »Ein Eingeständnis, das, so vermute ich, nicht leicht über die Lippen kommt, wenn man dem Stuhl eines Erzbischofs so nah war wie Sie.«

»Es geht leichter, als Ihr vermutet, Eure Eminenz«, erwiderte Ahdymsyn. »Ich behaupte nicht, dass es eine wahre Freude war, der Wahrheit ins Antlitz zu blicken. Aber ich habe festgestellt, dass die Wahrheit nun einmal die Wahrheit ist. Wir können uns vor ihr verbergen, wir können sie leugnen, aber wir können sie nicht *ändern.* Zumindest zwei Drittel meiner Lebenszeit habe ich darauf verschwendet, die Wahrheit zu ignorieren. Damit bleibt nicht mehr viel, um wieder klar Schiff zu machen, bevor ich vor Gott Rechenschaft werde ablegen müssen. Unter den gegebenen Umständen scheint es mir wenig sinnvoll, noch weitere Zeit auf sinnlose Ausflüchte zu vergeuden.«

»Ich verstehe«, gab Gairlyng zurück. *Allmählich verstehe ich auch, warum Staynair Ihnen so weit vertraut, dass er Sie in seinem Namen zu mir schickt,* setzte der Erzbischof innerlich hinzu. »Aber da Sie nun schon so offen und ehrlich sprechen, Mein Lord: Darf ich mich erkundigen, was Sie dazu bewogen hat, überhaupt der Wahrheit ins Antlitz zu blicken, wie Sie es gerade ausgedrückt hatten?«

»Da gab es sogar einige Dinge«, antwortete Ahdymsyn, lehnte sich ebenfalls in seinem Sessel zurück und schlug die Beine übereinander. »Dazu gehörte auch, um ehrlich zu sein, dass mir bewusst wurde, ich hätte mit einer wie auch immer gearteten Strafe zu rechnen, sollte ich jemals wieder in die Tempel-Lande zurückkehren. Glaubt mir, das reicht schon aus, um jeden zumindest innehalten zu lassen … selbst noch bevor

Clyntahn, dieser Schlächter, Erzbischof Erayk hat zu Tode foltern lassen.« Das Gesicht des ehemaligen Bischof-Vollstreckers verspannte sich. »Ich bezweifle, dass auch nur ein einziger von uns ranghöheren Angehörigen der Priesterschaft jemals auf die Idee gekommen wäre, die Strafen, die der Erzengel Schueler vorsieht, könnten jemals auf *uns* angewandt werden. Das war doch nur eine Keule, die man drohend über den Schädeln der Laien schwang. Sie sollten verängstigt genug sein, um Gottes Willen zu tun.«

Ahdymsyns ätzender Tonfall hätte die Marmorfassade von Gairlyngs Palast ruinieren können. Die Augen des ehemaligen Bischof-Vollstreckers waren hart wie Stein.

»Also hatte ich eigentlich nicht unbedingt damit gerechnet, man könne *mich* zu Tode foltern, und das auch noch auf den Stufen vor dem Tempel«, fuhr er fort. »Ich hatte bereits akzeptiert, dass das mir bevorstehende Schicksal unschön werden würde, gewiss. Aber ich wäre niemals auf den Gedanken gekommen, mich davor zu ängstigen. Anfänglich zumindest glaubte ich, man werde mich irgendwo in Charis in einen Kerker sperren. Dort säße ich dann, bis es den rechtmäßigen Streitkräften von Mutter Kirche gelänge, mich zu befreien. Dann würde man mich bestrafen und zu einem Leben in Schande auf dem Land verurteilen. Ich würde Ziegen melken und Käse herstellen irgendwo in einem abgelegenen Kloster in den Bergen des Lichts. Glaubt mir, damals habe ich wirklich geglaubt, das sei mehr als genug Strafe für jemanden mit meiner Vorliebe für den Genuss.«

Er hielt inne und senkte den Blick. Kurz wurde sein Blick sanft, als gehe ihm eine Erinnerung durch den Kopf. Er strich über den Ärmel der bemerkenswert schlichten Soutane. Dann richtete er den Blick wieder auf Gairlyng, und jegliche Sanftheit war wieder verschwunden.

»Aber dann haben wir in Tellesberg erfahren, was dem Erzbischof widerfahren war«, erklärte er tonlos. »Mehr noch, ich erhielt einen Brief von ihm – einen Brief, den er kurz vor seiner Hinrichtung noch irgendwie hat aus dem Kerker schmuggeln können.« Gairlyngs Augen weiteten sich, und Ahdymsyn nickte. »Geschrieben war er auf einer leeren Seite, die er aus einer Ausgabe der *Heiligen Schrift* herausgerissen hatte, Eure Eminenz«, sagte er leise. »Das schien mir unter den gegebenen Umständen von bemerkenswerter Symbolkraft. In diesem Brief berichtete er mir, dass seine Festnahme, seine Verhandlung und seine Verurteilung *ihn* dazu gebracht habe, der Wahrheit ins Antlitz zu blicken ... und dass ihm überhaupt nicht gefallen habe, was er dort habe sehen müssen. Es war nur ein kurzer Brief. Er hatte nur dieses eine Blatt Papier, und ich denke, dass die Zeilen in aller Eile niedergeschrieben wurden. Schließlich durfte er sich dabei ja von keiner Wache erwischen lassen. Aber er hat mir gesagt – nein, er hat mir in seiner Funktion als mein kirchlicher Vorgesetzter *befohlen* –, *nicht* nach Zion zurückzukehren. Er hat mir berichtet, wie sein Urteil laute und wie das meine unweigerlich aussähe, sollte ich jemals Clyntahn in die Hände fallen. Er hat mir gesagt, Clyntahns Inquisitoren hätten ihm einen leichten Tod versprochen, so er nur Staynair und die restliche Hierarchie der Kirche von Charis für ihre Ketzerei verdamme. Doch das zu tun habe er sich geweigert. Ihr wisst sicherlich, was er tatsächlich gesagt hat – und Ihr habt Euch gewiss auch gefragt, ob das, was Ihr gehört habt, der Wahrheit entspricht oder eine Lüge charisianischer Propagandisten ist.« Ahdymsyn lächelte ohne eine Spur von Belustigung. »Zumindest *ich* hätte mich das sofort gefragt. Aber ich versichere Euch, es war keine Lüge. Noch auf jenem Schafott, auf dem er sterben sollte, hat er die Lügen zurückgewiesen, die die ›Vierer-Gruppe‹ von ihm verlangte. Er wies den leichten Tod zurück, den sie ihm in Aussicht gestellt hatten, weil ihm die Wahrheit, die er endlich gefunden hatte, am Ende seines Lebens, wichtiger war als alles andere.«

Es war sehr still in Gairlyngs Studierzimmer. Das langsame, rhythmische Ticken der Uhr auf einem der Bücherschränke des Erzbischofs schien in dieser Stille beinahe zu dröhnen. Noch einige Momente ließ Ahdymsyn die Stille anhalten. Dann fuhr er mit einem Schulterzucken fort.

»Eure Eminenz, ich weiß, wie es um die Realitäten in den obersten Ebenen der Hierarchie von Mutter Kirche bestellt ist. Ich bin mir sicher, Gleiches gilt für Euch. Ich *wusste*, warum Clyntahn den Erzbischof verurteilen ließ. Ich wusste, warum zum ersten Mal in der Geschichte von ganz Safehold die von Schueler vorgesehenen Strafen an einem ranghohen Mitglied des Episkopats vollzogen wurden. Ich wusste, dass Erayk Dynnys all seinen Fehlern zum Trotz – und Langhorne weiß, dass sie fast ebenso zahllos waren wie die meinen! – einen solchen Tod nicht verdient hat. Nicht, um damit lediglich die Autorität eines hoffnungslos korrupten Vikariats zu stützen. Ich habe mich in Charis umgeschaut, und ich habe Männer und Frauen gesehen, die an *Gott* glauben, nicht an die verderbte Macht und den Ehrgeiz von Männern wie Zhaspahr Clyntahn. Als ich das gesehen habe, da wusste ich, was ich selbst sein wollte. Ich habe etwas gesehen, das mich davon überzeugt hat, selbst noch so spät könne ich – ja, sogar *ich* – noch eine Berufung finden. Es dauerte weiß Langhorne lange genug, bis Gott einen Hammer gefunden hat, mit dem Er mir diesen Gedanken in einen Schädel so dickköpfig wie meinen einbläuen konnte. Aber schließlich war der Hammer da. Damit habt Ihr, in meiner unnachahmlich weitschweifigen Art, die Antwort auf Eure Frage. Die Antworten aber auf meine vielen Fragen stehen noch aus. Nur eines habe ich bereits verstanden, etwas, das sehr viel Bedeutung für mich hat und mich auf der Suche nach Antworten in eine gute Ausgangsposition bringt: Anders als in den Tagen, da ich noch der geweihte Vizeregent von Charis im Dienste von Mutter Kirche war – mit all dem Pomp und der Macht, die mit diesem Amt einherging –, bin ich heute begierig darauf, *Antworten* auf meine Fragen zu finden.«

Tief atmete Ahdymsyn durch. Wieder hob er die Schultern.

»Ich bin kein Bischof-Vollstrecker mehr, Eure Eminenz. Die Kirche von Charis kennt dieses Amt nicht. Aber selbst wenn es anders wäre, würde ich es nicht wieder bekleiden wollen. Einmal angenommen, man würde es mir überhaupt anvertrauen wollen, nachdem ich beim *letzten* Mal doch so erfolgreich darin war!«

Nicht ein freudloses Lächeln, sondern ein echtes, breites Grinsen hellte Ahdymsyns Gesicht auf. Es war ein Grinsen, das einem Kind gut zu Gesicht gestanden hätte, nachdem es im Brustton der Überzeugung erklärt hatte, die Keksdose hätten wunderschöne Feen leer gefuttert. Als das Grinsen verschwand, waren Ahdymsyns Augen nicht mehr hart und unerbittlich. Seine Stimme klang nicht mehr schwer belastet von Erinnerungen an Zorn und Schuld. Seine Miene strahlte schwer erarbeitete Gemütsruhe aus; sein Tonfall war nun gelassen.

»Ich bin jetzt etwas ungleich Wichtigeres als ein Bischof-Vollstrecker, Eure Eminenz. Ich bin Priester. Vielleicht zum ersten Mal überhaupt in meinem Leben bin ich *Priester.*« Er schüttelte den Kopf. »Um ehrlich zu sein: Das ist hartes Brot nach einem hohen episkopalen Amt.«

Lange Zeit schaute Gairlyng ihn nur schweigend und nachdenklich an, ehe sein Blick zu Mahkhynroh hinüberwanderte. Nichts von alledem war die Antwort gewesen, die er von Ahdymsyn erwartet hatte. Dennoch war er von dessen Aufrichtigkeit überzeugt.

Und das ist wohl die größte Überraschung von allen, was?, dachte er. *Und was bedeutet das jetzt für* dich, *Klairmant?*

Darüber dachte er sorgfältig nach. Er war der geweihte Erzbischof von Corisande – zumindest aus dem Blickwinkel der Kirche von Charis. Das machte ihn natürlich gleichzeitig zu einem Verdammten, einem abtrünnigen Ketzer, was die Kirche des Verheißenen betraf. Ahdymsyn hatte ihn gerade erst Erayk Dynnys' Schicksal ins Gedächtnis gerufen. Nach dem, was Dynnys widerfahren war, war klar, was geschehen würde, sollten

Ahdymsyn, Mahkhynroh oder er, Gairlyng selbst, jemals der Inquisition in die Hände fallen. Dieser Gedanke reichte aus, um des Nachts schweißgebadet aus Albträumen aufzuschrecken. Tatsächlich war es ihm bereits mehr als einmal widerfahren. Aus dem Schlaf gerissen, hatte er sich gefragt, was um alles in der Welt – was nur in Gottes Namen! – er sich dabei gedacht hatte, als er das Amt angenommen hatte, das er nun bekleidete.

Und jetzt das!

In der Kirchenhierarchie stand Gairlyng über Ahdymsyn. Allerdings wäre er dem Bischof einer anderen Diözese gegenüber nur dann weisungsbefugt, wenn seine erzbischöflichen Anweisungen nicht in Konflikt stünden mit denen, die Ahdymsyn vom Erzbischof seiner eigenen Diözese, Staynair also, erhielte. Dafür aber konnte Ahdymsyn in diesem Fürstentum, in dieser Erzdiözese und in diesem Arbeitszimmer Gairlyng weder Anweisungen erteilen noch über ihn richten. Er konnte Staynair lediglich Bericht erstatten. Staynair aber war Tausende von Meilen entfernt. Er war in Chisholm, sofern er seinen Reiseplan einhielte. Wäre das nicht möglich, wäre er sogar noch weiter entfernt, in Emerald oder irgendwo auf dem Weg zwischen Eraystor und Cherayth. Doch Ahdymsyn war Staynairs persönlicher Vertreter. Er war ausdrücklich hier, um für einen reibungslosen Ablauf zu sorgen, alles vorzubereiten für Staynairs ersten Gemeindebesuch in Corisande, und das trotz seiner hierarchisch niedrigeren Stellung. Gairlyng hatte etwas anderes, *jemand* anderen erwartet. Sehr seltsam. Dieses Staynairsche Szenario warf jede Menge Fragen auf – mehr Fragen über die Person Zherald Ahdymsyn, als bisher beantwortet waren.

»Mein Lord«, sagte Gairlyng schließlich. »Ich fühle mich geehrt ob der Ehrlichkeit, mit der Sie mir Ihre Gefühle und Ihren Glauben geschildert haben. Daher will ich ebenso ehrlich Ihnen gegenüber sein. Ich wäre nie auf die Idee gekommen, Sie könnten eine derartige … Erneuerung Ihrer Spiritualität erfahren haben. Ich will damit nicht andeuten«, mit einer Geste wischte er etwaige Einwände beiseite, »aus meiner Sicht hätten Sie Ihr derzeitiges Amt lediglich aus zynischem Ehrgeiz heraus angenommen. Aber ich muss gestehen, dass ich Ihnen trotzdem Unrecht getan habe. Denn ich hatte angenommen, Sie handelten zumindest teilweise aus dem Motiv heraus, das Beste aus einer völlig aus dem Ruder gelaufenen Situation zu machen. Daher, muss ich gestehen, befinde ich mich nun in einem gewissen Dilemma.«

»Einem Dilemma, Eure Eminenz?« Fragend wölbte Ahdymsyn eine Augenbraue. Gairlyng stieß ein Schnauben aus.

»Ehrlichkeit verdient Ehrlichkeit, Mein Lord, vor allem zwischen Männern, die von sich in Anspruch nehmen, Diener Gottes zu sein«, sagte er.

»Eure Eminenz, ich bezweifle ernstlich, dass Ihr mir etwas sagen könntet, was mich wirklich überraschen würde«, gab Ahdymsyn trocken zurück. »Überraschen könnte mich lediglich Euer Geständnis, Ihr hättet Euer Amt als Erzbischof ausschließlich aufgrund Eurer tiefen Treue und Hingabe zum Kaiserreich Charis angetreten.«

»Nun …«, Gairlyng klang noch trockener als Ahdymsyn, »was das betrifft, kann ich Sie beruhigen. Aber«, er beugte sich ein wenig vor, und seine Miene verdüsterte sich, »ich habe zu gestehen, dass ich nicht geringe Vorbehalte hatte, als ich den Eid auf mein neues Amt abgelegt habe.«

Ahdymsyn neigte den Kopf zur Seite. Rasch warf Gairlyng einen Blick zu Mahkhynroh hinüber. Dieses Eingeständnis seinerseits war neu für den Bischof von Manchyr. Dennoch stand auf dem Gesicht seines anderen Besuchers nur ruhiges Interesse zu lesen. Sein Blick wanderte wieder zu Ahdymsyn zurück.

»Zunächst einmal: Ich hätte dieses Amt nie angenommen, unter keinen Umständen, wäre ich nicht selbst der Ansicht, Mutter Kirche – oder zumindest das Vikariat – sei hoffnungslos korrupt. Und mit ›hoffnungslos‹ meine ich auch ›hoffnungslos‹! Hegte ich die Hoffnung, jemand wie Zahmsyn Trynair könne Reformen verlangen oder jemand wie Zhaspahr Clyntahn würde Derartiges zulassen, hätte ich das Amt des Erzbischofs rundweg abgelehnt! Aber die Aussage, dass Mutter Kirche von ihren eigenen Vikaren tödlich verwundet worden ist, bedeutet aus meiner Sicht noch lange nicht, dass die Kirche von *Charis* damit unweigerlich im Recht ist! Es bedeutet auch nicht, dass ich, Wunder über Wunder, die Kirche von Charis für frei von politischer Einflussnahme durch das Kaiserreich Charis hielte. Mutter Kirche mag dem Bösen anheim gefallen sein. Aber sie war niemals dazu gedacht, Dienerin weltlichen Machthungers zu sein. Ich aber werde nicht wissentlich einer Kirche dienen, die nichts anderes ist als ein politisches Werkzeug!« Er zog eine Grimasse. »Die spirituelle Fäulnis in Zion erwächst aus der Pervertierung des Glaubens um der Macht willen. Ich bin nicht gewillt, einfach nur die Pervertierung im Namen der Macht von *Prälaten* gegen die Pervertierung im Namen der Macht von *Fürsten* einzutauschen!«

»Ich verstehe.« Ahdymsyn nickte. »Doch das Problem ist natürlich, dass die Kirche von Charis nur so lange zu überleben vermag, wie das Kaiserreich Charis in der Lage ist, ihr Schutz zu bieten. In dieser Hinsicht sind die beiden untrennbar miteinander verbunden. Es wird unweigerlich Zeiten geben, in denen religiöse Entscheidungen durch politische Entscheidungen beeinflusst werden. Und umgekehrt genauso, das versichere ich Euch!«

»Zweifellos.« Gairlyng hob die Hand und rieb sich vorsichtig mit Daumen und Zeigefinger die Nase. »Die Situation ist so unglaublich kompliziert, es gibt so viele verschiedene Fraktionen und Gefahren, dass es anders kaum sein könnte.« Er ließ die Hand wieder sinken und suchte Ahdymsyns Blick. »Trotzdem: wird die Kirche als eine Schöpfung des Kaiserreiches angesehen, wird sie in Corisande niemals wirklich akzeptiert! Nicht, wenn sich nicht etwas so drastisch ändert, dass ich es mir im Augenblick nicht einmal vorzustellen vermag. Was das betrifft, wäre es vielleicht besser gewesen, wenn man sie ›Reformierte Kirche‹ genannt hätte und nicht ausgerechnet Kirche von *Charis!*«

»Das wurde sogar in Erwägung gezogen«, gab Ahdymsyn zurück. »Man hat sich letztendlich dagegen entschieden. Denn die ›Vierer-Gruppe‹ hätte sie ohnehin als ›Kirche von Charis‹ bezeichnet, egal, wie *wir* sie genannt hätten. Daher schien es uns ratsamer, sich diesen Titel gleich zu eigen zu machen – ich beziehe mich hier natürlich auf das kirchliche Wir«, erklärte er und lächelte sein Gegenüber gewinnend an, »schließlich war ich an dieser Entscheidung nicht persönlich beteiligt. Ein weiterer Grund war natürlich die offensichtlich wechselseitige Abhängigkeit von Reich und Kirche – eine Abhängigkeit, die, wie erwähnt, wirklich über Leben und Tod entscheidet! Letztendlich hat man sich wohl dafür entschieden, weil man Ehrlichkeit und Offenheit für wichtiger hielt als die politischen oder propagandistischen Nuancen des Namens.«

»Das mag ja sein. Aber es lässt nicht mir nichts, dir nichts die unglückseligen Assoziationen verschwinden, die dieser Name bei sehr, sehr vielen Corisandianern unweigerlich weckt. Oder auch bei mir selbst. Dabei bin ich ja nun nicht einmal in Corisande geboren.« Gairlyng schüttelte den Kopf. »Ich fürchte, die Entscheidung für diesen Namen hat so viele Aspekte und ist derart komplex, Mein Lord, dass jeder, der behauptet, er verstehe alle Implikationen, sich zumindest des Selbstbetrugs schuldig macht. Aber ich hatte einige wichtige *Gründe* dafür, Erzbischof zu werden, vier an der Zahl.

Zunächst einmal bin ich, wie bereits gesagt, der Ansicht, Mutter Kirche ersticke schon viel zu lange in der Korruption und Verderbtheit ihrer derzeitigen Hierarchie. Von innen heraus *kann* sie nicht mehr reformiert werden. Reformen, sollten sie jetzt doch noch angegangen werden, geschähen nur unter dem Zwang einer äußeren Bedrohung. Meines Erachtens ist die Kirche von Charis genau diese äußere Bedrohung – dieses von außen kommende Verlangen nach Veränderung.

Der zweite wichtige Grund ist Folgender: Es geht mir darum, Glaubensverfolgung und Gegen-Verfolgung zu verhindern oder zumindest zu lindern. Denn Verfolgungen dieser Art befürchte ich in dem aufbrechenden Konflikt. Nur selten ist die Leidenschaft des Menschen so entfacht, wie wenn es um Belange der Seele geht, Mein Lord! Sie persönlich mögen noch so priesterlich sein – und Erzbischof Maikel noch so sanft –, aber Gewalt, Rache und Gegen-Rache werden schon bald ihren Part im Geschehen hier und anderswo spielen. Das soll mitnichten eine Anklage gegen Sie sein, nicht einmal eine Anklage gegen die Kirche von Charis. Denn diesen Konflikt hat die ›Vierer-Gruppe‹ begonnen, nicht Sie. Die ›Vierer-Gruppe‹ hat Charis fünf andere Fürstentümer auf den Hals gehetzt. Aber die Ereignisse in Ferayd haben bewiesen, wie schnell ein Glaubenskonflikt in Gewalttätigkeiten umschlagen kann. Ich möchte nicht erleben müssen, dass eine Vierer-oder-wie-viel-auch-immer-Gruppe hier in Corisande ihren Anfang nimmt. Als man mir dieses Amt angeboten hat, habe ich darin die beste Gelegenheit gesehen, derartige Auswüchse zumindest einzudämmen, hier in diesem Fürstentum, das mir zur Heimat geworden ist.«

Er hielt inne und blickte Ahdymsyn fest an, bis sein Gegenüber langsam und bedächtig nickte.

»Drittens«, griff Gairlyng seine Aufzählung wieder auf, »weiß ich eines: Es gibt unter den Priestern in Corisande deutlich mehr, die hinsichtlich des Zustandes von Mutter Kirche gleicher Meinung sind wie ich, als jemand im Tempel oder in Zion sich auch nur träumen ließe. Sie selbst sind Zeuge des Reformwillens in der Priesterschaft geworden, in Charis wie in Emerald; ich kenne ihn auch aus Chisholm. Der Klarheit halber spreche ich es trotzdem noch einmal aus: Die ›Vierer-Gruppe‹, ja, das Vikariat als Ganzes, hat einen unfassbar schweren Fehler begangen. Sie hat angenommen, dass sie nur die Stimmen der Kritik aus dem Inneren der Kirche unterdrücken müsste, um dafür zu sorgen, dass diese Stimmen und die Reformforderungen an Kraft verlieren. Sie hat daher die Macht der Inquisition dazu benutzt, Forderungen nach Reformen notfalls auch *mit Gewalt* zu unterdrücken. Hierin aber täuscht sich die ›Vierer-Gruppe‹. Ich könnte als Beispiele die Forderungen von Pastoren hier in der Stadt nennen. Bischof Kaisi weiß schon jetzt über einige von diesen Pastoren Bescheid. Aber ich hoffe, Mein Lord, Sie werden die Gelegenheit finden und schon bald einer Messe in der Kirche Sankt Kathryn beiwohnen. Wenn Pater Tymahn spricht, werden Sie eine Ihnen bestens vertraute Stimme wiedererkennen. Aber ich hoffe, Sie werden dann auch erkennen, dass es eine *corisandianische* Stimme ist, die Sie hören, nicht die eines Mannes, der sich selbst für einen Charisianer hält.«

Wieder hielt er inne und hob fragend eine Augenbraue. Erneut nickte Ahdymsyn, dieses Mal mit mehr Nachdruck.

»Eine berechtigte Unterscheidung, die ich auch bedenken werde«, bemerkte der Bischof. »Andererseits habe ich mich selbst, als alles begann, kaum als Charisianer gesehen. Ich könnte mir vorstellen, dass zu gegebener Zeit besagter Pater Tymahn selbst eine ähnliche Wandlung durchlaufen mag.«

»Das mag sein, Mein Lord.« Gairlyngs Tonfall verriet, dass er diese Wandlung eher für unwahrscheinlich hielt. »Ich will ganz ehrlich sein«, fuhr Gairlyng fort, »und zugeben, dass für eine beachtliche Zahl von Corisandianern eine der größten Schwierigkeiten Prinz Hektors Ermordung und die Ermordung des Kronprinzen ist. Welcher Fehler er sich aus dem Blickwinkel anderer Fürstentümer auch schuldig gemacht haben mag – und derer bin ich mir vermutlich deutlicher bewusst als die überwiegende Mehrheit in Corisande –, hier in Corisande selbst war Prinz Hektor sehr beliebt. Er wurde immens respektiert. Viele seiner Untertanen, vor allem hier in der Hauptstadt, bedauern seine Ermordung zutiefst. Dass die Kirche von Charis Cayleb dafür nicht verurteilt hat, macht ihnen diese Kirche immens verdächtig. Ehrlich gesagt, ist das einer der Punkte, den all jene, die offenen Widerstand sowohl gegen die Kirche als auch gegen das Kaiserreich organisieren, mit beachtlichem Erfolg für sich nutzen.«

»Die Kirche«, erwiderte Ahdymsyn, und zum ersten Mal klang seine Stimme eisig, »hat Kaiser Cayleb nicht für den Mord an Prinz Hektor verurteilt, weil die Kirche nicht glaubt, dass er dafür verantwortlich ist! Nun, man kann der Kirche Opportunismus vorhalten: Schließlich wäre es politisch sehr riskant, den einzigen weltlichen Beschützer, den die Kirche auf ihrer Seite weiß, für einen kaltblütigen Mord zu verurteilen. Nichtsdestotrotz gebe ich Ihnen mein Wort, dass Erzbischof Maikel und ich selbst ebenfalls aufrichtig und ehrlich glauben, Seine Majestät der Kaiser habe nicht das Geringste mit Prinz Hektors Ermordung zu tun. Eigentlich reicht als Grund schon aus, dass es unfassbar *töricht* von ihm gewesen wäre, so etwas zu tun! In Wirklichkeit ...«

Er schloss den Mund so heftig, dass man seine Zähne aufeinander schlagen hörte. Er vollführte eine zornige Geste, als wolle er etwas beiseitewischen. Dann ließ er sich in seine Sessellehne zurückfallen. Einige Sekunden lang herrschte völlige Stille im Raum. Schließlich rührte sich Gairlyng hinter seinem Schreibtisch.

»Sie werden sich erinnern, Mein Lord«, sagte er, und sein Tonfall war sonderbar ruhig, beinahe schon milde angesichts des soeben Gesagten, »dass ich von *vier* wichtigen Gründen sprach, dieses Amt anzutreten. Ich weiß genau, welche Anschuldigung Ihnen beinahe über die Lippen gekommen wäre. Sie haben sich bewusst davon *abgehalten*, es auszusprechen, weil Sie wissen, wie es in den Ohren anderer klingen mag. Sie glauben, es sei *Mutter Kirche* gewesen, die Prinz Hektor hat ermorden lassen!«

Ahdymsyn schien in seinem Sessel zu erstarren. Doch Gairlyng blickte ihn ruhig an.

»Ich glaube das nicht«, sagte der Erzbischof von Corisande sehr, sehr leise. Sein Blick krallte sich förmlich in den seines Gegenübers. »Nicht Mutter Kirche. Aber ich glaube auch nicht, dass es Kaiser Cayleb war. Und das, Mein Lord, ist mein *vierter* Grund.«

»Weil Ihr glaubt, dass Ihr aus diesem Amt heraus in der Lage sein werdet herauszufinden, wer die Ermordung denn nun angeordnet hat?«, fragte Ahdymsyn nach.

»Oh, nein, Mein Lord.« Mit grimmiger Miene schüttelte Gairlyng den Kopf. Er gestand, was er hatte nie aussprechen wollen, schon gar nicht vor seinen beiden Besuchern. »Nicht Mutter Kirche, habe ich gesagt. Aber ich bin überzeugt davon zu wissen, wer Prinz Hektor hat ermorden lassen.« Ahdymsyn riss die Augen auf, und Gairlyng lächelte freudlos. »Nein, ich glaube nicht, dass es *Mutter Kirche* war ... ich glaube, dass es der *Großinquisitor* von Mutter Kirche war«, sagte er leise.

»Was?!« Trotz seiner bemerkenswerten Selbstbeherrschung und der in all den Jahren gesammelten Erfahrung gelang es Ahdymsyn nicht, seine Überraschung zu verbergen. Gairlyngs schmallippiges Lächeln wurde ein wenig breiter, dabei aber keinen Deut herzlicher.

»Wie Sie, Mein Lord, kann ich mir nichts Törichteres, ja, *Dümmeres* vorstellen, was Cayleb hätte tun können. Und der junge Mann, den ich hier in Manchyr kennengelernt habe, ist alles andere als töricht oder dumm. Wenn ich mir dann alle anderen möglichen Kandidaten anschaue, drängt sich mir ein Name regelrecht auf. Anders als die überwiegende Mehrheit hier in Corisande habe ich Vikar Zhaspahr persönlich kennengelernt. Darf ich annehmen, für Sie gilt das ebenfalls?«

Ahdymsyn nickte, und Gairlyng zuckte die Achseln.

»Dann werden Sie gewiss verstehen, wenn ich sage, dass es in ganz Zion wohl keinen Mann gibt, der bereitwilliger als

Zhaspahr Clyntahn Zweckdienlichkeit allem anderen voranstellt. Clyntahn glaubt fest, seine eigenen Vorurteile seien ein genaues Abbild der Wünsche Gottes. Er ist mehr als jeder andere davon überzeugt, sein Verstand überrage den eines jeden anderen Sterblichen bei weitem. Prinz Hektors Ermordung bedeutet für Clyntahn nur eines: Er hat einen Fürsten aus der Rolle des Kriegsführers erlöst und ihn zum Märtyrer von Mutter Kirche gemacht. Für ihn selbst aber, so meint Clyntahn, entstünden dabei keinerlei Nachteile. Ich bin, so wahr ich hier sitze, davon überzeugt, dass er persönlich diese Ermordungen angeordnet hat! Beweisen aber kann ich es nicht. Noch nicht. Ich halte es sogar für möglich, dass niemand das je wird beweisen können. Aber selbst, wenn sich das eines Tages ändern sollte: Die Corisandianer wären dennoch nicht auf einen Schlag glücklich unter einer Fremdherrschaft. Dennoch werde ich auf Charis' Seite stehen, denn mir bleibt keine Wahl, als mich Clyntahn entgegenzustellen. Es geht nicht anders, nach allem, was ich über diesen Mann weiß, nach allem, was er meines Erachtens schon getan hat – und welche Mutmaßungen das hinsichtlich der Frage gestattet, was er in Zukunft noch alles zu tun bereit sein wird. Insofern darf man mich als ebenso treuen Sohn der Kirche von Charis betrachten wie jeden anderen auf dieser Welt auch.«

Zherald Ahdymsyn entspannte sich sichtlich und lehnte sich in seinem Sessel zurück. Mehrere Momente lang maß er den Erzbischof von Corisande schweigend mit seinem Blick. Dann zuckte er mit den Schultern.

»Eure Eminenz, das ist genau der Punkt, an dem auch meine spirituelle Reise begonnen hat. Ich bin also der Letzte, der Euch für den von Euch gewählten Weg kritisieren dürfte. Und was die Kirche von Charis betrifft: Ihr werdet feststellen, dass Erzbischof Maikel jedem diesen Ausgangspunkt zugesteht. Für ihn spielt erst einmal keine Rolle, ob Euch dann Euer Weg dorthin führen mag, wohin er mich geführt hat. Wie Clyntahn ist auch Staynair voller Zuversicht, eines Tages Gottes Ziel zu erreichen. Von dieser Überzeugung wird keiner von beiden je abrücken. Clyntahn aber ist dafür bereit zu tun, was ihm erforderlich scheint, um das Ziel zu erreichen, das er Gott nennt. Erzbischof Maikel indes vertraut darauf, dass Gott ihn zu dem Ziel führt, das *Er*, unser Herr, ersehnt. Das ist der Unterschied zwischen ihnen. Aber«, der Blick des Bischofs wurde deutlich herzlicher, »Ihr solltet Erzbischof Maikel persönlich begegnen! Ihr solltet einen oder zwei Fünftage in seiner Gegenwart verbringen! Wenn Ihr dann immer noch voller Überzeugung sagt, *nicht* jeder Teil der Kirche, für deren Aufbau er verantwortlich ist, sei Eurer ganzen Unterstützung würdig, wäret Ihr der erste Unbekehrbare, dem *ich* bisher begegnet wäre!«

.III.

Königlicher Palast, Stadt Manchyr, Fürstentum Corisande

Erleichtert seufzte Sir Koryn Gahrvai. Endlich durfte er die kühlen, schattigen Räumlichkeiten des Palastes betreten und war aus der glutheißen Sonne heraus! In Manchyr war der November immer besonders warm. Aber *dieser* November schien fest entschlossen, einen neuen Rekord aufzustellen.

Das Letzte, was wir gebrauchen können! Nicht noch zusätzlich zu allem anderen!, dachte er, während er forschen Schrittes den Korridor hinunterging. *Wir haben weiß Langhorne genug andere Dinge, die überall im ganzen verdammten Fürstentum für genügend Hitze sorgen!*

Bedauerlicherweise war Gahrvai in einer deutlich besseren Position, das zu beurteilen, als ihm lieb war.

Seiner ansichtig nahmen die Wachen vor der Tür zum Ratszimmer Haltung an. Kurz nickte er ihnen zu. So ließ er sie wissen, dass er diese militärische Geste der Höflichkeit durchaus zu schätzen wusste. Er kannte die beiden Soldaten. Sie hatten zu seiner Hauptquartier-Abordnung gehört, vor den ... Unannehmlichkeiten am Talbor-Pass. Das war der Hauptgrund, weswegen man sie für die Aufgabe als Leibwachen ausgewählt hatte. Im Augenblick war die Anzahl der Leute, denen er weit genug vertraute, sie mit einer Waffe in der Hand hinter sich zu ertragen, doch recht, nun ... eingeschränkt. Gelinde gesagt. Gahrvai trat durch die Tür, durch die man in den Garten gelangte.

»Es tut mir leid, dass ich zu spät bin«, sagte er, als sein Vater von seinem Gespräch mit dem Grafen Tartarian aufblickte.

»Alyks neuester Bericht ist noch reingekommen, gerade als ich mein Arbeitszimmer verlassen wollte.«

»Sei unbesorgt«, gab sein Vater ein wenig mürrisch zurück, »viel hast du nicht verpasst! Weit sind wir heute wirklich nicht gekommen.«

Gahrvai wünschte sich, der säuerliche Tonfall wäre überraschend. Doch Sir Rysel Gahrvai, seines Zeichens Graf Anvil Rock, hatte ausreichend Grund, schlechter Laune zu sein. Als ranghöherer der beiden designierten Ko-Regenten für Prinz Daivyn hatte er den Vorsitz über den Regentschaftsrat erhalten. Das war in etwa die undankbarste Aufgabe im ganzen Fürstentum. Nun ja, vielleicht abgesehen von der neuesten Aufgabe, die einem gewissen *Koryn* Gahrvai zugefallen war.

Vielleicht gab es ja im Fürstentum noch sechs Adlige, die Anvil Rock nicht eines persönlichen Handels mit Cayleb Ahrmahk zeihten. Aber wer das sein sollte ... keine Ahnung! Denn abgesehen von Tartarian (der in jüngster Zeit vermutlich genauso verabscheut wurde wie Anvil Rock selbst), fielen Gahrvai nur noch genau drei Ratgeber des verstorbenen Prinzen Hektor ein, die aufrichtig glaubten, Anvil Rock und Tartarian seien nicht nur auf das eigene Wohlergehen aus.

Glücklicherweise gehörte zu diesen dreien auch Sir Raimynd Lyndahr, der nach wie vor als Intendant der Zivilliste fungierte. Die beiden anderen – Edwair Garthin, also Graf North Coast, und Trumyn Sowthmyn, also Graf Airyth – hatten sich bereit erklärt, ebenfalls im Regentschaftsrat zu dienen (auch wenn insbesondere North Coast es etwas an Enthusiasmus vermissen ließ). Beiden war bewusst, dass irgendjemand diese Aufgabe erfüllen *musste.* Erzbischof Klairmant Gairlyng, dessen Amt ihn zu einem Mitglied des Rates machte, schien einer Meinung mit North Coast und Airyth zu sein, was Anvil Rock und Tartarian betraf. Er aber hatte nie Hektors Rat angehört. Die beiden noch fehlenden Mitglieder des Regentschaftsrates waren Herzog Margo und Graf Craggy Hill – beide im Moment nicht anwesend. Sie hatten zu Hektors Rat gehört ... und teilten die Skepsis des restlichen Adels von Corisande hinsichtlich der wahren Motive von Anvil Rock und Tartarian voll und ganz.

Sie werden nicht sonderlich gnädig reagieren, wenn sie von dieser Ratssitzung in ihrer Abwesenheit erfahren, ging es Gahrvai durch den Kopf, während er auf seinen Platz am runden Besprechungstisch zuschritt. *Andererseits wüsste ich wirklich nicht, womit man sie* überhaupt *gnädig stimmen könnte!*

Sir Bairmon Chahlmair, Herzog Margo, war der höchstrangige Adelige im Regentschaftsrat. Er war auch entfernt – *sehr* entfernt – mit Prinz Hektor verwandt gewesen. Daher war es nicht allzu überraschend, wenn er sich darüber ärgerte, dass ein einfacher Graf für Daivyn als Regent eingesetzt wurde und nicht er. Wahlys Hillkeeper, Graf Craggy Hill, hingegen war ein Krake ganz besonderer Art. Vielleicht entwickelte Margo angesichts der Umstände Ehrgeiz in eine gewisse Richtung. Gahrvai hielt das aber eher für unwahrscheinlich. Zweifel hinsichtlich Craggy Hills Machthunger besaß er hingegen nicht. Deutlich war der Ehrgeiz des Grafen zu spüren, mehr, als ihm selbst bewusst war. Dabei besaß er im Gegensatz zu Margo nicht einmal den Hauch eines Anspruchs auf die Krone.

Gut war, dass beide immer, wenn es auf eine Abstimmung hinauslief, mit sechs zu zwei unterlagen. Schlecht war, dass ihre Unfähigkeit, die Entscheidungen des Rates zu beeinflussen, sie enger hatte zusammenrücken lassen. Schlimm war, dass einer von ihnen – *mindestens* einer von ihnen – seine eigene Version der Ratssitzungen an Personen weitertrug, die davon eigentlich nichts hätten erfahren dürfen.

Was vielleicht erklärt, warum sich Vater nicht sonderlich viel Mühe gemacht hat, die beiden heute hierher zu locken, sinnierte Gahrvai.

»Ach, Rysel, eigentlich stimmt das ja gar nicht. Ein bisschen was haben wir schon geschafft«, merkte Tartarian in deutlich milderem Tonfall an.

»Oh, ich bitte um Verzeihung!« Anvil Rock verdrehte die

Augen. »Bislang ist uns eines gelungen: Wir haben uns auf die Summe geeinigt, die wir Daivyn neben seinen eigenen Einkünften als finanzielle Grundlage zugestehen wollen. Eine Idee allerdings, wie wir ihm das Geld zukommen lassen sollen, ist uns noch nicht gekommen. Aber, richtig, genau, es wird uns noch etwas einfallen … irgendwann.«

»Sie, Rysel, sind, wie ich merke, ja noch erschöpfter als ich!«, stellte Tartarian fest. »Wie auch anders! Aber leider müssen wir unbedingt noch entscheiden, wie wir mit General Chermyns Korrespondenz umgehen.«

»Umgehen?«, wiederholte Anvil Rock. »Wie genau sollen wir denn damit ›umgehen‹, Taryl? Ich sehe es doch wohl richtig, dass wir da unsere Marschbefehle erhalten haben. Was heißt da also damit ›umgehen‹?!«

Gahrvai fand auch die offenkundig düstere Stimmung seines Vaters nicht überraschend.

»›Marschbefehle‹ mag ich Chermyns Briefe nun nicht nennen«, erwiderte Tartarian ruhig. »Und Sie würden das auch nicht tun, wenn Sie sich nicht gerade in einen Wutanfall hineinsteigern würden.«

Anvil Rock riss die Augen auf. Erbost wollte er Tartarian eine Erwiderung entgegenbellen, mäßigte sich dann aber.

»Also gut«, gestand er widerwillig ein. »Ist schon richtig. Ich werde versuchen, meine Wut nicht an Ihnen auszulassen.«

»*Ein bisschen*, Rysel, dürfen Sie sich schon an uns abreagieren«, gab Lyndahr mit einem kleinen Lächeln zurück. »Wir haben ja schließlich auch reichlich Wut im Bauch. Trotzdem hat Taryl nicht ganz Unrecht. So wie ich das sehe, versucht der Vizekönig-General«, Gahrvai war klar, dass Lyndahr Chermyns offiziellen Titel ganz bewusst gewählt hatte, »immer noch sein Bestes gibt, uns so wenig zu belasten wie möglich.«

Anvil Rock wirkte, als hätte er dieser Einschätzung liebend gern widersprochen. Stattdessen nickte er.

»Zugegeben: er gibt sich redlich Mühe, uns höflich zu behandeln«, entgegnete er. »Ich weiß das auch sehr zu schätzen. Aber die bedauerliche und unabänderliche Tatsache, Raimynd, ist, dass er uns nichts erzählt, was wir nicht schon wüssten. Noch bedauerlicher ist, dass ich im Augenblick beim besten Willen nicht weiß, wie sich das ändern ließe!«

Er blickte sich am Tisch um, als wolle er die anderen auffordern, Vorschläge zu unterbreiten. Doch niemand reagierte auf die Aufforderung. Anvil Rock stieß ein säuerliches Schnauben aus.

»Darf ich annehmen, der Vizekönig-General hat der Ereignisse jüngster Zeit wegen seiner Besorgnis Ausdruck verliehen?«, erkundigte sich Gahrvai nach kurzem Schweigen. Sein Vater nickte.

»Ganz genau das hat er getan. Eigentlich kann ich es ihm kaum verübeln. Ich meine, wäre ich an seiner Stelle, würde ich mittlerweile vermutlich schon ganz andere Dinge tun, als nur meiner Besorgnis Ausdruck zu verleihen.«

Nüchtern nickte Gahrvai. Angesichts dieser Welle weiß glühenden Zorns, der nach der Ermordung Prinz Hektors über ganz Corisande hinweggebrandet war, durfte man sich über offen gezeigten Unmut oder gar Hass wahrlich nicht wundern. Dass aus mehr oder weniger zufälligen Zusammenrottungen Demonstrationen und aus Demonstrationen zunehmend ausgewachsene Unruhen wurden, war da nur logisch. Unruhen, bei denen es unweigerlich auch noch zu Plünderungen und Brandstiftung kam, wenn die Stadtwache oder (was deutlich häufiger geschah, als es Gahrvai recht war) Chermyns Marines sie nicht fast augenblicklich wieder eindämmten.

Man konnte es eine sonderbare Wendung des Schicksals nennen, dass diejenigen, die Opfer der Ausschreitungen wurden, Händler und Ladeninhaber waren. Vielen von ihnen hatte man Wucher vorgeworfen. Schließlich hatten sie deutlich die Preise angehoben, als die charisianische Blockade sich ernstlich auf das Fürstentum auszuwirken begann. Gahrvai war überzeugt davon, dass im Zuge der Ausschreitungen auch die eine oder andere private Fehde zum Abschluss gebracht wurde (und die hatte dann nicht die Bohne mit der Treue zum Hause Daykyn zu tun). Mit Sicherheit sollten einige der Brandstiftungen dafür sorgen, dass niemand mehr wusste, wer wem noch wie viel schuldete. Aber Gahrvai hatte keine Beweise dafür. Noch nicht zumindest. Aber selbst wenn manche Aspekte der Ausschreitungen nicht allzu viel mit patriotischer Entrüstung zu tun hatten, ließ sich doch nicht bestreiten, dass dahinter echter Zorn gegen die Besatzer aus Charis stand.

Verständlich oder nicht: Die Unruhen, die aus diesem Zorn geboren wurden, hatten unausweichlich Konsequenzen. Die Bedingungen, die Kaiser Cayleb dem Fürstentum auferlegt hatte, waren weniger hart ausgefallen, als die Jahrzehnte der Feindschaft zwischen Charis und Corisande hatten erwarten lassen. Gahrvai war aber überzeugt, dass sie sogar noch härter waren, als Cayleb das eigentlich bevorzugt hätte. Der Kaiser hatte die Zeichen an der Wand wohl zu lesen gewusst.

»Richtig, Vater«, sagte er. »Unter den gegebenen Umständen ist es wahrscheinlich ganz gut, dass der Vizekönig-General die Unausweichlichkeit derartiger Dinge erkennt. Wenigstens wird er nicht überreagieren.«

»Ja, wenigstens das«, bestätigte North Coast.

Der Graf war von untersetzter Figur. Seine Leibesfülle nahm deutlich zu, seit er ins mittlere Alter kam. Das allmählich schütter werdende Haar war mit Grau durchzogen. Nur noch hin und wieder verriet eine Strähne, wie leuchtend rot sein Schopf einst gewesen war. Der Blick aus den grauen Augen wirkte besorgt.

»Egal, was geschieht: *über*reagieren wird Chermyn nie, Mein Lord!«, bemerkte Gahrvai. »Aber wenn wir diese Unruhen nicht in den Griff bekommen, wird er sich bedauerlicherweise irgendwann genötigt sehen, deutlich energischer einzugreifen. Es wird ihm gar nichts anderes übrig bleiben.«

»Ja, genau, Koryn«, bestätigte Graf Airyth mit düsterer Miene. »Aber wenn das geschieht, wird sich die Lage drastisch verschlimmern.«

»Und zweifellos hält er sich genau deswegen derzeit noch zurück!«, betonte Lyndahr. In seinem Sessel drehte er sich ein wenig zur Seite, um Gahrvai besser anschauen zu können. »Und damit wären wir bei Ihnen, Sir Koryn.«

»Ich weiß«, seufzte Gahrvai.

»Du hast gesagt, du hättest einen Bericht von Alyk erhalten?«, fragte Anvil Rock.

»Ja. Wahrscheinlich kann man diesen Bericht beinahe schon als gute Nachricht betrachten, wenn man ihn mit allem anderen aus jüngster Zeit vergleicht. Er meldet, seine berittenen Konstabler seien schon fast einsatzbereit.«

Sir Alyk Ahrthyr, seines Zeichens Graf Windshare, stand in dem Ruf, zu Unverblümtheit zu neigen. Gahrvais Ansicht nach hatte Windshare sich diesen Ruf auch redlich verdient. Mehr als einmal hatte man ihm vorgeworfen, er würde zu impulsiv handeln. Eines war sicher: Kein Wörterbuch auf ganz Safehold würde jemals den Namen ›Windshare‹ als Synonym für ›ruhige, durchdachte Reaktion‹ verwenden.

In edler Selbsterkenntnis wusste Windshare, dass er nicht gerade der Hellste unter Gottes Sonne war. Gahrvai wusste besser als die meisten, dass der ungestüme Graf durchaus dazugelernt hatte. Mittlerweile hielt er erst einmal inne und dachte, nun … ach, *wenigstens* dreißig oder vierzig Sekunden lang nach, bevor er sich geradewegs ins Getümmel stürzte. In vielerlei Hinsicht war er alles andere als der ideale Kommandeur der berittenen Patrouille. Zu deren Aufgaben nämlich würde schon bald gehören, auf dem Land für Ruhe und Ordnung zu sorgen. Allerdings verfügte Windshare über zwei Qualifikationen, die seine Schwächen wieder aufwogen.

Erstens vertrauten die Überlebenden von Gahrvais Armee Windshare ebenso unbedingt, wie sie Gahrvai vertrauten – ganz egal, wie andere darüber denken mochten. Sie *wussten* (ob der Rest des Fürstentums nun bereit war, das zu glauben oder nicht), dass unter den gegebenen Umständen niemand besser die Armee hätte führen können, als Gahrvai, Windshare und Sir Charlz Doyal das getan hatten. Sie *wussten*, dass die Kombination aus neuen Gewehren, mit denen die charisianischen Marines angegriffen hatten, und der ohnehin schon todbringenden Flexibilität der Charisian Navy einfach zu viel gewesen war. Kein General hätte dieser technischen Übermacht standhalten können – es sei denn, er wäre etwas anderes gewesen als nur ein einfacher Sterblicher, ja, dann vielleicht. Die Soldaten *wussten*, dass ein anderer Kommandeur, andere Generäle vielleicht deutlich mehr von ihnen in dieser Schlacht verheizt hätten. Aus diesem Grund waren die Überlebenden durchaus bereit, weiterhin auf ihre alten Kommandeure zu vertrauen. Dieses Vertrauen – diese Treue – war kostbarer als alle Rubine Safeholds.

Ebenso wichtig wie das Vertrauen, das die Truppen in Windshare setzten, war, dass *Gahrvai* dem Grafen völlig vertraute. Vielleicht nicht, ohne hin und wieder ein wenig an dessen Urteilsvermögen zu zweifeln, wie er sich selbst eingestand. Aber selbst dem von Impulsivität getrübten Urteil des Grafen vertraute er immer noch deutlich eher als dem eines der Mitglieder des Regentschaftsrates. Denn Alyk Ahrthyr war treu und integer. Und mutig.

Ja, ja, er hat eben nicht den schärfsten Verstand, den das Fürstentum zu bieten hat! Na und? So wie die Dinge liegen, kann man eben nicht alles haben! Drei von vieren ist doch nun auch nicht schlecht!

»Was ist mit dem Rest der Armee, Koryn?«, erkundigte sich Tartarian.

»Es könnte besser sein, es könnte aber auch schlimmer sein.« Gahrvai zuckte die Achseln. »General Chermyn hat genug Musketen für die uns zugestandene Truppenstärke ausgeben lassen. Diese Waffen wurden bereits auf die neuen Bajonette umgerüstet. Eine Artillerie haben wir im Augenblick nicht, und um ehrlich zu sein, kann ich ihm das wirklich nicht vorwerfen. Und die Musketen haben immer noch glatte Läufe. Aber sie sind immer noch deutlich besser als das, was alle anderen haben. Das meinte ich mit ›es könnte schlimmer sein‹ – keiner der Unruhestifter, mit denen wir es wohl zu tun bekommen werden, verfügt über genügend Feuerkraft, es wirklich mit uns aufzunehmen. Bedauerlicherweise habe ich nicht einmal annähernd so viele Männer, wie ich gerne hätte. Oder so viele, wie ich verdammt noch mal *brauchen* werde, bevor das alles hier vorbei ist. Die Männer, die ich habe, sind alle ausgebildete *Soldaten*, keine Stadtwachen. Im Einsatz habe ich sie noch nicht erlebt. Aber ich fürchte, sie werden sich wie Kampftruppen statt wie Gardisten benehmen. Und das könnte … unschön werden. Damit hätten wir auch das ›es könne besser sein‹ abgehakt.«

»Wie viel Mann haben Sie denn? Wie viele haben *wir?*«, fragte North Coast nach. Gahrvai blickte ihn an, und der Graf zuckte mit den Schultern. »Ich weiß, dass Sie uns diesbezüglich ein Memorandum hatten zukommen lassen. Ich habe es auch gelesen – doch, wirklich! Mein Augenmerk galt allerdings der Flotte.«

Sogar verständlich, dachte Gahrvai. North Coasts Grafschaft befand sich auf der Windstochter-Insel, die von der corisandianischen Hauptlandmasse durch den östlichen Margo-Sund und den Weißpferd-Kanal abgetrennt war. Die Windstochter-Insel war beinahe halb so groß wie die Insel Corisande selbst, aber weniger dicht besiedelt: Corisande hatte mehr als viermal so viele Bewohner. Größtenteils war die Windstochter-Insel von uralten Wäldern bedeckt. Neunzig Prozent der Bevölkerung lebten fast unmittelbar an der Küste. Das Volk auf dieser Insel neigte dazu, die Bewohner der Großen Insel als Ausländer anzusehen. Sie schienen angesichts von Prinz Hektors Ermordung nicht annähernd so erzürnt wie die Bürger von Manchyr.

Bislang zumindest. Unter diesen Umständen überraschte es Gahrvai nicht, dass sich North Coast mehr Gedanken darum machte, inwieweit die Patrouillen der charisianischen Flotte sich auf seine Fischer auswirken mochten, als darum, wie stark die Garnison sein würde, die man auf seiner Insel stationieren wollte.

»Unsere Gesamtstärke – und ich meine damit: unsere gesamte *Kampfstärke* – wird ein wenig unterhalb von dreißigtausend Mann liegen«, erklärte er. »Ich weiß, dreißigtausend klingt nach viel. Ich bin sogar ehrlich überrascht, dass Cayleb uns überhaupt gestattet, so viele Corisandianer wieder zu bewaffnen. Aber in Wirklichkeit sind dreißigtausend Mann nicht viel, Mein Lord – nicht wenn man bedenkt, wie groß das Fürstentum eigentlich ist. Solange ich die Truppen zusammenhalten kann, werden sie in der Lage sein, sich allem entgegenzustellen, was sie bedroht. Aber wenn ich sie in kleinere Einheiten aufspalten muss – und das Shan-wei noch mal wird nötig sein! –, sieht das anders aus. Ich habe keine Ahnung, wie wir Truppenabteilungen an alle Orte schaffen sollen, wo sie gebraucht werden. Nicht, wenn die Abteilungen groß genug sein sollen, um irgendetwas auszurichten, neue Musketen hin oder her.«

Düster nickte North Coast.

»Das eigentliche Problem«, merkte Anvil Rock an, »ist, dass wir über genug Kampfstärke verfügen müssen, um aufflackernde Feuer sofort eindämmen zu können. Aber die Truppenstärke reicht nicht aus, um überall Präsenz zeigen zu können.« Er wirkte sehr unzufrieden. »Und das eigentliche Problem dabei, wenn man Feuer austrampelt, ist, dass alles in Nähe des Feuers gleich mit zertrampelt wird.«

»Ganz genau, Vater. Deswegen war ich ja so froh über Alyks Bericht. Ich werde seine Männer so rasch wie möglich auf die anderen größeren Städte verteilen, vor allem die unten im Südosten. Alyk wird keine seiner Abteilungen so groß aufstellen können, wie wir das alle gern hätten. Aber sie werden viel mobiler sein als unsere Infanterie-Abteilungen. Sie werden ein viel größeres Gebiet abdecken können. Kavallerie dürfte meines Erachtens auch für die örtliche Stadtwache ein wenig ... beruhigender sein.«

»Beruhigender?« Sein Vater verzog die Lippen zu einem schmalen Grinsen. »Meinst du nicht eher ›einschüchternd‹?«

»In gewisser Hinsicht ja«, gestand Gahrvai. »Andererseits ist es vielleicht ganz gut, wenn etwaige Unruhestifter schon von vornherein ein bisschen eingeschüchtert sind. Ich jedenfalls werde mich nicht beschweren, falls die Konstabler den Offizieren der Garde vorschlagen sollten, sich doch bitte daran zu erinnern, dass ihre Aufgabe darin besteht, für die öffentliche Ordnung zu sorgen, und nicht patriotische Aufstände anzuführen.«

»Ich auch nicht«, gab Anvil Rock zurück. »Auch wenn ein Teil von mir genau das am liebsten tun würde – einen patriotischen Aufstand anführen –, und nicht das, was ich gerade *tatsächlich* tue!«

Auf diese Bemerkung wusste niemand etwas zu entgegnen. Schließlich zuckte der Graf mit den Schultern.

»Also gut, Raimynd«, sagte er. »Nachdem Koryn jetzt seine Truppen so weit hat, dass sie fast schon einsatzbereit sind, sollten wir uns wohl allmählich überlegen, wie wir sie entlohnen, nicht wahr?« Sein Lächeln war sehr frostig. »Ich bin mir sicher, das wird *auch* jede Menge Spaß machen!«

.IV.

HMS *Rakurai*, Gorath Bay, Königreich Dohlar und HMS *Devastation*, Kings Harbour, Helen Island, Altes Königreich Charis

Die Nachmittagsbrise hatte deutlich aufgefrischt. Sie fegte über das dunkelblaue Wasser und sorgte für Wellen von fast zwei Fuß Höhe. Hier und da brachen sich weiße Schaumkronen, und der Wind pfiff durch die Takelage. Der Hafen in der Gorath Bay war gut geschützt und fast das ganze Jahr über eisfrei. Doch im Augenblick lag die Lufttemperatur nur knapp oberhalb des Gefrierpunkts. Da geriet selbst ein abgehärteter Seebär leicht ins Zittern, wenn der Wind über die gewaltige, baumlose Ebene der Bucht strich.

Die dohlaranischen Seeleute, die an Deck von HMS *Rakurai* versammelt waren, zitterten sogar ganz ordentlich, während sie dastanden und auf Befehle warteten.

»Hol nieder die Bramstengen!«

Captain Raisahndos Stimme erscholl vom Achterdeck des umgebauten Handelsschiffes. Er gab das übliche vorbereitende Kommando. Die Deckoffiziere warfen ihren Abteilungen warnende Blicke zu. Graf Thirsk hatte sich dafür entschieden, die *Rakurai* an diesem Nachmittag mit seiner Anwesenheit zu beehren. Jedem an Bord war deutlich bedeutet worden, es wäre ein sehr, sehr schlechter Tag, um weniger als perfekt zu sein.

»Toppsgasten in die Wanten!«

Füße trampelten über Deck, als die Matrosen in die Wanten stürmten. Wie Affenechsen kletterten sie daran empor, schossen hinauf in die Takelage. Doch mit dem üblichen Liebreiz in der Stimme spornten die Deckoffiziere sie an, noch schneller zu machen.

»Toppsgasten enter auf!«

Der neue Befehl kam, bevor sie überhaupt oben angekommen waren, und schickte sie noch höher hinauf, bis zur Spitze des oberen Mastes.

»Klar bei Bramstengen, an die Mast-Taue!«

Noch mehr Seeleute eilten zu ihren Stationen an Deck und bemannten die Taue, die durch Blöcke an Deck liefen, dann durch die Blöcke am Topp einer jeden Mastspitze und zurück nach unten durch die bronzenen Taljen, die sich auf der Plattform an der Halterung des Mastfußes befanden. Jedes Tau führte sodann wieder den Mast hinauf, wo es an der anderen Seite der Mastspitze an einem Augbolzen befestigt war. Der am Mastfuß vorhandene Seilzug diente dazu, das Gewicht des Mastes zu halten, während er von den Deckmannschaften an den Tauen kontrolliert von oben herabgelassen werden konnte. Andere Matrosen lockerten schon die Stagen und Wanten der Bramstenge, als das nächste Kommando ertönte.

»Hol durch!«

Die Mast-Taue spannten sich, und die beaufsichtigenden Offiziere an jedem einzelnen Mast überprüften noch einmal kritisch das ganze Manöver, bevor sie durch Heben der Hand das Zeichen »Klar!« gaben.

»Lösen und ausschwingen!«

Die Männer an den Tauen warfen sich noch mehr ins Zeug, und hoch oben über Deck kam jede Bramstenge langsam auf, als die Mast-Taue angezogen wurden. Dabei hob sich der Mastfuß ein wenig aus der quadratischen Öffnung seiner Halterung (gerade groß genug, dass sich der Mast darin bewegen konnte), und ein schon bereit stehender Toppsgast entfernte den spitz zulaufenden Hartholzzapfen, der durch den Mastfuß führte und ihn in der Halterung sicher befestigte.

»Alle fier weg!«

Langsam, geradezu elegant und beinahe gleichzeitig glitten die Bramstengen herab, als die Männer an den Tauen dem Befehl nachkamen. Sorgleinen und Mast-Taue geleiteten die Stengen sicher nach unten. Der Ankerplatz lag gut genug geschützt, als dass selbst die lebhafte, auffrischende Brise das Manöver nicht wirklich in Gefahr bringen konnte.

Bei diesem Manöver ging es nicht darum, die Bramstengen bis hinunter auf Deck zu verbringen, um sie dort sicher zu verstauen: Sie wurden vielmehr nur bis zur Mars, der Plattform der nächst niedrigeren Mastabteilung, herabgelassen. Während die Stengen herunterkamen, kümmerten sich andere Toppsgasten gleichzeitig um die übrige Takelage. Vorsichtig fierten sie Stagen und Pardunen zusammen mit den herabsinkenden Mastteilen und befestigten sie schließlich an den Toppbeschlägen. Hätten die Bramstengen für eine gewisse Zeit niedergeholt bleiben sollen, dann hätte man die Stage normalerweise zur besseren Kontrolle noch durch besondere Laschungen gesichert. Heute Nachmittag aber wollte sich niemand mit solchen Feinheiten aufhalten. Es hätte einfach keinen Sinn gehabt. Denn alle an Bord wussten, dass ihnen das Vergnügen bevorstand, das ganze Manöver noch mindestens dreimal zu wiederholen, ehe dieser Tag endlich ein Ende hätte.

»Alle Mann zurück an Deck!«

Dieses Kommando holte sämtliche Toppsgasten wieder nach unten. Zuvor war eine kräftige Leine durch die Öffnung im Mastfuß geführt und um die Marsstenge herum befestigt worden, um die Bramstenge an ihrem Platz zu halten. Jetzt, da Mars- und Bramstengen zusammengeflanscht waren, sah das Schiff aus, als hätte man es geköpft. Aber durch die niedergeholte und sicher verstaute Bramstenge reduzierte sich die Höhe der gesamten Takelage um fast ein Drittel. Dadurch wurde zum einen in der Höhe der Windwiderstand reduziert, zum anderen war damit der Schwerpunkt der Takelage insgesamt nach unten verlagert. Das mochte zweifellos den schmalen Grat ausmachen, der zwischen Überleben und Untergang in den Klauen eines Wintersturmes entschied.

Das letzte Tau war gefiert, die letzte Leine gesichert, und alle an Deck warteten gespannt ab, während der Captain und der Admiral das Werk betrachteten. Einen Moment lang herrschte völlige Stille an Deck. Nur das Rauschen von Wind und Wellen war zu hören, die Pfiffe der Wyvern und die Schreie der Möwen. Dann blickte Graf Thirsk Raisahndo an und nickte mit ernster Miene.

Niemand war töricht genug, in lauten Jubel auszubrechen, als der Admiral auf diese Weise seiner Befriedigung Ausdruck verlieh. Selbst die Männer, die man zum Dienst gepresst hatte, waren mittlerweile lange genug an Bord, das zu wissen. Aber hier und da war ein breites Grinsen zu sehen, geboren aus Erleichterung (niemand hatte auch nur darüber nachdenken wollen, wie der Captain reagierte, wenn seine Mannschaft ihn vor dem Admiral blamiert hätte) und Stolz – dem Wissen, dass alles gut gewesen war. Ein solches Manöver im Hafen war natürlich ein Kinderspiel im Vergleich dazu, dergleichen auf hoher See zu vollbringen, im Dunkeln, auf einem Schiff, das rollte und stampfte. Die meisten von ihnen wussten das – einige, nämlich die relativ kleine Anzahl erfahrener Matrosen, die unter ihnen war, sogar aus eigener unschöner Erfahrung. Doch sie wussten auch, dass sie ein Manöver wie dieses früher oder später würden durchführen müssen. Keiner von ihnen war erfreut darüber, nur um des Schwitzens willen ins Schwitzen zu geraten. Aber die überwiegende Mehrheit zog es wirklich vor, hier in der Sicherheit des Hafens die erforderlichen Kenntnisse zu erwerben, als sie auf den letzten Drücker meistern zu müssen, in einem Notfall auf hoher See, wenn es möglicherweise um Leben und Tod ging.

In mancherlei Hinsicht war das eine ungewöhnliche Einstellung, vor allem für Besatzungen, zu der derart viele unerfahrene Landratten gehörten. Wenn Presspatrouillen angehende

Matrosen aus ihren gemütlichen Heimstätten entführten – fort von Frauen und Kindern, die doch von ihnen abhängig waren –, neigten besagte Matrosen dazu, diesen Umstand zu missbilligen. Angesichts der Gefahren, die während einer Schlacht drohten, ganz zu schweigen von Krankheiten oder Unfällen, standen die Chancen nicht gerade überwältigend gut, Frauen und Kinder jemals wiederzusehen. Das allein reichte schon aus, um jedem Familienvater das Herz zu brechen. Dazu kam noch, dass niemand wusste, ob die Familien ohne ihren Ernährer überhaupt würden überleben können: Fast allen drohte ein Dasein in Elend und Hunger. Unter diesen Umständen war es kaum überraschend, dass man alle zum Zwangsdienst einberufenen Männer immens antreiben musste, damit sie ihre Aufgaben erfüllten – oft mit sorgfältig berechneter Grausamkeit. Irgendwann mussten sie eine Mannschaft bilden, auf die man sich verlassen konnte. Hin und wieder misslang das gänzlich. Selbst denjenigen, die letztendlich ihren Platz an Bord fanden, mangelte es immer noch an Erfahrung – bislang zumindest – zu begreifen, warum unnachgiebige Ausbildung so wichtig war. Wichtig auch für *sie selbst*, nicht nur für die anspruchsvollen, tyrannischen Offiziere und die unerbittlichen Bootsmänner. Normalerweise war niemand erfreut, an einem eisig kalten Nachmittag die Wanten hinauf- und hinunterzuklettern. Schließlich hätte man sich ja auch unter Deck aufhalten können und wäre dort wenigstens vor dem schneidenden Wind geschützt gewesen.

Doch an Bord der *Rakurai* herrschte ein anderes Klima. Tatsächlich unterschied es sich drastisch von der Atmosphäre, die man sonst an Bord fast aller dohlaranischen Schiffe erlebt hätte, deren Mannschaft aus so vielen Zwangsrekrutierten bestand. Zum Teil lag das daran, dass man dieses Mal von jeglicher Brutalität so weit wie möglich abgesehen hatte. Die Brutalität, die sich nicht vermeiden ließ, hatte man sorgsam kalkuliert, sie an die Umstände angepasst, die sie eben erforderlich machte, und sie dann mit skrupelloser Unparteilichkeit allen in gleichem Maße angedeihen lassen. Es hatte immer noch zumindest einige Zwischenfälle gegeben, die sich gewiss hätten vermeiden lassen: Einer der Bootsmaate, der noch ganz der alten Schule anhing, hatte beispielsweise zu gern seine Fäuste zum Einsatz gebracht oder sich auf seinen ›Motivator‹ verlassen (ein kurzes Seil mit zahlreichen Knoten, mit dem er gern Trödelnde auf Trab brachte). Aber im Vergleich zu dem, was auf fast allen anderen dohlaranischen Schiffen üblich war, ging es auf diesem Schiff wirklich gemäßigt zu.

Ein Grund war, dass viele der Bootsmaate aus der alten Schule (und auch entsprechender Kapitäne) ihr Leben bei jenem katastrophalen Feldzug verloren hatten, der vor der ›Felsnadel‹ und dem ›Klippenhaken‹ sein Ende fand. Hauptsächlich jedoch lag es daran, dass der neue Kommandeur der Flotte ihnen sehr, sehr deutlich erklärt hatte, wie er zu diesem Thema stand. Zudem hatte sich herausgestellt, dass er auch tatsächlich meinte, was er sagte. Bislang waren elf Captains, die den Fehler gemacht hatten zu glauben, er habe seine Befehle hinsichtlich unnötiger Brutalität oder Bestrafung nicht ernst gemeint, unehrenhaft aus dem Dienst entlassen worden. Da zwei besagter Captains sogar noch einflussreicheren Familien entstammten als der Graf selbst (einer von ihnen hatte sogar die persönliche Schirmherrschaft der Herzogs Thorast genossen!), gab es anschließend keinen einzigen Captain mehr, der den Fehler beging, den Grafen nicht beim Wort zu nehmen.

Aber es gab auch noch einen weiteren Grund. Es gab etwas, das dafür sorgte, dass selbst zwangsrekrutierte Matrosen dem Grafen Thirsk mit nie gekannter Hingabe folgten. Wie Thirsk auf diese Idee gekommen war, wusste niemand. Aber der Graf, so hieß es allgemein, habe sich persönlich für die zum Dienst Gepressten und alle anderen Matrosen an Bord eingesetzt. Er hatte durchgesetzt, dass Mutter Kirche, für die diese Flotte bemannt worden war, die Verantwortung für das Wohlergehen der Familien sämtlicher zwangsrekrutierten Matrosen übernahm. Der Sold eines einfachen Matrosen in der Royal Dohlaran Navy war nicht gerade üppig. Aber Mutter Kirche würde dafür sorgen, dass dieses Geld während der Abwesenheit eines Matrosen umgehend an seine Familie ausgezahlt würde. Natürlich nur, wenn besagter Matrose das auch wünschte. Dazu kam noch etwas anderes, das es so noch nie gegeben hatte: Mutter Kirche hatte versprochen, der Witwe eines jeden zwangsrekrutierten Matrosen, der im aktiven Dienst fiele, eine Hinterbliebenenrente zu zahlen und auch sämtliche minderjährigen Kinder zu versorgen.

Das alles mochte erklären, warum nur relativ wenig gestöhnt wurde, als der Captain und der Admiral wieder auf das Achterdeck der *Rakurai* zurückkehrten und der Captain erneut sein ledernes Sprachrohr hob.

»Toppsgasten in die Wanten!«

»Die sind besser, als mir lieb sein kann«, bemerkte Sir Domynyk Staynair, seines Zeichens Baron Rock Point, leise.

Bequem lehnte sich der einbeinige Admiral in den weichgepolsterten Sessel zurück. Der Holzpflock, der ihm als Unterschenkel diente, nachdem er bei einer Schlacht einen Teil seines Beines eingebüßt hatte, lag vor ihm auf einem Hocker. Hell brannten die Krakenöl-Lampen an der Decke, und rings um ihn, an Bord seines massigen neuen Flaggschiffs, herrschte nächtliche Ruhe. Das Schiff lag vor Anker, Zeit für den Baron, die Bildaufzeichnungen durchzugehen. Die niedergeholte Bramstenge richtete sich genau so sanft und ruhig wieder auf, wie sie herabgelassen worden war. Der Admiral schüttelte den Kopf.

»Zugegeben«, erwiderte Merlin Athrawes' Stimme in seinem rechten Ohr. Merlin sprach mit ihm aus seinem Schlafgemach im Palast und war damit beinahe siebentausend Meilen weit entfernt. In Kings Harbour war es kurz nach Mitternacht.

Durch Merlins Fenster dagegen konnte man bereits die ersten Lichtstrahlen eines eisigen Wintermorgens erkennen. »Aber es ist bisher alles bloßer Drill, und das unter Idealbedingungen. Sie sind immer noch nicht so gut wie unsere eigenen Leute.«

»Das vielleicht nicht«, gestand Rock Point ein. »Andererseits ist *niemand* so gut wie unsere eigenen Leute, und ich hätte nichts dagegen, wenn das auch weiterhin so bliebe.« Wieder schüttelte er den Kopf. »Gute Leistungen führen zu Selbstvertrauen, Merlin. Und das Letzte, was wir gebrauchen können, ist, dass der Gegner genug Selbstvertrauen entwickelt, um es ernstlich auf See mit uns aufnehmen zu wollen.« Einen Moment lang schwieg er, den Kopf nachdenklich zur Seite geneigt. Dann stieß er ein Schnauben aus. »Bitte gestattet mir, mich zu verbessern: Das *Vorletzte*, was wir gebrauchen können, wäre, dass sie aufgrund ihrer eigenen Fähigkeiten Selbstbewusstsein entwickeln. Das wirklich *Letzte*, was wir gebrauchen können, ist, dass sie sich diese Fähigkeiten überhaupt aneignen! Und bedauerlicherweise scheint Thirsk es genau darauf anzulegen.«

»Stimmt«, sagte Merlin. Es klang wie ein resignierendes Seufzen. »Es gefällt mir nicht, aber ich hege Bewunderung für Thirsk«, fuhr er fort. »Nichtsdestotrotz wünsche ich mir ernstlich, eine Kanonenkugel hätte ihn vor dem ›Klippenhaken‹ erwischt! Und wo ich schon dabei bin: lieb wäre mir auch gewesen, König Rahnyld hätte ihn nach der Schlacht am Armageddon-Riff als Sündenbock für das Scheitern dieser Schlacht hinrichten lassen. Das wäre zwar in höchstem Maße ungerecht gewesen, aber dieser Mann ist so unverschämt gut bei dem, was er tut, dass es mir den Schlaf raubt!«

»Wahrscheinlich ist es unvermeidbar, früher oder später wenigstens einen guten Seemann zu finden, wenn man lange genug danach Ausschau hält«, bemerkte Rock Point.

»Leider hat ihm die ganze Zeit, die er an Land verbringen musste, keineswegs geschadet«, seufzte Merlin. Fragend wölbte

Rock Point eine Augenbraue, und Merlin verzog das Gesicht. »Der Verstand dieses Mannes übertrifft wahrscheinlich sogar nach den Ahlfryds«, betonte er. »Und er hat mehr Erfahrung auf See als praktisch jeder andere im Dienste der Kirche. Sehr töricht also, ihn kalt zu stellen – und gut für uns. Nur hat er offenkundig die Zeit, die ihn die ›Vierer-Gruppe‹ an Land hat versauern lassen, dazu genutzt, sich eben dieses Verstandes zu bedienen und sämtliche Fehler zu analysieren, die Maigwair und Idioten wie dieser Thorast begangen haben. Und jetzt nimmt er all die Früchte, die sein Nachdenken getragen hat, und setzt seine Überlegungen in die Tat um.«

Rock Point knurrte zustimmend. Ebenso wie Merlin und Cayleb war auch der Baron zu dem Schluss gekommen, Thirsk sei mit allerhöchster Wahrscheinlichkeit derzeit Charis' gefährlichster Gegner. Merlin hatte Recht: Der Mann besaß einen gefährlich leistungsfähigen Verstand. Schlimmer noch, er scheute sich nicht im Mindesten, das zu tun, was Merlin ›um die Ecke denken‹ nannte. Dass er etwa darauf beharrt hatte, die Kirche müsse die Familien sämtlicher zwangsrekrutierten Matrosen versorgen, war gänzlich beispiellos. Die Idee war auf erbitterten Widerstand gestoßen, und nicht allein aus den kirchlichen Kreisen. Eine beachtliche Anzahl ranghöherer Offiziere der Dohlaran Navy hatte sich gegen die Umsetzung des Vorschlags gesperrt. Ein Teil dieses Widerstands war natürlich der reine Reflex, alles beim Altbekannten zu lassen. Zum Teil rührte er auch aus der Furcht, die Idee könne zur üblichen Praxis avancieren – dann müsste auch die *Navy* in Zukunft ähnliche finanzielle Verpflichtungen übernehmen. Aber zumeist war der Widerstand reiner Verärgerung geschuldet. Denn Thirsk wurde durch Herzog Fern und Captain General Maigwair in nie gekannter Weise unterstützt. Und dass Thirsk bereit war, sich mit Hilfe dieser Unterstützung seinen Weg gegen jeden Widerstand zu bahnen, verärgerte zusätzlich. Reformer waren selten beliebt. Das Ausmaß des Widerstands, den sie hervorriefen, stand üblicherweise in einem direkten Verhältnis zur Notwendigkeit der angestrebten Reform.

Daraus lässt sich etwas lernen, sinnierte Merlin. *Oder zumindest birgt es beachtliche Ironie, wenn man bedenkt, wie unbeliebt ›Reformer‹ wie Cayleb Ahrmahk und Maikel Staynair derzeit im Tempel sind!*

»Euch ist ja wohl bewusst ...«, ergriff der Baron nach einigen Sekunden des Schweigens wieder das Wort. »Wenn es Thirsk gelingt, tatsächlich die gesamte Dohlaran Navy umzuorganisieren, werden Thorast und die anderen ihn den Kraken vorwerfen, sobald sie das Gefühl haben, auch ohne ihn zurechtzukommen.«

»Natürlich«, stimmte Merlin zu und klang dabei tatsächlich ein wenig betrübt. »Und *ihm* ist es, meine ich, auch bewusst. Das macht ihn aus unserem Blickwinkel nur umso gefährlicher.«

»Also werden wir etwas unternehmen müssen«, sagte Rock Point deutlich forscher. »Gwylym wird schon bald die Segel setzen.«

»Ich weiß.« Merlin legte die Stirn in Falten. »Aber aus vielerlei Gründen wünschte ich doch, *Sie* würden an seiner Statt in See stechen.«

»Gwylym ist genau so tüchtig wie ich«, sagte Rock Point mit Nachdruck. Vielleicht schwang sogar ein wenig Schärfe in seiner Stimme mit. Merlin schüttelte rasch den Kopf.

»Es geht hier nicht um Tüchtigkeit, Domynyk«, erklärte er. »Glauben Sie mir, niemand bringt Gwylym mehr Respekt entgegen als ich! Nur, dass es mir lieber wäre, wenn derjenige, der die Aufgabe hat, König Rahnyld den Bart anzusengen, auch auf die SNARCs zurückgreifen könnte. Vor allem, wenn man bedenkt, wie fähig Thirsk ist. Und was das angeht, sind wir beide ja einer Meinung.«

Zustimmend nickte Rock Point, wenn auch widerwillig. Merlins Argument ließ sich nicht entkräften. Admiral Sir Gwylym Manthyr war bei den Schlachten vor der ›Felsnadel‹ und dem ›Klippenhaken‹ und der Schlacht im Darcos-Sund Caylebs

Flaggkommandant gewesen. Er war ein erfahrener Seemann, achtete auf jedes noch so kleine Detail und hatte Nerven aus Stahl. Aber er gehörte *nicht* dem Inneren Kreis an, der die Wahrheit über Merlin kannte. Das bedeutete, er würde keine Satellitenbilder zu Gesicht bekommen. Gleiches galt auch für jeden, der seinem Stab angehörte.

Bedauerlicherweise war Rock Point der Einzige unter allen ranghohen Flottenoffizieren in Caylebs und Sharleyans Diensten, der dem Inneren Kreis angehörte. Weitere Offiziere hinzuzuholen besaß zwar höchste Priorität, aber auch hier durfte man nichts überstürzen. Rock Point selbst hatte dafür votiert, High Admiral Bryahn Lock Island aufzunehmen. Merlin und er waren recht zuversichtlich, dass die Bruderschaft von Sankt Zherneau zu Lock Islands Gunsten entscheiden würde. Natürlich stellte sich damit die Frage, wer denn nun Lock Island einweihen sollte. Cayleb, Sharleyan und Erzbischof Maikel hatten allesamt das Alte Königreich Charis verlassen. Daher war es praktisch unmöglich, den richtigen Boten zu finden – jemanden, der auch über die Autorität verfügte, Lock Island notfalls zum Zuhören zu *zwingen*, falls er die, nun … Neuigkeit nicht gut aufnähme. Der Bote musste auch jemand sein, dem Lock Island genug vertraute, um diese neuen Informationen überhaupt zu *glauben*. In der allergrößten Not könnte *vielleicht* Baron Wave Thunder die Aufgabe übernehmen, aber trotzdem …

»Vielleicht könnte ich Bryahn dazu bewegen, doch lieber mich statt Gwylym zu schicken«, sagte der Baron schließlich. Doch sein Ton war zögerlich und Rock Points Miene unzufrieden.

»Nein.« Wieder schüttelte Merlin den Kopf. »Caylebs und Sharleyans Entscheidung ist richtig: Wir brauchen Sie genau da, wo Sie sind. Oder besser: wo Sie bald sein werden. Darüber hinaus ist Dohlar zwar ein Grund, sich Sorgen zu machen, aber Tarot ist gleich nebenan. Und White Ford hat auch einiges auf dem Kasten.«

Nun war es an Rock Point, gequält das Gesicht zu verziehen. Aber auch hier konnte er nicht widersprechen.

Die Imperial Charisian Navy war die größte, leistungsstärkste Flotte, über die jemals ein einzelnes Reich auf Safehold verfügt hatte. Sie wuchs immer weiter an; bald würde sie eine Stärke von neunzig Galeonen überschreiten, und ein Ende war nicht abzusehen. Bedauerlicherweise würde die Flotte sich nicht nur mit einem einzigen anderen Reich auf Safehold anzulegen haben. Schon bald sähe sie sich der gemeinsamen, vereinigten Flotte praktisch *aller* Reiche des Festlandes gegenüber. Und schlimmer noch: Die Kirche des Verheißenen hatte schwindelerregende Summen bereitgestellt, um die Flotten ihrer Verbündeten zu unterstützen, auch wenn die Schiffsbauprogramme der verschiedenen König- und Kaiserreiche nicht mit gleicher Geschwindigkeit vorankamen. Die Tempel-Lande und das nördliche Kaiserreich Harchong hinkten der Entwicklung in Dohlar und dem Desnairianischen Reich deutlich hinterher. Diese Lage würde sich nicht so rasch ändern. Aber die schlichte hässliche Wahrheit lautete nun einmal: Selbst mit unbegrenzten finanziellen Mitteln (die es nicht gab), konnte das Kaiserreich Charis unmöglich die Schiffsbaukapazitäten des vereinigten Festlandes erreichen. Auch die Zahl der Männer, die Charis zur Verfügung standen, war nicht unbegrenzt. Für neunzig Galeonen benötigte man je eine Besatzung von annähernd fünfhundert Mann, also insgesamt fünfundvierzigtausend Matrosen. Bislang was es der Navy gelungen, ihren Personalbedarf zu decken, ohne selbst auf Presspatrouillen angewiesen zu sein. Das gelang, weil sie eine ganz ähnliche Politik verfolgte wie die, die Thirsk Dohlar und der Kirche auferlegt hatte. Aber das würde sich schon bald ändern, weil es nun einmal nicht unbegrenzt viele Freiwillige gab, die sich anheuern ließen, ganz egal, welche Anreize geboten wurden. Die Frage nach geeigneten Matrosen wurde um so drängender, je weiter die Flotte anwuchs.

Und sie würde wachsen müssen. Angenommen, es gelänge der Kirche, ihre geplanten Bauprogramme wirklich in die Tat umzusetzen. Dann stünde ihr letztendlich eine Flotte von mehr als dreihundertundneunzig Galeonen zur Verfügung – mehr als das Vierfache der charisianischen Flottenstärke. Bei einhundertundfünfzig der Schiffe handelte es sich um Umbauten aus den Handelsflotten. Gleiches aber galt für ein Viertel der charisianischen Galeonen. Dabei waren noch nicht einmal die mehr als zweihundert Galeeren berücksichtigt, die die Kirche hatte bauen lassen, bis ihr deren kriegstechnische Deklassierung bewusst geworden war. Für die entscheidenden Breitseitenduelle waren diese Galeeren zwar nicht geeignet. Aber trotzdem sorgten sie dafür, dass sich die Anzahl der Schiffe unter Kirchenflagge mehr als verdoppelte. Wenn diese Galeeren frei agieren könnten, während die Galeonen der *Kirche* die Galeonen von *Charis* ausschalteten …

Das Gute war, dass die betreffenden Schiffe fünf verschiedenen Flotten angehörten. Ein einziges König- oder Kaiserreich, das es allein mit Charis hätte aufnehmen können, gab es nicht. Nur Harchong käme dem schon recht nahe, sobald ihre eigenen Neubauten fertiggestellt wären, deren Stapellauf allerdings das Winterwetter verzögerte. Die fünf unter der Kirchenflagge vereinigten Flotten aber waren fünf Flotten aus sehr unterschiedlichen, teils weit voneinander entfernten Teilen Safeholds. Die verschiedenen, weit verstreuten Geschwader zusammenzuziehen würde schwierig werden. *Wie* schwierig, hatte die ›Vierer-Gruppe‹ schon damals, bei ihrem Plan, das Alte Königreich Charis zu vernichten, gelernt. Auch damals hatten verschiedene Streitkräfte gebündelt werden müssen. Doch selbst wenn das Bündeln der fünf Geschwader glattliefe, würde es den Besatzungen auf diesen Schiffen im Vergleich zu denen der Imperial Navy deutlich an Erfahrung mangeln.

Zumindest Graf Thirsk hatte das bereits erkannt. Gleiches galt für Gahvyn Mahrtyn, seines Zeichens Baron White Ford, den ranghöchsten Kommandeur der Flotte König Gorjahs von Tarot. Die beiden waren die einzigen noch verfügbaren Flottenkommandeure, die jemals die Charisian Navy in einer Schlacht erlebt hatten. Herzog Black Water, der corisandianische Kommandeur, war bei der Schlacht im Darcos-Sund gefallen. Gharth Rahlstann, der Graf Mahndyr, und Sir Lewk Cohlmyn, Graf Sharpfield, die das Kommando über den emeraldianischen und den chisholmianischen Teil von Black Waters Flotte innegehabt hatten, standen jetzt im Dienste von Charis. Wirklich bedauerlich für die Kirche aber war: Weil der damalige Kronprinz Cayleb Thirsk und White Ford so vernichtend geschlagen hatte, legten fast sämtliche ihrer Kollegen keinerlei Wert auf deren fachliche Meinung.

Im Falle von Thirsk änderte sich das offensichtlich gerade. Allerdings schienen weder Harchong noch das Desnairianische Reich oder die Tempel-Lande sonderlich geneigt, von Dohlars Beispiel in irgendeiner Weise zu profitieren. Offensichtlich machte die ›Vierer-Gruppe‹ nach wie vor *Tarot* dafür verantwortlich, dass beim letzten Kriegszug gegen Charis dem Gegner geheime Informationen zugänglich geworden waren. Es waren diese Informationen gewesen, so meinte die Kirche, die König Haarahld von Charis und seinen Sohn die Strategie der Kirche hätten durchschauen und eine erfolgreiche Gegenstrategie entwerfen lassen. Nur infolgedessen habe die Anti-Charis-Koalition jene vernichtende Niederlage einstecken müssen. Tarot zu beschuldigen war gänzlich ungerecht. Allerdings war es, da die Kirche nichts von Merlins SNARCs wusste, durchaus verständlich. Vor allem, weil Charis sich redlich Mühe gab, die Kirche in ihrer Fehleinschätzung Tarots noch zu unterstützen.

Aus diesem Grund war auch keine einzige der neuen Galeeren der Kirche in den Werften von Tarot gebaut worden. Erst nachdem sich die ›Vierer-Gruppe‹ spät dazu entschlossen hatte, *Galeonen* bauen zu lassen, hatte man Tarot in das Bauprogramm einbezogen. Tarots Anteil war indes immer noch der kleinste von allen. Und White Ford, der unter Schlachtbedingungen möglicherweise ein noch besserer Kommandeur war als Thirsk, hatte man fast gänzlich ignoriert.

Unter diesen Umständen relativierte sich die rein zahlenmäßige Überlegenheit der Kirche. Leider aber war das Kaiserreich Charis ein sehr großes, sehr leicht angreifbares Ziel. Denn zunächst einmal lagen Charis und Chisholm sechstausend Meilen voneinander entfernt – Luftlinie. Und von Port Royal in Chisholm bis nach Cape Targan in Corisande waren es noch einmal mehr als zweitausend Meilen. Selbst unter den günstigsten Bedingungen von Wind und Wetter benötigte ein Schiff, das von Chisholm aus ausgeschickt wurde, um Charis zur Seite zu stehen, mindestens einen Monat. Fast genauso lange brauchte ein in Chisholm stationiertes Schiff, um Manchyr im Fürstentum Corisande zu erreichen.

Derartige Entfernungen und Fahrtzeiten verhinderten, dass High Admiral Lock Island seine Truppen an einem zentralen Punkt konzentrierte. Zwanzig Galeonen hatte er in Chisholm stationieren müssen. Dort unterstanden sie Admiral Sharpfield, und die Galeeren, die der Chisholmian Navy noch verblieben waren, konnten ihnen beistehen. Weitere zehn Galeonen und fünfundzwanzig Galeeren lagen in corisandianischen Gewässern und unterstanden Graf Mahndyr. Sich selbst hatte Lock Island zwanzig Galeonen unterstellt. Sie sicherten die Rock Shoal Bay und die Zufahrtswege zur Howell Bay und zum Charis-Meer.

Damit standen für anderes kaum vierzig Galeonen zur Verfügung. Selbst diese kleine Anzahl hatte man nur deshalb freistellen können, weil die Flotte der Kirche derart weit über Safehold verstreut und noch längst nicht fertiggestellt war. Je mehr Kirchen-Galeonen in Dienst gestellt wurden, desto mehr würde man auch die charisianischen Verteidigungsflotten verstärken müssen. Das wiederum würde die Zahl der Schiffe, die für andere Aufgaben bereitstanden, weiter reduzieren.

Es sei denn, man könnte in der Zwischenzeit etwas unternehmen, was die Zahl der gegnerischen Schiffe verminderte.

Genau das sollte Manthyrs und Rock Points Aufgabe sein. Manthyr war mit achtzehn Galeonen und sechstausend Marines zur Harchong-See aufgebrochen. Genauer gesagt steuerte er die Bucht des Elends an, die zur weitgehend unbewohnten Klaueninsel gehörte. Es gab gute Gründe, warum kaum jemand auf dieser Insel lebte. Sie war nicht sonderlich groß – an ihrer breitesten Stelle maß sie gerade einmal einhundertundzwölf Meilen. Zudem lag sie kaum zweihundert Meilen südlich des Äquators. Die kargen, weitgehend baumlosen Fels- und Sandflächen waren etwa so einladend wie ein Backofen gleicher Größe. Andererseits bot die Bucht des Elends einen guten tiefen Ankerplatz und die kleine Stadt Klauenfeste den Truppen eine gutes neues Zuhause … sozusagen. Darüber hinaus lag diese Bucht mehr als einundzwanzigtausend Meilen von Tellesberg entfernt. Damit waren es von dort aus ›nur noch‹ fünftausend Meilen bis zur Gorath Bay. Zugleich lag die Klaueninsel vor der Westküste von Süd-Harchong, wo ein Viertel sämtlicher Galeonen Harchongs gebaut wurde, und bis zur Mündung des Golfs von Dohlar waren es weniger als fünfzehnhundert Meilen.

Die Fahrt zur Klaueninsel wäre ein wenig kürzer, bräche Manthyr nach Osten auf, an Chisholm vorbei, statt nach Westen. Denn da würde er das Armageddon-Riff und die Südspitze des Kontinents Howard umrunden müssen. Doch sowohl die Winde als auch die Strömungen begünstigten eine Fahrt nach Westen, vor allem um diese Jahreszeit. Wahrscheinlich würde Manthyr auf diesem Kurs pro Tag fünfzig oder sechzig Seemeilen mehr schaffen. Das hieße, er würde *immer noch* mehr als drei Monate benötigen, um seine Reise zu beenden.

Wenn er erst einmal bei der Klaueninsel angekommen war, sollten seine Marines durchaus in der Lage sein, Klauenfeste einzunehmen und eine Garnison auf der Insel zu errichten.

Schließlich waren die einzigen verlässlichen Trinkwasserquellen auf diesem sonnenverbrannten Fleckchen Safehold die artesischen Brunnen, die auch Klauenfeste selbst versorgten. Gelänge dies, hätte Manthyr einen sicheren Stützpunkt, von dem aus er sowohl gegen Dohlar als auch gegen Harchong ins Feld ziehen könnte. Er wäre weit von der Heimat entfernt, auch wenn es bis Chisholm ›nur‹ neuntausend Meilen waren. Aber er befände sich an einem Ort, von dem aus er den Golf von Dohlar bestens blockieren könnte. Manthyr würde dann auch jegliche Bemühungen vereiteln können, Thirsks Galeonen mit dem Harchong-Kontingent zu vereinigen, das noch weiter südlich in der Nähe der Schiffbruch-Bucht in den Provinzen Queiroz, Kyznetsov und Selkar gebaut wurde.

Andererseits: Selbst wenn Manthyr nichts anderes täte als auf der Klaueninsel abzuwarten (und Merlin war sehr zuversichtlich, dass ein Mann von Manthyrs Kaliber alles Mögliche fände, um dem Feind ein Stachel im Fleisch zu sein), war es doch unwahrscheinlich, dass die Kirche, König Rahnyld oder Kaiser Waisu bereit wären, einen charisianischen Stützpunkt so nah am eigenen Einflussbereich zu dulden. Manthyrs Galeonen wären deutlich in der Unterzahl. Dohlar allein könnte ihn schon in einem Kräfteverhältnis von vier zu eins angreifen – vorausgesetzt, es gelänge, sämtliche neuen dohlarianischen Kriegsschiffe fertigzustellen und zu bemannen. Die zahlenmäßige Unterlegenheit ließe sich aber durch größere Erfahrung, auf die Manthyrs Mannschaften und seine Captains zurückblicken konnten, wieder ausgleichen. Es galt also den Gegner zu demoralisieren. Dazu reichte schon, dass wieder einmal Charis die Initiative ergriff, der zahlenmäßigen Unterlegenheit zum Trotz.

Würde Manthyr indes zu sehr bedrängt, könnte er seine Marines immer noch einfach an Bord seiner Transporter holen und sich zurückziehen.

Zumindest lautet so der Plan, dachte Merlin. *Und wenn es nur darum geht, der Kirche Sand ins Getriebe zu streuen, spricht auch sehr viel dafür. Trotzdem wäre mir lieber, wenn* Domynyk *das Kommando innehätte. Wenn wir Gwylym wenigstens ein Kom mitgeben könnten! Ich finde die Vorstellung einfach* entsetzlich, *dass ein so großer Teil der Navy so weit abseits der Heimat agieren soll, und wir können noch nicht einmal mit dem zuständigen Kommandeur sprechen!*

Bedauerlicherweise würden sie, wie er selbst gerade angemerkt hatte, Rock Point für Aufgaben deutlich näher an der Heimat benötigen. Zusammen mit den zwanzig Galeonen, die Charis derzeit zur Verfügung standen, sollte der Admiral den Hauptstützpunkt nach Hanth Town nahe der Margaret Bay verlegen. Damit wäre er der Tranjyr-Passage des Königreiches Tarot sehr viel näher. Der neue Stützpunkt würde es ihm gestatten, jederzeit Lock Island zu Hilfe zu kommen, sollte dem Alten Charis eine Gefahr drohen, die von East Haven oder Desnairia ausging. Doch noch wichtiger war, dass er von dort aus jederzeit gegen Tarot losschlagen konnte.

Sharleyan hat Recht, dachte Merlin. *Es ist wichtiger denn je, Gorjah dazu zu ... bewegen, sich aus freien Stücken dem Kaiserreich anzuschließen. Oder ihm, sollte uns das nicht gelingen, ein etwas schlagkräftigeres Argument zu präsentieren. Tarot auszuschalten wäre schon von sich aus sehr lohnenswert. Aber Tarot als vorgeschobenen Stützpunkt vor der Küste von East Haven zu* gewinnen, *wäre noch ungleich lohnenswerter. Und die Galeonen in die Finger zu bekommen, die Gorjah im Augenblick für die Kirche bauen lässt, würde ganz gewiss nicht schaden!*

»Es gibt eine ganze Menge Dinge, die ich gerne tun würde, die uns aber im Augenblick nicht möglich sind«, sagte er schließlich. »Zum einen bereitet mir Desnairia allmählich ernstliche Sorgen. Ich wünschte *wirklich,* wir könnten Harchong und die Tempel-Lande erreichen! Aber wir können es uns nicht leisten, das Alte Charis und Chisholm völlig schutzlos zurückzulassen. So ist das nun mal. Gwylym muss Dohlar lange genug beschäftigen, damit Sie und Gray Harbor die Zeit haben, mit Gorjah zu sprechen. Wenn er endlich Vernunft annimmt, würde das immens helfen.«

»Dann werden wir wohl schauen müssen, was sich da machen lässt, nicht wahr, *Seijin* Merlin?«, gab Rock Point mit einem Lächeln auf den Lippen zurück. »Wir werden einfach schauen müssen, was sich da machen lässt.«

.V.

Stadt Fairstock, Provinz Malansath, im Westen des Kaiserreiches Harchong

Das Schneetreiben war so dicht, dass man keine zwei Schiffslängen weit schauen konnte, egal in welche Richtung.

Graf Coris empfand das als nicht gerade beruhigend, als die *Eisechse* vorsichtig die Reede von Fairstock ansteuerte. Captain Yuthain hatte sämtliche Segel einholen lassen und ließ das Schiff rudern. Der Lotgast hatte eine Tiefe von zehn Faden gemeldet. Sechzig Fuß waren mehr als genug für ein Schiff wie die *Eisechse.* Nur ein Narr aber (und Yuthain hatte sehr schlüssig unter Beweis gestellt, dass er alles andere als ein Narr war) nahm sich im Fairstock-Kanal übermäßig Freiheiten heraus. Dieser Kanal maß von Norden nach Süden fast zweihundertfünfzig Meilen. Auch wenn ein Großteil der Strecke leicht navigierbar war, so galt das doch nicht überall. Allzu viel Spielraum gab es hier auch nicht. An seiner schmalsten Stelle, an der es zudem auch noch einige äußerst unschöne, wandernde Sandbänke gab, war der Kanal kaum vierzehn Meilen breit ... bei Hochwasser. Die Fairstock Bay selbst bot einen ideal geschützten Hafen, mehr als zweihundert Meilen breit. Aber ihn zu erreichen, konnte hin und wieder ... knifflig werden.

Vor allem mitten in einem Schneesturm.

Ehrlich gesagt hätte Coris es bevorzugt, wenn man vor der Kanaleinfahrt beigedreht und abgewartet hätte, bis das Wetter aufklarte. Bedauerlicherweise konnte man sich nicht darauf verlassen, *dass* es in absehbarer Zeit aufklaren würde. Daher hatte Captain Yuthain die Anweisung erhalten, seine Passagiere so rasch wie möglich nach Fairstock zu bringen. Also ließ er das

Schiff im Schritttempo vorsichtig weiterfahren. Er wartete auf eine ausreichend hohe Zahl von Lotungen, um sich dann anhand der Tiefenangaben auf der Karte orientieren zu können. Doch auch danach legte er eine Vorsicht an den Tag, die Coris aus ganzem Herzen guthieß. Bei diesen Sichtverhältnissen war es durchaus möglich, dass die *Eisechse* sich doch nicht dort befand, wo ihr Captain sie wähnte. Es bestand immer die äußerst unschöne Möglichkeit, dass sie mit einem anderen Schiff zusammenstießen. Die Enge des Kanals und die entsetzlichen Sichtverhältnisse machten das nur um so wahrscheinlicher. Phylyp Ahzgood indes war der Aufforderung des Rates der Vikare, unverzüglich vorzusprechen, ganz bestimmt nicht nachgekommen, nur um auf dem Weg dorthin zu ertrinken oder zu erfrieren.

»Sieben Faden!«

Sonderbar gedämpft erreichte ihn die Meldung vom Bug. Der fallende Schnee schien jeden Laut ersticken zu wollen. Trotz des dicken Mantels und der warmem Handschuhe erschauerte Coris.

»Wahrscheinlich können Sie es kaum noch erwarten, endlich ans Ufer zu kommen, Mein Lord«, bemerkte Captain Yuthain. Sofort drehte sich Coris zu ihm um. Der Graf hatte sorgsam darauf geachtet, den Captain während der Fahrt durch den engen Kanal nicht in seiner Konzentration zu stören. *Das wäre wirklich kein guter Zeitpunkt gewesen, jemanden aus dem Konzept zu bringen,* ging es ihm durch den Kopf.

Der Gedanke musste ihm wohl ins Gesicht geschrieben sein, denn Yuthain grinste ihn durch seinen Bart hinweg an.

»Das nächste Stück wird nicht allzu schlimm, Mein Lord«, erklärte er. »Ich möchte ja nicht übermäßig optimistisch klingen, aber die gefährlichsten Stellen haben wir meines Erachtens schon sicher hinter uns gebracht. Dabei dürfte es wohl den einen oder anderen Moment gegeben haben, in dem Sie nicht überzeugt davon waren, wir würden so weit kommen.«

»Unfug, Captain!« Coris schüttelte den Kopf und erwiderte das Lächeln. »Keinen Moment lang habe ich an Ihrem seemännischen Geschick, der Qualität Ihres Schiffes und Ihrer Mannschaft gezweifelt!«

»Ah!« Yuthain schüttelte den Kopf. »Es ist sehr freundlich von Ihnen, das zu sagen. Aber ich bin mir nicht sicher, dass eine derartige furchtsame Lüge Ihrer Gesundheit oder Ihrem Seelenheil zuträglich ist, Mein Lord.«

»Nun, *wäre* es eine Lüge, dann wäre mein spirituelles Wohlergehen tatsächlich in Gefahr. Aber da es zufälligerweise eine gänzlich ehrliche Aussage ist, mache ich mir diesbezüglich keinerlei Sorgen, Captain.«

Stillvergnügt lachte Yuthain in sich hinein. Dann neigte er den Kopf zur Seite und lauschte erneut der Meldung des Lotgasts. Nachdenklich furchte er die Brauen und betrachtete wieder seine Karte. Ganz offensichtlich überprüfte er erneut ihre Position. Coris beobachtete ihn mit dem Respekt, der einem echten Fachmann zustand.

Er hat Yuthain nicht schmeicheln wollen, sondern seine Worte tatsächlich ehrlich gemeint. Andererseits, die gelobten Qualitäten von Schiff und Besatzung hin oder her, hatte es Momente gegeben, in denen Coris das Erreichen von Fairstock für unmöglich gehalten hatte. Der Winter im Golf von Dohlar hatte Coris' Befürchtungen noch zu übertreffen vermocht. Nachdem sie erst einmal den Kanal zwischen der Klippeninsel und der Wal-Insel passiert hatten, waren sie in einen mächtigen Sturm geraten. Coris war sich insgeheim sicher gewesen, dieser Sturm werde die Galeere mit der flachen Seitenwandung und dem fast nicht vorhandenen Tiefgang in die Tiefe reißen. Die gewaltigen Wellen waren fast ebenso hoch gewesen wie der Mast der Galeere, und einmal hatten sie zwei ganze Tage vor Anker liegen müssen, während die Pumpen die ganze Zeit über im Einsatz blieben. Zwei Tage lang hatte es keine warmen Mahlzeiten mehr gegeben: Nicht einmal Yuthains Smutje war es gelungen, das Feuer in der Kombüse am Leben zu halten. Mehr als einmal hatte knöcheltief eisiges Wasser in der Kabine des Grafen gestanden. Zu diesem Zeitpunkt hatte das Schiff wirklich um sein Überleben gekämpft. Diese Krise jedoch hatten sie überstanden. Doch damit hatte es noch kein Ende gehabt mit dem entsetzlichen Wetter – oder den Krisen, die sie noch überstehen mussten. Die Seereise war ein Albtraum aus Schnee, furchtbaren Sichtverhältnissen und vereister Takelage gewesen. Mit jedem Tag, den sie überstanden, war Coris' Respekt vor Yuthain und seinen Männer weiter gewachsen.

Trotzdem konnte er es kaum noch erwarten, endlich von Bord gehen zu dürfen. Selbst unter Idealbedingungen wäre es eine Plage gewesen, mehr als einen Monat in einer derart beengten Kabine zu verbringen. Aber unter den herrschenden Bedingungen war es die Hölle gewesen.

Natürlich bleibt immer noch diese entzückende Kleinigkeit, dass jeder Schritt, den ich Fairstock näher komme, mich auch Zion und dem Tempel näher bringt, rief sich der Graf ins Gedächtnis zurück. *Andererseits hat der Erzengel Bédard ja gesagt: ›Es ist genug, dass ein jeglicher Tag seine eigene Plage habe.‹ Sollte ich jemals lebendig von diesem Schiff herunterkommen, bin ich durchaus bereit zuzulassen, dass der morgende Tag für das Seine sorgt!*

»Ich denke, wir werden noch etwa drei Stunden bis zum vorgesehenen Ankerplatz brauchen, Mein Lord«, erklärte Yuthain. Ganz offensichtlich hatte er seine Überlegungen hinsichtlich der Karte abgeschlossen. »Wären die Sichtverhältnisse besser, würde jetzt wahrscheinlich schon ein Lotsenboot längsseits gehen. Wie es aussieht, werden wir uns jedoch wohl oder übel bis ganz zum Ziel unseren Weg allein suchen müssen. Aber wie auch immer es nun kommen mag, ich denke, wir werden Sie, Mein Lord, rechtzeitig zum Abendessen an Land haben.«

»Das weiß ich zu schätzen, Captain. Ich glaube nicht, dass sich jemand während dieser Überfahrt besser um mich hätte kümmern können als Sie. Dennoch hoffe ich, Sie werden sich nicht persönlich angegriffen fühlen, wenn ich zugebe, dass ich heute Nacht gern in einem Bett nächtigen würde, das sich nicht bewegt.« Er verzog das Gesicht. »Ich bezweifle zwar, dass mir mehr als eine solche Nacht vergönnt sein wird – vielleicht zwei, wenn ich richtig viel Glück habe –, aber ich habe die Absicht, das zur Gänze auszukosten!«

»Ich vermag es Ihnen nicht zu verübeln«, erwiderte Yuthain. »Zugegebenermaßen habe ich nie verstanden, warum jemand lieber an Land übernachtet, wenn er die Wahl hat. Allerdings muss ich auch zugeben, dass ich, bevor ich meine eigene Kabine und meine eigene Koje hatte, darüber anders gedacht habe. Natürlich tut es meinem Ruf, ein alter Seebär zu sein, immens gut«, wieder grinste er seinen Passagier an, »dass das schon sehr lange her ist.«

»Wahrscheinlich gleicht einem erfahrenen Seefahrer wie Ihnen die Bewegung des Schiffes einer sanft geschaukelten Wiege«, gab Coris zurück. »Aber trotzdem: Ich glaube immer noch, dass das ein anerzogener Geschmack ist. Mit Ihrer Erlaubnis würde ich gern davon absehen, ihn mir ebenfalls anzueignen.«

»Jedem das Seine, Mein Lord«, erwiderte Yuthain freundlich.

Tatsächlich hatte Yuthain mit seiner Prognose genau richtig gelegen. Sie hatten wirklich den gesamten Weg ohne Lotsenboot zurücklegen müssen, bis sie schließlich undeutlich die Umrisse anderer Schiffe ausmachten, die bereits vor Anker lagen. Einem dieser Schiffe waren sie nahe genug gekommen, dass dessen Ankerwache empörte Warnschreie ausstieß.

»Ach, halt die Backen!«, bellte Yuthain durch sein Sprachrohr zurück. »Das ist ein Schiff Seiner Majestät des Kaisers, unterwegs im Auftrag der Kirche! Außerdem: Wenn ich deinen jämmerlichen Kahn versenken wollte, hätte ich doch wohl auf die Schiffsmitte gezielt und nicht bloß deinen armseligen Bug gestreift, du Idiot!«

Augenblicklich war das Geschrei vom anderen Schiff verstummt, und Yuthain blinzelte Coris zu.

»Um ehrlich zu sein, Mein Lord«, gestand er deutlich leiser, »ich hatte die überhaupt nicht *gesehen.* Ich glaube, ich bin mindestens ebenso überrascht wie die da drüben, dass ich denen nicht die Ankertrosse zerfetzt habe! Denen gegenüber zugeben würde ich das allerdings nicht einmal unter Folter!«

»Ihr Geheimnis ist bei mir sicher, Captain«, versicherte Coris ihm. Dann ging er unter Deck, um sich zu vergewissern, dass Seablanket auch wirklich alles für den Landgang eingepackt hatte.

»Ich habe alles zweimal überprüft, Mein Lord«, erklärte der Kammerdiener mit der gewohnt mürrischen Miene. »Und trotzdem bin ich mir sicher, dass ich irgendetwas vergessen habe. Oder verlegt. Oder dass einer von Captain Yuthains Langfinger-Matrosen es uns abgenommen hat, als ich gerade nicht hingeschaut habe.«

»Ich verspreche Ihnen, ich werde Sie nicht für die Dieberei eines anderen zur Rechenschaft ziehen, Rhobair«, sicherte Coris ihm zu. Falls dieses Versprechen dazu angetan war, Seablankets mürrische Stimmung in irgendeiner Weise zu lindern, war dies dem Kammerdiener nicht anzusehen. Andererseits kannte Seablanket ihren Zeitplan ebenso gut wie Coris selbst. Daher bezweifelte der Graf, dass der Mann dem letzten Teil ihrer Reise freudiger entgegensah als er selbst.

Jetzt saß der Graf auf der Mittschiffs-Ruderbank einer Barkasse. Unter zehn Rudern war sie schließlich doch noch längsseits gegangen, um den Grafen an Land zu bringen. Coris ertappte sich bei dem Gedanken, was diese Reise wohl noch für ihn bereithalten mochte. Der Graf blies von Natur aus nicht viel Trübsal. Doch im Augenblick hatte sich seine Stimmung der seines Kammerdieners anverwandelt. Das Gute an den Witterungsverhältnissen war, dass kaum Wind wehte. Trotzdem hielt das die offene Barkasse nicht davon ab, sich anzufühlen wie Shan-weis höchsteigenes Kühlhaus. Die Gewissheit, dass die bittere Kälte, die Coris im Augenblick empfand, nur ein schwacher Abglanz dessen war, was ihn erwartete, hob seine Stimmung selbstredend nicht. Vor ihnen lag immerhin noch die Überquerung des Pei-Sees.

Natürlich bleibt die Frage, wie kalt es wohl zwischen *hier und dem Pei-See wird,* sinnierte er säuerlich. *Bei Langhorne, ich hoffe wirklich, man gesteht mir wenigstens zwei Nächte in Folge in einem warmen Bett zu, das nicht gleichzeitig schaukelt!*

»Sachte jetzt!«, rief der Bootsführer der Barkasse. »Ruder einholen ... und da vorne abhalten, Ahndee!«

Coris blickte auf und sah, dass unmittelbar vor ihnen ein großer, steinerner Kai aufragte. Der Gezeitenwechsel lag lange genug zurück, dass man die Hochwassermarke deutlich erkennen konnte: eine Girlande aus Seetang und Muscheln, gute anderthalb Fuß unterhalb der Kaimauer. Lautlos glitt die Barkasse längsseits einer steinernen Treppe, die bis unter die Meeresoberfläche führte. Die zwei oder drei untersten Stufen sahen ganz danach aus, als seien sie rutschig genug, um sich mühelos den Hals zu brechen. Sie waren von einem glitschigen Gemisch aus Algen, Meerwasser und Schnee bedeckt (die darunter liegenden Stufen waren von den trägen Wellen freigespült worden). Leider sahen die darüber liegenden Stufen auch nicht viel besser aus. Es hatten genug Menschen diese Stufen benutzt, um den Schnee darauf in Eis zu verwandeln. Es schien auch nicht so, als hätte jemand während der letzten Stunden daran gedacht, ein wenig Sand darüber zu streuen.

»Seien Sie vorsichtig, Mein Lord!«, warnte der Bootsführer ihn, und Coris nickte ihm bestätigend zu. Gleichzeitig holte er aus seiner Tasche eine Viertelmark, um das Trinkgeld der Barkassenmannschaft noch ein wenig aufzubessern. Wahrscheinlich hatte der Bootsführer genau das auch im Sinn gehabt. Trotzdem war Coris dem Matrosen für die Warnung dankbar.

»Und Sie sollten auch vorsichtig sein, Rhobair!«, rief der Graf über seine Schulter hinweg und setzte dann vorsichtig zum ersten Mal seit einem Monat den Fuß wieder auf festen Boden.

Der feste Boden erwies sich als recht unzuverlässig: Der Stein, auf den Coris gerade den Fuß gesetzt hatte, schien sich unter ihm wegzuducken und zur Seite auszuweichen. Angesichts dieses sonderbaren Gefühls verzog der Graf das Gesicht. *Das wird mir auch nicht gerade behilflich sein, diese verwünschten Stufen hinaufzukommen, ohne gänzlich durchweicht zu werden, zu ertrinken oder mir den Hals zu brechen!*, dachte er düster.

»Ich habe nicht die Absicht, Sie – oder das Gepäck – aus dem Hafenbecken zu fischen«, setzte er hinzu, als einer der Ruderer der Barkasse dem Kammerdiener dabei behilflich war, Coris' sorgfältig ausbalancierten Schrankkoffer auf das Festland zu schaffen.

»Wenn es Euch nichts ausmacht, Mein Lord, wäre es mir auch sehr recht, falls das nicht erforderlich würde«, gab Seablanket zurück. Coris stieß ein belustigtes Schnauben aus, umklammerte fest (und voller Dankbarkeit) das Tau, das mit Metallösen als Handlauf an der Kaimauer befestigt war und stieg dann langsam die rutschigen Stufen empor.

Voller Erleichterung atmete er durch, als er unbeschadet den Kai erreichte. Alles schien sich unter seinen Fußsohlen zu bewegen, und Coris fragte sich, wie lange es wohl dieses Mal dauern würde, bis er sich wieder ohne Schwierigkeiten auf dem Festland bewegen könnte. Angesichts der Zeitspanne, die er an Bord verbracht hatte, wäre es nicht überraschend, wenn es länger dauerte als sonst.

Er ließ die Treppe hinter sich und versuchte, nicht wie ein Tölpel auszusehen, als er über den scheinbar immer noch schwankenden Kai stapfte. Dann drehte er sich um und schaute zu, wie Seablanket und einer der Ruderer vorsichtig den Schrankkoffer nach oben wuchteten. Die Miene des Kammerdieners war noch kummervoller als sonst. Seine lange Nase, rot vor Kälte, schien zu zittern, als könne sie eine Art Unfall schon riechen.

Allem Unken zum Trotz gelang es den beiden, Coris' Schrankkoffer und auch das andere Gepäck ohne Zwischenfall an Land zu schaffen. Seablanket war gerade ein weiteres Mal die glatten Stufen hinabgestiegen, um sein eigenes, deutlich bescheideneres Gepäck zu holen, als sich jemand hinter dem Grafen lautstark räusperte.

Der Graf wandte sich um und sah sich einem Mann gegenüber, der die blau abgesetzte, braune Soutane eines Unterpriesters des Chihiro-Ordens trug. Darüber hatte er einen dicken, offenkundig sehr warmen Mantel gestreift. Der Priester schien für seinen kirchlichen Rang noch recht jung zu sein. Er war etwas größer als der Durchschnitt, wirkte aber, als sei er geradezu überlebensgroß. Das Abzeichen von Chihiros Federkiel auf der linken Schulter seines Mantels war mit einem Schwert in der Scheide gekreuzt. Das wies den jungen Mann als Angehörigen des Ordens vom Schwerte aus. Es war eine Besonderheit des Chihiro-Ordens, dass er sich in zwei Untergruppierungen aufteilte: den Orden vom Schwerte, aus dem sich ein Großteil der Offiziere der Tempelgardisten rekrutierten, und dem Orden vom Federkiel, der in fast gleichem Maße die Buchhalter und Bürokraten der Kirche stellte. Angesichts des muskulösen Körperbaues des Burschen und der Schwielen an den Fingern seiner Schwerthand hätte es nicht des Schulterabzeichens bedurft, um zu erkennen, welcher dieser beiden Untergruppierungen jener Priester angehörte.

»Graf Coris?«, erkundigte sich der Unterpriester höflich.

»Ja, Pater?«, gab Coris zurück.

Höflich verneigte er sich und hoffte dabei inständig, dass man ihm die Bestürzung, die er empfand, nicht ansah. Man hatte nicht wissen können, wann die *Eisechse* einträfe. Dennoch tauchte ein Vertreter der Kirche einfach hier auf dem Kai auf, mitten im Schneetreiben, an einem eisig kalten Tag. Das schien Coris kein gutes Omen. Zumindest nicht, was die Hoffnung betraf, er könne einen oder zwei Tage in einem gemütlichen, warmen Zimmer verbringen.

»Ich bin Pater Hahlys Tannyr, Mein Lord«, erklärte der Unterpriester ihm. »Ich erwarte Sie bereits seit mehreren Tagen.«

»Leider hat sich das Wetter als wenig kooperativ erwiesen«, setzte Coris an, »und ...«

»Bitte, Mein Lord!« Sofort lächelte Tannyr. »Das sollte keine Beschwerde sein! Ich kenne Captain Yuthain recht gut. Daher bin ich mir sicher, dass er Sie so rasch hierher gebracht hat, wie das nur menschenmöglich war. Angesichts dessen, was ich über das Wetter in Erfahrung gebracht habe, hat er es sogar schneller geschafft, als ich das erwartet hätte. Nein, nein!« Er schüttelte den Kopf. »Ich wollte mich in keiner Weise darüber beklagen, Sie könnten Ihre Ankunft hier hinausgezögert haben, Mein Lord. Ich wollte mich Ihnen lediglich als derjenige vorstellen, der Sie während der nächsten, zweifellos ungemütlichen Etappe Ihrer Reise begleiten wird.«

»Ich verstehe.«

Einen Moment lang blickte Coris den Unterpriester nur nachdenklich an. *Tannyr kann allerhöchstens fünfunddreißig sein*, stellte er fest, *wahrscheinlich ist er sogar jünger.* Er war dunkelhaarig und hatte braune Augen. Sein Teint war auffallend dunkel, das Gesicht schmal und die Gesichtszüge lebhaft. Sicher hatte Tannyr keinerlei Schwierigkeiten, weibliche Begleitung zu finden. In den dunklen Augen funkelte etwas, das verdächtig nach echtem Humor aussah. Selbst jetzt, wo er so reglos im Schnee stand, schien er vor Energie regelrecht zu glühen. *Und vor Kompetenz*, stellte der Graf fest.

»Also, Pater Hahlys«, sagte er schließlich, nachdem schon mehrere Sekunden verstrichen waren, »da Sie so offen waren, werde ich gar nicht vorgeben, ich würde mich auf die ... sagen wir: Mühen unserer Reise freuen.«

»Das sollten Sie auch nicht«, gab Tannyr fröhlich zurück. »Die schlechte Nachricht lautet, dass es von hier bis Seeblick fast dreizehnhundert Meilen sind – so, wie die Wyvern fliegt, meine ich. Nimmt man die Straße, sind es mehr als siebzehnhundert. Wir haben es hier nicht nur mit Schnee und Eis zu tun, sondern müssen auch noch die Gabelberge überwinden. Also wird die Reise fast einen Monat dauern. Wenigstens folgt die Hauptstraße dem Rayworth-Tal, also müssen wir nicht die ganze Zeit über ständig auf und ab. Zudem habe ich dafür gesorgt, dass an den Poststationen der Kirche stets Eisechsen für uns bereitstehen. Wir sollten also gut durchkommen, wenn uns das Wetter keinen Strich durch die Rechnung macht. Aber selbst das Tal liegt gute siebenhundert oder achthundert Fuß höher als Fairstock. Wir müssen daher davon ausgehen, dass das Wetter übel genug wird, um uns mindestens einen Fünftag lang von der Straße abzuhalten.«

»Ihrer Beschreibung nach klingt das regelrecht malerisch, Pater«, merkte Coris trocken an. Tannyr lachte.

»Die *Heilige Schrift* lehrt uns, dass die Wahrheit stets besser ist als jede Lüge, Mein Lord. Wenn wir versuchen, uns in der kleinen, erbärmlichen Dorfschenke in den Gabelbergen gegenseitig einzureden, es sei besser, als es ist, während wir auf das Ende des Schneesturms warten, wird das unsere Laune auch nicht heben!«

»Nein, wohl nicht«, stimmte Coris zu. Aber Tannyr erzählte ihm ja auch nichts, was ihm nicht ohnehin schon bewusst gewesen war.

»Die *gute* Nachricht hingegen ...«, fuhr Tannyr fort, »... ist, dass Sie sich, wenn wir erst einmal Seeblick erreicht haben, durchaus auf etwas freuen können.«

»Tatsächlich?« Fragend neigte Coris den Kopf zur Seite, und Tannyr nickte.

»Es war ein harter Winter, Mein Lord, und laut den Semaphoren-Berichten ist der See bereits jetzt zugefroren und die Eisschicht dick. Wenn wir den See schließlich erreichen, werden wir uns keinerlei Sorgen machen müssen, wir könnten irgendwo während unserer Überfahrt auf freie Wasserflächen stoßen. Na ja ...«, korrigierte er sich mit vielsagend nachdenklicher Miene; das spitzbübische Funkeln in seinen Augen nahm der allerdings die Wirkung, »wir werden uns *wahrscheinlich* keinerlei Sorgen machen müssen. So ganz weiß man natürlich nie, ob sich nicht doch unerwartet irgendwo ein Kanal öffnet.«

»Also werden wir tatsächlich einen Eissegler von Seeblick nach Zion nehmen?« Fast ein bisschen skeptisch schüttelte Coris den Kopf. »Ich bin ja schon oft genug auf hoher See gewesen, aber Eissegeln ist mir gänzlich neu.«

»Ja, wir werden einen Eissegler nehmen, und ich denke, Sie werden die Erfahrung als ... interessant empfinden«, versicherte Tannyr ihm. Dem Unterpriester waren die gemischten Gefühle, die Coris empfand, offenkundig nicht entgangen. Erneut lächelte er. »So ergeht es den meisten, vor allem beim ersten Mal. Die *Hornisse* ist natürlich deutlich kleiner als die *Eisechse*. Aber sie ist, wenn ich das so sagen darf, ungleich schneller.«

»Ach ja?« Coris wölbte eine Augenbraue. »Das klingt aber recht besitzergreifend, Pater. Darf ich davon ausgehen, dass Sie während der Fahrt über den See auch mein *Kapitän* sein werden und nicht nur mein Hüter, der mich sicher von hier nach Seeblick geleiten soll?«

»Genau, Mein Lord.« Tannyr deutete eine Verneigung an. »Und ich kann Ihnen versichern, dass ich noch nie – bis jetzt zumindest – während einer Winter-Überfahrt einen Passagier verloren habe.«

»Und ich kann *Ihnen* versichern, dass mich Ihre beruhigenden Worte in angemessenem Maße trösten, Pater. Trotz der in den Worten verborgenen Einschränkung.«

Tannyrs Lächeln verwandelte sich in ein breites Grinsen. Coris spürte, dass seine Anspannung tatsächlich ein wenig nachließ. Er *freute* sich zwar immer noch nicht auf die Reise. Aber Hahlys Tannyr war fast genau das Gegenteil von dem grimmig-konzentrierten Schueleriten, den er eigentlich als Begleiter auf der letzten Etappe dieser Reise erwartet hatte.

»Aber nun ernsthaft, Mein Lord«, fuhr Tannyr fort, »die *Hornisse* ist deutlich schneller, als Sie möglicherweise angenommen haben. Sie hat eben keinen so massigen Rumpf wie eine Galeere. Also kann der Wind sie viel kräftiger antreiben. Zudem dürften die Winde um diese Jahreszeit ganz auf unserer Seite sein. Ganz zu schweigen davon, dass der Winter ja schon weit genug fortgeschritten ist. Das bedeutet nämlich, dass das Eis auf dem See bereits recht gut kartographiert wurde und man entsprechende Kennungen aufgestellt hat. Also kann ich die *Hornisse* deutlich stärker antreiben, als das früher im Jahr möglich gewesen wäre. Es sollte mich nicht überraschen, wenn wir bei der Überfahrt eine Durchschnittsgeschwindigkeit von dreißig Meilen in der Stunde erreichen sollten.«

»Tatsächlich?«

Es gelang Coris nicht zu verbergen, dass diese Geschwindigkeit ihn beeindruckte. Damit hatte er seinem Gegenüber aber auch verraten, dass er für die Fahrt über den Pei-See einen deutlich größeren Zeitraum veranschlagt hatte. Nun also würde er weniger Zeit damit verbringen, auf dem Eis zu zittern und sich jämmerlich zu fühlen. Diesen Vorteil vergällte ihm nur die Aussicht, Kanzler Trynair und dem Großinquisitor deutlich rascher gegenüberzutreten.

Aber selbst eine höhere Reisegeschwindigkeit machte die Ein-Monats-Reise von Fairstock bis nach Seeblick keinen Deut weniger anstrengend.

Wahrscheinlich sollte ich mir irgendwann die Zeit nehmen, Langhorne dafür zu danken, dass ich noch jung genug bin, um diese Erfahrung vielleicht sogar zu überleben, dachte er säuerlich.

»Tatsächlich, Mein Lord!«, versicherte Tannyr ihm. »Ich habe die *Hornisse* in einem guten Sturm über dem See auch schon auf mehr als fünfzig Meilen in der Stunde gebracht – und ich meine das als Durchschnittsgeschwindigkeit bei einer Strecke von zwanzig Meilen. Deswegen bin ich mir sicher, dass wir mehr, zumindest abschnittsweise auch deutlich mehr als das erreicht haben. Ich werde aber versuchen, Sie vor derlei Kapriolen bei dieser Überfahrt zu verschonen. Das ist nicht gerade etwas für Zartbesaitete – oder, wie meine Mutter es ausdrücken würde: ›für jemanden, der noch alle Sinne beisammen hat‹.« Er zwinkerte dem Grafen zu. »Trotzdem wage ich Ihnen zu versprechen, dass Ihnen die Überfahrt im Gedächtnis bleiben wird.«

Der Unterpriester lächelte, unverkennbar stolz auf sein Fahrzeug. Dann schaute er zu, wie Seablanket erneut den Kai betrat, in der Hand das letzte Gepäckstück. Nachdenklich schaute er den Kammerdiener mehrere Sekunden lang an. Dann richtete er den Blick wieder auf Coris. Jetzt hatte das Funkeln in seinen Augen beinahe schon etwas Verschwörerisches.

»Mir ist bewusst, Mein Lord, dass Sie Ihre Reise zweifellos so rasch wie möglich hinter sich bringen wollen. Ihre Ungeduld, wieder aufzubrechen, dürfte angesichts des derzeitigen rauen Wetters und der offenkundig anstrengenden Fahrt, die Sie gerade hinter sich gebracht haben, sogar noch gewachsen sein. Aber leider bin ich nicht ganz zufrieden mit den Echsen, die man uns für die erste Etappe unserer Reise bereitgestellt hat. Und nicht nur das: Ich mache mir auch ernstlich Gedanken, was einige der Zwischenstationen angeht. Ich bin zu dem Schluss gekommen, die ganze Reise hätte deutlich besser geplant und koordiniert werden können. Ich glaube, wir werden sie langfristig sogar rascher hinter uns bringen, wenn ich mir jetzt etwas Zeit nehme, die bisher getroffenen Absprachen noch ein wenig zu … optimieren. Ich bitte schon im Vorfeld um Verzeihung für diese Verzögerung! Aber da mir die Aufgabe übertragen wurde, Sie sicher an Ihr Ziel zu geleiten, wäre es mir wirklich nicht recht, eine derart lange Reise anzutreten, ohne zuvor noch einmal zu überprüfen, ob wirklich alles so problemlos laufen wird wie möglich.«

»Nun, wir können auf keinen Fall zulassen, dass Sie sich dazu genötigt fühlen, etwas zu überstürzen, Pater«, erwiderte Coris und gab sich nicht die Mühe, seine tief empfundene Dankbarkeit zu verhehlen. »Ich bin voll und ganz bereit, mich Ihrem Urteilsvermögen zu unterwerfen. Wir können unmöglich zulassen, dass Sie Ihre Vorbereitungen schleifen lassen, wenn Sie der Ansicht sind, sie könnten eine Verbesserung vertragen, nicht wahr? Also bitte, befassen Sie sich mit allem Notwendigen, bevor wir aufbrechen!«

»Ich weiß Ihr Verständnis wirklich zu schätzen, Mein Lord. Angenommen, das Wetter gestattet uns, die Semaphoren zu nutzen, werden diese Kleinigkeiten keinesfalls länger dauern als, och ...«, nachdenklich blickte Tannyr den Grafen an, fast wie ein Münzprüfer, als könne er Coris die Müdigkeit ansehen, »... vielleicht einen oder zwei Tage. Möglicherweise auch drei. Eigentlich sollten wir besser von drei Tagen ausgehen. Also werden Sie wohl mindestens vier Nächte hier in Fairstock verbringen müssen. Ich hoffe, das wird Sie nicht übermäßig enttäuschen.«

»Glauben Sie mir, Pater«, gab Coris zurück und blickte sein Gegenüber fest an, »ich werde die Enttäuschung sicherlich verschmerzen!«

.VI.

Vor Hennet Head, Golf von Mathyas

Jemand, der auf dem Planeten aufgewachsen war, den die Menschheit einst ›Erde‹ genannt hatte, hätte vielleicht von Windstärke sechs nach der alten Beaufort-Skala gesprochen. Ensign Hektor Aplyn-Ahrmahk, seines Zeichens Herzog Darcos, hatte noch nie von der Beaufort-Skala gehört. Er hatte jedoch bereits fünf ganze Jahre auf See verbracht, obwohl er erst vierzehn Jahre alt war. Na ja, dreizehn Jahre und neun Monate, denn sein Geburtstag jährte sich erst im kommenden Monat wieder. Des Ensigns beträchtlicher Erfahrung nach waren die elf Fuß hohen Wellen mit weißen Schaumkronen und auch das Sirren des Windes in den Stagen eindeutig das, was ein Seefahrer vielleicht schon ›grobe See‹ genannt hätte. Wenn der Wind um noch ein paar Meilen pro Stunde auffrischte, wäre es an der Zeit, von ›sehr grober See‹ zu sprechen. Von ›hoher See‹ aber konnte noch keine Rede sein.

Hektor vermutete, die meisten Landratten hätten die Bewegung des Schiffes, die Art und Weise, wie es unter der Last der Segel krängte und wie die Gischt über den Bug spritzte, als bedrohlich empfunden. Wann immer das Licht der frühen Morgensonne auf die Wassertropfen traf, glitzerten sie, als rieselten zahllose Diamanten auf die Besatzung herab. Ja, Landratten hätten sich gewiss ein wenig unwohl gefühlt. Es hatte eine Zeit gegeben, da hätte selbst *er* das so empfunden – völlig unverständlich aus heutiger Sicht. Windstärken wie diese empfand er jetzt als erfrischend und belebend (vor allem, nachdem sich sein Magen zufrieden um ein Frühstück kümmern konnte, das aus angeröstetem Schiffszwieback und einer Schüssel Hafermehl bestand, die Aplyn-Ahrmahk reichlich gesüßt und noch mit Rosinen versetzt hatte). Der beißende, eisige Wind machte ihm nichts aus. Nun klatschte er in die behandschuhten Hände und strahlte über das ganze Gesicht, als er zu den gerefften Topp- und Bramsegeln hinaufblickte. Dann wandte er sich dem ranghöheren der beiden Männer am Steuer zu.

»Wie fühlt sie sich an, Chief?«, erkundigte er sich.

»Durchaus ordentlich, Sir.«

Chief Petty Officer Frahnklyn Waigan war beinahe dreimal so alt wie der jugendliche Ensign. Viel jünger als Hektor konnte ein Offizier auch kaum sein. Vor langer, langer Zeit, genauer gesagt vor drei oder vier Monaten noch, hätte man Hektor nicht als ›Ensign‹ bezeichnet, sondern als ›Passed Midshipman‹, als Midshipman mit erfolgreich beendeter Ausbildung. Ein solcher Passed Midshipman hatte seine Offiziersprüfung bereits erfolgreich absolviert, bislang aber noch kein Offizierspatent erhalten. Hektor Aplyn-Ahrmahk allerdings *konnte* das Offizierspatent noch nicht verliehen werden. Denn dafür musste man mindestens sechzehn Jahre alt sein. Der neue Dienstgrad ›Ensign‹ war im Rahmen der gewaltigen Expansion der Navy eingeführt worden. Die Flotte musste sich erst noch an diese Neuerung gewöhnen, denn ein Ensign war vollständig weisungsbefugt. Doch falls es Waigan verärgerte, einem derart jungen Offizier wie Ensign Aplyn-Ahrmahk Rede und Antwort stehen zu müssen, obwohl ihm jegliche Seniorität fehlte, ließ er sich das nicht anmerken.

»Sie ist ein bisschen luvgieriger, als mir lieb ist«, setzte Waigan hinzu, »aber schlimm is' das nich'.«

Hektor nickte. Jedes Segelschiff legte eine gewisse Luvgierigkeit an den Tag, wenn es so hart am Wind fuhr. Im Augenblick lavierte die *Destiny* steuerbord nach Ostnordost. Unter gerefften Bram- und Toppsegeln ließ sie sich vom Südsüdostwind treiben, kaum mehr als drei Strich achteraus. Für HMS *Destiny* war das schon sehr hart am Wind. Hektor bezweifelte, dass sie auch nur einen weiteren Strich an den Wind gehen könnte. Indes hätten nur verdammt wenige andere Rahsegler überhaupt so einen Kurs halten können.

Natürlich sorgte das für flotte Fahrt. Aber das gehörte mit zu diesem belebenden Erlebnis. Trotz ihrer deutlich verminderten Segelfläche musste die *Destiny* gute sieben Knoten vorlegen – na ja, zumindest mehr als sechseinhalb. Das war eine beachtliche Geschwindigkeit, auch wenn sie sich wahrscheinlich etwas mehr Segel hätte leisten können. Hätte Captain Yairley beschlossen, die Bramsegelreffs auszuschütten und das Schiff noch weiter anzutreiben, hätte die *Destiny* auch noch an Geschwindigkeit zugelegt.

Nicht, dass der Captain so etwas anordnen würde, solange es keinen verdammt guten Grund dafür gibt, dachte Hektor und lächelte in sich hinein. *Das hätte doch überhaupt nicht zu seinem Ruf als Ewig-Besorgter gepasst!*

In Wahrheit wusste Hektor ganz genau, welches Glück er gehabt hatte, Yairley unterstellt worden zu sein. Der Captain war ein großartiger Lehrmeister, was Taktik und allgemeine Seefahrerfertigkeiten betraf. Hektor bezweifelte, dass es, was das betraf, in der ganzen Flotte einen besseren Captain gab. Doch so dankbar er für diese Ausbildung auch war, noch wichtiger war für ihn, dass sich Yairley die Zeit genommen hatte, einen gewissen Hektor Aplyn-Ahrmahk noch ganz andere, ebenso unerlässliche Dinge zu lehren.

Obwohl er einen hochrangigen Adelsbrief sein Eigen nennen durfte, war Hektor Aplyn eindeutig nicht in den Adelsstand hineingeboren. Er entstammte einer Familie bodenständiger, hart arbeitender Matrosen der Handelsmarine. Dass Hektor zum Midshipman in der Royal Charisian Navy aufgestiegen war, hatte für die ganze Familie Aplyn einen beachtlichen Schritt dargestellt. Hektor hatte darauf gehofft, Karriere zu machen. Die Charisian Navy war tatsächlich die einzige auf ganz Safehold, bei der ein Bürgerlicher gute Aussichten hatte, bis selbst zu den höchsten Rängen aufzusteigen. Mehr als nur ein bürgerlich Geborener war als Navy-Offizier in den Ritterstand erhoben worden und hatte sich den Wimpel eines Admirals erworben. Hektor hätte mindestens ein halbes Dutzend Bürgerliche zu nennen gewusst, die mittlerweile den Titel eines Baronet trugen, und mindestens einer, der sogar als Graf gestorben war. Doch nicht einen einzigen Moment lang hätte er auch nur davon geträumt, *er selbst* könnte je *Herzog* werden!

Andererseits – und damit verschwand seine Belustigung auch sofort – hatte er auch nie erwartet, dass sein König in seinen Armen sterben würde oder dass er mit dem Wissen würde leben müssen, sein Monarch habe sich die tödliche Verwundung dabei zugezogen, *ihn* zu beschützen. Niemals hätte er damit gerechnet, er könnte einer von nur sechsunddreißig Überlebenden aus der Besatzung des Flaggschiffs König Haarahlds VII. sein. Drei besagter Überlebender waren schließlich doch noch ihren Verwundungen erlegen, so sehr sich die Heiler auch um sie bemüht hatten. Von den verbleibenden dreiunddreißig waren elf so schwer verletzt gewesen, dass sie niemals wieder zur See fahren würden. Dass er, Hektor Aplyn, ein solches Massaker überleben sollte, geschweige denn anschließend noch im aktiven Dienst verbleiben, wäre ihm ohnehin schon unwahrscheinlich genug erschienen. Dass er vom Hause Ahrmahk adoptiert würde, sodass er rechtlich ein Sohn Kaiser Caylebs würde, wäre ihm nicht einmal im wildesten Fiebertraum eingefallen. Hätte jemand ihm gegenüber diese Möglichkeit erwähnt, wäre er bei dieser Vorstellung schreiend fortgelaufen. Was hatte *er*, der Sohn des Ersten Offiziers auf einer Galeone der Handelsmarine, denn mit der *Königlichen Familie* gemein? Diese Vorstellung war doch völlig absurd!

Unglücklicherweise war es genau so gekommen. Irgendwann, beizeiten, würde Hektor zu dem Schluss kommen, es sei gut so. Er war durchaus bereit, diese Möglichkeit einzugestehen – er war ja schließlich nicht *dumm*. Trotzdem hatte seine erste Reaktion auf diese Entwicklung in nackter Panik bestanden. Deswegen war er so dankbar dafür, an Bord der *Destiny* gelandet zu sein. Sir Dunkyn Yairley entstammte zwar selbst nicht dem exklusiven Kreis des Hochadels, wahrhaftig nicht! Dennoch war er mit drei Baronen und einem Grafen verwandt (wenngleich recht entfernt). Wichtiger jedoch: Von Anfang an hatte er sich Mühe gegeben, den jungen Midshipman Aplyn-Ahrmahk in das standesgemäße Verhalten einzuführen, das seinem neuen hohen Adelsrang angemessen war.

Es fängt schon damit an, wann man welche Gabel zu benutzen hat, seufzte Hektor in Gedanken. Erneut grinste er, als ihm eine Erinnerung durch den Kopf schoss: Der Captain hatte ihm mit seiner eigenen Gabel ordentlich eins über die Finger gezogen, als Hektor nach der falschen gegriffen hatte. *Damals hätte ich wetten mögen, er hat mir die Knochen gebrochen! Aber wahrscheinlich ...*

»Schiff in Sicht!«, kam es aus dem Krähennest der Großmast-Saling, einhundertundzehn Fuß oberhalb des Decks. Von dort aus war der Horizont fast elfeinhalb Meilen weiter entfernt als vom Deck aus betrachtet. An einem klaren Tag wie heute konnte man zweifellos so weit blicken.

»Zwei Schiffe, fünf Strich backbord!«, korrigierte der Wachposten kurz darauf.

»Master Aplyn-Ahrmahk!«, sagte eine tiefe Stimme in nächster Nähe. Als Hektor sich herumdrehte, sah er vor sich Lieutenant Rhobair Lathyk, den First Lieutenant der *Destiny*. Lathyk hatte im Augenblick Wache.

»Aye, Sir?« Hektor salutierte angemessen, indem er die zur Faust geballte rechte Hand an die Brust führte. Lathyk war ein auffallend hochgewachsener Mann – er war groß genug, um sich an der Decke eines jeden Schiffs ständig den Kopf zu stoßen. Für Faulpelze hatte er nicht das Geringste übrig. Immer und zu jeder Zeit bestand er auf formvollendete militärische

Umgangsformen, vor allem bei jungen Offizieren. Doch er war auch ein sehr guter Seemann, und (normalerweise) *suchte* er nicht eigens nach Fehlverhalten.

»Gehen Sie nach oben, Master Aplyn-Ahrmahk!«, wies Lathyk ihn nun an und reichte ihm sein Fernrohr. »Schauen Sie mal, was Sie uns über diese Burschen berichten können!«

»Aye, aye, Sir!«

Hektor griff nach dem Teleskop, hängte es sich an dem Lederriemen über die Schulter und erklomm geschickt die Webeleinen. Natürlich hätte Lathyk auch einen der anderen Midshipmen der Galeone schicken können. Hektor war froh, dass der Lieutenant ihn ausgewählt hatte. Es gab Dinge, die Hektor seit seiner Beförderung zum diensttuenden Fifth Lieutenant der *Destiny* vermisste. Dazu gehörte, dass kein Lieutenant – nicht einmal einer, der eigentlich nur ein kleiner Midshipman war – seine Kameraden noch in die Takelage hinaufschicken durfte, wie ein Midshipman das tun konnte. Im Gegensatz zu vielen seiner Kameraden war Hektor ganz und gar schwindelfrei. Er hatte es geliebt, sich oben in der Mars aufzuhalten. Selbst beim rausten Wetter machte es ihm überhaupt nichts aus, in die Rahen hinaufzusteigen. Gewiss, *Angst* hatte er hin und wieder schon gehabt. Die aber hatte stets auch ein belebendes Gefühl begleitet. Jetzt huschte er die Wanten empor wie eine Affenechse.

Er ignorierte das Soldatengatt, als er die Großmars erreichte, und hielt sich nur mit Fingern und Zehen fest, während er über die Auflanger rings um das Gatt kletterte. Dann eilte er auf die Stengenmastwanten hinaus. Eisig pfiff ihm der Wind um die Ohren; die Luft brannte ihm in den Lungen, und seine Augen funkelten vor Freude, als sich ihm mit schrillem Pfeifen eine Seewyvern näherte. Diese Tiere folgten den Schiffen ständig, weil sie darauf hofften, im Abfall etwas Schmackhaftes zu entdecken.

»Welche Richtung, Zhaksyn?«, fragte er den Mann im Krähennest, als er endlich den Posten des Ausgucks in schwindelnder Höhe erreicht hatte. Der Mann hatte sich auf die Saling gehockt; ein Bein ließ er gelassen baumeln, den Arm hatte er um die Bramstenge geschlungen. Nun grinste er Hektor an.

Hier oben war es noch kälter: Je höher man kletterte, desto frischer wurde auch der Wind (das war zwar allgemein bekannt, aber Hektor hatte keine Ahnung, warum das so war). Obwohl das Klettern ihn angestrengt hatte, war er dankbar für den dicken Wachmantel, die schweren Handschuhe und den weichen Strickschal, den ihm Prinzessin Zhanayt zum letzten Mittwintertag geschenkt hatte. Die Marsstenge hatte hier, wo ihr Eselshaupt oberhalb der Saling herausragte, einen Durchmesser von fast anderthalb Fuß und stützte so die Bramstenge. Als Hektor sich nun dagegenlehnte, zitterte der Mast aber trotzdem, vibrierte in der Kraft von Wind und Wellen. Wenn Hektor geradewegs nach unten blickte, sah er nicht das Deck der *Destiny* unter sich, sondern das graugrüne Wasser mit seinen weißen Kronen auf Lee. Unter den gebauschten Segeln krängte das Schiff immer weiter. Würde Hektor jetzt in die Tiefe stürzen, so würde ihn das Wasser erwarten, nicht die Deckplanken. Nicht, dass das einen großen Unterschied gemacht hätte. So kalt, wie das Wasser war, wären seine Chancen, lange genug zu überleben, bis jemand an Bord ihn herauszöge, gleich null.

Glücklicherweise hatte Hektor Aplyn-Ahrmahk nicht die Absicht, in die Tiefe zu stürzen.

»Dort, Sir«, meldete der Mann im Krähennest und streckte die Hand aus.

Hektor folgte dem ausgestreckten Zeigefinger, nickte und hakte ein Knie um die Stenge. Dann hob er mit beiden Händen das schwere Teleskop und spähte hindurch.

Etwas mit einigem Gewicht, wie etwa ein leistungsfähiges Teleskop, ruhig zu halten, vor allem wenn man währenddessen dank der Bewegung des Schiffes hin und her geschaukelt wurde, war nicht gerade einfach. Dass Hektor niemals so groß und kräftig sein würde wie etwa Lathyk, machte ihm die Aufgabe nicht gerade leichter. Andererseits verwandelte sich der schlaksig-schlanke Körper des jungen Mannes gerade. Hektor bekam drahtige Muskeln, und Erfahrung hatte er auch schon sammeln können. Also stützte er das schwere Rohr auf seinen linken Unterarm, glich mit geübten Bewegungen das Schlingern des Schiffes aus und erkannte in der Ferne die Marssegel der fremden Schiffe. Dabei hielt er sein Fernrohr so ruhig, dass eine Landratte mächtig gestaunt hätte.

Selbst von hier oben betrachtet, waren die Rümpfe der nahenden Schiffe noch nicht zu erkennen. Nur die Marssegel waren zu sehen. Wenn die Wellen allerdings sowohl die *Destiny* als auch die fremden Schiffe emporhievten, konnte Hektor zumindest einen Teil der Großsegel erkennen. Vorausgesetzt, ihre Masten waren etwa so hoch wie die der *Destiny*, was die Großrah etwa fünfzig Fuß über die Wasseroberfläche brachte, dürften die Schiffe etwa vierzehneinhalb Meilen entfernt sein.

Sorgsam und geduldig betrachtete Hektor sie, schätzte ihren Kurs ab und versuchte Hinweise zu finden, wie schnell sie wohl fuhren. Er starrte so lange durch das Fernrohr, dass ihm schon die Augen schmerzten. Er blinzelte jedoch nicht ein einziges Mal und ließ auch nicht das Fernrohr sinken, bis er mit dem, was er hatte sehen können, zufrieden war. Dann stieß er einen erleichterten Seufzer aus, hängte sich das Fernrohr wieder über die Schulter und rieb sich das Auge.

»Was halten Sie davon, Sir?«, erkundigte sich der Matrose.

Mit gehobener Augenbraue blickte Hektor den Mann im Krähennest an. Der Matrose grinste. Sicher hätte er nicht die Frechheit besessen, Lieutenant Lathyk diese Frage zu stellen. Hektor wusste, dass einige seiner Offizierskameraden (allen voran Lieutenant Garaith Symkee, der Second Lieutenant der *Destiny*) sofort etwas unternommen hätten, um diesem Mann seine Anmaßung auszutreiben. Wahrscheinlich hätte ein einfacher Ensign nur umso mehr Gründe, sich gegen jegliche übermäßigen Vertraulichkeiten der Männer zu verwahren, die er zu befehligen hatte. Captain Yairley hingegen, der anscheinend *niemals* Schwierigkeiten hatte, seine Autorität zu wahren, hätte die Frage einfach nur beantwortet. Und wenn eine solche Vorgehensweise gut genug für den Captain war ...

»Nun ja«, setzte Hektor an, »sie sind noch ein bisschen zu weit entfernt, um Einzelheiten ausmachen zu können, selbst mit dem Fernrohr. Aber wenn ich mich nicht täusche, fährt zumindest das vordere der beiden unter dem Wimpel der Kirche.«

»Was Sie nicht sagen, Sir!« Zhaksyns Grinsen wurde deutlich breiter. Er rieb sich sogar voller Vorfreude die Hände. Schließlich bedeutete ein Wimpel der Kirche unweigerlich, dass ein Schiff als rechtmäßige Prise anzusehen war, die nur darauf wartete, geentert zu werden. Hektor erwiderte das Grinsen. Dann aber verschwand das Lächeln.

»Gut, dass Sie das gesehen haben, Zhaksyn«, sagte er und tätschelte dem Älteren anerkennend die Schulter (Zhaksyn war gerade einmal Ende Zwanzig; üblicherweise wurden nur die jüngsten und gesündesten Mannschaftsmitglieder zu Toppsgasten erkoren. Daher war ihn ›älter‹ zu nennen, schon seltsam).

»Ich dank' Ihn' auch schön, Sir!« Jetzt strahlte Zhaksyn über das ganze Gesicht. Hektor nickte ihm zu. Dann streckte er erneut die Hand nach den Wanten aus. Er war ernstlich versucht, einfach an der Pardune hinunterzurutschen. Doch das Ungestüm der Jugend lag jetzt, da er Offizier war, eben hinter ihm – wie Lieutenant Lathyk erst letzten Fünftag recht nachdrücklich angemerkt hatte. Also kehrte Hektor in deutlich gemessenerer Weise auf Deck zurück.

»Also, Master Aplyn-Ahrmahk?«, fragte der First Lieutenant, kaum dass Hektor die Reling erreicht hatte, auf Deck gesprungen und zum Heck zurückgekehrt war.

»Es sind eindeutig zwei, Sir – zumindest so weit das bislang zu sehen ist. Galeonen, vollgetakelte Rahsegler, aber nicht ganz so hoch aufragend wie wir, denke ich. Eine Royalstenge haben sie zumindest nicht. Ich komme auf einen Abstand von vierzehn oder fünfzehn Meilen, und sie segeln mit dem Wind, fast genau Nordwest bei Nord. Sie haben Groß- und Marssegel gesetzt, aber nicht die Bramsegel, und ich glaube, das vordere der beiden fährt unter dem Wimpel der Kirche.«

»Ach, tatsächlich?«, murmelte Lathyk vor sich hin.

»Jawohl, Sir. Und als sie sich hob, konnte ich einen Blick auf ihren Besan werfen. Die Fock konnte ich nicht erkennen. Deswegen weiß ich nicht mit Sicherheit, ob sie die neuen Klüver hat. Aber sie hat eindeutig eine Gaffel. Und sie hat neue Segel – schön weiß, keine Wetterspuren. Ich glaube, die ist ziemlich groß, Sir. Es würde mich überraschen, wenn sie deutlich kleiner wäre als wir.«

Lathyk kniff die Augen zusammen. Hektor konnte beinahe *fühlen*, wie der Lieutenant seinen eigenen Gedankengang nachverfolgte. Schließlich nickte der First Lieutenant kaum merklich und wandte sich einem der anderen Midshipmen in der Nähe zu.

»Meine Empfehlung an den Captain, Master Zhones, und informieren Sie ihn, dass wir zwei Galeonen gesichtet haben. Peilung fast schnurgerade Nord, Entfernung etwa vierzehn Meilen, Kurs Nordwest bei Nord. Und Master Aplyn-Ahrmahk«, kurz lächelte der First Lieutenant Hektor zu, »ist der *festen* Ansicht, zumindest eines der beiden sei eine große, neu getakelte Galeone im Dienste der Kirche.«

»Aye, aye, Sir!«, piepste Zhones. Er konnte unmöglich älter als zwölf sein, was Hektor geradezu absurd jung erschien … obwohl er selbst in diesem Alter bereits drei Jahre lang zur See gefahren war.

Der Midshipman eilte schon, fast im Laufschritt, auf die Luke zu. Doch dann erstarrte er, als Lathyk sich hinter ihm laut genug räusperte, um sogar das Tosen von Wind und Wellen zu übertönen. Eine Sekunde lang starrte ihn der Junge mit großen

Augen an. Dann richtete er sich hastig auf und nahm Haltung an.

»Ich bitte um Verzeihung, Sir!«, sagte er und wiederholte dann Lathyks Nachricht Wort für Wort.

»Sehr gut, Master Zhones«, bestätigte Lathyk mit einem knappen Nicken, als der Midshipman geendet hatte. Erleichtert flitzte der junge Bursche davon. Hektor blickte ihm hinterher und erinnerte sich daran, wie *er* einmal eine solche Nachricht ganz und gar durcheinandergebracht hatte, und das nicht nur in der Gegenwart eines Herrn gleich nach Gott. Er war sich sicher gewesen, dass er vor Scham an Ort und Stelle tot umfallen müsse. Nachdem er das Desaster wider Erwarten überlebt hatte, hatte er gewusst, dass Captain Tryvythyn ihm Den Bösen Blick zuwerfen würde, sobald *er* von diesem Fehlverhalten erführe. Und das wäre noch viel schlimmer gewesen.

Wahrscheinlich war es gut, erinnerte sich der Ensign und schaffte es, sich ein Lächeln zu verkneifen, während Zhones durch die Hauptluke verschwand, *dass Seine Majestät mir das verziehen hat.*

»Also, Ruhsail, was halten Sie davon?«, erkundigte sich Commodore Wailahr, während er sich unter dem Stützbalken des Achterdecks hinwegduckte. Captain Ruhsail Ahbaht, der Kommandant der Galeone *Erzengel Chihiro* von der Imperial Desnairian Navy wandte sich ihm rasch zu.

»Ich bitte um Verzeihung, Sir Hairahm.« Der Captain salutierte. »Ich hatte nicht gewusst, dass Sie an Deck kommen würden.«

»Na, bis eben habe ich das auch noch nicht gewusst«, gab Wailahr ein wenig gereizt zurück. Der Commodore war ein stämmiger Mann, dessen dunkles Haar an den Schläfen allmählich ergraute. Auch in seinem sauber gestutzten Bart zeigten sich die ersten silbrigen Strähnen. Doch seine dunklen Augen waren immer noch hellwach.

Begleitet wurde er von Pater Awbrai Lairays, seinem Kaplan, der die purpurne Soutane mit dem Abzeichen der Flamme trug, dem Symbol des Schueler-Ordens.

»Jawohl, Sir. Selbstverständlich nicht«, gab Ahbaht rasch zurück. In seiner Stimme schwang immer noch eine vorsichtige halbe Entschuldigung mit. Er sah so sehr danach aus, als werde er jeden Moment erneut salutieren, dass Wailahr ernstlich Schwierigkeiten hatte, nicht das Gesicht zu verziehen. Er wusste genau: Er durfte sich glücklich schätzen, einen derart erfahrenen Flaggkommandanten wie Ahbaht zu haben. Aber er wünschte sich wirklich, der Captain würde nach mehr als dreitausend Meilen und dreieinhalb Fünftagen auf See endlich vergessen, dass er, Sir Hairahm, mit dem Grafen Hankey verwandt war – entfernt und dann auch nur angeheiratet.

»Es gibt auch keinen Grund, warum Sie das hätten wissen sollen, bis ich den Mund aufgemacht habe.« Der Commodore bemühte sich (beinahe sogar erfolgreich), keine übertriebene Geduld zur Schau zu stellen. Ostentativ blickte er zum Krähennest hinauf, dessen Meldung ihn dazu bewogen hatte, an Deck zu kommen.

»Es klingt, als wäre es eine charisianische Galeone, Sir«, erklärte Ahbaht, der die Andeutung sehr wohl verstanden hatte. »Der Ausguck hätte sie schon viel früher sichten müssen. Aber sie ist immer noch gute elf oder zwölf Meilen weit entfernt. Trotzdem ist sie uns nahe genug, dass wir ihre Segel gut erkennen können. Ganz offensichtlich fährt sie unter der neuen Takelung. Zudem hat sie für die derzeitigen Wetterverhältnisse recht viel Segel gesetzt, und sie hält geradewegs auf uns zu.« Kaum merklich zuckte er mit den Schultern. »Wenn man bedenkt, dass seit fast einem Jahr praktisch jedes bewaffnete Schiff, das hier kreuzt, aus Charis stammt, bezweifle ich, dass ein anderer als ein Charisianer mehr Tuch setzt, nur um jemanden einzuholen, der sich nicht eindeutig als freundlich gesonnen identifiziert hat.«

Langsam und bedächtig nickte Wailahr. Er dachte darüber nach, was Ahbaht als Analyse der Gedankengänge des fremden Captains vorgetragen hatte. *Ja, ergibt durchaus Sinn,* entschied er. Nach sechsundzwanzig Jahren im Dienste der Krone hatte er selbst mehr als genug Erfahrung als Offizier gesammelt, um das beurteilen zu können. Bedauerlicherweise war er ungleich weniger qualifiziert, einige der anderen Faktoren zu beurteilen, die ihre derzeitige Lage beeinflussten. Schließlich hatte er seine eigenen Erfahrungen fast ausschließlich auf dem *Festland* gesammelt, vor allem als Kommandeur der Kavallerie in der Imperial Army. Wie die weitaus meisten Reiche auf Safehold war es auch in Desnairia traditionell üblich, Kommandeure der Army auf Kriegsschiffe abzukommandieren (von denen es ohnehin nur herzlich wenige gab). Jedem dieser Army-Kommandeure wurde dann ein erfahrener Seefahrer zur Seite gestellt, der die Entscheidungen und Befehle des Kommandeurs in die richtige Fachsprache übersetzte. Schließlich bestand die Aufgabe des Kommandanten eines Kriegsschiffes nun einmal darin zu *kämpfen.* Ein erfahrener Soldat musste sich also um wichtigere Dinge kümmern als um technische Kleinigkeiten – zum Beispiel darum, wie man so ein Schiff dazu brachte, dorthin zu fahren, wo es gebraucht wurde.

Zumindest lautet so die Theorie, setzte Wailahr gallig in Gedanken hinzu. *Und ja, ja – diese Vorgehensweise hat sich auch immer bewährt – gegen eine Marine, die das alles ganz genauso macht. Bedauerlicherweise* – da war das Wort schon wieder! – *handhabt man das in Charis nicht so. Und das schon seit langer, langer Zeit nicht!*

Als treuer Untertan Seiner Majestät Mahrys' IV. und gehorsamer Sohn von Mutter Kirche war Sir Hairahm Wailahr fest entschlossen, seine derzeitige Aufgabe erfolgreich zum Abschluss zu bringen. Er gab sich nur wenig Illusionen hin, was seine Kenntnisse über die Seefahrt betrafen. Er geriet ernstlich ins

Schwimmen (welch quälendes Bild!), wenn es darum ging, als Kommandant einer dieser neuen Galeonen der Navy zu dienen – von einem ganzen Geschwader ganz zu schweigen. Und genau deswegen war er auch so dankbar, dass wenigstens Ahbaht Erfahrung gesammelt hatte.

Nichtsdestotrotz hatte Sir Hairahm manchmal das dringende Bedürfnis, dem Captain einen Tritt in den Allerwertesten zu verpassen.

»Sie sagen, er hält auf uns zu, Captain«, sagte Wailahr nach kurzem Schweigen. »Meinen Sie, er hat die Absicht, uns abzufangen?«

»Höchstwahrscheinlich, Sir.« Ahbaht hob den Arm und beschrieb einen Halbkreis, der auch die mutmaßliche Position des fremden Schiffes einschloss; vom Deck der *Erzengel Chihiro* aus war es noch nicht zu erkennen. »Da draußen gibt es jede Menge Ozean, Sir Hairahm. Und viel Verkehr gibt es nicht mehr, seit die verdammten Charisianer mit der Freibeuterei angefangen haben. Gut, es wäre vernünftig, wenn eine Handelsgaleone die Terrence Bay ansteuern würde – genau wie wir. Aber wie ich schon sagte: solange man sich da drüben nicht absolut sicher ist, dass wir ihnen nicht feindlich gesinnt sind, hätte ich vom Skipper eines Handelsschiffes erwartet, dass er Abstand hält. Auf jeden Fall hätte er ein paar Segel eingeholt, um den derzeitigen Abstand nicht zu verringern. Selbst wenn er nach Seidenstadt will – oder nach Khairman Keep, so wie wir. Und auch wenn der Ausguck sich nicht ganz sicher ist, glaubt er doch, der fremde Bursche da draußen hat sogar noch *zusätzlich* Segel setzen lassen.«

»Er ist sich bei etwas so Wichtigem *nicht ganz sicher?*« Fragend hob Wailahr eine Augenbraue.

»Das sagt er, Sir. Ich kann ihn selbstverständlich herunterbeordern, damit Sie persönlich mit ihm sprechen können.« Wieder zuckte der Flaggoffizier kaum merklich mit den Schultern. »Aber Lieutenant Chaimbyrs hat bereits mit ihm gesprochen. Der Lieutenant ist der Ansicht, was den Mann im Krähennest überhaupt erst auf das Schiff aufmerksam gemacht hat, sei das Setzen zusätzlicher Segel gewesen.‹

»Ich verstehe.«

Ahbahts Erwiderung hatte nach Wailahrs Meinung gerade zugleich dessen größte Stärke wie auch dessen größte Schwäche als Flaggoffizier gezeigt. Oder überhaupt als militärischer Anführer. Tonfall und Körpersprache des Captains hatten deutlich gezeigt, dass er jederzeit bereit gewesen wäre, den Mann aus dem Krähennest für eine Wailahrsche Standpauke auf das Deck herunterkommen zu lassen. Zugleich jedoch hatte er dafür gesorgt, dass Lieutenant Zhustyn Chaimbyrs, der Second Lieutenant der *Erzengel Chihiro*, bereits mit dem Matrosen gesprochen hatte. Chaimbyrs selbst war ein ausgezeichneter junger Offizier – Wailahr behielt ihn im Auge und zog bereits in Erwägung, ihn schon bald für eine Beförderung vorzuschlagen. Zweifellos hatte Chaimbyrs aus dem Späher alle wichtigen Informationen herausgeholt, ohne ihn dafür einschüchtern zu müssen. Typisch für Ahbaht: einerseits traf er stets genau die richtige Entscheidung, wenn es darum ging, bestmögliche Informationen zu erhalten; andererseits war er jederzeit bereit, sich einen möglicherweise verärgerten Vorgesetzten an genau der Person abreagieren zu lassen, die diese Informationen geliefert hatte. Vor allem, wenn besagter Vorgesetzte über genügend Einfluss verfügte, gegebenenfalls auch Ahbahts eigener Karriere förderlich zu sein.

Sei nicht ungerecht, Hairahm, schalt sich der Commodore zum vielleicht tausendsten Mal. *Im Gegensatz zu dir hat Ahbaht überhaupt keine Beziehungen, und der Mann ist doch jetzt schon ... wie alt? Dreiundvierzig? Ist ja auch egal. Auf jeden Fall ist er alt genug, um damit zu rechnen, dass er nicht weiter aufsteigen wird, falls niemand seiner Karriere einen ordentlichen Schub verleiht. Eigentlich sollte der Umstand, dass man ihm das Kommando über eine der allerersten Galeonen übertragen hat, ihn ein* ganz *klein bisschen beruhigen!*

Andererseits war die Navy in Desnairia nie sonderlich wichtig gewesen. Eine recht beachtliche Zahl der Flottenoffiziere, denen Wailahr in den letzten Monaten begegnet war, schienen ernstlich Schwierigkeiten zu haben zu begreifen, wie sehr sich das alles schon bald ändern würde.

»Also gut, Ruhsail«, sagte er nach mehreren Sekunden des Nachdenkens. »Was schlagen Sie vor?«

»Was ich vorschlage, Sir?« Kurz zuckte Ahbahts Blick zu Lairays hinüber.

»Sollen wir gestatten, dass er zu uns aufschließt, oder setzen wir ebenfalls weitere Segel?«, führte Wailahr seine Frage in geringfügig gefährlicherem Tonfall aus.

Sofort zuckte Ahbahts Blick wieder zum Gesicht des Commodore zurück. Es gelang Wailahr, ein Seufzen zu unterdrücken. Soweit er das bislang beurteilen konnte, gab es an Ahbahts Mut nichts auszusetzen. Aber eines war offenkundig: Er hatte noch weniger die Absicht, vor Lairays einen falschen Schritt zu tun, wie Wailahr gegen sich aufzubringen.

Was, wie Wailahr nach reiflicher Überlegung eingestehen musste, recht weise von ihm war – in vielerlei Hinsicht. Lairays war nicht der Kaplan, den der Commodore sich selbst ausgewählt hätte. Bischof-Vollstrecker Mhartyn Raislair hatte ihn Wailahr *zugewiesen.* Die Anwesenheit des Kaplans war ein deutliches Zeichen dafür, wem die *Erzengel Chihiro* in Wahrheit gehörte. Sie mochte ja unter der Flagge von Desnairia fahren, auf der das schwarze Pferd auf gelbem Grund prangte. Aber es gab einen Grund, warum gleich darüber der Wimpel der Kirche flatterte. Im Augenblick wurde über diesen Grund noch nicht gesprochen – zumindest noch nicht offen. Aber nur einem echten Vollidioten (und das war Ahbaht bei all seiner Unterwürfigkeit eindeutig nicht) hätte entgehen können, dass sämtliche Gerüchte, ein Heiliger Krieg stehe bevor, Berechtigung hatten.

Nach Wailahrs Ansicht konnte man wirklich von Glück

reden, dass Pater Awbrai wahrlich kein Fanatiker war. Er war ein echter Eiferer, gewiss. Aber das war ja zu erwarten bei einem Priester, den der Bischof-Vollstrecker eigens dafür ausgewählt hatte, ihm bei der Beurteilung von Wailahrs Stab als Augen und Ohren zu dienen. Ein Eiferer, kein Fanatiker. Daher war es unwahrscheinlich, dass er Ahbahts offen ausgesprochene, fachliche Meinung dem Flaggoffizier beizeiten vorwerfen würde. Aber Wailahr konnte es Ahbaht kaum verübeln, in Gegenwart des Kaplans Vorsicht walten zu lassen.

»Ich denke, Sir, das hängt ganz davon ab, was wir zu erreichen versuchen«, sagte der Flaggoffizier schließlich. »Wenn unsere einzige Sorge ist, das Gold aus Khairman Keep zu holen, würde ich empfehlen, von einem Gefecht abzusehen.« Unwillkürlich schien sein Blick erneut zu Lairays zucken zu wollen. Doch es gelang Ahbaht, mit lobenswert fester Stimme weiterzusprechen. »Auch wenn wir zu zweit sind und der Fremde allein unterwegs zu sein scheint, ist es durchaus möglich – sogar wahrscheinlich –, dass wir im Kampf einen gewissen Schaden nehmen würden. Falls es sich um eine charisianische Kriegsgaleone und nicht um einen Freibeuter handelt, ist die Wahrscheinlichkeit sogar noch ungleich größer. Jeglicher Schaden, den wir erleiden könnten, würde erst behoben werden müssen, bevor wir mit dem Gold wieder in See stechen könnten. Das wiederum würde dessen Auslieferung herauszögern.«

Eine vernünftige Antwort, ging es Wailahr durch den Kopf. *Und eine durchaus berechtigte Überlegung.*

Er wusste nicht genau, welchen Wert das Gold hatte, das seine beiden Schiffe erwartete. Dass es aber um eine beträchtliche Summe ging, war ihm klar. Denn es ging um einen ernst zu nehmenden Teil des Zehnten, den Desnairia jährlich an Mutter Kirche entrichtete. Wenn man die unfassbaren Investitionen betrachtete, die der Tempel hatte tätigen müssen, um die neuen Kriegsschiffe zu bezahlen, die überall auf Howard und Haven gebaut wurden, hatte es durchaus eine gewisse

Dringlichkeit, dieses Gold sicher zu den Schatzkammern des Tempels in Zion zu schaffen. Vikar Rhobairs Kasse benötigte jedes Geld, dessen sie habhaft werden konnte. Angesichts der Verhältnisse, die üblicherweise im Winter auf den Straßen herrschten, war es sehr vernünftig, das Geld so weit wie möglich auf dem Seeweg seinem Ziel näher zu bringen. Oder es wäre zumindest so gewesen, gäbe es nicht die charisianischen Freibeuter. Sicher wäre es hilfreich gewesen, wenn der Bau der neuen Schiffe im Jahras-Golf, bequemerweise ganz in der Nähe von Khairman Keep, schon weit genug fortgeschritten wäre, um den Transport von dort aus selbst übernehmen zu können. Aber bedauerlicherweise schienen die charisianischen Freibeuter tatsächlich *überall* zu lauern. Dass man auf den Werften in Iythria oder Mahrosa noch nicht so weit war, erklärte, warum Wailahr selbst zusammen mit den ersten beiden voll einsatzfähigen Schiffen seines Geschwaders den ganzen Weg von Desnairia-Stadt, der Hauptstadt des Reiches, bis hierher hatte zurücklegen müssen, um das Gold abzuholen.

Wir hängen ohnehin schon hinter dem Zeitplan zurück. Bischof-Vollstrecker Mhartyn wird nicht gerade glücklich sein, wenn ich mich noch weiter verspäte, dachte er. *Aber wir sind zu zweit, und früher oder später* müssen *wir mit denen die Klingen kreuzen. Langhorne weiß, dass die stärkste Waffe der Charisianer ihr entsetzlicher Ruf ist! Und wahrscheinlich sogar zu Recht. Aber auch sie sind nur Sterbliche, wenn man's genau bedenkt, und wir müssen daran arbeiten, diesen Ruf zu ruinieren …*

Er blickte ›seinen‹ Kaplan an.

»Pater, ich bin geneigt zuzulassen, dass dieser freundliche Herr dort draußen zu uns aufschließt, wenn das seine Absicht sein sollte. Oder ihn zumindest näher kommen zu lassen. Nahe genug, dass wir in Erfahrung bringen, wer er in Wahrheit ist. Wenn das nur ein Freibeuter ist, wird er, so denke ich, beidrehen, sobald er sieht, dass er zwei *Kriegsgaleonen* verfolgt hat. Um ehrlich zu sein, ich würde ihn gern nahe genug wissen, um wenigstens eine Chance zu haben ihn einzufangen, falls er die Flucht antritt.«

»Und wenn es sich um eine Kriegsgaleone handelt, Commodore?« Lairays' Stimme wirkte beinahe unmenschlich tief. Das war erstaunlich angesichts seines jugendlichen Alters. Die braune Kokarde an seiner Priesterhaube flatterte in der steifen Brise, die über das Achterdeck der *Erzengel Chihiro* strich.

»Wenn es sich wirklich um eine Kriegsgaleone handelt, ist es durchaus möglich, dass er uns ohnehin weiterverfolgt«, erwiderte Wailahr. »Und wenn dem so ist, dann sind wir, wie der Captain gerade angemerkt hat, immerhin zu zweit. Das sollte uns einen beachtlichen Vorteil verschaffen, falls wir ihn bis auf Gefechts-Reichweite herankommen lassen. Meinen Sie, Seine Eminenz wäre gewillt, eine gewisse Verspätung in Kauf zu nehmen, die sich aufgrund von Reparaturen ergeben mag, wenn wir im Gegenzug eines von Caylebs Kriegsschiffen versenken?«

»Ahoi an Deck! Das vordere der beiden Schiffe refft die Segel!«

Captain Sir Dunkyn Yairley blickte zur Kreuzmast-Saling empor und runzelte die Stirn, als er diese Meldung vernahm.

»Sie holt die Bramsegel ein, Sir!«, fuhr der Matrose im Krähennest fort. »Und die andere jetzt auch!«, setzte er vielleicht eine Minute später hinterher. Die Falten auf Yairleys Stirn wurden tiefer.

Aber es war nur ein *nachdenkliches* Stirnrunzeln, wie Hektor Aplyn-Ahrmahk begriff, der seinen Captain beobachtete.

Es war *möglich*, dass die anderen Schiffe einfach nur zu dem Schluss gekommen waren, ihre Segelfläche sei unter den gegebenen Wetterverhältnissen gefährlich groß. Zuvor hatten sie einen neuen, noch nördlicheren Kurs angelegt und die Bramsegel gesetzt, kaum dass sie bemerkt hatten, dass die *Destiny* ihnen folgte. Aber das bedeutete ja nicht, dass die Kapitäne der beiden Schiffe darüber glücklich waren. Die Takelage ihrer Schiffe mochte ja ungleich robuster sein, als das noch vor zwei oder drei Jahren der Fall gewesen war. Aber nur wenige Schiffe auf der ganzen Welt hatten einen so kräftigen – und so gut ausbalancierten – Segelriss wie die der derzeitigen Charisian Navy.

Die Masten der *Destiny* waren im Verhältnis zum Rest des Schiffes höher; sie wiesen auch eine hochgelegene Royalstenge auf. Doch es war nicht nur eine Frage, wie hoch die Masten aufragten. Wenn die *Destiny* sämtliche Segel setzte, einschließlich der Vor- und Achterstagsegel und aller drei Klüver, würde sie von fünfundzwanzig Segeln angetrieben. Nicht nur das: Die neuen, wassergetriebenen Webstühle in Charis gestatteten, ungleich dichteres Tuch herzustellen. Daher vermochten die charisianischen Segel sehr viel mehr von der Windkraft aufzunehmen. Sie hatten zudem einen neuen, weniger bauchigen Zuschnitt, den Sir Dustyn Olyvyr eingeführt hatte. Die Schiffe, die die *Destiny* verfolgte, verfügten weder über die Royalstenge noch über Stagsegel; unter den gleichen Umständen hätten sie gerade einmal *zehn* Segel setzen können. Auch hatten ihre Segel noch die alte Form. Das hieß, sie verhielten sich wie abgerundete Säcke, die den Wind einfangen sollten. Die neuen, fast senkrecht gespannten Segel der *Destiny* waren deutlich effizienter. Hektor musste zugeben, dass die alten Segel aussahen, als *müssten* sie viel mehr Kraft besitzen. Aber entsprechende Versuchsreihen in der Howell Bay hatten bewiesen, dass Olyvyrs neue Segelform eindeutig die überlegenere war.

Auch die Proportionen aller anderen Segel hatten sich drastisch geändert: Die Marssegel der *Destiny* hatten eine größere Tiefe und einen breiteren Kopf. Damit besaßen sie eine deutlich größere Segelfläche – und waren leistungsstärker. Tatsächlich waren die Marssegel sogar die Hauptsegel eines Schiffes wie der *Destiny*. Bei Schiffen wie den verfolgten lag die Hauptlast immer noch auf den Großsegeln.

Natürlich war der Unterschied gewaltig zwischen dem, was

ein Schiff unter *Idealbedingungen* an Segeln setzen konnte und was je nach Wellengang und Wind noch vertretbar war. In mancherlei Hinsicht besaßen die *Destiny* und ihre Schwesterschiffe zu viele Segel. Leicht war es möglich, unter falschen Gegebenheiten entschieden zu viele Segel zu setzen, das Schiff zu sehr anzutreiben – so sehr, dass es sogar in Gefahr geriet. Abgesehen davon gab es immer den Punkt, an dem zusätzliche Segel ein Schiff sogar *verlangsamten.* Das war der Fall, wenn der Bug zu tief in die Wellen gedrückt wurde oder das Schiff so sehr krängte, dass sich ein ungünstiges Strömungsprofil ergab – auch wenn so etwas das Schiff eigentlich nicht gefährdete. In vielerlei Hinsicht also war die Gesamtsegelfläche, das, was man je nach Windstärke und Wellengang setzen konnte, wichtiger als die reine *Anzahl* der gesetzten Segel.

Noch wichtiger indes war die Verteilung der Segelfläche. Denn das wirkte sich unmittelbar auf die Bewegung des Schiffes aus. Darum hatte Yairley das Vorsegel setzen lassen: Im Gegensatz zu den Großsegeln sorgte das Vorsegel dafür, dass der Bug geringfügig aus den Wellen *herausgehoben* wurde, sodass das Schiff leichter vorankam, statt noch tiefer in die Wellen hineingedrückt zu werden. Ein Captain musste immer auch daran denken, wie die Segel den Wind abfingen. Allgemein konnte man sagen: je höher ein Segel, desto mehr krängte das Schiff. Also war es, je mehr ein Schiff stampfte, immer wichtig, die Reihenfolge zu beachten, in der Segel eingeholt wurden: erst die Royalsegel (falls das Schiff über so etwas überhaupt verfügte), dann Bramsegel, dann Großsegel und schließlich Marssegel. Die Großsegel kamen vor dem höher gelegenen Marssegel an die Reihe, weil sie einfach größer waren und sich schwieriger handhaben ließen, obwohl die Auswirkung der Marssegel auf das Krängen des Schiffes größer war.

Anscheinend hatte sich Hektor geirrt, was die Größe der fremden Galeonen im Verhältnis zur *Destiny* anging. Die anderen Schiffe waren kleiner, als er gedacht hatte. Das bedeutete, die *Destiny* konnte gefahrlos unter den derzeitigen Verhältnissen auf See mehr Segelfläche aufbringen als sie. Genau das hatte Captain Yairley auch getan. Er hatte Reffs ausschütten lassen und das Vorsegel gesetzt (das Großsegel war eingeholt, damit es dem Fockmast nicht den Wind nahm; schließlich kam der Wind auf ihrem neuen Kurs geradewegs von achteraus). Selbst ohne Royalsegel war die Geschwindigkeit der *Destiny* auf beinahe acht Knoten angestiegen. Seit fünf Stunden schloss sie nun immer weiter zu den anderen Schiffen auf, obwohl beide nach Entdeckung des Verfolgers zusätzlich Segel gesetzt hatten. Nun hatte man möglicherweise auf den beiden Galeonen begriffen, dass es kein Entkommen gab. Zu riskieren, durch das Hissen von viel Tuch Schaden an Segeln oder Takelage zu nehmen, verlor dann jeglichen Sinn. Dennoch bestand die Chance, dass der Verfolger selbst Schaden bei so viel gesetzten Segeln nahm, und dann würden die beiden Galeonen vielleicht doch noch entkommen.

Dann aber ging Hektor Folgendes auf: Die Bramsegel wären die ersten gewesen, die man, unter welchen Bedingungen, Wetter oder nicht, einholen würde, falls der Captain beschloss, Segel aufzurollen. Das hieß dann, dass die feindlichen Galeonen die *Destiny* zu sich aufzuschließen gestatteten. Angesichts der Raubzüge charisianischer Freibeuter und Kriegsschiffe täte dies nur ein äußerst dummer Handelsskipper. Ansonsten bliebe nur …

»Wir werden wohl in etwa … drei Stunden in Reichweite kommen, Master Lathyk«, erklärte Yairley in diesem Moment ruhig. »Bald gibt es Mittagessen. Also gibt es keinen Grund zur Eile. Aber sorgen Sie dafür, dass alle Mann etwas Warmes zu Essen bekommen – und das reichlich, wenn ich bitten darf.«

»Aye, Sir«, bestätigte der First Lieutenant. Er winkte einen der Midshipmen heran und erteilte dem jungen Burschen klare Anweisungen. Währenddessen blickte Yairley zu Hektor hinüber.

»Sie sind nicht der Ansicht, dass das Kauffahrer sind, oder, Sir?«, fragte Hektor leise. Einige Kapitäne hätten für die Impertinenz, unaufgefordert eine solche Frage zu stellen, einem jeden Offizier den Kopf abgerissen, ungeachtet seiner Beziehungen zum Hochadel. Doch darüber machte sich Hektor keine Sorgen, und das nicht etwa wegen seines Adelstitels.

»Nein, Master Aplyn-Ahrmahk, bin ich nicht«, erwiderte Yairley. Mit dem Kinn deutete er in Richtung der verfolgten Schiffe. Deren Segel waren mittlerweile auch von Deck aus erkennbar, wann immer sie von den Wellen emporgetragen wurde. »Diese beiden da laden uns regelrecht dazu *ein*, zu ihnen aufzuschließen. Das würde kein Handelsskipper tun, selbst wenn er unsere Flagge immer noch nicht erkannt hätte. Was durchaus denkbar wäre.«

Kurz blickte er zu dem Banner des Kaiserreiches empor, das am Besanmast flatterte. Auf dem jetzigen Vorwindkurs der *Destiny* könnten Fock- und Großmast tatsächlich den Blick auf das Banner verdecken.

»Vielleicht wissen sie noch nicht, dass wir ein Schiff Seiner Majestät des Königs sind – des Kaisers, meine ich«, Yairley schnitt ein Gesicht seines unrühmlichen Fehlers wegen, »aber für *Freibeuter* zumindest müssen sie uns schon halten. Jedes Handelsschiff hätte nichts Eiligeres zu tun als zu flüchten, immer in der Hoffnung, uns im Schutze der Nacht entkommen zu können. Ich glaube zwar nicht, dass ihnen das gelänge, verstehen Sie mich recht. Aber möglich wäre es schon. Denn niemand weiß, wohin der Wind als Nächstes dreht.«

Er hielt inne und wölbte fragend eine Augenbraue. Hektor erkannte sein Stichwort.

»Wenn sie also nicht nach Kräften flüchten ... wenn sie beschlossen haben, sich von uns einholen zu lassen, solange wir noch reichlich Tageslicht haben ... Das sind *auch* Kriegsgaleonen! Das meinen Sie, Sir!«

»Ich halte das für sehr wahrscheinlich, Master Aplyn-Ahrmahk.« Yairley deutete ein Nicken an. Seine Geste hatte etwas von der Befriedigung eines Lehrers über einen gelehrigen Schüler. »Kurz dachte ich noch, es könnte ein Handelsschiff sein, zusammen mit einem Geleitschiff, das es beschützt. Aber dann holten beide die Segel ein, und das Geleitschiff ließ sich nicht achteraus zurückfallen. Kein Geleitschiff wäre so töricht, das Schiff, das es beschützen soll, so dicht bei sich zu behalten, während es sich in Angriffsposition begibt. Deswegen müssen wir meines Erachtens davon ausgehen, dass es beides Kriegsschiffe sind. Gemäß den letzten Einschätzungen Baron Wave Thunders muss Desnairia über mindestens ein Dutzend umgebauter Galeonen verfügen, die mittlerweile einsatzbereit sind. Natürlich können wir uns dessen unmöglich sicher sein. Aber es sollte mich doch sehr überraschen, wenn die beiden da vorne nicht genau das sind. Die einzige Frage, die sich mir noch stellt«, fuhr der Captain fort, und seine Stimme wurde ein wenig leiser und sanfter, während seine Augen auf einmal ins Leere blickten, »ist, was die beiden hier draußen so allein treiben.«

»Vielleicht arbeiteten sie sich einfach nur ein, Sir«, schlug Hektor zögerlich vor, und Yairley nickte.

»Gewiss, das wäre möglich, aber unwahrscheinlich, so weit draußen auf hoher See.« Mit einer Kopfbewegung schloss er die frische Brise und das Schwanken des getriebenen Schiffes gleichermaßen ein. »Bedingungen wie diese sind doch ein bisschen arg lebhaft für die Landratten von der Desnairian Navy, meinen Sie nicht auch, Master Aplyn-Ahrmahk? Bei einer Übung dürfte man einen eher festlandsnahen Kurs erwarten – vor allem, wenn die beiden wirklich ganz allein hier draußen sind. Wir sind gute sechshundertfünfzig Meilen von deren Werften in Geyra entfernt – und mehr als hundert Meilen von Hennet Head, wo wir gerade dabei sind. Möglicherweise gehören die da vorne zu den Schiffen, die im Jahras-Golf gebaut wurden, nicht auf den Werfen von Geyra. Die bauen den größten

Teil ihrer Flotte tatsächlich im Golf und nicht in Geyra. Aber das wäre wirklich ein entsetzlich langer Weg für eine Übungsfahrt. Baron Jahras würde sich doch auch gewiss Sorgen machen, zwei seiner Schiffe könnten einem oder zwei Geschwadern unserer Galeonen begegnen, sobald sie sich in tiefere Gewässer wagten. Zumindest bislang war er, was derartige Dinge angeht, äußerst ... vorsichtig. Deswegen frage ich mich ...«

Mehrere Augenblicke lang stand der Captain nur nachdenklich da. Dann nickte er wieder. Dieses Mal war die Geste ganz offensichtlich nur für ihn selbst bestimmt. Sein Blick wanderte zu dem jugendlichen Ensign hinüber, der nach wie vor neben ihm stand.

»Mir fiele nur ein guter Grund ein, warum sie hier sein sollten, Master Aplyn-Ahrmahk«, sagte er, und ein Lächeln umspielte seine Lippen. »Wenn ich damit richtigliege, wird die Mannschaft ein wenig traurig darüber sein, dass wir sie jetzt gesichtet haben und nicht erst ein paar Tage später.«

»Sir?« Hektor unterdrückte das fast übermächtige Bedürfnis, sich verwirrt am Kopf zu kratzen. Yairleys Lächeln wurde noch breiter.

»Aber, aber, Master Aplyn-Ahrmahk! Ein paar kleine Geheimnisse muss ein Captain doch auch für sich behalten, meinen Sie nicht auch?«

»Entschuldigen Sie, Sir!«

Captain Ahbaht wandte sich um und wölbte fragend eine Augenbraue, als er Lieutenant Laizair Mahrtynsyn vor sich sah, den First Lieutenant der *Erzengel Chihiro*.

»Ja, Laizair? Was gibt es?« Ahbahts Tonfall klang ein wenig brüsk. Normalerweise kamen Mahrtynsyn und er recht gut miteinander aus. Aber im Augenblick, da selbst vom Deck aus betrachtet schon die unteren Masten des aufschließenden Schiffes am Horizont aufragten, musste der Captain verschiedene

Dinge gleichzeitig im Kopf behalten. Die Entfernung zu jenem anderen Schiff war auf gerade einmal sieben Meilen zusammengeschrumpft. Angesichts ihrer derzeitigen Geschwindigkeit würde der Gegner die *Erzengel Chihiro* in zwei oder höchstens zweieinhalb Stunden erreichen. Mit anderen Worten: In kaum mehr als neunzig Minuten hieße es, die ersten Kanonenkugeln abzufeuern, auch wenn die Zielsicherheit bei einem solchen Abstand noch sehr gering wäre.

»Master Chaimbyrs«, mit dem Kinn deutete Mahrtynsyn in Richtung der Stengewanten, von denen aus Lieutenant Chaimbyrs das andere Schiffe beobachtete, »meldet gerade, dass er des Gegners Flagge gesichtet hat, Sir. Das Schiff fährt unter charisianischem Banner ... und einer Kaperflagge.«

Kaum merklich verspannte sich Ahbahts Miene. Nur jemand, der den Captain wirklich gut kannte, hätte es bemerkt. Auf Mahrtynsyn traf das zu. Er wusste genau, was Ahbaht gerade durch den Kopf ging. Die endlich gesichtete Flagge, zuvor von Segeln verdeckt, bestätigte nur, was der Captain eh vermutet hatte. Doch die Kaperflagge ... *das* war etwas gänzlich anderes. Kein Freibeuter hätte so etwas gehisst. Nur Schiffe der Royal beziehungsweise Imperial Charisian Navy zogen dergleichen auf.

»Ich verstehe«, gab Ahbaht nach kurzem Schweigen zurück. »Hatte Chaimbyrs auch schon Gelegenheit, ihre Kampfkraft abzuschätzen?«

»Wir haben ihre Geschützpforten noch nicht gesehen, Sir. Aber auf dem Wetterdeck befinden sich mindestens zehn oder zwölf von den kurzen Kanonen. Wahrscheinlich mehr. Und«, Mahrtynsyn klang, als wolle er sich entschuldigen, »Master Chaimbyrs sagt, für ihn sehe der Gegner nicht nach einem umgebauten Handelsschiff aus.«

Dieses Mal waren die neu entstehenden Falten rings um die Augen des Captains deutlich auffälliger. Der Second Lieutenant war ein durchaus fähiger Offizier, seine Einschätzung wahrscheinlich richtig. Also handelte es sich bei ihrem Verfolger nicht nur um ein kaiserliches Kriegsschiff, sondern um eine der neu gebauten, ganz auf ihre Aufgabe zugeschnittenen Galeonen der Charisian Navy. Wailahrs eigene Segler dagegen waren umgebaute Handelsschiffe.

»Ich verstehe«, wiederholte Ahbaht und nickte seinem Ersten Offizier zu. »Ich danke Ihnen, Master Mahrtynsyn.«

Zum militärischen Gruß legte Mahrtynsyn die Hand an die Brust. Dann zog er sich zur Backbordseite des Achterdecks zurück, während Ahbaht die Hände hinter dem Rücken verschränkte und sich der Reling zuwandte. Nachdenklich starrte er auf die schaumbekrönten Wellen hinaus.

In diesem Augenblick beneidete der Lieutenant seinen Captain ganz und gar nicht. Andererseits hatte er auch nicht sonderlich viel Mitleid mit ihm. An sich respektierte er Ahbaht als Seefahrer, auch wenn der Captain trotz all seiner Jahre bei der Navy erschreckend wenig Erfahrung mit Galeonen hatte. Praktisch die ganze Zeit über hatte er Dienst auf den wenigen *Galeeren* der Desnairian Navy getan. Ahbahts Fertigkeit, ein Schiff zu steuern, war nicht so gut wie Mahrtynsyns eigene. Tatsächlich war das sogar einer der Gründe, weswegen man ihm Mahrtynsyn als First Lieutenant zur Seite gestellt hatte.

Aber was *militärische* Erfahrung anging, war Ahbaht ungleich besser qualifiziert, ein Kommando zu führen, als Mahrtynsyn, und das wusste der Lieutenant auch. Natürlich hatte in Desnairia *überhaupt niemand* Erfahrung im taktischen Einsatz mit Breitseiten-Geschützen. Aber wenigstens hatte Ahbaht Pulverdampf auch schon während echter Gefechte eingeatmet – und das war mehr, als Mahrtynsyn vorweisen konnte. Angesichts besagter Erfahrung musste Ahbaht sich noch besser der Kräfteverteilung in der bevorstehenden Konfrontation bewusst sein als Mahrtynsyn – oder *sollte* es, verdammt noch mal, zumindest!

Nichtsdestotrotz sollte ein Offizier mit seiner Erfahrung vorsichtig sein und gut darüber nachdenken, was er Commodore Wailahr empfahl.

Auf den ersten Blick schienen Wailahrs zwei Schiffe eindeutig im Vorteil. Schließlich waren sie ja zu *zweit.* Aber das war nicht alles, was hier zählte – längst nicht.

Eine der neuen Galeonen der Charisian Navy würde mindestens fünfzig Kanonen mit sich führen, wahrscheinlich sogar mehr. Die *Erzengel Chihiro* verfügte über vierzig. Schlimmer noch: Die Charisianer hätten schwere Geschütze an Bord. Die *Erzengel Chihiro* und ihr Schwesternschiff, die *Gesegneter Krieger,* hatten auf ihrem Batteriedeck sechsundzwanzig ›Echsen‹, dazu vierzehn ›Falken‹ auf dem Oberdeck. Damit besaßen sie eine Feuerkraft, die etwa achtzig Prozent einer charisianischen Breitseite entsprach. Dazu verfügten sämtliche ihrer Geschütze nicht nur über neue Drehzapfen und Lafetten, sondern sie nutzen auch abgepackte Ladungen, wie die Charisianer sie eingeführt hatten. Demnach dürften sich die Schussraten zumindest annähern. *So weit ist das ja alles schön und gut,* dachte Mahrtynsyn trocken. Aber die Kugeln der ›Echsen‹ wogen nur jeweils etwa zwanzig Pfund, und die Geschosse, die von den ›Falken‹ abgefeuert wurden, kamen auf weniger als neun Pfund. Falls die Berichte über die Charisianer der Wahrheit entsprachen, besaß jenes andere Schiff Dreißigpfünder mit langem Rohr auf seinem Batteriedeck. Auf dem Oberdeck standen Geschütze mit ungleich kürzerem Rohr, so genannte Karronaden, die ebenfalls Dreißig-Pfund-Geschosse ausspien.

Damit hätte der Gegner also an Gewicht mehr als das Doppelte dessen aufzubieten, was die *Erzengel Chihiro* verschießen konnte. Um genau zu sein, vermochte sie mit einer Breitseite mehr Metall zu verschießen als beide desnairianischen Schiffe *zusammen* … und der Rumpf des charisianischen Schiffes war deutlich robuster und härter beplankt. Das alles änderte die Berechnungen, die Ahbaht zuvor angestellt hatte, beträchtlich: Nicht nur, dass jeder Treffer, den die Charisianer landeten, deutlich größere Schäden als erwartet anrichten würde. Nein, der massivere Rumpf des gegnerischen Schiffes würde auch noch bei jedem gelandeten Treffer Desnairias deutlich weniger Schaden nehmen!

Natürlich sollten zwei leichtere Schiffe, wenn sie gut geführt wurden, in der Lage sein, einen einzelnen Gegner auszumanövrieren. Es war extrem unwahrscheinlich, dass das charisianische Schiff genug Mann an Bord hatte, um zwei Breitseiten vollständig zu bemannen – nicht, wenn Mannschaft zur Bedienung der Segel abgestellt war. Wenn die *Chihiro* und die *Krieger* also in der Lage wären, den Charisianer in die Zange zu nehmen, sollten sie auch in der Lage sein, sie in relativ kurzer Zeit auszuschalten. Nun gut, die Fertigkeit der Besatzung der *Erzengel Chihiro* hatte sich gewaltig verbessert, seit sie von Desnairia-Stadt aus aufgebrochen waren. Dennoch bezweifelte Mahrtynsyn, dass man es auch nur ansatzweise mit einer erfahrenen *charisianischen* Mannschaft würde aufnehmen können.

Er war überzeugt, Ahbaht habe, weil dieses andere Schiff allein über die Weltmeere kreuzte, angenommen, es müsse ein Freibeuter sein, kein reguläres Kriegsschiff. Eine in vielerlei Hinsicht durchaus vernünftige Vermutung. Hätte sie sich als zutreffend erwiesen, hätte dieses gegnerische Schiff ungleich leichtere Geschütze an Bord gehabt, auch wenn natürlich die Leistungsfähigkeit seiner Besatzung immer noch ein Problem gewesen wäre. Abgesehen davon neigten Freibeuter im Allgemeinen dazu, harte Gefechte wenn möglich zu vermeiden. Hätte der Skipper eines Freibeuterschiffs begriffen, dass er es mit zwei desnairianischen *Kriegsschiffen* zu tun hatte und nicht nur mit zwei fetten Kauffahrer-Prisen, wäre er ganz gewiss zu der Überzeugung gekommen, man könne seine Zeit auch sinnvoller nutzen. Aber ein Captain der Charisian Navy würde darüber ein wenig anders denken.

Aber wie wird der Captain diese Nachricht wohl dem Commodore übermitteln?, fragte sich Mahrtynsyn fast schon sardonisch. *›Entschuldigen Sie, Commodore, aber es hat sich herausgestellt, dass es sich doch um eine Kriegsgaleone handelt. Jetzt bin ich* etwas *weniger davon* *überzeugt, sie besiegen zu können.‹* Beinahe hätte der Lieutenant laut geschnaubt. *Ja, klar, ich kann schon fast hören, wie er* das *sagt!*

Nein, Ahbaht würde gewiss nicht das Risiko eingehen, Wailahr mit plötzlicher Vorsicht zu verärgern! Da es Wailahr ohne ausreichende Erfahrung auf See wahrscheinlich nicht begriffe, wie genau sich das Metallgewicht und – vor allem – die Geschicklichkeit der Mannschaft auf eine Seeschlacht auswirkten, würde er die neue Situation nicht für heikel halten. Nicht, solange Ahbaht ihn nicht mit der Nase darauf stieße.

Das bedeutete, innerhalb der nächsten zwei Stunden könnte es hier ein wenig ... aufregend werden.

Sir Dunkyn Yairley starrte geradeaus, betrachtete die hoch aufragenden Segel der desnairianischen Schiffe und kratzte sich nachdenklich am Kinn. Wie stets erzeugte eine unmittelbar bevorstehende Schlacht ein dumpfes, hohles Gefühl in seiner Magengrube. Keinem seiner Offiziere und keinem der Mannschaften schien es ebenso zu gehen. Selbstredend war es undenkbar, sich das mulmige Gefühl anmerken zu lassen. Häufig fragte Sir Dunkyn sich, ob er sich wirklich in dieser Hinsicht so sehr von ihnen unterschied oder ob sie einfach besser darin waren, sich ihre Emotionen nicht anmerken zu lassen.

Nicht, dass das im Augenblick von Bedeutung gewesen wäre.

»Also«, sagte er vernehmlich und achtete dabei darauf, dass weder seine Stimme noch sein Gesicht Beklommenheit verrieten, »sie scheinen begriffen zu haben, dass wir nicht bloß ein taubstummes und blindes Handelsschiff sind!«

Die Männer, die für die Karronaden auf dem Achterdeck verantwortlich waren, hatte ihn gehört, ganz wie ihr Captain es beabsichtigt hatte. Nun grinsten sie breit. Einige stießen einander belustigt in die Rippen, und ein paar lachten sogar leise. Keinerlei Anzeichen, dass *sie* etwas anderes empfanden als Zuversicht und Vorfreude!

Fröhliche Narren, *nicht wahr?*, dachte Yairley. Doch in dem Gedanken lag durchaus Belustigung, nicht zuletzt auch über seine eigene grüblerische Art.

Dann verdrängte der Captain den Gedanken wieder und überdachte die Lage noch einmal.

Seine Einschätzung der gegnerischen Bewaffnung war gewiss treffend, auch wenn er sich gewünscht hätte, er hätte es mit ein paar Geschützen weniger zu tun. Seine eigenen Kanonen waren schwerer, und Yairley bezweifelte auch nicht, dass seine eigenen Geschützbedienungen deutlich erfahrener waren als die der Gegenseite – und besser gedrillt vermutlich auch. Aber achtzig Kanonen waren immer noch achtzig Kanonen, und er verfügte nur über vierundfünfzig.

Ob das da drüben ein Galeeren-Kommandant ist?, fragte er sich.

Der Unterschied wäre bedeutsam. Schließlich erforderte der Umgang mit einer Galeere eine gänzlich andere Denkweise. Galeeren-Kapitäne dachten immer zuerst an einen Frontalangriff – schließlich konnte ihre Jagdarmierung, zu der immer auch die schwersten Geschütze gehörten, ausschließlich nach vorn feuern. Nach dem Frontalangriff kam dann das Entern. Ein Galeeren-Kapitän wäre sicher auch weniger geschickt darin, eine so schwerfällige rahgetakelte Galeone zu manövrieren. Abgesehen davon verfügten Galeeren über Ruder. Ein Captain, der es gewohnt war, genau in den Wind zu rudern, neigte zweifellos dazu, den Vorteil, den der Wind mit sich bringen konnte, zu unterschätzen.

Yairley hörte auf, sich am Kinn zu kratzen und verschränkte die Hände wieder hinter dem Rücken. Mit nachdenklicher Miene betrachtete er die Wellen, die zwischen der *Destiny* und ihren Gegnern wogten. Die Desnairianer bildeten eine nicht ganz gerade Linie. Während der langen Stunden seit Beginn der Verfolgungsjagd hatte der Wind etwa um fünf Strich gedreht – von Südsüdost nach Ostsüdost. Das hintere der beiden

Schiffe stand gute zweihundert Schritt abwindig und achteraus vom Begleitschiff, als beide nun leicht nach steuerbord schwenkten. Yairley fragte sich, ob das beabsichtigt war oder sie einfach nur schlampig dabei waren, die Linie zu halten. Oder ob es vielleicht auf Unerfahrenheit schließen ließe. Das Desnairianische Reich hielt sich schließlich immer noch an die alte Tradition, *Armee*-Offizieren das Kommando über Kriegsschiffe zu erteilen.

Nicht überoptimistisch werden, Dunkyn!, ermahnte Yairley sich selbst. *Aber* hoffen *wird man ja wohl noch dürfen, oder?*

Für eine Landratte mochten zweihundert Schritt nach nicht allzu viel klingen. Nur war Yairley keine Landratte. Für einen Artilleristen, der es gewohnt war, dass Schlachten auf hübsch unbewegten Erdschollen ausgetragen wurden, ließen sich bei einer Entfernung von zweihundert Schritt mit Leichtigkeit Beutelkartätschen zum Einsatz bringen. Damit wäre es für jede Bedienmannschaft, die auch nur halbwegs diese Bezeichnung verdiente, fast unmöglich, ein Ziel zu verfehlen, das mehr als fünfzig Schritt lang war, sechs oder sieben Schritt hoch und fast zehn Schritt breit. Für einen Seebären hingegen, der es gewohnt war, dass sich sein Batteriedeck höchstwahrscheinlich gleichzeitig in alle drei Richtungen bewegte, ganz egal, welche zusätzlichen Bewegungen auch noch das *Zielobjekt* vollführen mochte, war eine Entfernung von zweihundert Schritt etwas gänzlich anderes.

Zum Beispiel eine Entfernung, über die hinweg man mühelos kostbares Pulver und kostbare Kugeln verschwenden kann, dachte der Captain trocken. *Das bedeutet, diese beiden Burschen da drüben sind zu weit voneinander entfernt, um sich gegenseitig effizient unterstützen zu können. Es sei denn, ich würde ihnen den Gefallen tun, genau* zwischen *sie zu fahren!*

Kurz blickte er zu den eigenen Segeln empor, dann traf er eine Entscheidung.

»Master Lathyk?«

»Jawohl, Sir?«

»Lassen Sie bitte die Bramsegel einholen!«

»Aye, aye, Sir!« Zum Salut legte der First Lieutenant die Faust an die Brust, dann hob er seinen ledernen Sprechtrichter. »Segel einholen!«, bellte er. Sofort war das Tappen zahlloser Füße auf den Deckplanken zu hören.

Mit zusammengekniffenen Augen beobachtete Laizair Mahrtynsyn vom Achterdeck der *Erzengel Chihiro* aus das charisianische Schiff. Stetig kam es näher. Die Steuerbordgeschütze hatte es bereits ausgerollt, während es backbords achteraus auf die *Erzengel Chihiro* zuhielt. Das *gefiel* Mahrtynsyn zwar nicht, aber es überraschte ihn auch nicht. Bei einem war sich der Lieutenant ganz sicher: Cayleb Ahrmahk hatte nicht die Angewohnheit, seine kampfstärksten Kriegsschiffe Kommandanten anzuvertrauen, die nichts damit anzufangen wussten. Der charisianische Kapitän da drüben wusste ganz offensichtlich, welchen Vorteil hinsichtlich der Manövrierfähigkeit ihm der Wind bescherte. Weil er sich luvwärts befand, konnte ganz allein er entscheiden, ob und wann es zum Kampf käme. Dieser Kapitän hatte offenkundig verstanden, diesen seinen Vorteil zu nutzen.

Mahrtynsyn wünschte nur, er könnte darauf vertrauen, dass auch Captain Ahbaht das verstand.

Doch ob Ahbaht es nun verstand oder nicht: Für Mahrtynsyn war schon jetzt schmerzhaft offensichtlich, dass die charisianische Galeone ungleich geschickter gehandhabt wurde als sein eigenes Schiff. Während der Segeldrills auf der langen Fahrt von Desnairia hierher hatte sich die Mannschaft zwar durchaus gemacht. Trotzdem zeigte die Präzision an Bord des gegnerischen Schiffes beim Segeleinholen, wie viel die Besatzung der *Erzengel Chihiro* noch zu lernen hatte. Das Vorsegel des Charisianers war aufgegeit. Mit mechanischer Präzision verschwanden nun auch die Bramsegel – als hätte ein Meistermagier einmal seinen Zauberstab geschwungen, und fort waren sie! Auch zwei ihrer Klüver verschwanden. Das Schiff holte alle Segel ein, die beim Kampf nicht hilfreich, sondern hinderlich sein könnten. Und selbst noch mit dieser deutlich reduzierten Segelfläche holte der Charisianer die desnairianischen Schiffe immer weiter ein.

Gewiss, des Gegners Geschwindigkeit war jetzt geringer als zuvor. Doch auch das war nicht dazu angetan, Mahrtynsyn zu erfreuen. Denn die *Erzengel Chihiro* und die *Gesegneter Krieger* hatten zur Kampfvorbereitung ebenfalls ihre Vorsegel eingeholt: Das hatte sie noch mehr Geschwindigkeit gekostet als den Charisianer. Der war immer noch beinahe zwei Knoten schneller und nur noch achtzehnhundert Schritt achteraus. In vielleicht fünfzehn Minuten könnte der Gegner längsseits gehen. Zumindest dem First Lieutenant der *Chihiro* war völlig klar, was der charisianische Kapitän im Sinn hatte. Er hatte die Absicht, sich leeseitig zur *Chihiro* zu halten und ihre Backbord-Breitseite mit seinen eigenen Steuerbordgeschützen anzugreifen. Nachdem der Wind ein wenig gedreht hatte, krängten beide Schiffe deutlich mehr. Eventuell würden also seine Schüsse zu hoch gehen. Der Vorteil dieses Vorgehens jedoch war, dass er so allein das Flaggschiff angriffe. Die *Krieger* wäre nicht in der Lage, ihn ebenfalls aus nächster Nähe zu beschießen. Bei einem schlichten Breitseitenduell würde die schwerere charisianische Galeone die *Erzengel Chihiro* gewiss in erschreckend kurzer Zeit ausschalten.

Aber wenn die Pläne, die der Captain und der Commodore sich zurechtgelegt haben, wirklich aufgehen, wird es kein schlichtes Breitseitenduell, nicht wahr?

Nein, das würde es nicht! Lieutenant Mahrtynsyn vermutete allerdings, dass der charisianische Captain sich ebenfalls einen Plan zurechtgelegt hätte.

»Also gut, Master Lathyk«, sagte Sir Dunkyn Yairley. »Ich denke, es ist an der Zeit.«

»Aye, Sir«, erwiderte der First Lieutenant ernst und winkte Hektor herbei.

»Machen Sie sich bereit, Master Aplyn-Ahrmahk«, sagte er, und Hektor nickte. Unter diesen doch recht eigenwilligen Umständen hatte man ihn ausdrücklich angewiesen, einen empfangenen Befehl nicht durch einen Salut zu bestätigen, wann immer der Feind ihn möglicherweise dabei beobachten könnte. Langsam trat er etwas dichter an das Gitter heran, mit dem die Luke in der Mitte des Spardecks der *Destiny* abgedeckt war. Kurz blickte er zwischen den Gitterstäben auf das darunter liegende Batteriedeck hinab. Die langen Dreißigpfünder zu Steuerbord waren bereits ausgerollt; die Schützen erwarteten ihre Befehle. Hektor konnte sich ein Grinsen nicht verkneifen, als er sah, wie die Bedienmannschaften sich positioniert hatten.

Allzu freundlich wirkte Hektors Grinsen nicht.

»An die Brassen und Schoten!«, hörte er Lathyk hinter sich brüllen.

Commodore Wailahr stand auf dem Achterdeck der *Erzengel Chihiro* und starrte das charisianische Schiff an, das näher und näher kam.

Ihm war völlig klar, dass es Captain Ahbaht alles andere als begeistert hatte zu erkennen, wie kampfstark sein Gegner war. Na ja, Wailahr selbst war auch nicht gerade versucht gewesen, Freudentänze aufzuführen. Die bisherige Kampferfahrung des Commodores beschränkte sich auf Gefechte auf dem Land, richtig. Aber er hatte an Bord seiner Schiffe genug Artillerie-Drills abhalten lassen, um die Treffsicherheit auf See mit dem Wort ›trostlos‹ zu beschreiben. Zumindest in einem gewissen Maße mochte das jedoch für beide Seiten gelten. Er indes konnte insgesamt beinahe doppelt so viele Geschütze zum Einsatz bringen, wodurch er im Ganzen mehr Treffer landen können sollte.

Vorausgesetzt, er könnte *wirklich* alle Geschütze zum Einsatz bringen.

Bislang macht der Bursche da drüben genau das, was Ahbaht auch vorhergesagt hat, Hairahm, beruhigte er sich selbst. *Wenn er jetzt noch ein bisschen damit weitermacht …*

Ehe die *Erzengel Chihiro* und die *Gesegneter Krieger* auf Distanz zueinander gegangen waren, hatten Wailahr und Ahbaht mit Hilfe ihrer Sprechtrichter mit Captain Tohmys Mahntain, dem Kommandanten der *Gesegneter Krieger,* konferiert. Mahntain war ein guter Mann. Im Rang stand er unter Ahbaht, war auch ein wenig jünger, aber eindeutig der Aggressivere der beiden Kommandanten. Er hatte genau verstanden, was Ahbaht und Wailahr planten. Der Commodore war sich dessen sicher: Er konnte sich darauf verlassen, Mahntain werde sich an seine Anweisungen halten.

Mehr noch: Es war offenkundig, dass Ahbahts Prognose, der Feind werde versuchen, nur eines von Wailahrs Schiffen anzugreifen, wenn sich ihm diese Möglichkeit böte, gänzlich zutreffend gewesen war. Indem sie bewusst Abstand zueinander hielten, boten Ahbaht und Wailahr dem Feind die *Erzengel Chihiro* als äußerst verlockendes Ziel dar. Wenn der Charisianer sich weiterhin backbords hielt und sich der *Erzengel Chihiro* leeseitig näherte, würde er Wailahrs Flaggschiff mit schwereren Kanonen unter Beschuss nehmen, während die *Gesegneter Krieger* kein einziges Geschütz zur Unterstützung ihres Flaggschiffs einsetzen könnte.

Nutzte das gegnerische Schiff diese vermeintliche Gelegenheit, würde Mahntain seinen Anweisungen folgen. Augenblicklich würde die *Gesegneter Krieger* abdrehen, von Kurs Nordnordwest auf West bei Nord oder sogar Westsüdwest gehen und so den Wind nahezu dwars nehmen. Das würde sie unmittelbar vor den Bug des Charisianers bringen. Damit könnte sie die größere, schwerere Galeone unter Beschuss nehmen – von einer Position aus, auf die keines der charisianischen Geschütze zu feuern vermochte.

Sobald Mahntain den Kurs des Charisianers gekreuzt hätte, sollte er wieder auf den ursprünglichen Kurs zurückkehren … und bis dahin hätten dann (wenn alles wirklich nach Plan liefe) der Charisianer und die *Erzengel Chihiro* die *Gesegneter Krieger* passiert. Damit säße der Charisianer zwischen Wailahrs beiden leichteren Schiffen in der Zange. Dann, endlich!, erwiese sich die größere Anzahl der desnairianischen Geschütze als entscheidend.

Natürlich ist es unwahrscheinlich*, dass alles nach Plan läuft*, rief sich Wailahr ins Gedächtnis zurück. *Andererseits: selbst wenn wir es nicht ganz so durchziehen können wie gewünscht, sollten wir am Ende taktisch gesehen immer noch im Vorteil sein.*

Der Charisianer könnte nicht durch Beidrehen verhindern, dass die *Gesegneter Krieger* sie frontal angriffe, ohne dabei ihr ebenso verletzliches – und sogar noch weniger robustes – Heck einer Breitseite der *Erzengel Chihiro* auszusetzen. Also bliebe ihr gar keine andere Wahl als weiterhin längsseits zum Flaggschiff zu bleiben. Solange also die *Erzengel Chihiro* nicht schon während der ersten Breitseite genug Schäden an der Takelage nähme, um gänzlich kampfunfähig zu sein, oder solange es keine Kollisionen gäbe, sollten letztlich die Desnairianer im Vorteil sein.

Selbst eine Kollision wäre zu unserem Vorteil, dachte Wailahr grimmig. So gut die Imperial Charisian Marines auch sein mochten, die Besatzung an Bord von Wailahrs Schiffen wäre ihnen zahlenmäßig immer noch im Verhältnis zwei zu eins überlegen. Ein Zusammenstoß, bei dem er das größere Schiff entern und das ganze Gefecht mit kaltem Stahl austragen könnte, war nicht gerade das schlimmste Endergebnis, das er sich vorstellen konnte.

Captain Yairley schaute zu, wie die Spitze des Klüverbaums der *Destiny* der desnairianischen Galeone näher und näher kam. Jetzt konnte er sogar das Namensschild des Schiffes lesen – *Erzengel Chihiro.* Damit blieb nicht mehr viel Platz für Zweifel, für welchen Zweck sie tatsächlich gebaut worden war. Selbst ohne Fernrohr konnte er schon recht deutlich einzelne Offiziere und Mannschaftsmitglieder ausmachen.

Die *Erzengel Chihiro* ragte höher aus dem Wasser heraus als die *Destiny*, obwohl sie kürzer und gedrungener war. Damit war dieses Schiff zweifellos deutlich launischer und sehr viel leegieriger. Zugleich waren ihre Deckaufbauten ungleich breiter (zweifellos noch eine Hinterlassenschaft ihrer Herkunft als Handelsschiff) – ihr Vorschiff und Achterkastell hatte man während der Umbauten zumindest etwas niedriger gesetzt. Allerdings war die Heckhöhe immer noch geeignet, um einem vollständigen, erhöhten Achterdeck Platz zu bieten, einer echten Poop. In mancherlei Hinsicht wünschte Yairley, das sei auch bei der *Destiny* der Fall. Dass der Rudergänger bei ihr auf dem niedrigeren Achterdeck stand, entblößte ihn zur Gänze – für Musketenfeuer ebenso wie für Kanonenkugeln –, während sich das Steuer der *Erzengel Chihiro* unterhalb der Poop befand, sodass es sowohl verdeckt als auch geschützt war.

Wie zur Antwort auf Yairleys Überlegungen wurden jetzt auf dem anderen Schiff die ersten Musketen abgefeuert. Es waren Luntenschlösser, keine Steinschlosswaffen, sodass sie eine geradezu entsetzlich niedrige Feuerrate hatten. Außerdem hatten diese Waffen eindeutig glatte Läufe, was der Treffsicherheit nicht gerade zuträglich war. Ohnehin war haargenaues Schießen vom Deck eines stampfenden Schiffes auf Personen nicht möglich, die sich auf Deck eines ebenfalls stampfenden Schiffes bewegten. Ob unter derartigen Bedingungen ein Ziel überhaupt getroffen wurde, war weitestgehend Glückssache – auch wenn es natürlich schwerfiel, das auch dann noch so zu sehen, wenn einem gerade eine Musketenkugel am Ohr vorbeisauste.

So wie jetzt gerade, merkte eine leise Stimme in seinem Hinterkopf an.

Scharfschützen der Marines auf der Fockmars und der Großmars erwiderten das Feuer. Zwar trafen deren Gewehre mit gezogenen Läufen unter den gegebenen Umständen auch nicht viel präziser. Aber sie hatten doch, weil sie mit Steinschlössern ausgestattet waren, eine ungleich höhere Feuerrate. Nahe einer der Steuerbordkarronaden mittschiffs schrie jemand auf, als eines der gegnerischen Luntenschlösser ein Ziel fand. Yairley sah, dass als Erwiderung der Marines auf die freundliche Begrüßung der Desnairianer an Bord der *Erzengel Chihiro* jemand vom Stengestag herabstürzte und mit knochenzermalmender Gewalt auf dem Achterdeck aufschlug.

Ich glaube, wir sind jetzt nahe genug, sinnierte er und blickte kurz zu Lathyk hinüber.

»Jetzt, Master Lathyk!«, sagte er klar und deutlich, und der First Lieutenant blies in seine Pfeife.

Sir Hairahm Wailahr wandte sich nicht einmal um, als der Matrose hinter ihm aufs Achterdeck krachte. Wahrscheinlich war der Mann schon tot gewesen, bevor er in die Tiefe gestürzt war. Jetzt war er auf jeden Fall tot – und nicht die erste Leiche in Wailahrs Leben. Also schenkte der Commodore der Sache nicht mehr Beachtung als den Splittern, die auf einmal rings um seine Stiefel von Deck aufstoben: Drei oder vier charisianische Musketenkugeln hatten sich in die Planken gebohrt. Die gegnerischen Scharfschützen hatten ihn offensichtlich als Offizier erkannt, auch wenn ihnen nicht bewusst war, welch fette Beute er tatsächlich wäre. Doch auch diese Erkenntnis blieb im Hinterkopf, der Commodore gestattete nicht, sich davon ablenken zu lassen. Er war sich seiner eigenen Sterblichkeit durchaus bewusst. Im Augenblick allerdings hatte er ganz andere Sorgen: Die Spitze des langen, lanzenartigen Klüverbaums des charisianischen Schiffes kam der Heckreling der *Erzengel Chihiro* langsam näher und näher.

Langhorne, das *wird unschön!,* sagte er sich selbst. Der Charisianer kam sogar noch näher, als der Commodore erwartet hatte. Es sah so aus, als hätte der Captain der anderen Galeone die Absicht, sie aus einer Entfernung von weniger als dreißig Schritt anzugreifen. Über eine solche Entfernung hinweg würden nicht einmal Wailahrs recht unerfahrene Kanoniere allzu häufig ihr Ziel verfehlen. Der Commodore verzog gequält das Gesicht, als er darüber nachdachte, was für ein Blutbad hier schon bald stattfinden würde.

Aber nicht nur bei uns *an Bord, mein ketzerischer Freund!,* dachte er grimmig. *Nicht nur bei* uns *an Bord!*

»Ruder Backbord!«, fauchte Sir Dunkyn Yairley. »Zügig, jetzt!«

»Ruder backbord, aye, Sir!«, bestätigte Chief Waigan. Gemeinsam mit seinem Gehilfen drehte er das große Steuerrad so rasch, dass einem dessen Speichen vor den Augen verschwammen.

Die Bewegung des Steuerrades brachte die Ruderpinne des Schiffs nach backbord, sodass das Ruder selbst nun in die entgegengesetzte Richtung wies. Und das wiederum brachte das Schiff abrupt nach *steuerbord.*

Wailahr riss die Augen auf, als der Charisianer plötzlich den Kurs änderte. Das war das Letzte, womit er gerechnet hatte! Der Gegner entfernte sich auf diese Weise von der *Erzengel Chihiro* – *luvwärts* zum Kielwasser seines Flaggschiffs zog der Charisianer vorbei, nicht *leewärts,* wie der Commodore das erwartet hatte. Seine Rahen folgten der Bewegung des Schiffes mit fast schon unnatürlicher Präzision. Das Schiff verlor zwar an Fahrt, denn sein neuer Kurs brachte es härter an den Wind, aber nicht sehr.

Wailahrs ursprüngliche Überraschung wich einem verwirrten Stirnrunzeln, als er plötzlich die Geschützpforten auf der Backbordseite der charisianischen Galeone vor sich sah.

Die *geschlossenen* Geschützpforten, schließlich hatte der Charisianer, als er klar Schiff zum Gefecht gemacht hatte, die *Steuerbord*-Breitseite ausgerollt.

»Zügig, Jungs! *Zügig!*«, brüllte Hektor durch das Lukengitter.

Wahrscheinlich wäre diese Ermahnung nicht erforderlich gewesen. Die Offiziere und die Mannschaftsdienstgrade, die für die Hauptbewaffnung der *Destiny* verantwortlich waren, hatten Lieutenant Lathyks Pfeife vermutlich ebenso deutlich gehört wie die Karronaden-Kanoniere auf dem Spardeck. Doch Captain Yairley gehörte nicht zu der Sorte Offizier, der in einem solchen Fall Risiken einzugehen bereit wäre. Es gehörte zu seinen Grundprinzipien, ein fähiger Offizier müsse schon *vor* der Schlacht alles nur Erdenkliche tun, um Fehler oder Missverständnisse zu vermeiden. Es *würde* sie geben, sobald das Gefecht erst richtig in Gang gekommen wäre, ja. Aber ein *guter* Offizier täte sein Bestes, für annähernde Fehlerfreiheit zu sorgen ... und dass sie nicht früher kamen als absolut vermeidbar.

Die derzeitigen Geschehnisse an Bord der *Destiny* hatten reichlich Gelegenheit, sich in eine unerwünschte Richtung zu entwickeln.

Das Schiff schwenkte nach Lee. Gleichzeitig wandten sich die Matrosen, die bislang ostentativ die luvwärtigen Karronaden bemannt hatten (wie jeder schielende Idiot auf dem anderen Schiff deutlich hatte sehen können), mit einem Male um und stürmten gehorsam zur gegenüberliegenden Seite des Decks hinüber – ganz so, wie Lathyks Pfeife sie das geheißen hatte. Die kurzen, gedrungenen Karronaden der Backbord-Batterie, bereits geladen und schussbereit, ließen sich rasch ausrollen.

Doch die schwereren Geschütze auf dem Batteriedeck waren ungleich massiver und ließen sich deutlich weniger leicht handhaben.

Die gute Nachricht war: Für niemanden an Bord der *Erzengel Chihiro* war das Batteriedeck der *Destiny* einzusehen gewesen. Captain Yairley hatte die gesamte Backbord-Batterie bemannen lassen, ohne dass jemand bemerkt hatte, was er im Schilde führte. Jetzt flogen die Geschützpforten an Backbord auf; Geschützführer bellten Befehle, und zahllose Männer grunzten vor Anstrengung, als sie ihr ganzes Körpergewicht in die Seilzüge warfen. Lafetten quietschten wie zornige Schweine, während sie grollend über Deck rollten. Das Deck hatte man eigens mit Sand bestreut, damit die Sohlen der Matrosen besser Halt fänden. Dann ragten die langen, bedrohlichen Schnauzen der neuesten Generation von ›Kraken‹ aus den nun offenen Geschützpforten.

Viel Zeit zum Zielen blieb ihnen nicht.

Glücklicherweise hatten die Geschützführer an Bord von HMS *Destiny* schon reichlich Übung.

In einem ohrenbetäubenden, brüllenden Gewitterdonnern zerbarst die Welt.

Niemals hätte sich Sir Hairahm Wailahr dergleichen vorstellen können. Um ihm nicht Unrecht zu tun: *niemand*, der so etwas noch nie erlebt hatte, hätte sich das auch nur ansatzweise vorstellen können. Der Commodore stand auf dem hohen, schmalen Achterdeck seines Flaggschiffs – einem Deck, das kaum mehr als vierzig Fuß lang war und an der breitesten Stelle nicht einmal zwanzig Fuß maß –, und in einem einzigen, anhaltenden Trommelwirbel explodierten siebenundzwanzig schwere Geschütze nacheinander. Sie spien Feuer. Der erstickende Rauch verdunkelte alles, als die *Destiny* das Heck der *Erzengel Chihiro* kreuzte und ihre Breitseite aus einer Entfernung von vielleicht fünfzig Fuß zum Einsatz brachte. Die beiden Schiffe waren so dicht beieinander, dass der Klüver der *Destiny* tatsächlich über das Achterdeck des Feindes hinausgeragt hatte. Beinahe hätte er sogar noch den Besan gestreift, während sie ihren Kurs erneut änderte und jetzt Nordost bei Ost anlegte. Die Wucht des Aufpralls so vieler Kanonenkugeln, über so kurze Entfernung hinweg abgefeuert – jede einzelne Kanone hatte zusätzlich zu ihrer Kugel auch noch eine Traubenkartätsche geladen – war unbeschreiblich. Der Commodore spürte die Hitze des Schießpulvers am eigenen Leib, fühlte deutlich, wie immer wieder Fäuste aus Mündungsdruck auf ihn einschlugen. Als die charisianischen Kugeln ihr Ziel erreichten, erzitterte und zuckte das ganze Flaggschiff – die Deckplanken schlugen gegen die Sohlen von Wailahrs Stiefeln, als würde ein Wahnsinniger immer und immer wieder mit einem Baseballschläger von unten dagegenhämmern. Planken zersplitterten; die Scheiben im großen Heckfenster der *Erzengel Chihiro* verschwanden einfach; die Schreie und das Kreischen all der überraschten Männer drangen Wailahr selbst noch über das unfassbare Dröhnen der feindlichen Kanonen ans Ohr.

Nachdem die *Erzengel Chihiro* gefechtsbereit gemacht worden war, glich das Batteriedeck einer einzigen, gewaltigen Höhle, die sich vom Bug bis zum Heck erstreckte. Es war eine Höhle mit zahlreichen Kanonen, deren Mündungen aus den offenen Pforten herausragten. Sie warteten nur darauf, dass das Ziel vor ihnen auftauchte. Doch das Ziel war nicht da! Es war achteraus, wo die Bedienungsmannschaften der Geschütze es nicht einmal sehen konnten, geschweige denn darauf das Feuer eröffnen! Und nun heulten Eisenkugeln mit einem Durchmesser von sechs Zoll durch diese Höhle, als seien Shanweis eigene Dämonen entfesselt worden.

Ein halbes Dutzend der ›Echsen‹ erlitten Volltreffer. Ihre Lafetten verwandelten sich in Wolken aus Splittern; die schweren Bronzerohre wurden emporgeschleudert, um dann mit entsetzlicher Wucht wieder herabzustürzen und die Schützen, die den Treffer selbst überlebt hatten, erbarmungslos zu zermalmen und zu zerquetschen. Wer einer der Kanonenkugeln in den Weg geriet, wurde mit beiläufiger, entsetzlicher Leichtigkeit in zwei Teile zerrissen. Splitter aus den Wandungen des Schiffes selbst – manche sechs Fuß lang und drei oder vier Zoll im Durchmesser – wirbelten durch die Luft, bohrten sich durch weiches Fleisch wie Speere, geschleudert von zornigen Titanen. Matrosen brüllten, während sie ihre entsetzlichen, klaffenden Wunden umklammerten. Andere wurden einfach nur rücklings geschleudert: Schädel, Brustkorb oder Schulterpartie in eine einzige Wolke aus Blut und Knochensplittern verwandelt, als die Kartätschen sie trafen. Denn jede einzelne Kugel dieser ›Trauben‹ wies einen Durchmesser von fast drei Zoll auf.

Eine einzige Breitseite tötete oder verwundete fast die Hälfte der gesamten Besatzung an Bord der *Erzengel Chihiro.*

»Bringen Sie sie wieder aus dem Wind, Waigan!«

Der Captain musste die Stimme heben, um überhaupt verstanden zu werden, doch Chief Waigan schien er geradezu ungeheuerlich ruhig, beinahe schon nachdenklich.

»Aye, aye, Sir!«, erwiderte der Petty Officer klar und deutlich. Schon drehte sich das Steuerrad in die andere Richtung, um das Ruder der *Destiny* umschwenken zu lassen.

Das gefiel der Galeone gar nicht, aber sie gehorchte wie die Lady, die sie zweifellos war. Fast unbeholfen stampfte ihr Rumpf, als sie langsam nach Westen herumschwenkte, quer über die Wellen. Doch Yairley hatte den Zeitpunkt für das Manöver fast perfekt gewählt, und der Wind half der *Destiny* dabei, ihre Bewegung zu vollenden.

Sie kam wieder vor den Wind, dann ging sie noch weiter nach Backbord, nahm den Wind von Backbord achteraus, und die

Rahen ihrer Marssegel schwenkten mit maschinengleicher Präzision herum, um in die richtige Position zu kommen.

Das Wasser hatte ihr einen Großteil der Geschwindigkeit genommen, und die Bewegung der *Erzengel Chihiro* hatte sie weiter von Yairleys Schiff fortgebracht. Doch an Bord des desnairianischen Schiffes herrschte zu viel Chaos, als dass Captain Ahbaht – oder besser: Lieutenant Mahrtynsyn, denn Ruhsail Ahbaht hatte Bekanntschaft mit einer der Kanonenkugeln der *Destiny* gemacht – auch nur daran hätte denken können, den Kurs zu ändern. Die Offiziere auf diesem Schiff rangen immer noch darum, es wieder unter Kontrolle zu bringen, nachdem die erste Breitseite ein solch unfassbares Blutbad angerichtet hatte. Währenddessen fuhr die *Destiny* erneut vor dem Heck der *Erzengel Chihiro* vorbei, dieses Mal von Nordost nach Südwest, nicht von Südwest nach Nordost.

Die charisianischen Bedienmannschaften hatten nicht die Zeit gehabt nachzuladen. Doch das war auch nicht erforderlich. Die Steuerbordkanonen hatte man geladen, bevor sie ausgerollt worden waren. Selbst nachdem so viele Männer sich um die Brassen kümmern mussten, waren den Offizieren der Steuerbordbatterie genug Matrosen verblieben, um die schon vorbereiteten Kanonen abzufeuern. Dieses Mal war der Abstand deutlich größer – weit über einhundert Schritt, beinahe schon hundertfünfzig. Aber eben noch nicht *ganz*.

»Räumt die Trümmer beiseite! Über Bord damit – sofort!«, schrie Sir Hairahm Wailahr.

Ein Commodore konnte es sich nicht leisten, von seiner Verantwortung als Flaggoffizier abgelenkt zu werden. Wailahr mochte ja kein Seemann sein, aber so viel wusste auch er. Bedauerlicherweise gab es herzlich wenig, was er im Augenblick hätte tun können. Also griff er sogar selbst nach einem Trümmerstück aus der Stelling, das auf die Kanonen am Oberdeck gestürzt war. Er zerrte daran, grunzte vor Anstrengung, mühte sich nach Kräften, die Trümmer zu beseitigen, die den Einsatz der Geschütze verhinderten. Plötzlich wirbelte er wieder herum und hob den Kopf. Sein Blick zuckte zu den windzerfetzten Rauchwolken achteraus seines Flaggschiffs, als HMS *Destiny* ihre zweite Breitseite abfeuerte.

Beinahe dreißig weitere schwere Kanonenkugeln rasten ihm heulend entgegen. Dieses Mal waren sie aus größerer Entfernung abgefeuert. So verfehlte, anders als bei der letzten Breitseite, die eine oder andere die *Erzengel Chihiro.* Doch eben nicht alle. Eine der treffsicheren Kugeln zerschmetterte den Besanmast und trennte ihn, acht Fuß über dem Deck, säuberlich ab. Er stürzte vornüber, krachte mit seinem ganzen Gewicht und der Wucht, die ihm der Wind zusätzlich verlieh, gegen den Großmast, der ebenfalls barst. Die *Erzengel Chihiro* erzitterte wie eine tödlich verwundete Zinkenechse. Sie stampfte, als ein ganzer Sturzbach aus geborstenen Sparren und zerfetztem Segeltuch auf Deck herabprasselte. Was nicht das Deck traf, stürzte neben dem Schiff ins Meer. Es schwankte, gefesselt durch den Treibanker, der aus der eigenen Takelage bestand. Schreie gellten, als weitere Matrosen unter dem Gewicht der herabgestürzten Sparren zerquetscht oder von den charisianischen Kanonenkugeln zerfetzt wurden.

Rücklings taumelte Wailahr von dem gebrochenen Besanmast zurück. Seine rechte Hand umklammerte seinen linken Arm. Dieser Arm war fast ebenso in Mitleidenschaft gezogen wie sein Flaggschiff, wie eine kleine Stimme in seinem Hinterkopf anmerkte – nicht, dass es im Augenblick viel ausgemacht hätte.

Mit einer Verbitterung, die aus reinem Begreifen geboren war, schaute er zu, wie die charisianische Galeone erneut den Kurs änderte. Sie schwenkte herum, kam wieder ganz vor den Wind. Wieder bewegten sich die Rahen, als sei ein einziger, sehr geschickter Seemann dafür verantwortlich. Die *Destiny* luvte an und nahm Fahrt auf. Wailahr sah, dass über ihren Marssegeln jetzt wieder die Bramsegel erblühten. Erst hingen sie herab wie Vorhänge, dann blähten sie sich, als die Brassen gestrafft waren. Schon stürmte die *Destiny* an der *Erzengel Chihiro* vorbei.

Wailahr drehte sich herum und hielt Ausschau nach der *Gesegneter Krieger.*

Er wusste, dass Captain Mahntain mindestens ebenso verblüfft ob des unerwarteten Manövers der Charisianer sein musste wie Ahbaht und er selbst. Die *Gesegneter Krieger* hatte fast sofort den Kurs geändert, als die *Destiny* das Feuer eröffnet hatte: Sie war herumgeschwenkt und hatte einen westlichen Kurs angelegt, ganz wie ursprünglich vorgesehen. Bedauerlicherweise war das aber auch der einzige Teil von Wailahrs ursprünglichem Plan, der so funktionierte wie gewünscht. Schlimmer noch: Weder die *Destiny* noch die *Erzengel Chihiro* befanden sich dort, wo der Plan es vorgesehen hatte. Jetzt befand sich die *Gesegneter Krieger* weit südwestlich ihres ursprünglichen Kurses … und die *Destiny*, die gerade nach Nord bei Nordwest schwenkte, steuerte schon auf sie zu, um sie achteraus zu passieren – den Wind hatte sie auch auf ihrer Seite. Dabei hätte sie doch eigentlich längsseits, Breitseite gegen Breitseite, zwischen beiden Gegnern gleichzeitig stehen sollen!

Die Steuerbordbreitseite der charisianischen Galeone flammte erneut auf und donnerte ein weiteres Mal, während sie die *Erzengel Chihiro* passierte und auf ihr zweites Opfer zuhielt. Der Fockmast, der ohnehin schon geschwächt war, weil er alle Stagen zum jetzt verlorenen Großmast eingebüßt hatte, stürzte seitlich um. Die *Erzengel Chihiro* war jetzt ohne jeden Mast. Das Schiff rollte. Es vollführte kaum zu beschreibende Korkenzieherbewegungen, als mit dem Verschwinden des gesamten Oberschiffs der letzte Rest an Stabilität verloren ging. Gleich darauf wurde die *Erzengel Chihiro* unsanft abgefangen – durch den Treibanker aus Takelage-Trümmern. Irgendwie war es Lieutenant Mahrtynsyn gelungen, auf den Beinen zu bleiben.

Er brüllte Befehle, scheuchte mehrere Gruppen der ihm noch verbliebenen Matrosen auf, die Trümmer zu beseitigen. Äxte blitzten auf und schlugen zu, durchtrennten verschlungenes Tauwerk, versuchten nach Kräften, das Schiff zu befreien, während andere Matrosen und Soldaten schluchzende und schreiende Kameraden aus den Trümmern herausholten. Manche der Geretteten wanden sich nur in lautloser Qual.

Die Breitseite, die die *Destiny* im Vorbeifahren abgefeuert hatte, sorgte für weitere zerschmetterte, verunstaltete Leichen. Doch es war unverkennbar, dass die *Erzengel Chihiro* für das charisianische Schiff etwas geworden war, um das man sich später immer noch kümmern könnte. Wailahrs Flaggschiff war ein Wrack. Es war so zerschmettert, so viele von seiner Besatzung waren tot oder verwundet, dass man die Überreste auflesen könnte, wann immer der *Destiny* der Sinn danach stünde. Im Augenblick hatte der Feind Wichtigeres zu tun. Hairahm Wailahr biss die Zähne zusammen ob eines Schmerzes, der das Pulsieren seines gebrochenen Armes unbedeutend erscheinen ließ.

Er kannte Tohmys Mahntain. Falls tief in Mahntain ein Funken Feigheit schlummern sollte, wusste Wailahr davon nichts. Die *Gesegneter Krieger* änderte auch bereits ihren Kurs. Nur war ihr Umgang mit den Segeln nicht annähernd so klar und präzise wie an Bord der *Destiny*. Das Schiff schlingerte bedrohlich, um auf neuen Kurs zu kommen, während die Segel protestierend flatterten und knallten. Doch bei diesem Manöver gelang es, ihr Heck aus der Schussbahn des Feindes zu schaffen. Die *Destiny* konnte sie nicht in der Art und Weise bestreichen, wie sie es bei der *Erzengel Chihiro* getan hatte. Trotzig rollte sie ihre Geschütze aus. Doch so tapfer, mutig und entschlossen Mahntain auch war: Allein schon die Art, wie seine Besatzung mit dem Schiff umging, zeigte deutlich, wie wenig eine desnairianische mit einer charisianischen Galeone zu vergleichen war. Diese hier hielt mit unfassbarer Geschwindigkeit auf die *Gesegneten Krieger* zu. Mahntain verfügte nicht nur über weniger und ausschließlich leichtere Geschütze. Er war hier schlichtweg *deklassiert.* Zumindest ein Teil von Sir Hairahm Wailahr wünschte sich in diesem Augenblick, ihm wären noch ein einziger Mast und Signalleinen geblieben. Er wünschte, er könnte Mahntain anweisen, die Flucht anzutreten.

Oder zu kapitulieren, gestand er sich mit trübsinniger Ehrlichkeit ein, während er zuschaute, wie Sir Dunkyn Yairleys Schiff dem Desnairianer nachstellte wie eine Wyvern auf der Jagd. *Er kann den Kampf nicht abbrechen – er kann ihr nicht entkommen, er kann ihr nicht ausweichen. Und da das nicht geht ...*

Erneut rollte an diesem Nachmittag grollender Donner über die eisige See hinweg, als die charisianische Galeone erneut feuerte – gnadenlos wie der Krake, den das Wappen des Hauses Ahrmahk am Besanmast zeigte.

.VII.

Erzbischöflicher Palast, Stadt Tairys, Provinz Gletscherherz Republik Siddarmark

Es war der kälteste Winter, den Zhasyn Cahnyr jemals erlebt hatte ... und das in mehr als nur einer Hinsicht.

Cahnyr war ein auffallend hagerer Mann. Als Gott ihn geschaffen hatte, da hatte Er nur sehr sparsam Fett verwendet. Entsprechend fror Cahnyr deutlich schneller als die meisten anderen. So war er immer der Ansicht gewesen, dass man ihm ausgerechnet die Erzdiözese Gletscherherz zugedacht hatte, in den Bergen von Siddarmark, sei ein Hinweis darauf, dass auch Gott und die Erzengel einen gewissen Humor hatten.

Doch in letzter Zeit schien sich dieser Humor nicht mehr so leicht finden zu lassen.

Cahnyr stand vor dem Fenster seines Arbeitszimmers. Es lag im zweiten Stock seines Palastes in der Stadt Tairys. Nach den Maßstäben der hohen Herren von Mutter Kirche war es kein sonderlich prächtiger Palast. Eigentlich war Tairys, obschon die größte Stadt der Provinz Gletscherherz, kaum mehr als nur ein größeres Dorf – kein Vergleich zu den Städten in den wohlhabenderen, dichter besiedelten Provinzen.

Das Volk in Cahnyrs Erzdiözese war eher arm, aber fleißig und fromm. Ein Großteil des bescheidenen Wohlstandes von Gletscherherz war den Bergwerken der Provinz zu verdanken – in denen bedauerlicherweise nicht Gold, Silber, Saphire oder Rubine abgebaut wurden, sondern einfach nur Kohle. Cahnyr hatte nichts gegen Kohle. Eigentlich war Kohle seines Erachtens von größerem Wert als aller kostbarer Tand. Die Kohle, die in Gletscherherz abgebaut wurde, war gute, sauber verbrennende Anthrazitkohle. Das war ein ... ehrlicher Rohstoff. Genau die Sorte Kohle, mit der man, dessen war sich Cahnyr sicher, jene Dinge tun konnte, die Gott guthieß: Kohle, mit der man Wohnstätten dringend benötigte Wärme spenden konnte, wenn der Winter mit Eis und Schnee über das Land kam. Kohle, mit der zumindest einige Gießereibesitzer hier in Siddarmark erste Versuche zur Koksgewinnung (wie in Charis üblich) durchführten.

Doch es gab Zeiten, in denen ein Erzbischof sich für seine Schäfchen doch etwas ... Spektakuläreres wünschte, etwas, das eher zu den eitlen Wünschen der Welt passte. Etwas, das seiner fleißigen Gemeinde mehr einbrächte. Und etwas, das nicht, so sehr der Pasquale-Orden auch dagegen anzugehen versuchte, allzu viele Mitglieder aus der Gemeinde durch Staublungen einen frühen Tod bescherte.

Cahnyrs Mundwinkel zuckten, so vertraut war ihm der Gedanke mittlerweile. Er schüttelte den Kopf.

Natürlich wünscht du dir das, Zhasyn!, schalt er sich selbst, obwohl der Tadel milde ausfiel. Er hatte ihn sich schon so oft selbst erteilt, dass er seine Schärfe verloren hatte. *Jeder Priester, der seine Kopfbedeckung und sein Szepter verdient, wünscht sich, seine Gemeinde möge ein längeres, gesünderes, reicheres Leben genießen! Aber sei dankbar, dass Gott deinen Schäfchen wenigstens die Kohle geschenkt hat – und auch die Möglichkeit, sie zu vermarkten.*

Bei diesem Gedanken wanderte sein Blick unwillkürlich zum Tairys-Kanal, der längst zugefroren war. Der Kanal verband die Stadt mit dem Grauwasser-Fluss. Ein Großteil der vierhundert Meilen Gesamtlänge des Grauwassers war befahrbar – zumindest für Lastkähne. Allerdings gab es mehrere Passagen, bei denen Schleusen erforderlich waren. Der Fluss verband den Eissee, nordwestlich von Tairys, mit dem Gletschersee, der zweihundert Meilen weit im Südwesten lag. Von dort aus schlängelte sich der gewaltige Siddar mit seinen sechzehnhundert Meilen Länge durch die letzten Berge von Gletscherherz, dann durch das Vorgebirge der Provinz Shiloh in die Alte Provinz hinein und bis zur Hauptstadt Siddar selbst. Das bedeutete, dass Lastkähne aus Gletscherherz bis nach Siddar hinunterfahren konnten. Dort wurde ihre Fracht dann auf Küstenschiffe und Tiefwasser-Galeonen verladen, um letztendlich ihre Ziele in der ganzen Welt zu erreichen.

Ein Großteil der Kohle wurde noch in der Republik selbst verbraucht. Entweder wurde sie an einem der Flusshäfen gelöscht oder bis nach Siddar-Stadt weitertransportiert, um dann dort verkauft zu werden. Von dem, was nicht auf dem Weg zur Küste Abnehmer fand, wurde ein Großteil entlang der Küste von East Haven weiterbefördert – bis hinauf zur Hsing-Wu-Passage, dann nach Westen, die Passage hindurch. In Zion stillte sie dann den unersättlichen Winter-Hunger von dessen Einwohnern. Der Transport über Wasserwege hielt die Kohle aus Gletscherherz auf einem konkurrenzfähigen Preisniveau, verglichen mit Anbietern, die Zion näher waren, aber den Landweg für den Transport ihrer Ware nehmen mussten. Zudem erzielte selbst im weit entfernten Zion Kohle aus Gletscherherz gute Preise, weil kritische Kunden eben auch auf Qualität achteten. Natürlich landete ein Großteil des am Ende Verdienten bei den Zwischenhändlern, Verladern und Kommissionären. Nur ein winziger Teil des Endpreises geriet in die Hände – die schwieligen, knorrigen, kohlestaubtätowierten Hände – der Menschen, die diese Kohle tatsächlich im Schweiße ihres Angesichts den Tiefen der Gletscherherz-Berge abgerungen hatten. Aber dieses Geld reichte aus, wenn auch nur knapp. Das Volk in Cahnyrs Erzdiözese war sogar dankbar für den kargen Lohn. Es waren provinzlerische Leute, die nur sehr wenig über die Welt jenseits jener zerklüfteten, ewig schneebedeckten Palisaden am Horizont wusste. Doch die Menschen hier wussten sehr wohl, dass es ihnen besser ging als vielen anderen auf Safehold.

Das war ein Grund dafür, dass Cahnyr die Menschen hier liebte. Ach, natürlich liebte er auch ihre Frömmigkeit. Er liebte diese reine, unverfälschte Freude, mit der sie im Chor sangen, die stets zu findende Freude in ihren Gesichtern. Doch so sehr er alle diese Dinge liebte, so sehr er sie wertschätzte, das, was tatsächlich tief in seinem Herzen eine Saite zum Klingen brachte, war etwas anderes: ihre hartnäckig zur Schau gestellte Unabhängigkeit, ihr Starrsinn, mit dem sie nur auf sich selbst vertrauten und sich selbst genügten. Sie hatten eine Art selbstgenügsamer *Integrität.* Immer waren sie bereit, einem Nachbarn auszuhelfen; immer waren sie großzügig, auch wenn sie selbst nicht viel im Säckel hatten. Zugleich aber verlangte etwas in ihnen, dass sie stets auf eigenen Füßen stünden. Sie wussten, was es bedeutete, sich im Schweiße seines Angesichts den Lebensunterhalt zu verdienen, bei zermürbender Arbeit in den gefährlichen Tiefen der Bergwerke. Schon früh im Leben begannen sie mit dieser Arbeit, und sie hörten erst spät auf. Während dieser Zeit lernten sie, ihren eigenen Wert zu erkennen. Zu begreifen, dass sie Kostbares hergaben, um diesen Lebensunterhalt zu verdienen. Dass es ihnen gelang, für das Essen der Familie zu sorgen. Dass sie all ihre Verpflichtungen erfüllten und dass sie dafür niemandem dankbar sein mussten, außer sich selbst.

Clyntahn, Trynair und Rayno haben nie verstanden, warum ich dieses Volk so liebe, ging es dem Erzbischof durch den Sinn. Wieder wanderte sein Blick zu den wolkenverhangenen, schneebedeckten Bergen hinüber. *Deren Ideal ist das, was Rayno in Harchong hat – Leibeigene. Ein gebrochenes Volk, das, wie heißt es so schön: ›weiß, wo sein Platz ist‹. Dieses Volk wird nicht seine Stimme gegen seine weltlichen Herrscher erheben. Dieses Volk wird nicht für sich selbst denken und sich fragen, warum Mutter Kirche so unfassbar reich und mächtig ist, während ihre eigenen Kinder verhungern. Dieses Volk wird nicht plötzlich von Mutter Kirche verlangen, dass sich ihre fürstlichen Herren daran erinnern,* Gott *zu dienen … und nicht anders herum.*

Cahnyr wusste, dass die weitaus meisten seiner Prälatskollegen nie verstanden hatten, warum er darauf bestand, seiner Gemeinde jährlich *zwei* ausgedehnte Besuche abzustatten, statt nur einen äußerst kurzen Pflichtbesuch zu absolvieren wie die meisten von ihnen. Dass Cahnyr freiwillig den Winter in Gletscherherz verbrachte, ohne all die Annehmlichkeiten des Tempels, die Vergnügungen und Zerstreuungen, die Zion zu bieten hatte. Das politische Taktieren, das Schmieden neuer Bündnisse, unerlässlich für den Bestand des Vikariats, hatte ihnen stets Freude bereitet. Ach, der eine oder andere verstand schon, warum Cahnyr die atemberaubende Schönheit des Landes lieben gelernt hatte: die zerklüfteten, hoch aufragenden Berge, die Schneekuppen, die dichten immergrünen Wälder; die Wasserfälle, die Hunderte von Fuß in die Tiefe stürzten, eingehüllt in den ewig währenden Schleier einer Wolke aus Eis; die tiefen eisig kalten Seen, gespeist von den Gletschern im Hochgebirge, die der Provinz ihren Namen gegeben hatten. Einige – vor allem Männer, die Cahnyr während seiner Zeit im Priesterseminar kennengelernt hatte, vor vielen, vielen Jahren – wussten, dass Cahnyr schon immer immenses Interesse an der Geologie gehabt hatte. Immer hatte er voller Freude Gottes Werk anhand des Rückgrats der Welt studiert. Gern hatte er Höhlen erforscht, die völlige Stille genossen, die man in diesen natürlichen Kathedralen fand.

Doch selbst jene, die diese Seite an Erzbischof Cahnyr kannten, die ansatzweise verstanden, was er an seiner Erzdiözese finden konnte, verwirrte es, dass er es tatsächlich vorzog, sich in Gletscherherz aufzuhalten. Dass er seine Reisen in dieses Land ungehobelter Hinterwäldler bewusst ausdehnte. Es erschien ihnen exzentrisch. Einfach ... merkwürdig. Sie hatten nie verstanden, dass er Kraft und Beistand aus dem Glauben zog, der hier in Gletscherherz so flammend loderte.

Seine Kollegen hatten auch nie verstanden, dass das Volk von Gletscherherz – Adelige (die wenigen, die es gab) und Bürgerliche gleichermaßen – wirklich begriffen hatte, wie sehr er sich um sie sorgte. Andere Erzbischöfe, andere Vikare kümmerten sich nicht um derlei Kleinigkeiten. Selbst die besten von ihnen waren nur allzu oft der Ansicht, ihre Aufgabe wäre mehr als erfüllt, wenn sie den Zehnten in erträglichem Rahmen hielten und das Volk ein Auskommen habe. Oder wenn sie veranlassten, dass genügend Priester in ihre Erzdiözesen versetzt wurden, um ihre Kirchen und ihre Klöster zu füllen. Oder wenn sie darauf achteten, dass ihre Bischof-Vollstrecker die Gemeinde nicht zu sehr ausbluten ließen. Diese Erzbischöfe und Vikare waren keine Dorfpriester mehr. Gott hatte sie zu einer größeren und ungleich wichtigeren Aufgabe berufen: der Verwaltung Seiner Kirche. Es gab ja auch reichlich niedere Priester, die sich um die Gemeinde jener Erzbischöfe und Vikare kümmern konnten. Sie selbst hatten dafür keine Zeit mehr.

Genau deswegen hat diese ganze Geschichte in Charis sie alle so völlig überrascht, dachte Cahnyr grimmig. Er schüttelte den Kopf, den Blick auf den Horizont gerichtet. Sein Blick war jetzt härter und kälter als die Felsen, der Schnee und das Eis, auf die er fiel. *Diese Idioten! Diese* Narren! *Sie spotten nur über Bemühungen, Mutter Kirche zu reformieren, weil doch alles prima laufe … ja, für* sie! *Für* ihre *Familien. Für* ihre *Macht und* ihren *Reichtum ist gesorgt. Und wenn das mit der Kirche für sie prima läuft, dann muss es doch ganz offensichtlich für* alle *prima laufen. Oder zumindest für alle, die irgendwie wichtig sind. Und in einem haben sie Recht: Sie sind keine Priester mehr … Dabei begreifen sie nicht, zu welcher Abscheulichkeit vor Gott ein Bischof oder ein Vikar wird, wenn er vergisst, dass er vor allen Dingen ein Priester ist. Ein Pastor, ein Hirte, ein Beschützer und Lehrer! Wenn das Priesteramt im Namen der Macht aufgegeben wird!*

Cahnyr zwang sich dazu, seinen Zorn einzudämmen. Er zwang sich dazu, tief durchzuatmen. Dann schüttelte er kurz den Kopf und wandte sich vom Fenster ab. Er ging zum Kamin hinüber, öffnete die Klappe und legte mit einer Zange einige neue Kohlestückchen auf den Rost. Er lauschte dem heftigen Knistern, als die Flammen über die Oberfläche des neuen Brennstoffs züngelten, und wärmte sich einige Augenblicke lang die Hände. Dann schloss er die Klappe wieder, kehrte an seinen Schreibtisch zurück und setzte sich.

Er wusste, warum sein Zorn über die Verderber von Mutter Kirche in letzter Zeit so leicht hochkochte, ebenso aufloderte und knisterte wie die Flammen im Kamin. Er wusste auch, dass sein Zorn nicht mehr nur aus Entrüstung genährt wurde. Nein, er war mittlerweile deutlich gerichteter, und sehr viel ... persönlicher.

Cahnyr schloss die Augen, schlug vor der Brust das Zeichen des Szepters und murmelte ein weiteres, tief empfundenes Gebet für seine Freunde in Zion. Für all die anderen Mitglieder des ›Kreises‹, die er hatte zurücklassen müssen.

Er fragte sich, ob Samyl Wylsynn schon herausgefunden hatte, wer der Verräter war. Hatte er die tödliche Schwäche in den Festungsmauern des ›Kreises‹ entdeckt? Oder tappte er immer noch im Dunkeln? War er immer noch gezwungen, all sein Wissen für sich zu behalten, damit Clyntahn auf keinen Fall begriff, dass er wusste, was kommen würde – und nur um so rascher und gnadenloser zuschlug?

Das sollte ich nicht sagen, o Herr, dachte der Erzbischof, *aber ich danke Dir, dass du mir Samyls Bürde erspart hast. Ich bitte Dich, bei ihm zu sein und ihn zu beschützen, und ebenso alle meine Brüder. Wenn sie errettet werden können, dann bitte ich Dich, sie zu erretten. Denn ich liebe sie. Und sie sind solch* gute *Menschen, die Dich aufrichtig lieben. Doch Du bist der Herr und Schöpfer dieser Welt. Du allein kennst Deinen wahren Plan. Und so kann ich Dich nur bitten, mir in den kommenden Tagen Kraft zu geben und mir dabei zu helfen, mich stets ganz gehorsam Deinem Plan zu fügen.*

Cahnyr öffnete die Augen wieder und lehnte sich in seinem Sessel zurück. Dieser Sessel war das einzige wahre Luxusgut, das sich Cahnyr hier gestattete – die einzige Extravaganz. Genauer: es war die einzige Extravaganz, die *anzunehmen* er sich gestattet hatte. Vor acht Jahren hatte Gharth Gorjah, sein langjähriger Privatsekretär, ihm erzählt, das Volk seiner Erzdiözese habe die

Absicht, ihm ein ganz besonderes Mittwintergeschenk zu machen. Ob der Erzbischof nicht einen Vorschlag machen könne? Cahnyr hatte daraufhin angemerkt, er könne einen neuen Stuhl in seinem Arbeitszimmer gebrauchen, weil der alte (der wahrscheinlich ein oder zwei Jahre älter war als Pater Gharth) doch allmählich arg zerschlissen sei. Pater Gharth hatte nur genickt und war gegangen. Der Erzbischof hatte nicht weiter darüber nachgedacht – zumindest nicht, bis er wieder im Rahmen seines regelmäßigen Winter-Gemeindebesuchs zurückgekehrt war, dem längeren der beiden jährlichen Besuche. Im Winter verbrachte er immer mindestens zwei ganze Monate hier in Gletscherherz. Damals hatte er festgestellt, dass in seinem Arbeitszimmer ein neuer Stuhl auf ihn wartete, nein: ein *Sessel!*

Die Mitglieder seiner Gemeinde hatten ihn eigens in Siddar-Stadt bestellt. Er hatte – ganz genau – die Summe gekostet, die eine sechsköpfige Familie im Jahr zum Überleben brauchte. Und der Sessel war jede einzelne Mark dieses ungeheuerlichen Preises wert. Erst später hatte Cahnyr erfahren, dass Fraidmyn Tomhys, sein Kammerdiener, die genauen Körpermaße des Erzbischofs an die Hersteller weitergegeben hatte. Der Sessel war buchstäblich für ihn gemacht. An sich war das Erscheinungsbild dieses Möbelstücks recht schlicht: Er hatte keine goldverzierten Polster und keine edelsteinbesetzten Schnitzereien, so wie andere das gewiss für sich beansprucht hätten. Doch das passte nur umso besser zu Cahnyrs Persönlichkeit und auch zu seinem Geschmack. Es war zwar kein Geld für prahlerische Verzierungen ausgegeben worden. Aber der Sessel war das sündhaft bequemste Möbelstück, auf dem Zhasyn Cahnyr jemals gesessen hatte.

Im Augenblick allerdings fühlte sich der Erzbischof trotz aller Behaglichkeit dieses Sessels gar nicht behaglich.

Cahnyr verzog die Lippen zu einem säuerlichen Grinsen, als ihm bewusst wurde, was er da gedacht hatte. Doch das machte die Lage, in der er sich befand, keinen Deut amüsanter. So schwand die Belustigung schlagartig.

Er war zutiefst gerührt gewesen, als Wylsynn ihm von seinem Verdacht berichtet hatte: von jener immer größer werdenden Gewissheit, dass der ›Kreis‹ unterwandert worden war – verraten an Clyntahn und seine Inquisition. Dass Samyl ihm genug vertraute … dass Samyl gewusst hatte, Cahnyr sei *keinesfalls* der Verräter, hatte ihn mit einer sonderbaren Freude erfüllt, obschon das Entsetzen ob der Konsequenzen, die dieser Verrat mit sich bringen musste, ihm durch Mark und Bein gegangen war. Und Samyl war so schonungslos offen gewesen wie eh und je.

»Einer der Gründe, warum ich dir das erzähle, Zhasyn«, hatte er gesagt, »ist, dass du, anders als der Rest von uns, einen sehr guten Grund hast, Zion mitten im Winter zu verlassen. Jeder weiß doch von deinem exzentrischen Gebaren. Also wird niemand – nicht einmal Clyntahn – es für ungewöhnlich halten, wenn du nach Gletscherherz zurückkehrst, so wie sonst auch. Ich werde tun, was ich kann, um so viele unserer anderen Erzbischöfe und Bischöfe in Sicherheit zu bringen. Aber wenn wir wirklich so gründlich unterwandert und verraten wurden, wie ich das vermute, wird die Inquisition schon bald nach uns allen ihre Krallen ausstrecken. Und das schließt auch dich ein.«

Wylsynn hatte seinem Kollegen und Freund in die Augen geblickt. Dann hatte er die Arme ausgestreckt und die Hände auf Cahnyrs Schultern gelegt.

»Du hast es geschafft, Erayk Dynnys' letzten Brief aus seiner Zelle herauszuschmuggeln, Zhasyn. Wir haben dafür gesorgt, dass dieser Brief seine Frau – seine *Witwe* – in Charis erreicht. Dieses Mal wird es nicht so einfach sein. Dieses Mal wissen sie über uns Bescheid. Aber ich glaube nicht, dass sie offen gegen uns vorgehen werden – zumindest noch nicht. In einem oder zwei Monaten könnte sich das ändern. Also wird dir noch ein wenig Zeit bleiben, wenn du in Gletscherherz eingetroffen bist. *Nutze* diese Zeit, Zhasyn!« Sanft, aber doch nachdrücklich hatte Wylsynn ihn geschüttelt. »Nutze die Zeit! Leg dir Pläne zurecht, so gut das eben geht, und dann sieh zu, dass du verschwindest!«

Cahnyr hatte schon den Mund geöffnet, um zu protestieren. Doch Wylsynn hatte ihn sanft an den Schultern gerüttelt.

»Du könntest hier doch nichts ausrichten, selbst wenn du hierbleiben würdest!«, hatte der Vikar ihm erklärt. »Du würdest nur zusammen mit uns allen sterben. Ich weiß, dass du bereit wärest, das zu tun, Zhasyn. Aber ich glaube, Gott hat etwas anderes für dich vorgesehen als nur den Tod eines Märtyrers. So ungern ich das zugebe, aber ich bin zu dem Schluss gekommen, dass unsere einzige Hoffnung in der Kirche von Charis liegt. Na ja, nicht gerade *unsere* Hoffnung, da ich mir nicht vorstellen kann, wie Staynair oder Cayleb den ›Kreis‹ retten könnten, selbst wenn sie wüssten, in welcher Klemme wir stecken. Aber es ist unsere einzige Hoffnung, das zu bewirken, was wir ohnehin geplant hatten. Hier im Tempel ist die Verderbtheit schon zu weit fortgeschritten. Clyntahn und Trynair – aber vor allem Clyntahn – sind einfach zu korrupt. Sie sind bereit, selbst aktiv dafür zu sorgen, genau das Übel aufrechtzuerhalten, das Mutter Kirche in eine Abscheulichkeit verwandelt. Und selbst wenn wir *jemals* ernstlich darauf haben hoffen können, sie aufzuhalten, ist es damit doch jetzt vorbei. Die Zeit ist uns ausgegangen. Also ist die einzige Hoffnung, die ich jetzt noch sehe, dass die Charisianer dabei erfolgreich sind, sie herauszufordern. Dass das Beispiel, das Charis gibt, dieser Angriff von außen, eine Reformation von innen heraus *erzwingen* wird. Was das letztendlich für die Allgemeingültigkeit von Mutter Kirche bedeuten wird, vermag ich nicht einzuschätzen. Aber ich bin zu folgendem Schluss gekommen: Es ist wichtiger, dass sie wieder *Gottes* Kirche ist, selbst wenn sie dabei in wer weiß wie viele Teile zersplittert wird! Es ist wichtiger, dass das geschieht, als dass sie eine unzerstörte Einheit bleibt, die im Bann der Mächte der Finsternis steht!«

Cahnyr hatte den Schmerz in Wylsynns Augen gesehen. Er hatte bemerkt, wie sehr ihn dieses Eingeständnis verbitterte. Da hatte Cahnyr begriffen, dass Wylsynn auch für ihn gesprochen hatte. Seine ganze Seele erzitterte angesichts der Vorstellung einer Kirchenspaltung, angesichts dieses Albtraums eines Glaubenskriegs – angesichts der unfassbaren Reichweite, die Fehler in den Lehren der Kirche haben mochten. Bald schon würde ein Mahlstrom die ganze Welt erfassen, wenn Mutter Kirche in verschiedenen Sekten aufgespalten würde, die miteinander im Zwist lagen. Und doch war das immer noch besser, als miterleben zu müssen, wie Gottes Eigene Kirche tiefer und tiefer in der Korruption versank. Denn das war der schlimmste und finsterste Fehler in der Lehre der Kirche, den sich Zhasyn Cahnyr überhaupt vorstellen konnte.

Er hatte feststellen müssen, dass er Wylsynns Analyse der Lage widerstrebend zustimmen musste. Er hatte auch verstanden, warum Wylsynn das Ganze so antrieb. Dennoch wusste er nicht, wie er es anstellen sollte, letztendlich nicht doch der Inquisition in die Hände zu fallen. Gewiss, wahrscheinlich hätte er in Gletscherherz zumindest geringfügig bessere Erfolgsaussichten als im Tempel selbst. Aber das hieß nicht viel.

Er war sich sicher, dass Pater Bryahn Teagmahn, der Intendant von Gletscherherz, zumindest grob über Clyntahns Vermutung informiert war. Der Intendant war, wie das bei allen Intendanten der Fall war, der Erzdiözese Gletscherherz durch das Offizium der Inquisition zugewiesen worden. Teagmahn gehörte, ebenfalls wie es bei allen Intendanten der Fall war, dem Schueler-Orden an. Darüber hinaus war er ein kalter, unnachgiebiger Zuchtmeister. Schon mehrmals hatte Cahnyr versucht, ihn ablösen zu lassen. Jedes Mal hatte man ihm die Bitte verweigert. Das war gelinde gesagt ungewöhnlich. Es verriet, dass man in den höchsten Kreisen der Inquisition Interesse daran hatte, Teagmahn hier zu behalten. Das wiederum bedeutete, dass für Cahnyr keinerlei Zweifel daran bestand, wem ›sein‹ Intendant die Treue hielt. Doch so traurig das auch war: Teagmahn war nicht gerade der geschickteste Agent, den Clyntahn hätte auswählen können. Vielleicht war der Großinquisitor der Ansicht gewesen, hinreichend ausgeprägte Treue und Hingabe würden einen gewissen Mangel an Scharfsinn ausgleichen. Oder war er zu dem Schluss gekommen, es bedürfe nur mäßiger Kompetenz, um einen so offenkundig verwirrten ›Exzentriker‹ wie Cahnyr im Auge zu behalten? Was auch immer der Großinquisitor sich dabei gedacht haben mochte, Teagmahn hatte in letzter Zeit in äußerst ungeschickter Art und Weise versucht, sich das Misstrauen nicht anmerken zu lassen, das er seinem formalen Vorgesetzten gegenüber empfand. Er war ›aufmerksamer‹ denn je, suchte den Erzbischof immer und immer wieder auf, erkundigte sich ständig nach ihm und vergewisserte sich unablässig, dass Cahnyr ›seinem‹ treuen Intendanten keinerlei unerwartete Aufgaben zuweisen und auch sonst nichts von ihm verlangen konnte. Wenn der dahinter stehende Gedanke war, einen gewissen Erzbischof im Auge zu behalten, dann war es etwa so subtil, wie einen Ziegelstein durch eine Fensterscheibe zu werfen. Aber bedauerlicherweise machte Teagmahns Mangel an Finesse sein Handeln keinen Deut weniger effektiv.

Schlimmer noch: Seine Technik der ›rohen Gewalt‹ verriet Cahnyr eine ganze Menge. Es sagte ihm, dass Clyntahn sich recht sicher war, den Erzbischof fest im Griff zu haben – und ihn jederzeit vernichten zu können, wann immer das erforderlich werden sollte. Das bedeutete, Teagmahn würde wachsam jede Absprache, die Cahnyr traf, skeptisch beäugen. Tairys war klein genug, dass es nicht schwierig für den Intendanten und die Inquisition wäre, jeglichen seiner Schritte nachzuverfolgen. Cahnyr hatte bei seiner Abreise aus Zion absolut keine Ahnung gehabt, was er unternehmen sollte, sobald er seine Erzdiözese erst einmal erreicht hätte. Nicht einmal einen Hauch von einem Plan hatte er sich zurechtlegen können.

Das war einer der Gründe, weswegen er so überrascht gewesen war, als er hier eintraf und feststellen musste, dass er anscheinend nicht der Einzige war, der darüber nachgedacht hatte.

Nun griff er in die Innentasche seiner Soutane und holte erneut den Brief hervor.

Cahnyr wusste nicht, wer ihm diesen Brief geschickt hatte, und auch die Handschrift kam ihm nicht bekannt vor. Er hielt es durchaus für möglich, dass dieses Schreiben auf Clyntahns Geheiß hin abgeschickt worden war, um den Erzbischof von Gletscherherz dazu zu bewegen, endlich etwas Falsches zu tun. Dann hätte man eine gute Erklärung, warum er festgenommen würde, wenn die Zeit gekommen wäre. Aber eigentlich erschien Cahnyr ein solches Szenario unwahrscheinlich. Eine derart subtile Vorgehensweise ging weit über das hinaus, was Clyntahn oder die Inquisition bislang auf ihn zu verschwenden bereit gewesen waren.

Abgesehen davon bestand für den Großinquisitor überhaupt kein Anlass, Cahnyr zu irgendwelchen Schritten zu bewegen, mit denen er sich selbst belasten würde, oder auch nur irgendwelche ›Beweise‹ zu fälschen. In seiner Funktion als Großinquisitor war Clyntahn jederzeit berechtigt, Cahnyrs Festnahme anzuordnen, wann immer es ihm gefiel. Er konnte (und würde) sich gewiss auf das Geschick und die Hartnäckigkeit seiner Inquisitoren verlassen, letztendlich genau die ›Beweismittel‹ zu erhalten, die ihm erforderlich erschienen. Angesichts dessen, und angesichts der Verachtung, die er Cahnyr ganz offen entgegenbrachte, wäre eine derart komplizierte, subtile Falle für den Großinquisitor gänzlich untypisch.

Damit blieb die verwirrende Frage, wer *sonst* dieses Schreiben abgefasst haben könnte.

Cahnyr war sich sicher, dass dieser Brief nicht von Wylsynn

stammte. Erstens schon, weil dieser Brief *vor* Cahnyr in Gletscherherz eingetroffen war. Hätte Wylsynn ihn den Inhalt dieses Briefes wissen lassen wollen, wäre dies vor Cahnyrs Abreise in einem persönlichen Gespräch geschehen. Der Umweg über einen Brief wäre unnötig gewesen. Zweitens: hätte Wylsynn dieses Schreiben doch abgeschickt, und zwar nach Cahnyrs Abreise, hätte er den Text zweifellos verschlüsselt. Er hätte nicht so viele Worte gemacht, geheimnisvoll und rätselhaft geklungen.

Cahnyr faltete das Blatt Papier auseinander. Mit zusammengekniffenen Augen las er den Brief erneut, Zeile für Zeile.

»Mir ist bewusst, dass Ihr derzeit Grund zur Sorge habt, Eure Eminenz. Dank eines gemeinsamen Freundes weiß ich auch, warum dem so ist. Weiterhin ist mir bewusst, dass Ihr keine Ahnung habt, wer ich bin, und ich könnte es Euch nicht verübeln, wenn Ihr Euch dafür entscheiden würdet, diesen Brief umgehend zu verbrennen. Tatsächlich wäre das vielleicht sogar die weiseste Entscheidung, auch wenn mir sehr recht wäre, wenn Ihr meine Zeilen vorher noch läset. Aber unser gemeinsamer Freund hat mir seine Besorgnis anvertraut. Ich denke, er war bereit, das zu tun, weil ich niemals ein Mitglied seines ›Inneren Kreises‹ war, wenn ich das so sagen darf. Trotzdem bin ich mir Eurer Hoffnungen und Eures Strebens bewusst … und auch der Schwierigkeiten, denen Ihr Euch derzeit gegenüberseht. Möglicherweise vermag ich Euch zumindest bei einigen besagter Schwierigkeiten behilflich zu sein.

Ich nehme mir die Freiheit heraus, Euch einige unterschiedliche Möglichkeiten vorzuschlagen. In welchem Ausmaße sie sich werden verwirklichen lassen, hängt selbstverständlich von zahlreichen Faktoren ab, die ich derzeit aus so weiter Ferne unmöglich angemessen abzuschätzen vermag. Da ich Euch leider keine Adresse nennen kann, an die Ihr eine Antwort senden könntet, besteht für Euch auch keinerlei Möglichkeit mich wissen zu lassen, welcher meiner Vorschläge Euch am ehesten gangbar erscheint – so dies denn überhaupt auf eine meiner Alternativen zutrifft.

Daher habe ich mir weiterhin die Freiheit genommen, bereits einige Vorbereitungen zu treffen. Das Entscheidende hier ist, Eure Eminenz, dass Ihr Euch bei jeglichem Eurer Reisepläne, so eine Reise denn erfolgreich sein sollte, zu einem genau bestimmten Zeitpunkt an einem von drei Orten aufhalten müsst. Wenn Ihr eine Möglichkeit seht, zum vereinbarten Zeitpunkt einen dieser Orte aufzusuchen, so werdet Ihr dort zumindest einen Freund finden. Wie es danach weitergehen wird, vermag ich im Augenblick noch nicht einem Schriftstück anzuvertrauen. Hier können und müssen wir uns ganz in Gottes Hand begeben. Manche mögen der Ansicht sein, dieses Gottvertrauen sei vergebens angesichts der Finsternis, der Ihr derzeit gegenübersteht – was wohl für uns alle gilt. Doch trotz jener Finsternis harrt unser immer ein noch ungleich größeres Licht. Mit diesem Wissen in unseren Herzen, wie könnten wir nicht das Risiko eingehen, in dieser Welt etwas Kleines, Unbedeutendes zu verlieren, so das der Preis dafür ist, endlich an jenem Werk mitzutun, das Gott, wie wir wissen, für uns bereit hält?«

Eine zweite oder dritte Seite des Briefes gab es nicht. Genauer gesagt: Es gab sie nicht *mehr.* Zumindest diesen Teil der Empfehlungen des geheimnisvollen Briefeschreibers hatte sich Cahnyr zu Herzen genommen. Doch die erste Seite hatte er behalten. Sie war sein Talisman. Nein, mehr als das: Dieses Blatt war eine stoffliche Verkörperung der Hoffnung. Der *Hoffnung*, dem wundersamsten und zerbrechlichsten aller Güter. Trotz bewusster Anstrengung, skeptisch zu bleiben, war Cahnyr bereit, an die Wahrhaftigkeit dieser Zeilen zu glauben. Dann aber gab es mit dem Verfasser dieser Zeilen in Gottes Welt immer noch zumindest einen Menschen, der bereit war, so zu handeln, wie Gott es von seinen Kindern verlangte. Das ließ hoffen, es gäbe noch mehr Menschen, die bereit wären, sich jener Aufgabe zu stellen – in dem Wissen, was Clyntahn und die verderbte Macht der Inquisition ihnen anzutun vermochten.

Deswegen hatte der Erzbischof dieses Blatt Papier, beschrieben von unbekannter Hand, behalten. Deswegen trug er es in einer Tasche seiner Soutane, dicht am Herzen. Weil es ihm die Hoffnung zurückgab. Weil es ihm ins Gedächtnis zurückrief, dass das Licht mächtiger war als die Dunkelheit. Das Licht war mächtiger, weil es im Herzen der Menschen wohnte, in ihrer Seele und in der Bereitschaft, *alles* zu riskieren, um das Richtige zu tun.

Und solange auch nur ein Funken dieser Bereitschaft noch brennt, und sei es auch nur in einem einzigen Herzen, solange dieser Funke auch nur eine einzige Seele erhellt, kann das Dunkel nicht gewinnen, dachte Zhasyn Cahnyr, während er diesen unschätzbar wertvollen Brief wieder zusammenfaltete und ihn beinahe schon ehrfürchtig in seine Tasche zurückschob, dicht am Herzen.

Februar,
im Jahr Gottes 894

.I.

Arbeitszimmer von Herzog Kholman, Stadt Iythria, Jahras-Golf Kaiserreich Desnairia

»Verdammnis!«

Daivyn Bairaht, seines Zeichens Herzog Kholman und Erster Ratgeber Kaiser Mahrys' IV. für Fragen der Kaiserlichen Desnairianischen Flotte, zerknüllte ein Blatt Papier in seiner Faust zu einem kleinen Ball und warf diesen in Richtung Papierkorb. Die aerodynamischen Eigenschaften des improvisierten Geschosses ließen zu wünschen übrig. Daher landete es auf dem Teppich des Arbeitszimmers, sprang noch zweimal weiter und verschwand schließlich unter einem Bücherregal.

»Mist«, murmelte der Herzog angewidert. Er sackte in seinem Sessel hinter dem Schreibtisch zusammen und bedachte den Mann, der ihm auf der anderen Seite des Tisches gegenübersaß, mit einem finsteren Blick.

Sein Gast – Sir Urwyn Hahltar, seines Zeichens Baron Jahras –, war der verkörperte Kontrast zu dem hochgewachsenen Kholman mit seinem silbernen Haar. Er war ein recht kleiner, stämmiger Mann, dessen braunes Haar an den Schläfen allmählich grau wurde. Statt des gepflegten Schnurrbartes, den der Herzog trug, hatte Hahltar einen Vollbart. Außerdem war er mehr als zehn Jahre jünger, und seine Haut war ungleich wettergegerbter.

Er war der Admiral General der Imperial Desnairian Navy – was er im Augenblick allerdings nicht als sonderlich tröstlich empfand. An sich klang der Titel ja durchaus beeindruckend. Bedauerlicherweise war es aber ein Amt, in dem noch kein Desnairianer jemals hatte Erfahrungen sammeln können. Denn bislang hatte nie Bedarf für ein solches Amt bestanden. Vor diesen Unerfreulichkeiten zwischen dem Königreich Charis und den Rittern der Tempel-Lande war die desnairianische Flotte auch nicht sonderlich ›kaiserlich‹ gewesen. Sie hatte nie aus mehr als allerhöchstens vierzig Schiffen bestanden. Schlimmer noch: Diese nicht gerade überwältigende Schlagkraft hatte die Flotte vor beinahe siebzig Jahren gehabt. Bei der Schlacht im Darcos-Sund hatte die gesamte Flotte aus gerade einmal *zwölf* Schiffen bestanden – die allesamt einem anderen Land abgekauft worden waren, nicht in einer desnairianischen Werft gebaut. Trotz des gewaltigen Hafens im Jahras-Golf war Desnairia nie eine Seemacht gewesen – und schon gar nicht während der letzten anderthalb Jahrhunderte. In dieser Zeit hatte es sich im Wettstreit mit der ebenfalls sehr land-orientierten Republik Siddarmark befunden.

Doch für einen desnairianischen Adeligen stellte Baron Jahras eine gewisse Absonderlichkeit dar: Er hatte in der Imperial Army gedient – in angemessenem Maße. Sonderlichen Ruhm hatte er dabei nicht erworben. Derartiger Militärdienst wurde von jedem ranghöheren Aristokraten erwartet. Jahras' Familie war aber deutlich mehr im Handel tätig als die meisten Desnairianer aus gutem Hause. Eigentlich waren sie sogar noch deutlich geschäftiger, als sie den meisten ihrer ebenfalls adeligen Verwandten und ihresgleichen gegenüber einzugestehen bereit waren. Jahras selbst hatte dem größten Handelshaus im ganzen Desnairianischen Reich vorgestanden. Dieses Handelshaus (so anrüchig das für einen anständigen Adeligen auch sein mochte) hatte eine eigene Flotte besessen, die über nicht weniger als einunddreißig Kauffahrer-Galeonen verfügte.

Genau deswegen hatte man ihn aufgefordert, das Oberkommando über die neu erstandene Navy Kaiser Mahrys' zu übernehmen.

Natürlich wäre es, dachte er jetzt, wobei er sehr darauf achtete, seine Miene ausdruckslos zu halten, *wirklich hilfreich gewesen, wenn ich jemals zuvor wenigstens ein Kriegsschiff befehligt hätte. Und jetzt habe ich die ganze verdammte Navy am Hals! Aber wo ich gerade dabei bin: Es wäre auch sehr nett, wenn es wenigstens einen einzigen Desnairianer gäbe, der auch nur ansatzweise Ahnung hätte, wie man so eine Navy* organisieren *muss.*

»Seine Majestät wird darüber nicht erfreut sein, Urwyn«, meinte Kholman schließlich, deutlich ruhiger. Damit hatte er Jahras' Meinung nach immens untertrieben.

»Ich weiß«, erwiderte der Baron. Trotz des gewaltigen Unterschieds ihrer Adelstitel war Jahras, der nur ein einfacher Baron war, beinahe ebenso wohlhabend wie Kholman. Außerdem war er mit Kholmans Cousine ersten Grades verheiratet – und das war eine Kombination, die es ihm dankenswerterweise gestattete, ganz offen zu sprechen. Und genau das wollte er jetzt auch tun.

»Andererseits«, fuhr er fort, »kann ich nicht gerade behaupten, es würde mich erstaunen.« Er zuckte mit den Schultern. »Wailahr war ein guter Mann. Aber er hatte auch nicht mehr Erfahrung damit, eine Galeone zu befehligen, wie der gesamte Rest unserer leitenden Offiziere.«

Kholman stieß ein Schnauben aus. Zu widersprechen gab es nichts. Er hätte höchstens hinzufügen können, dass ihre leitenden Offiziere auch keinerlei Erfahrung damit hatten, eine *Galeere* zu befehligen (was angesichts des grundlegenden Unterschieds zwischen Galeeren und Galeonen gewiss nicht notwendigerweise von Nachteil war). Allerdings war Kholman ein kaiserlicher Ratgeber. Dessen ausdrückliche Aufgabe bestand aber nun darin, die neue Navy Seiner Majestät des Kaisers aufzubauen und einsatzbereit zu machen. Daher wünschte er sich, zumindest *er* hätte den Hauch einer Ahnung, worin diese Unterschiede bestanden.

»Das mag sein«, sagte der Herzog jetzt. »Aber wenn Seine Majestät eine Abschrift davon erhält«, mit dem Zeigefinger deutete er in die Richtung der zusammengeknüllten Papierkugel, »wird er völlig außer sich sein. Und das weißt du genauso gut wie ich! Schlimmer noch, Bischof-Vollstrecker Mhartyn wird es ganz genauso ergehen!«

»Ja, das weiß ich«, brummte Jahras, »aber um ganz ehrlich zu sein: Genau damit – oder zumindest mit etwas in dieser Art – hätte man rechnen müssen, als man sich dafür entschieden hat, den Zehnten auf dem Seeweg befördern zu lassen!« In einer betrübt wirkenden Geste zuckte er mit den Schultern. »Dank meiner eigenen Handelsgaleonen habe ich genug Erfahrungen darüber gesammelt, was charisianische Freibeuter und Kriegsschiffe der charisianischen Flotte anrichten können.«

»Aber laut diesem Schreiben«, wieder stach Kholmans Finger in die Luft, »hat *eine* von deren Galeonen gerade *zwei* von unseren völlig zu Klump geschossen. Und unsere Galeonen unterstanden jemandem, den du gerade selbst als ›guten Mann‹ bezeichnet hast! Tatsächlich ist er sogar einer unserer *besten* Männer.«

»Das ist genau das, was ich schon von Anfang an zu erklären versuche, Daivyn«, entgegnete Jahras. »Seeschlachten sind nicht das Gleiche wie Schlachten auf dem Land! Wir sind dafür überhaupt nicht ausgebildet. Wenn ein desnairianischer Adeliger achtzehn Jahre alt wird, hat er zumindest eine gewisse Ahnung davon, wie man einen Kavallerieangriff führt. Die Army verfügt über eine gut entwickelte Organisation, zu der auch ein Mindestmaß an Erfahrung gehört, wie man Kavallerie und Infanterie auf dem Feld mit Nachschub und dergleichen versorgt. Wir wissen, wie lange es dauert, von A nach B zu kommen, wie viele Meilen weit eine Armee marschieren kann, abhängig von der Art der Straße, die ihr zur Verfügung steht, und natürlich vom Wetter. Wir wissen, wie viele Hufeisen und Hufnägel wir brauchen werden, welche Art Karren, wie viele Beschlagmeister und Schmiede. All das gestattet uns, anständig zu planen. Aber wie viele Pulverfässer benötigt eine Galeone?

Wie viel zusätzliches Tauwerk und Segeltuch, wie viele Ersatz-Sparren? Wie lange braucht eine Galeone überhaupt von Geyra nach Iythria? Na, das hängt eben ganz davon ab! Das hängt davon ab, wie schnell das Schiff ist, wie geschickt ihr Kapitän, wie das Wetter ist – alles Dinge, mit denen die Offiziere Seiner Majestät überhaupt keine Erfahrung haben!«

Wieder zuckte der Baron mit den Schultern. Es war keine Geste der Nonchalance, sondern eine der Hilflosigkeit.

»Wenn wir hier darüber reden, es auf See mit Charis aufzunehmen, dann reden wir darüber, den Krieg eines anderen auszufechten«, sagte er. »Ich würde mich ihnen ja wirklich gern mal auf dem Land gegenübersehen – ganz egal, was für lächerliche Geschichten man aus Corisande so hört. Aber auf See haben wir überhaupt keine Chance, es mit ihrer Erfahrung und ihrem Drill aufzunehmen – ebenso, wie sie gegen *uns* keine Chance bei einem Kavalleriegefecht hätten. Und solange wir noch keine Gelegenheit hatten, Erfahrung auf See zu *sammeln,* wird es auch so bleiben.«

Es gelang Kholman, sich einen weiteren Fluch zu verbeißen. Leicht fiel es ihm nicht. Andererseits zählte zu den positiven Dingen an Jahras (abgesehen davon, dass er ja zur Familie gehörte), dass er stets willens war, seine ehrliche Meinung kundzutun – zumindest Kholman gegenüber. Außerdem hatte Jahras auch noch Recht. Um ganz ehrlich zu sein, war der Herzog nie übermäßig beeindruckt gewesen ob des militärischen Geschicks seines angeheirateten Cousins. Wenn es allerdings darum ging, etwas zu organisieren, was mit Handel, Transport oder Fertigung zu tun hatte, war Jahras eindeutig einer der hellsten Köpfe im ganzen Kaiserreich. Nun, zumindest einer der hellsten Köpfe *der Aristokratie* des Reiches, aber das lief aufs Gleiche hinaus. Schließlich war es ja gänzlich undenkbar, dass jemandem, der *nicht* dem Adel angehörte, die Autorität zugesprochen würde, die ein Admiral General der Navy nun einmal brauchte.

Es zeugte von Kholmans geistiger Flexibilität, dass er überhaupt auf die Idee kam, es könnte vielleicht irgendwo in Desnairia einen Nicht-Aristokraten geben, der möglicherweise mehr Erfahrung in diesen Dingen besaß als Jahras oder er selbst. Dieser Gedanke wäre einem Großteil der desnairianischen Adeligen niemals gekommen. Selbst Kholman hätte den Gedanken, einem Nicht-Adeligen den Posten anzutragen, den jetzt Jahras bekleidete, für absurd gehalten. Daher wäre er auch nie darauf gekommen. Es war schlichtweg unmöglich, dass ein Offizier, der dem Bürgertum entstammte, echte Autorität über Untergebene besitzen sollte, die so viel besseren Familien entstammten.

Nun, Jahras schien der wahrscheinliche Beste dafür, sich des Problems anzunehmen, eine von Grund auf neue Flotte aufzustellen. Das hieß allerdings nicht, dass er für diese Aufgabe auch wirklich geeignet war. Was das betraf, wäre nach Kholmans Meinung selbst der Erzengel Langhorne nicht für diese Aufgabe geeignet gewesen.

»Ich kann dir in nichts widersprechen, Urwyn«, sagte der Herzog nach kurzem, nachdenklichem Schweigen. »Wir haben das auf jeden Fall weiß Langhorne oft genug durchdiskutiert! Es ist ja auch nicht so, als hätten wir Seine Majestät und den Bischof-Vollstrecker nicht gewarnt! Aber das wird trotzdem nicht das Problem lösen, das auf uns zukommt, sobald Seine Majestät und Bischof-Vollstrecker Mahrtyn es erfahren.«

Jahras nickte. Das Gute war, dass sich Kaiser Mahrys und der Bischof-Vollstrecker derzeit in Geyra aufhielten, dreizehnhundert Meilen von Kholmans Arbeitszimmer in Iythria entfernt. Es gab Zeiten, in denen diese Entfernung zwischen Kholmans Hauptquartier und dem Kaiserlichen Hof ein Nachteil war, vor allem bei den unschönen internen Reibereien, die so oft die desnairianische Politik auszeichneten. Rivalen konnten schließlich viel leichter bei Seiner Majestät Gehör finden als er. Andererseits hatten die meisten besagter Rivalen rasch begriffen, dass sich aus der Notwendigkeit, von Grund auf eine neue Flotte aufzustellen, zwar zahllose Möglichkeiten ergaben, Schmiergelder einzustreichen, es aber trotzdem eine äußerst undankbare Aufgabe war. So sehr Kaiser Mahrys und vor allem Bischof-Vollstrecker Mhartyn optimistische Streitsucht kultivierten, Jahras bezweifelte, dass es überhaupt nur einen einzigen desnairianischen Adeligen gab, der sich auf die Vorstellung freute, in eine Seeschlacht gegen die *Charisian* Navy zu ziehen. Niemand, der das jemals getan hatte, war von dieser Erfahrung sonderlich angetan gewesen ... Und genau das unterstrich aufs Deutlichste das, was die Charisianer kürzlich der vereinigten Streitmacht ganzer fünf anderer Flotten angetan hatten.

Unter diesen Umständen würden Kholmans Feinde zwar zweifellos voller Schadenfreude jede Gelegenheit beim Schopfe packen, seiner Glaubwürdigkeit bei der Krone zu schaden. Zugleich jedoch würden sie darauf achten, dies auf keinen Fall in einer Art und Weise zu tun, die *sie selbst* für den Posten beim Kaiser zu empfehlen schien. Was das betraf, war Jahras' Position, auch wenn er deutlich weniger hochwohlgeboren war, sogar noch weniger angreifbar. Aber hätte er eine Möglichkeit ersinnen können, dieser Aufgabe zu entgehen, hätte er sie genutzt, ohne mit der Wimper zu zucken! Wenigstens verschaffte Kholman die gewaltige Entfernung von Iythria zu Geyra eine gewisse Autonomie – ohne Rivalen oder Hofschranzen, die Jahras und ihm ständig über die Schulter blickten. Was hieß: Weil niemand sonst die Posten wollte und sie beide weit genug von der Hauptstadt entfernt lebten, würden sie nicht nur den Zorn ihres Monarchen überleben, sondern auch weiterhin ihre derzeitigen Posten bekleiden.

Oh, diese Freude!, dachte er ironisch.

»Seien wir doch ehrlich, Daivyn«, sagte er dann. »Nichts wird Seine Majestät oder den Bischof-Vollstrecker in ihrem Zorn über das, was Wailahr widerfahren ist, besänftigen. Das ist einfach so. Daher bleibt uns nur, genau das auszunutzen. Wir werden unterstreichen, dass wir sie immer schon gewarnt hätten –

und das oft. Schließlich haben wir offen gesagt, dass wir uns ein paar unschöne Schrammen holen würden – zumindest anfänglich –, wenn wir wirklich versuchen sollten, die Charisianer in ihrem eigenen Element zu bekämpfen. Wir sind nicht die Einzigen, die Wailahr kennen, oder die genau wissen, dass sein Ruf, ein guter Kommandeur zu sein, gänzlich berechtigt ist. Genau das sagen wir – dass hier einer unserer *besseren* Kommandeure mit zwei unserer besten Schiffe innerhalb von weniger als fünfundvierzig Minuten von *einer einzigen* charisianischen Galeone besiegt worden ist. Wir sollten nicht Wailahr die Schuld dafür zuschieben. Im Gegenteil: Wir sollten herausstreichen, wie tapfer und entschlossen er gekämpft hat! Nach allem, was ich der Depesche von diesem Captain Yairley entnehmen kann, war das ja auch wirklich so! Erzählen wir Seiner Majestät doch, dass wir zwar gute Fortschritte dabei machen, die neue Flotte aufzubauen, aber dass es deutlich länger dauern wird, die Mannschaften auch angemessen *auszubilden.*«

Nachdenklich runzelte Kholman die Stirn. Es sprach sehr vieles dafür, Jahras' Empfehlung zu folgen. Tatsächlich herrschten in den Gewerbegebieten am Jahras-Golf und in der Mahrosa-Bucht beinahe schon charisianische Verhältnisse, was die Betriebsamkeit anging, seit die Kirche des Verheißenen dort Geld für den Neuaufbau von Werften ausgab. Erfahrene Schreiner, Schmiede, Seiler und Segelmacher waren in die Region gekommen, Holzfäller, Näherinnen und Schießpulverexperten. In den Gießereien wurden immer mehr Arbeiter gebraucht, und Farmer und Fischer sorgten dafür, dass es für sie alle auch genug zu essen gab. Die Einheimischen mochten ja nicht viel von den Ratgebern aus Harchong halten, die man zu ihnen geschickt hatte, damit sie ihnen (theoretisch zumindest) halfen. Doch sie alle hatten sich eifrig ans Werk begeben, angetrieben von einem Enthusiasmus, der fast zu gleichen Teilen von religiösem Eifer und der Möglichkeit angetrieben wurde, Geld zu verdienen.

Auch Kholman und Jahras hatten im Zuge dieser Neuentwicklungen den Wohlstand ihrer Familien beträchtlich mehren können. Natürlich war das eigentlich ein Standard-Vorrecht, das ihnen dank hoher Geburt und Amt zukam. Natürlich hatten sie bei den ersten Abschätzungen über die Kosten, die der Aufbau einer neuen Flotte verursachen würde, von vornherein auch ihren Anteil an Schmiergeldern berücksichtigt. Was den Bau der Schiffe betraf, lagen sie sogar ein wenig vor dem ursprünglichen Zeitplan. Dabei hatten sie ihren Etat noch nicht einmal ganz ausgeschöpft. Die metallverarbeitenden Betriebe vor Ort blühten regelrecht auf. Es war selbstredend kein Zufall, dass fast alle der mittlerweile deutlich vergrößerten Gießereien – und sämtliche der *neuen* Gießereien –, von denen die Werften in Iythria, Mahrosa und Khairman Keep beliefert wurden, im Herzogtum Kholman standen. Doch es gab tatsächlich einige gute logistische Gründe, die den natürlich viel wichtigeren Aspekt, nämlich Geld zu verdienen, noch unterstützten. Die Produktion stieg rasant an. Die Geschütze, die aus den Gießereien des Herzogtums stammten, mochten ja mehr als das Doppelte dessen kosten, was vergleichbare Kanonen aus charisianischen Gießereien gekostet hätten. Zudem war die Wahrscheinlichkeit, dass sie beim Abfeuern barsten, zwei- oder sogar dreimal so hoch wie bei den charisianischen. Aber die Kanonen wurden immer noch deutlich schneller gegossen und ausgebohrt als jegliche andere desnairianische Artillerie zuvor. Darüber hinaus wurden sie in Mengen geliefert, die beinahe schon ausreichten, die neu gebauten Schiffe zu bestücken, sobald diese aus den Werften kamen.

»Das können wir ihnen berichten, ja«, entschied der Herzog. »Und was das betrifft: Ob Seine Majestät das nun eingestehen mag oder nicht, er *weiß*, dass es seine Zeit dauert, so viele Schiffe zu bemannen und die Männer auszubilden. Aber er wird trotzdem eine Einschätzung hören wollen, *wie lange* es denn nun dauern wird. Ich glaube nicht, dass er sich noch länger mit Allgemeinplätzen zufrieden geben wird. Und selbst wenn Seine Majestät sich abspeisen ließe, wird Bischof-Vollstrecker Mhartyn verbindliche Aussagen verlangen.«

»Höchstwahrscheinlich, ja«, stimmte Jahras zu.

Einige Sekunden lang starrte der Baron nur eines der Gemälde an der Wand von Kholmans Arbeitszimmer an. Nachdenklich strich er sich den Bart. Dann zuckte er mit den Schultern und widmete seine Aufmerksamkeit wieder seinem Gastgeber.

»Meines Erachtens sollten wir dem Bischof-Vollstrecker klar machen, dass wir, ob das nun praktisch ist oder nicht, in diesem Jahr den Zehnten auf dem Landweg nach Zion schaffen müssen. Ich werde dir einen offiziellen Bericht abfassen, verbunden mit einer entsprechenden Empfehlung. Und dann sollten wir noch darauf hinweisen, dass wir gezwungen sind, die Schiffe schneller zu bauen und zu bewaffnen, als die Leute, die für das Ausheben der Mannschaften verantwortlich sind, sie bemannen können. Dann verbinde ich meine Empfehlung den Zehnten betreffend mit dem Hinweis, dass Wailahrs Niederlage die Erforderlichkeit längerer und intensiverer Ausbildung der Flotte nur unterstreiche. Aus diesem Grund schlage ich vor, die Männer, so sie hier eintreffen, gleich auf *sämtliche* Schiffe zu verteilen, die schon in Dienst gestellt werden können. Wir sollten wirklich nicht erst nur einen Teil vollständig bemannen.«

Kholman verengte die Augen zu schmalen Schlitzen, nickte dann aber doch zustimmend. Wenn sie meldeten, eine gewisse, wenngleich beschränkte Anzahl von Galeonen sei bereits bemannt, passierte Bekanntes: Es baute sich unweigerlich Druck auf, sie auch einzusetzen. Das hatte zu dem katastrophalen Experiment geführt, das Wailahr gerade so heftig um die Ohren geflogen war. Wo aber keine voll besetzten Schiffe waren, ergäbe sich erst gar keine Notwendigkeit, sie allein oder zu zweit aufs Meer hinauszuschicken – wo die Charisianer sie dann mit der gleichen Beiläufigkeit erledigten, mit der man an einer Zierpflanze frostgeschädigte Knospen abschnitt.

Wir können die Männer gleichmäßig auf so viele Schiffe aufteilen wie möglich und *dabei Zahlen von Mannschaftsstärken vorlegen, die eindeutig belegen, dass wir jeden Mann nutzen, den man uns schickt, richtig! Dann ist es eindeutig nicht* unsere *Schuld, wenn die Männer, die wir haben, nicht ausreichen, um den Bedarf tatsächlich zu decken, so sehr wir uns auch bemühen mögen …*

»Also gut«, entschied er. »Das ergibt durchaus Sinn. Und wenn man einen konkreten Zeitplan von uns verlangt?«

»Dann weisen wir darauf hin, dass wir abwarten müssen, wie rasch man uns die noch benötigten Männer schickt«, gab Jahras sofort zurück. »Entspricht ja sogar der Wahrheit! Sag einfach, dass wir noch etwas Zeit bräuchten – wahrscheinlich noch mindestens einen Monat, oder so. Erst dann könnten wir realistisch abschätzen, wie lange es wohl dauern wird, die benötigten Schiffe vollständig zu bemannen. Was ja wieder davon abhängt, wie rasch man uns Matrosen liefert.

Dass wir noch Zeit brauchen, sie auch auszubilden, erklärt sich ja dann hoffentlich von selbst. Meines Erachtens wird das zumindest mehrere Monate in Anspruch nehmen – und wir haben schon Februar.« Wieder zuckte der Baron mit den Schultern. »Das heißt, vor August oder September kann die Flotte nicht einmal ansatzweise einsatzbereit sein. Und selbst dann – und das werde ich auch in meinem Bericht für dich erwähnen, natürlich ganz taktvoll – hat unsere Marine immer noch keinerlei nennenswerte Erfahrung. Also wäre es gänzlich unrealistisch, von den Schiffen zu erwarten, eine Schlacht siegreich zu beenden – es sei denn, wir wären beträchtlich in der Überzahl. Ganz offensichtlich …«, seine Mundwinkel zuckten, deuteten ein schwaches Lächeln an, »… wäre es ratsam, Einsätze zu vermeiden, in denen wir den Charisianern ermöglichen, unsere Truppenstärke zu beschneiden, bis wir hinreichend Verstärkung herbeirufen können. Das erfordert, dass die Schiffsbauer in anderen Städten uns genug liefern, um die erforderliche zahlenmäßige Überlegenheit auch tatsächlich zu gewährleisten.«

»Natürlich«, stimmte Kholman zu.

August oder September, ja?, dachte er und verkniff sich selbst ein Lächeln. *Also doch eher Oktober, wenn sich erst einmal die unausweichlichen – und gut erklärbaren – Verzögerungen einstellen, nicht war, Urwyn? Einen gewissen Zeitverlust können wir wahrscheinlich sehr glaubwürdig den Leuten zuschreiben, die es einfach* nicht schaffen, *uns genug Männer zu liefern. Vielleicht kommen wir so sogar bis in den November hinein ... und das ist zufälligerweise genau der Zeitraum, in dem die Hsing-Wu-Passage zufriert. Dann aber kann uns keines der Schiffe aus den anderen Städten überhaupt noch verstärken ... bis der Frühling kommt.*

Eines war dem Herzog sofort klar gewesen: Die Ausdehnung des Zeitplans böte Jahras und ihm ganz nebenbei die Möglichkeit, weiteres Kapital der Kirche in die eigenen Taschen wandern zu lassen. Diese Überlegung lief wie ein Reflex bei ihm ab, den kein desnairianischer Adeliger hätte unterdrücken können. Jahras' Argument, übereilt zu handeln, bedeute gleichsam, der *erste* Schwimmer in einem Becken voller charisianischer Kraken zu sein: Die Navy, die man aufzubauen ihnen Pflicht gemacht hatte, würde von der einen in die nächste Katastrophe rutschen – schlecht für die Navy, schlecht für Jahras und ihn. Die deutlich bessere Strategie wäre, erst ins Becken zu springen, wenn die Kraken dort noch andere Opfer fänden und sich entsprechend aufteilten.

»Gut, mach nur, schreib diesen Bericht!«, wies Herzog Kholman seinen Admiral General an. »Wahrscheinlich wäre es sogar eine gute Idee, ihn zumindest teilweise zurückzudatieren. Wir haben ja wirklich schon eine ganze Zeit lang darüber nachgedacht. Also sollten wir das Seine Majestät auch wissen lassen.« Der Herzog lächelte dünn. »Wir dürfen ihn doch nicht den Schluss ziehen lassen, wir wollten nur unseren eigenen Hals retten – nach dem, was Wailahr da passiert ist, meine ich.«

.11.

Eissegler *Hornisse*, Pei-See die Tempel-Lande

Noch nie in seinem Leben hatte Graf Coris so gefroren. Nach den letzten Monaten seiner winterlichen Reise hieß das einiges. Im Augenblick allerdings war ihm die Kälte egal. Er machte sich nicht einmal mehr Sorgen darüber, ob und wie er in Zion ankäme und was danach geschehen würde. Im Augenblick galt seine ganze Anstrengung, Fassung zu bewahren. Sonst hätte er laut gejubelt, während der Eissegler *Hornisse* über die endlose, spiegelglatte Oberfläche des zugefrorenen Pei-Sees hinwegsauste wie Langhornes Rasiermesser. Hinter dem Segler stoben Eisbröckchen auf, die im Schein der Sonne einen Regenbogen aufleuchten ließen – ein herrlicher Anblick!

Die Reise im Eissegler übertraf alles, was Coris sich vorgestellt hatte. Während ihrer langen Überlandreise von Fairstock bis Seeblick hatte Hahlys Tannyr ihm beim Essen oder dem einen oder anderen Humpen Bier die bevorstehende Fahrt zu schildern versucht. Selbst das war nur ein schwacher Abklatsch dessen, was Coris nun selbst erleben durfte. Dabei besaß Coris viel Fantasie und Pater Hahlys Erzähltalent und Enthusiasmus. Nur nutzte die beste Beschreibung und die lebhafteste Fantasie nichts, wenn man schlicht nie etwas Vergleichbares gesehen oder erlebt hatte. Hätte man ihn gefragt, hätte er die Möglichkeit, schneller zu reisen als … nun, sagen wir: fünfzehn Meilen pro Stunde, als unrealistisch abgetan. Selbst diese Geschwindigkeit hätte er für beliebig unwahrscheinlich gehalten. Vielleicht könnte ein ganz besonders gutes Pferd sie in gestrecktem Galopp erreichen. Peitschenechsen waren schneller, richtig, jedenfalls wenn sie zum Angriff übergingen. Coris hatte berichten hören, die Raubtiere erreichten dann sogar vierzig Meilen in der Stunde. Aber niemand war jemals auf einer Peitschenechse *geritten* ... außer vielleicht sehr, sehr kurze Zeit in gewissen Geschichten, deren Sinn und Zweck es war, zu betonen, wie unklug ein solcher Versuch doch war.

Aber jetzt hörte Coris nicht nur Tannyr davon berichten, sondern stand selbst an Deck eines Eisseglers. Eissplitter stoben wie Diamantstaub von den Kufen des Fahrzeugs auf. Begleitet vom hohen Sirren der Kufen auf dem Eis glitten sie gedankenschnell dahin; das unglaubliche Zittern des ganzen Rumpfes erfasste den Grafen von den Zehen bis in die Fingerspitzen. Er flog, geerdet allein durch den Teil seines Verstandes, der die vergangenen, ermüdenden fünf Wochen der Reise durchging, bis hin zu diesem unfassbaren Augenblick.

Die Reise durch das Rayworth-Tal von der Stelle an, da es sich tief im Herzen der Gabelberge wie die Öffnung in Nord-Süd-Richtung erstreckte, war anstrengend und ging nur qualvoll langsam voran. Vor diesem Hintergrund erschienen Tannyrs Schilderungen über die Geschwindigkeit seines Eisseglers nur noch unglaubwürdiger. Das Einzige, was Coris mit diesem Teil der Reise versöhnte, war, so sonderbar es klingen mag, der Schnee. Wie gut diese großen Schlitten, die Tannyr beschafft hatte, vorankamen, überraschte ihn. Kutschen oder Reiter wären auf den winterlich vereisten Straßen weitaus langsamer gewesen. Gezogen wurden die Schlitten von Gespannen sechsbeiniger Eisechsen, die regelmäßig ausgewechselt wurden. Irgendwie war es dem Unterpriester gelungen, sie mit Hilfe des Semaphorensystems der Kirche anzufordern.

Im Gegensatz zu den Passagieren im Schlitten machten den Eisechsen die eisigen Temperaturen und der Schnee nicht das Geringste aus. Ihr dicker, dichter Pelz isolierte sie nahezu perfekt (Coris hatte bei einer Übernachtung in einer der Poststationen herausgefunden, dass man aus diesem Pelz geradezu sündhaft sinnliche Teppiche fertigen konnte; etwas Schöneres konnte man sich unter nackten Füßen einfach nicht vorstellen!). Und auf ihren riesigen Pfoten – mit Schwimmhäuten – kamen die Echsen selbst noch durch die dichtesten Schneeverwehungen. Dabei waren Eisechsen wesentlich kleiner als Bergechsen, die man in deutlich milderem Klima als Zugtiere einsetzte. Doppelt so massig wie ein Pferd aber waren sie schon. Auch wenn Eisechsen wohl ernstlich Schwierigkeiten hätten, mit einem galoppierenden Reitpferd Schritt zu halten, verfügten sie über die fast unerschöpfliche Ausdauer, die allen Echsen auf ganz Safehold gemein war. Das bedeutete, sie konnten fast unbegrenzt lange eine Geschwindigkeit aufrechterhalten, die selbst das robusteste Pferd sehr rasch erschöpft hätte – ein Pferd wäre vielleicht sogar irgendwann einfach tot umgefallen.

Eisechsen würden sich sogar in einem Schneesturm mitten in den Gabelbergen wohlfühlen. Wäre der Wind sogar für sie zu heftig geworden, hätten sie sich einfach zu einem Fellknäuel zusammengerollt – einem sehr, sehr großen Fellknäuel. Wenn möglich, taten sich dazu immer zwei oder drei zusammen. Hernach ließen sie den heulenden Wind eine schützende, bequeme Schneedecke über sich legen. Menschen hingegen waren deutlich weniger gut isoliert. Daher hatte es trotz der unschätzbaren Hilfe durch die Eisechsen drei Situationen gegeben, in denen Coris und Tannyr wegen des Wetters einfach nicht weiterkonnten. Einmal hatten sie fast drei Tage festgesessen. Meistens nächtigten sie in Poststationen der Kirche, denn die meisten Herbergen (die sich als deutlich größer erwiesen, als Coris es gewohnt war) schienen über den Winter geschlossen zu sein. Das war wohl auch kaum verwunderlich. Schließlich würden bei diesem Wetter nur die Hartgesottensten – oder die Verrücktesten – nicht zu Hause bleiben und auf den Frühling warten. Selbst die Poststationen waren sowohl größer als auch deutlich luxuriöser ausgestattet, als der Graf erwartet hatte. Eigentlich hätte er es besser wissen können: Schließlich reiste eine beträchtliche Anzahl hochrangiger Kirchenmänner häufiger auf dieser Route.

Trotz der Annehmlichkeiten der Poststationen waren die wetterbedingten Verzögerungen ärgerlich. Die Kürze eines Wintertages vergrößerte das Problem einer Reise zu dieser Jahreszeit noch, obwohl den Eisechsen ein fast nachtschwarzer Abend nichts ausmachte. Täglich reiste der Tross deswegen so weit, wie es den Menschen geraten schien. Es hatte immer wieder Streckenabschnitte gegeben – selbst im relativ geschützten Tal –, in denen die Straßenverhältnisse, durchweicht und vereist, ein Fortkommen in Dunkelheit unmöglich machten. Nur ein ausgemachter Idiot hätte es weiter versucht. Tannyrs ursprüngliche Schätzung, wie lange die Reise dauern würde, hatte sich, wenig überraschend, daher als etwas arg optimistisch erwiesen.

Trotzdem hatten sie letztendlich Seeblick erreicht – wieder einmal mitten in dichtem Schneegestöber. Als sie eintrafen, war die Nacht bereits hereingebrochen. Die Gebäude der alten Stadt schienen sich enger aneinander zu schmiegen, die Schultern einzuziehen, um die Dächer vor den Unbilden des Wetters zu schützen. Bei vielen Fenstern waren zum Schutze vor der Kälte die Läden geschlossen. Doch der Schein der Lampen aus denen, die nicht verrammelt waren, hatte die fallenden Schneeflocken in einen tanzenden, wirbelnden Teppich verwandelt, gewebt von unsichtbaren Kobolden. Nachdem sie die Straßen von Seeblick erst einmal erreicht hatten, waren die Reiseschlitten deutlich langsamer geworden. Die Dunkelheit und das Wetter hatte die weitaus meisten Stadtbewohner aber ohnehin in ihre Häuser getrieben, und so hatten die Reisenden rasch die Herberge am Hafen erreicht, in der bereits Zimmer für sie reserviert waren.

Die Herberge Der Erzengel Nachtruhe war gewaltig, ganze sechs Stockwerke hoch, mit geradezu palastartigen Gemächern und einem ausgewachsenen Restaurant im Erdgeschoss. Tatsächlich deklassierte das Nachtruhe jedwedes Gasthaus in ganz Corisande und selbst noch die größten Herbergen auf dem Weg von Fairstock hierher. Coris hätte gewettet, noch nie *irgendwo* ein größeres Gebäude gesehen zu haben, außer vielleicht den Kathedralen der Hauptstädte. Es erschien dem Grafen fast schon unpassend, von ›Herberge‹ zu sprechen. Er verstand sogleich, warum jemand, um dieses Haus zu beschreiben, eigens das Wort ›Hotel‹ geprägt hatte.

Im Winter wurde das Etablissement ganz offensichtlich mit einem deutlich reduzierten Mitarbeiterstab betrieben. Dahin ging auch die Bemerkung, die Coris Tannyr gegenüber machte. Der Unterpriester lachte leise in sich hinein.

»Im Sommer ist das Haus normalerweise bis auf den letzten Platz und das letzte Zimmer belegt«, erklärte er. »Tatsächlich wünscht man sich dann, sie hätten noch mehr Zimmer im Angebot. Ist Ihnen nicht aufgefallen, wie viel größer die Herbergen entlang der Hauptstraße sind?« Coris nickte, und Tannyr zuckte mit den Schultern. »Das hat seinen Grund: Außer im Winter nutzen normalerweise Tausende von Pilgerreisenden diese Straße – entweder auf dem Weg zum Tempel oder auf der Rückreise. Sie alle müssen ja schließlich irgendwo die Nacht verbringen, und sämtliche Straßen aus dem Süden, die zum Pei-See führen, laufen hier zusammen. Seeblick ist für jeden, der nach Zion reisen möchte, auf dieser Seite des Sees eine unvermeidbare Zwischenstation. Ganz genau, wie Port Harbour die wichtigste Anlandestelle für jeden ist, der über die Hsing-Wu-Passage anreist. Glauben Sie mir, wenn Sie im Hochsommer hier wären, würden Sie Stein und Bein schwören, jeder Erwachsene Safeholds versuche gerade, den Tempel zu erreichen … und sie alle wollten einen Platz im ›Nachtruhe‹ finden. Im Winter hingegen sind die drei oberen Stockwerke geschlossen. Es sollte mich wirklich überraschen, wenn derzeit mehr als ein Drittel – oder auch nur ein Viertel – der im Winter genutzten Räume belegt wären.«

»Wie um alles in der Welt rechtfertigen die denn, überhaupt geöffnet zu haben, wenn das Geschäft im Winter so schlecht läuft?«, fragte Coris nach.

»Na ja, die Qualität ihres Restaurants ist da schon eine große Hilfe!« Tannyr lachte. »Glauben Sie mir, Sie werden das beim Abendessen selbst bemerken. Deswegen sind ihre Mitarbeiter in der Küche ständig beschäftigt, egal zu welcher Jahreszeit. Was den Rest angeht«, Tannyr zuckte die Achseln, »Mutter Kirche ist zu einem beträchtlichen Teil Anteilseigner am ›Nachtruhe‹, und das Schatzamt des Tempels trägt im Winter einen Teil der anfallenden Kosten. Ähnliche Abkommen hat Mutter Kirche mit einer ganzen Menge anderer größerer Herbergen und Hotels hier in Seeblick getroffen. In Port Harbour übrigens auch.«

Verständig nickte Coris. Darauf hätte er eigentlich selbst kommen können! Natürlich hatte die Kirche immenses Interesse daran, dass all jene stets ein Obdach fanden, die bereit waren, die Pilgerfahrt zum Tempel anzutreten, zu der die *Heilige Schrift* alle wahrhaft Gläubigen aufforderte.

Und, dachte er ein wenig zynischer, *ich wette, der Profit, den das Schatzamt während der Hauptzeit der Pilgerfahrten hier einnimmt, ist mehr als genug, um die Kosten zu decken, die dafür anfallen, dieses Hotel das ganze Jahr über geöffnet zu halten.*

Doch ob dem nun so war oder nicht: Graf Coris musste zugeben, dass das Nachtruhe die bequemsten und angenehmsten Zimmer bot, in denen er je auf einer Reise abgestiegen war. Der Unterschied in Kost und Logis zu dem, womit sie sich während ihrer anstrengenden Reise hatten bescheiden müssen, war beachtlich. Sicherlich gab es nur wenige ebenso luxuriöse Zimmer im Haus wie die, die man Tannyr und ihm zuwies, dessen war er sich sicher. Und das Restaurant hatte sich als tatsächlich so hervorragend herausgestellt, wie Tannyr ihm das versprochen hatte. Ja, Coris hatte sich selbst bei dem Gedanken ertappt, gern noch ein paar Nächte länger hier zu bleiben.

Bedauerlicherweise ging das nicht, und das wusste er auch. Betont munter folgte er daher Tannyr am nächsten Morgen zum Pier. Die unverkennbare Belustigung im Blick des Unterpriesters verriet ihm, dass sein Begleiter sich nicht so leicht täuschen ließ. Trotz seines lebhaften Sinns für Humor (und auch für groteske, lächerliche Situationen) hatte Tannyr davon Abstand genommen, Coris deswegen aufzuziehen.

Diese Nachsicht wusste der Graf wohl zu schätzen. Er vermutete aber, seine Reaktion beim ersten Anblick der *Hornisse* dürfte Tannyr für seinen Langmut entschädigt haben.

Coris war tatsächlich wie angewurzelt stehen geblieben und hatte den Eissegler völlig verblüfft angestarrt. Die gehörten Beschreibungen hatten ihn nicht auf diesen Anblick vorbereitet: ein schnittiges Gefährt mit Kufen aus glitzerndem Stahl. Allein schon die Vorstellung, was jede dieser Kufen gekostet haben musste – das hätte auch anderen als dem Grafen den Atem geraubt, selbst wenn Coris aus eigener Erfahrung über Gießereikosten Bescheid wusste. Immerhin hatte er eine auf Galeonen basierende Flotte mit neuen Geschützen von Grund auf neu aufzustellen gehabt. Aber wieder einmal wurden ihm hier die unfassbaren finanziellen Ressourcen der Kirche augenfällig vorgeführt.

Eissegler wie die *Hornisse* waren nicht nur exorbitant teuer. Es waren hochspezialisierte Gefährte. Ihre einzige Funktion bestand darin, den Pei-See zu überqueren, wann immer die gewaltige Wasserfläche zugefroren war. Von Seeblick bis nach Zion waren es fast vierhundertundfünfzig Meilen, und jedes Jahr war es nach Einbruch des Winters kaum noch möglich, den See mit normalen Booten zu befahren. Nur mit Eisseglern war noch nach Zion zu kommen oder die Stadt wieder zu verlassen. Allerdings konnte ein solcher Eissegler nicht einmal ansatzweise so viel Fracht aufnehmen wie ein konventionelles Segelschiff. Also hätte es einer gewaltigen Flotte der kostspieligen Eissegler bedurft, um die Stadt mit den benötigten Brennstoffen oder Lebensmitteln zu versorgen. Das bedeutete, weder Zion noch der Tempel konnte sich darauf verlassen, größere Mengen dieser Versorgungsgüter von ihren üblichen Lieferanten im Süden zu erhalten, wenn der See erst einmal ernstlich zugefroren war. Doch zumindest einige Waren – vor allem Luxusgüter – und auch eine beachtliche Anzahl von Passagieren mussten dennoch, unabhängig von der Jahreszeit, über den See geschafft werden. Passenderweise besaß Mutter Kirche ein Monopol auf den Besitz von Eisseglern.

Eigentlich sah die *Hornisse* aus wie eine Kuriergaleone der Kirche – allerdings mit gewaltigen Kufen. Es gab auch noch einige andere Unterschiede. Doch dass sie sich von einem Kurierschiff ableitete, war unverkennbar. Das war Coris' Ansicht nach durchaus sinnvoll. Denn vor allem zu Beginn des Winters kam es ja vor, dass, wie Coris von Tannyr bestätigt bekommen hatte, der See nur stellenweise zugefroren oder die Eisschicht zu dünn war. In einer solchen Situation war es gewiss nicht das Schlechteste, wenn der Eissegler wie ein Schiff zu schwimmen verstand.

Selbstredend kannte Coris Gefährte nicht, die auf Terra ›Tragflächenboot‹ genannt wurden. Diesen Booten war ein Eissegler vergleichbar: Die Ausleger der *Hornisse* reichten weit über ihren Rumpf hinaus, denn im Gegensatz zu einem Tragflächenboot mussten sie über die Oberfläche des Eises gleiten, statt sich, was die Stabilität betraf, auf Hydrodynamik verlassen zu können. Abgesehen davon aber war das Prinzip weitestgehend identisch. Coris, der den schlanken, schnittigen, anmutigen Bau dieses Fahrzeugs betrachtete, ging auf, dass Hahlys Tannyr tatsächlich ideal dafür geeignet war, ein solches Schiff zu lenken. Zumindest in seinem Fall hatte die Kirche genau den richtigen Mann für die richtige Aufgabe gefunden. Unwillkürlich hatte sich Coris gefragt, wie typisch für einen Eissegler-Kapitän auf dem Pei-See Tannyr wohl sein mochte.

Man sah dem Unterpriester seinen Stolz darauf, ein solches

Schiff befehligen zu dürfen, sofort an. Ihn freute die Bewunderung, die der Graf der *Hornisse* zollte, ›seinem‹ Eissegler. Ebenso offenkundig war, wie sehr sich die Mannschaft des Seglers freute, ihren Kapitän wiederzusehen. Rasch waren Coris, Seablanket und das gesamte Gepäck an Bord geschafft.

»Der Wind scheint gut für eine rasche Überfahrt, Mein Lord«, hatte Tannyr ihm gesagt, als sie gemeinsam an Deck der *Hornisse* standen und den zugefrorenen Hafen betrachteten. Trotz des Schnees, der in der Nacht gefallen war, hatte der Wind das Eis weitgehend freigehalten. Coris hatte die Narben erkennen können, die andere Eissegler bereits auf der riesigen, dunklen Eisfläche hinterlassen hatten. Coris hatte sogar gesehen, wie diese Spuren hinter der Mole Seeblicks in der Ferne verschwanden. Die Bemerkung des Unterpriesters verwirrte den Grafen, denn im Augenblick umwehte nur schwacher Wind das Hafengelände. Also warf er Tannyr einen fragenden Blick zu.

»Ach, ich weiß, dass *hier* keine allzu frische Brise geht«, sagte Tannyr und grinste dabei breit. »Aber jenseits der Mole, wenn wir erst einmal aus dem Windschatten von Seeblick herauskommen ... Vertrauen Sie mir, Mein Lord – da draußen gibt es jede Menge Wind!«

»Ich bin durchaus bereit, das zu glauben«, erwiderte Coris. »Aber wie kommen wir von hier nach dort?«

»Das werden wir *denen da* verdanken, Mein Lord.« Tannyr wedelte mit der Hand. Als Coris in die gewiesene Richtung blickte, sah er, dass mindestens dreißig Eisechsen auf sie zuhielten. »Die werden uns weit genug hinausschleppen, dass wir die Brise aufnehmen können«, sagte Tannyr zuversichtlich. »Es wird gefühlt eine Ewigkeit dauern. Aber wenn wir erst einmal im Wind stehen, dann werden Sie glauben, wir *fliegen*. Versprochen!«

Coris, der sich an dieses Versprechen des Unterpriesters erinnerte, kam zu dem Schluss: Tannyr hatte den Nagel auf den Kopf getroffen.

Der Graf hatte Tannyrs Angebot abgelehnt, unter Deck zu gehen und es sich im Arbeitszimmer des Kapitäns gemütlich zu machen. Das Funkeln in Tannyrs Augen zeigte, dass diese Entscheidung Coris' Respekt bei seinem Gegenüber eintrug. Dann hatte Tannyr ihn in die Obhut eines grauhaarigen alten Seebären gegeben – oder hätte es ›Eisbären‹ heißen müssen? Coris wurde Zeuge, wie der Kapitän den Mann anwies, nur ja einen guten Platz für den Passagier zu suchen, sodass dieser die bevorstehende Erfahrung wirklich genießen könne.

Das Schleppen des Eisseglers vom Pier hatte sich als längst nicht so langwierig erwiesen, wie Tannyrs Beschreibung suggeriert hatte. Das mochte natürlich auch daran liegen, dass Coris dergleichen noch nie erlebt hatte. Nichts konnte sein Erstaunen und seine Neugier mildern. Fasziniert hatte er zugeschaut, wie die Eisechsen in Position gebracht wurden. Die beeindruckende Kombination aus gut eingespielter Erfahrung und Geduld hatte offenkundig werden lassen, dass diese Tiere das Manöver beileibe nicht zum ersten Mal durchführten. Das Klingeln und Klirren schwerer Ketten und metallener Sicherungsstifte wurde immer wieder von gebrüllten Befehlen übertönt, bis die schweren Zugriemen schließlich an entsprechenden Haken am Bug der *Hornisse* befestigt waren. Für die immens komplexe Aufgabe hatten Tiere und Treiber bemerkenswert wenig Zeit gebraucht. Dann – angespornt durch Treiberrufe – hatten sich die Eisechsen ins Geschirr gestemmt. Dabei stießen sie jene sonderbar heiseren, wie Bellen klingenden Pfeiflaute aus, die Coris im Laufe des letzten Monats vertraut geworden waren. Einen Moment lang weigerte sich der Eissegler noch, sich zu bewegen. Endlich aber hatten sich die Kufen aus dem Eis befreit, und anmutig glitt der Segler den schnaufenden Eisechsen hinterher.

Nachdem die *Hornisse* erst einmal in Bewegung gekommen war, schien sie sich recht leicht ziehen zu lassen. Während der Pier hinter dem Segler zurückblieb, spürte Coris schon die ersten eisigen Finger der auffrischenden Brise, die Tannyr ihm versprochen hatte. Es dauerte fast eine Dreiviertelstunde, um weit genug hinauszufahren. Erst dann war Tannyr zufrieden, und die Schlepptaue der Eisechsen wurden ausgehakt. Der leitende Treiber winkte noch einmal fröhlich, und schon brach der Schlepptrupp wieder in Richtung Seeblick auf.

Coris hatte ihnen noch hinterhergeblickt, aber nur so lange, bis klar und deutlich erteilte Befehle aus dem beengten Achterdeck der *Hornisse* die Mannschaften auf ihre Posten riefen. Die Segel wurden gesetzt. Statt der Echsen, die sich in der Ferne verloren, nahmen jetzt diese Vorbereitungen die Aufmerksamkeit des Grafen gefangen. Fasziniert schaute Coris zu, wie das Lateinersegel der *Hornisse* abgeschlagen wurde. In mancherlei Hinsicht ließ die in vielen Jahren gesammelte Erfahrung mit konventionellen Schiffen das ganze Manöver nur um so bizarrer erscheinen. Obwohl der Graf wusste, dass unter ihnen wahrscheinlich Hunderte von Fuß tiefes Wasser lag, konnte er doch nicht dieses Gefühl abschütteln, er befinde sich eigentlich an Land. So hatte es etwas sonderbar Traumartiges, Matrosen dabei zu beobachten, geschäftig über das Deck eines Schiffes zu hasten, wenn die schimmernde Eisfläche sich mit der Festigkeit massiver Felsen in alle Richtungen erstreckte, so weit das Auge reichte.

Doch ganz offenkundig war Graf Coris der Einzige an Deck, der so empfand. Vielleicht hatten die anderen auch einfach nur viel zu viel zu tun, um derart müßigen Gedanken nachzuhängen. Auf jeden Fall wusste jeder an Bord genau, was er zu tun hatte. Das war schon in dem Augenblick klar geworden, da das Segel abgeschlagen wurde. Das gewaltige Tuch an der etwa mittig am Mast befestigten Rute hatte sich bitter beklagt und zornig in der steifen Brise geknattert, die über das Deck pfiff.

Ein Zittern war durch die *Hornisse* gelaufen, als könne der Eissegler selbst es kaum noch erwarten. Dann wurde das Segel angeholt, und die *Hornisse* setzte sich in Bewegung.

Zunächst war die Fahrt langsam, und die Kufen erzeugten ein sonderbar knirschendes, sirrendes Geräusch. Die Bewegung über das Eis hatte etwas Eigentümliches; vor allem das Zittern, das das Deck durchlief, war dem Grafen gänzlich unvertraut. Das Deck wirkte robuster als an Bord eines *Wasser*seglers, seltsam hart, unnachgiebig für Holz. Weder der eine noch der andere Begriff beschrieb, was Coris sah und spürte, aber ein besseres Wort fiel ihm nicht ein. Er streckte die Hand aus, berührte die Reling. Da war es: dasselbe vibrierende Zittern, das das ganze Schiff durchfuhr, einfach alles, bis hin zu den Knochen des Grafen selbst.

Dann hatte der Eissegler Fahrt aufgenommen. Immer schneller wurde er, je weiter sie aus dem Windschatten Seeblicks herauskamen. Jetzt war er schneller als jede Galeere oder Galeone. Coris schürzte die Lippen: Endlich verstand er, was der Unterpriester gemeint hatte! Ihm wurde klar, dass er es schon viel früher hätte begreifen müssen, eigentlich schon, als Tannyr ihm zum ersten Mal berichtet hatte, welche Geschwindigkeit die *Hornisse* erreichen konnte. Dank der Kufen gab es für den Eissegler nicht den Wellenwiderstand, der für den Rumpf eines jeden Schiffes unvermeidbar war. Natürlich konnte dieses Fahrzeug hier schneller beschleunigen als jedes andere ... und ohne besagten Widerstand Geschwindigkeiten erreichen wie kein Wassergefährt.

Genau das stellte die *Hornisse* jetzt auch unter Beweis.

»Amüsieren Sie sich, Mein Lord?«

Hahlys Tannyr musste Coris fast ins Ohr brüllen, damit man die Frage überhaupt verstehen konnte, so laut war das Sirren und Kreischen der Kufen. Coris hatte nicht bemerkt, dass der

Kapitän des Eisseglers zu ihm gekommen war. Mit vor Begeisterung blitzenden Augen war er allein damit beschäftigt, hinaus über den See zu blicken und sich an der Reling festzuhalten. Nun drehte er sich rasch zur Seite und suchte des Kapitäns Blick.

»Oh, aber gewiss, Pater!«, schrie der Graf zurück. »Ich gestehe es ein: Ich habe Ihnen nicht geglaubt, als Sie mir berichtet haben, wie schnell Ihre *Hornisse* ist! Sie fährt doch jetzt bestimmt ... wie viel? Vierzig Meilen in der Stunde?«

»Nicht bei diesem Wind, Mein Lord.« Tannyr schüttelte den Kopf. »Sie ist schnell, aber es würde schon mindestens einen ausgewachsenen Sturm erfordern, um sie *so* schnell zu machen! Aber dreißig machen wir bestimmt.«

Coris blieb nichts anderes übrig, als es dem Unterpriester zu glauben. Er musste sich eingestehen, dass er keinerlei Erfahrung damit hatte, derartige Geschwindigkeiten abzuschätzen.

»Ich bin erstaunt, dass es sich nicht noch kälter anfühlt!«, bemerkte er. Tannyr lächelte.

»Wir segeln mit *halbem* Wind, Mein Lord. Das vermindert die gefühlte Windgeschwindigkeit an Deck. Glauben Sie mir, wenn wir härter am Wind führen, würden Sie das spüren!«

»Zweifellos.« Der Graf schüttelte den Kopf. »Und ich glaube Ihnen, was unsere derzeitige Geschwindigkeit betrifft. Aber ich hätte mir niemals vorstellen können, etwas könnte so schnell sein – vor allem nicht über eine feste Oberfläche!«

»Es ist hilfreich, dass das Eis hier draußen so glatt ist«, gab Tannyr zurück und machte eine Geste, die den ganzen See einschloss.

Dann deutete er auf einen der Flaggenstöcke, die aufrecht in der gefrorenen Oberfläche des Sees staken. An jedem hing eine Flagge, in der einen oder anderen Farbe. Seit sie von Seeblick aus aufgebrochen waren, hatte die *Hornisse* dergleichen in regelmäßigen Abständen passiert.

»Sehen Sie das?«, fragte er, und der Graf nickte. An dem

Flaggenstock, auf den der Kapitän des Eissegler wies, flatterte eine grüne Flagge, und Tannyr grinste. »Grün bedeutet, dass vor uns glattes Eis liegt, Mein Lord«, erklärte er. »Nur ein Narr vertraut ausschließlich auf die Flaggen – deswegen haben wir ja auch einen guten Mann im Ausguck.« Mit dem Kinn deutete er auf einen erkennbar durchgefrorenen Mann, der im Krähennest der *Hornisse* kauerte. »Trotzdem machen die Vermesser hier gute Arbeit. Ständig halten sie die Flaggen auf dem neuesten Stand. Wir sähen hier gelbe Flaggen, falls vor uns Eiskämme lägen. Die Kämme selbst sind durch rote Flaggen markiert. Außerdem liefern uns diese Flaggen Kurskennungen für die Überfahrt – wie Bojen im Hafenbecken.«

»Wie in Langhornes Namen setzt man diese Flaggen überhaupt?« Wieder musste Coris beinahe brüllen, um mit seiner Frage das Tosen des Eisseglers zu übertönen. Tannyrs Grinsen wurde noch breiter.

»So schwer ist das eigentlich gar nicht, wenn das Eis erst einmal fest genug ist, Mein Lord! Man schlägt einfach ein Loch in die Eisdecke, steckt den Flaggenstock hinein und wartet dann ab, bis das Loch wieder zugefroren ist.«

»Aber wie verhindert man, dass der Stock einfach ins Wasser sinkt?«

»Er steckt in einer Halterung, die innen hohl und mit Querträgern ausgestattet ist«, erwiderte Tannyr und wedelte mit den Armen, als wolle er illustrieren, was er sagte. »Die Halterung besteht aus Eisen und ist ungefähr drei Fuß hoch. Daran sind zwei Querstreben, im rechten Winkel ungefähr auf halber Höhe. Diese Streben sind viel breiter als das Loch, das man ins Eis schlägt. Also bleibt die Halterung oberhalb der Eisdecke und hält die Flagge aufrecht, während das Loch im Eis wieder zufriert. Bis dahin hält die Halterung den Flaggenstock. Wenn der Frühling ins Land zieht, befestigt man an jeder Halterung eine Boje, damit sie nicht im See versinkt, wenn das Eis schmilzt. So kann man sie wieder einsammeln und im nächsten Winter erneut verwenden.«

Verständig nickte Coris. Mehrere Minuten lang standen die beiden Männer schweigend Seite an Seite und schauten zu, wie die Eislandschaft in unglaublichem Tempo an der *Hornisse* vorbeischoss. Dann ergriff Tannyr wieder das Wort.

»Ich möchte in aller Bescheidenheit anmerken, dass ich wirklich sehr gut darin bin, Geschwindigkeiten abzuschätzen, Mein Lord. Wir sind, laut meiner Schätzung, noch gute elf oder zwölf Stunden von Zion entfernt«, sagte er. »Normalerweise wären wir länger unterwegs. Aber das Wetter ist ruhig, und heute Nacht haben wir Vollmond. Also werden wir die Geschwindigkeit nicht so sehr drosseln müssen, wenn uns das Tageslicht ausgeht. Ich schlage dennoch vor, dass Sie trotz Ihrer offenkundigen Begeisterung über unsere Fahrt unter Deck zu gehen und sich etwas Heißes zu trinken zu holen. Um ganz ehrlich zu sein: Ich würde es vorziehen, Sie nicht steifgefroren abliefern zu müssen.«

»Stellen Sie sich vor: Ich ziehe es auch vor, nicht als Eiszapfen mein Ziel zu erreichen«, erwiderte Coris. »Aber ich möchte wirklich nichts von alledem hier verpassen!«

Mit beiden Armen gestikulierte er und schloss damit das strahlende Sonnenlicht ein, das Deck auf dem sie gerade standen, den Mast mit dem aufgeblähten Segel und die glitzernden Eissplitter, die von den Kufen aufstoben, während sie durch die klare Luft fuhren.

»Ich weiß. Und ich versuche ja auch gar nicht, Sie unter Deck zu *schicken*, Mein Lord. Ein Befehl sollte das keineswegs sein!« Nun lachte Tannyr lauthals. »Sie des Genusses zu berauben, den die Fahrt Ihnen bereitet, wäre geradezu verlogen von mir. Schließlich weiß ich ja, wie sehr ich selbst es genieße, hier an Deck zu stehen! Aber es wäre vielleicht gut, ein wenig Vorsicht walten zu lassen. Vergessen Sie nicht, Sie können das hier noch einen ganzen Tag lang genießen! Und wenn Sie das jetzt schon begeistert, warten Sie erst einmal ab, bis Sie den See im Mondschein sehen!«

.III.

Der Tempel, Stadt Zion, die Tempel-Lande

Lautlos wehten Schneeflocken gegen das bodentiefe Fenster; sie wirkten wie verlorene Seelen. Die strahlenden, geheimnisvollen Lichter, die stets die Außenmauern des Tempels erleuchteten, verwandelten die Schneeflocken in glitzernde Edelsteine, bis der Wind sie erfasst und sie ans Fenster trug. Hauwerd Wylsynn schaute zu, wie sie sich von prächtigen Juwelen in federleichte Geister verwandelten. Er verspürte eine Kälte, die weit über jene der eisigen Nacht hinausging, in der dort draußen vor dem Fenster die Schneeflocken tanzten. Die Kälte flüsterte tief im Mark seiner Knochen.

Er wandte sich von den Schneeflocken ab, die sich vor seinen Augen unablässig verwandelten. Stattdessen ließ er den Blick über die üppig ausgestattete Suite schweifen, die man seinem Bruder zugewiesen hatte. Jeder Vikar verfügte über persönliche Gemächer in dem gewaltigen, majestätischen Bau des Tempels. Verglichen mit den Suiten hoher Kirchendiener waren Samyl Wylsynns Gemächer nicht sonderlich groß. Gewiss, klein waren sie auch nicht, aber sie waren doch deutlich bescheidener, als Samyls hoher Rang gerechtfertigt hätte – wenn nicht sogar verlangt.

Sie waren auch deutlich schlichter und einfacher eingerichtet, ohne den Prunk, den andere Vikare als so selbstverständlich ansahen. Zhaspahr Clyntahn, der derzeitige Großinquisitor, war dafür ein Paradebeispiel. Es hielten sich Gerüchte (die höchstwahrscheinlich auch stimmten), dass alleine die Kunstsammlung in seinen Räumen mehr Wert besaß, als eine erfolgreiche Baronie in einem Jahr einbrachte. Dabei war noch nicht einmal berücksichtigt, dass Clyntahn eines der begehrten Eckgemächer verlangt (und erhalten) hatte. Die dortigen Fenster gestatteten ihm freien Ausblick nach Osten und nach Norden. Durch die eine Fensterfront konnte er die Dächer, Türme und Häuser der Stadt Zion betrachten, durch die andere die gewaltige Kuppel und die Kolonnade des Großen Tempels.

Hauwerd vermutete, dass Clyntahn argumentiert haben dürfte, derartige Gemächer seien nur angemessen für den Mann, in dessen Aufgabe es lag, die Mutter Kirche anvertrauten Seelen stets im Auge zu behalten. Mehr als einmal hatte Hauwerd miterlebt, wie Clyntahn voller Scheinheiligkeit und mit großem Eifer auf Autorität und Ansehen eines Großinquisitors verwiesen hatte. Wie wichtig es doch sei, allen Kindern von Mutter Kirche gegenüber zu betonen, welches Ausmaß diese Autorität besitze. Genau das sei nötig (aber bei Clyntahn war ja immer alles ›nötig‹). Und es sei unerlässlich, dass selbst die weltlichste Seele genau das erkenne. Es sei erforderlich, dies auch genau jenen deutlich zu zeigen, die sich nur allzu leicht von weltlichem Besitz und weltlicher Macht beeindrucken ließen. Es müsse ihnen so gezeigt werden, dass sie es unmöglich ignorieren könnten. Selbstverständlich ging es bei dem Vorgetragenen niemals um Clyntahns eigene Vorlieben: um die Völlerei, die Gier, die Orgien, den Machthunger. Bei Langhorne, natürlich nicht!

Verächtlich verzog Hauwerd die Lippen. Er spürte, wie sich sein Magen zusammenkrampfte, als er die Schlichtheit des Lebens, für das sich sein Bruder entschieden hatte, mit Clyntahns Lebensart verglich. Hier gab es keine Skulpturen, keine unbezahlbar kostbaren Teppiche, keine gewaltigen Ölgemälde der größten Meister, die Safehold jemals hervorgebracht hatte. Gewiss, auch an den Wänden in Samyls Gemächern hingen Gemälde. Aber es waren Portraits: seine erste und seine derzeitige Gemahlin, seine drei Söhne, seine zwei Töchter, sein Schwiegersohn und sein erstes Enkelkind. Die Möbel waren bequem und gewiss nicht billig. Doch es waren eben *nur* Möbelstücke, um ihrer Funktionalität und Bequemlichkeit willen ausgewählt. Sie hatten nicht die Aufgabe, die Bedeutung ihres Besitzers zur Schau zu stellen. Auch Samyls Regale und seine Kniebank waren durchaus bescheiden: Sie waren mit herrlichem Schnitzwerk verziert, das aber von deutlich weniger bekannten Künstlern. Die meisten hatte Samyl persönlich ausgewählt und sie unter seine Schirmherrschaft genommen, weil etwas an ihren Kunstwerken ihn selbst angesprochen, seine Seele berührt hatte.

Wenn doch nur Samyl *die Wahl gewonnen hätte,* dachte Hauwerd verbittert. *Er war* so *nah dran! Eigentlich bin ich immer noch nicht wirklich davon überzeugt, dass Clyntahn tatsächlich gewonnen hat. Die Auszählung der Stimmen hat seinerzeit schließlich Rayno, dieser Speichellecker, übernommen – und nun schaue man sich doch nur an, wo* er *jetzt gelandet ist!*

Gewiss, wenn Samyl gewonnen hätte, wäre er der neue Großinquisitor geworden, nicht Clyntahn. Dann wäre der gewaltige Unterschied zwischen dem, wie Hauwerds Bruder seine Gemächer einrichtete, und dem, wie Zhaspahr Clyntahn es getan hatte, nur das Geringste gewesen, was bei Mutter Kirche anders gekommen wäre.

Zum Beispiel wäre es nie zu dieser verwünschten Kirchenspaltung gekommen! Samyl hätte niemals Clyntahns beiläufigen Vorschlag einfach so abgezeichnet, ein ganzes Königreich zu zerstören, bloß weil es Clyntahn irgendwie quer gekommen ist. Ach, Clyntahn wäre ja nicht einmal in einer Position gewesen, aus der heraus er einen solchen Vorschlag hätte vorbringen können! Natürlich, gestand sich Hauwerd grimmig ein, *wäre es sehr gut möglich, dass Samyl, hätte er die Wahl tatsächlich gewonnen, mittlerweile einem Attentat zum Opfer gefallen wäre. So ist es ja schließlich schon mehr als nur einem unserer Vorfahren ergangen. Wenigstens* das *ist uns auf diesem Wege also erspart geblieben.*

Nicht, dass es letztendlich noch einen großen Unterschied machen würde.

Hauwerd atmete tief durch. Sein Blick, der bislang sehr hart gewesen war, wurde ungleich sanfter, als er zu seinem Bruder hinüberschaute. Samyl und er hatten einander schon immer sehr nahegestanden, obwohl ihre Geburt fast zehn Jahre auseinander lag. Hauwerd hatte Samyl stets bewundert, und schon immer hatte er gewusst, dass Samyl das Schicksal beschieden war, große Dinge für Gott und für Mutter Kirche zu erreichen.

Er wusste, wie bestürzt seine Mutter gewesen war, als Samyl sich entschieden hatte, in den Orden der Schueleriten einzutreten. Sie mochte ja keine gebürtige Wylsynn sein, aber ihr war wahrlich nicht entgangen, welch schweres Erbe die Familie trug, in die sie eingeheiratet hatte. Nur allzu viele Mitglieder dieser Familie hatten im Laufe der letzten drei oder vier Jahrhunderte gegen die zunehmende Korruption der Kirche angekämpft. Ihre Mutter hatte durchaus verstanden, was Samyl dazu bewogen hatte, gerade diesen Orden zu wählen. Sie verstand auch, wie sehr er darauf brannte, etwas gegen all das Übel zu tun, das den Tempel, wie er wusste, immer weiter zerfleischte ... Aber sie erinnerte sich daran, was mit Samyls Urgroßvater geschehen war, vor fast genau einhundert Jahren. Sankt Evyrahard war der Großvikar mit der kürzesten Amtszeit in der Geschichte Safeholds gewesen. Wie auch immer die offizielle Geschichtsschreibung lauten mochte, niemand hatte jemals daran gezweifelt, dass sein ›unglücklicher Sturz‹ die unmittelbare Folge seiner Bemühungen gewesen war, das Vikariat zu reformieren. Das Großvikariat von Großvikar Tairhel, Samyls und Hauwerds Großonkel, war beinahe ebenso kurz gewesen. Es gab keine Gerüchte, denen zufolge Tairhels Tod arrangiert gewesen wäre. Er war schon alt und alles andere als gesund gewesen, als er Langhornes Thron bestiegen hatte, ohne die Tatkraft und Energie, die Evyrahard so ausgezeichnet hatte. Seine Kollegen aus dem Vikariat mochten durchaus der Ansicht gewesen sein, sie könnten einfach abwarten, dass die

Natur *seinen* Reformbestrebungen ein Ende machte. Natürlich war es immer noch möglich, dass der ›natürliche‹ Tod, dem er schon bald erlag, doch ein wenig ... beschleunigt worden war, ganz egal, wie andere darüber denken mochten.

Na ja, Mutter, dachte Hauwerd jetzt, *du hattest schon ganz Recht, dir Sorgen zu machen! Ich bin wirklich froh, dass Vater und du nicht mehr miterleben werden, was geschieht. Ich bin mir zwar sicher, dass du es trotzdem weißt, aber die* Heilige Schrift *lehrt, dass, wenn man zu Seiten Gottes sitzt, alles Sinn ergibt. Ich hoffe, dass das wirklich stimmt. Denn von hier unten aus betrachtet, vermag ich in allem, was sich noch ereignen wird,* keinerlei *Sinn und Verstand zu erkennen. Und es liegt Shan-wei noch einmal keine Spur* Gerechtigkeit *darin!*

»Wie fandest du den Wein?«, fragte Samyl leise, und Hauwerd stieß ein Schnauben aus.

»Ich fand ihn ganz ausgezeichnet. Ein Sankt Hyndryk, nicht wahr? Der 64er?« Gemächlich nickte Samyl, und wieder schnaubte Hauwerd, dieses Mal noch lauter. »Wenigstens *etwas*, das Clyntahn nicht in die Fettfinger bekommen hat!«

»Das war zwar nicht ganz mein Grund, ihn heute Abend auftragen zu lassen, aber wohl trotzdem ein bemerkenswerter Gedanke.« Samyl stimmte ihm so gelassen zu, dass Hauwerd am liebsten vor Frustration laut aufgeschrien hätte. Diese Gelassenheit, dieser tiefe, alles umfassende Glauben, gehörte zu den Dingen, die Hauwerd am meisten an seinem Bruder bewundert hatte. Doch im Augenblick zerrte genau diese Gelassenheit im gleichen Maße an seinen Nerven, wie er sie als tröstlich empfand. Dass diese Gelassenheit so an Hauwerds Nerven zerrte, lag einzig und alleine daran – so ungern er sich das eingestehen wollte –, dass Samyls Bereitschaft, stets Gottes Willen hinzunehmen, Hauwerd dazu gebracht hatte, seinen eigenen Glauben in Frage zu stellen.

Mit aller Kraft kämpfte er gegen seine Zweifel an. Doch es war ihm nie gelungen, sie gänzlich zu besiegen. Gewiss hätte ein wahrhaftig gerechter Gott, gewiss hätten Erzengel, die wirklich dem Licht dienten, niemals einen so guten Menschen wie seinen Bruder im Stich gelassen – einen Mann, der nur danach strebte, Gott zu dienen und seinen Nächsten zu lieben. Man hatte ihn nicht nur *im Stich gelassen*, sondern ihn einem abstoßenden, verderbten, bösartigen Menschen wie Zhaspahr Clyntahn ausgeliefert. Einem Mann, der bereit war, ein ganzes Königreich abzuschlachten. Einem Mann, in dessen Macht es stand, jede einzelne entsetzliche Strafe zu verhängen und vollziehen zu lassen, die das *Buch Schueler* vorsah ... und er war nicht nur bereit, sondern sogar *begierig*, jede einzelne an gänzlich schuldlosen Kindern Gottes vollziehen zu lassen, deren einzige Untat darin bestanden hatte, sich der Korruption und Verderbtheit dieses Mannes entgegenzustellen!

Hauwerd Wylsynn kannte seine eigenen Schwächen und Unzulänglichkeiten. Er hätte nicht aufrichtig behaupten können, auch nur eine einzelne davon wäre so schwerwiegend, dass er das Schicksal verdiente, das Clyntahn für ihn im Sinn hatte. Doch zugleich war er bereit zuzugestehen, dass auch er der Sünde des Ehrgeizes anheimgefallen war. Dass er sich hin und wieder dazu hatte verführen lassen, die Macht, die ihm dank seiner Herkunft zufiel, und die Macht, die sein Amt mit sich brachte, dazu ausgenutzt zu haben, den einfacheren Weg zu gehen. Er hatte sich selbst zugestanden, die Abkürzung zu nehmen und Gott zu *benutzen*, statt *sich selbst* ganz in den Dienst Gottes zu stellen. Doch er wusste ebenso, dass Samyl das *nicht* getan hatte. Dass Samyl wahrhaftig der spirituelle Erbe von Sankt Evyrahard war, und nicht lediglich sein Nachfahre. Was konnte sich Gott nur dabei denken, jenen Mann, der eigentlich Sein wahrer Krieger hätte sein sollen, jenen Mann, der bereitwillig den eigenen Tod hingenommen hätte, um Seine Kirche zu erlösen, ein solches Ende erleiden zu lassen?

Diese Frage sollte *niemand* Gott stellen, am allerwenigsten ein Mann, der dazu geweiht war, das Orange zu tragen. Ein Vikar der Kirche des Verheißenen sollte Gott auch nicht zürnen, sollte Ihm nicht vorwerfen, Seinen Diener zu verlassen, nicht einmal den schuldlosesten Seiner Diener. Um Stärke zu finden, dafür gab es den Glauben. Um einem Menschen zu helfen, das zu akzeptieren, was zu verstehen er sich außerstande sieht.

Genau das wollte Hauwerd gerade sagen. Er wollte sich mit all seinem Zweifel, mit all seinem Zorn, an Samyl wenden, so wie er es schon oft zuvor getan hatte. Er wusste, dass sein Bruder ihm zuhören würde, ohne ihn zu verdammen, und ihm dann ruhige Worte des Trostes spendete (oder sanfte, aber doch gestrenge Worte des Tadels spräche) – genau das, was Hauwerd benötigte. Doch dieses Mal konnte kein Trost jene Fragen zum Verstummen bringen, die tief in Hauwerds Seele brannten, ebenso wie kein Wort des Tadels sie würde vertreiben können. Dieses Mal konnte Hauwerd seinem Bruder nicht auch noch die Last seines eigenen Zweifels aufbürden. Denn es gab schon genug der Bürde, unter der Samyl fast zusammenbrach. Hauwerd *konnte* es nicht tun.

Wenigstens haben wir so viele der jüngeren Mitglieder des ›Kreises‹ aus Zion geschafft, wie wir nur konnten, bevor der Schnee richtig eingesetzt hat, rief er sich ins Gedächtnis zurück. *Und währenddessen haben wohl auch ein paar der anderen Vikare begriffen, was Samyl tut. Ich hoffe das zumindest, wenigstens bei einigen. Dass sie es geschafft haben, sich Pläne zurechtzulegen, die ihnen wenigstens ein bisschen Hoffnung auf ein Entkommen geben, wenn die Inquisitoren uns aufgreifen wollen. Das ist zumindest der einzige Grund, der mir einfallen will, warum so viele ihrer Familien plötzlich verschwunden sind.*

Wieder wanderte sein Blick zu den Portraits der Familie seines Bruders. Auch *sie* waren verschwunden, auch wenn Hauwerd nicht glaubte, dass Samyl dafür gesorgt hatte. Tatsächlich war er sogar dabei gewesen, als sein Bruder den Brief seiner Gemahlin Lysbet erhalten hatte. In diesem Brief hatte sie ihn darüber informiert, dass sie in diesem Winter doch zum Tempel käme ... obwohl er ihr ausdrücklich aufgetragen hatte, sich von

Zion fernzuhalten. Hauwerd hatte gesehen, wie Samyls Gesichtszüge erschlafft waren, so sehr er sich auch bemüht hatte, sich nichts anmerken zu lassen. In diesem Augenblick war sein Bruder schlagartig um fünf Jahre gealtert. Doch dann, als sie noch etwa drei Tage von Zion entfernt gewesen waren, da waren Lysbet und die Kinder plötzlich über Nacht verschwunden.

Es hatte Hinweise darauf gegeben, dass ein Kampf stattgefunden hatte. Doch nichts hatte darauf hingedeutet, wer dort gegen wen gekämpft hatte. Lysbet, ihre beiden Söhne und ihre Tochter aber waren einfach fort gewesen. Zunächst hatte Samyl sogar um noch mehr Jahre gealtert gewirkt und noch … niedergeschlagener. Doch dann hatte er nach und nach in Erfahrung bringen können, dass, was auch immer in Wahrheit geschehen sein mochte, seine Familie *nicht* heimlich durch die Inquisition in Gewahrsam genommen worden war. Niemand schien auch nur eine Ahnung zu haben, was ihnen widerfahren sein konnte. Einige hatten Samyl ihr Mitleid ausgedrückt. Es war allerdings Zhaspahr Clyntahns kaum verhohlener Zorn gewesen, der Hauwerd endgültig davon überzeugt hatte, die Inquisition habe wirklich nichts mit dem Verschwinden von Samyls Familie zu tun.

Natürlich hatte das Verschwinden einer Vikarsfamilie zu einer der größten Fahndungen in der Geschichte von Mutter Kirche geführt. Aber man hatte keine Spur der Schuldigen auffinden können. Im Laufe der nächsten Fünftage hatte sich Samyl bewundernswert gehalten, trotz der Anspannung, als Tag um Tag verging, ohne dass eine Lösegeldforderung eingetroffen wäre, eine Drohung oder sonst etwas. Hauwerd war sich recht sicher, dass die Inquisition seinen Bruder immer noch beobachtete wie eine Königswyvern, die nur darauf wartete, zuzuschlagen. Sie hofften auf einen Hinweis, eine Nachricht, die sie letztendlich zu Lysbet führen würde. Doch nach so langer Zeit schienen selbst Clyntahns Agenten allmählich die Hoffnung darauf aufzugeben.

Vermutlich war es Lysbets Verschwinden, das andere Mitglieder des ›Kreises‹ dazu bewogen hatte, Vorkehrungen für ihre eigenen Familien zu treffen. Hauwerd hoffte, die Maßnahmen kämen noch rechtzeitig – und hätten Erfolg.

Und ich hoffe – und bete –, dass die anderen verstehen, warum wir sie nicht ausdrücklich gewarnt haben!

In der Zwischenzeit hatte, was den Verräter anging, Hauwerd durch reifliches Nachdenken den Kreis der Verdächtigen auf ein halbes Dutzend eingeschränkt. Dennoch ließ sich nicht der benennen, der sie alle an Clyntahn verraten hatte, der dafür verantwortlich war, dass die Existenz der Reformisten-Organisation bekannt geworden war – und auch die Namen ihrer Mitglieder. Vielleicht täuschte sich Hauwerd ja auch. Vielleicht war der Verräter letztendlich doch nicht einer derjenigen, die er für verdächtig hielt. Daher konnten sie kein einziges Mitglied des ›Kreises‹ warnen, ohne sie alle zu warnen … und damit auch den Verräter.

Hätten sie das getan, hätte Clyntahn augenblicklich zugeschlagen, mit aller Gewalt, statt abzuwarten, bis der Zeitpunkt gekommen wäre, der ihm optimal erschien. Clyntahn wartete ab, dessen war sich Hauwerd sicher, damit er das süße Aroma seines bevorstehenden Triumphs auskosten könnte – des Triumphs über die Männer, die es wagten, seine Autorität anzuzweifeln.

So hatten die Brüder Wylsynn nichts gesagt und die Zeit genutzt, die Clyntahn noch abwartete. Sie hatten alles getan, was sie konnten, um den Schlag der Inquisition, wenn er letztendlich käme, nach Kräften abzumildern – so wenig sie auch hatten tun können. Sie hatten versucht, sämtliche jüngeren Bischöfe und Erzbischöfe aus Zion zu bringen, sodass sie *vielleicht* in Sicherheit wären. Sie hatten ihr Netzwerk von Korrespondenten und Agenten *außerhalb* des eigentlichen ›Kreises‹ dazu genutzt, so große Schlupflöcher zu schaffen, wie es nur in ihrer Macht stand.

Gott sei Dank habe ich nie geheiratet!, dachte Hauwerd. *Vielleicht war ich auch* da *weniger fest im Glauben als Samyl. Denn ich war nie bereit, Gott weit genug zu vertrauen, jemandem wie Clyntahn Geiseln zuzugestehen.*

»Ich habe gehört, heute Abend sei Coris eingetroffen«, sagte er schließlich, und Samyl lächelte mild. Es war ganz offenkundig, dass sein Bruder nach etwas gesucht hatte, worüber sie sich gefahrlos unterhalten konnten.

»Ja, das habe ich auch gehört«, erwiderte er und schüttelte den Kopf. »Um diese Jahreszeit muss die Reise ein einziger Albtraum gewesen sein.«

»Das gewiss. Aber ich vermute, dass das Clyntahn oder Trynair keine schlaflosen Nächte bereitet hat«, sagte Hauwerd säuerlich. »Wahrscheinlich sollten wir dankbar sein, dass sie nicht darauf bestanden haben, auch den Jungen mitzuschleppen!«

»Das ist ihnen gewiss nicht notwendig erschienen.« Samyl zuckte mit den Schultern. »Er ist doch noch klein, Hauwerd. Zumindest die nächsten Jahre wird Daivyn noch genau das tun, was andere ihm sagen, einfach weil er daran gewöhnt ist. Ich könnte mir vorstellen, dass sich Clyntahn ausgerechnet hat, ihm bliebe noch reichlich Zeit, ihm die ... nun, sagen wir: die tatsächlichen Gegebenheiten seiner Position vor Augen zu führen, bevor der Junge zu einem eigensinnigen jungen Prinzen herangereift ist.«

»Vorausgesetzt, Trynair und er haben überhaupt vor, den Jungen heranreifen zu *lassen*.« Hauwerds Tonfall klang schon rau und bitter. Doch die Bitterkeit in seinen Augen war noch ungleich schlimmer.

»Ja, das vorausgesetzt«, musste Samyl eingestehen. »Ich habe darum gebetet. Natürlich wäre ich deutlich zuversichtlicher gestimmt, wenn Gottes hoher Ratschluss nicht offensichtlich hieße, die Dinge müssten sich von ganz allein entwickeln.«

Wieder spannten sich Hauwerds Kiefermuskeln an, während er ein weiteres Mal gegen den Zorn ankämpfte, der in ihm aufwallte. Trotzdem, wie Samyl mehr als einmal angemerkt hatte: Gott hätte dem Menschen keinen freien Willen geschenkt, wenn Er nicht vom Menschen erwarten würde, dass dieser ihn auch nutzte. Das bedeutete, dass jene, die sich dafür entschieden, Böses zu tun, dies auch *konnten.* Das wiederum implizierte selbstverständlich, dass andere Männer – und selbst kleine Kinder – durchaus unter den Folgen dieses bösen Handelns zu leiden hätten. Zweifellos war das alles immer noch Teil von Gottes großem Plan. Aber es gab Zeiten – wie die jetzigen –, in denen Sein Plan nach Hauwerds Ansicht unnötige Härten für die Opfer bereithielt.

»Na ja, ich hoffe, Coris ist wirklich so schlau, wie berichtet wird«, meinte Hauwerd nach kurzem Schweigen. »Dieser Junge – und seine Schwester – werden jede Hilfe gebrauchen können, die sich finden lässt, wenn sie das alles überleben wollen.«

Dieses Mal nickte Samyl nur. In seinen Augen schimmerte es verdächtig, so deutlich wurde ihm wieder einmal bewusst, wie sehr er seinen Bruder liebte. *Es ist so typisch für ihn,* dachte er, *sich Sorgen um einen kleinen Jungen und ein junges Mädchen zu machen, denen er nie zuvor begegnet ist.* Das war immer noch der frühere Tempelgardist in ihm, mit diesem geradezu streitsüchtigen Bedürfnis, andere zu beschützen. Beschützerinstinkte hatten Hauwerd auch seinerzeit dazu bewogen, Gott zu dienen, zunächst mit dem Schwert, später mit Herz und Verstand. Samyl war froh, dass Hauwerd längst wusste, wie sehr sein großer Bruder ihn liebte. Denn so brauchte er es nicht noch einmal zu sagen. Nicht hier, nicht jetzt.

»Und damit ...«, sagte Hauwerd, warf einen Blick auf die Wanduhr – die, wie jede andere Uhr im Tempel auch, darauf eingestellt war, stets die genaue Zeit zu zeigen – und erhob sich aus seinem Sessel, »muss ich auch leider gehen. Ich muss heute Abend noch ein paar Kleinigkeiten erledigen.«

»Kann ich dir irgendwie helfen?«, fragte Samyl nach. Wieder

stieß Hauwerd ein Schnauben aus, doch dieses Mal klang es deutlich sanfter.

»Du magst dir das vielleicht gar nicht vorstellen können, Samyl, aber ich kann mir schon alleine das Hemd anziehen und sogar die Schuhe zubinden, und das schon seit … ach, seit *Jahren!*«

»Du hast Recht.« Samyl lachte leise in sich hinein. »Eigentlich weiß ich das auch. Also, kümmere dich um deine Kleinigkeiten. Abendessen morgen bei dir?«

»Abgemacht«, erwiderte Hauwerd, nickte dann seinem Bruder zum Abschied noch einmal zu und verließ dessen Gemächer.

»Haaaaahhhhh-tschiiiiieeeee!«

Der Nieser war so heftig gewesen, dass Vikar Rhobair Duchairn schon glaubte, es habe ihm die Priesterhaube vom Kopf gesprengt. Nicht einmal das heilige Territorium des Tempels, das doch stets angenehm temperiert und in jeder Hinsicht komfortabel war, vermochte eine einfache Erkältung abzuhalten. Das war jetzt schon die dritte Erkältung, die sich Duchairn in diesem Winter eingefangen hatte: jede schlimmer als ihre Vorgängerin.

Duchairn blieb lange genug stehen, um sein Taschentuch hervorzuziehen und sich kräftig zu schnäuzen. Gleichzeitig nutzte er die kurze Pause, sich von diesem letzten Niesen zu erholen. Erst danach ging er weiter den Korridor hinunter. Er kam schon jetzt zu spät zu dem vereinbarten Treffen, auch wenn es dieses Mal nicht so sehr auf die Zeit ankam. Er war schließlich der Schatzmeister der Kirche des Verheißenen.

Die Leute, die auf ihn warteten, waren ihm samt und sonders unterstellt. Und ohne ihn konnten sie auch nicht anfangen. Wenn er ehrlich war, ließ er sie gern warten: Auf diese Besprechung freute er sich nun wahrlich nicht! Das Schatzamt verlor

Geld in unfassbarer Menge, seit das Königreich Charis diesen ersten Angriff abgewehrt hatte, und Duchairn sah nicht, wie sich die Lage in absehbarer Zeit ändern sollte. Vor allem nicht nach diesem neuerlichen Schlag gegen den Kapitalfluss der Kirche. Nicht nur, dass die Königreiche Charis und Chisholm sowie die Fürstentümer Emerald und Corisande – ganz zu schweigen vom Großherzogtum Zebediah – schlagartig aufgehört hatten, ihre Zehnten abzuführen (wobei gerade der von Charis wirklich *beträchtlich* gewesen war). Nein, dass Charis unablässig den Handel all seiner Feinde störte, hatte der Wirtschaft eben dieser Feinde ernstlich Schaden zugefügt. Da nun also die Wirtschaft immer weiter erlahmte, hatte die Kirche zunehmend Schwierigkeiten, den Zehnten einzutreiben. Laut Duchairns jüngster Schätzung war der Kapitalfluss, der sich durch den jährlichen Zehnten der Reiche auf dem Festland ergab, um etwa zehn Prozent gesunken. Der Gesamt-Zehnte, einschließlich dessen, was von den Ländereien hätte eintreffen sollen, die sich jetzt in offener Rebellion gegen Mutter Kirche befanden, war sogar um mehr als ein Drittel eingebrochen. Man konnte von Glück reden, dass die Kirche so viele andere lukrative Einnahmequellen hatte. Leider hatte alles nun einmal seine Grenzen – einschließlich der Möglichkeit, aus diesen anderen Quellen Geld einzutreiben. Zum ersten Mal seit Menschengedenken gab die Kirche des Verheißenen schneller Geld aus, als es wieder hereinkam. Dergleichen konnte unmöglich ewig so weitergehen.

Bedauerlicherweise war es genau das, was einige seiner Kollegen nicht zu begreifen schienen.

Seine Miene verfinsterte sich, als er an besagte Kollegen dachte. Weder Trynair noch Clyntahn hatten ihm gegenüber erwähnt, dass sie die Absicht hatten, an diesem Morgen mit dem Grafen Coris ›ein Gespräch zu führen‹. Duchairn war sich recht sicher, dass seine Quellen den beiden nicht bekannt waren. Aber er hatte nicht vor, seine Kollegen wegen etwas zur

Rede zu stellen, von dem er eigentlich nichts wissen durfte. Er bezweifelte, dass auch nur einer von ihnen bereit wäre, ein großes Gewese darum zu machen, wenn er jetzt einfach bei diesem so genannten Gespräch hereinplatzte. Allerdings war er sich gleichermaßen sicher, dass sie das Gespräch bewusst so anberaumt hatten, dass es *zufälligerweise* genau mit der schon seit langem angesetzten Besprechung des Schatzamtes zusammenfiel. Also wäre es beiden – wenngleich aus unterschiedlichen Gründen – zweifellos alles andere als recht gewesen, wäre Duchairn plötzlich bei dem geplanten ›Gespräch‹ mit dem Grafen aufgetaucht.

Genau das zeigte nur wieder einmal den Unterschied zwischen ihnen und ihm ... und die Gefahren, die sich aus diesem Unterschied ergaben.

Erneut blieb Duchairn stehen. Er blickte aus den riesigen Fenstern, die eine der Seitenwände des Ganges bildeten. Kurz nach Sonnenaufgang hatte das Schneetreiben endlich aufgehört. Nun brach sich funkelnd das Sonnenlicht auf der neuen, dicken, makellosen Decke aus reinstem Weiß, die sich über das gesamte Gelände des Tempels gelegt hatte. Das geheimnisvolle, unzerbrechliche, perfekt gegen die Kälte isolierende Glas der Fensterscheiben dämpfte das Gleißen. Aber die unverdorbene Reinheit von Eis und Schnee sorgte dafür, dass Duchairn bewusst merkte, wie warme Luft ihn sanft umströmte.

Das brachte ihn dazu, daran zu denken, wie es dem Volk außerhalb des Tempels ging. Vor allem dachte er an die zahllosen Armen der Stadt Zion, die es an diesem eiskalten Morgen alles andere als behaglich warm hatten. Das war ein weiterer Gedanke, den er keinesfalls mit seinen einstigen Kollegen aus der ›Vierer-Gruppe‹ teilen wollte. Nicht, weil ihnen nicht schon jetzt bewusst wäre, dass er derartige Gedanken hegte. Es würde schlicht nichts bringen – außer ihn in Schwierigkeiten.

Zahmsyn Trynair würde ihn wahrscheinlich nur mit einem gewissen ungeduldigen Unverständnis anstarren. Falls der

Kanzler der Kirche des Verheißenen überhaupt jemals an die Armen in Zion dachte, dann wohl nur, weil er sich an die Textstelle aus dem *Buch Langhorne* erinnerte, in der es hieß, die Armen würden stets unter ihnen sein. Wenn das für Langhorne gut genug gewesen war, dann war es auch gut genug für Trynair.

Allayn Maigwair hingegen hätte vermutlich nicht einmal bemerkt, dass Duchairn die Armen erwähnt hatte. Gerade in jüngster Zeit galten sämtliche Gedanken und Taten des Captain Generals der Kirche der Aufgabe, die Flotte aufzubauen, die dieses Emporkömmlings-Kaiserreich Charis ein für allemal zerschmettern würde. Dass Maigwair zunächst den Bau eines mittlerweile völlig ungeeigneten und veralteten Schiffstyps angeordnet hatte, dass Duchairns Schatzamt eine schwindelerregende Summe für den Bau Hunderter Galeeren hatte zahlen müssen, die nun effektiv nutzlos waren, war sicherlich dazu angetan, des Captain Generals Konzentration bei dieser Sache noch zu vertiefen. Natürlich war Maigwair noch nie mit einem übermäßig entwickelten Intellekt geschlagen gewesen. Das bisschen, was er in dieser Hinsicht vorzuweisen hatte, hätte sich eigentlich mit deutlich weniger Anstrengung nutzen lassen sollen. Dann hätte er zumindest ein wenig von seiner Geisteskraft auch auf die Männer, die Frauen und die Kinder verwendet – vor allem die Kinder –, für die doch eigentlich jeder Vikar verantwortlich sein sollte.

Und dann gab es da noch Clyntahn. Den Großinquisitor. Das Mitglied der ›Vierer-Gruppe‹, der Duchairns Besorgnis hinsichtlich der Armen weder mit Unverständnis noch mit Gleichgültigkeit begegnet wäre. Manchmal wünschte sich Duchairn wirklich, er wäre seinerzeit in den Bédard-Orden eingetreten, nicht in den Chihiro-Orden. Er war sich recht sicher, dass jeder Bédardist, der vor dem Großinquisitor keine Todesangst hatte, ihn ohne jedes Zögern als Paranoiker bezeichnet hätte – und zwar als einen, dessen Paranoia sich zusehends verschlimmerte.

Natürlich wäre es vermutlich unmöglich gewesen, einen Bédardisten zu finden, der selbst wahnsinnig genug wäre, *keine* Angst vor Clyntahn zu haben. Trotzdem: es wäre Duchairn deutlich lieber gewesen, nicht nur auf seine eigene, laienhafte Meinung vertrauen zu müssen, sondern auch auf die eines ausgewiesenen Fachmanns, zumindest was die Frage der geistigen Gesundheit anging.

Nicht, dass es einen allzu großen Unterschied machte. Duchairn benötigte keine schriftliche Diagnose, um eines zu wissen: Clyntahn würde jegliche Bemerkung darüber, die *Heilige Schrift* weise jedes Kind Gottes an, sich um die Armen und die Bedürftigen zu kümmern, als Kritik am Verhalten der Kirche in dieser Hinsicht ansehen. *Tatsächlich hätte er damit natürlich auch vollkommen Recht,* gestand sich Duchairn ein. Aber gerade in diesen Zeiten, in denen Zhaspahr Clyntahn die gesamte Welt in lediglich drei Kategorien einteilte – seine Verbündeten, diejenigen, die zumindest vorübergehend einen gewissen Nutzen als Werkzeug hatten, und jene, die es ohne jegliche Gnade auszumerzen galt –, wäre es durchaus gefährlich, auch nur anzudeuten, ein beliebiges Tun der Kirche lasse zu wünschen übrig.

Duchairn hatte feststellen müssen, dass es Zeiten gab, in denen ihm das egal war. Wenn der Zorn, die Entrüstung und der Schmerz darüber, seinen Glauben wiedergefunden und dabei bemerkt zu haben, welche Blutschuld auf ihm lastete, ihn dazu brachten, die Konfrontation mit Clyntahn gezielt zu *suchen.* Wenn er sich beinahe schon danach sehnte, endlich vernichtet zu werden, vielleicht gar das Schicksal eines Märtyrers zu erleiden, mit allem, was dazugehörte, um endlich für das Leben, das er bislang geführt hatte, zu sühnen. Dafür, dass er selbst die Korruption im Vikariat zugelassen hatte. Dass er sein ganzes Leben lang danach gestrebt hatte, von dieser Korruption selbst zu profitieren. Dass er nicht nur tatenlos dabeigestanden hatte, als Clyntahn den Vorschlag unterbreitete, das

Königreich Charis völlig zu zerstören, sondern dass er *zugestimmt* hatte. Dass er dabei mitgeholfen hatte, alles Erforderliche zu arrangieren.

Duchairn zwang sich dazu, wieder in Richtung der Untergebenen zu gehen, die auf ihn warteten. Sein Blick aber war so eisig wie der Schnee jenseits der Fensterscheiben, während er ein weiteres Mal sich selbst seine Schuld eingestand. Er konnte nicht so tun, als hätte er keine Angst vor dem, was Clyntahn ihm antun ließe, sollte es jemals zu einer offenen Konfrontation kommen. Er konnte nicht so tun, als wisse er nicht ganz genau, welches Exempel Clyntahn an einem Mitglied der ›Vierer-Gruppe‹ statuieren würde, das sich gegen ihn stellte – oder auch nur den Anschein dessen erweckte. Doch es war nicht *diese* Furcht, die ihn dazu brachte, sich auf die Zunge zu beißen und nicht öffentlich Clyntahns Schändlichkeit anzuprangern. Nein, es war die Furcht vor etwas anderem, das ihn schweigen ließ: die Furcht, dass er, wenn er zuließe, zu rasch vernichtet zu werden, eine ungleich größere Schuld auf sich lüde. Er würde der Sünde anheimfallen, zu sterben, ohne wenigstens *versucht* zu haben, den entsetzlichen, furchtbaren Schaden wiedergutzumachen, den er auf Gottes Welt angerichtet hatte.

Nicht, dass ich schon eine Idee hätte, wie ich das mit der Wiedergutmachung anstellen soll, gestand er sich verzweifelt ein. *Vielleicht ist das Teil meiner Buße? Ist es Teil der mir zugemessenen Strafe? Bin ich dazu verurteilt, mitansehen zu müssen, wie alles schlimmer und schlimmer wird, ohne auch nur eine Vorstellung zu haben, wie man es aufhalten und ändern könnte? Aber die* Heilige Schrift *sagt, Gott wird immer einen Weg finden, selbst wenn das* dem Menschen *nicht gegeben ist. Also wünscht Er vielleicht, dass ich damit aufhöre, mich so anzustrengen. Vielleicht soll ich aufhören, so arrogant zu sein, zu glauben, ich könne irgendwie ein weltweites Desaster verhindern oder wiedergutmachen. Vielleicht wünscht er, dass ich mir endlich von Ihm* zeigen *lasse, was ich tun soll, und dann …*

Abrupt wurden Rhobair Duchairns Gedanken unterbrochen, als er geradewegs gegen eine Wand lief, die jemand unachtsamerweise mitten im Gang aufgestellt hatte.

Zumindest hatte es sich so *angefühlt*, auch wenn das plötzliche ›Uff!‹, das diese Wand ausstieß, vermuten ließ, dass es vielleicht doch keine massive Granitmauer war – so sehr es auch den Anschein hatte.

Duchairn taumelte rücklings, wäre beinahe gestürzt. Er *wäre* gestürzt, wenn ihn nicht plötzlich jemand am Oberarm gepackt und ihm geholfen hätte, das Gleichgewicht wiederzufinden. Vikar Rhobair schüttelte den Kopf, die von der Erkältung halb zugeklebten Ohren dröhnten ihm. Dann riss er die Augen auf, als er das Gesicht des Mannes erkannte, gegen den er da geprallt war.

Duchairn war wirklich nicht gerade klein, aber ein Riese war er auch nicht. Eigentlich war er schon immer eher schlank gewesen. Nur hatte er die letzten zwanzig oder dreißig Jahre fast ausschließlich mit sitzender Tätigkeit verbracht. Der Mann, mit dem er gerade kollidiert war, musste mindestens einen halben Kopf größer sein als er, hatte breite Schultern und massige Muskeln – und ganz offensichtlich hatte er auch in den letzten Jahren zumindest einige Zeit damit verbracht, weiterhin so durchtrainiert zu bleiben, wie er das als Offizier der Tempelgarde gewesen war. Er war wenigstens vierzig oder fünfzig Pfund schwerer als Duchairn – und fast nichts davon war Körperfett.

Dieser Mann hieß Hauwerd Wylsynn.

Einen Moment lang war Duchairn wie gelähmt und starrte nur in Wylsynns graue Augen – sie waren so grau wie bei allen Wylsynns, denen Duchairn jemals begegnet war. Und sie waren unfassbar hart, wirkten fast wie polierter Quarz. Es waren die Augen eines Mannes, der sich – anders als Rhobair Duchairn – nie mit der Korruption im Tempel abgefunden oder gar arrangiert hatte. Es waren die Augen eines Mannes, der jeden Grund der Welt hatte, Zhaspahr Clyntahn zu fürchten … und keinen einzigen Grund, Furcht vor Gott zu haben.

»Sie sollten ein wenig vorsichtiger sein, Rhobair«, sagte Wylsynn und half seinem Kollegen ganz auf die Beine, bevor er Duchairns Arm wieder losließ. Sanft klopfte er dem Erzbischof über die Soutane, als wolle er sich vergewissern, dass kein bleibender Schaden zurückbleiben würde. Sein Lächeln wirkte sehr schmal. »Sie tun sich selbst doch nichts Gutes, wenn Sie einfach so in andere Leute hineinrennen. Das Leben ist einfach zu kurz, derartige Risiken einzugehen, meinen Sie nicht?«

Bei dieser Frage neigte Wylsynn den Kopf ein wenig zur Seite. Duchairn hatte das Gefühl, Eiswasser würde durch seine Adern pulsieren. Etwas stimmte nicht mit Wylsynns Tonfall, und auch nicht mit der Art und Weise, wie jene steinharten Augen funkelten.

Er weiß Bescheid, dachte Duchairn. *Er* weiß, *dass ich seinen Bruder gewarnt habe! Und Gott helfe mir: Er weiß, dass Clyntahn sie beide umbringen lassen wird. Und dass ich nicht den Mut habe, den Großinquisitor aufzuhalten – oder es auch nur zu versuchen.*

Der Schatzmeister der Kirche spürte, wie sich sein Mund öffnete, ohne zu wissen, was ihm wohl als Nächstes über die Lippen kommen würde. Doch dann schüttelte Wylsynn den Kopf. Es war eine kurze, knappe Geste. Sie hielt jedes Wort auf, das Duchairn vielleicht ausgesprochen hätte.

»Natürlich«, sagte der zum Tode verurteilte Vikar. »Zu kurz, meine ich. Es gibt zu viele Dinge, die wir alle tun müssen, um unsere Zeit in einer solchen Weise fortzuwerfen. Lehrt uns die *Heilige Schrift* nicht, es sei Gott, der den Kurs eines jeden Menschen bestimmt?«

»Doch«, hörte sich Duchairn leise antworten. »Doch, das tut sie.«

»Na, ich kann mir nicht vorstellen, dass Er schon mit uns allen fertig ist, bis wir unseren Kurs angelegt und unser Ziel erreicht haben. Also seien Sie vorsichtiger!« Tatsächlich wirkte sein Lächeln jetzt ein wenig freundlicher, verbindlicher, als er ermahnend mit dem Zeigefinger vor Duchairns Nase herumwedelte. »Passen Sie auf, wohin Ihre Schritte Sie führen, sonst bleibt Ihnen nicht mehr die Zeit, dem Kurs zu folgen, den Gott für Sie bestimmt hat!«

Es bedurfte Duchairns ganzer Selbstbeherrschung, sich die Worte zu verbeißen, die ihm schon auf der Zunge lagen. Wieder blickte er in diese grauen Wylsynn-Augen. Er brachte nicht den Mut auf, noch irgendetwas zu sagen, als er erkannte, was in diesen Augen stand. Doch Wylsynn lächelte ihn nur noch einmal an, noch sanfter als zuvor, tätschelte seinem Kollegen erneut die Schulter, dann drehte er sich um und ging davon.

»Graf Coris, Eure Heiligkeit«, sagte der Oberpriester, während er mit einer Verneigung Phylyp Ahzgood in das kleine, private Audienzzimmer führte.

Eine richtige Verneigung war das nicht!, ging es Coris durch den Kopf. Andererseits gehörte dieser Oberpriester fest zum Stab des Kanzlers. Wahrscheinlich sah er Herzöge zu Dutzenden, Grafen zählte er wahrscheinlich in Stiegen, und Gott allein wusste, in welcher Schwarmstärke er jährlich einfache Barone zu Gesicht bekam. Ganz zu schweigen davon, dass es sich bei den meisten Herzögen und Grafen, die ihm über den Weg liefen, nicht um besitzlose Exilanten handelte, die gänzlich von der Wohltätigkeit anderer abhängig waren.

»Das sehe ich«, erwiderte eine Stimme. »Kommen Sie herein, Mein Lord.«

Coris kam der Aufforderung nach und sah vor sich einen recht hochgewachsenen, schlanken Mann mit auffallend kantigem Gesicht, einem sehr kurz geschorenen Bart und tiefliegenden Augen, aus denen unverkennbare Intelligenz blitzte. Er trug die orangefarbene Soutane eines Vikars. Auch der Rest passte bemerkenswert zu allen Beschreibungen, die Coris jemals von Vikar Zahmsyn Trynair gehört hatte.

Trynair streckte ihm die Hand entgegen. Coris verneigte

sich, küsste den großen Saphir am Ring seines Gegenübers und richtete sich dann wieder auf.

»Eure Heiligkeit«, begrüßte er ihn.

»Wir wissen die Promptheit, mit der Sie unserer Einladung gefolgt sind, sehr zu schätzen, Mein Lord, insbesondere zu dieser Jahreszeit«, sagte Trynair. Sein Lippen lächelten zwar, sein Blick aber blieb von dem Lächeln unberührt. »Wären sich doch alle Söhne von Mutter Kirche ihren Verpflichtungen ihr gegenüber so bewusst.«

»Ich werde nicht so tun, als sei die Reise nicht beschwerlich gewesen, Eure Heiligkeit.« Coris gestattete sich nun seinerseits ein kleines, schiefes Lächeln. »Aber als Kind hat man mir beigebracht, wann immer Mutter Kirche ruft, haben ihre Söhne zu gehorchen. Zudem war die Reise auch sehr interessant, vor allem die Überquerung des Pei-Sees. Die Möglichkeit, endlich den Tempel zu besuchen, ist ein weiterer Segen.«

»Gut.«

Das einzelne, nichtssagende Wort stammte nicht von Trynair, sondern von dem kleineren, korpulenten Vikar mit dem silbernen Haar und den schweren Backen, der sich nicht die Mühe gemacht hatte sich zu erheben, als der Graf eingetreten war. *Kein Zweifel, wer das ist,* dachte der Graf. Die einzige Überraschung war, dass Zhaspahr Clyntahn haarklein allen je Coris zugetragenen Beschreibungen entsprach. Bis hin zu den Fettflecken, den verschiedene Mahlzeiten auf seiner Soutane hinterlassen hatten.

Es sollte ein Gesetz geben, das es sämtlichen Schurken verbietet, auszusehen wie echte Klischee-*Schurken!,* ging es Coris durch den Kopf. Ein Schauer lief ihm über den Rücken, als er begriff, mit welchem Wort er Clyntahn gerade unwillkürlich beschrieben hatte. Seine Gedanken gingen ja schon seit Jahren in genau diese Richtung; nur vor sich das auch zuzugeben, das hatte er noch nicht gewagt. Dass er es jetzt tat, besaß eine sonderbar anmutende Endgültigkeit. Als hätte er eine Brücke überquert, bei der es kein Zurück mehr gab – selbst wenn er der Einzige sein sollte, dem das im Augenblick bewusst war.

Und du solltest verdammt noch mal darauf achten, dass du auch weiterhin der Einzige bleibst, *der das weiß, Phylyp!*, mahnte er sich selbst.

Clyntahns Mimik ließ vermuten, dass er sich nicht sonderlich darum scherte, was Coris in diesem Moment durch den Kopf ging. Er schien auch nicht versucht, dem Besucher ein Mindestmaß an Höflichkeit entgegenzubringen. Während Trynair den Grafen mit der kühlen Leidenschaftslosigkeit eines Schachmeisters anblickte, brannte in Clyntahns Augen das Feuer des echten Eiferers. Clyntahn war der bei weitem Gefährlichere der beiden; das war Coris sofort klar.

»Bitte nehmen Sie doch Platz, Mein Lord!«, bot Trynair Coris einen Platz an. Der einzelne Stuhl stand diesseits des großen Tisches, der das Audienzzimmer beherrschte.

Es war der mit Abstand schlichteste Stuhl, den Coris bislang im Tempel gesehen hatte – mit gerader Lehne, anscheinend ungepolstert, ein rein zweckmäßiges Möbelstück. Er hatte nicht die geringste Ähnlichkeit mit den beiden thronartigen Sesseln, in denen Trynair und Clyntahn saßen. Doch als Coris Platz nahm, wäre er beinahe sofort wieder aufgesprungen, so überrascht war er: Die Sitzfläche, die aus einfachstem Holz zu bestehen schien, bewegte sich unter ihm! Sie bewegte sich, schien fast zu zerfließen. Unwillkürlich riss der Graf die Augen auf, als das Möbelstück sich perfekt an die Körperkonturen des darauf sitzenden Menschen anpasste.

Der Graf blickte auf und stellte fest, dass Trynair ihn nachdenklich anblickte. Daher zwang er sich, den Kanzler anzulächeln. Es war ein Lächeln, das offen eingestandene Überraschung ebenso zeigte wie beinahe schon kindliche Freude und Neugier. Trynair lachte leise in sich hinein, als sei er erfreut, seinen Gast tatsächlich überrascht zu haben.

Clyntahn hingegen schien diesen kurzen Moment nicht einmal bemerkt zu haben. Es passte, wie Coris fand, gut zu dem Bild, das er sich vom Großinquisitor machte.

Besser, du hältst nicht ständig etwas für gegeben, Phylyp!, schalt er sich. *Es wäre nicht unwahrscheinlich, dass Clyntahn sich verstellt, weil er schon vor langer Zeit den Nutzen darin erkannt hat, einen potenziellen Gegner über die eigene Beobachtungsgabe im Unklaren zu lassen. Das Einzige, was noch gefährlicher ist als ein Narr, vor allem beim Großen Spiel, ist der Mann, den man für einen Narren* gehalten *hat. Zumindest so viel solltest du von Nahrmahn gelernt haben!*

»Nun«, begann Trynair nach kurzem Schweigen lebhaft, »jetzt, wo Sie da sind, Mein Lord, können wir ja gleich zur Sache kommen. Wie Sie wissen, habe ich in meiner Eigenschaft als Kanzler von Mutter Kirche und auf Großvikar Ereks ausdrückliche Anweisung hin den jungen Prinzen Daivyn als rechtmäßigen Regenten von Corisande anerkannt. Angesichts seines zarten Alters erschien es uns nicht notwendig, ihn den ganzen Weg bis zum Tempel zurücklegen zu lassen, um mit ihm über seine Zukunft und seinen weiteren Weg zu sprechen. Sie hingegen sind sein Vormund. Wir haben den so genannten Regentschaftsrat nicht anerkannt, und wir werden es auch niemals tun – dieses Zerrbild einer Legitimation, die Cayleb und Sharleyan Gott aufgedrängt haben! Somit erachten wir Sie am ehesten als den rechtmäßigen Regenten, der für Daivyn spricht.«

Er hielt inne, als wolle er den Grafen auffordern, dazu etwas anzumerken. Doch in diese Falle hineinzutappen war Coris nicht gewillt. Er beschränkte sich stattdessen auf ein langsames, verständiges Nicken und eine aufmerksame, konzentrierte Miene.

»Angesichts dieser Umstände«, griff der Kanzler seinen Gedankengang wenige Sekunden später wieder auf, »halten wir es für unerlässlich, Daivyns Position ... gesetzlich zu regeln. Während er im Augenblick unter König Zhames' Schutz hinreichend in Sicherheit scheint, vor allem, da Delferahk sich ohnehin bereits im Kriegszustand mit den Abtrünnigen befindet, gibt es doch einige Aspekte, die unseres Erachtens einer förmlichen Klärung bedürfen.«

Wieder hielt er inne. Dieses Mal war es offensichtlich, dass er die Absicht hatte, Coris' Reaktion abzuwarten.

»Einer förmlichen Klärung, Eure Heiligkeit?«, wiederholte der Graf pflichtschuldigst. »Darf ich mich erkundigen, welcher Art förmlicher Klärung gemeint ist?«

»Oh, ich bitte Sie, Mein Lord!«, mischte sich Clyntahn in das Gespräch ein und vollführte mit der Hand eine abschätzige Geste. »Sie waren der Leiter von Prinz Hektors Spionageabteilung. Wenn es jemanden gibt, der weiß, wie dieses Spiel gespielt werden muss, dann sind Sie das!«

»Eure Heiligkeit«, erwiderte Coris und wählte seine Worte mit mehr Bedacht als je zuvor in seinem Leben, »Ihr habt Recht. Ich war der Leiter von Prinz Hektors Spionageabteilung. Aber ich hoffe, Ihr werdet mir vergeben, wenn ich offen sage: mein Blickwinkel aus einem einzigen Fürstentum heraus, so weit vom Tempel entfernt, kann unmöglich derselbe sein, der sich Euch von hier aus darbietet, dem Herzen aller Belange von Mutter Kirche und im Herzen aller Informationswege, über die Mutter Kirche verfügt. Ich gebe gern zu, dass ich viel Zeit mit dem Versuch verbracht habe, alle Informationen auszuwerten, die mir vorlagen. Ich hatte gehofft, auf diese Weise bereits im Vorfeld erahnen zu können, welche Dinge genau Ihr und Seine Heiligkeit, der Kanzler, von mir zu erfahren wünscht. Aber ich bin nicht töricht genug, auch nur einen Moment lang anzunehmen, mir lägen *genug* Informationen vor, um ernstlich sinnvolle Schlüsse zu ziehen. Mir fallen diverse Aspekte der derzeitigen Lage Prinz Daivyns ein, die möglicherweise der Klärung bedürfen. Aber ohne ein tiefer gehendes Verständnis, wie genau Prinz Daivyn Mutter Kirche nach besten Kräften dienen kann – und natürlich auch ich selbst –, weiß ich wirklich nicht, wie Ihr und Vikar Zahmsyn vorzugehen wünscht.«

Als Clyntahn das Wort ergriffen hatte, da hatte Coris es in

Trynairs Augen aufblitzen sehen – Verärgerung möglicherweise. Nun lehnte sich der Kanzler in seinem Sessel zurück und legte die gefalteten Hände vor sich auf den Tisch. Seine Miene wirkte sehr nachdenklich. Clyntahn hingegen warf Coris ein sonderbar triumphierendes Lächeln zu, als hätte der Graf mit dieser Entgegnung eine Art Prüfung bestanden.

»Wir sind natürlich erleichtert zu erfahren, dass Sie darüber nachgedacht haben, wie Daivyn und auch Sie selbst Mutter Kirche dienen können«, sagte der Großinquisitor. Die Betonung lag unverkennbar auf ›Sie selbst‹. »Ich bin zuversichtlich, wir werden uns ebenso auf Ihre Intelligenz und Ihre Sorgfalt verlassen können, wie das Prinz Hektor getan hat.«

Und das sollte *verdammt noch mal auch besser so sein, was, Eure Heiligkeit? Meint Ihr das?*, dachte Coris beißend. So intelligent Clyntahn tatsächlich in Wahrheit sein mochte, in zumindest mancherlei Hinsicht ließ er sich leicht durchschauen. Natürlich: wenn ein Mann über sämtliche Schalthebel der Macht verfügte, wie sie zum Amt des Großinquisitors gehörten, konnte er es sich vermutlich leisten, zumindest in einem gewissen Maße durchschaubar zu sein – wenigstens dann, wenn es seinen eigenen Zielen dienlich war, gleich auf den Punkt zu kommen.

»Ich werde gewiss mein Bestes geben, um das in mich gesetzte Vertrauen nicht zu enttäuschen, Eure Heiligkeit«, entgegnete Coris.

»Dann werden Sie, so hoffe ich, auch verstehen, dass ich mit dem, was ich jetzt sage, mitnichten einen Mangel an Vertrauen andeuten will, was Sie persönlich betrifft, Mein Lord«, erklärte Trynair. Coris richtete den Blick wieder auf den Kanzler, und sein Gegenüber zuckte kaum merklich mit den Schultern. »Unter den gegebenen Umständen hält es der Großvikar für das Beste, formal das Vikariat als Prinz Daivyns Regenten einzusetzen, nicht einen weltlichen Adeligen. Sein Vater wurde zum Märtyrer – zum Märtyrer gemacht durch die wahrhaft abtrünnigen Krieger gottloser Ketzerei. Der Großvikar ist der Ansicht, es obliege Mutter Kirche, Prinz Hektors Erben offen – und ganz ausdrücklich – ihren Schutz anzubieten.«

»Sehr wohl, Eure Heiligkeit«, erwiderte Coris.

Er war zuversichtlich, Trynair werde annehmen, der Graf sehe diese Erklärung, was Großvikar Erek betraf, als reine juristische Fiktion an. Trynair hatte den derzeitigen Großvikar schon vor Jahren eigenhändig aus einer Liste geeigneter Marionetten ausgewählt. Falls Erek jemals einen einzigen unabhängigen Gedanken ausgeformt haben sollte, seit er den Thron des Großvikars bestiegen hatte, war dieser Gedanke mittlerweile gewiss an Einsamkeit gestorben.

»In vielerlei Hinsicht«, fuhr Trynair fort, »wird diese Veränderung kaum mehr sein als eine reine Formsache. Wie ich vorhin bereits angedeutet habe, besteht keinerlei Grund, das Leben des jungen Daivyn derzeit noch weiter zu destabilisieren. Es ist am besten, wenn er dort bleibt, wo er sich derzeit aufhält: unter dem Schutz von jemandem, dem er vertraut und von dem er weiß, dass er sich für den Schutz seiner Interessen einsetzt.«

Vor allem, wenn derjenige, dem Daivyn vertraut, die Interessen der Kirche *vertritt – oder zumindest die Interessen der ›Vierer-Gruppe‹*, dachte Coris.

»Um ganz offen zu sein, Mein Lord«, ergriff nun wieder Clyntahn das Wort, »sind wir der Ansicht, es werde ganz gewiss nicht schaden, wenn ein Mann mit Ihren Fähigkeiten und Ihrer Erfahrung über ihn wacht.« Coris blickte den Großinquisitor an, und Clyntahn zuckte mit den fleischigen Schultern. »Schließlich hat Cayleb ja bereits den Vater des Jungen ermorden lassen. Man kann nicht vorhersagen, wann jemand wie er – oder wie dieses Miststück Sharleyan – zu dem Schluss kommt, es sei ein guter Zeitpunkt gekommen, mit dem ganzen Hause Daykyn ein für alle Mal aufzuräumen. Ich habe erfahren, dass die beiden es derzeit in Corisande mit beachtlichen Unruhen in der Bevölkerung zu tun haben. Es ist daher durchaus möglich, dass sie es für eine gute Idee halten, den jungen Daivyn aus dem Weg zu räumen. Schließlich bietet der rechtmäßige Erbe von Corisande ja einen guten Fokus für die unruhigeren Elemente in der Bevölkerung des Fürstentums.«

»Ich verstehe, Eure Heiligkeit.« Coris hoffte, dass keiner der beiden Vikare den Eiszapfen bemerkt hatte, der ihm gerade über den Rücken getanzt war. »Natürlich habe ich mit König Zhames über Prinz Daivyns Sicherheit gesprochen, bevor ich Talkyra verlassen habe. Wie Ihr schon sagtet, kann man sich hinsichtlich Daivyns Sicherheit gar nicht vorsichtig genug sein. Ich versichere Euch, dass ich, sobald ich wieder in Delferahk bin, jegliche Sicherheitsvorkehrungen für den Prinzen persönlich beaufsichtigen werde.«

»Gut!« Clyntahn lächelte über das ganze Gesicht. »Ich bin zuversichtlich, dass unsere Entscheidung, uns auf Sie und Ihr Urteilsvermögen zu verlassen, sich als gänzlich berechtigt herausstellen wird, Mein Lord.«

»So sehe ich das auch«, unterstützte Trynair seinen Kollegen. »Aber in der Zwischenzeit gibt es noch diverse andere Dinge zu besprechen«, fuhr der Kanzler fort. »Wir werden gewiss mehrere Sitzungen benötigen, um sie alle durchzugehen, und Sie werden selbstverständlich ein Ehrengast des Tempels sein, bis wir mit allem fertig sind. Aber im Augenblick würden wir Sie gern, wenn ich ganz offen sprechen darf, ein wenig aushorchen. Natürlich haben uns viele Berichte über die Lage in Corisande und die Haltung des Volkes erreicht. Aber Sie sind *selbst* Corisandianer. Zudem befanden Sie sich in einer Position, aus der heraus Sie sehr deutlich die Konsequenzen von Caylebs Angriff auf Corisande haben erkennen können. Zweifellos haben sich seit Ihrer Abreise aus dem Fürstentum zahlreiche Veränderungen ereignet. Aber für uns stellen Sie, Mein Lord, immer noch eine unschätzbar wertvolle Informationsquelle dar. Es gibt viele Dinge, über die von Ihnen zu hören wir sehr gespannt sind. Beispielsweise, von welchem von Prinz Hektors – ich meine natürlich: Prinz Daivyns – Adeligen Sie sich am ehesten vorstellen könnten, dass er effektiven Widerstand gegen die charisianische Besatzung organisieren wird.«

Na, ich sehe schon, das wird wirklich *etwas länger dauern*, dachte Coris trocken. *Trotzdem: es ist immer noch das Beste, hier sehr vorsichtig vorzugehen, vor allem so lange nicht klar ist, welche Informationen den beiden bereits vorliegen.*

»Diese Frage ist gar nicht so leicht zu beantworten, Eure Heiligkeit«, setzte er an. »Mir fallen spontan mindestens ein Dutzend von Prinz Hektors engsten Verbündeten aus dem corisandianischen Oberhaus ein, die mit größter Wahrscheinlichkeit in genau diese Richtung neigen. Ohne die Lage besser abschätzen zu können, als ich das im Augenblick vermag – bitte vergesst nicht, dass ich seit fast vier Monaten auf Reisen bin, und das hat mich gänzlich davon abgehalten, ein vernünftiges Informanten-Netzwerk aufzubauen –, würde ich vermuten, dass diejenigen, die sich weiter von Manchyr entfernt aufhalten, sich in einer besseren Position befinden dürften, diese Neigungen auch in die *Tat* umzusetzen.

Angesichts dessen gehe ich selbst davon aus, dass die Grafen Storm Keep und Craggy Hill bereits erste Schritte in genau diese Richtung unternommen haben. Keiner von beiden wird Cayleb und Sharleyan sonderlich positiv gegenüberstehen. Beide residieren weit oben im Norden, von der Hauptstadt aus nur schwer zu erreichen.

Wenn ich jetzt nach Süden und Westen blicke ...«, fuhr Coris fort, »sollte es mich nicht sonderlich überraschen, wenn Herzog Black Water – ich meine damit Sir Adulfo, den neuen Grafen – ebenfalls erste Vorbereitungen zum Widerstand träfe. Was das angeht, wird Herzog Barcor vermutlich ganz ähnliche Neigungen entwickelt haben, und ...

»Also, Master Seablanket. Ich sehe, dass Sie Ihre Aufgabe wieder einmal gänzlich erfolgreich erfüllt haben.«

»Ich habe mich gewiss redlich bemüht, Eure Eminenz.«

Rhobair Seablanket beugte sich über Erzbischof Wyllym Raynos Hand und küsste den ihm dargebotenen Ring. Dann richtete er sich wieder auf. Seine Miene verriet höfliche Aufmerksamkeit. Er wartete darauf, dass Rayno seine Fragen stellte. Der Erzbischof lächelte dünn.

Rayno war klein und schlank. Er wirkte in jeder Hinsicht dunkel. Wie stets trug er den dunkel-purpurnen Habit eines einfachen Mönchs des Schueler-Ordens. Doch auf diesem Habit prangte das flammengekrönte Schwert eines Adjutant General des Ordens. Damit war Rayno Vikar Zhaspahr Clyntahns Stellvertreter und ein wahrhaft gefährlicher Mann. Es belustigte ihn stets aufs Neue, wie die verschiedenen Agenten der Inquisition auf ihn reagierten. Was aber noch viel wichtiger war: Im Laufe der Jahre hatte er gelernt, bereits anhand dieser Reaktion abzuschätzen, wie fähig ein Agent wirklich war. Man sehe sich beispielsweise Seablanket an: Niemand, der im Dienste der Inquisition derart weit aufgestiegen war, konnte töricht genug sein, den Adjutant General auf die leichte Schulter zu nehmen. Er musste sich auch der möglichen Konsequenzen bewusst sein, die es mit sich brächte, den Adjutant General zu enttäuschen. Und doch blickte der Corisandianer Rayno geradewegs in die Augen, und seine Gelassenheit schien durchaus echt zu sein.

Vielleicht ist er ja wirklich so ruhig, wie er scheint, dachte der Erzbischof. *Vielleicht aber auch nicht. Was wohl die Wahrheit sein mag? Wenn er tatsächlich so wenig Probleme damit hat, mir zum ersten Mal persönlich gegenüberzustehen, dann ist er vielleicht doch törichter, als ich bislang angenommen hatte.* Niemand *hat ein so reines Gewissen, dass er unter diesen Umständen nicht ein wenig beunruhigt wäre. Andererseits: wenn er unter solchen Umständen in der Lage ist, derart ruhig und gelassen zu* wirken, *dann ist er sogar noch besser darin, sich wirklich gar nichts anmerken zu lassen, als seine Akten das vermuten lassen. Wenn Letzteres der Fall ist, werde ich für einen Agenten seines Kalibers ganz gewiss eine gut bezahlte Anstellung finden – sobald er nicht mehr dafür gebraucht wird, Coris im Auge zu behalten.*

»Ich habe Ihre Berichte gelesen«, fuhr Rayno fort. »Ich muss sagen, im Vergleich zu so manchem anderen Bericht, der auf meinem Schreibtisch gelandet ist, waren die Ihrigen stets klar, präzise und umfassend. Sogar die Grammatik stimmte!«

Sein launiges Lächeln erreichte nicht seine Augen. Es gelang Seablanket, sich ein unziemliches Auflachen zu verkneifen.

»Diese Berichte«, fuhr Rayno fort, »lassen vermuten, zum einen sei sich Graf Coris der politischen Gegebenheiten von Prinz Daivyns Position bewusst. Zum anderen scheint er … sagen wir: pragmatisch genug, um die Auswirkungen dieser Gegebenheiten auf seine eigene Zukunft zu begreifen. Gleichzeitig scheint er noch fähiger, als ich angenommen hatte. Wahrscheinlich sollte mich das nicht allzu sehr überraschen, wenn man bedenkt, wie lange er seinen Posten in Prinz Hektors Diensten innehatte. Trotzdem gibt es noch mehrere Fragen, die ich gern ansprechen würde. Im Laufe der Jahre habe ich immer wieder feststellen müssen, dass auch die besten schriftlichen Berichte hin und wieder … unvollständig sind.«

Seablankets Körpersprache verriet ein gewisses Maß an Unruhe. Rayno hob daraufhin in einer sanften, abwiegelnden Geste die Hand.

»Ich will damit nicht andeuten, Sie hätten bewusst etwas ausgelassen, Master Seablanket! Natürlich habe ich auch *das* schon hin und wieder erlebt.« Wieder lächelte er, ein sehr dünnes Lächeln. »Was ich meinte, war, dass schriftliche Berichte niemals ein gleichwertiger Ersatz für ein persönliches Gespräch sind. Bei Letzterem kann man Fragen stellen, auf einzelne Punkte noch vertiefend eingehen, man kann sich sicher sein, alles auch wirklich verstanden zu haben, was der Berichterstatter einen wissen lassen will.«

Er schwieg einen Moment, den Kopf ein wenig zur Seite geneigt. Seine Miene wirkte erwartungsvoll, und Seablanket nickte.

»Ich verstehe, was Ihr meint, Eure Eminenz. Wenn Ihr Fragen habt oder auf einzelne Punkte in meinen Berichten genauer eingehen wollt, dann stehe ich Euch selbstverständlich zur Verfügung. Aber ich möchte doch zuvor darauf hinweisen, dass der Graf damit rechnet, mich in seinen Gemächern vorzufinden, wenn er von seinem Gespräch mit Vikar Zahmsyn und Vikar Zhaspahr zurückkehrt.«

»Ein wichtiger Punkt, den wir auf jeden Fall berücksichtigen müssen«, stimmte Rayno zu. »Andererseits werden der Kanzler und der Großinquisitor ihn noch einige Zeit lang über die Innenpolitik von Corisande ausfragen. Ich gehe davon aus, dass es noch mindestens zwei oder drei Stunden dauern wird, und offen gesagt, Master Seablanket, so wichtig das hier auch in vielerlei Hinsicht ist, ich *habe* leider keine zwei oder drei Stunden, die ich Ihnen heute Morgen widmen könnte.«

»Sehr wohl, Eure Eminenz«, gab Seablanket leise zurück und verneigte sich.

Rayno nickte, offenkundig zufrieden, dass der Corisandianer den Wink verstanden hatte. Es konnte nie schaden, bei derartigen Besprechungen den Agenten zu Kürze und Prägnanz anzuhalten.

»Dann, Master Seablanket, sollten wir anfangen!« Rayno ließ sich in den bequemen Sessel hinter seinem Schreibtisch sinken, ohne Seablanket einen Stuhl anzubieten. Er kippte den Sessel ein wenig nach hinten, stützte die Ellenbogen auf die Tischplatte und legte die Fingerspitzen vor der Brust gegeneinander. »Zunächst einmal«, begann er, »lassen Ihre Berichte darauf schließen, dass Prinz Daivyn dem Grafen Coris gänzlich vertraut. Würden Sie kurz ausführen, warum Sie dieser Ansicht sind?«

»Eure Eminenz, im Augenblick ist der Prinz noch ein kleiner

Junge«, erwiderte Seablanket, ohne zu zögern. »Er weiß, dass sein Vater tot ist, und er weiß, dass auch sein eigenes Leben in Gefahr wäre, falls charisianische Attentäter ihn erreichen könnten.«

Wieder blickte der Agent Rayno geradewegs in die Augen. Erneut wuchs die Achtung, die der Erzbischof seinem Gegenüber entgegenbrachte. Ganz offenkundig hegte Seablanket eigene Vermutungen, wer tatsächlich für Hektors Ermordung verantwortlich sei. Doch zugleich war er schlau genug zu erkennen, was Rayno tatsächlich in Erfahrung zu bringen versuchte.

»Der Prinz weiß, dass sein Vater den Grafen ausdrücklich zu seinem Vormund bestimmt hat. Unter diesen Umständen und da er den Grafen schon sein ganzes Leben lang kennt, ist es kaum verwunderlich, dass Daivyn ihm vertraut. Unumwunden gesagt: Der Graf hat alles in seiner Macht Stehende getan, um dieses Vertrauen noch zu bestärken.« Seablanket verzog die Lippen zur Andeutung eines Lächelns. »Er war jahrelang der Leiter von Prinz Hektors Spionageabteilung, Eure Eminenz. Einen kleinen Jungen dazu zu bringen, in ihm seinen besten Freund zu sehen, nicht nur seinen Beschützer, ist nach dergleichen ein Kinderspiel.«

»Also sind Sie der Ansicht, Coris würde den Jungen bewusst dabei ermuntern, sich von ihm abhängig zu machen?«

»So möchte ich es nun nicht gerade ausdrücken, Eure Eminenz.« Seablanket schürzte die Lippen und kniff die Augen zusammen, während er nach treffenderen Worten suchte.

»Er braucht den Prinz nicht dazu zu ermuntern, von ihm *abhängig* zu sein«, führte der Agent nach kurzem Schweigen aus. »Es ist schon jetzt einem jeden klar, einschließlich Prinz Daivyn und Prinzessin Irys, dass sie beide völlig von ihm abhängig *sind.* König Zhames mag ja ihr offizieller Schirmherr sein. Aber ich bezweifle, dass Seine Majestät auch nur halb so schlau ist wie Graf Coris.« Seablanket zuckte mit den Schultern. »Es ist nur eine Frage der Zeit, bis der Graf den ganzen Hof von Talkyra dazu gebracht hat, nach seiner Pfeife zu tanzen, ganz egal, wer offiziell das Sagen haben mag. Also geht es nicht so sehr darum, dass Daivyn sich abhängig von Coris macht, als vielmehr darum, Daivyns *Vertrauen* zu fördern. Den Jungen dazu zu bringen, in ihm nicht nur seinen *wichtigsten* Ratgeber zu sehen, sondern vielmehr seinen *einzigen* Ratgeber. Ich bin mir sicher, zumindest ein Teil davon ist nur zum Besten des Prinzen ...«, Seablanket gestattete sich ein scheinheiliges Lächeln, »zielt aber nur auf eines: Der Junge soll, wenn der Zeitpunkt gekommen ist, keinen Wimpernschlag zögern zu tun, was Coris ihm vorschlägt. Er *wird* den Ratschlag des Grafen beherzigen, ganz egal, was sonst jemand dazu sagt – seine Schwester eingeschlossen.«

»Also glauben Sie, der Junge wird sich beizeiten fest in Coris' Hand befinden?«

»Ich glaube, *die Entscheidungen* des Jungen werden fest in Coris' Hand liegen, Eure Eminenz. Die körperliche Unversehrtheit des Jungen liegt dagegen momentan ganz in der Hand von König Zhames.« Wieder blickte Seablanket den Erzbischof fest an. »Sollte Seine Majestät beizeiten beschließen, es könne aus irgendeinem Grund ... von Vorteil sein, wenn Prinz Daivyn jemand anderem in die Hände fällt, bezweifle ich, dass der Graf das zu verhindern in der Lage sein wird.«

»Besteht Ihres Erachtens die Gefahr, dass König Zhames eine derartige Entscheidung fällt?« Raynos Augen waren schmal wie Echsenaugen. Wieder zuckte Seablanket mit den Schultern.

»Eure Eminenz, ich stehe nicht in König Zhames' Diensten. Was ihn betrifft, so vermag ich Euch ungleich weniger zu berichten, als mir dies beim Grafen möglich ist. Ich will nicht einmal ansatzweise andeuten, Seine Majestät habe Pläne, was Prinz Daivyn betrifft – außer vielleicht die Pläne, die er bereits mit Euch und dem Großinquisitor besprochen hat. Aber es ist in Talkyra wirklich kein Geheimnis, dass Seine Majestät derzeit unter immensem Druck steht. Die Charisian Navy hat seine Handelsmarine vollständig ausgelöscht, und charisianische Stoßtrupps agieren im Küstengebiet gänzlich ungehindert. König Zahmes' Armee vermag sie an Land genauso wenig abzuwehren, wie seine Flotte sie auf See hat aufhalten können. Wer vermag unter derartigen Umständen schon zu sagen, wie er versucht sein könnte, eine Karte wie Prinz Daivyn auszuspielen?«

Langsam und bedächtig nickte Rayno. Das war ein ausgezeichnetes Argument. Dass Seablanket es vorgebracht hatte, war nur ein weiteres Indiz dafür, über welchen Intellekt dieser Mann verfügte und wie fähig er war. Seine Andeutung, Zhames könne möglicherweise nicht gerade der zuverlässigste Beschützer sein ... das mochte eine beunruhigend zutreffende Beschreibung sein. Vor allem angesichts dessen, was gewissen anderen Regenten widerfahren war, die sich Cayleb von Charis in den Weg gestellt hatten. Ganz spontan musste Rayno an Prinz Nahrmahn von Emerald denken. Trotzdem ...

»Ich glaube nicht, dass wir uns im Moment im Hinblick auf König Zhames allzu viele Sorgen machen müssen«, merkte er an. Halb waren die Worte an Seablanket gerichtet, halb hatte der Erzbischof nur laut gedacht. »Ich bezweifle sehr, dass er bereit sein wird, direkte Anweisungen des Tempels bezüglich Daivyn einfach zu missachten.«

»Ich bin mir sogar sicher, dass das nicht geschehen wird, Eure Eminenz«, stimmte Seablanket ihm zu. Doch etwas an seinem Tonfall war sonderbar ... irgendetwas schwang darin mit. Fragend neigte Rayno den Kopf zur Seite und runzelte die Stirn – und dann riss er die Augen auf. Wollte dieser Corisandianer etwa andeuten ...?

»Selbstverständlich«, fuhr der Erzbischof dann fort, »müssen wir uns zumindest in gewissem Maße um Daivyns derzeitige Sicherheit sorgen. Schließlich schienen auch die Vorsichtsmaßnahmen seines Vaters in Manchyr durchaus angemessen. Wir sollten wirklich darüber nachdenken, den Jungen von mehreren schützenden Lagen zu umgeben. Es ist bedauerlicherweise nun einmal so, dass der Mensch sich nur allzu leicht korrumpieren lässt. Es besteht immer die Möglichkeit, dass jemand, der eigentlich dafür verantwortlich ist, ihn zu beschützen, von Personen bestochen wird, deren Interesse darin besteht, dem Prinzen zu *schaden*. Oder ihn ... sagen wir: in die Obhut eines anderen zu bringen.«

»Exakt, Eure Eminenz.« Wieder verneigte sich Seablanket. »Und wenn ich wagen darf, das anzumerken: Es könnte nicht schaden, sich doppelt zu vergewissern, dass die Treue des Mannes, der für die Sicherheit des Prinzen verantwortlich ist, zuallererst Mutter Kirche gilt.«

Wieder kniff Rayno die Augen zusammen, dieses Mal mehr als nur wenig überrascht. Man hatte Seablanket für seine derzeitige Aufgabe nicht allein deswegen ausgewählt, weil er Corisandianer war und er sich zu rechten Zeit in Yu-Shai hatte positionieren lassen (die Voraussetzung dafür, dass Coris ihn als Kammerdiener hatte anheuern können). Im Laufe der letzten Jahre hatte Seablanket schon mehr als nur eine politisch durchaus heikle Mission der Inquisition erfüllt. Dass Seablanket diesen speziellen Punkt allerdings so offen und bereitwillig ansprechen würde, damit hatte der Erzbischof nicht gerechnet.

»Und Sie denken, die Treue des Grafen Coris gelte zuallererst Mutter Kirche?«, erkundigte sich der Adjutant General leise.

»Ich denke, die Treue des Grafen *galt* zuallererst Prinz Hektor«, gab Seablanket zurück und erweckte dabei den Eindruck, als wähle er seine Worte mit äußerstem Bedacht. »Ich möchte nicht darüber spekulieren, wie viel von dieser Treue seinem eigenen Ehrgeiz und der Macht geschuldet war, die er als einer von Prinz Hektors engsten Ratgebern genossen hat. Meines Erachtens war seine Treue durchaus aufrichtig. Aber jetzt ist Prinz Hektor tot, Eure Eminenz, und die Ländereien des Grafen in Corisande sind im Besitz von Cayleb und Sharleyan. Der Graf ist es gewohnt, Macht auszuüben. Aber genau diese Macht hat man ihm genommen, als Corisande gefallen ist und er ins Exil flüchten musste. Er ist nicht töricht genug zu glauben, Cayleb oder Sharleyan würden je jemandem vertrauen, der Hektor so nahegestanden hat wie der Graf. Selbst wenn er also versucht gewesen wäre, mit ihnen irgendeine Art Übereinkunft auszuhandeln – und daran glaube ich nicht einen Moment lang! –, weiß er doch, dass ein solcher Versuch bestenfalls vergeblich wäre. Schlimmstenfalls würde Cayleb ihm alles zugestehen, wonach Graf Coris fragt … bis er den Grafen in die Finger bekommt, heißt das.

Weiterhin bin ich der Ansicht, Eure Eminenz, dass der Graf Folgendes weiß: Langfristig kann Charis unmöglich gewinnen. Der Seite die Treue zu halten, die letztendlich verlieren muss, wird er, so denke ich, sicher nicht. Vielmehr dürften weltlicher Ehrgeiz – zusammen mit spiritueller Treue – ihn dazu bewegen, die Seite von Mutter Kirche zu wählen. Coris ist ein sehr pragmatisch denkender Mann.« Kaum merklich zuckte Seablanket mit den Schultern. »Ich bin mir sicher, während seiner Tätigkeit als Leiter von Hektors Spionageabteilung hat er schon vor langer Zeit begriffen, dass sich gewisse … praktische Erwägungen und Entscheidungen gelegentlich nicht vermeiden lassen.«

»Ich verstehe.«

Über Seablankets Worte dachte Rayno mehrere Sekunden lang schweigend nach. Auch ihn hatte hin und wieder die Sorge umgetrieben, Coris könne mit Cayleb zu irgendeiner Art Übereinkunft kommen. Schließlich war der Graf ja in der Lage, Prinz Daivyn an Charis auszuliefern. Cayleb und Sharleyan – verdammt sollte sie sein! – mussten begriffen haben, wie wichtig Daivyn war, und sei es auch nur als Spielfigur. Andererseits wäre jeder Versuch, den jugendlichen Prinzen nach Charis zu schaffen, mit großen Risiken behaftet. Coris konnte unmöglich entgangen sein, was Mutter Kirche ihm antun würde, sollte er jemals einen solchen Versuch unternehmen und dabei scheitern.

Doch über die beiden anderen Punkte, auf die Seablanket eingegangen war, hatte Rayno noch nicht nachgedacht. Richtig, es war unwahrscheinlich, dass Cayleb dem Grafen jemals auch nur einen Funken Vertrauen schenken würde. Für Sharleyan galt das in noch höherem Maße. Zum einen würde Sharleyan niemals vergessen können, dass Coris zum Zeitpunkt von König Sailys' Ermordung Leiter von Hektors Spionageabteilung gewesen war. Coris persönlich dürfte also die Söldner-›Piraten‹ angeheuert haben, die für den Tod von Sharleyans Vater verantwortlich waren. Aber, bitte, davon einmal abgesehen: Da war Seablankets Einschätzung, wer nach Coris' Meinung aus diesem Krieg letztendlich siegreich hervorgehen würde. Wieder richtig: Falls nicht etwas geschähe, was das Kräfteverhältnis zwischen den beiden kriegführenden Parteien in katastrophaler Weise veränderte, konnte Charis gegen Mutter Kirche unmöglich gewinnen. Vielleicht war es vorstellbar (allerdings ein abscheulicher Gedanke!), dass ein unabhängiges Charis den Zorn von Mutter Kirche *überstünde*. Aber wie sollte, außer durch göttliche Fügung, Charis die Kirche mit all ihren praktisch unerschöpflichen Ressourcen *besiegen* können? Nach allem, was Rayno bislang über den Grafen Coris wusste, war der Mann gewiss schlau genug, exakt die Schlussfolgerungen zu ziehen, die Seablanket ihm gerade zugeschrieben hatte. Ein Mann, der alles verloren hatte, was er sich während eines ganzen Lebens aufgebaut hatte, musste zurückgewinnen wollen, zumindest zum Teil, was man ihm genommen hatte.

Auf jeden Fall ist das ein bedenkenswerter Punkt, sagte sich der Erzbischof selbst. *Sämtliche meiner Berichte über Coris lassen vermuten, dass Seablanket Recht hat, wenn er den Grafen für deutlich schlauer hält als Zhames. Das wiederum bedeutet, er wird sich deutlich weniger leicht zu etwas außerordentlich Dummem verführen lassen. Ihn weiterhin Daivyns Vormund sein zu lassen, könnte das Klügste sein, was wir tun könnten. Vorausgesetzt natürlich, Seablankets Einschätzung hinsichtlich des Charakters des Grafen ist tatsächlich zuverlässig.*

Noch einige Momente lang dachte Rayno darüber nach. Dann zuckte er gedanklich die Achseln. Trynair und Clyntahn würden sich im Laufe der nächsten Fünftage ganz gewiss ihre eigene Meinung über Coris und dessen Zuverlässigkeit bilden. Wahrscheinlich würden sie sich mehr auf ihr eigenes Urteilsvermögen verlassen als auf Ratschläge anderer. Aber es wäre gewiss gut, eine eigene Empfehlung zu diesem Thema bereits vorbereitet zu haben. Für den Fall, dass man danach fragen würde.

Rayno beschloss, es vorerst dabei bewenden zu lassen und beizeiten alles noch einmal gründlich zu durchdenken. Dann richtete er seine Aufmerksamkeit wieder ganz auf Seablanket.

»Das waren einige sehr interessante Anmerkungen, Master Seablanket«, gestand er ein. »Allerdings gibt es noch einiges, was ich von Ihnen wissen möchte, und ich fürchte, die Zeit drängt. Berücksichtigen Sie das bitte im Folgenden! Also, was können Sie mir über Prinz Daivyns eigene Haltung zum Thema Charis berichten?«

»Wie ich bereits sagte, Eure Eminenz, er ist ein kleiner Junge, und sein Vater wurde erst kürzlich ermordet. Welche Dementi auch immer Cayleb und Sharleyan veröffentlichen mögen, ich glaube nicht, dass Daivyn auch nur einen Moment lang Zweifel hegt, wer für den Mord verantwortlich ist. Unter derartigen Umständen halte ich es nicht für sonderlich überraschend, dass er Cayleb abgrundtief hasst und ihm in jeder Hinsicht misstraut – und ihn fürchtet. Graf Coris und König Zhames hatten wohl wenig Schwierigkeiten, ihn zu derartigen Empfindungen zu ermutigen.« Wieder deutete Seablanket ein kaum merkliches Achselzucken an. »Unter derartigen Umständen«, griff er seine eigene Formulierung erneut auf, doch dieses Mal klang sie eindeutig ironisch, »kann eine solche Ermutigung natürlich nur seine eigenen Überlebenschancen steigern.«

Wieder hielt er Raynos Blick stand, ohne mit der Wimper zu zucken. Es gelang dem Erzbischof nicht, sich ein Lächeln zu verkneifen, so wenig er eigentlich beabsichtigt hatte, selbst

Emotionen an den Tag zu legen. *Ich muss unbedingt versuchen, für Seablanket weitere Aufgaben zu finden!*, dachte er. *Was für ein scharfsinniger Mann!* Und was bei einem Agenten noch ungleich wertvoller war, auch bereit, all die Überlegungen weiterzugeben, zu denen ihn sein Scharfsinn anstachelte.

»Nun«, fuhr der Corisandianer fort, »Daivyn ist auch wütend genug, um zukünftig nach jedweder Möglichkeit Ausschau zu halten, Cayleb oder Charis zu schaden. Zugegeben, er ist nur ein kleiner Junge. Aber das wird ja nicht ewig so bleiben. Wenn er zu einem jungen Mann herangereift ist – vorausgesetzt, er kann den charisianischen Attentätern lange genug entgehen –, wird er sich ganz und gar der Aufgabe verschrieben haben, das Charisianische Kaiserreich zu vernichten und alles, was dazu gehört. Ich bin sogar der Ansicht ...«

Wyllym Rayno lehnte sich in seinem Sessel zurück und hörte seinem Agenten aufmerksam zu. *Vielleicht muss ich den nächsten Termin doch absagen*, dachte er. Angesichts der Präzision, mit der Seablanket selbst kleinste Feinheiten der Arbeits- und Vorgehensweise am exilierten Hof von Corisande in Talkyra schilderte, mochte es sich lohnen, sich die Eindrücke dieses Mannes schildern zu lassen, die er während seiner Reise von Städten und Provinzen hatte sammeln können. Natürlich lagen Rayno reichlich Berichte von Inquisitoren und Intendanten aus allen Festland-Reichen vor. Doch Seablanket war ganz offenkundig außerordentlich scharfsichtig und kritisch bei allem, was er sah. Zudem war Coris von hinreichend hohem Rang, dass er Seablanket Zugang zu den höchsten Kreisen in sämtlichen Ländern verschafft hatte, durch die ihre Reise sie geführt hatte. Gewiss, Seablanket war nur der Kammerdiener des Grafen. Aber jeder Spion, und erst recht jeder Leiter einer Spionageabteilung, wusste genau, dass Diener stets die besten Spione abgaben. Sie sahen und hörten alles. Denn ihre Arbeitgeber neigten stets dazu, sie als festen Bestandteil der Umgebung zu sehen, kaum mehr als bewegliche Möbelstücke. Möglicherweise würden sich Seablankets Ansichten über die Berichte, die Raynos Agenten vor Ort eingereicht hatten, als äußerst wertvoll erweisen.

Ich muss diesen Seablanket wirklich unbedingt im Auge behalten, entschied der Erzbischof, während er weiterhin konzentriert Seablankets Bericht lauschte. *Spione, die tatsächlich in der Lage sind, eigenständig zu* denken, *sind entschieden zu selten – und zu wertvoll –, um sie auf Routineaufgaben zu verschwenden.*

Rhobair Duchairn lehnte sich in seinem Sessel zurück und rieb sich erschöpft die Stirn. *Noch eine halbe Stunde,* dachte er, dann könnten sie endlich eine Mittagspause einschieben. Er selbst konnte es kaum noch erwarten. Das lag nicht nur daran, dass er an diesem Morgen auf sein Frühstück verzichtet hatte. Sein Schädel hämmerte, seine Ohren waren zugeklebter denn je: Der Buchhalter, der gerade vortrug, klang als hielte er dabei den Kopf in ein gefülltes Wasserfass. Duchairn wollte zudem unbedingt ein wenig Zeit für sich haben. Es galt ungestört über das unerwartete Zusammentreffen mit Hauwerd Wylsynn nachzudenken.

Allerdings glaube ich nicht, dass ich mich anschließend besser fühlen werde, dachte er.

Er spürte, dass sich an seiner Nasenspitze schon wieder ein Tropfen bildete. Leise stieß er einen kurzen, aber sehr scharfen Fluch aus, der nicht so recht zu seinem ehrwürdigen Amt passen wollte. Duchairn verabscheute es, sich in der Öffentlichkeit die Nase putzen zu müssen. Aber die Alternative erschien ihm noch deutlich unerfreulicher. Also schob er die Hand in die Tasche, um das Taschentuch hervorzuholen …

… und erstarrte.

Einen winzigen Moment lang konnte Duchairn keinen einzigen Muskel rühren. Dann zwang der Erzbischof sich dazu, schön einen Nerv nach dem anderen zu entspannen. Er hoffte inständig, niemand hätte seine Reaktion bemerkt. Kaum gedacht, fiel ihm auch schon auf, dass es eigentlich niemandem hätte auffallen dürfen. Aber das brachte nicht das sonderbare Gefühl zum Verschwinden, er habe sich gerade selbst eine Zielscheibe am Rücken seiner Soutane befestigt.

Oder vielleicht hatte jemand anderes sie dort befestigt.

Mit den Fingerspitzen strich er über den kleinen, aber recht dicken Briefumschlag, den es irgendwie unter das gesuchte Taschentuch verschlagen hatte. Als der Erzbischof an diesem Morgen seine Gemächer verlassen hatte, war der Umschlag ganz eindeutig noch nicht in seiner Tasche gewesen. Er wusste auch ganz genau, dass *er* diesen Umschlag seitdem nicht entgegengenommen hatte. Damit fiel ihm nur eine einzige Person ein, die ihm nahe genug gekommen war, um ihm unbemerkt etwas in die Tasche zu stecken.

In diesem Augenblick erkannte Duchairn, dass man ihm kein gefährlicheres Geschenk hätte machen können: Dieser Umschlag war möglicherweise ebenso tödlich wie sein Gewicht in Zyankali.

Sonderbar, meldete sich eine leise Stimme in seinem Hinterkopf. *Dafür, dass ich gerade eben noch so einen Hunger hatte, hat sich mein Appetit doch bemerkenswert rasch gelegt!*

.IV.

Königliche Hochschule, im Palast von Tellesberg, Stadt Tellesberg, Altes Königreich Charis

»Baron Seamount ist hier, Herr Doktor.«

Rahzhyr Mahklyn blickte von den vor ihm liegenden Unterlagen auf, als Dairak Bowave den Kopf durch die Tür seines Arbeitszimmers steckte. Bowave war ein fröhlicher junger Mann, kaum älter als Kaiser Cayleb. Ehe Bowave für Mahklyn arbeitete, hatte er gemeinsam mit Mahklyns Schwiegersohn Aizak Kahnklyn viel Zeit in der Bibliothek der Königlichen Hochschule verbracht. *Gibt ja auch genug zu tun da*, sinnierte Mahklyn grimmig. Bowave und er hatten schon viel erreicht, seit das ursprüngliche Gebäude der Hochschule vor elf Monaten niedergebrannt war. Ihre jetzige Sammlung an Schriftstücken jedweder Art aber war kaum mehr als ein schwacher Abglanz dessen, was die Bibliothek früher einmal enthalten hatte. Das neu eintreffende Material zu sichten und zu ordnen war wirklich eine Aufgabe gewaltigen Ausmaßes.

Natürlich konnte Mahklyn mittlerweile auf etwas zurückgreifen, das alles, was sie seinerzeit verloren hatten, unbedeutend, ja fast lächerlich erscheinen ließ. Aber das wussten Aizak und Bowave nicht.

Mahklyn aber durfte keinem der beiden davon erzählen.

»Dann bitten Sie den Baron doch freundlicherweise herein, Dairak!«, erwiderte er.

»Sehr wohl.« Bowave lächelte, nickte und verschwand. Mahklyn machte sich daran, die handgeschriebenen Blätter zu einem säuberlichen Stapel zusammenzustoßen.

Besagte Aufzeichnungen stammten von Sahndrah Lywys. Mahklyn hatte sie kurz überflogen, um sich auf genau diese Besprechung mit Seamount vorzubereiten. Es amüsierte ihn, mit welcher Leichtigkeit er in der Lage gewesen war, dem Inhalt zu folgen ... mittlerweile. Dr. Lywys' Schreibstil war schon immer klar, deutlich und präzise gewesen. Ihre Handschrift indes hätte man mit viel Wohlwollen als ›krakelig‹ bezeichnet. Mahklyns Kurzsichtigkeit – Merlin Athrawes nannte es ›Myopie‹, warum auch immer –, war im Laufe der Jahre immer schlimmer geworden. Trotz der besten Brillengläser, die man nur schleifen konnte, hatte Mahklyn zunehmend Schwierigkeiten gehabt, selbst gedruckte Schriften zu entziffern. Zumindest noch bis vor kurzem. Jetzt hatten die so genannten Kontaktlinsen, die ihm Merlin zusammen mit einem ›Kom‹ überreicht hatte, sein Sehvermögen auf wundersame Weise wiederhergestellt. Eigentlich sah er besser als sogar noch zu längst vergangenen Jugendzeiten. Das war schon so lange her, dass die Erinnerung ihm einen Streich spielen mochte oder er Dinge in äußerst unwissenschaftlicher Art und Weise verklärte. Aber Mahklyn *wusste*, dass er jetzt zumindest bei schlechter Beleuchtung deutlich besser sehen konnte als früher. Er vermochte noch nicht in fast völliger Dunkelheit zu sehen – anders als Merlin Athrawes –, aber er sah doch deutlich besser als jeder andere in seiner Umgebung.

»Baron Seamount, Herr Doktor«, sagte der junge Bowave und führte einen recht kleinen, dicklichen Offizier im himmelblauen Kasack und den weit geschnittenen schwarzen Hosen der Imperial Charisian Navy in den großen, sonnenlichtdurchfluteten Raum.

»Ahlfryd!« Mahklyn stand hinter dem Schreibtisch auf und streckte seinem Besucher die rechte Hand entgegen. Die beiden Männer drückten einander die Unterarme.

Sie kannten einander noch nicht lange. Begegnet waren sie einander zum ersten Mal, kurz bevor Merlin Athrawes in Charis eingetroffen war. Doch im Laufe der letzten drei Jahre waren sie wichtige Mitglieder der kleinen, allerdings allmählich anwachsenden Gruppe von Ratgebern und Neuerern gewesen, die Kaiser Cayleb zusammengesucht hatte. Im Gegensatz zu Mahklyn kannte Seamount noch nicht die ganze Wahrheit über Merlin. Und auch nicht die *ganze* Wahrheit über den wahren Hintergrund von Charis' tödlichem Ringen gegen die ›Vierer-Gruppe‹. Nichtsdestotrotz hatte Seamount einen gewaltigen Beitrag zum bisherigen Überleben von Charis geleistet.

Und wenn Byrkyt es endlich schafft, auch den Rest der Bruderschaft zu überzeugen, werden wir ihn endlich in den Inneren Kreis einführen können. Wird auch verdammt noch mal Zeit!, dachte Mahklyn mürrisch.

»Rahzhyr«, erwiderte Sir Ahlfryd Hyndryk die Begrüßung und lächelte ebenfalls. »Es freut mich, dass Sie Zeit für mich finden konnten.«

»Ich könnte mir vorstellen, Seine Majestät hätte mir durchaus das eine oder andere zu sagen gehabt, wenn ich *nicht* in der Lage gewesen wäre, Zeit für Sie zu finden, so voll mein Terminkalender auch sein mag«, gab Mahklyn trocken zurück und bedeutete dem Baron mit einer Handbewegung, sich in den Sessel zu setzen, der vor dem Schreibtisch des Rektors der Königlichen Hochschule aufgestellt war. »Und selbst wenn Seine Majestät davon abgesehen hätte, hätte *Ihre* Majestät es getan.«

Diesen letzten Satz betonte Mahklyn recht auffällig, und Seamount lachte stillvergnügt in sich hinein. Kaiserin Sharleyan hatte beachtliches Interesse an den zahlreichen Projekten des Barons gezeigt. Sie wusste aber nicht nur die Vorteile und taktischen Implikationen seiner Bemühungen sehr gut einzuschätzen. Dank ihres immens beweglichen Verstandes hatte sie selbst einige überaus lohnenswerte Vorschläge unterbreiten können. Im Zuge dessen hatte sich zwischen ihr und dem Baron eine echte Freundschaft entwickelt.

»Andererseits«, fuhr Mahklyn fort, »hat mich nicht allein der

Umstand, möglicherweise Ihre Majestäten zu verstimmen, dazu gebracht, für Sie Zeit zu finden.« Er zuckte mit den Schultern. »Ich scheine niemals genug Zeit zu haben, um mit Ihren Memoranden Schritt zu halten, Ahlfryd. Aber ich bleibe doch weit genug auf dem Laufenden, um zu wissen, dass Sie und Ihre Untergebenen auf Helen Island wieder einmal ordentlich Wellen schlagen. Und dafür sei Gott gedankt!«

»Wir bemühen uns«, erwiderte Seamount. »Auch wenn ich zugeben muss, dass das Tempo ein wenig nachlässt, nachdem Captain Athrawes das Königreich verlassen hat.« Der Blick, den er Mahklyn zuwarf, floss vor Spekulationen förmlich über. Doch mittlerweile war der Zivilist, der dem dicklichen Artillerieexperten gegenübersaß, an dessen neugierige Vorstöße Merlin betreffend gewöhnt.

»Er scheint wirklich die Arbeiten anderer immens zu … befruchten, nicht wahr?«, gab er nur zurück.

»Ich hatte gar nicht gewusst, dass Sie ein derart großes Talent für Untertreibungen besitzen«, retournierte Seamount, ein angedeutetes Lächeln auf den Lippen.

»Wir Akademiker werden unweigerlich wahre Meister, was den Umgang mit Sprache betrifft«, erwiderte Mahklyn mit einem ganz ähnlichen Lächeln. Dann kippte er seinen Drehsessel ein wenig nach hinten. »Also, was hat Sie dazu bewogen, sich von King's Harbour loszueisen?«

»Ich habe vor – und ich glaube, das auch in meinem letzten Memorandum erwähnt zu haben –, mich ein wenig mit Dr. Lywys auszutauschen. Ich hätte da einige Fragen, die sie mir vielleicht ja wird beantworten können. Aber zugleich wollte ich *Sie* über den aktuellen Stand der Dinge informieren.«

Mahklyn nickte. Das Streben nach Erkenntnis der von König Cayleb I. gegründeten Königlichen Hochschule war nach Ansicht so manches beunruhigten Kirchenmannes immer schon den *Ächtungen der Jwo-jeng* gefährlich nahe gekommen. Die Hochschule, und damit ihr Treiben, offiziell von jeglichen Bestrebungen der Krone strikt getrennt zu halten, war seit jenen Zeiten allgemein als gute Idee empfunden worden. Noch ehe Mahklyn das Amt des Rektors übernommen hatte, war diese strikte Trennung bereits feststehende Tradition. Daran etwas zu ändern, wäre Mahklyn nicht in den Sinn gekommen, egal, wie sehr er selbst an den ursprünglichen Neuerungen beteiligt gewesen sein mochte, bei denen Merlin Athrawes in immensem Ausmaß Geburtshilfe geleistet hatte.

Bis Brandstifter das ursprüngliche Gebäude der Hochschule zerstört hatten und Mahklyn dabei beinahe ums Leben gekommen wäre. Danach hatte Kaiser Cayleb I. – der damals allerdings noch König Cayleb II. gewesen war – beschlossen, die Zeiten für solche Umständlichkeiten seien vorbei. Er hatte die Hochschule offiziell auf das Gelände des Palastes von Tellesberg umziehen lassen, die Sicherheit für das Gebäude und sämtliche Mitarbeiter der Royal Guard übertragen und einen gewissen Rahzhyr Mahklyn zur Gänze eingeweiht und in den Inneren Kreis aufgenommen. Eines der offenkundigsten Anzeichen dieser grundlegenden Veränderungen war, dass Mahklyn zugleich auch zum Vorsitzenden des Kaiserlichen Forschungsrates ernannt worden war, kaum dass Kaiserin Sharleyan diese Institution ins Leben gerufen hatte.

»Also, dann informieren Sie mich!«, forderte er seinen Gast jetzt auf, verschränkte die Hände hinter dem Kopf und lehnte sich noch weiter in seinem Sessel zurück.

»Nun«, begann Seamount, »zunächst einmal habe ich endlich meine Kommission für Forschungsvorhaben einberufen – Sie wissen schon, dieses Konzept, das mir schon so lange durch den Kopf geht. Ich muss zugeben, dass es eine Weile gedauert hat. Aber das lag hauptsächlich daran, dass ich erst einmal den richtigen Leiter finden musste. Doch ich glaube, das ist mir jetzt endlich gelungen. Wie war das gleich – hatten Sie Commander Mahndrayn schon kennengelernt?«

»Mahndrayn?«, wiederholte Mahklyn langsam und runzelte

nachdenklich die Stirn. Dann kniff er die Augen zusammen. »Ziemlich hochgewachsen, mager, junger Bursche, mit pechschwarzem Haar? Sieht immer so aus, als könnten jeden Moment seine Hosen in Brand geraten?«

»Ich weiß nicht recht, ob *ich* ihn mit diesen Worten beschreiben würde …« Seamounts Mundwinkel zuckten, doch es gelang ihm, nicht in schallendes Gelächter auszubrechen. »Aber es stimmt schon, er ist wirklich manchmal ein wenig zappelig. Also nehme ich an, Sie denken da an den Richtigen!«

Mahklyn nickte, obwohl ›ein wenig zappelig‹ nicht annähernd ausreichte, um den Mann zu beschreiben, den *er* im Sinn hatte. Er hatte den Eindruck, Mahndrayn sei mit Energie im Übermaß gesegnet – manche würden gewiss sagen wollen: mit Energie in *ungesundem* Maße. Körperlich könnte man auf den Gedanken kommen, der Commander sei eigens als Seamounts Gegenteil entworfen. Doch jenseits dieser Äußerlichkeiten waren die beiden Männer einander sehr ähnlich. Und diese Ähnlichkeit war dabei das viel Bedeutendere.

»Wie dem auch sei«, fuhr der Commodore fort, »ich habe Urvyn – also Mahndrayn – damit beauftragt, sich um alle meine anderen schlauen jungen Offiziere zu kümmern. Um genau zu sein: Ich habe ihm als Erstes aufgetragen, alles noch einmal zu überprüfen, was wir bislang zu wissen glauben.«

»Zu wissen glauben?« Fragend wölbte Mahklyn eine Augenbraue, und nun war es an Seamount zu nicken.

»Ganz genau. Wissen Sie, Rahzhyr, im Laufe der letzten Jahre hat sich so viel verändert. Daher habe ich allmählich das Gefühl, wir gingen das Ganze nicht systematisch genug an. Ach, gewiss …« Er wedelte mit der linken Hand, an der zwei Finger fehlten – das verdankte er einem Unfall, der sich vor langer Zeit ereignet und bei dem Schießpulver eine entscheidende Rolle gespielt hatte. »Klar bin ich zufrieden damit, dass wir allen anderen so weit voraus sind. Aber es ist alles so schnell gegangen, und das auf so vielen verschiedenen Fachgebieten, dass ich mir fast sicher bin, zumindest einige der Dinge, die wir bislang getan haben, könnten sich noch ... optimieren lassen. Deswegen habe ich Urvyn gebeten, mit einem überschaubaren Satz grundlegender Annahmen anzufangen. Er soll begutachten, was wir bislang unternommen haben, und sich anschauen, ob er vielleicht etwas findet, das wir außer Acht gelassen haben, das aber nützlich wäre. Oder ob ihm vielleicht Entscheidungen auffallen, die wir aus der Rückschau deutlich besser hätten treffen können. Dinge, die wir anders gemacht hätten, wäre uns genug Zeit zum Nachdenken geblieben.«

»Ich verstehe.« Mahklyn drehte seinen Sessel langsam hin und her, während er über das eben Gesagte nachdachte. Augenblicklich ging ihm auf, wie sinnvoll Seamounts Ansatz war.

Wirklich, darauf hätte ich schon vor Monaten selbst kommen sollen!, gestand er sich ein. Innerlich stieß er ein verächtliches Schnauben aus. *Nein, eigentlich doch nicht!*, schalt er sich selbst. *Das* konnte *dir gar nicht in den Sinn kommen. Weil du die Wahrheit über Merlin kennst. Du weißt über die Computer-Aufzeichnungen Bescheid, auf die Owl jederzeit zugreifen kann. Deswegen weißt du auch, dass Merlin auf jede Frage eine Antwort bereithält. Und deswegen bist du einfach davon ausgegangen, dass er dir immer genau die* richtige *Antwort gegeben hat.*

Aber eigentlich war Merlins Bestreben von Anfang an, uns nicht *immer genau die beste Lösung für eines unserer Probleme auf einem Silbertablett zu liefern, nicht wahr? Er wollte, dass wir dafür* arbeiten *müssen ... und selbst auf noch bessere Lösungen kommen – ohne von ihm am Händchen geführt zu werden. Und er hat ganz Recht damit – wir müssen selbst denken und uns entwickeln. Aber ich frage mich, wie schwer es ihm wohl gefallen ist, uns nicht einfach zu* sagen, *wie wir etwas machen sollen. Vor allem, da es sich letztendlich als entscheidend herausstellen könnte!*

Sein ohnehin schon gewaltiger Respekt dem Mann gegenüber, der früher einmal Nimue Alban gewesen war, stieg noch weiter. Er riss sich aber von seinen eigenen Gedanken los und konzentrierte sich wieder ganz auf Seamount.

»Das scheint mir eine ausgezeichnete Idee«, sagte er mit fester Stimme. »Und? Hat sich bereits etwas ergeben?«

»Diverses sogar, will mir scheinen! Über einiges davon muss ich zwar noch mit Admiral Lock Island und Dustyn Olyvyr reden, aber es würde mich nicht im Mindesten überraschen, wenn wir bei der nächsten Baureihe Galeonen einige Veränderungen vornähmen.« Er schüttelte den Kopf, und seine Miene verriet reumütiges Erstaunen. »Gut, es mag nicht überraschen, wenn man bedenkt, wie sehr wir doch die traditionelle Schiffsbauweise auf den Kopf gestellt haben. Aber es sieht ganz so aus – vorausgesetzt, Urvyn und der Rest der Kommission für Forschungsvorhaben liegen richtig mit ihren Annahmen –, als hätten wir ein bisschen zu viel des Guten getan, und das gleich in mehrerlei Hinsicht.

Außerdem führt die Kommission jetzt minutiös geplante Artillerieexperimente durch, die ich eigentlich schon seit anderthalb Jahren machen lassen wollte.« Wieder schüttelte er den Kopf, und dieses Mal stand unverkennbare Erschöpfung in seinen Augen zu lesen. »Das ist einer der Gründe – eigentlich sogar der Hauptgrund –, weswegen ich diese Kommission ins Leben rufen wollte, Rahzhyr. Der Tag hat einfach nicht genug Stunden: Ich kann mich einfach nicht um alles selbst kümmern. Mir ist schon vor mehreren Monaten klar geworden, dass ich mich mit dem Versuch, alles persönlich zu übernehmen, selbst zu einem gefährlichen Engpass gemacht habe. Ich hoffe, was das angeht, wird Urvyn eine große Hilfe sein.«

»Ich selbst bin durchaus dafür zu haben, Ihre Arbeitsbelastung so weit zu reduzieren, wie das irgendwie möglich ist«, erwiderte Mahklyn sanft. »Und wenn ich ein wenig darüber nachgedacht hätte – und wenn ich mir hätte vorstellen können, ich könnte Sie zu dergleichen überhaupt überreden –, hätte ich Ihnen etwas in der Art längst vorgeschlagen. Aber zu meiner

Schande muss ich gestehen, dass ich darüber eben *nicht* nachgedacht habe.«

»Na ja, es ist ja nicht so, als hätten wir nicht alle noch jede Menge andere Dinge im Kopf«, bemerkte Seamount.

»Nein, wirklich nicht«, stimmte Mahklyn zu. *Und,* so ging es ihm durch den Kopf, *es muss außerordentlich schwierig sein, in einer solchen Situation tatsächlich ein wenig kürzer zu treten.* Vor allem für jemanden, der so verdammt gut bei dem war, was er tat. Für einen fähigen Mann musste es fast *unmöglich* sein, jemand anderen das tun zu lassen, was er selbst so sehr liebte – wie es bei Seamount zweifellos der Fall war. Sich selbst nicht mehr um jedes Detail zu kümmern. Es *jemand anderem* zu überlassen, das zu tun. Nicht mehr selbst Dinge auszuprobieren.

»Nun, wir dürften dem Kaiserlichen Forschungsrat und Ihnen unseren ersten Bericht innerhalb des nächsten Fünftages vorlegen können. Das war das Erste, was ich Ihnen mitteilen wollte. Das Zweite, worüber ich mit Ihnen gern sprechen würde, hängt mit meinem Wunsch zusammen, mich mit Dr. Lywys zusammenzusetzen: Jetzt, wo Urvyn mir einen Teil meiner Arbeit abgenommen hat, ist mir ein wenig Zeit geblieben, über unsere Artillerie nachzudenken.«

»Und?« Mahklyn stellte seinen Stuhl wieder aufrecht, stützte die Ellenbogen auf die Armlehnen und verschränkte die Finger vor dem Bauch.

»Na ja, zunächst einmal scheint die von Dr. Lywys vorgestellte Substanz die in sie gesetzten Erwartungen tatsächlich auch zu erfüllen.«

Seamount strahlte über das ganze Gesicht. Mahklyn ertappte sich dabei, es ihm gleichzutun. Sahndrah Lywys war die Hochschul-Expertin für Chemie – allerdings wusste Mahklyn jetzt, da er auf Owls Computer-Bibliothek zugreifen konnte, dass der richtige Ausdruck wohl ›Alchemie‹ hätte lauten müssen. Schon vor Merlins Eintreffen in Charis hatte sich die Hochschule allmählich dem angenähert, was Merlin die ›Methodik des wissenschaftlichen Arbeitens‹ nannte. Doch die Bedingungen, die Eric Langhorne und Adorée Bédard durch die *Heilige Schrift* geschaffen hatten, machten den Prozess ... schwierig. Gelinde gesagt. Vor allem aber gefährlich.

Als Langhorne und Bédard die Kirche des Verheißenen ersonnen hatten, war beiden eines bewusst gewesen: Es würde niemals ausreichen, dem Volk zu erklären, was Gott ihnen *verbiete,* um die Neugier des Menschen einzudämmen. Deswegen hatten sie wundersame Erklärungen für die unfassbare Bandbreite der Phänomene vorgelegt, die ansonsten gewiss den natürlichen Wissensdurst der Menschheit angestachelt hätten. Der Mensch neigte nun einmal dazu, herausfinden zu wollen, *warum* etwas geschah. Diese Erklärungen trugen das Imprimatur Langhornes und Bédards, der unfehlbaren Erzengel – und damit Gottes. Dadurch wurden bemerkenswert erfolgreich Warum-Fragen verhindert. Schließlich zweifelte man, wenn man diese Erklärungen anzweifelte, auch Gott selbst an. Und das war selbstverständlich undenkbar für jeden, der unter der Ägide der Heiligen Mutter Kirche und ihrer Inquisition aufgewachsen war.

Doch gleichzeitig war die Saat für eben jene Art Fragen schon in der *Heiligen Schrift* selbst gelegt: in Form der Anweisungen, die erforderlich gewesen waren, um die Kolonisierung einer Welt zu ermöglichen, die ursprünglich nicht für Menschen vorgesehen war. Merlin hatte diesen Prozess ›Terraformierung‹ genannt, und für eine Welt, auf der keinerlei fortschrittlichere Technologie existierte, war das eine enorme, unfassbare Aufgabe.

Zugleich stellte eben diese Aufgabe die ›Erzengel‹ vor ein gewisses Dilemma. Die ersten Kolonisten (und deren Nachfahren) bedurften eines Mindestmaßes an technologischen Werkzeugen, wenn sie sich, ausgehend von ihren ursprünglichen Enklaven, über die gesamte Oberfläche des Planeten ausbreiten und dabei überleben sollten. Das Überleben der Menschheit zu sichern war ja schließlich der eigentliche Grund für die Gründung der Kolonie in den Tiefen des Weltraums gewesen. Selbst Wahnsinnige wie Langhorne und Bédard hatten sich gezwungen gesehen, wenigstens *das* einzusehen! Stünden diese Werkzeuge nicht von Anfang an zur Verfügung, würde das den Kolonisten abverlangen, einen immensen Erfindungsreichtum an den Tag zu legen. Damit aber entstünde die Grundlage für jene Art Neuerungen, die diese beiden Verrückten unbedingt zu verhindern entschlossen waren. Daher hatten sich die ›Erzengel‹ gezwungen gesehen, den Menschen ›göttliche‹ Anweisungen mit auf den Weg zu geben. Diese Anweisungen behandelten Viehzucht und Düngetechniken, Hygiene, Grundlagen der Präventivmedizin, gewisse Fertigungsmethoden (ausgelegt allerdings nur für äußerst kleine Anlagen oder den Hausgebrauch), und dazu noch Informationen über unzählige weitere unbedingt erforderliche Fertigkeiten und Techniken.

Dass diese Anweisungen stets zum gewünschten Erfolg führten, wenn man sie Wort für Wort beherzigte, stützte und verstärkte selbstverständlich nur noch die auf Wunder ausgelegte, grundlegend unwissenschaftliche Weltsicht, die Safehold so viele Jahrhunderte in ihrem Würgegriff gehalten hatte. Doch Menschen waren nun einmal Menschen. Es gab immer jene, die es doch noch ein wenig genauer wissen, die Dinge noch ein wenig grundlegender verstehen wollten. Trotz der Inquisition, die sich stets bemühte, Wissbegierige mit Adleraugen zu beobachten, wurde die eine oder andere Frage letztendlich doch irgendwann gestellt.

Trotzdem entwickelte sich das wissenschaftliche Denken nur mit der Trägheit eines Gletschers, selbst an der Königlichen Hochschule. Doch unter der Ägide König Haarahlds ging es mit einem Mal rascher voran. Gleichzeitig stieß die neue Weltsicht auch auf deutlich mehr allgemeine Akzeptanz ... zumindest in Charis. Und das, so vermutete Mahklyn, mochte durchaus etwas damit zu tun haben, dass Zhaspahr Clyntahn jenes so weit abgelegene Königreich abgrundtief verabscheute und hasste.

Seit Merlins Ankunft in Charis, und seit der Konflikt zwischen Charis und der ›Vierer-Gruppe‹ offen ausgebrochen war, hatte sich dieser Lernprozess ungleich beschleunigt. Dr. Lywys gehörte zu den glühendsten Verfechtern dieser neuen Vorgehensweise, auch wenn ihr tatsächliches Wissen um die verschieden Aspekte der Chemie bestenfalls auf Empirie basierte. Bei einer ganzen Reihe chemischer Reaktionen wusste sie genau, was geschehen würde, und bei einer erstaunlich großen Anzahl nützlicher chemischer Substanzen wusste sie auch, wie man sie herstellen konnte. Doch sie verstand nicht, *warum* diese Reaktionen überhaupt abliefen oder warum eben genau *diese* Substanzen entstanden und nicht etwas anderes. Sie verstand es *noch* nicht. Aber falls sich Mahklyn nicht gewaltig täuschte, würde sich das innerhalb der nächsten Jahre ändern. Tatsächlich waren die ersten Veränderungen schon jetzt erkennbar. Doch im Augenblick basierten jegliche Antworten, die sie möglicherweise auf Seamounts Fragen fände, immer noch gänzlich auf eben jenem empirischen Wissen.

»Eigentlich ist diese neue Substanz gar nicht schwerer zu produzieren als Schießpulver«, fuhr der Commodore fort. »In mancherlei Hinsicht ist sie ein wenig gefährlicher, in anderer wieder nicht. Das Gute ist, wie viele der Ingredienzien schon im großen Maßstab zur Verfügung stehen. Schlecht hingegen ist, dass es, wie auch beim Schießpulver, ein wenig gefährlich werden kann, die Ingredienzien zu *mischen.*« Seamount schnaubte. »Anders kann es ja wohl auch kaum sein, denke ich. Schließlich war die Grundidee ja, etwas zu finden, bei dem man sich darauf verlassen kann, dass es sich bei hinreichender Reibung entzündet. Und *das* tut es auf jeden Fall!«

Er schüttelte den Kopf. Seine Miene verriet Belustigung.

»Ist es zu gefährlich?«, fragte Mahklyn nach. »Zu empfindlich?«

»Nein. Nein, eigentlich nicht.« Wieder schüttelte Seamount den Kopf. »Eigentlich scheint es uns sogar fast ideal zu sein – zumindest als Grundlage für einen Artillerie-Zünder. Urvyn führt in diese Richtung gerade einige Tests für mich durch. Wir haben noch nicht annähernd genug Granaten, mit denen wir herumprobieren könnten – nicht, solange Ehdwyrds Leute jede einzelne eigens für uns anfertigen müssen. Aber Urvyn hat sich wirklich eine ganze Menge Wege einfallen lassen, wie wir den derzeitigen Zündmechanismus testen können. Bislang ist die Zuverlässigkeit wirklich beeindruckend, Rahzhyr.«

Mahklyn nickte. Das Grundkonzept, von dem Seamount sprach, basierte zumindest teilweise auf Ideen, die Kaiserin Sharleyan beigesteuert hatte. Seamount war derjenige gewesen, der auf die Idee gekommen war, eine durch Reibungswärme zündbare Substanz in einer versiegelten Röhre einzusetzen. Er hatte begriffen, dass man eine Granate, die für den Einsatz in gezogenen Rohren vorgesehen war, zuverlässig zur Detonation bringen konnte, indem man die Innenseite der Röhre mit einer gut entzündbaren Substanz beschichtete. Wenn dann durch den Aufschlag der Granate im Inneren dieser Röhre eine kleine Eisenkugel vorwärts geschleudert wurde, dann prallte sie auf eben diese Innenseite und entzündete so die Verbindung. In der Folge detonierte die Granate.

Aber Sharleyan hatte vorgeschlagen, diese Eisenkugel in der Mitte der Röhre mit einem Draht zu befestigen, der durch die frei werdenden Scherkräfte reißen musste, sobald die Granate auf ihrem Weg durch das Rohr beschleunigt wurde. Der Draht sicherte die kleine Kugel an Ort und Stelle, sodass unbeabsichtigte Detonationen verhindert wurden – bis die Granate abgefeuert wurde. Dann führten die Beschleunigungskräfte zu besagter Abscherung. Die kleine Kugel wurde zum hinteren (unbeschichteten) Ende der Röhre geschleudert. Dort blieb sie dann auch, bis die Granate ihr Ziel erreichte. Beim Aufprall jedoch musste die Kugel, die nun nicht mehr durch den Draht gehalten wurde, die bisherige Vorwärtsbewegung fortsetzen. Sie prallte daher gegen das vordere Ende der Röhre, zündete das Beschichtungsmittel und – *Bumm!*

Das war eine einfache, elegante Lösung ... vorausgesetzt, jemand wäre in der Lage, ein Material zu finden, das als Zündmittel geeignet wäre. Es gab reichlich Substanzen, die sich durch Reibung oder Erschütterung entzünden ließen. Das Problem war, etwas zu finden, bei dem man sich darauf *verlassen* konnte, dass dies geschehen würde ... und zwar nur dann, wenn man es auch wirklich wollte und nicht in weniger ... wünschenswerten Momenten. Die Suche nach einer geeigneten Substanz hatte man Sahndrah Lywys übertragen. Ihre erste Tat war, zur *Heiligen Schrift* zu greifen. Dort fanden sich warnende Belehrungen zu verschiedenen Substanzen und Vorgehensweisen, die die ›Erzengel‹ den Menschen für die Erfordernisse der Terraformierung darboten. So wurde beispielsweise Phosphor schon seit dem Tag der Schöpfung als Düngemittel verwendet. Auch wenn kein Bürger der längst vergangenen Terra-Föderation die Produktionsmethoden anders als hoffnungslos primitiv hätte bezeichnen können, reichten sie doch für das aus, was auf Safehold benötigt wurde. Düngerherstellung war bei weitem nicht die einzige Produktionstechnik, die die *Heilige Schrift* den Kindern von Mutter Kirche zu bieten hatte. Salpeter zum Beispiel wurde sowohl als Dünger wie auch in der Lebensmittelkonservierung genutzt, und ›Schuelers Tränen‹ (die jemand aus der Föderation als ›Salpetersäure‹ bezeichnet hätte) nutzte man in der Metallurgie, zum einen als Reinigungsmittel, zum anderen, um damit verstopfte Rohrleitungen wieder freizubekommen.

Aber niemand hatte auch nur den Hauch einer Vorstellung, welche chemischen Prozesse beim Gebrauch dieser verschiedenen Substanzen abliefen. Es war also für Safeholdianer gänzlich unmöglich, eigenständig potenzielle Gefahrenquellen als solche zu erkennen. Dieser Umstand hätte im Laufe der Jahrhunderte unzählige Menschen das Leben kosten können. Schlimmer noch – zumindest aus Langhornes Warte: Wenn jemand Schaden nähme, obwohl die Anweisungen der ›Erzengel‹ befolgt worden waren, würde das früher oder später dazu führen, dass man diese Anweisungen *hinterfragte* oder zumindest Mittel und Wege suchte, alternative Vorgehensweisen zu entwickeln. Das indes hätte eben jenen Neuerungsprozess in Gang gesetzt, den Langhorne um jeden Preis unterdrückt wissen wollte.

Aus diesem Grund hatten die ›Erzengel‹ den Anweisungen einen Katalog von Vorsichtsmaßnahmen zur Seite gestellt, der Verhalten bei unbeabsichtigten Explosionen oder anderen potenziellen Gefahren enthielt. So ließ sich *weißer* Phosphor beispielsweise deutlich leichter herstellen als roter Phosphor. Die *Heilige Schrift* untersagte deswegen beinahe jeglichen Gebrauch von weißem Phosphor und drohte zur Vergeltung den ›Fluch des brennenden Kiefers‹ an. Was Mahklyn nicht gewusst hatte – zumindest nicht, bis er auf Owls Bibliothek zugreifen konnte: Die entsetzlichen Symptome des brennenden Kiefers hatten nicht das Geringste mit einem durch den Erzengel Pasquale gesandten Fluch zu tun, den man sich verdient hatte, weil man den verbotenen weißen Phosphor missbraucht hatte. Tatsächlich war das eine entzündliche Erkrankung, die man auf einem Planeten namens Terra einst als Phosphornekrose, also durch Phosphor ausgelöste Kiefernekrose bezeichnet hatte. Es war eine völlig natürliche Reaktion des Körpers darauf, im Übermaß den Dämpfen weißen Phosphors ausgesetzt zu sein. Es steckte kein rachsüchtiger Erzengel der Heilung, der mit eigener Hand Sünder strafte, hinter den biologischen Prozessen, die zu einer Abszessbildung am Kiefer führten, bis der ganze Knochen schließlich im Dunkeln leuchtete … Die Erkrankung führte schließlich zum Tode, wenn die betroffenen Knochen nicht chirurgisch entfernt wurden.

Natürlich war der ›Brennende Kiefer‹ nur ein Beispiel für

die zahllosen Flüche, mit denen all jene geschlagen würden, die gegen die heiligen Rituale und Ermahnungen der Erzengel verstießen. Genauso war es mit den verschiedenen Flüchen der Pestilenz – der periodischen Ausbrüche verschiedener Krankheiten, zu denen es früher oder später immer kam, wenn gegen Pasquales Anweisungen zur Sozialhygiene verstoßen wurde. Krankheiten wie Skorbut und Rachitis waren die direkte Folge von Verstößen gegen Ernährungsvorschriften aus der *Heiligen Schrift.* Es gab Hunderte von Flüchen, und die Regeln und die zugehörigen Glaubensvorschriften griffen in fast jeden Aspekt des Lebens auf Safehold ein.

Daher hatte Lywys in der *Heiligen Schrift* sämtliche Vorschriften gesucht, bei denen, sollte dagegen verstoßen werden, sich die ›Rache der Erzengel‹ in Form von plötzlicher Verbrennung oder Explosionen manifestierte. Diese Vorschriften hatte sie dazu genutzt, Dinge zu finden, die man zur Explosion *bringen* konnte. Im Augenblick arbeitete sie zusammen mit Seamount an einem Gemisch verschiedener Substanzen, die ein Chemiker als Kaliumchlorat, Antimonsulfid, Kautschuk und Stärke bezeichnet hätte.

»Bislang liegt die Fehlerrate bei etwa eins zu tausend«, fuhr Seamount fort. »Die Vorschläge, die Dr. Lywys hinsichtlich unserer Pulvermühlen unterbreitet hat – Merlins Aspekte der ›Qualitätssicherung‹ –, waren ebenfalls außerordentlich nützlich.«

Wieder schüttelte er den Kopf, und dieses Mal wirkte sein Lächeln eindeutig säuerlich.

»Ich war ziemlich stolz auf die Qualität und die Konsistenz unseres Pulvers«, gestand er. »Und das zu Recht, denke ich, zumindest im Vergleich zu dem Mist, den alle anderen produziert haben. Aber jede Charge unterscheidet sich ein bisschen von der vorherigen. Dr. Lywys sagt, das liege daran, dass niemand garantieren könne, dass der Salpeter oder die Holzkohle, die wir verwenden, wirklich immer die gleiche Zusammensetzung hat. Für den Schwefel, den wir nutzen, gilt das Gleiche. Aber es ist ihr gelungen, in dieser Hinsicht beachtliche Verbesserungen zu erzielen – hauptsächlich, indem Überprüfungs- und Verarbeitungsstandards eingeführt und mit einer Akribie eingehalten werden, die Jwo-jeng persönlich zufrieden stellen müssten! Lywys hatte auch einige gute Vorschläge zu unterbreiten, wie wir die Qualität jeder Pulvercharge überprüfen können. Wir feuern jetzt von jeder einzelnen Charge repräsentative Proben mit einem Steilfeuergeschütz ab und ermitteln dann die erzielte Reichweite. In der Folge können wir jede Charge mit einem Etikett versehen, auf dem wir angeben, welche Reichweite mit einer standardisierten Prüfladung erreicht wurde. Also kann der Kanonier, der das Zeug in der Schlacht einsetzen muss, Reichweiten und Treffgenauigkeit deutlich effektiver abschätzen.«

»Das klingt ganz nach Sahndrah«, bestätigte Mahklyn und lächelte ebenfalls.

»Sie hat auch noch einen anderen Vorschlag gemacht, und bei dem hat sich herausgestellt, dass er ein paar … interessante Implikationen birgt«, merkte Seamount an.

»Implikationen?«, fragte Mahklyn besorgt nach.

»Na ja, als damals Merlin die Idee aufbrachte, man könne ja auch *gekörntes* Pulver verwenden, hat er mir gesagt, einer der Gründe für die höhere Leistungsfähigkeit gekörnten Pulvers gegenüber Mehlpulver sei, dass zwischen den einzelnen Körnern mehr Platz sei. Die Flammen können sich demnach schneller ausbreiten. Das Pulver kann noch viel schneller und tatsächlich vollständig abbrennen – und das ist ja in Wirklichkeit das Einzige, was Schießpulver macht: richtig schnell verbrennen. Aber Dr. Lywys ist der Ansicht, das sei nicht ganz richtig.«

»Ach, nicht?«, fragte Mahklyn nach und musste sich sehr zusammennehmen, um nicht die Stirn zu runzeln.

»Nein, wohl nicht«, gab Seamount zurück. »Vergessen Sie

nicht, es beschreibt durchaus präzise die *Konsequenzen* dessen, was dort geschieht! Aber ich bin zu dem Schluss gekommen, Merlin habe bewusst eine mir sinnig erscheinende Erklärung gewählt. Laut Dr. Lywys hingegen – und auch gemäß meinen eigenen Experimenten zur Standardisierung der Brenngeschwindigkeit in den Zündern – brennt feines gekörntes Pulver tatsächlich schneller ab als grob gekörntes Pulver. Die größeren Körner allerdings setzen deutlich mehr Kraft frei. Bevor wir mit dem gekörnten Pulver angefangen haben, brauchten wir für die langen Dreißigpfünder eine Dreißig-Pfund-Treibladung. Jetzt verwenden wir Ladungen von neuneinhalb Pfund. So viel leistungsstärker ist dieses neue Pulver. Und das ist es, obwohl die Körner in Wirklichkeit langsamer abbrennen – nicht etwa schneller, je größer die Körner sind. Deswegen noch einmal: Was Merlin mir erklärt hat, ist ganz richtig, obwohl es nicht stimmt.«

»Wie bitte?« Verwirrt blickte Mahklyn ihn an. Seamount lachte in sich hinein.

»Wenn man das Pulver körnt, ist es viel einfacher, für eine gleichförmige Zusammensetzung des Gemischs zu sorgen. Und zugleich vereinfacht es auch diese Qualitätssicherung, auf die Merlin hingewiesen hat. Das Beste daran ist: Es verhindert, dass sich die einzelnen Bestandteile wieder voneinander trennen. Es wird auch längst nicht so schnell feucht – vor allem, nachdem wir die einzelnen Körner glasieren, so wie Dr. Lywys das vorgeschlagen hat. Die gröbere Körnung sorgt zudem dafür, dass das Pulver eine größere Oberfläche erhält, die sich *gleichzeitig* entzünden lässt. Das wiederum lässt eine größere Menge Pulver in Brand geraten, ehe noch *unverbranntes* Pulver das Rohr entlang vor die eigentliche Explosionszone geschleudert wird. Mit anderen Worten: Obwohl die eigentliche Brenngeschwindigkeit geringer ist, verbrennt mehr Pulver gleichzeitig. Wir benötigen kürzere Rohre als zuvor, denn das Pulver hinterlässt deutlich weniger Rückstände – weniger Asche –, weil es eben vollständiger verbrennt. Können Sie mir folgen?«

»Ja, schon«, erwiderte Mahklyn nachdenklich.

»Genau das wollte Merlin uns ganz allein herausfinden lassen … aus welchem Grund auch immer.«

»Wahrscheinlich haben Sie Recht«, stimmte Mahklyn zu und ignorierte nach Kräften den fragenden Blick, mit dem der Commodore ihn bedachte.

»Nun«, fuhr Seamount fort, als Mahklyn den Köder nicht schlucken wollte, »über eines hatte ich bisher noch überhaupt nicht nachgedacht, bis Urvyn und ich darüber mit Dr. Lywys gesprochen haben: dass größere Körnung bei einer Ladung mit festgelegtem Gewicht zu noch mehr Leistung führt.«

»Was natürlich den Druck im Rohr noch weiter steigern würde«, warf Mahklyn nachdenklich ein.

»Ach, *daran* haben wir schon gedacht, glauben Sie mir!« Seamount verdrehte die Augen. »Passenderweise habe ich gerade wieder einen Brief von Howsmyn erhalten. Er sagt, Merlins Vorschlag, die Geschützrohre mit Draht zu verstärken, sollte sich laut seinen Mechanikern sehr gut umsetzen lassen. Sie sagen, so viel Draht herstellen zu müssen, werde eine echte Plage. Aber Ehdwyrd lässt sie gerade eine neue Maschine zum Drahtziehen konstruieren – und auch eine Maschine, mit der man den Draht mit hinreichendem Zug gleichförmig und eng um die Rohre wickeln kann. Er ist sehr zuversichtlich, dass sie das hinbekommen werden … letztendlich. Sobald das geschieht, so sagt er, wird er Geschütze bauen lassen, die leichter und robuster sein werden, aber auch viel, viel *billiger.* Bedauerlicherweise braucht er seiner eigenen Schätzung nach dafür noch mindestens ein Jahr. So lange bleiben die Geschützgießereien der schlimmste Engpass für die Navy. Wir bauen in kürzerer Zeit Schiffe, als wir zu deren Bewaffnung Geschütze gießen können. Ehdwyrd kann noch überhaupt nicht abschätzen, wie es sich auf unseren Zeitplan auswirkt, wenn sämtliche der neuen Geschütze auch noch gezogene Läufe aufweisen sollen! Und dann bleibt da immer noch das Problem, diese Hohlgranaten herzustellen – und zu füllen. Schließlich muss die zugehörige Qualitätskontrolle sicherstellen, dass die Dinger nicht für *uns* genauso gefährlich sind wie für ihre eigentlichen Ziele.«

»Na, wunderbar!«

»Ach, es könnte durchaus schlimmer sein.« Seamount zuckte mit den Schultern. »Wenigstens haben wir, bis Ehdwyrd wirklich Geschütze und Granaten mit neuer Technik fertigen kann, genug Zeit, unsere Pulverproduktion deutlich zu optimieren.«

»Ah, ich verstehe.« Dieses Mal nickte Mahklyn mit uneingeschränkter Zustimmung. »Und das hat Sahndrah Ihnen vorgeschlagen?«

»Nein, nein!« Dass Seamount derart heftig den Kopf schüttelte, überraschte den Rektor der Königlichen Hochschule. »Präzise ausgedrückt, hat sie uns ja auch nicht etwa etwas vorgeschlagen, was wir tun sollen, sondern vielmehr etwas, das wir *nicht* tun dürfen.«

»Wenn Sie mich verwirren wollen, Ahlfryd, muss ich zugeben, dass Ihrer Strategie Erfolg beschieden ist«, gab Mahklyn ein wenig scharf zurück. Der Baron lachte daraufhin leise in sich hinein.

»Es tut mir leid! Ich meine, dass Dr. Lywys sehr ... gründlich arbeitet. Sie hat uns eine Liste von allen Substanzen zusammengestellt, die zumindest theoretisch dafür genutzt werden könnten, unsere Granaten zu zünden. Mit der Substanz, mit der wir versuchsweise die ersten Experimente durchgeführt haben, sind wir durchaus zufrieden – bislang, zumindest. Aber Dr. Lywys hat uns noch diverse andere genannt. Dazu gehörten auch einige, zu denen sie uns einen warnenden Hinweis gegeben hat: Sie seien höchstwahrscheinlich zu empfindlich oder aus irgendeinem anderen Grund für unsere Zwecke ungeeignet.«

»Das klingt ganz nach ihr«, bemerkte Mahklyn und lächelte.

»Na ja, und zu den Substanzen, die sie erwähnt hat, gehörte auch etwas, das sie Knallquecksilber genannt hat.«

Er wölbte eine Augenbraue und blickte Mahklyn an, der sorgsam darauf achtete, sich überhaupt keine Gefühlsregung anmerken zu lassen. Stattdessen nickte er seinem Besucher nur zu, um ihn zum Weitersprechen zu bewegen.

»Dr. Lywys hat uns gewarnt, dieses Knallquecksilber sei viel zu empfindlich für etwas so ... Lebhaftes wie eine Artillerie-Granate. Natürlich haben wir entsprechende Versuche durchgeführt – sehr vorsichtig! Und ich muss ihr Recht geben. Aber vor einigen Tagen hat einer meiner anderen durchaus schlauen Offiziere Urvyn gegenüber vorgeschlagen, man könne es ja, auch wenn es für den Einsatz in Granaten viel zu empfindlich ist, anderweitig als Zündsatz verwenden. Vielleicht könnte man damit das Steinschloss überflüssig machen.«

Mit einem Mal ganz Interesse, das er nicht zu verhehlen versuchte, richtete sich Mahklyn im Sessel kerzengerade auf. Mit Knallquecksilber – der Verbindung, die ein Terraner als Quecksilber(II)-fulminat bezeichnet hätte – würde *er* nun ganz gewiss nicht arbeiten wollen, und sei es auch nur wegen der potenziellen Gesundheitsgefährdung. Aber dieses Salz hatte einige wirklich äußerst interessante Eigenschaften. Genau wegen dieser Eigenschaften war es auf Terra sehr, sehr lange für Feuerwaffen verwendet worden. Mit Hilfe seines Koms und Owls Unterstützung bei der Recherche hatte Mahklyn das selbst herausgefunden – in einer jener bedauerlicherweise immer häufiger auftretenden Nächte, in denen sein alternder Körper einfach keinen Schlaf hatte finden wollen. Natürlich gab es andere, deutlich ungefährlichere Mittel und Wege, das Gleiche zu erreichen. Aber diese Substanz stand bereits zur Verfügung. Jederzeit könnte sie zum Einsatz kommen – es musste nur jemand die Bandbreite ihrer Möglichkeiten begreifen. Während er Lywys' jüngste Berichte überflogen hatte, war Mahklyn bereits durch den Kopf gegangen, wie er sie wohl unauffällig auf wenigstens eine dieser besonderen Eigenschaften hinweisen könnte. War es möglich ...?

»Bitte fahren Sie fort!«, drängte er seinen Gast.

»Dieses Zeug ist empfindlich genug, dass man es schon zum Explodieren kriegt, wenn man es bloß fallen lässt. Und das stellt uns natürlich vor einige Probleme«, sagte Seamount. Er beugte sich nun ein wenig vor und gestikulierte mit seiner verstümmelten Hand, um seinen Worten Nachdruck zu verleihen. »Es sollte mich aber sehr überraschen, wenn es zumindest für die meisten dieser Probleme eine Lösung gäbe. Wenn das gelingt ... Rahzhyr, dieses Zeug kann man sogar *unter Wasser* zur Explosion bringen! Wenn wir eine Möglichkeit finden, das Zeug anständig zu handhaben, könnten unsere Marines ihre Gewehre mitten in einem typischen Tellesberg-Gewitter genauso zuverlässig abfeuern wie an einem trockenen Sommertag! Und nicht nur das: Es würde auch die Verriegelungszeit verringern – Sie wissen schon, die Zeitspanne zwischen dem Aufprall des Hahns und der Explosion der Treibladung. Damit ließe sich die Präzision jedes einzelnen Schusses deutlich steigern!«

»Ich verstehe.« Nachdrücklich nickte Mahklyn. »Ihr schlauer junger Offizier ist da wirklich auf etwas sehr Wichtiges gestoßen, Ahlfryd. Dem müssen wir unbedingt sofort nachgehen!«

»Das sehe ich ganz genauso«, bestätigte der Baron, dann stieß er ein Schnauben aus. »Der Bursche ist *wirklich* schlau! Er hat auch gleich noch eine weitere interessante Anwendungsmöglichkeit für Dr. Lywys' Zündsubstanz gefunden.«

»Tatsächlich?«

»Oh ja! Ich halte es tatsächlich für möglich, dass er schon bald die Zunderkästchen-Hersteller arbeitslos machen wird«, führte Seamount aus und lachte leise, als er Mahklyns Verblüffung bemerkte. »Er hat etwas von dieser neuen Substanz an die Spitze eines Holzspans aufgetragen und festgestellt, dass er sich entzündet, wenn man damit über eine raue Oberfläche streicht. Ist schon in mancherlei Hinsicht wie Zauberei. Das verdammte Ding geht fast überall sofort in Flammen auf. Wenn er den Span noch mit ein wenig Paraffin bestreicht, damit genug Brennmaterial vorhanden ist, ist die Substanz am Kopf vor Wasser geschützt. Und das Ganze brennt dann auch noch heißer – und viel länger –, als ich das jemals bei einem Zunderkästchen oder einem Feuerstahl erlebt habe!«

»Wirklich? Das klingt ja, als könnte man das auch außerhalb der Navy für alles Mögliche verwenden!«

»Ja, auch wenn das wohl noch ein wenig dauern wird. Das entflammt ein bisschen ... arg heftig, und es sprüht Funken wie verrückt. Man muss richtig vorsichtig sein, wenn man so ein Ding benutzt. Und was den Gestank angeht ...!« Er verzog das Gesicht, dann jedoch grinste er plötzlich. »Irgendwie könnte ich mir vorstellen, dass die ›Vierer-Gruppe‹ der Spitzname nicht begeistern wird, den die Kommission den Dingern verpasst hat.«

»Was denn für einen?«, fragte Mahklyn nach.

»Na ja, wegen der Funken und des Gestanks – das riecht wirklich genau wie Schwefel –, haben sie die Dinger ›Shan-wei-Kerzen‹ getauft«, antwortete Seamount und verzog erneut das Gesicht. »Ich bin mir nicht ganz sicher, ob wir andere dazu ermutigen sollten, diesen Spitznamen zu übernehmen, wenn die ›Vierer-Gruppe‹ sowieso schon nichts Besseres zu tun hat, als uns alle der Ketzerei und der Shan-wei-Verehrung zu beschuldigen!«

»Eher nicht«, stimmte Mahklyn zu. »Wohl eher nicht.«

Doch noch während er zustimmte, ging ihm ein anderer Gedanke durch den Kopf. *Du magst durchaus damit Recht haben, diesen Spitznamen* im Augenblick *noch nicht verwenden zu wollen, Ahlfryd. Aber ob deine schlauen jungen Offiziere das nun wissen oder nicht: Sie haben* genau *den richtigen Namen dafür gefunden! Denn diese ›Kerzen‹ werden mit dazu beitragen, die Tyrannei der Kirche des Verheißenen zu zerschmettern. Und wo immer sie nun sein mag, Pei Shan-wei wird uns die ganze Zeit über nach Kräften anfeuern!*

.V.

Kaiserlicher Palast, Stadt Cherayth, Königreich Chisholm

»Oh, es ist *so* gut, Euch zu sehen, Maikel!«

Kaiserin Sharleyan breitete die Arme aus, um Maikel Staynair zu begrüßen. Der Erzbischof war deutlich größer als sie, und so schien sie einen Augenblick lang regelrecht zu verschwinden, als sie einander umarmten. Cayleb wartete ab, bis er an der Reihe war. Er bemerkte, dass weder die Augen seiner Gemahlin noch die des Erzbischofs trocken blieben.

»Und es ist gut, Euch zu sehen, Eure Majestät«, erwiderte Staynair kurz darauf, trat einen Schritt zurück, legte Sharleyan die Hände auf die Schultern und blickte ihr tief in die Augen. »Das letzte Mal, das wir uns gesehen haben, war kurz nach dem Attentat auf Euch.«

»Ich weiß.« Kurz verdunkelten sich Sharleyans Augen. Liebevoll tätschelte sie die Hand, die auf ihrer rechten Schulter lag. Dann aber sagte sie mit aufgesetzt strenger Miene: »Ich weiß, aber denkt nicht, die Freude, Euch zu sehen, werde mich überhören lassen, dass Ihr eine gänzlich unangemessene Form der Anrede gewählt habt!«

Einen kurzen Moment lang schien Staynair ernstlich bestürzt. Dann aber blitzten seine Augen humorvoll auf. Er trat einen weiteren Schritt zurück, verneigte sich noch einmal – dieses Mal jedoch voller Spott.

»Vergebt mir ... Sharleyan«, sagte er.

»Viel besser«, gab sie zurück, und der Erzbischof von Tellesberg lachte stillvergnügt in sich hinein, während er sich nun Cayleb zuwandte.

Die meisten Männer hätte Cayleb mit einem kräftigen Unterarmdruck begrüßt. Doch vor ihm stand Maikel Staynair, der seit über einem Jahr auf Reisen gewesen war. Fest schloss er den Erzbischof in die Arme. Auch ihm schossen Tränen in die Augen.

»Vorsichtig, Cayleb! *Vorsichtig!*«, keuchte Staynair. »Denkt an meine Rippen! Die sind auch nicht jünger als der Rest von mir, wisst Ihr!«

»Die – und Ihr – sind doch zäh wie Leder, Maikel!«, gab Cayleb mit ein wenig belegter Stimme zurück.

»Na, das nenne ich mal eine respektvolle Beschreibung eines Erzbischofs«, merkte Staynair an. Cayleb lachte und deutete auf den Sessel, der vor dem Kamin aufgestellt war, in dem glühende Kohlen wohltuende Wärme spendeten.

»Na ja, wir wollen doch mal sehen, ob wir das nicht wiedergutmachen können. So wie ich Euch kenne, müsste *das hier* eigentlich ein guter Anfang sein.« Er wies auf die Whiskey-Karaffe, die auf einem Beistelltisch zwischen dem Sessel und einem kleinen Sofa stand. »Ein West-Isle-Verschnitt. Es war gar nicht so einfach, Sharleyan dazu zu bewegen, den herauszurücken – das ist schließlich ein vierundzwanzig Jahre alter Grand Reserve. Aber sie musste mir darin beipflichten, in dieser Weise am besten Eure ungeteilte Aufmerksamkeit zu erhalten.«

»Ihr beide habt ganz offenkundig eine beklagenswert schlechte – und erschreckend zutreffende – Meinung hinsichtlich meines Charakters«, versetzte Staynair.

Dann folgte der Erzbischof seinen Gastgebern durch den Raum und nahm in dem ihm angewiesenen Sessel Platz. Er wartete nicht ab, bis seine Gastgeber sich gesetzt hatten. Die meisten – beileibe nicht alle, aber eindeutig die meisten – Erzbischöfe der Kirche des Verheißenen hätten darauf beharrt, es stehe ihnen zu, vor jedem Monarchen von Safehold Platz zu nehmen. Sie hätten *erwartet*, dass ihre Gastgeber stehen blieben, bis sie sich gesetzt hätten. Staynair tat das nicht. Das war einer der Gründe, weswegen Cayleb und Sharleyan darauf beharrten, es genauso zu halten.

Nachdem ihr Gast es sich in dem bequemen Sessel gemütlich gemacht hatte, nahm Sharleyan an einem Ende des Sofas Platz, streifte die Schuhe ab und schlug die Beine unter. Cayleb hingegen füllte derweil drei Gläser mit einer recht ansehnlichen Menge des aromatischen, bernsteinfarbenen Whiskeys. Dann gab er je einen Spritzer Wasser hinzu; in die Gläser, die er für den Erzbischof und sich selbst vorgesehen hatte, wanderte schließlich noch je ein Stückchen Eis (das produzierte Chisholm während der Wintermonate im Überfluss). Sharleyan, die von Baron Green Mountain gelernt hatte, wie man einen guten Whiskey *anständig* zu genießen hatte, hielt es für eine beklagenswerte charisianische Unart, guten Whiskey mit Eis zu verderben. War sie außergewöhnlich guter Laune, war sie zwar bereit zuzugeben, dass dieser barbarische Brauch angesichts des warmen Klimas, das im Alten Königreich Charis das ganze Jahr über für deutlich höhere Temperaturen sorgte, eine *gewisse* Berechtigung haben mochte. Aber das machte diese Unart immer noch nicht für anständige Menschen akzeptabel. Ein Spritzer Quellwasser, um das Brennen des Alkohols abzumildern und dafür zu sorgen, dass sich das ganze Bouquet verschiedenster Aromen entfalten konnte, war natürlich etwas ganz anderes.

»Ach du meine Güte«, seufzte Staynair, die Augen genießerisch halb geschlossen, während er einen Moment später das Glas sinken ließ. »Wisst Ihr, es kommt nicht oft vor, dass etwas tatsächlich seinen Ruf noch übertrifft.«

»Ich muss zugeben, dass die Destillerien in Chisholm wirklich besser sind als unsere in Charis«, gestand Cayleb. »Ich muss erst das richtige Verkosten üben und meinen Gaumen schulen. Das Gute daran ist, dass ich *Jahre* brauchen werde, um mich durch alles durchzuprobieren.«

»Der ist wirklich erstaunlich mild«, bekräftigte Staynair, nahm noch einen Schluck und bewegte ihn einen Augenblick lang im Mund, bevor er schluckte.

»Er wird dreimal destilliert«, erklärte Cayleb. »Und die meisten Destillerien köhlen auch die Innenseite ihrer Fässer. Die West-Isle-Destillerie liegt knapp außerhalb von Traynside. Sie setzen beim Darren noch ein wenig Torf hinzu – daher dieses leicht rauchige Aroma. Merlin sagt, abgesehen vom Torf würde ihn dieser Whiskey hier an etwas erinnern, das auf Terra Bushmills genannt wurde.«

»Als er uns das erzählt hat«, sagte Sharleyan leise, »hatte zumindest ich plötzlich deutlich weniger Schwierigkeiten, eine Verbindung zwischen uns hier auf Safehold und der Welt zu sehen, von der wir alle ursprünglich stammen. Nicht nur, dass wir immer noch Whiskey brennen: Nein, jemand, der es damals noch erlebt hat – auf Terra –, erkennt es sofort wieder!«

»Zumindest erkennt er den Geschmack wieder.« Caylebs schiefes Grinsen barg eine gewisse Traurigkeit. »Anscheinend kann ein PICA Alkohol nicht mehr wirklich schätzen. Und das lässt *mich* begreifen, was Merlin alles aufgegeben hat, nur um jetzt hier sein zu können.«

»Amen«, sagte Staynair leise, und dieses eine Wort war ebenso sehr tief empfundenes Gebet wie einfache Zustimmung. Einige Sekunden saß der Erzbischof nur schweigend da und starrte in sein Glas. Dann nahm er einen weiteren Schluck und lehnte sich in seinem Sessel zurück.

»Wo wir gerade von Merlin sprechen …«, sagte er und wölbte fragend eine Augenbraue.

»Zum Mittagessen wird er hier sein«, versicherte Cayleb ihm. »Er kümmert sich gerade um etwas, das mit Ahlber Zhustyn und Graf White Crag zu tun hat.«

»Ach?« Nun hob sich auch Staynairs zweite Augenbraue.

Sir Ahlber Zhustyn war das chisholmianische Gegenstück zu Bynzhamyn Raice. Hauwerstat Thompkyn, seines Zeichens

Graf White Crag, war Chisholms Lordrichter. Zhustyn und White Crag arbeiteten eng zusammen, weil gemäß charisianischer Tradition die Geheimdiensttätigkeit ein wenig anders verteilt war. Zhustyn war dafür verantwortlich, *andere Länder* auszuspionieren, während es zu White Crags Aufgaben gehörte, andere Völker davon abzuhalten, *Chisholm* auszuspionieren.

»Darf ich fragen, worum es dabei geht?«, erkundigte sich der Erzbischof.

»Eigentlich leistet er die Vorarbeit für Nahrmahns Besprechung mit den beiden, die für morgen früh anberaumt ist«, erklärte Sharleyan und schnitt eine Grimasse. »Es scheint, als hätte Hauwerstat immer noch ernstliche Schwierigkeiten bei der Vorstellung, Nahrmahn mit offenen Armen zu empfangen. Ständig brummelt er so etwas wie: Er habe so viele Jahre lang alle Hände voll zu tun gehabt, Spione aus Emerald abzuwehren.«

»Woran das wohl liegen könnte?«, murmelte Staynair trocken.

»Weiß ich auch nicht«, merkte Cayleb ebenso trocken an. »Ihr hättet die beiden sehen sollen, als wir letztes Jahr auf unserer Reise nach Chisholm in Cherayth Zwischenstation gemacht haben, Maikel!« Er schüttelte den Kopf. »Niemand hätte höflicheres Betragen an den Tag legen können. Aber es war schon komisch: Immer dann, wenn Nahrmahn gerade etwas ansprach, was auch nur ansatzweise mit dem zu tun hatte, wovon White Crag ihn all die Jahre abhalten wollte, hat der Lordrichter ganz plötzlich etwas gefunden, was er jetzt und sofort unbedingt erledigen musste.«

»Nach meiner Rückkehr habe ich ihn dafür gehörig gescholten.« Sharleyan blickte drein, als sei es ihr ein wenig peinlich. »Er hat mir versprochen, sich beim nächsten Mal besser zu betragen. Aber um ganz ehrlich zu sein: es ist mir lieber, wenn er übermäßig misstrauisch ist, als wenn er unvorsichtig wird.«

»Oh, dagegen ist auch überhaupt nichts einzuwenden.«

Nachdrücklich nickte Cayleb. »Und Nahrmahn hat das auch ganz offensichtlich verstanden. Abgesehen davon war White Crag bereit, jegliche nachrichtendienstliche Informationen an *mich* weiterzugeben. Also hat Nahrmahn aus zweiter Hand sowieso alles erfahren. Trotzdem ist es unbedingt erforderlich, dass unser Kaiserlicher Berater für nachrichtendienstliche Aufgaben auch *persönlich* auf alle Informationen zugreifen kann, die uns vorliegen. Genau das versuchen Merlin und Ahlber, der in dieser Hinsicht ein wenig ... flexibler ist, White Crag in diesem Moment klarzumachen.« Der Kaiser zuckte mit den Schultern. »Mittlerweile hält jeder in Chisholm Merlin für meinen ganz persönlichen Kurier. Und den von Sharley. Sie alle sind bereit zu akzeptieren, dass er stets für uns spricht – aber er kann manche Dinge einfach ein wenig offener aussprechen als wir, ohne dass es gleich offiziell zu Schwierigkeiten kommt. Und umgekehrt kann jeder aus demselben Grund ihm gegenüber auch offenherziger sein.«

»Ich verstehe.« Staynair schüttelte den Kopf und lachte stillvergnügt in sich hinein. »Irgendwie fällt mir die Vorstellung schwer, wie Merlin Vermittler spielt.«

»Tatsächlich?« Cayleb neigte den Kopf ein wenig zur Seite und bedachte den Erzbischof mit einem sonderbaren Blick: halb ein Lächeln, halb eine Grimasse. »Vertraut mir, manche Dinge vermittelt er auch mit ziemlich viel *Nachdruck!*«

»Was denn so?«, fragte Staynair eindeutig skeptisch, doch Cayleb schüttelte nur den Kopf.

»Oh nein, Maikel! Auf diese kleine Diskussion lassen wir uns nicht ein, solange nicht Merlin persönlich hier ist und seinen Teil dazu beitragen kann! Was das betrifft, ist er sogar Sharley und mir gegenüber hin und wieder ein wenig geheimniskrämerisch. Deswegen können wir genauso wenig erwarten wie Ihr zu erfahren, was er nun *wirklich* im Schilde führt!«

Nachdenklich blickte Staynair seinen Monarchen an. Es gab immer wieder Momente, in denen er sich ins Gedächtnis zurückrufen musste, dass Merlin Athrawes durchaus auch eigene Pläne verfolgte. Oder vielleicht wäre es besser zu sagen, Nimue Alban verfolgte *ihre* eigenen Pläne. Besser noch: ihre eigene *Mission.* Der Erzbischof hatte niemals an Merlins Treue Charis und den Leuten gegenüber gezweifelt, die seine Freunde geworden waren, sogar seine Familie. Was diese Treue jedoch ein wenig verschleierte, war, dass es ein unumstößliches, festes *anderes* Ziel gab. Ein Ziel, für das Nimue Alban wissentlich in den Tod gegangen war, damit neun Jahrhunderte später ihr PICA auf einem Planeten wandeln konnte, den sie selbst niemals mit eigenen Augen gesehen hatte. *Es muss Augenblicke geben,* ging es Staynair durch den Kopf, *da Merlin feststellen muss, dass Nimues Mission mit seinen eigenen Prioritäten hier auf Safehold kollidiert.* Der Erzbischof hoffte inständig, was immer Merlin Athrawes dieses Mal im Schilde führen mochte, möge nicht in diese Kategorie fallen. Doch wenn dem so wäre, das wusste er, würde Merlin sich dieser Herausforderung ebenso unerschrocken stellen wie jeder anderen auch. Staynair ertappte sich dabei, lautlos ein tief empfundenes Gebet zu sprechen, ein Gebet für die Seele des Menschen, der sich bereit erklärt hatte, eine derartige Bürde zu tragen.

»Also«, sagte er dann und streckte Cayleb sein Whiskeyglas entgegen, das, Geheimnis über Geheimnis!, schlagartig leer geworden war, »dann sollte ich wohl meine Nerven noch ein wenig stärken, bevor ich mich einer derart anstrengenden Enthüllung stelle.«

»Oh, was für ein ausgezeichnetes Argument, Maikel!«, lachte Sharleyan. »Wartet noch einen Moment! Gleich ist mein Glas auch leer, und dann schließe ich mich Euch gerne an!«

»Ihr beide solltet Euch aber nicht zu sehr stärken«, gab Cayleb ernst zu bedenken. »Zumindest nicht, bevor wir eine im Moment noch dringlichere Aufgabe geklärt haben.«

»Dringlicher?«, wiederholte Staynair.

»Ach, ich weiß, was er meint«, sagte Sharleyan. Der Erzbischof blickte sie an, und sie zuckte mit den Schultern. »Nahrmahn.«

»Nahr...?«, setzte Staynair schon an. Dann begriff er plötzlich und nickte nur. »Ihr meint, ob er nun in den Inneren Kreis aufgenommen werden sollte oder nicht?« Cayleb nickte, und der Erzbischof blickte ihn neugierig an. »Ich bin ein wenig überrascht, dass Ihr das besprechen wollt, solange Merlin nicht hier ist, um auch seinen Teil dazu beizutragen.«

»Merlin«, gab Cayleb zurück, »hat sich bereits entschieden. Er hat, wie ich vielleicht hinzufügen sollte, Sharley und mir gegenüber einige recht ... prägnante Bemerkungen über die Bruderschaft fallen lassen. Es hatte etwas mit Entscheidungsfindungsprozessen zu tun, Gletschern und deren Fließgeschwindigkeit, kauzigen alten Männer und Milchtöpfen, die bekanntermaßen nie überkochen, solange man sie bewacht.«

»Ach du meine Güte!«, entfuhr es Staynair ein zweites Mal, doch in einem ganz anderen Ton. »Ich hatte mich schon gefragt, warum er Zhon diesbezüglich in letzter Zeit nicht weiter unter Druck gesetzt hat. Nie wäre ich auf die Idee gekommen, es könne mit so etwas un-Merlin-haftem zu tun haben wie *Taktgefühl!*«

»So weit würde ich nicht gehen«, widersprach Cayleb trocken. »Es hat wohl eher etwas damit zu tun, dass er sich seines gebührlichen Betragens nicht mehr sicher ist, wenn das so weitergeht. Er ist, was Nahrmahn betrifft, ziemlich nachdrücklich. Offen gesagt, liegt das zumindest zum Teil daran, dass er eines für sicher hält: Nahrmahn wird ohnehin schon deutlich mehr herausgefunden haben, als wir ihn wissen lassen.« Staynair riss die Augen auf. Sein Blick wirkte durchaus beunruhigt. Der Kaiser aber machte eine abwehrende Handbewegung. »Ach, nein, nicht einmal Nahrmahn könnte erraten, was hier *eigentlich* vor sich geht. Und wenn es anders wäre, so wäret Ihr wohl in einer deutlich besseren Position, das zu bemerken, als jeder andere, wenn man bedenkt, wo Ihr und Nahrmahn die letzten Monate verbracht habt. Aber ich denke, Merlin hat wirklich nicht Unrecht, wenn er meint, dass Nahrmahn schon oft genug zwei und zwei zusammengezählt haben dürfte, um sich Fragen zu stellen, die wir ihm bislang *noch nicht* beantwortet haben. Wie wir alle wissen, neigt Nahrmahn dazu, letztendlich Antworten auch zu *finden*, wenn er es wirklich darauf anlegt.«

Na, das, dachte Staynair, *ist mal wirklich eine gekonnte Untertreibung!*

Es mag vielleicht einen oder zwei Männer auf ganz Safehold geben, die schlauer sind als Nahrmahn Baytz, führte er seinen Gedanken zu Ende. Einen Dritten aber, auf den diese Beschreibung zuträfe, gab es sicher nicht. Sollten letzte Zweifel daran bestanden haben, waren diese nach der langen Reise von Emerald nach Chisholm endgültig ausgeräumt. Da sich Graf Pine Hollow, ein Vetter Nahrmahns, um die Staatsangelegenheiten von Emerald kümmerte, war der dickliche kleine Fürst sofort bereit gewesen, nach Chisholm zurückzukehren. Vor allem, so vermutete Staynair, weil sich dort nun einmal der Hof befand und Nahrmahn es einfach nicht ertragen konnte, so lange dem Großen Spiel fernzubleiben (auch wenn er sich plötzlich in der Mannschaft eines anderen wiedergefunden hatte, nachdem seine eigene Mannschaft noch während der Vorrunde ausgeschieden war). Das Einzige, worauf Nahrmahn vor der Abreise bestanden hatte, war, dass ihn dieses Mal seine Gemahlin, Prinzessin Ohlyvya, begleiten dürfe. Und nachdem Staynair die beiden während der Überfahrt beobachtet hatte, verstand er auch sofort den Grund dafür.

Ohnehin war Staynair recht angetan gewesen von der Idee, Ohlyvya solle dieses Mal mitkommen. Er vermutete, dass Nahrmahns Gemahlin – eine der klügsten Frauen, die der Erzbischof jemals kennengelernt hatte – ihren Gemahl stets auf den Boden der Tatsachen zurückzuholen wusste. Denn hin und wieder konnte Nahrmahn wirklich so schlau sein, dass es für ihn selbst nicht mehr gut war. Daher war es sehr, sehr hilfreich, wenn seine Frau ihn davon abhielt, sich in etwas zu versteigen. Natürlich handelte man sich mit dieser Mitreisenden auch gleich einen ganzen Sack anderer Schwierigkeiten ein.

»Was Nahrmahn angeht, Cayleb, bin ich ganz Eurer Meinung«, sagte er dann. »Und Merlins. Aber im Gegensatz zu Merlin habe ich Zhon bislang nicht unter Druck gesetzt, eine Entscheidung zu fällen. Allerdings hat er, das sollte ich vielleicht hinzufügen, mir auch noch keine Entscheidung mitgeteilt.«

»Nicht?«

Cayleb nahm wieder Platz und blickte den Erzbischof unbewegt an. Das Schweigen, das sich über den Raum breitete, schien länger zu währen, als es tatsächlich der Fall war. Endlich verzog der Kaiser das Gesicht.

»Er hat Euch vielleicht *noch* keine Entscheidung mitgeteilt, Maikel. Aber ich denke, das wird er sehr bald tun *müssen.*«

Genau jetzt, schoss es Staynair durch den Kopf, *sieht Cayleb seinem Vater selig erschreckend ähnlich.* Der Blick aus den braunen Augen wirkte sehr ernst. Und was vielleicht noch viel wichtiger war: Sharleyans Miene war ebenso ernst wie die ihres Mannes.

»Ich möchte der Bruderschaft gegenüber ja nur ungern öfter als unbedingt notwendig auf den hohen Drachen steigen«, fuhr Cayleb fort, »aber was das hier betrifft, bleibt mir wohl keine andere Wahl. Seit Monaten diskutieren die Brüder über diese eine Entscheidung. Sie haben damit schon angefangen, bevor Ihr nach Emerald gereist seid, in Gottes Namen! Ich kann mir keine weiteren Verzögerungen leisten! Ich muss und werde darauf bestehen, dass sie mir eine Entscheidung mitteilen – und zwar augenblicklich!«

Einen langen Moment blickte Staynair seine beiden Monarchen nur schweigend an. Dann senkte er in einer ungewohnt förmlichen Geste des Respekts das Haupt. Als er wieder aufblickte, war sein Blick fest.

»Wenn Ihr eine Entscheidung wünscht, Euer Durchlaucht, dann werdet Ihr auch eine Entscheidung erhalten«, sagte er ernsthaft. »Aber habt Ihr darüber nachgedacht, welche Konsequenzen es hat, wenn die Bruderschaft zustimmt und es ... nicht wie gewünscht verläuft?«

»Das haben wir«, ergriff Sharleyan das Wort, bevor Cayleb etwas erwidern konnte. Staynair wandte sich ihr zu, und sie hielt seinem Blick mit der gleichen Festigkeit stand wie zuvor ihr Gemahl. »Wenn wir Nahrmahn die Wahrheit erzählen und sich herausstellt, dass wir uns was seine Reaktion angeht getäuscht haben, dann wissen wir beide, was wir zu tun haben, Maikel. Ich bete darum, dass es nicht dazu kommen wird. Falls aber doch, werde ich gewiss den Rest meines Lebens damit verbringen, es zu bereuen und Gott um Vergebung zu bitten. Aber was sein muss, werden wir tun!« Sie verzog die Lippen zu einem freudlosen Lächeln. »Schließlich hatten wir dasselbe Problem bei jedem, den wir aufgenommen haben. Bislang sind wir jedes Mal, wie Cayleb es ausdrückt, auf Gold gestoßen. Ja, sicher, das liegt zumindest zum Teil auch daran, *dass* die Bruderschaft so langsam vorgeht und immer alles erst so gründlich wie möglich durchdenkt. Aber uns war doch schon immer klar, dass wir früher oder später fast mit Sicherheit einmal einer Täuschung aufsitzen werden. Wir haben auch schon immer gewusst, was der Preis für diese Täuschung ist ... genauso, wie wir bereits akzeptiert haben, dass es einige Leute gibt, denen wir *niemals* die Wahrheit werden sagen dürfen.«

»Sehr wohl, Eure Majestät. Ihr werdet Eure Antwort noch heute erhalten, wie auch immer sie ausfallen mag.«

»Das, Harvai, war köstlich – wie immer«, lobte mehrere Stunden später Sharleyan. Die Dienerschaft war noch dabei, die Dessertteller abräumen. »Sie verziehen uns nach Strich und Faden, wissen Sie? Sie und das ganze Personal. Wahrscheinlich wissen wir Sie deswegen alle so zu schätzen. Wir danken Ihnen ... und bitte richten Sie das auch Mistress Bahr und dem Rest des Küchenpersonals aus.«

»Sehr wohl, Eure Majestät«, erwiderte Sir Harvai Phalgrain und verneigte sich, ein Lächeln auf den Lippen. Phalgrain, der Haushofmeister des Palastes, sorgte stets dafür, dass der Hof effizient und effektiv geführt wurde. Manch Kommandeur des Militärs beneidete ihn um die Perfektion, mit der er alles organisierte. Angesichts der Gäste, die Seine Durchlaucht der Kaiser und Ihre Majestät die Kaiserin, zu diesem Abendessen geladen hatten, hatte er sich persönlich um sämtliche Abläufe gekümmert. Sharleyans Kompliment freute ihn ganz offensichtlich zutiefst.

»Und jetzt«, ergriff nun Cayleb das Wort, »werden wir uns wohl einen Augenblick um uns selbst kümmern können, Harvai. Lassen Sie einfach nur die Flaschen auf dem Beistelltisch stehen, und falls wir irgendetwas benötigen sollten, werden wir nach Ihnen läuten!«

Cayleb lächelte freundlich, während er sprach. Phalgrain erwiderte das Lächeln. Dann verneigte sich der Haushofmeister erneut – dieses Mal war es eine allgemeine Geste, die sich an sämtliche Anwesende richtete – und zog sich wie geheißen zurück.

Cayleb blickte ihm hinterher und wartete ab, bis sich hinter ihm die Tür geschlossen hatte. Dann gehörte seine Aufmerksamkeit allein wieder seinen und Sharleyans Gästen.

In mancherlei Hinsicht wünschte Cayleb sich, es wären nur zwei Gäste anwesend, nicht drei. Vielleicht hätte er darauf bestehen sollen, das Mahl als Arbeitsessen anzusehen, zu dem Prinzessin Ohlyvya dann selbstverständlich nicht geladen gewesen wäre. Eigentlich hatte das Kaiserpaar genau das im Sinn gehabt, seine Meinung aber nach reiflicherer Überlegung geändert.

Zum einen wäre es unhöflich gewesen und damit untypisch

für die beiden Monarchen. Gut, sich diesen Vorwurf einzuhandeln, damit hätten sie leben können. Aber Ohlyvya war eine kluge Frau. Hätte man sie von diesem Essen ausgeschlossen und Nahrmahn … nun, stieße etwas zu, hätte sie mit demselben Scharfsinn, der ihren Gatten auszeichnete, Fragen gestellt und vielleicht auch Antworten erhalten. Sie sich zur Feindin zu machen, wäre für Charis kaum weniger schlimm als *Nahrmahn* in dieser Position.

Außerdem standen sich Nahrmahn und Ohlyvya in der ihnen eigenen Art mindestens ebenso nahe wie Cayleb und Sharleyan. Der beruhigende Einfluss, den sie auf ihren Gemahl hatte, entsprang dieser Nähe, der Stärke ihrer Verbindung, ihrer Liebe zueinander. Vor Ohlyvya Geheimnisse zu haben, hätte den untersetzten kleinen Fürsten in eine Zwickmühle gebracht, der nicht unähnlich, in der sich Cayleb befunden hatte, ehe Sharleyan endlich die Wahrheit erfahren hatte. Vielleicht, so hoffte das Kaiserpaar, würde den beiden gemeinsam leichter fallen, die Wahrheit als solche zu akzeptieren, als einem allein.

Die Entscheidung, beide einzuweihen, hinterließ einen schalen Nachgeschmack. Dennoch war es das Einzige, was zu tun sich anbot.

Na ja, wenn Merlin Recht hat, was die beiden betrifft, wird alles problemlos laufen, versicherte sich Cayleb erneut. *Natürlich wäre Merlin der Erste, der offen eingestünde, es sei sein Fehler.*

Wo wir gerade von Merlin sprechen …

»Kommen Sie doch freundlicherweise zu uns, Merlin!«, forderte er seinen persönlichen Leibwächter auf und warf einen Blick über die Schulter zu dem hochgewachsenen Gardisten mit den auffallend blauen Augen, der an der Tür zum Speisesaal stand.

Merlin Athrawes lächelte in sich hinein, als Ohlyvya Baytz ein wenig arg rasch von ihrem Gespräch mit Sharleyan aufblickte. Mehrere Jahrzehnte schon war Prinzessin Ohlyvya mit einem regierenden Staatsoberhaupt verheiratet. Während dieser Zeitspanne hatte sie es erlernt, sich Überraschung deutlich weniger anmerken zu lassen als die meisten anderen Sterblichen.

Normalerweise, zumindest.

Nahrmahn hingegen hatte während des Corisande-Feldzuges schon oft genug die Gelegenheit gehabt, Cayleb und Merlin im Zwiegespräch zu erleben. Tatsächlich wusste er sogar schon, dass dem *Seijin* ›Visionen‹ gegeben waren. Dass Merlins Funktion als Seher und Ratgeber sogar noch wichtiger war als seine Funktion als Caylebs persönliche Leibwache. Währenddessen hatte er auch begriffen, dass Captain Athrawes' Beziehung zum Kaiserpaar sogar noch enger war, als die meisten jemals vermutet hätten.

Nahrmahn hatte gelernt, dies bei seinen Analysen von Merlins ›Visionen‹ zu berücksichtigen. Doch das war ein Wissen, das er niemals mit seiner Gemahlin geteilt hatte. Offenkundig aber hatten Ihre Majestäten beschlossen, es sei an der Zeit, dass auch Ohlyvya zumindest einen Teil dessen erführe, was ihm bereits bekannt war. Nahrmahn dürfte das vielleicht überrascht haben. Falls ja, ließ er es sich nicht groß anmerken. Er neigte nur den Kopf in einer leicht nachdenklichen Geste ein wenig zur Seite. Merlin führte die Geste nicht hinters Licht. Merlin glaubte beinahe zu sehen, wie die Gedanken durch das äußerst flexible Gehirn des Fürsten flitzten.

»Sehr wohl, Euer Durchlaucht«, murmelte Merlin und trat an den Tisch heran. Mit einer Handbewegung deutete Cayleb auf einen Stuhl zwischen sich und Maikel Staynair, und Merlin verneigte sich angemessen. Er legte seinen Waffengurt ab, lehnte Katana und Wakizashi, beide in ihrer Scheide, gegen die Wand. Dann zog er sich den ihm angewiesenen Stuhl zurecht und nahm Platz.

»Wein, Merlin?«, fragte Staynair, ein launiges Lächeln auf den Lippen.

»Wenn's recht ist, Eure Eminenz«, erwiderte Merlin und beobachtete aus dem Augenwinkel Prinzessin Ohlyvyas verdutzte Miene, als der Primas der Kirche von Charis persönlich einem einfachen Leibwächter Wein einschenkte. Der Erzbischof reichte Merlin das Glas, der dankbar nickte und einen Schluck nahm.

»Nahrmahn, Ohlyvya«, setzte Cayleb an und zog damit die Aufmerksamkeit sowohl des Prinzen wie auch der Prinzessin auf sich, »wie Sie beide gewiss schon geschlussfolgert haben werden, haben Sharleyan und ich Merlin aus gutem Grund an unseren Tisch gebeten. Wie Sie beide gewiss ebenfalls schon begriffen haben, ist Merlin ein wenig mehr als nur mein Leibwächter. Nahrmahn weiß das schon, Ohlyvya, auch wenn er dieses Wissen mit Ihnen noch nicht geteilt hat.«

»Das hat er allerdings nicht, Euer Durchlaucht«, erwiderte Ohlyvya. In ihrer Stimme schwang unverkennbare Anspannung mit.

»Dessen waren wir uns gewiss«, warf Sharleyan rasch ein, streckte die Hand aus und tätschelte ihrem weiblichen Gast beruhigend den Oberarm. Ohlyvya blickte sie an, und die Kaiserin lächelte. »Glauben Sie mir: Wenn ich sage, wir *wissen*, dass Nahrmahn niemals auch nur eine Kleinigkeit der Dinge verraten hat, die wir ihn haben wissen lassen, dann ist das nichts als die reine Wahrheit. Sie werden sofort verstehen, was ich meine, wenn Merlin seine Erklärung vorgebracht hat.«

»Erklärung, Eure Majestät?« Dieses Mal war Ohlyvyas Verwirrung sehr viel deutlicher zu bemerken, und Sharleyan nickte. Dann schaute sie zu Merlin hinüber.

»Fangt doch bitte einfach an!«, forderte sie ihn auf.

»Sehr wohl, Eure Majestät.« Wieder verneigte sich Merlin, dann blickte er über den Tisch hinweg Ohlyvya an. »Einen Teil dessen, was ich jetzt erklären werde, hat Prinz Nahrmahn bereits erfahren, Eure Hoheit«, begann er, »aber das meiste davon wird auch für ihn neu sein. Oder vielleicht sollte ich besser sagen: Er wird erfahren, dass die Informationen, die ihm bislang zugänglich gemacht wurden ... unvollständig waren. Dafür bitte ich um Verzeihung, Euer Hoheit«, sagte er, an Nahrmahn gerichtet. »Aber das gehörte zur verordneten restriktiven Informationspolitik. Auch das werdet Ihr sofort verstehen, wenn ich meine Erklärung beendet habe.«

»Darf ich annehmen, dass sich etwas geändert hatte und es jetzt unerlässlich für mich ist, diese Informationen *doch* zu erhalten, *Seijin* Merlin? Für mich wie für Ohlyvya?« Nahrmahn stellte die Frage mit sehr ruhiger Stimme. Zugleich umschloss er mit den Fingern beruhigend die Hand seiner Gemahlin. Es war eine rührende Geste, ihr so Schutz anzubieten. Merlins Herz erwärmte sich noch mehr für den untersetzten Emeraldianer.

»Geändert weniger. Vielmehr ist ein Entscheidungsprozess endlich zu einem Abschluss gekommen, Euer Hoheit«, erklärte Merlin ihm. »An dieser Entscheidung waren mehr Personen beteiligt, als Ihr, so bin ich überzeugt, auch nur vermuten könnt. Den meisten dieser Leute gebricht es an den ... man könnte wohl sagen: unfairen Vorteilen, die mir gegeben sind, wie Ihr ja bereits wisst. Deswegen sind sie von sich aus ein wenig zögerlicher – nun ja, vielleicht wäre ›vorsichtiger‹ das bessere Wort –, als sie das sonst möglicherweise wären.«

»Aber für *Euch* gilt das nicht?«, gab Nahrmahn leise zurück, ein Lächeln auf den Lippen. Merlin zuckte mit den Schultern.

»Wir würden dieses Gespräch jetzt nicht führen, wenn nicht Cayleb, Sharleyan und Erzbischof Maikel sich recht sicher wären, was seinen Ausgang betrifft, Euer Hoheit. Aber niemand von uns ist unfehlbar. Deswegen ist es sehr gut möglich, dass wir uns in dieser Hinsicht täuschen. Aber ehrlich gesagt halte ich das für wenig wahrscheinlich.«

»Na, *das* beruhigt mich aber ... glaube ich«, erwiderte Nahrmahn. »Andererseits solltet Ihr vielleicht jetzt lieber mit dieser Erklärung beginnen.«

»Gewiss, Euer Hoheit.«

Obwohl dieser Moment von möglicherweise entscheidender Bedeutung war, hatte Merlin ernstliche Schwierigkeiten, angesichts dieser Mischung aus Zerknirschung, Ungeduld und Belustigung in Nahrmahns Ton noch ernst zu bleiben. Kaum hatte Merlin seine Fassung wieder, beugte er sich in seinem Stuhl ein wenig vor. Mit beiden Händen umschloss er sein Weinglas, während er Nahrmahn und Ohlyvya ernst anblickte.

»Mir ist durchaus bewusst, in einem weitaus höheren Maße, als Eure Hoheiten vermuten können, mit welcher Ernüchterung Ihr die ›Vierer-Gruppe‹ betrachtet«, sagte er sehr ruhig. »Ich weiß – richtig: ich *vermute* nicht, ich *denke* nicht nur, ich *schätze* nicht, ich *weiß* –, dass Prinzessin Ohlyvya ebenso angewidert ist wie Cayleb oder Sharleyan ob der Art und Weise, in der Clyntahn und Trynair die Autorität der Kirche und den Glauben eines jeden Safeholdianers ausnutzen und missbrauchen. Weiterhin weiß ich, dass Euer Abscheu angesichts der so offenkundigen Korruption und der Neigung zur Tyrannei der ›Vierer-Gruppe‹ ungleich größer ist, als Ihr eigentlich irgendjemanden wissen lassen wollt. Was nicht weiter verwunderlich ist ob dieses Rufes als zynischer, pragmatischer, skrupelloser Politiker, den Ihr so lange gezielt kultiviert habt, Euer Hoheit.« Er gestattete sich ein kleines Lächeln, als Nahrmahn ihn geringfügig beleidigt anblickte. Keine Spur dieser Belustigung jedoch schwang in seinem Tonfall mit, als er fortfuhr. »Aber was keiner von Ihnen beiden ahnt, ist, dass die ›Vierer-Gruppe‹ beileibe nicht die Ersten sind, die den Glauben aller Safeholdianer für ihre eigenen Zwecke missbrauchen. Tatsächlich folgen sie einer Tradition, die bereits vor dem Tag der Schöpfung begründet wurde.«

Gleichzeitig richteten sich der Prinz und die Prinzessin auf.

Beider Augen weiteten sich verwirrt, und nun war Merlins Lächeln viel, viel grimmiger.

»Wisst Ihr, vor mehr als tausend Jahren ...«

Als Merlin zwei Stunden später seine Erklärung geendet hatte, lag drückendes Schweigen über dem Speisesaal. Das schwache, eisige Seufzen des Winterwindes, der über Simse, Zinnen und Giebel strich und mit unsichtbaren Fingern gegen die geschlossenen Fensterläden klopfte, war deutlich zu hören.

Nahrmahn und Ohlyvya Baytz saßen Seite an Seite. Seit Merlin zu seiner Erklärung angehoben hatte, hielten sie einander die Hand. Ohlyvyas Augen wirkten im Schein der Lampen wie riesige, dunkle Seen. Ihr Blick war fest auf den Kommunikator gerichtet, den kompakten Holo-Projektor und die nun ungeschützte Klinge des Wakizashi, die auf dem Tisch vor ihr lagen. Während Merlin sie anschaute, fragte er sich, welches der High-Tech-Beweisstücke, die er vorgebracht hatte, um seiner fantastischen Geschichte zumindest ein wenig Glaubwürdigkeit zu verleihen, sie wohl am überzeugendsten fand. Er vermutete, in mancherlei Hinsicht sei es wohl das Wakizashi. Der Kommunikator und der Projektor sahen schon fremdartig *aus*, vielleicht sogar nach Zauberwerk. Für das Wakizashi galt das nicht. Und doch hatte sie mit eigenen Augen gesehen, wie Merlin mit der unfassbar scharfen Klinge lange Metallstreifen vom Schürhaken des Kamins im Speisesaal geschnitten hatte. Dass das Wakizashi eben *nicht* fremdartig aussah, machte es ganz offenkundig nur noch umso ... beeindruckender.

Und ich sollte auf jeden Fall darauf achten, dass niemand diesen Schürhaken zu Gesicht bekommt, nahm er sich vor. *Lieber sollen die Dienstboten sich fragen, wo der nun wieder abgeblieben ist, als dass sie das Teil finden, zerschnippelt wie eine Weihnachtsgans.*

Kurz durchzuckte ihn Wehmut, als ihm bewusst wurde, welchen Vergleich er hier gewählt hatte, und fragte sich, ob es wohl die Zusammenfassung der wahren Geschichte der Menschheit gewesen war, die ihn auf derartige Gedanken gebracht hatte.

Nahrmahns Miene war deutlich weniger vielsagend als die seiner Gemahlin. Ihre Verwunderung und ihr Blick, so fassungslos, als hätte sie einen Geist gesehen, waren unverkennbar. Nahrmahns Augen wirkten lediglich sehr nachdenklich. Die Lippen hatte er geschürzt, als denke er über ein ganz alltägliches Problem nach, nicht über eine gänzlich grundlegende Veränderung des gesamten Universums, das in Wahrheit überhaupt nicht so war, wie er sich das immer vorgestellt hatte.

»Und?«, brach Cayleb schließlich leise das Schweigen.

Ruckartig hob Ohlyvya den Kopf, ihr Blick zuckte zum Kaiser hinüber, fast so hektisch wie bei einem verschreckten Kaninchen. Nahrmahn richtete lediglich den Blick auf seinen Kaiser. Doch gleichzeitig legte der Fürst von Emerald auch noch die andere Hand auf den Handrücken seiner Frau. Sanft tätschelte er sie, dann schaute er zu Merlin.

»Dann waren es doch nicht nur die Leibgarden Ihrer Majestät, die ihr das Leben gerettet haben, nicht wahr, *Seijin* Merlin?«, fragte er mit ruhiger Stimme. »Nicht nur.«

»Nein, Euer Hoheit, nicht nur.« Merlin sprach leise, seine saphirblauen PICA-Augen wirkten dunkel. »Aber ohne sie wäre ich zu spät gekommen ... und es ist meine Schuld, dass so viele von ihnen das Leben verloren haben. An dem Tag habe ich wirklich alles andere als gute Arbeit geleistet.«

Unruhig rutschte Sharleyan auf ihrem Stuhl hin und her, als wolle sie seinem Urteil widersprechen. Doch sie tat es nicht, und Nahrmahn lächelte milde.

»Ich habe mir gerade noch einmal die Ereignisse an jenem Morgen ins Gedächtnis zurückgerufen und genau angeschaut.« Sein Tonfall klang beinahe schon humorig. »Da dachte ich, Ihr hättet schon so viel erklärt, und dann stellt sich heraus, dass es so viel *mehr* gab, das Ihr nicht einmal ansatzweise erwähnt habt!« Er schüttelte den Kopf. »Aber ich muss zugeben, dass jetzt eine ganze Reihe Dinge deutlich mehr Sinn ergeben als zuvor. Zum einen hat mich schon die ganze Zeit verwundert, wie Ihre Majestäten in so ähnlichen Bahnen haben denken können. Gewiss, ich habe reichlich Erfahrung darin, wie ein Ehepaar lernt, die Gedanken des anderen vorauszuahnen. Und«, kleine Fältchen erschienen rings um seine Augen, als er Ohlyvya kurz, aber sehr herzlich anlächelte, »wie sie einander auch noch nach all den Jahren immer wieder zu überraschen vermögen. Aber Ihre Majestäten«, nun richtete er den Blick auf Cayleb und Sharleyan, »sind noch nicht so lange zusammen. Und deswegen hat es mich mehr als nur einmal überrascht, wie trotz großer räumlicher Trennung Euer Handeln und Eure Entscheidungen so aufeinander abgestimmt sein konnten. Zum Beispiel, wie Ihre Majestät von sich aus entschieden hat, nach diesem erfreulicherweise doch missglückten Attentat wieder nach Chisholm zurückzukehren. Das war genau das, was ich für das Richtige gehalten habe. Tatsächlich war es genau das, was ich gerade an jenem Morgen recht nachdrücklich empfohlen hatte. Aber ich wäre nie auf die Idee gekommen, Ihre Majestät könne das derart prompt wirklich tun. Jetzt verstehe ich, wie Ihr beide das habt hinbekommen können.«

»Um Cayleb und Sharleyan Gerechtigkeit widerfahren zu lassen, Euer Hoheit: Vor diesem Attentat hatten sie nicht die Möglichkeit zeitverlustloser Kommunikation«, merkte Merlin an. Da nickte Nahrmahn nachdenklich.

»Auch richtig«, stimmte er zu. »Sie haben auch schon vorher reibungslos zusammenarbeiten können, nicht wahr?«

»Ja, haben ›sie‹«, warf Cayleb trocken ein. »Und das bringt mich auf meine ursprüngliche Frage zurück, Euer Hoheit.«

»Ich will nicht behaupten, dass ich nicht im Übermaß überrascht wäre, Euer Durchlaucht«, gestand Nahrmahn ein. »Allerdings vermute ich, dass Ihr doch ein wenig enttäuscht wäret, wäre es anders! Aber das Sonderbare daran ist, dass ich, so scheint es mir, eigentlich nicht *schockiert* bin.«

»Nicht?«

Die Stimme seiner Gemahlin zitterte – nicht sehr, aber doch deutlich erkennbar. Rasch schaute Nahrmahn sie an, und sie brachte ein schwaches Lächeln zustande, als sie die Besorgnis in seinem Blick sah.

»Ich vermag zu sagen, dass *ich* durchaus schockiert bin!«, fuhr sie fort. »Und …«, nun blickte sie zu Cayleb und Sharleyan, »… ich muss gestehen: zutiefst beunruhigt. Selbst mit all den Beweisen, die *Seijin* Merlin vorgebracht hat, verlangt Ihr doch, eine ganze Menge unfassbarer Dinge zu glauben. Oder vielleicht sollte ich lieber sagen: eine ganze Menge Dinge *nicht* zu glauben. Ihr redet hier nicht mehr nur von der ›Vierer-Gruppe‹. Ihr redet nicht nur über die Korruption, die die ganze Kirche befallen hat, oder über bösartige Männer, die Gottes Heilige Botschaft verzerren und missbrauchen. Ihr habt uns gerade gesagt, dass die *Botschaft selbst* eine Lüge ist. Dass der Glaube, dem wir unsere Seelen anvertraut haben – die Seelen unserer *Kinder* – nicht mehr ist als ein einziger, gewaltiger Betrug!«

Die Seele dieser Frau besteht wirklich aus Stahl, dachte Merlin voller Respekt. *Sicher ist sie schockiert. Aber sie geht gleich geradewegs an den Kern der Sache heran – an das, was ihr* wirklich *wichtig ist.*

»Das ist ganz genau das, was Merlin Euch gerade berichtet hat … teilweise«, ergriff Staynair das Wort, bevor jemand anderes dazu Gelegenheit hatte. Ohlyvya Baytz blickte den Erzbischof an. Er schenkte ihr ein trauriges Lächeln. »Die Kirche des Verheißenen *ist* eine Lüge, ein einziger, gewaltiger Betrug, wie Ihr es gerade genannt habt«, fuhr er fort. »Aber die Männer und Frauen, die für diese Lüge verantwortlich sind, haben sie aus einzelnen Fragmenten echten Gottvertrauens zusammengesetzt. Aus echtem Glauben. Sie haben Teile der Wahrheit gestohlen und daraus eine Lüge konstruiert. Und genau das hat es für so lange Zeit so verdammenswert – und ich habe dieses Wort mit Bedacht gewählt, Eure Hoheit – glaubwürdig gemacht. Aber wie Merlin zu Beginn seiner Erklärung schon bemerkte: Es besteht kein großer Unterschied zwischen Eric Langhorne und der ›Vierer-Gruppe‹. Abgesehen davon, dass, ob wir ihm da nun zustimmen wollen oder nicht, Langhorne tatsächlich vorbringen könnte, das Überleben der Menschheit selbst habe vom Erfolg der Lügen abgehangen, die *er* ersonnen hat.«

Ohlyvya kniff die Augen zusammen, und Staynair zuckte mit den Schultern.

»Ich werde nichts von dem bestreiten, was Merlin über Langhorne und Bédard und den Rest der so genannten ›Erzengel‹ vorgebracht hat. Sie waren Massenmörder und ganz offenkundig größenwahnsinnig. Was sie geschaffen haben, war ein Ungetüm und bei Gott eine Abscheulichkeit! Ich selbst bin Bédardist, und die Wahrheit über die Schutzheilige meines Ordens zu erfahren, gehörte eindeutig zu den weniger erfreulichen Erfahrungen, die ich im Laufe meines Lebens machen durfte. Aber nachdem das nun gesagt ist, möchte ich auch darauf hinweisen, dass der Bédard-Orden im Laufe der Jahrhunderte viel Gutes getan hat. Ich glaube, mein Orden ist zu etwas doch recht anderem geworden als das, was Bédard im Sinn hatte, als sie seinerzeit das Denken hilfloser, schlafender Menschen ›umprogrammiert‹ hat, damit sie diese Lüge auch wirklich glauben. Aber ich muss zugeben, dass ich mich in dieser Hinsicht täuschen könnte. Wir wissen, was sie und Langhorne *getan* haben; wir werden niemals erfahren, was sie sich dabei *gedacht* haben. Ich will damit nicht sagen, ihre Motive seien so hehr gewesen – falls das überhaupt der Fall war! –, dass sie damit ihr Handeln rechtfertigen würden. Ich will damit sagen: Wir Menschen neigen dazu, ein Urteil anhand dessen abzugeben, was wir *verstehen*, was wir *sehen*, selbst wenn wir dank unseres Verstandes durchaus begreifen, dass es gewiss auch Dinge gibt, die wir *nicht* verstehen und die wir bislang *noch nicht* gesehen haben. So verhalten wir uns anderen, ja sogar uns selbst gegenüber. Wir sollten versuchen, das zu erkennen, Eure Hoheit. Und vielleicht sollten wir auch versuchen, Gott nicht die gleiche Ungerechtigkeit widerfahren zu lassen.«

Mehrere Augenblicke lang starrte Ohlyvya ihn nur an. Dann nickte sie langsam. Es war keine Geste der Zustimmung – zumindest noch nicht. Doch es war zumindest ein erstes Eingeständnis des Verstehens.

»Beizeiten«, sagte nun Sharleyan, »muss jeder Mensch für sich selbst entscheiden, wie auf diese Lüge zu reagieren ist. Ich weiß, wie *ich* darauf reagiert habe. Aber niemand vermag zu beurteilen, wie ein anderer darauf reagieren wird. Das ist einer der Gründe, weswegen wir so vorsichtig dabei vorgehen, wenn es darum geht, zu entscheiden, wem wir die Wahrheit enthüllen können – und wem nicht.«

»Und falls sich herausstellt, dass Ihr Euch dabei getäuscht habt, Eure Majestät?«, fragte Ohlyvya sehr leise. »Was geschieht dann?«

»Dass Ihr diese Frage stellt, bedeutet unweigerlich, dass Ihr die Antwort darauf bereits wisst«, gab Sharleyan ebenso leise zurück. Doch so leise ihre Stimme auch war, sie war unerschütterlich. »Wir können – und wollen – uns in dieser Hinsicht nichts vormachen. Gott allein weiß, wie viele Menschen noch werden sterben müssen, bevor dieser Kampf beendet ist. Die Informationen, die Merlin Euch und Nahrmahn heute vorgelegt hat, würden sich in der Hand der Tempelgetreuen als katastrophal erweisen. Wenn Ihr an unserer Stelle wäret, was wäret Ihr bereit zu unternehmen, um zu verhindern, dass dieses Wissen jemals in die falschen Hände gerät?«

Wieder senkte sich Schweigen über den Speisesaal, ein angespanntes, bedrohliches Schweigen. Überraschenderweise lächelte Ohlyvya Baytz schließlich. Es war ein mattes Lächeln, aber es war, wie Merlin erkannte, ehrlich.

»Ich bin mit Nahrmahn schon fast so lange verheiratet, wie Ihr überhaupt lebt, Eure Majestät«, erklärte sie. »All die Jahre hindurch hat er stets sein Bestes gegeben, mich vor der rauen Wirklichkeit des ›Großen Spiels‹ zu beschützen. Aber ich fürchte, er war dabei niemals so erfolgreich, wie er selbst gewiss gedacht haben wird – auch wenn ich nie den Mut aufgebracht habe, ihn das wissen zu lassen.«

Sie wandte den Kopf zur Seite, und ihr Lächeln wurde kräftiger und herzlicher, als sie ihrem Gemahl in die Augen blickte und ihm die Hand drückte. Dann schaute sie, nun wieder ernst, zu Sharleyan und Cayleb hinüber.

»Ich weiß sehr wohl, was zu tun Ihr Euch gezwungen sähet. Und ich zweifle keinen Moment daran, dass Nahrmahn an Eurer Stelle genau das Gleiche täte. Und«, sie blickte Sharleyan geradewegs in die Augen, »für mich gilt das ebenso. Also ist es wohl gut, um unser aller willen, dass Ihr das nicht werdet tun müssen.«

»Nicht?«, fragte Cayleb leise, und Ohlyvya schüttelte den Kopf.

»Euer Durchlaucht, wäre Nahrmahn geneigt gewesen, Euch als Ketzer und Dämonenanbeter zu denunzieren, hätte er das in dem Augenblick getan, als Ihr ihm sagtet, *Seijin* Merlin habe Visionen. Ihr hättet ihm gar nicht erst zu erzählen brauchen, dass der *Seijin* auch durch die Luft fliegen kann und nicht auf solche unbedeutenden Kleinigkeiten angewiesen ist wie, ach, sagen wir doch einfach: Atemluft. Schon ganz zu Anfang war meinem Mann bewusst, dass hier ungleich mehr vor sich geht, als die ›Vierer-Gruppe‹ auch nur erahnt. Von jenem Augenblick an wusste er, dass Merlin ein unnatürliches Wesen ist. Und ich bezweifle nicht, dass ihm die Warnung der *Heiligen Schrift*, derartige Wesen würden Shan-wei zu Diensten sein, durch den Kopf gegangen ist. Dieser Kopf ist ziemlich leistungsfähig, wisst Ihr?«

Wieder lächelte sie und schüttelte in Nahrmahns Richtung den Kopf. Doch ihr gelang das Kunststück, gleichzeitig immer noch Cayleb anzublicken, während sie weitersprach.

»Ich kennen meinen Mann«, sagte sie schlicht. »Und auch wenn ich nicht bezweifle, dass der *Seijin* ihn die ganze Zeit über beobachten konnte, weiß ich, dass es Nahrmahn gelungen wäre, Euch zu verraten, wenn er Euch und Merlin für Diener Shan-weis hielte. Vielleicht hätte er das letztendlich nicht überlebt. Aber es wäre ihm gelungen. Nun, da Ihr ihn selbst deutlich besser kennt als früher, werdet Ihr vermutlich auch erkennen, dass er es auch dann getan hätte, wenn ihm völlig *bewusst* gewesen wäre, dass er es nicht überleben würde. Wäre er überzeugt, Ihr wolltet die ganz Welt an die Dunkelheit verraten, hätte das für ihn keine Rolle gespielt.«

Bemerkenswert, welchen interessanten Rot-Ton Nahrmahns Gesicht annehmen kann!, ging es Merlin durch den Kopf. Doch der rundliche Fürst verzog keine Miene.

Und bei Gott, sie hat wirklich Recht, was ihn betrifft, setzte Merlin seinen Gedanken fort. *Als ich ihn das erste Mal gesehen habe, da hätte ich das noch nicht für möglich gehalten, aber sie hat Recht. Wenn er das wirklich angenommen hätte, hätte er uns zu verraten gewusst.*

»Zufälligerweise«, fuhr Ohlyvya fort, »setze ich beachtliches Vertrauen in sein Urteilsvermögen. Nun, er ist nicht unfehlbar und hat auch schon reichlich Fehler gemacht. Aber es waren doch deutlich weniger Fehler als bei einer ganzen Menge anderer Fürsten, die ich aufzählen könnte. Und in diesem Falle deckt sich, so will mir scheinen, das Urteil, zu dem er gekommen ist, ganz mit dem meinen.«

Sie blickte Staynair an.

»Eure Eminenz, ich würde wirklich gern die Gelegenheit nutzen, mich mit einigen dieser anderen heiligen Schriften zu befassen, die Ihr erwähnt hattet. Ich werde gewiss, wenn das erst einmal geschehen ist, noch unzählige weitere Fragen haben. Aber ich war bereit, Euch zu vertrauen, als Ihr Euch gegen den Tempel gestellt habt. Ich bin Euch und Eurem Glauben gefolgt, als Ihr die Art und Weise zurückgewiesen habt, wie Mutter Kirche die *Heilige Schrift* auslegt – diese einzige *Heilige*

Schrift, die ich kannte. Ich bin Euch aus meinem Glauben heraus gefolgt. Auch wenn Ihr jetzt vielleicht noch größeren Glauben meint von uns zu verlangen, bietet Ihr uns zugleich doch auch deutlich mehr Belege und Beweise.« Sie zuckte mit den Schultern. »Gewiss wird jemand wie Clyntahn alle möglichen Gründe finden, sämtliche dieser Belege und Beweise zurückzuweisen. Aber ich habe bereits begriffen, dass er nicht den gleichen Gott verehrt wie ich. Also habe ich damit überhaupt keine Schwierigkeiten.«

Merlin entspannte sich, als er die Aufrichtigkeit ihrer Worte spürte. Er blickte sich am Tisch um und erkannte bei den anderen hier Versammelten, dass es ihnen ebenso ging, auch wenn sie es mehr oder weniger zu verbergen suchten – außer Nahrmahn.

Der Fürst von Emerald blickte nicht Merlin Athrawes an, nicht seinen Kaiser und nicht seine Kaiserin. Sein Blick ruhte auf der Person, die ungleich wichtiger war als jede dieser erlauchten Persönlichkeiten.

Er schaute seine Gemahlin an, und während er sie anblickte, verbarg er ausnahmsweise keine seiner Emotionen.

.VI.

Prinz Nahrmahns Wohnzimmer, Kaiserlicher Palast, Stadt Cherayth, Königreich Chisholm

»Guten Morgen, Euer Hoheit.«

»Ja, nicht wahr? Ich meine, es ist wirklich schon *Morgen.*« Durch das Palastfenster betrachtete Nahrmahn Baytz einen wintergrauen Chisholm-Tag und erschauerte.

Derart früh *am Morgen ist es eigentlich gar nicht,* sinniert Merlin. Andererseits lag Cherayth vier Zeitzonen weiter östlich als Eraystor. Nahrmahn hatte eine recht lange Reise hinter sich. Eigentlich hatte seine innere Uhr reichlich Zeit gehabt, sich umzustellen. Und das brachte Merlin zu dem Schluss, dass Prinz Nahrmahn einfach das war, was beklagenswert fröhliche Personen auf Terra immer einen ›Morgenmuffel‹ genannt hatte.

Ist ja auch völlig in Ordnung, dachte Merlin und verkniff sich ein Lächeln. *Ich bin ja auch nicht gerade mit den Hühnern aufgestanden, wenn sich's irgendwie vermeiden ließ.*

»Und was kann ich für Euch tun zu dieser gottlosen, eisigen Stunde?«, erkundigte sich Nahrmahn, während er näher ans Feuer herantrat, das im Kamin des Wohnzimmers seiner Suite fröhlich prasselte.

»Ich müsste einige Dinge mit Euch besprechen, Euer Hoheit«, erwiderte Merlin. Nahrmahn verengte die Augen, und seine Miene wurde deutlich ernster, als er nun den *Seijin* anblickte.

»In meiner Funktion als Kaiserlicher Berater für nachrichtendienstliche Aufgaben?«, fragte er. »Oder in meiner Funktion als Neuzugang zum Inneren Kreis?«

»Tatsächlich in beiden.« Kaum merklich zuckte Merlin die

Achseln. »Euch ist gewiss schon bewusst, zumindest theoretisch, dass Eure Möglichkeiten, neu eintreffende Informationen zu analysieren, sich deutlich verändern werden, wenn ich Euch erst einmal in den ordnungsgemäßen Gebrauch Eures Koms eingewiesen habe. Aber ich bezweifle, dass Ihr bereits gänzlich darauf vorbereitet seid. Ich meine das keineswegs herablassend. Lasst mich offen sein: Ich wüsste nicht, wie jemand, der das nicht bereits einmal erlebt hat, darauf gänzlich vorbereitet sein *könnte.*«

»Daran habe ich nicht den geringsten Zweifel«, gab Nahrmahn nüchtern zurück. Dann schüttelte er den Kopf. »Ich erinnere mich an all diese nett abgefassten Zusammenfassungen, die Ihr und ... Owl mir zur Verfügung gestellt haben. Ich habe versucht mir vorzustellen, wie es ist, das alles mit eigenen Augen zu sehen.« Wieder schüttelte er den Kopf. »Mir scheint, so sehr ich das auch versuchen mag, in Wahrheit wird es noch viel ... sollte man vielleicht sagen: beeindruckender sein?«

»So in etwa. Trotzdem denke ich, Ihr werdet Euch schneller daran gewöhnen, als Ihr im Augenblick vermutlich annehmt.« Merlin lächelte. Wieder ernst fuhr er fort: »Aber es gibt noch etwas, das Ihr kennenlernen werdet. Man nennt es Informationsüberflutung.« Nun war es an ihm, den Kopf zu schütteln. »Deswegen wäre Sharleyan tatsächlich beinahe umgebracht worden, trotz all meiner SNARCs und Parasiten. Es haben mich einfach entschieden zu viele Daten erreicht, obwohl mir Owl schon geholfen hat. Das alles *konnte* ich einfach nicht im Auge behalten. Dabei komme ich im Gegensatz zu Euch, Euer Hoheit, tatsächlich fast unbegrenzt ohne Schlaf aus, wenn es erforderlich ist.«

»Ah«, machte Nahrmahn nachdenklich. »Ich habe auch schon darüber nachgedacht, wie Ihre Majestäten die Zeit finden – und die erforderliche Privatsphäre –, sich hinzusetzen und sich all das Material anzuschauen, das Ihr beschrieben habt. Ist ja nicht so, als könnten sie einfach im Thronsaal herumsitzen und alle anderen ignorieren, während sie Stimmen lauschen, die sonst niemand hört, nicht wahr? Früher oder später führt das unweigerlich zu Getuschel.«

»Glaubt mir, es ist sogar noch viel schlimmer!« Merlin verdrehte die Augen. »Ich könnte mir vorstellen, dass es für Euch mindestens genauso schlimm wird.«

»Mindestens genauso?«, wiederholte Nahrmahn und wölbte fragend beide Augenbrauen.

»Ihr habt jetzt Zugriff auf sämtliche Dateien, die Owl aufzubieten hat, Euer Hoheit. Und ich weiß, von wem Eure älteren Kinder die Begeisterung fürs Lesen geerbt haben. Mich schaudert es bei dem Gedanken, was geschehen wird, wenn Ihr Owls historische Datenbanken entdeckt. Und Gott helfe uns allen, wenn Ihr jemals Machiavelli für Euch entdeckt!«

»Machiavelli«, wiederholte Nahrmahn den bizarr klingenden Namen, ein vorsichtiger Versuch an der exotischen Silbenfolge. »Ist das der Name des Buches oder des Autors?«

»Das herauszufinden überlasse ich Euch, Euer Hoheit.« Tatsächlich erschauerte Merlin ein wenig. »Besser, ich hätte das gar nicht erwähnt! Aber ich habe Owl angewiesen, sämtlichen Usern im System dabei behilflich zu sein, eigenständig Datensuche zu betreiben. Und so wie ich Euch kenne, werdet Ihr sämtliche Querverweise darauf ohnehin schon bald entdeckt haben.«

»Ihr wisst doch wohl, dass Ihr mich nur umso neugieriger macht, oder?«, fragte Nahrmahn.

»Ja, schon.« Merlin trat ans Fenster heran und blickte auf die winterliche Landschaft hinab. »Wisst Ihr, endlich habe ich jemanden, mit dem ich überhaupt über diese Dinge sprechen kann«, gestand er langsam. »Das ist fast ... fast, als gäbe es die Menschheit auf Terra und ihre Geschichte noch. Mir war überhaupt nicht bewusst, wie sehr ich Gespräche darüber vermisst habe, bis ich endlich andere Menschen gefunden habe, mit denen ich das tatsächlich zu teilen wagen darf.«

Nahrmahns Gesichtszüge bekamen etwas Sanftes. Er legte dem *Seijin* eine Hand auf die Schulter.

»Es gibt da ein Sprichwort«, begann er leise. »Wahrscheinlich gab es auf Terra ein ähnliches. Es lautet ›Vereinsamt ist das Haupt, das eine Krone drückt‹.« Er stellte sich neben Merlin und blickte ebenfalls aus dem Fenster. »Schon vor Jahren ist mir bewusst geworden, wie wahr das ist. Aber ich wäre niemals auf den Gedanken gekommen, es könnte jemanden geben, der so einsam ist, wie Ihr es gewesen sein müsst, als Ihr in dieser Höhle erwacht seid.«

Merlin wandte den Kopf zur Seite und betrachtete schweigend einen Moment lang den untersetzten Emeraldianer. Dann nickte er.

»Wisst Ihr, Euer Hoheit«, sagte er in bewusst ungezwungenem Tonfall, »es ist mir tagtäglich ein steter Quell der Freude, dass es uns gelungen ist, die Unstimmigkeiten zwischen Charis und Emerald beizulegen, ohne dass jemand noch etwa einen Fuß kürzer gemacht werden musste, als er von Natur aus sowieso schon ist.«

»Genau, das gilt insbesondere für diejenigen unter uns, die nur wenig Zoll zu entbehren hatten«, stimmte Nahrmahn mit einem schiefen Grinsen zu und blickte zu dem hochgewachsenen *Seijin* auf.

»Ganz gewiss.« Merlin lächelte. Dann riss er sich zusammen. »Aber ich denke, wir sollten uns wieder dem Grund zuwenden, aus dem ich Euch eigentlich an diesem Morgen aufgesucht habe«, sagte er forsch.

»Ich bitte darum«, forderte Nahrmahn ihn auf.

»Die Sache ist die: ich werde nach Maikelberg aufbrechen, sobald Ihr und ich diese kleine Unterredung hier beendet haben«, setzte er an. »Ich muss dort für Ihre Majestäten etwas erledigen – etwas, das tatsächlich sogar ein wenig mit unserem derzeitigen Gesprächsthema zu tun hat. Und weil ich fortmuss, kann ich Euch und Prinzessin Ohlyvya nicht in der Weise mit dem Gebrauch Eurer Koms vertraut machen, wie ich das sonst hätte tun können. Aber Cayleb und Sharleyan können das gut für mich übernehmen. Sie werden Euch – und Erzbischof Maikel – gewiss heute Abend wieder zum Essen einladen, sodass sich das gleich erledigen lässt.«

Er schwieg einen Moment und hob fragend die Augenbrauen, bis Nahrmahn verständnisvoll genickt hatte.

Dann fuhr er fort: »Zuerst werden wir Euch auf den neuesten Stand bringen. Wenn Ihr mit Owls Interface gut zurechtkommt, werden wir Euch bitten, uns ein wenig zu entlasten, was die Auswertung der eingehenden Informationen betrifft. Cayleb und Sharleyan haben bereits ihren Teil von Owls Aufklärungsmaterial, den sie täglich auswerten. Das Schwierige wird sein, Euch nicht gleich völlig zu überlasten. Denn meines Erachtens, Euer Hoheit, seid Ihr der Beste auf diesem Gebiet, den wir haben. Ihr seid darin in jedem Fall besser als ich, wahrscheinlich sogar besser als Wave Thunder. Also müssen wir genau abwägen, wie viele Rohdaten Ihr erhaltet und wie viele von einem weniger guten Auswerter als Euch vorausgewählte Daten.«

»Ja, ich verstehe«, meinte Nahrmahn. Falls Merlins Lob ihn beschämte, verbarg er das gut. Merlin verkniff sich ein Lächeln.

»Es gibt einiges, von dem es uns wichtig ist, dass Ihr Euch als Erster damit befasst«, fuhr er dann fort. »Und damit kommen wir zu meiner Reise nach Maikelberg.«

»Inwiefern das?«, fragte Nahrmahn nach, als Merlin nicht weitersprach.

Der *Seijin* wählte seine Worte mit äußerstem Bedacht. »Gewisse Personen *reden* entweder mit Leuten, mit denen sie besser nicht reden sollten, oder sie halten nach Leuten *Ausschau*, mit denen sie nicht reden sollten. Einige von diesen Personen sind recht einflussreich.«

»Das überrascht mich nicht«, gab Nahrmahn säuerlich zurück. »Wahrscheinlich wäre ich in der Lage, recht zutreffend zu vermuten, um welche einflussreichen Personen es sich handelt.

Die Zusammenfassungen, die Ihr mir ausgehändigt hattet, enthielten beispielsweise eine ganze Menge Namen solcher Leute. Darf ich davon ausgehen, dass jemand aus Maikelberg in genau diese Kategorie fällt?«

»Es gibt sogar mehrere Personen in Maikelberg, die in diese Kategorie fallen, Euer Hoheit.« Merlin verzog das Gesicht. »Glücklicherweise gibt es noch deutlich mehr, die durchaus auch in diese Kategorie hätten fallen *können*, bei denen es aber eben *nicht* der Fall ist. Herzog Eastshare, beispielsweise.«

»Tatsächlich?« Nahrmahn blickte Merlin aufmerksam an, dann nickte er langsam. »Gut. Gut!« Er nickte, jetzt mit noch mehr Nachdruck. »Ich hatte mir das zwar schon gedacht, aber ich bin *hocherfreut*, es jetzt auch bestätigt zu wissen.«

»Und nicht nur Ihr allein!«, bemerkte Merlin aus tiefstem Herzen. Dann zuckte mit den Schultern. »Natürlich können wir nicht einfach jemanden festnehmen, wenn wir die zugehörigen Beweismittel – also die Beweise ihres Hochverrats – unmöglich vor Gericht präsentieren können. Wir können aber unser Wissen durchaus dazu nutzen, gewisse als nicht vertrauenswürdig erkannte Personen von ganz besonders heiklen Posten fernzuhalten. Genau das tun wir schon. Aber es gibt eine relativ kleine Gruppe von Personen, von denen wir wissen, dass sie Verräter sind, die wir aber nicht von ihren derzeitigen Posten abberufen können. Dafür bräuchten wir eine absolut stichhaltige, gerichtsverwertbare Rechtfertigung. Zudem gibt es noch andere, die wir, aus den verschiedensten Gründen, nicht abberufen *wollen*.«

»Wenn man weiß, wer der Verräter ist, kann man den Informationsfluss steuern«, merkte Nahrmahn an.

»Ganz genau.« Merlin nickte lebhaft. »Genau diese Überlegung steckt hinter den meisten von Caylebs und Sharleyans Entscheidungen, wenn es darum geht, bestimmte Personen auf ihren derzeitigen Posten zu belassen. Ihre Majestäten werden Euch darum bitten, genau diesen Informationsfluss zu überwachen.«

Wieder nickte Nahrmahn, und immer noch blickte er nachdenklich zu Merlin auf.

»Daneben gibt es einen Personenkreis – es handelt sich nur um eine Handvoll Männer –, deren Belassen auf ihren Posten nichts mit der Steuerung von Informationen zu tun hat. Cayleb nennt diese illustre Schar ›Meister Traynyrs spezielle Freunde‹.«

Erwartungsvoll beobachtete er Nahrmahns Mienenspiel. Einen Moment lang runzelte der Fürst die Stirn, dann nickte er erneut. Ganz offenkundig hatte er die Anspielung auf den legendären Leiter des safeholdianischen Puppentheaters begriffen.

»Also hat Eure Reise nach Maikelberg etwas mit einer dieser Marionetten zu tun.« Sein Tonfall klang nachdenklich. »Mit jemandem, den Ihr dazu bewegen wollt, etwas zu unternehmen? Oder geht es um jemanden, den Ihr dazu benutzt, *jemand anderen* zu aktivem Handeln zu bewegen?«

»Euer Hoheit, ich muss gestehen, es ist mir immer wieder ein Vergnügen, Euch bei der Arbeit zuzusehen«, erwiderte Merlin mit einem breiten Grinsen. »Um ehrlich zu sein, war es mir sogar schon ein Vergnügen, als Ihr noch auf der anderen Seite gestanden habt.«

»Ich bin entzückt, dass ich Euch so viele Stunden der Freude habe schenken dürfen, *Seijin* Merlin.« Nahrmahns Tonfall klang knochentrocken. Doch seine Augen funkelten, und Merlin stieß ein Schnauben aus.

»Gestattet mir, Euch vom edlen Grafen Swayle zu berichten«, sagte er. »Ein wirklich interessanter Bursche. Und seine Freunde sind sogar *noch* interessanter. Cayleb und Sharleyan – wie ich auch – wüssten es sehr zu schätzen, Eure Meinung über den Grafen zu erfahren. Und, wo wir gerade dabei sind, auch, welche Vorgehensweise ich Eures Erachtens wählen soll, um die eben erwähnte Kleinigkeit diesen Mann betreffend zu erledigen. Wisst Ihr …«

.VII.

Erzbischöflicher Palast, Stadt Tairys, Provinz Gletscherherz, Republik Siddarmark

»Seid Ihr Euch da ganz sicher, Eure Eminenz?«

Es gelang Pater Gharth Gorjah nicht, sich seine Vorbehalte nicht anmerken zu lassen. Zhasyn Cahnyr lächelte milde. Gorjah war kaum halb so alt wie er und war schon für den Erzbischof tätig, seit er das Priesterseminar abgeschlossen hatte. Er war mit allen Fertigkeiten vertraut, derer ein anständiger Sekretär bedurfte. Cahnyr zweifelte nicht daran, dass eine ganze Menge Bischöfe oder Erzbischöfe ihm den jungen Unterpriester gern abspenstig gemacht hätten. Doch Gorjah selbst hatte nie Interesse an all den Angeboten gezeigt, die man ihm im Laufe der Jahre unterbreitet hatte. Cahnyr hoffte, ja glaubte, das liege daran, dass Gorjah *gern* für ihn arbeitete. In jedem Fall wusste er die Dienste des Unterpriesters zu schätzen, auch wenn es recht selbstsüchtig von ihm war, den Burschen nicht zur Annahme eines der Konkurrenzangebote zu drängen. Ein Erzbischof mit deutlich einflussreicheren Verbündeten wäre Gorjah gewiss dabei behilflich, die Karriereleiter ungleich schneller zu erklimmen. Mittlerweile wäre er sicher schon Oberpriester.

Die Treue des Sekretärs fußte gewiss auch auf der Tatsache, dass Gorjah hier in Gletscherherz geboren und aufgewachsen war. Sein Vater und seine älteren Brüder, kaum alt genug dafür, waren Bergleute. Der Jüngste aber, so war es beschlossen, sollte höher hinaus, und seine ganze Familie hatte die Opfer gebracht, die dafür erforderlich gewesen waren.

Die Kirche bot jedem Kind Gottes eine fünfjährige kostenlose Schulausbildung – *so wie es gefälligst auch sein sollte,* ging es Cahnyr durch den Kopf, *angesichts der gewaltigen Summen, die sie jährlich dem Volk als Zehntem abpressen!* Aber kaum eine Familie in Gletscherherz konnte es sich leisten, auf die Arbeitskraft eines Kindes so lange zu verzichten. Daher konnten die meisten Kinder in Gletscherherz gerade einmal lesen und schreiben – und auch das häufig genug nur leidlich. Gharths Eltern waren entschlossen gewesen, dergleichen ihrem Kind nicht anzutun. Irgendwie hatten sie es geschafft, dass er nicht ebenfalls unter Tage gelandet war, sondern weiter zur Schule gehen konnte. Auch der Dorfpriester und die Lehrer hatten erkannt, dass der Junge wirklich etwas Besonderes war, dass dieser kleine, untersetzte Bergmannssohn über einen außerordentlich wachen Verstand verfügte.

Von da an war der weitere Weg des Jungen praktisch schon vorherbestimmt gewesen. Mutter Kirche hatte stets Bedarf an jungen Talenten. Schon sehr früh war erkennbar geworden, dass Gharth wirklich und wahrhaftig berufen war. Deswegen war Cahnyrs Vorgänger in Gletscherherz auf den Burschen aufmerksam geworden, und dank der Förderung des Erzbischofs hatte er das Priesterseminar besuchen können – sogar in Zion! Cahnyrs Vorgänger hatte beschlossen, den jungen Seminaristen in seinen Stab aufzunehmen. Als Cahnyr dann diesem Erzbischof nach dessen unerwartetem Tod ins Amt folgte, hatte er den frisch geweihten Pater Gharth sofort ins Herz geschlossen.

Das erklärt vielleicht auch, warum dieser Jungspund meint, mir jetzt einen Blick zuwerfen zu dürfen, als wäre ich sein geistig leicht vernebelter Onkel, ging es dem Erzbischof durch den Kopf.

»Was meinen Sie? Ob ich mir sicher bin, dass das wirklich eine gute Idee ist?«, begann er seine Antwort. »Aber ja doch! Oder ob ich mir sicher bin, dass das wirklich die beste Zeit des Jahres für Tage der inneren Einkehr ist: Dann ist die Antwort Nein. Oder meinen Sie Folgendes: Ob ich die Anweisungen, die ich Ihnen gerade erteilt habe, auch wirklich *meine*? Hier lautet die Antwort wieder Ja.«

Nachdenklich kratzte er sich am Kinn und warf dem jungen Mann einen finsteren Blick zu. Es war ein *richtig* finsterer Blick, majestätisch, machtvoll ... nur ein bisschen ruiniert durch das belustigte Funkeln in seinen Augen.

»Alles in allem scheint Ja hier wohl die Oberhand zu haben, nicht wahr?«

»Selbstverständlich, Eure Eminenz!« Gorjah errötete sogar ein wenig. Zugleich schüttelte er mit dem typischen Gletscherherz-Starrsinn den Kopf. »Nur, dass es, wie Ihr selbst schon gesagt habt, wirklich nicht die beste Zeit des Jahres für Einkehrtage ist. Vor allem nicht im Gipfelhaus. Ich weiß noch nicht einmal, in welchem Zustand sich das Haus derzeit befindet. Es ist sehr gut möglich, dass wir ohne allzu viel Vorwarnung von einem Schneesturm überrascht werden. Wenn Ihr dort oben seid und nur Fraidmyn ist da, um sich um Euch zu kümmern, und wenn dann das Wetter so richtig schlecht wird ...«

Er beendete den Satz nicht. Cahnyr lächelte den jungen Unterpriester freundlich an.

»Ich weiß Ihre Besorgnis wirklich zu schätzen, Gharth – doch, wirklich! Aber ich bin recht zuversichtlich, dass selbst zwei so alte Tattergreise wie Fraidmyn und ich ein paar Tage der Abgeschiedenheit ertragen werden. Das Gipfelhaus steht schon seit über hundert Jahren auf seiner Felsspitze. Deswegen bezweifle ich, dass irgendein Sturm es über unseren Köpfen wird zusammenbrechen lassen. Und zu guter Letzt: Sollten die Bedingungen dort ein wenig rau sein, so ist das für Tage innerer Einkehr doch wohl kaum von Nachteil, oder?«

»Nein, Eure Eminenz. Natürlich nicht. Nur ...«

»Nur, dass Sie mich nicht aus den Augen lassen möchten, damit ich ja nicht in Schwierigkeiten gerate?«, beendete Cahnyr trocken den Satz des Unterpriesters und wölbte fragend eine Augenbraue.

Wieder errötete Gorjah, dann lachte er auf.

»Ich bekenne mich schuldig, Eure Eminenz – schuldig!«, gestand er lächelnd. Dann, wieder ernst, blickte er seinen Vorgesetzten eingehend an.

Ruhig begegnete Cahnyr dem Blick. Doch die wortlos gestellten Fragen beantwortete er nicht. Schon vor langer Zeit war er zu dem Schluss gekommen: Je weniger der junge Gharth über die etwas ... riskanteren Aktivitäten seines Erzbischofs wusste, desto besser. Es war nicht einfach gewesen, den Unterpriester so aus seinem Leben herauszuhalten. Aber schon lange, bevor Gorjah in seine Dienste getreten war, hatte sich Cahnyr aktiv an der Arbeit des ›Kreises‹ beteiligt. Seine Verbindungen zu den Wylsynns und dem restlichen ›Kreis‹ hatten schon vor seiner Berufung zum Erzbischof bestanden. Cahnyr weigerte sich schlichtweg, seinen neuen Sekretär diesbezüglich ins Vertrauen zu ziehen.

Immer wieder hatte er sich gefragt, ob das die richtige Entscheidung gewesen war – und das nicht nur, weil es sein Leben so viel komplizierter gestaltete, als dies vielleicht nötig gewesen wäre. Cahnyr hatte erkannt, welche Geistesverwandtschaft ihn mit Gharth Gorjah verband. Es war nicht die Sorge, der junge Mann könnte ihn oder den ›Kreis‹ verraten (auch wenn man sich eines anderen nie ganz sicher sein konnte). Vielmehr glaubte er, sein Sekretär würde sich sofort bereit erklären, sich an den Aktivitäten des ›Kreises‹ zu beteiligen. Aber Cahnyr weigerte sich, den jungen Mann so früh im Leben eine solche Entscheidung treffen zu lassen. Das war nichts, was man später einfach aufgeben könnte, wenn man zu dem Schluss gekommen war, es sei ein Fehler gewesen. Und Cahnyr befürchtete durchaus, Gorjah könne vielleicht allein aus dem Grund zustimmen, sich ebenfalls zu beteiligen, weil er Cahnyr so sehr respektierte, schätzte und mochte.

Dann waren ein paar Jahre ins Land gegangen. Cahnyr war immer fester davon überzeugt, Gorjah könnte jetzt diese Entscheidung treffen: Es wäre eine ungleich sachkundigere Entscheidung, und er würde sie auch aus den richtigen Gründen treffen. Dann aber waren andere Faktoren ins Spiel gekommen. Clyntahn hatte das Amt des Großinquisitors übernommen, und das hatte das Risiko für den ›Kreis‹ immens erhöht. Es ging jetzt um viel, viel mehr. Der ›Kreis‹ hatte beschlossen, ab sofort jegliches Wissen über sämtliche seiner Aktivitäten, ja sogar seiner Existenz im Ganzen, ausschließlich den Rängen der Bischöfe und Erzbischöfe vorzubehalten. Bislang wusste ohnehin nur eine sehr beschränkte Anzahl niederer Geistlicher darüber Bescheid. Der ›Kreis‹ war zu dem Schluss gekommen, es sei das Beste, es dabei zu belassen – zum einen aus Gründen der Sicherheit, zum anderen auch, um die jüngeren Diener der Kirche zu schützen. Zu guter Letzt hatte Gorjah dann auch noch seine Jugendliebe geehelicht, und das erste ihrer (derzeit) drei Kinder war unterwegs gewesen.

Angesichts all dessen war Cahnyr zu dem Schluss gekommen, es sei seine Pflicht, Gorjah von diesem Teil seines Lebens vollständig fernzuhalten. Tatsächlich hatte Gorjah ihn während der letzten fünf Jahre nicht einmal bei seinen Reisen zurück zum Tempel begleitet, wann immer ein Gemeindebesuch zu einem Ende gekommen war. In Zion hatte Cahnyr einen weiteren Sekretär eingestellt – einen, wie er sich sicher war, Spitzel der Inquisition. Gleichzeitig hatte er mehr und mehr der Routinepflichten hier in Gletscherherz an Gorjah delegiert. Als Bischof-Vollstrecker Wyllys Haimltahns Sekretär, der deutlich älter gewesen war, vor drei Jahren einer Lungenentzündung erlegen war, hatte Gorjah auch für Haimltahn die Aufgaben des Sekretärs übernommen. Also hatte er stets mehr als genug zu tun gehabt, um hier in Tairys ständig beschäftigt zu sein.

Vor allem im Laufe der letzten Monate hatte es immer wieder Momente gegeben, in denen sich Cahnyr zutiefst schuldig fühlte, weil er Gorjah nichts vom ›Kreis‹ berichtet hatte. Er war ganz und gar nicht überzeugt davon, Clyntahn würde seiner Versicherung Glauben schenken, Gorjah habe nichts von den heimlichen Aktivitäten seines Vorgesetzten gewusst. Schlimmer noch: Cahnyr vermutete, es wäre Clyntahn schlichtweg *egal*, ob Gorjah nun aktiv beteiligt gewesen war oder nicht. Der Großinquisitor mochte sehr wohl entscheiden, dass Gorjah, schuldig oder nicht, ein weiteres gutes Exempel abgäbe. Schließlich war er entbehrlich: Reichlich andere Unterpriester konnten seine Aufgaben hier übernehmen.

Dennoch war der Erzbischof seiner Entscheidung treu geblieben, den jungen Unterpriester *nicht* in seine Machenschaften zu verwickeln. Sein Sekretär in Zion bekam jedes einzelne Schreiben zu Gesicht, das er Gorjah sandte – gerade weil der Mann der Inquisition regelmäßig Bericht erstattete. Keines der erzbischöflichen Schreiben an Gorjah hatte auch nur den kleinsten Hinweis auf den ›Kreis‹ oder irgendwelche seiner Aktivitäten enthalten. Nun ruhte Cahnyrs ganze Hoffnung darauf, dass diese Routineschreiben, zusammen mit der Tatsache, dass Gorjah ja tatsächlich nichts von den subversiven Aktivitäten seines Vorgesetzten wusste, für seinen Sekretär den bestmöglich Schutz darstellten.

Es ist das Beste, Gharth, was ich für dich tun kann, dachte der Erzbischof, *auch wenn es wenig ist.* Er gestattete sich ein trauriges Lächeln. *Ich kann dich nicht einmal einladen, zusammen mit mir zu fliehen – vorausgesetzt, ich erhalte überhaupt jemals die* Gelegenheit *zur Flucht. Aber eine verzweifelte Flucht durch die Berge, mitten im eisigen Winter, mit drei Kindern und einer schwangeren Frau, ist wirklich das* Letzte, *was du jetzt gebrauchen kannst.*

»Sehr wohl, Eure Eminenz«, sagte Gorjah schließlich. »Ich werde nicht behaupten, die Entscheidung sei töricht. Denn ich bin mir viel zu sehr meiner Pflichten bewusst, als dass mir jemals ein derart respektloser Gedanke käme. Und selbstverständlich sind zwei ... hochangesehene Herren, die beide schon weit über sechzig sind, bestens in der Lage, sich um sich selbst zu kümmern, wie primitiv die Bedingungen auch sein mögen.« Er warf Cahnyr einen gestrengen Blick zu. Er schüttelte den Kopf, als sein Erzbischof diesen Blick wortlos und ohne mit der Wimper zu zucken erwiderte. »Ich werde alles vorbereiten. Und wenn Ihr mir einen Fünftag Zeit lasst, sorge ich dafür, dass auch die Kohlenvorräte und die Speisekammer aufgefüllt sind.«

»Ich danke Ihnen, Gharth.« Sanft tätschelte Cahnyr dem jüngeren Mann die Schulter. »Das ist sehr aufmerksam von Ihnen. Ich weiß das wirklich zu schätzen.«

Und das stimmt auch, dachte er. Und was noch besser war: Der Aufschub, den sich sein Sekretär erbeten hatte, hatte genau die richtige Länge.

.VIII.

Herzog Eastshares Hauptquartier, Maikelberg, Herzogtum Eastshare, Königreich Chisholm

Wäre ich immer noch ein Mensch aus Fleisch und Blut, dachte Merlin Athrawes, während sein frisch eingewechseltes Reittier flott dahintrabte, *wäre ich das hier allmählich leid. Oder zumindest diese eine Reise hier.*

Sharleyans Vater, König Sailys, hatte die Stadt Maikelberg begründet. Sie lag knapp einhundertundfünfzig Meilen nördlich von Cherayth, auf einer schmalen Landzunge zwischen dem Lake Morgan und der Cherry Bay. Angelegt war sie wie eine große Festung.

Drei Schlüssel hatten König Sailys in die Lage versetzt, die Macht des Hochadels zu brechen und die Unabhängigkeit und Machtfülle des Königtums wieder herzustellen: Der erste Schlüssel war die Königliche Armee, die seinerzeit Sailys' Schwager kommandiert hatte, Herzog Halbrook Hollow. Der zweite Schlüssel war das Bündnis, das die Krone mit dem Bürgertum geschlossen hatte. Dieses Bündnis hatte vor allem Mahrak Sahndyrs, seines Zeichens Baron Green Mountain, eingefädelt. Sailys hatte Mahrak schon von Kindesbeinen an gekannt. Seit jener Zeit waren sie eng befreundet gewesen. Der dritte Schlüssel zur Macht war gottgegeben: Geographie. Na ja, Geographie in Kombination mit Green Mountains äußerst scharfsinniger Diplomatie.

Green Mountain hatte sich Herzog Lakeshores, Herzog Broken Rocks und Graf Helenas Unterstützung gesichert. Es war ein rechter Drachenhandel gewesen, vor allem, was Broken

Rock betraf, aber nun ja. Dazu war die inbrünstige Unterstützung durch die Freistadt Port Charlz gekommen (die von ihren Bürgern in Port Royal umbenannt worden war, um ihrer Treue der Krone gegenüber unmissverständlich Ausdruck zu verleihen). Freistadt und Adelstrias hatten Sailys zusammen mit dessen Hausmacht, dem Herzogtum Cherayth, eine solide territoriale Machtbasis bieten können. Im Schutze des Lake Morgan und des Lake Megan im Westen und des Meeres im Osten und Süden hatte der König die wichtigsten Häfen und die produktivsten Handwerker des Reiches fest im Griff gehabt. Das hatte ihm einen beachtlichen Vorteil seinen Gegnern gegenüber verschafft, die ohnehin ständig mit internen Querelen beschäftigt gewesen waren.

Um diesen Vorteil zu sichern, war Maikelberg auf dem Territorium des damaligen Herzogs Eastshare errichtet worden. Dabei hatte der Herzog nicht gerade zu Sailys' größten Bewunderern gehört. Die neue festungsähnliche Anlage sollte Eastshare davon abhalten, sich auf das andere Ufer des Lake Morgan auszubreiten. Sailys konnte sich so auf die deutlich gefährlicheren, weil breiteren Einfallsrouten durch die Herzogtümer Lakeshore und Windshore konzentrieren. Sorgsam hatte der König darauf geachtet, seinen Einflussbereich erst nach und nach auszudehnen. Langsam hatte er seine Macht nach Westen ausgedehnt, ohne sich jemals im Rücken eine Blöße zu geben.

Der alte Herzog Eastshare war aufmerksam genug gewesen, in der Schlacht zu fallen, bevor er einen Erben hatte zeugen können. Damit war der Titel einer Seitenlinie der Familie zugefallen. Der neue Herzog – der Vater des jetzigen Herzogs – hatte sofort erkannt, aus welcher Richtung der Wind schon bald wehen würde. So war er zu einem der treuesten Anhänger des Königs geworden. Trotzdem hatte Sailys die Mauern von Maikelberg stets bestens instand gehalten, und Sharleyan war seinem Beispiel gefolgt. Natürlich hatte Sharleyan auch die

Pläne ihres Vaters für den Lake Morgan und den Lake Megan beibehalten. Bald schon hatte der König-Sailys-Kanal den Lake Morgan mit der Cherry Bay verbunden, während der Edymynd-Kanal den Lake Megan mit dem Lake Morgan verband. Die Kanäle hatten die Wirtschaft der Region rings um Cherayth noch weiter angekurbelt. Daher war es kein Zufall, dass der König-Sailys-Kanal so angelegt worden war, sich von Maikelberg aus bestens verteidigen zu lassen.

Dass Maikelberg der Cherry Bay und dem Lake Morgan so nahe lag, ermöglichte rasche Kommunikation auf dem Seewege, und so war es gänzlich logisch, dass der derzeitige Herzog Eastshare von dort aus seine neue Imperial Army organisierte. Darüber hinaus bestand eine gute Verbindung nach Cherayth: in Form einer sorgsam instand gehaltenen Hauptstraße. Als des Kaisers Gardist standen Captain Athrawes an den Poststationen, die die Krone entlang dieser Straße unterhielt, jederzeit frische Pferde zu. Das alles hieß, dass er innerhalb von zwei Safehold-Tagen von einer Stadt zur anderen reisen konnte. Wenn er sich noch ein bisschen mehr beeilte, mochte er es vielleicht sogar in anderthalb Tagen schaffen, möglicherweise sogar noch etwas rascher.

Gewiss, wenn ich das Schwebeboot *benutzen könnte, würde das Ganze nur etwa* zehn Minuten *dauern,* dachte er nüchtern, als (endlich) die Stadtmauern von Maikelberg vor ihm auftauchten. Der Gedanke belustigte ihn ein wenig.

Wenigstens ist die Zeit ja nicht verschwendet, rief er sich ins Gedächtnis zurück.

Nimue Alban war eine bestenfalls leidliche Reiterin gewesen. Als kleines Mädchen hatte sie es zwar gelernt, aber nur, weil ihr wohlhabender Vater – selbst ein Polo-Spieler von Weltklasse – darauf bestanden hatte. Ihre eigenen Interessen hatten auf einem ganz anderen Gebiet gelegen … und das wiederum hatte ihren Vater immens verdutzt, schließlich war er zuvor fest davon überzeugt gewesen, *jedes* Mädchen, ganz egal, wo geboren oder aufgewachsen, sei ganz vernarrt in Pferde. Vielleicht galt das ja auch wirklich für jedes *andere* Mädchen. Nimue hingegen hatte sich schon immer viel mehr für Segelschiffe interessiert.

Und so kam es, dass auch Merlin Athrawes nicht gerade ein herausragender Reiter war. Glücklicherweise wurde auf Safehold ein Reitstil bevorzugt, den Nimues Reitlehrer (meist recht abfällig) als ›Western-Style‹ bezeichnet hatten. Zudem konnte Merlin von Glück reden, dass er die Reaktionsgeschwindigkeit und die Körperkraft eines PICA besaß – und auch die Möglichkeit, seinen künstlichen Körper mit ›Bewegungsablauf-Algorithmen‹ zu programmieren. Dank dieser Vorteile hatten sich seine Reitkünste dramatisch verbessert – und das wiederum kam seinem Ruf als *Seijin* zugute.

Mittlerweile konnte Merlin praktisch ›auf Autopilot‹ reiten, nachdem er erst einmal im Sattel saß. Dort hielt er sich dann auch mit einem Geschick, das nur wenige Menschen aus Fleisch und Blut jemals entwickeln konnten. Dank des Situationsbewusstseins, das ihm seine künstlich in ihrer Leistungsfähigkeit gesteigerten Sinne verliehen, und der Reaktionsgeschwindigkeit, die er seinem faseroptischen Nervensystem verdankte, konnte er sich während der zeitraubenden Ritte zwischen Cherayth und Maikelberg durchaus leisten, Multitasking zu betreiben. Also kam er endlich dazu, die anscheinend unendlich großen Datenpakete abzuarbeiten, die Owls Fernsonden ihm lieferten.

Genau damit hatte sich Merlin beschäftigt, seit er den Palast verlassen hatte. Wie fast immer, wenn er die Daten ungestört durcharbeiten konnte, hatte er einige bislang gänzlich unbemerkte Alligatoren entdeckt, die gerade aus dem Schlamm gekrochen kamen. Die meisten dieser Alligatoren stellten noch keine katastrophale Gefahr dar. Aber zumindest einer von ihnen würde das Thema eines *sehr interessanten* Gesprächs mit Erzbischof Maikel werden.

Aber unter diesen Umständen ist es besser, wenn ich das aufschiebe, bis ich zu Hause persönlich mit ihm sprechen kann.

Mit diesem Gedanken überquerte Merlin auf dem Rücken seines Reittiers die Maikel-Brücke, die größte der drei Zugbrücken, die über den König-Sailys-Kanal führten. Dumpf klapperten die Hufeisen über die schweren Planken der Brücke. Merlin schob die Datenpakete beiseite und konzentrierte sich auf die Brücke. Das Gespräch mit Staynair konnte warten, bis er wieder nach Cherayth zurückgekehrt wäre. Jetzt war er hier, um mit Herzog Eastshare zu sprechen. Das versprach *ebenso interessant* zu werden.

»*Seijin* Merlin!«

Der braunhaarige, braunäugige Ruhsyl Thairis, seines Zeichens Herzog Eastshare, war fünfundvierzig Jahre alt. Er war ein paar Zoll weniger als sechs Fuß groß, aber für seine Körpergröße recht untersetzt. Obwohl er zu den ranghöchsten Adeligen im ganzen Königreich Chisholm gehörte, erhob er sich sofort, als Merlin in sein Arbeitszimmer geleitet wurde.

»Euer Durchlaucht«, erwiderte Merlin die Begrüßung und verneigte sich tief.

»Es ist gut, Euch wiederzusehen!«, fuhr Eastshare fort und streckte ihm die Hand entgegen. Sie drückten einander die Unterarme, und der Herzog gestattete sich ein schiefes Grinsen.

»Es ist gut, Euch zu sehen«, wiederholte er, »aber ich frage mich doch, *warum* genau mir diese Ehre zuteil wird. Oder vielmehr, warum *so rasch.*«

»Das, Euer Durchlaucht, hat sogar mehrere Gründe. Aber einer davon ist ungleich wichtiger als alle anderen.« Merlins Lächeln, die Antwort auf Eastshares, war sogar noch schiefer. »Vor allem haben Ihre Majestäten eine Nachricht für

Euch, die Ihres Erachtens am besten persönlich zu überbringen ist.«

»Ach?« Fragend wölbte Eastshare eine Augenbraue.

»Um ganz ehrlich zu sein, Euer Durchlaucht, ist das Ganze ein wenig ... kompliziert. Ich denke, ich werde einen Moment brauchen, um alles angemessen zu erläutern.«

»Ich verstehe.«

Nachdenklich blickte Eastshare seinen Besucher an. Obschon seine Treue ganz der Krone und vor allem Sharleyan Tayt Ahrmahk galt, war der Herzog doch von Kopf bis Fuß ein echter chisholmianischer Edelmann. Seit Herzog Halbrook Hollows Hochverrat hatte Merlin sich regelmäßig davon überzeugt, dass Eastshares Treue dem Kaiserreich gegenüber aufrichtig war – trotz einiger anfänglicher Vorbehalte seinerseits der Kirche von Charis gegenüber (vergewissert hatte sich Merlin zum einen im persönlichen Gespräch, zum anderen anhand der Aufzeichnungen, die Owls SNARCs ihm geliefert hatten). Doch trotz dieser aufrichtigen Treue gehörte Eastshare dem Menschenschlag an, der ernstliche Schwierigkeiten hatte zu begreifen, dass die überwiegende Mehrheit der Bürgerlichen ebenso normale Menschen waren wie er selbst. In seinem Falle war das noch nicht einmal Arroganz; er *verstand* es einfach nicht. Das natürliche Überlegenheitsgefühl eines Adeligen war so sehr Teil der Welt, in die er hineingeboren und in der er aufgewachsen war, dass es für ihn im wahrsten Sinne des Wortes unmöglich war, diesen geistigen Sprung zu vollziehen – außer vielleicht auf rein intellektueller Basis, aber ohne jegliche Emotion.

Doch es gab einen Bereich, für den das erstaunlicherweise ganz offenkundig nicht galt: Eastshare hatte überhaupt keine Schwierigkeiten damit, einen Bürgerlichen, der zugleich auch Offizier der Army war, auf exakt der gleichen Stufe zu sehen wie einen adeligen Offizier gleichen Ranges. Tatsächlich war Eastshare dafür bekannt, dass er unerbittlich jegliche Form von Filzokratie aristokratischer Schirmherrschaft zu verhindern suchte, wenn es etwa um Beförderungen ging.

Zum Teil, so vermutete Merlin, lag das daran, dass Eastshare sämtliche seiner Offiziere, einschließlich der bürgerlich Geborenen, als Teil seiner eigenen ausgedehnten Familie ansah. Die Grundlage der ganzen Institution trug einiges dazu bei. Schließlich war die Armee von Chisholm ja seinerzeit ausdrücklich dafür geschaffen worden, den Würgegriff der chisholmianischen Aristokratie zu brechen. Sie war um die *Bürgerlichen* herum aufgebaut worden, nicht um die Aristokraten; und von so hohem Stand Eastshare auch sein mochte, er hatte keinerlei Schwierigkeiten, sich in diese Tradition zu fügen. Zumindest *innerhalb* der Army; *außerhalb* der Army schien er sich mit dem beruflichen Aufstieg der ihm gesellschaftlich Gleichgestellten dank aristokratischer Schirmherrschaft bestens zu arrangieren.

Was Merlin anging, hatte Eastshare offenkundig beschlossen, er falle unter die Bezeichnung ›Soldat‹ – auch wenn er die Taktlosigkeit besessen hatte, außerhalb von Chisholm geboren zu sein. So jedenfalls verhielt sich der Herzog dem Leibgardisten gegenüber. Merlins offizieller Dienstgrad war zwar immer noch der eines Captains, aber Eastshare, der wahrhaftig nicht dumm war, hatte begriffen, dass manche Captains gleicher waren als andere. Insbesondere ein gewisser Captain der Imperial Guard, dem man die Aufgabe übertragen hatte, des Kaisers persönliche Wachabteilung zu befehligen – eben jener Captain, der sich dem zukünftigen Kaiser durch die Verhinderung eines Attentats auf ihn empfohlen hatte. Dieser Captain, der regelmäßig von beiden Ihren Majestäten als persönlicher Kurier und Krisenbewältiger eingesetzt wurde, war offenkundig um ein vielfaches gleicher als andere. Das, so hatte Merlin schon vor einiger Zeit begriffen, war der Grund, warum Eastshare ihn stets als *Seijin* ansprach und nicht etwa seinen eigentlichen, offiziellen Dienstgrad als Anrede verwendete. Es war vermutlich auch der Grund, warum Eastshare einen Bürgerlichen – und auch noch einen *im Ausland* geborenen Bürgerlichen – beinahe behandelte, als sei er ihm, einem Herzog Chisholms, gleichgestellt. Nicht ganz, natürlich. Aber doch beinahe.

»Wenn Ihre Majestäten meinen, ein persönliches Gespräch sei nötig, warum leistet Ihr mir dann nicht beim Abendessen Gesellschaft?«, fragte der Herzog nun. »Lady Eastshare befindet sich gerade zu Besuch bei ihrem jüngsten Enkelkind. Sie wird erst morgen zurückkehren. Deswegen hatte ich ohnehin die Absicht, im Hauptquartier zu speisen und dann in meinem Quartier zu nächtigen, statt den ganzen Weg nach Hause zu reiten. Eigentlich wollte ich noch einige Mitarbeiter meines Stabes hinzubitten. Darf ich annehmen, die Natur Eurer Nachricht mache es ratsamer, dass Ihr und ich unter vier Augen bleiben?«

»Das, Euer Durchlaucht«, erwiderte Merlin leise, »wäre vermutlich eine sehr gute Idee.«

»Also, *Seijin* Merlin«, sagte Eastshare drei Stunden später. »Was nun diese Nachricht betrifft …?«

Eastshares Ordonnanz hatte noch beaufsichtigt, wie die Diener den Tisch abgeräumt hatten. Dann hatte er Wein nachgeschenkt, die Karaffe neben Eastshares Ellenbogen auf den Tisch gestellt und sich aus dem privaten Speisezimmer neben der Unterkunft des Herzogs in der Zitadelle Maikelberg zurückgezogen. *Das Essen war wirklich ausgezeichnet,* dachte Merlin anerkennend, *und auch der Wein ist gut.* Fusionsgetriebene PICAs benötigten keine Nahrung, auch wenn seine künstlichen Organe darauf angelegt waren, aus entsprechend aufgenommenen Lebensmitteln das Material zu extrahieren, das benötigt wurde, um Merlins ›natürlichen‹ Haar- und Bartwuchs zu fördern. Einen Großteil der Nährstoffe würde er später entsorgen müssen. Doch PICAs waren dazu gedacht, dass ihre Besitzer auch in ihren künstlichen Körpern alles das tun konnten, was ihnen der eigene, biologische Körper ermöglicht hatte. Merlins Geschmacksknospen waren vollständig funktionsfähig, auch wenn jeder safeholdianische Heiler in heillosen Wahnsinn verfallen wäre, hätte Merlin ihm zu erklären versucht, *wie genau* sie funktionierten. Merlin hatte diese Mahlzeit wirklich genossen. Abgesehen vom Tunnelblick, den Eastshare nun einmal besaß, wann immer es um Bürgerliche ging, war er ein aufmerksamer Beobachter mit schneidendem Witz. Daher war das Tischgespräch ebenso angenehm gewesen wie das Essen. Merlin hoffte, das werde sich jetzt nicht gleich schlagartig ändern.

Wird schon interessant zu sehen, ob er durchdreht oder nicht, dachte der *Seijin.* Cayleb und Sharleyan hatten darauf eine kleine Wette abgeschlossen. Merlin vermutete, dass die beiden sie jetzt gerade mit Hilfe eines SNARCs beobachteten, um den Wettsieger zu ermitteln. *Und wahrscheinlich wird auch Nahrmahn zuschauen,* ging es Merlin durch den Kopf.

Erst jetzt bemerkte er, dass Eastshare ihn über den Tisch hinweg gespannt anblickte. Das Gesicht des Herzogs verriet deutlich Ungeduld.

Bloß nicht nervös werden, Merlin!, heischte Merlin sich innerlich an und räusperte sich.

»Euer Durchlaucht, Euch wird gewiss bewusst sein«, setzte er an, »dass es einige ... Besorgnis hinsichtlich widerstreitender Treuebegriffe im Offizierskorps der Army gibt.«

»Ja, ich bin mir bewusst, dass Ihre Majestäten sich unweigerlich fragen müssen, wie viele ihrer Offiziere den gleichen Weg einschlagen werden wie Halbrook Hollow«, gab Eastshare tonlos zurück. Unwillkürlich hob Merlin die Augenbrauen ob der schonungslosen Offenheit dieser Bemerkung. Eastshare lachte rau auf.

»Ihr wart schon immer ein Ausbund an Höflichkeit, *Seijin* Merlin«, sagte er, »aber nur einem Idioten – und ich, das versichere ich Euch, bin keiner! – hätte entgehen können, dass einer der Gründe für Eure häufigen Besuche Maikelbergs ist, dieser Frage nachzugehen. Offen gesagt, hatte ich das erwartet. Schließlich war Byrtrym mein Schwager und ein langjähriger Freund. Ganz zu schweigen davon, dass ich meinen derzeitigen Posten ihm verdanke. Allerdings blieb ich bislang auf diesem Posten. Und da Ihre Majestäten mich stets freundlich und voller Offenheit behandelt haben, glaubte ich, Eure Berichte müssten zumindest im Großen und Ganzen eher günstig ausgefallen sein.«

Ein, zwei Augenblicke verstrichen in Schweigen. Dann zuckte Merlin mit den Schultern.

»Ich allerdings hoffte, ich hätte mich nicht allzu auffällig verhalten, Euer Durchlaucht«, sagte er, ein schiefes Grinsen auf den Lippen. Dieses Mal klang Eastshares leises Lachen schon weniger rau.

»Es war mein voller Ernst, als ich sagte, Ihr wäret immer ein Ausbund an Höflichkeit. Um ehrlich zu sein: Ich wäre regelrecht enttäuscht gewesen, hätten Ihre Majestäten nicht zumindest gewisse Vorbehalte gegen meine Person gehegt.« Nun war es an ihm, die Achseln zu zucken. »Ich habe Ihre Majestät beobachten können, seit sie zwölf Jahre alt war, *Seijin* Merlin. Ihr politisches Überleben im Schatten Königin Ysbells war nicht etwa der Dummheit geschuldet, andere mit der Nase darauf zu stoßen, sie hielte sie für nicht vertrauenswürdig. Das tut sie erst, wenn sie das Gegenteil beweisen kann. Ihr seid Ihrer Majestät hierin ein vortrefflicher Diener.«

»Ich danke Euch.« Im Sitzen deutete Merlin eine Verneigung an, dann lächelte er. »Und: ja, Euer Durchlaucht, mein Urteil über Euch ist tatsächlich in jeder Hinsicht günstig ausgefallen. Auch wenn es mir nicht zustehen mag, dergleichen hinzuzufügen – aber ich habe den Eindruck, dass Ihre Majestät in ihrer Funktion als Kaiserin wie als Privatperson darüber erfreut war. Sie sieht in Euch nicht ausschließlich einen Vasallen oder ausschließlich den Kommandeur ihrer Army. Und ich glaube auch nicht, dass sie Euch nur aufgrund dieser Eurer Posten wertschätzt.«

»Gut.« Eastshares Miene wurde deutlich sanfter. »Ich kann es Ihrer Majestät nicht verübeln, wenn sie sich meinetwegen Sorgen macht. Aber ich will auch nicht so tun, als würde es mir nichts ausmachen.« Seine braunen Augen blickten betrübt zu seinem Gast hinüber. »Ich weiß, dass Ihre Majestät allen Grund hat für Misstrauen.« Er schüttelte den Kopf. »Ich selbst hatte mich auch gefragt, wie Byrtrym mit diesem Loyalitätskonflikt umgehen würde. Ich wusste, dass es ihm schwerfallen würde, aber ...«

Der Herzog ließ den Satz in der Luft hängen. Das Kopfschütteln, das seine Weigerung, den Satz zu vollenden begleitete, erinnerte an einen Kämpfer, der sich von einem schmerzhaften linken Haken erholen musste. Der Blick des Herzogs verlor sich in der Ferne. Dann straffte er kaum merklich die Schultern, trank einen Schluck Wein und wandte sich mit deutlich forscherer Miene wieder Merlin zu.

»Und was nun diese Nachricht betrifft ...?«

»Nun, wenn ich auf sämtliche höflichen Beschönigungen und Weitschweifigkeiten verzichte, die ich eigentlich noch hatte einflechten wollen, Euer Durchlaucht, lautet die Kurzfassung folgendermaßen: Ihre Majestäten und Prinz Nahrmahn sind zu dem Schluss gekommen, dass sich, im Gegensatz zu Euch persönlich, einer der Offiziere aus Eurem Stab eindeutig in einem Loyalitätskonflikt befindet. Tatsächlich lassen die Beweismittel, die Prinz Nahrmahn vorliegen, sogar darauf schließen, dass besagter Offizier aktiv an Hochverrat beteiligt ist.«

Ruckartig richtete sich Eastshare in seinem Sessel auf, sein Gesicht hart wie Granit.

»Wer ist der Dreckskerl?!«, verlangte der Herzog zu wissen, sein Ton so scharf und hart, er hätte Stein wie Butter geschnitten. »Dem röste ich die Eier über kleiner Flamme! Und das ist noch das *Netteste*, was ihn erwartet!«

Bislang sieht es so aus, als würde Cayleb *die Wette gewinnen*, dachte Merlin trocken.

»Ich bitte Euch, Euer Durchlaucht!« Merlin hob abwiegelnd beide Hände. »Ich hatte Euch vorgewarnt, dass es etwas komplizierter wird. Ich bezweifle nicht, dass Ihre Majestäten ein Problem damit hätten, wenn Ihr genau das tätet ... letztendlich.«

»*Letztendlich?!*« Nun verriet Eastshares Gesichtsausdruck schieren Unglauben. »Bei Langhorne, *Seijin*! Ihr habt doch gerade selbst gesagt, dass er meinem Stab angehört! Ist Euch überhaupt bewusst, auf welche Informationen er dadurch *zugreifen* kann? Welchen *Schaden* er anrichten könnte?«

»Das ist der Grund – oder zumindest einer der Gründe –, weswegen Ihre Majestäten mich persönlich zu Euch geschickt haben. Um genau über dieses Thema mit Euch zu sprechen.« Merlin verzog das Gesicht. »Um ganz offen zu sein, Euer Durchlaucht: Ihre Majestäten haben sich gesorgt, ob Ihr in der Lage sein würdet, Euch nichts anmerken zu lassen, sobald Ihr von dem Verräter unter Euren Leuten erfahren habt. Ich scheue mich, das auszusprechen, aber Ihr persönlich seid nicht gerade für Eure ... Subtilität bekannt.«

Einen Herzschlag lang sah es aus, als könne Eastshare einfach nicht glauben, was er gerade gehört hatte. Ruhig blickte Merlin ihn an und fragte sich, ob der Herzog jetzt wohl explodierte. Doch stattdessen überraschte er Merlin damit, in scharfes, bellendes Gelächter auszubrechen.

»Nicht für meine *Subtilität* bekannt, ja?« Mit dem ausgestreckten Zeigefinger wies der Herzog auf seinen Gast. *«Subtilität!«*

»Nur wenn es um persönliche Dinge geht, Euer Durchlaucht«, setzte Merlin ernsthaft hinzu. »Wenn es um *Politik* geht, so ist Ihre Majestät der Ansicht, Ihr gehörtet mit zu den Besten, was Lügen, Betrügen und Verbergen angeht.«

Wieder lachte Eastshare, warf aber gleich darauf Merlin einen wohlbemessen gestrengen Blick zu.

»Also gut, *Seijin*. Ich verstehe, was Ihr meint. Aber …« Mit ernster Miene beugte er sich ein wenig vor. »Ich stehe zu dem, was ich gerade gesagt habe. Jeder aus meinem Stab weiß entschieden zu viel über die neuen Waffen, die neuen Taktiken, unsere Strategien und Planungen, über unsere Truppenstärke.« Wieder schüttelte der Herzog den Kopf. »Wenn jemand diese Informationen auch nur an einen einzigen der Tempelgetreuen hier in Chisholm weitergibt, erreichen diese Informationen letztendlich auch den *Tempel!*«

»Zugegeben. Andererseits gehört zu Ihrer Majestäten Entscheidung auch eine wichtige Erkenntnis: Da sich im Kaiserreich nun das Semaphorensystem der Kirche fest in *unserer* Hand befindet, nicht in der der ›Vierer-Gruppe‹, wird jegliche Information aus Chisholm *Monate* benötigen, um nach Zion zu gelangen. Bis dahin ist besagte Information längst veraltet. Zumindest wird sie für die ›Vierer-Gruppe‹ dann keinen umgehend taktischen Wert mehr besitzen.«

»Aber es könnte *immensen* Wert besitzen, was allgemeine Doktrinen betrifft, ebenso die Funktionsweise der neuen Waffensysteme!«, gab Eastshare sofort zurück. »Je länger die brauchen, um diesen ganzen Mist herauszufinden, desto lieber ist mir das!«

»Euer Durchlaucht, so sehr ich mir auch wünschen mag, es wäre anders, aber nicht alle, die nach wie vor Clyntahn und Maigwair dienen, sind Idioten. Der Nachrichtendienst der Inquisition war schon immer einer der besten der Welt. Anders könnte es wohl auch kaum sein, wenn man sich anschaut, welchen Verantwortungsbereich die Inquisition hat, nicht wahr?«

Merlin blickte Eastshare fest in die Augen, bis der Herzog kaum merklich nickte und dann mit den Schultern zuckte.

»Davon ausgehend werden ohnehin deutlich mehr Informationen ihren Weg zum Tempel finden, als uns lieb sein kann, insbesondere über die neuen Waffensysteme. Jemand wird mittlerweile schon ganz bestimmt die eine oder andere neue Waffe heimlich an sich genommen und sie den Tempelgetreuen zugespielt haben. Es sollte mich beispielsweise sehr überraschen, wenn sich nicht schon jetzt Gewehre aus unserer Produktion in Zion befänden. Wir müssen als gegeben hinnehmen, dass alles, was Corisande vor unserer Invasion an Erkenntnissen über unsere Taktik und Bewaffnung zusammengetragen hat, dem Tempel zugetragen wurde. Der Verräter in Eurem Stab kann zwar durchaus gewissen Schaden anrichten, ja. Dennoch sind Ihre Majestäten der Ansicht, der Schaden, den er anrichten könnte, werde durch ... andere Überlegungen mehr als ausgeglichen.«

»Andere Überlegungen!«, wiederholte Eastshare und kniff die Augen zusammen. »Soll ich also davon ausgehen, *Seijin* Merlin, dass Ihre Majestäten – oh, und nicht zu vergessen Prinz Nahrmahn! – sich eine Strategie zurechtgelegt haben, diesen verräterischen Dreckskerl zu *benutzen*?«

»Genau das, Euer Durchlaucht.« Merlins Lächeln war nachgerade gehässig. »Wenn Ihr Euren verständlichen Drang, besagtem Offizier die Eier abzuschneiden und sie zu rösten, vielleicht noch ein wenig im Zaum halten könntet, dann könnten wir diesen doch relativ unbedeutenden ›verräterischen Dreckskerl‹ dazu nutzen, einem sehr viel bedeutenderen ›verräterischen Dreckskerl‹ eine Falle zu stellen.«

»Wer hat denn gesagt, ich hätte die Absicht, sie ihm *abzuschneiden*, bevor ich sie röste?«, fragte Eastshare bissig. Obwohl Nimue Alban als Frau geboren war, verzog Merlin das Gesicht, als er begriff, dass der Herzog es wirklich ernst meinte.

»Mein Fehler, Euer Durchlaucht«, bat er um Verzeihung. »Trotzdem: den Rest meinte ich ernst.«

»Ich verstehe.«

Eastshare ließ sich zurück gegen die Sessellehne fallen. Mit der rechten Hand spielte er am Stiel seines Weinglases, mit der linken trommelte er rhythmisch auf das Leinentischtuch.

»Nun«, fuhr er schließlich fort, »angesichts des Mangels an Subtilität, den man mir allgemein vorzuwerfen beliebt, gibt es für Ihre Majestäten nur einen einzigen Grund, Euch mit dieser Enthüllung zu mir zu schicken: Ich persönlich werde benötigt, damit Ihrer Majestäten Plan, den Verräter als Köder für einen wichtigeren Verräter zu nutzen, auch aufgehen kann. Ansonsten hätten sie es doch wohl vorgezogen, mich überhaupt nichts davon erfahren zu lassen. Nur so wäre ausgeschlossen gewesen, dass ich diesen Verräter in der mir eigenen Subtilität enttarne.« Kurz ließ der Herzog seine Zähne aufblitzen. »Zum Beispiel besäße es durchaus subtilen Hinweischarakter, wenn ich dem Kerl beim nächsten Zusammentreffen den Schädel zerquetsche, als wäre es ein Pickel! Meint Ihr nicht auch?«

»Durchaus.« Merlin beschloss, auf die Bemerkung des Herzogs nicht weiter einzugehen. »Um genau zu sein, gibt es zwei Dinge, die Ihr tun müsst: Zunächst einmal ist Ihren Majestäten wichtig, dass Ihr den Verräter kennt und von dem Plan wisst, in dem er eine wichtige Rolle spielt. Sonst könnte es zu einer dem Plan hinderlichen Reaktion Eurerseits führen, solltet Ihr anderweitig von den Aktivitäten des Verräters Wind bekommen. Ihr würdet ihn ja dann wohl verhaften lassen und den Vorfall Ihren Majestäten umgehend melden.«

Kurz hielt Merlin inne, und Eastshare nickte pflichtschuldigst.

»Zweitens«, fuhr Merlin dann fort, »wünschen Ihre Majestäten, dass Ihr diesem Verräter sogar noch ein wenig behilflich seid.«

Kaum merklich spannten sich die Gesichtsmuskeln des Herzogs an, als wolle er protestieren. Doch das tat er nicht.

Ihr denkt gerade, wer Euch gegebenenfalls dabei beobachtet, wie Ihr dem Verräter ›behilflich‹ seid, wird Euch dann wohl auch für einen Ver-

räter halten, nicht wahr, Euer Durchlaucht?, dachte Merlin. *Na, das kann ich Euch nicht verdenken! Dass Ihr unter diesen Umständen nicht sofort protestiert habt, lässt mich noch größere Stücke auf Euch halten!*

»Wer ist der Bursche?«, fragte Eastshare stattdessen.

»Graf Swayle, Euer Durchlaucht«, antwortete Merlin leise.

Der Herzog verzog das Gesicht. Schmerz lag in seiner Miene – was nicht überraschend war, wenn man bedachte, wie lange die Familien Thairis und Rahskail einander schon kannten. Überrascht hingegen schien Eastshare nur mäßig.

»Ich hatte mir so etwas schon gedacht. Oder vielleicht sollte ich besser sagen: Ich hatte so etwas schon *befürchtet.*« Eastshare sprach noch leiser als Merlin. Bedauernd schüttelte er den Kopf. »In letzter Zeit hält er lieber brav den Mund – vor allem seit dieser Sache in Sankt Agtha. Aber seine ursprüngliche Reaktion auf die Eheschließung Ihrer Majestät war ... nicht gerade begeistert.« Wieder schüttelte der Herzog den Kopf. »Ich glaube, er wirft Seiner Majestät dem Kaiser, vor, er habe die Königin zur Abtrünnigkeit verführt. Wenn Swayle das wirklich glaubt, ist er dümmer, als ich dachte. Ich wüsste nämlich wirklich nicht, wann man Sharleyan das letzte Mal zu etwas verführt hätte, was sie nicht von sich aus hätte tun wollen! Ach, ich wüsste nicht einmal, wann das *überhaupt* je geschehen wäre! Sich das vorzumachen aber, könnte Swayle zum Hochverrat getrieben haben. Vorausgesetzt natürlich, die Beweise, die Nahrmahn vorgelegt hat, sind wirklich stichhaltig.«

»Falls sich doch noch herausstellen sollte, dass der Verdacht Ihrer Majestäten unbegründet ist, wird ihr Plan keinerlei Schaden anrichten, Euer Durchlaucht. Aber sollte der Verdacht *berechtigt* sein, werden wir auf diese Weise vielleicht gleich mehrere sehr nützliche Dinge auf einmal bewirken.«

»Also gut, *Seijin* Merlin«, sagte Eastshare, und immer noch schwang in seiner Stimme eine Spur Bedauern mit. »Ich werde zumindest vorläufig annehmen, dass er die Fronten gewechselt hat. Ich werde nicht nur meine Finger von ihm lassen, sondern weiterhin so tun, als wäre er immer noch einer der Offiziere, denen ich am meisten vertraue. Und ich werde weiterhin so tun, als wäre er immer noch einer meiner ... Freunde. Und jetzt seid doch bitte so freundlich, mir genau zu erklären, was Ihre Majestäten im Sinn haben!«

»Selbstverständlich, Euer Durchlaucht. In erster Linie ...«

.IX.

Kirche Sankt Kathryn, Kerzenziehergasse, und ein Lagerhaus, Stadt Manchyr, Fürstentum Corisande, und Captain Merlin Athrawes' Gemach, Kaserne der Imperial Army, Maikelberg, Herzogtum Eastshare, Königreich Chisholm

»Ach, da steckst du also!«

Tymahn Hahskans zuckte zusammen. Dann blickte er mit unverkennbar schuldbewusster Miene auf. In ihrem Nachtgewand stand Dailohrs Hahskans am oberen Ende der schmalen Treppe und blickte auf ihn hinab, die Arme vor der Brust verschränkt. Ihr nackter Fuß wippte ungeduldig. Dailohrs war eine recht hochgewachsene, schlanke Frau, acht Jahre jünger als ihr Gemahl. Erste graue Strähnen durchzogen ihr kastanienbraunes Haar. Doch beide Farben passten wunderbar zu ihren blaugrünen Augen. Es entging Hahskans nicht, dass sie diese Augen im Augenblick zu sehr schmalen Schlitzen verengt hatte. Kurz zog er in Erwägung, sich in Ausflüchten zu ergehen – aber wirklich nur *ganz* kurz. Nach fast dreißig Ehejahren wäre es ohnehin vergebliche Liebesmüh gewesen. Da sie ihn jetzt ohnehin erwischt hatte, war das Beste, was er jetzt tun könnte, wohl seine Missetaten ganz offen und mannhaft zu bekennen.

»Ich habe mit Zhaif Laityr über die Predigt gesprochen, die diesen Fünftag ansteht.«

»Meinst du nicht eher, du hast bis tief in die Nacht mit Zhaif Laityr ein Bier nach dem anderen gekippt?«, setzte sie nach.

»Den einen oder anderen Humpen haben wir uns zu Gemüte geführt, ja. Natürlich nur zur dringend benötigten Stärkung, während wir gemeinsam über gewichtige Fragen der Theologie nachgedacht haben«, erwiderte er würdevoll. Die Mundwinkel seiner Gemahlin zuckten. Es war kaum der Schatten des breiten Grinsens, das er normalerweise bei diesem altbekannten Gespräch zu sehen bekommen hätte. Doch er entspannte sich – zumindest ein wenig –, als er ihre Reaktion sah.

Pater Zhaif Laityr war der Erzdiakon der Kirche der Siegreichen Erzengel am Grauechsenplatz. Von Hahskans eigener Kirche Sankt Kathryn aus gesehen war es die übernächste Gemeinde. Schon seit vielen Jahren waren die beiden Pastoren befreundet. Obwohl Haskahns Bédardist war, während Laityr dem Pasquale-Orden angehörte, waren sie in mancherlei Hinsicht der gleichen Meinung ... einschließlich diverser Dinge, über die zu sprechen man ihnen verboten hatte.

Genau deswegen verriet Dailohrs' Blick auch immense Sorge, und genau deswegen fiel es ihr auch so schwer, hier und jetzt zu lächeln.

»Dringend benötigte Stärkung, ja?« Sie neigte den Kopf zur Seite und suchte nach Kräften Trost in der vertrauten Routine. »Darf ich also, da ihr euch genötigt gesehen habt, flüssige Nahrung zu euch zu nehmen, davon ausgehen, dass Mistress Dahnzai aus irgendeinem Grund nicht imstande war, dir und deinem Spießgesellen *Sandwiches* zu bereiten?«

Lyzbyt Dahnzai war die Haushälterin im Pfarrhaus der Siegreichen Erzengel. Sie bekleidete diesen Posten sogar schon länger, als Ezmelda Dobyns diese Aufgabe in Sankt Kathryn erfüllte. Im Laufe der Jahre hatte Lyzbyt immenses Geschick dabei entwickelt, sich um Pater Zhaif zu kümmern und ihn stets mit Nahrung zu versorgen. Nur war sie wahrscheinlich ebenso gut darin, ihn durch ihre ruppige Art dazu zu nötigen, am besten alles selbst zu machen, wie Dailohrs und Mistress Dobyns bei Hahskans.

»Nun, wir haben unsere Flüssigkeitsaufnahme um das eine oder andere Wyvernbrust-Sandwich ergänzt«, bestätigte Hahskans.

»Gut. Dann seid ihr beide ja vielleicht nüchtern genug geblieben, um tatsächlich das ein oder andere Sinnvolle zu schaffen«, bemerkte seine Frau. Hahskans kicherte in sich hinein, während er die Treppe emporstieg und seine Gemahlin in die Arme schloss.

Einen kurzen Moment lang versteifte sie sich, und wieder durchzuckte ihn tiefes Bedauern, als er den Grund für ihre Anspannung begriff. Doch dann entspannte sie sich, legte ihre Wange an seine Brust und umarmte ihn fest – so fest, dass die Kraft der Umarmung allein all das ausdrückte, was sie nicht in Worte zu fassen wagte.

Er beugte sich über sie, legte sanft das Kinn auf ihren Scheitel und fuhr ihr zärtlich mit der Hand durchs Haar. Da sie schon so lange zusammen waren, wusste er genau, dass er sich nicht zu entschuldigen brauchte; erklären musste er seiner Frau auch nichts. Sie wusste ganz genau, was ihn dazu bewogen, ja, dazu *getrieben* hatte, in Opposition zu Mutter Kirche zu gehen. Es gefiel ihr nicht. Sie hatten sogar einen heftigen Disput gehabt, als er ihr sagte, er beabsichtige die Autorität von Erzbischof Klairmant und Bischof Kaisi anzuerkennen. Dailohrs war es dabei nicht um Treue zum Bischof von Manchyr oder zu Bischof-Vollstrecker Thomys gegangen. Aber sie fürchtete sich vor dem, was es Hahskans kosten könnte, seinem unbändigen Zorn angesichts der Korruption der Kirche Luft zu machen. Sie fürchtete sehr, dass seine Entscheidung ihn ebenso als Verräter Corisandes brandmarken würde wie als Verräter von Mutter Kirche. Es ging ihr um seine Sicherheit, nicht darum, er könne vom Glauben abgefallen sein.

Doch der Streit hatte, all ihrer Besorgnis zum Trotz und trotz all der aufrichtig empfundenen Angst um den geliebten Gemahl, nicht lange gedauert. Vielleicht, weil sie erkannt hatte, dass argumentieren zwecklos war. Dass er letztendlich das tun würde, was sein Glauben und sein Gewissen von ihm verlangten, ganz egal, was es ihn kosten mochte. Vielleicht aber auch, weil Dailohrs an sich ganz Tymahns Meinung war. Vielleicht vertrat sie diese Meinung mit weniger Nachdruck als er; vielleicht war sie eher als er bereit, einen winzigen Schritt nach dem anderen zu tun, als sich ganz offen der Korruption der Kirche entgegenzustellen. Aber auch sie hatte die Korruption, die Verderbtheit der Kirche *erkannt.* Sie wusste ebenso wie ihr Mann, zu welchem Zerrbild von Gottes ursprünglichen Absichten die Kirche geworden war.

Doch das alles half ihr keinen Deut weiter angesichts des Wissens, dass er und Zhaif Laityr, dessen reformistischer Eifer mindestens ebenso ausgeprägt war wie Hahskans', ihre Predigten für den kommenden Mittwoch miteinander absprachen.

»Es tut mir leid, Liebste«, flüsterte er ihr jetzt ins Ohr, und sie presste sich noch fester an ihn. »Ich wollte dich nicht beunruhigen, aber ...«

»Aber du bist ein störrischer, entschlossener, leidenschaftlicher, starrsinniger, wahnsinniger Bédardist«, fiel sie ihm ins Wort, ohne die Wange von seiner Brust zu nehmen. Dann brachte sie ein Lachen zustande, das kaum zitterte. Einen Moment lang blieben sie so noch stehen. Dann löste sich Dailohrs gerade genug aus der Umarmung, um sich auf die Zehenspitzen stellen und ihm einen Kuss auf die bärtige Wange drücken zu können.

»Ich kann nicht so tun, als hätte ich das nicht schon gewusst, als du mir damals den Heiratsantrag gemacht hast. Aber wo ich jetzt so darüber nachdenke, ist zumindest der Starrsinn in den letzten Jahrzehnten doch deutlich ausgeprägter geworden!«

»Wahrscheinlich schon«, gestand er leise ein, und seine lebhaften braunen Augen liefen über vor liebevoller Dankbarkeit.

»*Ganz gewiss* sogar!« Sie blickte ihn an, drückte ihn ein letztes

Mal liebevoll, dann ließ sie ihn los. »Ich nehme an, dass du, benebelt wie du bist, trotzdem noch deine Notizen für die Predigt abschreiben willst, bevor du zu Bett kommst?«

»Leider ja«, gab er ihr Recht.

»Na, auch das überrascht mich nicht. Und Ezmelda hat dir noch einen Teller mit Schinkenbroten in dein Arbeitszimmer gestellt. Nur für den Fall, dass der Hunger dich erneut überkommt, nicht wahr.«

»Und auch einen Humpen Bier?«, fragte er hoffnungsvoll, und seine Augen lachten.

»Und auch einen Krug kaltes *Wasser*«, gab sie streng zurück. »Sie und ich waren der Meinung, du hättest vermutlich schon genug Bier bekommen, als du mit Zhaif ›über gewichtige Fragen der Theologie nachgedacht‹ hast!«

»Ach, wahrscheinlich hattet ihr Recht«, meinte er und streichelte ihr sanft die Wange.

»Dann los – geh schon!« Mit beiden Händen wedelte sie, als wolle sie ihn verscheuchen. »Und bleib nicht die ganze Nacht auf!«, ermahnte sie ihn noch, während er schon wieder die Treppe hinabstieg.

Fast zwei Stunden später lehnte sich Hahskans in seinem Sessel zurück und rieb sich müde die Augen. Diese Augen waren eindeutig nicht mehr so jung wie früher. Obwohl Ezmelda Dobyns die Lampenspiegel stets polierte, war Lampenlicht nur ein schwacher Abglanz des Sonnenlichts.

Außerdem ist es ja nun auch nicht so, als hättest du die sauberste Handschrift der Welt, Tymahn!, tadelte er sich.

Das stimmte. Glücklicherweise war er schon fast fertig. Jetzt wollte er sich die zu Papier gebrachten Gedanken noch einen oder zwei Tage lang durch den Kopf gehen lassen, bevor er den Text endgültig abschloss. Es gab noch einige Passagen aus der *Heiligen Schrift*, die er vielleicht einfügen könnte. Allgemein versuchte er ja zu vermeiden, seine Predigten mit allzu vielen Textstellen zu sehr aufzublähen, doch …

Abrupt war der Gedanke verschwunden, als ihm von hinten ein schwerer Leinensack über den Kopf gezogen wurde.

Einen Herzschlag lang war Hahskans vor Entsetzen wie gelähmt … und das reichte dem Angreifer aus, der sich so lautlos in sein Arbeitszimmer geschlichen hatte, den Sack nun fest zuzuziehen. Hektisch tastete Hahskans um sich, versuchte aufzustehen, als er plötzlich, genau unter dem Rand des Sackes, kalten Stahl an seinem Hals spürte.

»Einen Laut«, zischte ihm eine Stimme ins Ohr, »einen einzigen Laut, und ich schneide dir hier und jetzt die Kehle durch, verstanden?«

Hahskans erstarrte und hörte leises Lachen. Es war ein hässlicher, hungriger Laut.

»So ist's besser«, sagte die Stimme, und nun wusste Hahskans, dass mindestens zwei Personen in sein Arbeitszimmer eingedrungen waren. Denn es war nicht die Stimme des Mannes, der gelacht hatte. »Und jetzt kommst du mit«, fuhr die Stimme fort.

»Nein.« Hahskans war selbst erstaunt, wie ruhig er dieses eine Wort hatte aussprechen können. »Macht nur und bringt mich um, wenn ihr deswegen hierhergekommen seid!«, fuhr er fort.

»Wenn du das so haben willst«, sagte die Stimme. »Aber wenn es wirklich das ist, was du willst, dann werden wir auch der Schlampe da oben die Kehle durchschneiden müssen, nicht wahr?«

Hahskans' Herz setzte aus.

»Daran hast du nicht gedacht, was?«, höhnte die Stimme. »Jetzt bist du nicht mehr so frech, was, du verdammter *Verräter?*«

»Ich bin in meinem Leben vieles gewesen«, gab Hahskans so ruhig zurück, wie er das vermochte, eine Klinge am Hals und in Todesangst um seine Gemahlin, »aber ein Verräter war ich nie.«

»Und ein Lügner bist du auch, wie ich merke!«, krächzte die Stimme. »Was für eine Überraschung! Aber wie dem auch sei, du kommst mit – und zwar jetzt!« Die Klinge wurde ihm noch fester gegen den Hals gepresst. »Oder etwa nicht?«

Einen Moment lang schwieg Hahskans noch, und dann rang er sich ein Nicken ab.

Tymahn Hahskans hatte keine Ahnung, wie lange er schon an den Stuhl gefesselt war.

Er hatte nur eine sehr grobe Vorstellung davon, wo er sich befinden könnte. Man hatte ihn auf einem Karren hierhergeschafft, verborgen unter der Leinenplane. Die ganze Zeit über hatte Hahskans immer noch den Sack über dem Kopf gehabt. Er glaubte nicht, dass der Karren weit genug gefahren wäre, um die Stadt zu verlassen. Aber sicher war er sich nicht. Er hatte darüber nachgedacht, ob er um Hilfe schreien sollte, obwohl es natürlich unwahrscheinlich war, dass um diese nächtliche Stunde überhaupt noch jemand auf den Straßen unterwegs war, der ihn hätte hören können. Doch seine Entführer hatten ihn geknebelt, nachdem sie ihn gefesselt hatten, und der Mann mit dem Messer, der bislang als Einziger mit ihm geredet hatte, kauerte die ganze Zeit über dicht neben ihm.

Als sie endlich ihr Ziel erreicht hatten, klirrten metallbeschlagene Karrenräder unverkennbar auf Stein, und das Geräusch hallte von Wänden wider. Hahskans hatte auch etwas gehört, das möglicherweise eine schwere Schiebetür gewesen war. Darum vermutete er, sich in einem Lagerhaus zu befinden. Nach der Belagerung durch die Charisianer standen viele leer; dieses hier schien recht groß zu sein. Sogar groß genug, da war sich Tymahn fast sicher, dass niemand auf der Straße würde hören können, was *hinter* dessen Mauern geschah.

Die ganze Fahrt über hatte Hahskans lautlos die *Heilige Schrift* rezitiert. Natürlich halfen ihm die vertrauten Texte. Doch nicht einmal sie vermochten diesen eisigen Klumpen der Furcht in seinem Magen zu bannen. Dass man ihn entführt hatte – und die Art und Weise, in der das geschehen war –, diese gegen Dailohrs gerichtete Drohung ... all das verriet ihm entschieden zu viel darüber, wer hierfür verantwortlich war. Hahskans war nur ein gewöhnlicher Sterblicher. Selbst der größte, aus tiefsten Herzen empfundene Glaube vermochte nicht große Furcht zu vertreiben.

Zweifellos hatten seine Peiniger ihn allein gelassen, damit die Furcht ihn zermürbte. Hahskans wünschte, er könne sagen, das wirke bei ihm nicht, aber ...

Plötzlich wurde hinter ihm eine Tür geöffnet. Hahskans erstarrte, sämtliche Muskeln angespannt. Dann blinzelte er heftig, so sehr schmerzte das Licht in seinen Augen, als ihm der Leinensack vom Kopf gerissen wurde.

Kurz darauf begriff er, dass das Licht gar nicht so hell war, wie es ihm zunächst, nach all der Dunkelheit, erschienen war. Trotzdem brauchte Hahskans einige Augenblicke, um sich an die Beleuchtung zu gewöhnen. Dann richtete er den Blick auf den drahtigen Mann mit braunen Haaren und brauen Augen, der jetzt vor ihm stand, die Arme vor der Brust verschränkt. Der Mann war mindestens zwanzig Jahre jünger als sein Gefangener, und auf seiner Wange prangte eine hässliche Narbe. Es sah nach einer unschönen Verbrennung aus, und selbst jetzt, in dieser misslichen Lage, empfand Hahskans tiefstes Mitleid mit dem Mann: Eine Verletzung, die eine derart tiefe, entstellende Narbe hinterließ, musste extrem schmerzhaft gewesen sein.

»Also«, sagte der vernarbte Mann, und sofort war Hahskans' Mitgefühl wie fortgeblasen: Er erkannte die Stimme wieder, die er schon in seinem Arbeitszimmer gehört hatte, »haben Sie in Ruhe meditieren können, *Pater?*«

Sein höhnisches Grinsen und sein Tonfall verwandelten den

angemessenen Titel in eine obszöne Beleidigung, und Hahskans spürte, wie sich sein Blick angesichts dessen verhärtete.

»Das habe ich tatsächlich«, entgegnete er ruhig. »Vielleicht solltest du das auch beizeiten versuchen, mein Sohn.«

»Ich bin nicht dein *Sohn,* du dreckiger Verräter!«, fauchte der vernarbte Mann. Abrupt zuckte seine rechte Hand zum Heft eines äußerst hässlichen Messers an seinem Gürtel.

»Vielleicht nicht«, gab Hahskans zurück. »Aber jeder Mann ist ein Sohn von Mutter Kirche und ein Sohn Gottes ... es sei denn, er entscheidet sich bewusst dagegen.«

»So wie *du*«, zischte der Narbige.

»Ich habe nichts dergleichen getan.« So ruhig, wie er das vermochte, blickte Hahskans seinem Gegenüber in die hasserfüllten Augen.

»Lüg mich nicht an, du Dreckskerl!« Der Mann mit dem vernarbten Gesicht zog das Messer eine Winzigkeit aus der Scheide hervor. »Ich habe doch selbst in deiner beschissenen Kirche gesessen! Ich habe *selbst gehört,* wie du mit deinen Worten Mutter Kirche mit Unrat beworfen hast! Ich habe *gesehen,* wie du den Shan-wei-verdammten Charisianern in den Arsch gekrochen bist und diesen anderen feigen Wunderknaben dieses so genannten Regentschaftsrats!«

»›Niemand ist so blind wie jener, der nicht sehen möchte‹«, zitierte Hahskans ruhig.

»Wage ja nicht, die *Heilige Schrift* zu zitieren!« Der Ton des Narbigen wurde noch schärfer. Doch Hahskans zuckte nur mit den Schultern, so gut er das eben vermochte, so fest, wie er an den Stuhl gefesselt war.

»Dafür wurde sie uns gegeben«, erwiderte er. »Und wenn du nicht deine Ohren und deine Augen verschlossen hättest, ganz genau, wie Langhorne das an dieser Passage verdeutlichen wollte, dann wüsstest du, dass ich *niemals* Mutter Kirche mit Unrat beworfen habe. Ich habe nur die Wahrheit über ihre Feinde ausgesprochen.«

Zischend kam die Klinge aus der Scheide, und mit der linken Hand packte der Mann mit dem vernarbten Gesicht in Hahskans' Haar und riss ihm den Kopf zurück. Wieder wurde scharfkantiger Stahl gehen Tymahns Hals gedrückt. Der Narbige schürzte die Lippen und stieß ein entschieden raubtierhaftes Fauchen aus.

»*Du* bist ihr Feind!« Er flüsterte es fast, und in seinen Augen loderte der Hass. »Jedes Mal, wenn du nur den Mund aufmachst, beweist du es aufs Neue! Und mit dir ziehst du andere in die Ketzerei, die Abtrünnigkeit und den Verrat!«

»›Denn es wird die Zeit kommen, da der Weise dem Narren Weisheit sagt, und der Narr wird es nicht erkennen.‹«

Hahskans hatte keine Ahnung, wie es ihm gelungen war, diese Worte auszusprechen, während er in diese hasserfüllten Augen blickte. Es war Teil des gleichen Abschnitts aus dem *Buch Langhorne*, den er bereits zitiert hatte. Einen Moment lang war er überzeugt, sein Entführer werde ihm hier und jetzt die Kehle durchschneiden. Tatsächlich hoffte der Priester sogar darauf.

Doch der Mann mit der vernarbten Wange zwang sich dazu innezuhalten. Er zerrte heftig genug an Hahskans' Haaren, um dem Erzdiakon einen Schmerzenslaut zu entlocken. Dann versetzte er seinem Gefangenen noch einen Stoß und trat einen Schritt zurück.

»Ich habe ihnen schon gesagt, du hättest nichts Lohnendes zu sagen«, bemerkte er mit ruhiger, fast sanfter Stimme. »Die dachten, es sei anders, aber ich habe es von Anfang an gewusst. Ich habe gehört, was du predigst, du wertloser Hurensohn! Ich weiß genau, was du für ...«

»Das reicht jetzt, Rahn!«

Hahskans hatte nicht gehört, wie sich hinter ihm erneut die Tür geöffnet hatte. Nun aber wandte er den Kopf zur Seite und sah einen weiteren Mann. Dieser trug den purpurnen Habit des Schueler-Ordens; auf seinem Kopf saß eine Priesterhaube, deren braune Kokarde ihn als Unterpriester auswies. Hahskans' Magen verkrampfte sich, als er ihn sah.

Schweigend blickte der Neuankömmling Hahskans mehrere Sekunden an. Dann schüttelte er den Kopf.

»Der junge Rahn kann manchmal ein wenig ungestüm werden, und seine Wortwahl ist häufig etwas unmäßig, Pater Tymahn«, erklärte er. »Trotzdem schafft er es dabei immer wieder, genau auf den Punkt zu kommen. Und tief in Ihrem eigenen Herzen, dessen bin ich mir sicher, wird auch Ihnen bewusst sein, dass alles, was er gesagt hat, ganz und gar die Wahrheit ist.«

»Nein, das ist es nicht«, widersprach Hahskans, und nun klang seine Stimme sonderbar gelassen. »Sie – und auch er ... Sie können die Augen gerne vor der Wahrheit verschließen, wenn Sie das wünschen. Gott hat Ihnen den freien Willen geschenkt; Er wird Sie nicht davon abhalten, davon Gebrauch zu machen, so sehr Sie auch im Geiste Seine Wahrheit entstellt und verdreht haben mögen. Aber dass Sie sich dafür entschieden haben, die Sonne nicht sehen zu wollen, macht den Tag keinen Deut weniger hell.«

»Wenigstens erinnern Sie sich noch an die *Worte* der *Heiligen Schrift.*« Das Lächeln des Schueleriten war sehr schmal. »Es ist eine Schande, dass Sie sich dafür entschieden haben, sich von ihrer *Bedeutung* abzuwenden! ›Ich habe Seine Heilige Kirche erbaut, wie Er es mir aufgetragen hat, und nun gebe ich sie in eure Obhut und die Obhut eurer Brüder, ausgewählt von Gott. Herrschet weise über sie und wisset, dass ihr meine erwählten Erben seid und die Hüter von Gottes Herde auf der Welt.‹ Langhorne hat diese Aufgabe dem *Vikariat* gestellt, nicht mir, und ganz gewiss nicht *Ihnen.* Als Sie Ihre Stimme zum gottlosen Angriff auf das Vikariat erhoben haben, da haben Sie Langhorne und mit Seinem Erzengel Gott, den Herrn, angegriffen!«

»Das habe ich nicht«, sagte Hahskans ruhig, sein Ton kühl.

»Gleich im nächsten Vers sagt Langhorne: ›Achtet wohl, dass ihr nicht in dieser Aufgabe versagt, denn man wird von euch Rechenschaft verlangen, und jedes einzelne Schaf, das ihr verliert, wird in die Waagschale gelegt, auf dass die Güte eurer Herrschaft gemessen sei.‹ Daran hätten Vikar Zhaspahr und seine *Freunde* denken sollen. Denn ich bezweifle stark, dass *Gott* es vergessen wird, wenn der Zeitpunkt gekommen ist, da sie Ihm gegenüberstehen! Ich bin nicht Gott. Daher steht es mir nicht zu, diese Rechenschaft zu verlangen. Aber ich *bin* ein Priester. Auch ich bin ein Hirte. Auch ich werde eines Tages Rechenschaft ablegen müssen, und ich werde *keines* meiner Schafe verlieren im Dienste eines Großinquisitors, der so sehr der Korruption, der Verderbtheit und dem Ehrgeiz anheimgefallen ist, dass er ganze Reiche mit Feuer und Zerstörung zu überziehen wünscht, nur aus einer *Laune* heraus!«

Die Augen des Schueleriten blitzten. Doch er besaß mehr Selbstbeherrschung als der junge Mann mit dem Narbengesicht. Vielleicht zitterten seine Nasenflügel, und vielleicht war sein Gesicht zornig rot, doch er zwang sich dazu, tief durchzuatmen.

»Shan-wei vermag den Menschen auf vielerlei Wegen zu verführen«, sagte er kalt. »Und geistige Arroganz, jene Eitelkeit, die den Menschen dazu treibt, den eigenen Verstand höher zu schätzen als Gottes Heiliges Wort, ist gewiss einer der verführerischsten ihrer Wege! Doch Mutter Kirche ist stets bereit, selbst noch den größten Sünder wieder willkommen zu heißen, wenn Bußfertigkeit und Reue wahrhaftig sind!«

»Oder wenn die Inquisition ihn lange genug foltert«, gab Hahskans grimmig zurück.

»Das Fleisch zu verschonen und die Seele zu verlieren, ist schwerlich der Pfad göttlicher Liebe«, erklärte der Schuelerit. »Und Sie, Pater, haben Mutter Kirche gewaltigen Schaden zugefügt! Das können wir nicht zulassen. Also stellen wir Sie vor die Wahl: Widerrufen Sie Ihre ketzerischen Äußerungen, alle

Ihre falschen Anschuldigungen und schändlichen Angriffe, die Sie auf das Fundament Gottes Eigener Schöpfung in dieser Welt vorgenommen haben, und Mutter Kirche wird Sie wieder in die Arme schließen!«

»Sie meinen, ich soll in der Kanzel bleiben und von dort weitere Lügen verbreiten.« Hahskans schüttelte den Kopf. »Das werde ich nicht tun! Sie und ich, wir wissen beide, dass ich nichts als die Wahrheit gesagt habe. Ich werde keines meiner Worte widerrufen, auf Geheiß eines Mannes, der nach wie vor dem Dreck und der Korruption dient, die im Herzen des Tempels schwären!«

»Schueler weiß, wie man mit den Feinden von Mutter Kirche umgehen muss«, sagte der Schuelerit drohend. Hahskans überraschte sie beide, ihn und sich, mit einem kurzen, bellenden Lachen, einem Laut der Verachtung.

»Denken Sie, ich wüsste nicht bereits, worauf das hinausläuft?« Wieder schüttelte er den Kopf, und seine Augen blitzten herausfordernd. »Ich weiß, was Ihr Herr und Meister in Zion Erzbischof Erayk angetan hat, und ich weiß auch den wahren Grund, *warum* er es getan hat. Ich bringe dem Kaiserreich Charis wahrlich keine Liebe entgegen, aber die *Kirche* von Charis erkennt die Feinde Gottes, wenn sie ihrer ansichtig wird! Für mich gilt das Gleiche. Und ich weiß, auf welcher Seite ich zu stehen habe.«

»Jetzt tun Sie noch mutig«, meinte der Schuelerit wegwerfend. »Aber das wird sich schon bald ändern – in dem Moment, in dem Ihnen bewusst wird, dass Shan-wei nicht weiter ihre Hand über Sie halten wird, um Sie vor Gottes gerechtem Zorn zu bewahren!«

»Vielleicht schwindet mir der Mut.« Hahskans gab sich keine Mühe, die eisige Furcht zu verbergen, die sich in seinem Herzen emporreckte, bereit zum Angriff. »Aber ich bin nur ein einfacher Mensch, kein Erzengel, und das Fleisch ist schwach. Aber was auch immer meinem Fleisch widerfahren mag, ich werde Gott ohne jede Furcht entgegentreten. Ich habe nur das getan, was Er von allen seinen Priestern verlangt. Gewiss habe ich in all der Zeit Fehler gemacht. Das tun alle Menschen, selbst jene, die in Seinen Dienst berufen sind. Aber zumindest in Seinem Dienst habe ich mich keines Fehler schuldig gemacht. Sie und ich, wir wissen doch beide, dass genau das der Grund ist, warum ich jetzt hier bin. Sie müssen mich zum Schweigen bringen, bevor ich diesem Hurenbock Clyntahn noch mehr Schaden zufüge!«

»Schweig!«

Endlich verlor auch der Schuelerit die Beherrschung, und mit der flachen Hand schlug er Hahskans zweimal ins Gesicht. Gequält stöhnte Hahskans auf, während er Blut auf der Zunge schmeckte und weiteres Blut ihm aus der Nase strömte. Nur die Fesseln verhinderten, dass der Schwung der Schläge ihn zu Boden riss.

Ruckartig trat der Schuelerit einen Schritt zurück, seine Arme hingen schlaff herab. Hahskans spie einen großen Schwall Blut auf den Fußboden des Lagerhauses.

»Also ist es ein schlimmeres Verbrechen, die Wahrheit über Clyntahn auszusprechen, als Mutter Kirche zu verraten, ja?«, fragte er. Seine Stimme klang dumpf und belegt, weil er nur noch durch den Mund atmen konnte.

»Mit jedem Wort, das du aussprichst, entweihst du die Luft, die Gott uns gegeben hat«, sagte der Schuelerit tonlos. »Wir verstoßen dich, wir verdammen dich in die ewige Finsternis, in jene Ecke der Hölle, die deiner schwarzen Herrin vorbehalten ist! Wir streichen deinen Namen aus der Liste der Kinder Gottes und verstoßen dich für alle Zeiten aus der Gemeinschaft der erlösten Seelen!«

Hahskans' Magen verkrampfte sich noch weiter, wurde zu einem massigen Bleiklumpen, als er die förmlichen Worte der Verdammung vernahm. Es überraschte ihn nicht, sie zu hören – nicht nach allem, was bereits geschehen war. Doch Pater

Tymahn musste feststellen, dass sie tatsächlich hören zu müssen, ihm entsetzliche Angst einjagte. Es hatte etwas so furchtbar Endgültiges, mit dem er selbst hier und jetzt nicht gerechnet hatte. *Vielleicht*, schlug eine leise Stimme im Hinterkopf vor, *weil du gedacht hast, deine Furcht könne unmöglich noch größer werden als zuvor schon.*

Doch es war mehr als nur schlichte Furcht, sogar mehr als Panik. Es war die Erkenntnis, dass jetzt der Moment gekommen war, da er für alle Freuden würde bezahlen müssen, die Gott ihm geschenkt hatte. Er schaute zu, wie der vernarbte Junge wieder, beinahe spöttisch, das Messer zog, und trotz all seiner Furcht hauchte Hahskans ein lautloses Gebet des Dankes. Er hatte niemals gezweifelt, dass das, was nun geschehen würde, schlimmer – *viel* schlimmer – sein würde als alles, was er sich vorstellen konnte. Doch wenigstens gebrach es seinen Entführern an der Vielzahl von Folterwerkzeugen, die *Das Buch Schueler* für die Feinde von Mutter Kirche vorsah. Was auch immer nun mit ihm geschehen mochte, ihm würde zumindest jene ganze Qual der Inquisition erspart bleiben, die Erayk Dynnys hatte durchleiden müssen. Während Hahskans zuschaute, wie das Messer gezogen wurde, sogar noch während eine Hand erneut seinen Kopf zurückzog und eine andere ihm die Soutane bis zur Hüfte herunterriss, betete er darum, den gleichen Mut, den gleichen Glauben zu finden, die Dynnys seinerzeit zuteil geworden waren.

Schlagartig öffnete Merlin Athrawes die Augen.

Nimue Alban hatte immer tief und fest und erholsam geschlafen. Das Erwachen selbst hatte ihr nie behagt. Immer hatte sie mindestens eine Minute gebraucht, um gänzlich wach zu werden. Bei Merlin war es anders. Für ihn war der Übergang von dem ›Schlaf‹, den Cayleb ihm jede Nacht abverlangte, zu völligem Erwachen ebenso abrupt, als würde man einen Schalter umlegen.

So war es ja auch.

Als Merlin also die Saphiraugen öffnete, war er sich sofort seiner Umgebung ebenso wie der Uhrzeit bewusst. Das wiederum bedeutete, zu wissen, dass seine innere Uhr ihn eigentlich erst in einer Stunde und zwölf Minuten hätte wecken sollen.

»Lieutenant Commander Alban.«

Merlins Augen, deren Verhalten den unwillkürlichen Reflexen ihres menschlichen Prototypen nachempfunden war, weiteten sich überrascht, als die Stimme lautlos in seinem elektronischen Gehirn flüsterte.

»*Owl?*«, platzte er heraus – so überrascht, dass er tatsächlich laut sprach. »Bist du das, Owl?«, fuhr er fort, auch wenn das (wie er einen Sekundenbruchteil später begriff) nur seine Überraschung bestätigte. Niemals hätte er die Stimme der weit entfernten KI mit der Stimme eines Menschen verwechseln können! Wenigstens hatte Merlin es geschafft, diesen Satz zu subvokalisieren. Das war wichtig. Denn das Gästezimmer in Herzog Eastshares Hauptquartier war alles andere als schalldicht.

»Jawohl, Lieutenant Commander Alban«, bestätigte der Computer.

»Was gibt es?«, wollte Merlin wissen und kniff nachdenklich die Augen zusammen.

»Es ist eine Situation eingetreten, die nicht durch die mir erteilten Anweisungen abgedeckt ist. Daher benötige ich Instruktionen, wie damit umzugehen ist, Lieutenant Commander Alban.«

»Inwiefern?« Merlins subvokalisierte Stimme klang sehr angespannt. Es war das erste Mal, dass die KI von sich aus, ohne vorherige diesbezügliche Instruktionen Merlins, den Kontakt hergestellt hatte. An sich war das ein Indiz für die Entwicklung zu Selbstbewusstheit, die die KI durchlief. Doch dass der Computer Merlin geweckt hatte, ließ vermuten, dass das, was ihn dazu bewogen hatte, die neu erworbenen Fähigkeiten zu enthüllen, gewiss nicht in die Kategorie ›gute Neuigkeiten‹ fiel.

»Ich habe gerade einen Routine-Upload von der SNARC-Fernsonde Charlie-Bravo-sieben-neun-eins-drei erhalten«, beantwortete Owl Merlins Frage. »Die Analyse des Inhalts ließ vermuten, dass Sie umgehend darauf hingewiesen zu werden wünschen.«

»Was ist das für ein Inhalt?«, fragte Merlin. Die beiden Buchstaben am Anfang der Kennung dieser SNARC verriet Merlin, dass es sich um eine seiner Aufklärerplattformen über Corisande handelte. Dank seiner PICA-Funktionen war Merlins Gedächtnis ebenso fehlerlos wie das Owls. Nur hatte sich Merlin nicht die Mühe gemacht, sich alle Kennungen sämtlicher Plattformen einzuprägen.

»Die Person Hahskans, Pater Tymahn, wurde entführt«, erklärte Owl.

»*Was?!*« Ruckartig richtete sich Merlin auf seinem Bett auf.

»Die Person Hahskans, Pater Tymahn, wurde entführt«, wiederholte Owl. Ob die KI allmählich ein Selbstbewusstsein entwickelte oder nicht: Ihre Stimme klang entschieden zu ruhig. Zu desinteressiert.

»Wann?«, fragte Merlin nach, schwang die Füße auf den Boden und griff bereits nach seiner Kleidung.

»Die Entführung fand vor etwa fünf Stunden, neunzehn Minuten und einunddreißig Sekunden statt, Lieutenant Commander«, antwortete Owl.

»Und das erzählst du mir *erst jetzt*?« Merlin wusste, dass die Frage unfair war, noch während er sie aussprach. Dass Owl diesen Sachverhalt überhaupt von sich aus angesprochen hatte, grenzte schon an ein Wunder, aber trotzdem …

»Ich hatte keine ausdrückliche Anweisung, auf Entführungen zu achten, Lieutenant Commander«, gab Owl ruhig zurück. »In Ermangelung einer derartigen Anweisung haben meine Filter mich nicht unmittelbar auf dieses Ereignis aufmerksam gemacht. Ich habe von der Situation erst im Zuge eines Routine-Speicherauszugs von Charlie-Bravo-sieben-neuneins-drei erfahren. Unmittelbar nach Datenzugriff habe ich Sie kontaktiert.«

Merlin stand auf, streifte seine Hosen über und griff nach seinem Kasack.

»Wie sieht Hahskans' derzeitige Situation aus? Schick mir Echtzeit-Aufnahmen von der SNARC!«

»Sehr wohl, Lieutenant Commander.«

Fast augenblicklich kam die KI der Aufforderung nach. Merlin Athrawes stieß einen schockierten Laut aus, als in seinem Elektronengehirn das Bildmaterial erschien.

Großer Gott!, flüsterte eine Stimme in seinem Hinterkopf. *Großer Gott!*

Merlin zuckte zusammen, als die Audio-Sensoren der SNARC ihm einen Schrei übermittelten, der sich einer unfassbar gequälten Kehle entrang. Die blutrünstige Szenerie hämmerte sich in Merlins Gedächtnis. Sofort wusste er, dass sich ihm, wäre er noch aus Fleisch und Blut, augenblicklich der Magen umgedreht hätte.

Die Gräuel ließen den *Seijin* einen Moment lang erstarren, obwohl er schon genug Schreckliches miterlebt hatte. Es hätte sogar für weit mehr als ein Dutzend weitere Leben gereicht. Merlin wollte Owl gerade schon anweisen, das Aufklärer-Schwebeboot startbereit zu machen – doch der Befehl blieb unausgesprochen. Merlin war beinahe dreitausend Meilen von Manchyr entfernt. Selbst mit Mach fünf würde der Flug vierzig Minuten dauern, und weitere fünfzehn Minuten würde es dauern, das Schwebeboot hierher zu schaffen und an Bord zu gehen. Aller Vorsicht zum Trotz bestand immer die Möglichkeit, dabei beobachtet zu werden. Die schweren Verletzungen, die man dem Priester bereits zugefügt hatte, verrieten Merlin, dass der Mann unmöglich so lange überlebte, bis Merlin einträfe. Angesichts der Beschränkungen, denen die Medizin auf Safehold unterworfen war, waren Hahskans' furchtbare Wunden zweifellos schon jetzt tödlich.

Selbst wenn Merlin sich also für das Risiko entschied, seine eigenen ›dämonischen‹ Fähigkeiten möglicherweise preiszugeben, war Tymahn Hahskans bereits ein toter Mann.

Und Gott helfe mir, aber je rascher er stirbt, desto besser für ihn, dachte Merlin matt.

Er ließ sich wieder aufs Bett sinken. Seine saphirblauen Augen starrten blicklos ins Leere, während er die Bilder und den Ton begutachtete, die ihm die SNARCs übertrugen. *Ich sollte das abstellen*, sagte er sich. Es gab nichts, was er tun konnte. Nicht jetzt. Es war zu spät. Und es gab keinen Grund, sich mit der Entsetzlichkeit von Hahskans' Tod zu belasten.

Doch, es *gab* einen Grund! Merlin verstand Adorai Dynnys jetzt besser denn je. Er verstand, warum sie nicht in der Lage gewesen war, sich abzuwenden, sondern Zeugin dessen geworden war, was die Inquisition ihrem Gemahl antat.

Jemand musste es wissen. Jemand musste Zeuge sein.

Und, sagte Merlin sich grimmig, *jemand muss sich daran* erinnern!

.X.

Priorei Sankt Zhustyn, Stadt Manchyr, Fürstentum Corisande

Aidryn Waimyn lehnte sich in seinem Sessel zurück und rieb sich die müden Augen. Die Buchstaben verschwammen ihm schon vor Augen, wann immer er in den Berichten und Mitteilungen zu lesen versuchte, die sich auf seinem Schreibtisch stapelten. Der gesunde Menschenverstand riet ihm, endlich zu Bett zu gehen. Er bekäme dann noch vor Sonnenaufgang ein paar Stunden Schlaf. Bei Langhorne, den hatte er nötig!

Der Tag schien einfach nie genügend Stunden zu haben. Das galt natürlich für jeden Intendanten, selbst wenn er ganz normal in seinem Arbeitszimmer im Erzbischöflichen Palast arbeitete. Aber sah sich ein solcher Intendant gezwungen, sich heimlich mit seinen Pflichten zu befassen, damit die weltlichen Obrigkeiten, die doch eigentlich seinen Anweisungen hätten Folge leisten sollen, ihn nicht vor einen abtrünnigen ›Erzbischof‹ schleppten, musste es ja noch schlimmer werden!

Trotzdem, dachte er, ein schiefes Grinsen im Gesicht, *gibt es dafür nicht immer einen Ausgleich? Dass die Semaphoren ausgefallen sind, beispielsweise.* Er stieß ein Schnauben aus. *Klar, ich muss mich ja nur um Kleinigkeiten sorgen, beispielsweise um die Verdammnis verlorener Seelen oder darum, gefangen genommen und wegen Hochverrats angeklagt, vielleicht gar hingerichtet zu werden – Kleinigkeiten eben! Aber wenigstens ist der verdammte Nachrichtenverkehr praktisch zum Erliegen gekommen!*

Seine Mundwinkel zuckten ob dieses schwächlichen Versuchs, nicht den Humor zu verlieren. Doch es lag in diesem Gedanken mehr als nur ein Funken Wahrheit. In Sankt Zhustyn war er ebenso sicher wie sonst irgendwo im eroberten Corisande. Tatsächlich hatte er kaum zu befürchten, an die Obrigkeit verraten zu werden. Gut, ein letzter Rest von Risiko blieb, aber sei's drum! Während sich der Widerstand in der Stadt immer weiter ausbreitete, streckte Aidryn unablässig seine Fühler aus und fand stetig neue Informationswege. Das bedeutete allerdings, dass der Strom der eintreffenden Mitteilungen und Berichte stetig anwuchs. Dennoch hatte ihn der Verlust von Mutter Kirches Semaphoren gänzlich von den Ereignissen im restlichen Fürstentum abgeschnitten.

Die Hand voll Depeschen von Bischof-Vollstrecker Thomys Shylair waren von vertrauenswürdigen Kurieren geschmuggelt. Zumeist waren sie kurz und kryptisch. Im Vergleich zu der reibungslosen, fast ohne jeden Zeitverlust verlaufenden Kommunikation, die Aidryn vor dieser charisianischen Invasion gewohnt gewesen war, kam es ihm jetzt fast so vor, als sei er taub und blind. Das gefiel ihm überhaupt nicht, vor allem, weil er so wenig darüber erfuhr, was außerhalb von Manchyr vor sich ging.

Ja, ja, sagte er sich selbst, *und dass nur, weil du Bischof Thomys überhaupt nicht zutraust, sich um so etwas zu kümmern! Er ist nun wirklich nicht der hellste Bischof, dem du jemals gedient hast, was? Aber wenigstens ist er fest entschlossen, tatsächlich irgendetwas zu* tun, *statt sich den Charisianern anzudienen, und das ist ja nun schließlich auch nicht zu verachten, Aidryn!*

Das stimmte. Wenn man dem abgesetzten Bischof-Vollstrecker gegenüber gerecht bleiben wollte, musste man ihm eines zugestehen: Die Verbindungen, die er zu den Grafen Storm Keep und Deep Hollow sowie zu Baron Larchros geknüpft hatte, schienen vielversprechender, als Waimyn noch vor wenigen Monaten gedacht hätte. Natürlich kannte er keine Details darüber, wie Bischof-Vollstrecker Thomys und seine weltlichen Verbündeten miteinander kommunizierten. Auch von ihren Plänen wusste er nichts. Aber er hatte peinlich genau darauf geachtet, sie mit keinem Wort in seinen Berichten zu erwähnen. Eigentlich egal. Denn seine eigenen Anweisungen stammten vom Großinquisitor persönlich; sie waren ihm vorsichtshalber schon lange vor der charisianischen Invasion übermittelt worden. Shylair war, im Groben zumindest, über deren Inhalt informiert. Waimyn bezweifelte daher nicht, dass das Geplante den Anweisungen entspräche. Doch was auch immer sie im Schilde führen mochten: es änderte nichts an Waimyns Aufgabe.

Vikar Zhaspahr hat Recht, rief sich der Intendant erneut ins Gedächtnis zurück. *Was hoch oben im Norden geschieht, ist gewiss wichtig, vielleicht sogar entscheidend. Aber was hier in Manchyr* gerade jetzt *passiert, ist noch viel wichtiger. Nicht nur, weil es die Hauptstadt ist, sondern weil es die größte Stadt im ganzen Fürstentum ist. Jede andere Stadt, jedes andere Dorf wird genau beobachten, was sich hier ereignet. Sobald der ›Regentschaftsrat‹ und Caylebs ›Vizekönig-General‹* hier *nicht mehr alles im Griff haben, wird der Rest des Fürstentums sich ihnen deutlich eher entgegenstellen!*

Nun beugte Waimyn sich wieder vor und griff nach dem nächsten Bericht. In mancherlei Hinsicht verabscheute er, die Schriftform wählen zu müssen. Gut, er achtete sorgsam darauf, seine Agenten nur mit Decknamen zu kennzeichnen (die ausschließlich ihm bekannt waren). Aber schriftliche Aufzeichnungen bei einer Verschwörung – das war entschieden zu unvorsichtig! Aber ohne diese Aufzeichnungen hätte er schon sehr rasch den Überblick verloren. Es galt, Sicherheit und Effizienz gegeneinander abzuwägen.

Waimyn runzelte die Stirn, als er das Memorandum las, das jetzt ganz oben auf dem Stapel lag. Es stammte von Ahlbair Cahmmyng. Was diesen Kerl betraf, war Waimyn uneins mit sich selbst. Fähig war dieser Mann zweifellos, und in der Vergangenheit hatte er sich auch als außerordentlich nützlich erwiesen. Bedauerlicherweise war einer der Gründe für seine Nützlichkeit, dass er sich, soweit Waimyn das beurteilen konnte, niemals von Skrupel behindern ließ. Er war, schlicht ausgedrückt, ein professioneller Attentäter. Ein Auftragsmörder. Einer der besten Attentäter, die man für Geld finden konnte ... und das war auch der Grund, warum sich Waimyn hinsichtlich dieses Mannes so unsicher war. Mit Geld konnte man sich Cahmmyngs Dienste erkaufen. Möglicherweise also konnte man mit *noch mehr* Geld aus einer anderen Quelle auch Cahmmyngs *Verrat* erkaufen.

Wenn Ahlbair Cahmmyng sich dafür entschiede, Waimyn zu verraten, wären die Konsequenzen katastrophal. Denn nur Cahmmyng kannte die wahre Identität des Mannes, der tatsächlich die Ermordung Prinz Hektors in Auftrag gegeben und bezahlt hatte.

Waimyn hatte schon darüber nachgedacht, Cahmmyng möglichst unauffällig aus dem Weg räumen zu lassen. Er hatte sogar weit mehr als nur einmal darüber nachgedacht. Doch in die Tat umgesetzt hatte er es nie. Zum einen, weil sich Cahmmyng auch weiterhin als hilfreich und tatkräftig erwiesen hatte. Aus seinem Verhalten war Waimyn gar versucht zu schlussfolgern, den Attentäter verbinde echte Hingabe mit Mutter Kirche (wenngleich ein wenig anämische). Eine größere Summe Geld darauf zu verwetten, wäre der Intendant wahrlich nicht bereit gewesen. Aber es gab einen weiteren Grund, Cahmmyng noch nicht abservieren zu lassen. Waimyn hatte den Verdacht, Cahmmyng habe seinerseits gewisse Vorkehrungen getroffen, um sich zu schützen. Es wäre ganz typisch für die Arbeitsweise dieses Mannes, irgendwo Beweismittel zu verstecken, die Waimyn – und damit indirekt auch den Großinquisitor – unmittelbar und unzweideutig mit der Ermordung Hektors in Verbindung brächten. Waimyn fielen gleich mehrere Möglichkeiten dafür ein, sollte Cahmmyng etwas zustoßen, besagte Beweismittel geradewegs der Besatzungsmacht in die Hände fallen zu lassen. Der Intendant war sich mehr als sicher, dass Cahmmyng einfallsreich genug wäre, noch andere Wege zu finden, die Waimyn niemals in den Sinn kämen.

Andererseits ist die Tatsache, dass er in die Ermordung Hektors involviert war, natürlich ein zweischneidiges Schwert, dachte der Intendant nun. *Er kann es sich ebenso wenig leisten, dass* ich *festgenommen und verhört werde wie umgekehrt. Also haben wir beide doch einen ausgezeichneten Grund, bestens aufeinander Acht zu geben, nicht wahr? Und das macht ihn ironischerweise zum zuverlässigsten Agenten, den ich überhaupt habe.*

Es hatte noch andere Vorteile, sich auf einen echten Profi zu verlassen. Welche Fehler Cahmmyng auch sonst haben mochte, er würde sich kaum durch fanatischen Glauben dazu verleiten lassen, einen fatalen Fehler zu begehen – und das war mehr, als man über manch anderen von Waimyns jüngeren Rekruten sagen konnte. Leute wie Paitryk Hainree sprühten vor Enthusiasmus, waren allzu oft von bitterem Zorn und Hass getrieben. Das machte es schwierig, sie unter Kontrolle zu halten. Das war der Hauptgrund, warum Waimyn darauf bedacht gewesen war, ihnen gegenüber gänzlich anonym zu bleiben. Hainree war einer der wenigen, für die der Intendant eine Ausnahme machte. Daher glaubte Hainree, der Intendant sei schon vor langer Zeit aus der Stadt geflüchtet. Das war einer der Gründe, weswegen Waimyn eben jenen Cahmmyng damit beauftragt hatte, die Kontakte zu Hainrees Gruppe zu organisieren.

Aus diesem Grund, neben anderen, überließ Waimyn Cahmmyng auch die Entscheidung darüber, wer für die nächste Operation eingesetzt werden sollte und wer nicht. Der Intendant hatte zwar den Inquisitor ausgewählt, der mit der Mission betraut werden sollte. Aber er überließ es ganz Cahmmyngs Urteilsvermögen, die Leute zusammenzusuchen, die für die erforderliche Schlagkraft (wie Cahmmyng es ausdrückte) sorgen sollten. Cahmmyng war deutlich vertrauter als Waimyn mit den einzelnen Agenten, die er rekrutiert hatte – mit ihren Fähigkeiten ebenso wie mit ihren Persönlichkeiten und ihren Motiven. Waimyn war zuversichtlich, dass Cahmmyng jedes einzelne seiner beachtlichen Talente darauf verwendet hatte, sicherzustellen, dass keiner dieser Agenten in der Lage wäre, die Obrigkeit gegebenenfalls zu ihm zurückzuführen. Das wiederum bedeutete, dass besagte Obrigkeit im Zuge ihrer Ermittlungen auch nicht auf Waimyn stieße.

Und das ist bei dieser *Operation hier nun wirklich keine Kleinigkeit!*, sinnierte der Intendant grimmig.

Ein Teil von ihm bedauerte, die Anweisung zur Entführung und Ermordung Pater Tymahns erteilt zu haben. Natürlich war es wirklich nur ein *sehr* kleiner Teil von ihm. Immerhin hatten den Priester seine Taten unwiderruflich verdammt. Er war nicht das einzige Mitglied des corisandianischen Klerus, das zur ›Kirche von Charis‹ übergelaufen war und sich damit selbst verdammt hatte. Doch obwohl Tymahn einen noch recht niederen Rang in der Kirche bekleidet hatte, war er doch eindeutig der Anführer der ›Reformisten‹-Verräter des Fürstentums gewesen. Waimyn selbst hatte Pater Tymahns Predigten mit Genuss gelauscht – damals, vor der charisianischen Invasion. Ein begnadeter Prediger war Tymahn schon immer gewesen. Er hatte es stets in äußerst bemerkenswerter Weise geschafft, seine Gemeinde auch zu bewegen. Doch schon vor der Invasion hatte Hahskans sich verärgert über die Disziplin gezeigt, die Bischof-Vollstrecker Thomys hatte walten lassen. Tatsächlich hatte er mit seiner gerechten Entrüstung und seinem brennenden Verlangen, die ›Verderber‹ im Tempel anzuprangern, mehr als einmal die Aufmerksamkeit der Inquisition auf sich gezogen. Mehrmals war er in Waimyns Arbeitszimmer zitiert worden. Hahskans musste daher wissen, wie der Intendant von Corisande über seine Arroganz dachte, das Handeln des Vikariats beurteilen zu dürfen. Nur dass er ansonsten seine priesterlichen Pflichten gut und gewissenhaft erfüllte und schlau genug gewesen war, sein Maul nicht öffentlich aufzureißen, hatte ihn mindestens zweimal davor bewahrt, aus Sankt Kathryn abberufen zu werden.

Deswegen war Waimyn alles andere als überrascht gewesen, dass Hahskans seinen Eid auf Mutter Kirche gebrochen und seine Treue dieser charisianischen Abscheulichkeit geschenkt hatte. Was ihn hingegen *sehr wohl* überrascht hatte, war, mit welcher Tatkraft und welcher Redegewandtheit Hahskans seinen Verrat ausgeübt hatte … und wie effizient er als Verräter gewesen war. Er war zum Kern einer kleinen, aber stetig wachsenden Gruppe von Kirchenmännern geworden, die sich selbst als ›Reformisten‹ bezeichneten und mit allem, was sie taten, Mutter Kirche offen angriffen. Das allein war schon schlimm genug. Schlimmer noch war, wie sehr sich diese ›Reformisten‹ ausgerechnet in Manchyr konzentrierten. In ihren Kirchen kümmerten sie sich vor allem um das einfache Stadtvolk – und das machte sie gefährlich. Indem sie für die Bürgerlichen der Hauptstadt die *Kirche* von Charis legitimierten, legitimierten sie auch das *Kaiserreich* Charis. Aber die Leute, die ihnen zuhörten, waren genau die Leute, die Waimyn brauchte, wenn er sich erfolgreich der Herrschaft der Besatzer über die Hauptstadt entgegenstellen wollte.

Hahskans Handeln machte Waimyn zornig, ja, aber der Intendant hatte nie geglaubt, der Priester habe seinen Eid nur aus persönlichem Ehrgeiz oder aus Gier gebrochen. Nein, es war bedauerlicherweise noch viel schlimmer: Denn mit Ehrgeiz hätte man vielleicht noch etwas ausrichten können, und an Gier konnte man appellieren. Aber die Arroganz dieser selbstgerechten Entrüstung, die schiere Unverschämtheit eines Mannes, der seinen eigenen Glauben, bei Langhorne: seine eigene, ganz persönliche Interpretation der *Heiligen Schrift!*, gegen die Macht und die Erhabenheit von Gottes Kirche stellte – das war etwas völlig anderes! Hahskans scherte sich einen feuchten Kehricht um persönliche Macht, um Reichtum oder Luxus. Das genau hatte sein Aufwieglertum ja so effektiv gemacht – so gefährlich. Doch wie er es auch ausschmücken mochte, um es seiner Gemeinde schmackhaft zu machen, wie geschickt er auch die Worte der *Heiligen Schrift* verdrehte und entstellte, bis sie seine eigene Abtrünnigkeit zu stützen schien, und wie sehr diese Blöße in seinem Glauben die Abwehr seiner unsterblichen Seele durchstoßen haben mochte: Der Mann hatte sich ganz und gar in Shan-weis Dienst gestellt! Er hatte sich von Gott und vom Vikariat abgewandt. Deswegen konnte Waimyn es auch nicht ernstlich bedauern, den Verräter beseitigen zu lassen.

Und zwar so, dass der Rest seiner ›Reformisten‹-Spießgesellen einen guten Grund hat, ihre Abtrünnigkeit noch einmal gründlich zu überdenken! Die Kiefermuskeln des Intendanten spannten sich an. *Dieser Aimayl wird, wenn* Cahmmyngs *Berichte stimmen, genau das bewirken. Und er hat keine Ahnung, dass* ich *diesen Befehl erteilt habe. Und Pater Daishan auch nicht, wo wir gerade dabei sind.*

Im Gegensatz zu Aimayl wusste Pater Daishan Zahcho ganz genau, wer Aidryn Waimyn war. Schließlich arbeitete er schon seit mehr als sechs Jahren für ihn. Doch Zahcho hatte einen ausgezeichneten Grund anzunehmen, Waimyn habe zusammen mit Bischof-Vollstrecker Thomys Manchyr verlassen: Zahcho hatte das aus Waimyns eigenem Mund vernommen. Also würde Zahcho, selbst in dem unwahrscheinlichen Fall, dass er und Aimayl beide von der Obrigkeit aufgegriffen würden, besagte Obrigkeit nicht nach Sankt Zhustyn führen können. Und von allen Inquisitoren, die in Corisande eingesetzt waren, hatte sich Zahcho als derjenige erwiesen, der am wenigsten von allen angesichts der Hinrichtung eines abtrünnig gewordenen Priesters zögern würde.

Ich kann nicht behaupten, ich würde bedauern, dass es so kommen musste, gestand sich der ehemalige Intendant ein, *und wenigstens hatte ich die richtigen Leute vor Ort, die sich darum kümmern konnten.*

Er schloss Cahmmyngs Bericht. Dann ertappte er sich bei einem herzhaften Gähnen.

Genug für heute! Wenn ich jetzt noch weitermache, unterlaufen mir nachher noch aus reiner Müdigkeit Fehler! Zeit schlafen zu gehen. Wieder gähnte er. *Morgen ist auch noch ein Tag.*

Zumindest für einige von uns.

.XI.

Grauechsenplatz, Sir Koryn Gahrvais Stadtvilla, und Priorei Sankt Zhustyn, Stadt Manchyr, Fürstentum Corisande

Eine scharfe Handbewegung brachte Sir Koryn Gahrvais Eskorte abrupt zum Stehen. Das Knallen der Stiefelabsätze auf dem Kopfsteinpflaster verhallte. Der Zorn in Gahrvais äußerst beherrscht, aber mit geballter Faust gegebenem Signal war höchst ungewöhnlich. Zu seiner Eskorte gehörten Männer, die zusammen mit ihm die Schlacht vor Haryl's Crossing durchgestanden und während des Feldzuges auch am Talbor-Pass unter ihm gedient hatten. Sie hatten ihn schon während des Gefechts erlebt; sie hatten miterlebt, wie er die Verwundeten besucht und den Sterbenden Trost zugesprochen hatte; sie hatten sogar erlebt, wie er Cayleb von Charis entgegengeritten war, um ihm die Kapitulation zu überbringen. Sie hatten ihn zornig erlebt, sie hatten ihn besorgt erlebt, sie hatten ihn voller Trauer erlebt und voller bitterer Entschlossenheit.

Aber so ... so hatten sie ihn noch nie erlebt.

Die Eskorte mühte sich nach Kräften, ihre Pferde im Zaum zu halten. Die Männer schienen sich im Schatten ihres Kommandanten herumzudrücken wie verängstigte Kinder, die den Zorn des Vaters nicht verstanden. Im Augenblick erweckte die Eskorte nicht mehr den Eindruck der handverlesenen Elitetruppe, die sie doch war. Die Soldaten blickten sich auf dem Grauechsenplatz um, betrachteten die Gebäude im Schein der Morgensonne, die an einem strahlend blauen Himmel stand. Die Luft war frisch und klar; sie warnte vor der Hitze, die schon bald kommen würde. Daher war diese frische Luft umso willkommener. Die Fenster, die bunten Markisen, die Buden und Verkaufsstände des Grauechsenmarktes, normalerweise einer der größten und geschäftigsten der Stadt, leuchteten im goldenen Sonnenschein.

Doch die Buden und Verkaufsstände waren verlassen. Die Menschen, die sich jetzt eigentlich auf dem Markt tummeln sollten, die hätten feilschen und schachern sollen, drückten sich lautlos an die Hauswände, zurückgehalten von bewaffneten Männern der Stadtwache, die sie mit grimmigen Mienen anblickten. Die Lautlosigkeit der Menschenmenge war kaum zu fassen, die Stille so vollkommen, dass schon der einzelne Schrei einer Wyvern in weiter Ferne, hoch über ihnen, sie alle zusammenzucken ließ.

Gahrvai stieg aus dem Sattel. Yairman Uhlstyn, sein persönlicher Waffenträger, tat es ihm gleich und trat neben ihn. Aber eine kurze, abgehackte Handbewegung verriet Uhlstyn, dass selbst seine Anwesenheit an diesem Tag nicht erwünscht sei. Das behagte dem Waffenträger ganz und gar nicht. Doch der dunkelhaarige Mann diente der Familie Gahrvai schon seit seinem fünfzehnten Lebensjahr, und man hatte ihn Sir Koryn zugewiesen, als der General noch ein kleiner Junge gewesen war. Wahrscheinlich kannte Uhlstyn Sir Koryns eigentümliche Stimmungsumschwünge besser als jeder andere. So nahm er den Befehl nur schweigend zur Kenntnis, griff nach dem Zügel seines Kommandeurs und blieb wachsam stehen, während Gahrvai mit großen Schritten auf das weiße Tuch mit den roten Flecken zustapfte.

Ich möchte jetzt nicht in der Haut derjenigen stecken, die das zu verantworten haben. In Uhlstyns Gedanken hallte sein eigener Zorn wider. *Ich habe dem General gedient und auch schon seinem Vater, dem Mann und dem Jungen, und keinen von beiden habe ich jemals zuvor* so *erlebt. Er* wird *herausfinden, wer das getan hat, und wenn das geschieht …*

Sir Koryn Gahrvai ging über das Kopfsteinpflaster wie ein Mann über das Schlachtfeld. Er spürte die unnatürliche Stille, die ihn einhüllte; er spürte diesen Kontrast zwischen der kühlen Morgenluft und dem weißglühenden Zorn, der in seinem Herzen loderte. Er zwang sich dazu, eine ungerührte Maske der Ruhe aufzusetzen. Diese Maske jedoch war eine einzige Lüge, denn in ihm *gab* es keine Ruhe.

Langsam, Koryn! Langsam!, ermahnte er sich selbst. *Denk daran, wie viele dich hier beobachten! Denk daran, dass du ein General bist, der persönliche Repräsentant des Regentschaftsrates, nicht einfach nur ein gewöhnlicher Mann! Vergiss das nicht!*

Er erreichte das rotbefleckte Tuch. Daneben kniete ein Priester: ein Mann mit Vollbart und hellem Haar, das allmählich ergraute. Er trug den grünen Habit und den Merkurstab eines Bruders vom Pasquale-Orden, und an seiner Priesterhaube steckte die grüne Kokarde eines Oberpriesters.

Der Geistliche blickte auf, als Gahrvai ihn erreichte. Der General sah die Tränen in den grauen Augen des älteren Mannes. Doch die Miene des Priesters war gefasst, beinahe gelassen.

»Pater.« Gahrvai wusste, dass dieses eine Wort deutlich rauer klang, als er das beabsichtigt hatte. Er versuchte, seine kurze Verneigung nicht ganz so schroff wirken zu lassen. Er bezweifelte, dass es ihm gelungen war.

»Herr General«, erwiderte der Priester. Er streckte den Arm aus und strich mit der Hand sanft über das Tuch. »Ich bedauere, dass man Sie hierher hat rufen lassen müssen«, sagte er.

»Ich auch, Pater.« Tief atmete Gahrvai durch. »Vergeben Sie mir!«, sagte er dann. »Ich fürchte, ich bin heute Morgen zu zornig. Aber das ist keine Entschuldigung für Unhöflichkeiten. Sie sind …?«

»Pater Zhaif Laityr. Ich bin der Pfarrer der Kirche der Siegreichen Erzengel.« Mit dem Kinn deutete der Priester kurz in Richtung eines Kirchturms, der unmittelbar am Grauechsenplatz emporragte. Seine Miene wurde sehr viel angespannter. »Ich bin mir sicher, dass man ihn unter anderem auch hierher gebracht hat, um *mir* eine Nachricht zukommen zu lassen«, sagte er dann.

Kurz kniff Gahrvai die Augen zusammen. Dann nickte er verstehend. Laityrs Name war ihm durchaus ein Begriff. Sir Charlz Doyal, zu Beginn des Talbor-Pass-Feldzuges Kommandant der Artillerie und jetzt Gahrvais Stabschef, war als solcher auch leitender Auswertungsexperte. Gahrvai gingen noch einmal die Berichte über die stetig anwachsende Reformisten-Bewegung in Manchyr durch den Kopf.

Ja. Die Mistkerle, die das hier getan haben, wollten ganz sichergehen, dass Laityr ihre ›Nachricht‹ auch wirklich erhält, dachte er.

»Damit haben Sie wahrscheinlich leider Recht, Pater«, sagte er nun. »Andererseits war es wohl als Nachricht an *uns alle* gedacht.« Kurz fletschte er die Zähne. »Und wenn ich herausfinde, wer das war, dann habe ich für diejenigen auch eine kleine *Nachricht* parat!«

»Pasquale ist ein Erzengel der Heilung, Herr General«, bemerkte Laityr und blickte erneut auf die Gestalt hinab, die unter dem Tuch lag. »Doch nur dieses eine Mal wird er, so denke ich, mir vergeben, wenn ich Ihnen jeden nur erdenklichen Erfolg wünsche.« Wieder legte er sanft die Hand auf das Tuch und strich darüber. Traurig schüttelte er den Kopf. »Das hätten sie ihm wirklich nicht anzutun brauchen.« Er sprach so leise, dass selbst Gahrvai ihn kaum verstand. »Die hätten das nicht zu tun *brauchen*; die *wollten* das tun.«

»Ich denke, auch damit haben Sie Recht, Pater«, erwiderte Gahrvai ebenso leise. Laityr blickte zu ihm auf. Kaum merklich zuckte der General mit den Schultern. »Bislang habe ich nur wenig Hass erlebt, der von der Kirche von Charis ausging oder den Reformisten. Aber von den Tempelgetreuen habe ich schon eine ganze Menge Hass gesehen.«

»Ich ebenso«, bestätigte Laityr. »Mir ist daher schon der

Gedanke gekommen, sie hätten das hier getan, um auch bei uns den Hass zu schüren.« Wieder blickte er auf das Tuch, unter dem die Leiche seines Freundes lag. »Tymahn hat nie in seinem Leben jemanden gehasst, außer vielleicht diese korrupten Männer in Zion. Und wer auch nur eine einzige seiner Predigten gehört hat, musste das begreifen! Ich glaube, deswegen hatte er so viel Erfolg. Und deswegen wollen die Tempelgetreuen, dass wir denselben brennenden Hass verspüren wie sie. Sie wollen, dass wir blindwütig austeilen – sie wollen, dass unser eigener Zorn die Konflikte zwischen uns schürt, um die Kluft noch breiter und tiefer zu machen. Unsere Unmäßigkeit soll die ihre rechtfertigen.«

»Auch damit könnten Sie durchaus Recht haben, Pater«, sagte Gahrvai grimmig. »Und als Sohn von Mutter Kirche hoffe ich, dass Sie und die anderen Priester, die offen das Wort ergriffen haben, diesem Hass und diesem Zorn widerstehen können. Aber ich vertrete hier die weltliche Obrigkeit, und es gehört nicht zu meinen Aufgaben, derlei Dinge zu vergeben.«

»Nein. Nein, wohl nicht.«

Noch einige Momente blickte Laityr auf das Leichentuch herab, dann erhob er sich. Seine Bewegungen waren so steif, dass Gahrvai vermutete, der Priester habe schon seit der Entdeckung der Leiche auf dem harten Kopfsteinpflaster gekniet. Nun streckte der General ihm die Hand entgegen, um Laityr behilflich zu sein. Dankbar griff der ältere Mann danach. Dann schüttelte er sich und nickte erneut in Richtung seiner Kirche.

»Ich weiß wohl, dass wir ihn hier liegen lassen müssen, bis Sie sich alles persönlich angesehen haben, Herr General. Und ich verstehe das auch. Aber seine Frau ist zusammen mit meiner Haushälterin im Pfarrhaus. Ich hatte ihr angeboten, bei ihr zu bleiben. Stattdessen hat sie darauf beharrt, dass ich bei Tymahn bliebe. Ich habe sie gerade noch dazu bewegen können, dass *ich* bis zu Ihrem Eintreffen, Herr General, bei ihm bleibe, nicht *sie*.

Ich weiß nicht, ob mir das gelungen wäre, wenn sie in der Lage gewesen wäre, klar zu denken. Aber jetzt ...« Laityr schüttelte den Kopf. »Bitte, Herr General, ich ... möchte nicht, dass sie ihn sieht. Nicht so.«

»Das verstehe ich.« Fest blickte Gahrvai dem Priester in die Augen. »Wenn Sie wieder zu ihr zurückkehren, sagen Sie ihr bitte, wir nähmen ihn zu unseren Heilern mit. Sie werden ihn genau untersuchen und uns über ihre Befunde informieren. Und behalten Sie sie im Pfarrhaus, bis wir hier fertig sind. Sagen Sie ihr, ich hätte ausdrücklich darum gebeten, und das sei Teil der Untersuchung. Ich werde meine Leute anweisen, zu tun, was sie können, bevor wir ihr den Leichnam zurückgeben.« Er kniff die Lippen zusammen. »Die ersten Berichte klingen nicht danach, als könnten wir allzu viel tun. Aber wenn Sie dafür sorgen könnten, dass Kleidung für ihn in mein Hauptquartiert gebracht wird, lasse ich ihn wenigstens angemessen anziehen, wenn die Heiler fertig sind. Das sollte wenigstens das Schlimmste verdecken, hoffe ich.«

»Ich danke Ihnen, Herr General.« Der Priester legte Gahrvai eine Hand auf den Unterarm und drückte ihn sanft. »Ich fürchte, sie hat bereits an meiner Reaktion bemerkt, wie schlimm es ist. Aber es gibt einen Unterschied, es sich nur denken zu können oder mit eigenen Augen sehen zu müssen, was diese Mörder ihm angetan haben.«

Beim letzten Teil des Satzes brach Laityr fast die Stimme. Erneut drückte er Gahrvai den Arm. Dann räusperte er sich überlaut.

»Ich habe mich bereits von ihm verabschiedet«, sagte er leise. »Und ich habe Gott gefragt, ob Tymahn noch ein wenig warten kann – bis wir anderen nachkommen ... Also, wenn Sie mich entschuldigen würden, ich muss mich jetzt um die Witwe eines lieben Freundes kümmern.«

»Selbstverständlich, Pater«, gab Gahrvai sanft zurück. Erneut verneigte er sich, dieses Mal deutlich tiefer, und Laityr schlug das Zeichen von Langhornes Szepter. Dann drehte er sich herum und ging langsam auf seine Kirche und das daneben stehende Pfarrhaus zu.

Gahrvai blickte ihm hinterher, sah an der Haltung des Priesters eine unverkennbare Mischung aus Zorn, Trauer und Entschlossenheit. Und Mut. Gahrvai bewunderte den Priester für die Haltung, die er an den Tag legte. Er selbst hätte sich lieber dem Angriff schwerer Kavallerie gestellt – oder sogar einer Reihe charisianischer Gewehrschützen –, als dem, was Laityr nun bevorstand. Dann atmete er noch einmal tief durch. Um wie notwendig die Leiche zu untersuchen, beugte er ein Knie und griff nach der Ecke des Tuches. Innerlich bereitete er sich auf das vor, was er nun sehen würde.

Deutlich später an diesem Tag, zurück in seiner Stadtvilla, saß Gahrvai hinter dem Schreibtisch seines Studierzimmers. Er war allein. Niemand beobachtete ihn. Also gestattete er sich, Zorn und Frustration nicht mehr hinter einer Maske aus Professionalität zu verstecken.

In seinem teuren Drehsessel lehnte er sich zurück und rieb sich die müden Augen. Gewiss war das Erschöpfung. Das Lesepensum, das er in letzter Zeit hatte absolvieren müssen, war enorm. Aber er hatte immer viel gelesen. Es waren die Inhalte, die seine Augen und ihn erschöpften.

Unter den vielen Berichten, die sich auf seinem Schreibtisch stapelten, waren auch die Ermittlungen zum Mord an Pater Tymahn. Die Heiler hatten mittlerweile Gahrvais Vermutung bestätigt: Der Priester war erst ganz am Ende der unzähligen Grausamkeiten und Verstümmelungen gestorben, die man ihm angetan hatte. Die wilde Grausamkeit dieses Mordes ließ alles andere, was sich bislang ereignet hatte, beinahe unbedeutend erscheinen. Doch Angriffe auf den Klerus und die Laien der Kirche von Charis nahmen stetig zu. In den weitaus meisten

Fällen hielt sich der Schaden noch in Grenzen – Schlägereien, mutwillig verwüstete Häuser, anonyme Drohbriefe, die an Kirchentüren angenagelt oder, um Steine gewickelt, durch Fenster geworfen wurden.

Die meisten dieser Zwischenfälle ereigneten sich ganz spontan. Zumindest war Gahrvai dieser Ansicht, ebenso Doyal. Es war stets die Folge persönlichen Zorns oder persönlicher Frustration. In vielen Fällen waren die Verantwortlichen bereits festgenommen und ins Gefängnis geworfen worden, oder sie hatten ein beträchtliches Bußgeld zahlen müssen. Gahrvai persönlich hätte ja deutlich härtere Strafen bevorzugt. Vizekönig-General Chermyn aber hatte Erzbischof Klairmant rückhaltlos in der Forderung unterstützt, bei der Reaktion der Obrigkeit müsse sich das Strafmaß stets mit einem Gutteil Zurückhaltung die Waage halten. Unmissverständlich hatte Chermyn zum Ausdruck gebracht, dass er, solange es nicht zu Ausschreitungen oder Gewaltausbrüchen in größerem Maße käme, die Absicht habe, Gahrvai und den Regentschaftsrat die entsprechende Vorgehensweise festlegen zu lassen. Zugleich jedoch hatte er auch noch einmal betont, die Anweisungen, die er vom Kaiserpaar erhalten habe, besagten deutlich, er solle keinesfalls repressiver vorgehen, als dies unerlässlich sei.

Meistens wusste Gahrvai Chermyns Zurückhaltung sehr zu schätzen. Meistens war er gar einer Meinung mit dem Vizekönig-General und dem Erzbischof. Aber es war ein stetiges Anwachsen deutlich unschönerer, gewalttätiger Angriffe zu beobachten. Und deren Spontanität bezweifelte Gahrvai ernstlich. Das Muster, das er im Laufe der letzten Fünftage dabei erkannt zu haben glaubte, beunruhigte ihn sehr. Und jetzt *das!* Es war gänzlich unmöglich, sich einzureden, Pater Tymahns Entführung, Folterung und Ermordung sei nur die impulsive Tat eines einzelnen Heißsporns. Diese Tat war sorgsam geplant und ebenso sorgsam ausgeführt worden. Sie war ebenso eine Herausforderung an die weltlichen und geistlichen Obrigkeiten, wie es eine Warnung für alle anderen ähnlich reformistisch gesinnten Priester sein sollte.

Es gibt Zurückhaltung, und es gibt Schwäche, dachte Gahrvai grimmig. *Als man Pater Tymahn ausgewählt hat, da hat sich der so genannte Widerstand ganz bewusst für einen der beliebtesten Priester der ganzen Stadt entschieden. Man hat sich* bewusst *dafür entschieden, jemanden zu ermorden, der für viele Liebe und Vertrauen bündelte. Man hat es getan, weil man es* konnte. *Es sollte ein Fanal für alle Tempelgetreuen sein, all jene, die Tymahn wahrscheinlich so sehr gehasst und verabscheut haben, wie alle anderen ihn geliebt haben. Man wollte deutlich zeigen, dass wir ohnmächtig und hilflos gegen sie sind. Ich glaube, nicht einmal der Erzbischof wird sich für ein größeres Maß an Zurückhaltung aussprechen, wenn wir diese Schlächter, die* das hier *getan haben, erst einmal in den Fingern haben. Aber das ist genau das Problem, was, Koryn? Du musst sie erst einmal finden, und du weißt noch nicht einmal, wo du mit der Suche* anfangen *sollst!*

Er verabscheute es, sich das eingestehen zu müssen. Es hatte allerdings keinen Sinn, so zu tun, als lägen die Dinge anders. Ja, Doyal und er hatten eigene Agenten, und eine überraschend große Zahl Einheimischer hatte Beobachtungen gemeldet. Die meisten hatten eigentlich nur das ungestörte Gespräch mit dem Priester ihrer Gemeinde gesucht. Dank dieser Hinweise hatten Doyals Agenten schon mindestens ein Dutzend individueller Gruppen infiltriert – Zellen, so hatte Doyal sie genannt, und sie mit den einzelnen Zellen einer Honigwabe verglichen. Doch bislang befanden sich alle Zellen in der Gesamthierarchie des Widerstandes relativ weit unten. Eigentlich waren es meistens kaum mehr als Saufkumpane, die zu aggressivem Verhalten neigten. Doch einige von ihnen waren deutlich … überlegter vorgegangen, als man ihnen zugetraut hätte. Für Doyal und auch Gahrvai war ganz offensichtlich, dass sie deutlich besser organisiert waren und hinter ihnen eine Autorität stand, die alles steuerte – eine Autorität, die diese kleinen, eigentlich unbedeutenden Grüppchen anleitete und nutzte. Doyal war zu dem Schluss gekommen, zumindest ein Teil dessen müsse schon *vor* dem Angriff durch die Charisianer organisiert worden sein. Ein Blick auf die davor existierende kirchliche Hierarchie ließ vermuten, dahinter stecke Pater Aidryn Waimyn, Bischof-Vollstrecker Thomys' Intendant.

Angesichts eines gewissen Misstrauens, das sowohl Gahrvai als auch Doyal allmählich hegten, was die Frage betraf, wer nun wirklich für Prinz Hektors Ermordung verantwortlich war, konnte der General es kaum noch erwarten, einige Dinge persönlich mit Pater Aidryn zu ... besprechen, von Angesicht zu Angesicht.

Leider wird das wohl nicht passieren! Dafür hat er sich viel zu tief verkrochen, dachte Gahrvai verbittert. *Ich weiß, dass dieser Mistkerl irgendwo hier in der Stadt steckt. Ich* weiß *es! Aber ich habe keinen blassen Schimmer, wo, und ohne das ...*

KRRRRRaaacccchhhhh!

Das Geräusch berstenden Glases riss Gahrvai aus seinen Gedankengängen. Er sprang auf die Beine. Gleichzeitig zuckte seine Hand zum Heft des Dolches, den er beim Betreten seines Studierzimmers abgelegt hatte – eine Instinktreaktion. Schon war er zum Fenster herumgefahren, das den Blick auf den herrlich angelegten Ziergarten der Stadtvilla ermöglichte. Dem General schlug das Herz bis zum Hals.

Er wartete, die Muskeln zum Zerreißen angespannt, und fragte sich, wie es jemand hatte schaffen können, an seinen Wachen vorbeizukommen. Nichts passierte. Es war so still, dass Gahrvai das Ticken der Uhr in einer Ecke des Raumes hörte, ja sogar das fast lautlose ›*wusch-klick*‹ des Pendels, das stetig und monoton hin und her schwang. Einige Augenblicke wartete Gahrvai noch voller Wachsamkeit ab. Dann entspannte er sich ein wenig und straffte den Rücken. Ohne es zu bemerken, war er in die charakteristische, halb geduckte Angriffsstellung des erfahrenen Kämpfers verfallen.

Im Garten gab es keinerlei Beleuchtung. Daher trat Gahrvai vorsichtig um seinen Schreibtisch herum. Sein Blick zuckte hin und her. Da – wie angewurzelt blieb er stehen.

Auf dem Teppich seines Studierzimmers, in einem Kranz aus Glassplittern, lag ein Stein. Sonderlich groß war er nicht. Doch Gahrvai kniff die Augen zusammen, als er sah, dass sich jemand die Mühe gemacht hatte, etwas um den Stein herumzuwickeln, bevor man ihn durch die Scheibe geschleudert hatte.

Ein paar vorsichtige Schritte, bei denen Glas unter den Sohlen der Stiefel knirschte, und Gahrvai griff nach dem Wurfgeschoss. Es schienen gleich mehrere Bögen Papier zu sein, sorgsam mit Garn am Stein befestigt. Gahrvai befreite Stein und Papier, wahrscheinlich ein Umschlag, sorgsam von den winzigen Scherben, die daran hafteten.

Er furchte die Brauen, trat an das geborstene Fenster heran und spähte durch das Loch in der Scheibe. Mondlicht ergoss sich über den Garten. Die silbrigen Flecken inmitten der nächtlichen Schwärze reichten zwar aus, um Gahrvai zu blenden, aber nicht, um zu erkennen, ob sich jemand im Garten befand. Allerdings hätte niemand, der größer wäre als ein Kind, sich hinter Büschen oder Rabatten verbergen können. Demnach hatte der Steinewerfer nicht Gahrvais Reaktion abgewartet. Aber wie war der Mensch überhaupt in den Garten gelangt? Und dann: Wie hatte er unbemerkt wieder *verschwinden* können? Gahrvai wusste, wie gut ausgebildet die Wachen waren, die man für seine Privatresidenz abgestellt hatte. Hätte auch nur ein Einziger von ihnen *irgendetwas* gehört – und wäre es auch nur das Geräusch des berstenden Glases gewesen –, würde es in seinem Studierzimmer schon jetzt vor bewaffneten, alarmierten, *wütenden* Männern wimmeln.

Und das war eindeutig nicht der Fall.

Er schritt über den scherbenübersäten Teppich zu seinem Schreibtisch hinüber, setzte sich und legte den in Papier eingewickelten Stein vor sich. Mehrere Sekunden lang starrte er ihn nur nachdenklich an. Dann durchtrennte er mit einem Taschenmesser die Schnüre und wickelte das Papier ab.

Es war tatsächlich ein Umschlag. Sein Name stand in unbekannter Handschrift darauf (was Gahrvai nicht sonderlich überraschte). Ein sonderbar aufgeregtes Gefühl packte ihn, als er den Umschlag in der Hand wog und begriff, dass sich darin wirklich mehrere Bögen Papier befinden mussten. Gahrvai hatte keine Ahnung, warum sein unbekannter Briefpartner ausgerechnet diese unkonventionelle Art der Zustellung gewählt hatte. Er bezweifelte aber, dass man für eine Todesdrohung, wie leidenschaftlich auch immer sie formuliert sein mochte, mehr als ein einziges Blatt benötigte. Der Briefumschlag musste etwas anderes enthalten.

Mit demselben Taschenmesser öffnete Gahrvai den Umschlag und zog acht Bögen sehr dünnes und zweifellos recht teueres Papier hervor. Die Zeilen stammten von derselben Hand, in deren sauberen und präzisen Schrift Gahrvais Name auf dem Umschlag geschrieben stand. Gahrvai breitete die Bögen auf seiner Schreibtischunterlage aus, rückte die Lampe zurecht und las mit kaum bezähmter Neugier.

»Aufmachen! Aufmachen im Namen der Krone und der Heiligen Mutter Kirche!«

Begleitet wurde die Stentorstimme durch ein plötzliches, ohrenbetäubendes Krachen, als sechzehn Mann einen zehn Fuß langen Rammbock mit Eisenkopf gegen das verschlossene Tor rammten. Wer auch immer die Aufforderung gebrüllt hatte, war offensichtlich nicht gewillt, eine Antwort abzuwarten.

»Was?!«, schrie eine andere Stimme voller Verwirrung. »Was *macht* ihr? Das ist ein Haus *Gottes!*«

Der Mönch, der in dieser Nacht zur Torwache eingeteilt war, stürzte aus seinem kleinen Kämmerchen neben dem Tor. Hektisch rang er die Hände und lief auf das Tor der Priorei zu, während der Rammbock ein zweites Mal dagegen krachte. Der Mönch hatte das geschlossene Portal fast schon erreicht, als beide Flügel plötzlich einwärts schwangen. Ein Splitter des geborstenen Sperrbalkens traf den Mönch an der Schulter und riss ihn von den Beinen. Gequält stöhnte der Mann auf, als ein großer, schwerer Stiefel auf seinem Brustkorb landete. Er wollte schon protestieren. Dann aber erstarrte er, den Mund halb geöffnet: Die Spitze eines sehr scharf geschliffenen, sehr ruhig gehaltenen Bajonetts wurde ihm vor die Nase gehalten – keine achtzehn Zoll davon entfernt.

Und der Mann, der ihm die Waffe vor das Gesicht hielt und den Fuß auf seine Brust gesetzt hatte, war eindeutig nicht allein. Er war nur einer von mehreren Dutzend Infanteristen – einer ganzen Kompanie grimmig dreinblickender Männer, die jetzt durch das offene Tor stürmten. Weitere Bajonette glitzerten im Licht; raue Stimmen bellten Befehle, und weitere Türen barsten unter der Wucht zustoßender Musketenkolben oder den Schultern heranstürmender Männer.

Die meisten Mönche kamen jetzt schlaftrunken aus ihren Zellen gewankt; sie blinzelten verwirrt und stellten lautstark Fragen. Doch Antworten erhielten sie kaum. Stattdessen riss ein jeder Mönch ungläubig die Augen auf, als er in äußerst unfrommer Art und Weise an der Schulter gepackt, herumgewirbelt und mit dem Gesicht voran unsanft gegen Steinwände und Säulen gestoßen wurde. Keiner von ihnen hatte jemals einen derart brutalen tätlichen Angriff auf Mönche von Mutter Kirche erlebt – und schon gar nicht auf Brüder aus dem Schueler-Orden. Das Entsetzen ob einer solch unfassbaren Gottlosigkeit ließ sie erstarren. Sie waren Inquisitoren im Dienste von Mutter Kirche, Wächter und Hüter der Heiligen Gesetze. Wie konnte jemand *wagen*, die Heiligkeit einer ihrer Prioreien zu verletzen! Hier und da riskierte der eine oder andere Bruder sich zu wehren. Doch ein jeder von ihnen schrie bald darauf laut und gequält auf, als er mit einem Musketenkolben unsanft in die Knie geprügelt wurde.

»Wie könnt ihr es wa…?!«, kreischte einer von ihnen und kämpfte sich wieder auf die Beine. Er beendete den Satz nicht. Das messingbesetzte Endstück einer Muskete traf ihn erneut, dieses Mal nicht mehr an der Schulter, sondern genau auf den Mund. Er sackte zu Boden, spuckte Zähne und Blut, und nur der knapp gebellte Befehl eines Sergeants verhinderte, dass die Muskete ihn erneut traf. Dieses Mal hätte sie ihn am Hinterkopf getroffen – mit tödlicher Wucht.

Weitere Hände drehten den entsetzten Schueleriten die Arme auf den Rücken. Dann wurden ihnen die Handgelenke zusammengebunden, und jeder von ihnen wurde – äußerst unsanft – in den Hof der Priorei gezerrt. Soldaten bedachten sie mit finsteren Blicken und stießen die Mönche erneut zu Boden. So fanden sich die Schueleriten auf dem Kopfsteinpflaster kniend wieder, umringt von Bajonetten, die im Mondlicht mordlüstern glitzerten. Alle Mönche starrten voller Furcht ihre Angreifer an, während sie zu begreifen versuchten, was geschah.

Sir Koryn Gahrvai überließ das Weitere den erfahrenen Unteroffizieren der Infanteriekompanie. Sein Hauptquartier befand sich ganz in der Nähe der Gemeinde Sankt Kathryn, und bei vielen seiner Soldaten war Pater Tymahn ebenso beliebt gewesen wie bei der überwältigenden Mehrheit derjenigen, die ihn jemals hatten predigen hören. Selbst diejenigen, die nicht gänzlich einer Meinung mit Tymahn gewesen waren, hatten dem Priester tiefsten Respekt entgegengebracht. Über jede seiner Predigten war noch am gleichen Tag von fast allen Soldaten aus Gahrvais Stabskompanie leidenschaftlich diskutiert worden. Nach dem, was dem Priester widerfahren war, dürften besagte Unteroffiziere deutlich mehr Schwierigkeiten damit haben, die Männer zur Zurückhaltung zu bewegen, als sie zu motivieren. Gahrvai selbst hatte aber anderes zu tun.

Seine Schritte hallten auf dem Steinboden wieder, als er entschlossen den Gang hinunterging. Yairman Uhlstyn und Captain Frahnklyn Naiklos, der Kompanieführer, gingen dicht hinter ihm. Begleitet wurden sie von einem von Naiklos' Trupps. Uhlstyn und zwei der Soldaten des Trupps hielten Vorschlaghämmer in den Händen, keine Musketen.

Gahrvai bog um eine Ecke, dann richtete er den Blick noch einmal auf das handbeschriebene Blatt Papier.

»Da«, sagte er tonlos und deutete auf ein Mosaik an der Wand.

»Bitte treten Sie zurück, Sir!«, bat Uhlstyn grimmig. Dann nickte er einem der Soldaten zu. »Da drüben, Zhock«, sagte er und deutete mit dem Kinn in die entsprechende Richtung. Der Soldat erwiderte das Nicken. Uhlstyn und er stellten sich Seite an Seite, betrachteten kurz die idyllische Landschaft auf dem Mosaik. Dann schwangen sie die Hämmer fast gleichzeitig.

Die eisernen Köpfe zerschmetterten das Mosaik; Scherben stoben in alle Richtungen. Der Klang berstender Steine erfüllte den ganzen Korridor. Schwach konnte man noch die Geräusche von der hinter der Priorei verlaufenden Straße ausmachen. Sankt Zhustyn war eine der ältesten Prioreien auf dem Stadtgebiet von Manchyr; sie lag in einer der besseren Gegenden der Stadt, weniger als zehn Straßen von der Kathedrale von Manchyr entfernt. Die Nachbarn der Mönche waren unverkennbar entsetzt und nicht nur gelinde verängstigt ob des plötzlichen Gewaltausbruches mitten in der Nacht.

Na, damit werden sie wohl zurechtkommen müssen!, dachte Sir Koryn zornig und schaute zu, wie seine Männer erneut mit den Hämmern ausholten. *Es sieht ganz so aus, als hätten wir diese Mistkerle tatsächlich überrascht. Also sind die Ratten vielleicht immer noch in ihren Löchern. Oder,* er fletschte die Zähne zu einem raubtierhaften Grinsen, *sie hasten gerade durch den Fluchttunnel. Das wäre mir fast noch lieber, auch wenn ich dann nicht miterleben werde, wie sie Charlz genau in die Arme laufen!*

Wieder krachten die Vorschlaghämmer gegen die Wand. Weitere Splitter wurden davongeschleudert. Doch nun war auch noch etwas anderes zu hören: Es klang, als hätten die Hämmer einen Hohlraum gefunden, der nun wirklich nicht in diese uralte, doch an sich massive Wand der Priorei gehörte.

Ein drittes Mal wurden die Hämmer gehoben, und Sir Koryn Gahrvais Grinsen wurde noch breiter – und grausamer: Hinter der vermeintlich massiven Wand taten sich tatsächlich Hohlräume auf. Auf der anderen Seite der Wand gab es Licht, und Gahrvai hörte, dass eine Stimme hektisch etwas sagte, während die Hämmer erneut auf die Wand trafen, und erneut ... und erneut.

Dann brach ein ganzes Stück des Mauerwerks einfach weg. Ein explosionsartiges Dröhnen war die Reaktion, ein aufblitzendes Mündungsfeuer, der erstickende Gestank von Pulverdampf. Einer von Naiklos' Infanteristen schrie auf, als eine Musketenkugel sein linkes Bein traf. Ehe Gahrvai einen Befehl geben konnte, hatte einer der Truppkameraden des Verwundeten die Muskete angelegt, und ein zweiter Schuss bellte auf, noch ehe die Ohren sich vom Schock des ersten Knalls erholen konnten. Wieder stach ihnen Pulverdampf in die Nase. Dieses Mal kreischte jemand auf der anderen Seite der Wand getroffen auf.

»Rein da!«, bellte Captain Naiklos. »Und nicht vergessen: Wir wollen diese Dreckskerle lebend!«

»Aye, Sir!«, bestätigte der Trupp-Sergeant grimmig. Und dann: »Ihr habt den Cap'n gehört! *Abmarsch!*«

Die noch unverletzten Männer des Trupps zwängten sich durch die Öffnung in der Mauer, rissen dabei weiteres Mauerwerk heraus. Der Raum, der auf der anderen Seite der Wand lag, war exakt so groß, wie Gahrvais geheimnisvoller Brieffreund das in seinem Schreiben behauptet hatte. Dem Schreiben gemäß war dies nur der erste von einem halben Dutzend geheimer Räume, die der Architekt der Priorei seinerzeit, vor mehr als fünf Jahrhunderten, hatte einbauen lassen. Im Gegensatz zu anderen Prioreien oder Klöstern, die im Laufe der Jahre mehr als einmal von einem Orden zum anderen wechselten, war Sankt Zhustyn schon immer ein Haus der Schueleriten gewesen. Unwillkürlich fragte sich Gahrvai, wie viele andere Geheimgänge oder verborgene Räume in den *anderen* Häusern und Gütern des Ordens es wohl geben mochte.

Nicht zu sagen, dachte er, während er sich duckte und dann Uhlstyn und Naiklos durch das Loch in der Wand folgte. *Das ist das erste Mal, dass ich davon überhaupt erfahren habe. Und weder Erzbischof Klairmant noch Bischof Kaisi hatten meinem Eindruck nach von dergleichen auch nur gehört.* Er musste sich sehr beherrschen, nicht das Gesicht zu verziehen. *Verdammt! Jetzt frage ich mich schon, ob sogar die Bischöfe, denen ich doch eigentlich* vertraue, *mir vielleicht irgendwelche Informationen vorenthalten.*

Er hörte Stimmen – zornige, drohende Stimmen. Sie kamen aus dem Nachbarraum, und eine neuerliche Rauchwolke brachte Gahrvai zum Husten, während er durch die zugehörige Tür trat. Doch dieses Mal war es kein Pulverdampf, wie Sir Koryn bemerkte. Nein, es war der Rauch brennenden Papiers. Als sein Blick hinüberzuckte, sah er die umgestürzte Feuerschale. Offensichtlich hatte jemand in aller Eile Dokumente verbrannt, während Gahrvai mit seinen Männern hierher vorgedrungen war. Uhlstyn war schon damit beschäftigt, die letzten Flammen auszutreten, die an einem auf dem Boden liegenden Papierstapel leckten.

Zwei Männer, beide im Nachtgewand, standen rücklings an der Wand; mit kalkweißen Gesichtern starrten sie die Bajonette der Soldaten an. Gahrvai erkannte beide Männer sofort.

»Pater Aidryn Waimyn«, sagte er mit einer Stimme wie Granit, »ich nehme Sie fest im Namen der Kirche und im Namen von Mutter Kirche. Im Namen von Prinz Daivyns Regentschaftsrat und im Namen Erzbischof Klairmants werden Ihnen Aufwiegelung, Hochverrat und Morde zur Last gelegt.«

»Sie haben nicht das Recht, mich festzunehmen!«, spie Waimyn. Er war offensichtlich zutiefst erschüttert, und seine Miene verriet Unglauben wie Zorn. »Sie und Ihre abtrünnigen Herren und Meister besitzen keinerlei Autorität über Gottes Wahre Kirche!«

»Vielleicht nicht«, gab Gahrvai mit fester Stimme zurück. »Aber sie besitzen mehr als genug Autorität über *mich*, Priester. Und ich rate Ihnen, im Gedächtnis zu behalten, was den Inquisitoren in Ferayd widerfahren ist.«

Trotz der Entrüstung und des Zorns blitzte Furcht in Waimyns Augen auf. Gahrvai gestattete sich ein schmales Lächeln.

»Weitere meiner Trupps kümmern sich, noch während wir hier sprechen, auch um Meister Aimayl«, erklärte er dem ehemaligen Intendanten. »Auch Meister Hainree dürfte jetzt gerade Besuch bekommen.«

Als Waimyn die Namen hörte, zuckte er sichtlich zusammen. Gahrvais Lächeln verbreiterte sich, ohne dabei einen Deut herzlicher zu werden.

»Aus irgendeinem Grund vermute ich, zumindest einer dieser freundlichen Herren wird bestätigen, was wir bereits wissen«, sagte er. »Es wird noch nicht einmal die Art der Behandlung bedürfen, die *Sie* so schätzen. Was nach meinem Dafürhalten eine echte Schande ist.« Er blickte Waimyn tief in die Augen und sah, dass dessen Furcht noch größer wurde. »Ein Teil von mir bedauert, dass Ihre Majestäten und Erzbischof Maikel ausdrücklich die Strafen zurückgewiesen haben, die Ihr so geschätztes Buch für die Ermordung von Priestern vorsieht. Andererseits ist das wahrscheinlich meiner Seele nur zuträglich. Ich würde äußerst ungern zu den gleichen Qualen des Höllenfeuers verdammt werden wie *Sie*, also werde ich mich wohl mit einem Strick begnügen müssen.«

»Das wagen Sie nicht!«, brachte Waimyn heraus.

»Das haben die Inquisitoren in Ferayd bestimmt auch gedacht«, bemerkte Gahrvai. Er bedachte den ehemaligen Intendanten mit einem kalten Blick. Dann wandte er sich wortlos ab und blickte Naiklos an.

»Ihre Männer haben heute gute Arbeit geleistet, Captain, und Sie ebenfalls«, sagte er. »Jetzt wünsche ich, dass sämtliche Gefangenen in das Kahsimahr-Gefängnis gebracht werden.« Er warf Waimyn ein weiteres eisiges Lächeln zu. »Soweit ich weiß, werden sie bereits erwartet.«

.XII.

Ein privates Besprechungszimmer, Kaiserlicher Palast, Stadt Cherayth, Königreich Chisholm

»Eure Majestäten.«

Prinz Nahrmahn von Emerald verneigte sich, während er an dem Gardisten vorbeischritt, der vor der Tür Wache hielt. Man hatte den Prinzen noch vor dem Frühstück gerufen. Cayleb und Sharleyan saßen am Tisch neben einem der großen Fenster. Es war noch dunkel, und der mond- und sternlose Winterhimmel war wolkenverhangen genug, dass niemand damit rechnete, die Sonne zu sehen, sobald sie aufzugehen beliebte. *Selbst für diese tatkräftigen, jungen Monarchen ist die Stunde aber arg früh*, ging es Nahrmahn durch den Kopf. Für ihn war es sogar noch weitaus mehr als nur arg früh. Der Prinz zog schließlich einen deutlich entzerrteren Zeitplan vor. Er hatte nicht damit gerechnet, noch vor dem Frühstück zu einer Besprechung gerufen zu werden.

Das Besprechungszimmer hatte man mit einem der neuen Öfen aus Gusseisen ausgestattet, die in Howsmyns Gießereien hergestellt wurden. Der Rauchabzug war mit dem Heizzug eines gewaltigen, aber altmodischen und daher weniger effektiven Kamins verbunden worden. Infolgedessen war es im Zimmer recht angenehm warm – selbst für Nahrmahn, der das subtropische Klima von Emerald gewohnt war. Eine große Karaffe mit dampfend-heißer Schokolade stand neben einer ebenso dampfenden Teekanne, daneben waren Tassen, Teller und ein Tablett aufgereiht, auf dem sich Scones und Muffins stapelten. Bevor Nahrmahn in Charis eingetroffen war, hatte er noch nie von Scones gehört, mit Nüssen und Apfelhagebutten. Aber es handelte sich um eine einheimische Spezialität, ein echtes Nationalgericht. Nahrmahn hatten Scones regelrecht zu begeistern gewusst. Vor allem, wenn sie ganz frisch und noch warm aus dem Ofen kamen und mit reichlich Butter serviert wurden.

Als er das Gebäck sah, hellte sich seine Miene erkennbar auf, und das nicht nur, weil er noch nicht gegessen hatte. Das war zwar gewiss ein Hauptgrund für seine Reaktion, aber es gab noch *andere* Faktoren. Seit Ohlyvya und er eigene Koms erhalten hatten und auf Owls Computerdateien zugreifen konnten, beklagte sich seine Gemahlin beständig über seine Essgewohnheiten. Mittlerweile hatte Nahrmahn zahlreiche Stunden damit verbracht, die zur Verfügung stehenden Dateien voller Begeisterung durchzuschauen. Ihn hatten gänzlich andere Abschnitte interessiert als die ihm zugeteilten. Eigentlich war er ja ganz froh darüber, auf die Informationen zur Gesundheitsvorsorge zugreifen zu können. Dort fand sich die Wahrheit über die Vorschriften, die zu beachten die *Heilige Schrift* zu einer Glaubenspflicht gemacht hatte. Aber es wäre ihm deutlich lieber gewesen, wenn sich darin nicht Begriffe wie ›Cholesterin‹ und ›Arteriosklerose‹ befunden hätten. Seines Erachtens war es ja schon schlimm genug, von Pasqualaten-Heilern dafür gescholten zu werden, was er alles aß, *ohne* die tatsächliche Begründung für Pasquales Ernährungsvorschriften zu kennen.

Der Gedanke brachte ihn zum Lächeln. Doch das Lächeln legte sich rasch wieder, als er die Mienen des Kaiserpaars sah.

»Guten Morgen, Nahrmahn«, erwiderte Sharleyan seinen Gruß. Ihre Stimme klang zwar höflich, aber eher hart, als wäre sie erzürnt. Nahrmahn schien, so glaubte er, nicht der Auslöser für ihren Zorn. Dafür war der Fürst durchaus dankbar. »Bitte gesellen Sie sich doch zu uns!«

»Sehr wohl, Eure Majestät.«

Nahrmahn nahm auf dem ihm zugewiesenen Sessel am

Tisch Platz, genau Cayleb und Sharleyan und damit dem Fenster gegenüber. Sharleyan schenkte heiße Schokolade ein und reichte ihm die Tasse. Mit einem gemurmelten Dank nahm Nahrmahn die Tasse entgegen und nippte daran. Dann stellte er sie auf dem Tisch ab und umschloss sie mit beiden Händen, wobei er sich fragte, warum man ihn so unerwartet gerufen hatte. Erst hatte er vermutet, es habe etwas mit Merlins Reise nach Maikelberg zu tun. Er hatte diese ›Bildaufzeichnungen‹ von Merlins Gespräch mit Herzog Eastshare selbst gesehen. Nahrmahn hatte nicht das Gefühl, dass dort etwas schiefgelaufen war. Aber wenn es nicht darum ging, um was dann ...?

»Vergebt mir, Eure Majestät«, ergriff er das Wort und blickte Sharleyan an, »aber Euer Tonfall lässt mich vermuten, es habe sich etwas ereignet, worüber ich noch nicht unterrichtet bin.«

Sein Tonfall und die gewölbten Augenbrauen verwandelten die Aussage in eine höfliche Frage, und Cayleb stieß ein raues, recht unschönes Lachen aus. Nahrmahn richtete seine Aufmerksamkeit ganz auf den Kaiser und neigte den Kopf zur Seite.

»Das können Sie laut sagen!«, knurrte Cayleb. »Heute, gleich nach dem Aufwachen, habe ich mich bei Owl gemeldet. Das mache ich meistens so, und normalerweise gibt es ein paar Dinge, die er für mich im Auge behält – Details, die mich besonders interessieren.« Er zuckte mit den Schultern. »Das meiste davon ist nicht gerade weltbewegend. Eher die Kategorie ›selbstsüchtig‹ halt: Dinge wie Baseball-Ergebnisse oder wie es im Alten Charis aussieht. Oder ein Blick auf *Destiny*. So etwas eben.«

Er hielt inne, und Nahrmahn nickte verständnisvoll.

»Na ja, zu den Dingen, die Owl für mich im Auge behält, gehörten auch die Predigten von Pater Tymahn in Manchyr. Nicht so sehr wegen ihrer politischen Bedeutung, sondern weil ich sie einfach sehr genossen habe. Und heute Morgen habe ich Owl gefragt, wie Pater Tymahn denn mit der Predigt für diesen Mittwoch vorankommt.« Das Gesicht des Kaisers verspannte sich, und seine Stimme war nun völlig tonlos. »Leider wird er in diesem Fünftag überhaupt keine Predigt halten. Diese Dreckskerle in Waimyns Diensten haben ihn vorgestern Nacht ermordet. Um genau zu sein, haben sie ihn zu Tode gefoltert und seine nackte Leiche gestern Morgen auf dem Grauechsenplatz abgeladen.«

Nahrmahn erstarrte, und sein Blick zuckte zu Sharleyan hinüber. Jetzt verstand er den Zorn in ihren Augen. Die Kaiserin hatte sich immens darauf gefreut, den spirituellen Anführer der corisandianischen Reformisten eines Tages persönlich kennenzulernen. Nahrmahn wusste, wie sehr Sharleyan Hahskans mittlerweile schätzte. Er vermutete, dass die Ermordung des Priesters, und das auch noch auf ausdrücklichen Befehl Waimyns, ihr wieder ins Gedächtnis zurückrief, wie viele ihrer eigenen Gardisten das Leben verloren hatten, als ein anderer hoher Kirchenmann den Plan gefasst hatte, sie selbst ermorden zu lassen.

»Owl ist sich sicher, dass Waimyn persönlich diesen Mord angeordnet hat, Euer Durchlaucht?« Er stellte die Frage so ruhig, wie er es eben zustande brachte. Der Kaiser stieß einen Laut aus, der irgendwo zwischen einem Grollen und einem Fauchen lag.

»Oh ja, er ist sich sicher. Der Dreckskerl hat den Befehl über Hainree diesem Aimayl überbringen lassen.«

»Ich verstehe.« Nahrmahns Miene war lediglich nachdenklich. In seinen eigentlich sehr milden braunen Augen funkelte es allerdings kalt. »Ich muss zugeben, es überrascht mich ein wenig, dass er die Situation derart hat eskalieren lassen«, fuhr der untersetzte Fürst einen Moment später fort. »Mir ist wohl bewusst, dass er nur über Umwegen und sehr eingeschränkt mit Bischof-Vollstrecker Thomys und der Nord-Verschwörung kommunizieren kann. Aber ihm muss doch bewusst sein, dass deren Pläne noch entschieden zu unausgegoren sind, um schon jetzt die offene Konfrontation mit dem Regentschaftsrat und General Chermyn zu suchen.«

»Das haben wir alle angenommen«, ergriff nun Sharleyan das Wort. Jetzt, da Nahrmahn wusste, was geschehen war, erkannte er in ihrem kalten, harten Tonfall ein Echo der Selbstbeherrschung wieder, die eine gewisse Königin von Kindesbeinen an durch harte Schule hatte erlernen müssen. Es war schmerzlich offenkundig, wie viel dieser Selbstbeherrschung erforderlich war, um den Zorn im Zaum zu halten, der in ihr schwärte.

»Aber wir haben uns getäuscht«, fuhr sie fort.

»Eigentlich nicht«, widersprach Cayleb. Seine Gemahlin warf ihm einen Blick zu, der deutlich kälter und ausdrucksloser war als sonst. Cayleb schüttelte den Kopf. »Waimyn weiß mit Sicherheit, dass der Bischof-Vollstrecker und seine weltlichen Spießgesellen noch nicht bereit für den nächsten Zug sind. Wir wissen schließlich, dass er den Zorn der Leute in Manchyr nur sehr allmählich zu schüren versucht hat. Er hat eine Lunte gelegt, die in dem Moment zu zünden wäre, wenn die Nord-Verschwörung *tatsächlich* zuschlagen kann. Etwas anderes muss passiert sein, was ihn dazu bewogen hat, seine Pläne zu ändern.«

»Ich glaube, ich muss Seiner Durchlaucht zustimmen, Eure Majestät«, sagte Nahrmahn nach kurzem Nachdenken. Geistesabwesend machte er sich daran, ein Scone mit Butter zu bestreichen. »Natürlich hat Waimyn Schwierigkeiten, mit den anderen zu kommunizieren. Jegliche detailliertere Absprache mit Shylair, Storm Keep und dem ganzen Rest kam überhaupt nicht in Frage. Trotzdem war es ihm unverkennbar bewusst, dass er seine eigenen Bemühungen, soweit möglich, mit den ihrigen irgendwie koordinieren müsse. Deswegen neige ich zu der Annahme, dass ein lokaler Faktor – man könnte vielleicht sagen: ein taktischer Faktor, nicht eine grundlegende Veränderung seiner Strategie – ihn zu dieser Entscheidung gezwungen hat.«

Ihrem Gesichtsausdruck nach verübelte Sharleyan Nahrmahn seine scheinbare Distanziertheit. Aber darüber machte sich der Fürst kaum Sorgen. Das Kaiserpaar kannte ihn mittlerweile gut genug, um zu wissen, dass das nun einmal seine übliche Art war, eine Analyse vorzunehmen. Ihr eigener Schmerz, ihr Zorn waren der Grund für diese Verärgerung. Und trotz ihrer Jugend war Sharleyan Tayt Ahrmahk in der Lage, das auch selbst zu erkennen.

»Ich hatte schon ein wenig mehr Zeit darüber nachzudenken als Sie, Nahrmahn«, sagte Cayleb und griff nach seiner eigenen Tasse mit Schokolade. »Wahrscheinlich steckt eine Kombination mehrerer Faktoren dahinter. Wenn ich raten müsste, würde ich meinen, Pater Tymahn habe sich als deutlich effektiver dabei erwiesen, im Volk Sympathien für die Kirche von Charis zu erwecken, als Waimyn das erwartet hatte. Und auch wenn ich nicht glaube, dass Pater Tymahn das ursprünglich so im Sinn hatte: Das muss in weiten Teilen der Bevölkerung zu einer gewissen Akzeptanz auch des *Kaiserreichs* Charis führen. Waimyn hat das begriffen. Es war dabei egal, ob das auch für Tymahn und die anderen Reformisten galt. Waimyn war das sicher nicht recht. Es wirkt sich ja auch auf seine eigenen Pläne und vielleicht sogar auf seine eigene Organisation aus. Darüber hinaus war er, wie wir wissen, wegen der Leute besorgt, die insgeheim die eine oder andere Information über seine Operationen weitergegeben haben – und zwar an Priester wie Tymahn. Das dürfte ihn zu der Entscheidung gebracht haben, Tymahn stelle für ihn ein unerträgliches Hindernis dar, das unbedingt beseitigt werden müsse. Die Art des Mordes und der Ablageort der Leiche waren dazu gedacht, nicht nur Tymahns reformistisch eingestellte Kollegen zu ... entmutigen, sondern auch alle reformwilligen Laien.«

»Das alles ergibt durchaus Sinn, Euer Durchlaucht«, gestand Nahrmahn nach erneutem kurzem Nachdenken ein. Er biss in das gebutterte Scone, kaute mit nachdenklicher Miene langsam und gründlich. Dann schluckte er.

»Das alles ergibt durchaus Sinn«, wiederholte er, »und ich bin geneigt, Eurer Analyse zuzustimmen. Aber meines Erachtens überseht Ihr einen weiteren Faktor.«

»Ich habe bestimmt sogar ein ganzes Dutzend anderer Faktoren übersehen!«, schnaubte Cayleb. »An welchen hatten Sie gedacht?«

»Waimyns Jähzorn, Euer Durchlaucht«, antwortete Nahrmahn rundheraus. »Zweifelsohne hat Waimyn Pater Tymahn für seinen vorgeblichen Verrat und seine Abtrünnigkeit gehasst – und zwar aus tiefstem Herzen. Waimyn ist ein Schuelerit! Für ihn konnte es nicht nur darum gehen, ein Zeichen zu setzen, egal wie bedeutungsvoll das Zeichen ist. Für ihn hatte noch größere Bedeutung, einen Priester für Ketzerei und den Bruch des Treueeids zu bestrafen, den er auf den Großvikar abgelegt hat.«

»Mit anderen Worten ...« Sharleyans Stimme war noch tonloser als Nahrmahns. »Das hier war etwas Persönliches.«

»Eure Majestät, in gewissem Rahmen ist es fast immer etwas Persönliches«, erwiderte Nahrmahn ein wenig betrübt. »Wenn ich eine Mark für jeden Fürsten oder jeden Vikar erhielte, der sich durch Zorn auf jemanden verleiten lässt, in eine Katastrophe gradezu monumentalen Ausmaßes zu schlittern, könnte ich Duchairn den Tempel einfach *abkaufen*. Und wir könnten wieder nach Hause gehen und lebten glücklich und zufrieden bis ans Ende unserer Tage. Dieser Krieg ist, genau betrachtet, nichts als die Folge davon, dass Zhaspahr Clyntahn genau das getan hat, nicht wahr?«

Einen Moment lang schwieg die Kaiserin. »Ja, das stimmt wohl«, gestand sie dann ein.

»Was hat Merlin darüber gesagt?«, erkundigte sich Nahrmahn und richtete den Blick wieder auf Cayleb.

»Wir haben noch nicht darüber gesprochen.« Wieder wölbte Nahrmahn die Brauen, und Cayleb zuckte mit den Schultern. »Ich hatte schon genug Schwierigkeiten, ihn dazu zu bewegen, sich überhaupt jede Nacht eine Auszeit zu nehmen. In letzter Zeit kocht aber auch andauernd etwas hoch, was wichtig genug wäre, ihn aus dieser Auszeit wieder herauszureißen. Daher will ich damit erst gar nicht anfangen – es sei denn, wir reden hier von einem absoluten Notfall. Pater Tymahn aber war ohnehin schon tot.« Mit rigoroser Geste schnitt Cayleb eine Diskussion in diese Richtung ab, ehe sie überhaupt beginnen konnte. »Es hätte überhaupt nichts gebracht, wenn wir Merlin geweckt hätten. In ungefähr fünfzehn Minuten geht er ohnehin wieder online. So lange können wir ruhig noch warten, bis wir uns über Kom bei ihm melden.«

»Ich verstehe.«

Nahrmahn hatte Mühe sich ein Grinsen zu verbeißen. Es wäre angesichts seines eigenen Entsetzens und der Wut, die er der bestialischen Ermordung Tymahns wegen im Bauch hatte, schlichtweg unangebracht. Aber Caylebs Bemühen, einen Jahrtausende alten, unsterblichen, praktisch unzerstörbaren PICA zu beschützen, war einfach ... rührend. Und Sharleyan war auch in dieser Hinsicht keinen Deut anders.

»Bis dahin«, warf Sharleyan ein, »sollten wir Maikels Strategie der unbedingten Zurückhaltung in Corisande ernstlich überdenken. Da Waimyn sich weit genug vorgewagt hat, Pater Tymahns Ermordung anzuordnen – oder zumindest bereit war, die Dinge weit genug eskalieren zu lassen –, sollten wir wohl davon ausgehen, dass er auch zu einem Anschlag auf Maikel bereit wäre. Ich weiß, dass Gahrvai die Kirche in Corisande bislang gut geschützt hat. Aber es gab Fälle von plötzlichem Vandalismus, und jetzt das: Pater Tymahns Ermordung. Wenn wir nicht bereit sind, Merlin zu Maikels Schutz dorthin zu schicken, ist das Risiko zu hoch, dass die Gegenseite vielleicht noch einmal unerwartet ›Glück‹ hat. Vor allem, da wir in Corisande *niemanden* haben, mit dem wir über die SNARCs unmittelbar kommunizieren können.«

»Es gibt, Eure Majestät, einige Herausforderungen, denen

ich mich deutlich lieber stelle als anderen«, merkte Nahrmahn trocken an. »Ich habe viel Zeit mit dem Erzbischof auf unserer Reise von Emerald bis nach Chisholm verbracht. Seither glaube ich, Eure Chancen stünden besser, dem Schnee zu verbieten zu fallen, als den Erzbischof davon abzuhalten, nach Corisande zu reisen – bloß weil Ihr Euch sorgen um seine körperliche Unversehrtheit macht.«

Trotz der allgemein düsteren Stimmung brachte die Bemerkung das Kaiserpaar dazu zu grinsen. Aufgeräumter jetzt, griff die Kaiserin sogar nach einem Muffin. Leider war ihre Schwangerschaft – und das morgendliche Erbrechen – ausgeprägt genug, die Wahl der reuelos genießbaren Speisen vor allem morgens einzuschränken. Sharleyan hatte Tee statt schwerer, dunkler Schokolade gewählt – schweren Herzens. Nun blickte sie durchaus wehmütig Nahrmahns Scone mit gehackten Nüssen und der Beerenmischung an, an dem die geschmolzene Butter herabtroff, und dann ihren schlichten, trockenen, ungebutterten Maismehlmuffin.

»Mir ist klar, dass er sich … störrisch gebärden wird«, setzte sie an. Da sie währenddessen kaute, war sie ein wenig schwer zu verstehen. Mit einem reuevollen Lachen fiel Cayleb ihr ins Wort. Fragend blickte sie ihn an, und er zuckte mit den Schultern.

»Ich habe nur gerade an die Beurteilung eines Offiziers gedacht, die Bryahn mir vor einigen Jahren gezeigt hat. Es ging um Master Midshipman Ahrmahk … damals auch bekannt, zumindest bei offiziellen Anlässen, als Kronprinz Cayleb.«

»Ach?« Sharleyans Augen wurden schmal, dann hellte sich ihr Gesicht ein wenig auf. »Darf ich fragen, warum High Admiral Lock Island dir diesen zweifellos faszinierenden Bericht vorgelegt hat?«

»Er wollte mich damit auf etwas hinweisen.«

»Entschuldigt, Euer Durchlaucht«, warf Nahrmahn ein, »aber das ist das erste Mal, dass ich von Offiziersbeurteilungen höre. Gehört das zum Standardverfahren der Navy? Oder gab es einen besonderen Grund, dass über ... öhm, besagten Midshipman eine Beurteilung erstellt wurde?«

»Ach, die sind seit dreißig oder vierzig Jahren bei uns Tradition«, erwiderte Cayleb. »Großvater hat das eingeführt, als er selbst noch Offizier war. Jeder Vorgesetzte muss jährlich eine Beurteilung über jeden ihm unmittelbar Unterstellten abfassen. Diese Bewertung kommt dann in die Personalakte des betreffenden Offiziers, damit sie eingesehen werden kann, wenn es darum geht, über eine Beförderung zu entscheiden.« Wieder zuckte Cayleb mit den Schultern. »In meinem Fall gab es da natürlich nicht allzu viel zu entscheiden. Schließlich hatte Vater bereits festgelegt, es sei für mich wichtiger, bei ihm in Tellesberg angelernt zu werden. Trotzdem *war* ich eben ein Midshipman, und über *jeden* Midshipman werden Beurteilungen abgefasst – also auch über mich.«

»Ich verstehe. Und wer war der Offizier, der dieses Dokument verfasst hat, Liebster?«, fragte Sharleyan.

»Ein Bursche namens Dunkyn Yairley«, antwortete Cayleb. In offenkundigem Erstaunen wölbte Sharleyan die Augenbrauen, und der Kaiser lachte stillvergnügt in sich hinein. »Damals war er nur Lieutenant, aber: ja, genau das ist der Grund, warum Hektor auf der *Destiny* dient. Ich habe Captain Yairley ausdrücklich angewiesen, Hektor ja nicht zu erzählen, dass ich als Midshipman unter ihm gedient habe, auch wenn Yairley das kaum von sich aus angesprochen hätte.«

»Darf ich unter diesen Umständen annehmen, besagter Lieutenant Yairley habe eine Lobeshymne über Eure hervorragende Eignung verfasst, Euer Durchlaucht?«, erkundigte sich Nahrmahn und griff, ein kleines Lächeln auf den Lippen, erneut nach seiner Tasse.

»Na ja, das hängt davon ab, was Sie unter Lobeshymne verstehen.« Cayleb erwiderte das Lächeln des Fürsten. »Unter anderem hat Yairley Folgendes geschrieben: ›Seine Hoheit verfügt über ein Übermaß jenes Charakterzuges, den ich in Bezug auf meine eigene Person als Hartnäckigkeit oder Zielstrebigkeit würde beschreiben wollen. Aber im Falle Seiner Hoheit bleibt mir nichts anderes, als von Sturheit und Halsstarrigkeit zu sprechen‹.«

Nahrmahn, der unvorsichtig genug gewesen war, genau in diesem Moment an seiner Schokolade zu nippen, hätte das Getränk beinahe über den Tisch gespuckt. Sharleyan überraschte sie alle – und am meisten vermutlich sich selbst – damit, dass sie drauflos kicherte. Kopfschüttelnd blickte Cayleb die beiden an.

»Ich verstehe, warum Ihr meint, Yairley komme ohne Schwierigkeiten mit einem Midshipman zurecht, der ihm gesellschaftlich so deutlich überlegen ist wie etwa Herzog Darcos«, kommentierte Nahrmahn und tupfte sich mit der Serviette über die Lippen.

»Ohne Schwierigkeiten, richtig«, stimmte Cayleb zu. Dann wurde seine Miene ein wenig ernster. »Andererseits ist die Beschreibung, die er über mich im zarten Alter von dreizehn Jahren abgegeben hat, nur ein schwacher Abglanz dessen, was man über Maikel Staynair mit seinen zweiundsiebzig Jahren sagen könnte. Maikel könnte selbst einem Drachen eine Lektion in Halsstarrigkeit erteilen. Ach, er könnte wahrscheinlich sogar einer Katzenechse noch etwas beibringen, von einem Kaiser oder einer Kaiserin ganz zu schweigen!«

»Ich fürchte, damit habt Ihr wohl Recht, Euer Durchlaucht.« Nahrmahn legte seine Serviette wieder auf den Tisch und schürzte kurz die Lippen. »Auch wenn ich Eure Besorgnis verstehe, Eure Majestät«, fuhr er dann, an Sharleyan gewandt, fort, »muss ich, rein vom Verstande her, doch dem Erzbischof Recht geben.«

»Wie bitte?« Sharleyan schien so überrascht, dass sie vergaß sich über Nahrmahn zu ärgern.

Rasch nutzte Nahrmahn die Gelegenheit, um weiterzusprechen. »Seine Reise, Euer Durchlaucht, wurde bereits angekündigt, in Manchyr ebenso wie hier. Jeder in Corisande weiß, dass der Erzbischof kommt, und sie wissen auch, dass er einen Gemeindebesuch beabsichtigt und die Kirche vor Ort wissen lassen möchte, dass er ganz und gar hinter ihr steht. Sollte er die Reise jetzt ausfallen lassen, wird das Volk nach dem Grund fragen. Wenn er das gleich täte, also noch bevor die Meldung über Pater Tymahns Tod uns auf konventionellerem Wege erreichen könnte, sähe das nicht nach Sicherheitsbedenken als Reaktion darauf aus. Nur wird er nicht bereit sein, in dieser Art und Weise ... Ausflüchte zu machen. Darüber hinaus werden die Leute, egal, welchen Beweis wir auch vorlegen, glauben, er habe diese Entscheidung erst getroffen, *nachdem* wir von Pater Tymahns Ermordung erfahren haben.«

»Damit hat er Recht, Sharley«, sagte Cayleb und verzog das Gesicht.

»Und wenn das Volk das glaubt, dann wird es ein Kinderspiel für die ›Vierer-Gruppe‹ und die Tempelgetreuen, diese Entscheidung als Beweis seiner Feigheit darzustellen«, fuhr Nahrmahn mit unnachgiebiger Logik fort. »Und wenn wir ehrlich sein wollen, dann wäre das ja sogar in gewisser Weise zutreffend. Nun ...«, rasch machte er eine abwehrende Handbewegung, bevor Sharleyan ihm widersprechen konnte, »ich bin durchaus der Ansicht, ein besseres Wort dafür sei ›Umsicht‹ oder ›Besonnenheit‹, Eure Majestät. Ja, ich bin sogar bereit, noch einen Schritt weiter zu gehen und es schlicht ›gesunden Menschenverstand‹ zu nennen. Aber der wäre nur auf unserer Seite zu finden, nicht auf Maikel Staynairs. Wir müssten Merlin herbeischaffen und er müsste den Erzbischof im Armdrücken besiegen, nur damit der sich bereit erklärte einzulenken! Aber es bliebe sich gleich: In Corisande, ja auch in Chisholm und Emerald würde die öffentliche Meinung den Erzbischof für einen Menschen halten, der Schwierigkeiten aus dem Weg geht. Sicher, die, die ohnehin auf Seiten der Kirche von Charis stehen, wollen ihn nicht in Schwierigkeiten wissen und fänden es gewiss gut. Aber die Gegner der neuen Kirche fänden es *auch* gut. Immer wieder würden sie auf dem Punkt herumreiten, dass selbst der höchste Würdenträger der Kirche von Charis nicht genug Gottvertrauen besitze, um das Risiko einzugehen, notfalls auch für seinen Glauben zu sterben. Und setzt sich diese Meinung erst einmal in den Köpfen der Menschen fest, Eure Majestät ...«, der untersetzte Fürst blickte Sharleyan fest und ruhig in die Augen, »dann wäre alles, was Erzbischof Maikel bereits erreicht hat, und alles, was Pater Tymahn in Corisande zu erreichen versucht hat und wofür er gestorben ist, einfach vertan.«

Die Stille im Besprechungszimmer war erdrückend. Im Vergleich dazu schien selbst das Prasseln des Feuers im Ofen ohrenbetäubend. Vor dem Fenster trieben die ersten Schneeflocken vorbei, strichen wie lautlose Geister über die Scheibe. Die Stille währte mehrere Augenblick. Dann nickte Sharleyan widerstrebend.

»Sie haben Recht«, sagte sie, unverkennbar unglücklich über diese Erkenntnis. »Ganz genau das würde auch Maikel anführen ... und er hätte Recht damit, verdammt noch mal!« Sie blickte auf den Muffin in ihrer Hand und musste feststellen, dass sie ihn geistesabwesend völlig zerbröselt hatte. »Schlimmer noch: Ich *weiß* es ja! Und alles, was wir vorbrächten, um ihn doch zu einem Umdenken zu bewegen, würde ihn nur noch störrischer machen.«

Vielleicht eine weitere Minute verbrachte sie damit, den Muffin annähernd wieder in Mehl zu verwandeln. Dann blickte sie auf, und ihr Blick war sehr hart.

»Aber da das so ist, *werden* wir ihm auf diese Reise Merlin mitgeben, verdammt noch mal! Nach dem, was Pater Tymahn widerfahren ist, lässt sich das rechtfertigen, ohne dass Maikel mangelnder Mut vorzuwerfen wäre. Und wenn es jemanden gibt, zu dessen Schutz Cayleb bereit wäre, auf Merlin zu verzichten, dann wäre das ja wohl der Erzbischof – vielleicht von mir selbst abgesehen. Und es ist ja nun auch nicht so, als bräuchten wir Merlin unbedingt hier in Cherayth, um uns mit ihm beraten zu können.«

»Nein, das ist wahr.« Caylebs Blick wirkte sehr nachdenklich. »Auf den Gedanken war ich noch gar nicht gekommen, aber du hast ganz Recht. Wir haben ihn doch ohnehin schon hier in Chisholm mit dem einen oder anderen Auftrag betreut – zum Beispiel mit diesem Besuch bei Eastshare. Also könnten wir ...«

Leise klopfte jemand an die Tür des Besprechungszimmers und alle drei drehten sich um. Die Tür ging auf, und alle drei rissen erstaunt die Augen auf, als Merlin Athrawes eintrat, fast als hätte die Erwähnung seines Namens ihn wie durch Zauberei aus Maikelberg herbeigerufen. Seine Stiefel waren schlammverkrustet, schlammbespritzt waren auch die Hosen und sein Kapuzenmantel; auf seinen Schultern lag Schnee, der allmählich schmolz.

»Eure Majestäten.« Er verneigte sich vor Cayleb und Sharleyan, dann wandte er sich Nahrmahn zu. »Euer Hoheit.«

Hinter ihm schloss sich die Tür, und Merlin richtete sich wieder auf.

»Euch einen guten Morgen«, sagte Cayleb und neigte fragend den Kopf zur Seite, kaum dass sich die Tür hinter dem *Seijin* geschlossen hatte und sie wieder unter sich waren. »Entschuldigt, wenn ich so dumm frage, aber solltet Ihr jetzt nicht eigentlich in Eastshare sein und mit Green Valley und dem Herzog einige Dinge besprechen?«

»Durchaus«, stimmte Merlin zu. »Aber unerwartet eingetretene Ereignisse ließen es mich für besser halten, sie von Angesicht zu Angesicht mit Euch zu besprechen. Deswegen bin ich schon gestern nach Hause aufgebrochen.« Er verzog das Gesicht und betrachtete seine schlammverkrusteten Stiefel. »Leider habe ich letzte Nacht keine Auszeit nehmen können.« Dann hob er wieder den Kopf. »Ich habe ungefähr ein Dutzend

Mal das Pferd gewechselt in der Hoffnung, ich käme rechtzeitig, um gleich als Erstes heute Morgen mit Euch und Sharleyan zu sprechen. Ich hatte allerdings nicht damit gerechnet, dass Ihr beide *so früh* auf den Beinen sein würdet.«

»Nur, weil Ihr meinen allmorgendlichen Termin vergessen habt«, sagte Sharleyan und gestattete sich ein schiefes Grinsen. »Die morgendliche Übelkeit duldet keinerlei Aufschub. Zugegeben, normalerweise treibt sie uns nicht ganz so früh aus dem Schlafgemach, aber ich kann Euch versichern, dass wir um *diese* Zeit gewöhnlich bereits wach sind.«

Nahrmahn biss erneut in sein gebuttertes Scone. Das erschien ihm die bestmögliche Methode, ein Lächeln zu verbergen.

»Ja, wirklich, Eure Majestät, das habe ich tatsächlich vergessen. Ich bitte um Verzeihung.« Erneut verneigte sich der *Seijin*, dieses Mal noch ein wenig tiefer.

»Ihr hattet gesagt, Ihr wolltet gleich als Erstes mit uns sprechen«, griff Cayleb Merlins Worte auf, als der *Seijin* sich wieder aufgerichtet hatte. Die Augen des Kaisers wirkten wachsam. »Darf ich davon ausgehen, dass Ihr über gewisse Geschehnisse in Corisande sprechen wollt?«

»Wie ich sehe, wisst Ihr darüber bereits Bescheid.« *Merlins Tonfall klingt ein wenig sonderbar*, ging es Nahrmahn durch den Kopf. *Fast, als schäme er sich.*

»Ja, wissen wir«, erwiderte Cayleb grimmig. »Ich hatte Owl gebeten, Pater Tymahns Predigten für mich im Auge zu behalten. Auf meine diesbezügliche Nachfrage heute früh erhielt ich dann den Bericht über Tymahns Ermordung.«

»Ich verstehe.«

Doch, Merlins Stimme klingt eindeutig anders als sonst, dachte Nahrmahn und spürte, wie sich die Neugier in ihm regte.

»Wir haben gerade mit Nahrmahn darüber gesprochen, ob wir unter diesen Umständen Maikel gestatten können, seinen Gemeindebesuch anzutreten«, erklärte Sharleyan. »Nach

Tymahns Ermordung sind wir verständlicherweise von seinen Reiseplänen wenig begeistert. Deswegen hatten wir überlegt, wir sollten *Euch* mit auf die Reise schicken, um zu verhindern, dass Waimyn und seine Schlächter auch ihn ins Visier nehmen.«

»Dass Wai…?«, setzte Merlin an und unterbrach sich abrupt.

Kurz blickte er zwischen Cayleb und Sharleyan hin und her. Seine Miene wirkte sonderbar. Dann räusperte er sich. Alle drei Anwesenden, die aus Fleisch und Blut bestanden, wussten ganz genau, dass es für einen PICA niemals einen Grund gab, dergleichen zu tun – ebenso wie alle drei schon vor langer Zeit begriffen hatten, dass Merlin in dieser Weise Zeit schindete. Das erklärte auch, warum sie alle drei ihn nun anblickten, mit unterschiedlich ausgeprägter Verwirrung, Erstaunen und Neugier.

»Merlin?«, fragte Cayleb. Der Tonfall war halb gestrenge Frage, halb schon Schelte, wie der eines Vater, der sich sicher ist, sein Früchtchen von Sohn habe etwas ausgefressen. Merlin erwiderte den Blick und tat etwas, das bei einem PICA ebenfalls nie erforderlich war: Er seufzte.

»Ihr sagtet eben, Owl habe Euch von Pater Tymahns Ermordung berichtet«, setzte er an. »Deswegen hatte ich angenommen, Ihr hättet von ihm einen vollständigen Bericht der gesamten Lage verlangt.«

»Was gab es denn da noch zu berichten?«, gab Cayleb barsch zurück. »Tymahn war schon tot, und es ist ja nicht so, als würde das, was wir heute in aller Frühe entscheiden, gleich Auswirkungen auf Corisande haben. In Manchyr ist sogar noch Nacht.«

»Eigentlich«, verbesserte Merlin ihn mit gewissenhafter Präzision, »ist in Manchyr bereits die Sonne aufgegangen. Sie haben dort herrliches, klares Wetter, wie ich vielleicht hinzufügen darf.«

»Und was über schönes Wetter hinaus, Captain Athrawes, gibt es aus Manchyr zu berichten?«, fragte Sharleyan, misstrauisch geworden.

»Nun … im Augenblick befinden sich Koryn Gahrvai und sein Vater, dazu Charlz Doyal, General Chermyn, Bischof Kaisi und Erzbischof Klairmant in einem Gespräch – mit Aidryn Waimyn.«

»Was?!« Cayleb sprang fast aus seinem Stuhl, und Sharleyan riss erstaunt die Augen auf. Nahrmahn hingegen lehnte sich nur in seinem Sessel zurück, die Tasse in der Hand.

»Es tut mir leid, Cayleb«, sagte Merlin. »Als Ihr sagtet, Owl habe Euch Bericht erstattet, dachte ich, er hätte Euch *alles* erzählt.«

»Na«, gab Cayleb mit lobenswerter Beherrschung zurück, »ganz offensichtlich habt Ihr Euch da getäuscht!«

»Das habe ich auch gerade bemerkt«, erwiderte Merlin trocken. Dann fuhr er kopfschüttelnd fort: »Owl zeigt allmählich erste Anzeichen echten autonomen Selbstbewusstseins. Er hat erfahren, was passiert ist, und hat selbstständig die Wichtigkeit des Geschehenen erkannt. Deswegen hat er mich geweckt.« Die künstlichen Gesichtsmuskeln des *Seijin* spannten sich an. »Bedauerlicherweise hat er erst zu spät davon erfahren. Selbst wenn ich gewagt hätte, nach Manchyr zu reisen, um noch einzugreifen, wäre ich nicht rechtzeitig eingetroffen. Also konnte ich nichts anderes tun, als tatenlos zuzusehen, wie Tymahn stirbt.«

Seine Gesichtszüge waren versteinert. Noch nie hatte Sharleyan ihn so erlebt, nicht einmal nach dem Attentat auf sie in Sankt Agtha. Cayleb hingegen schon … auf dem Achterdeck der Galeere *Royal Charis*, als Merlin begriffen hatte, dass er doch nicht rechtzeitig eingetroffen war, um König Haarahld zu retten.

»Es war schlimm«, sagte Merlin leise. »Sehr schlimm. Und ich konnte nicht das Geringste tun, um es zu verhindern.« Er ballte die rechte Hand zur Faust und starrte sie dann an, als gehöre sie nicht zu seinem Körper. »Es erschien mir nicht sinnvoll, mich über Kom bei Euch zu melden und Euch mitten in der Nacht zu wecken, nur damit Ihr Zeuge eines Mordes werdet, den keiner von uns noch hätte verhindern können.« Nun hob er wieder den Blick. »Deswegen habe ich beschlossen zu warten, bis ich persönlich hier erscheinen könnte, um Euch *dann* davon zu berichten – vorzugsweise erst nach dem Frühstück, weil ich vermutete, nach diesem Bericht wäre Euch der Appetit wohl vergangen. Aber als ich den Palast erreichte, da hat Franz Ahstyn mir gemeldet, Ihr wäret bereits auf und hättet Nahrmahn zu Euch gerufen. Da fürchtete ich schon zu wissen, worum es bei diesem Gespräch gehen würde.«

»Also gut«, sagte Cayleb langsam. »Das versehe ich. Aber was ist jetzt mit Waimyn?«

»Ich konnte den Mord an Pater Tymahn nicht verhindern«, erwiderte Merlin. »Aber ich bin zu dem Schluss gekommen, ich müsste Waimyn und seine Schlächter von weiteren Morden abhalten. Noch mehr abgeschlachtete Reformisten, die man in die Gosse wirft wie Dreck, können wir uns bei Gott nicht leisten. Also habe ich mit Hilfe von Owls Fernsonden eine kleine Nachricht abgefasst und sie bei Koryn Gahrvai durch das Fenster geworfen.« So zornig er war, brachte er doch ein kleines Lächeln zustande. »Damit habe ich seine Aufmerksamkeit erregt. Und als er die Nachricht dann gelesen hatte, …«

»… und das wäre es so im Groben«, endete Merlin mehrere Minuten später. »Gahrvais Männer haben Aimayl erwischt und auch mindestens drei Viertel aller anderen wichtigsten Zellen-Anführer, die für Waimyn gearbeitet haben. Nur Hainree und dieser widerliche Cahmmyng sind entkommen. Aber Gahrvai hat vier der wichtigsten Waffenverstecke ausgehoben. Mit den Verhören der Verhafteten hat er dann jetzt erst einmal ordentlich zu tun.« Merlin verzog das Gesicht. »Bei Verhören ist man in Corisande nicht zimperlich. Sie achten genau darauf, nicht zu den Mitteln aus dem *Buch Schueler* zu greifen, gewiss. Aber das hält sie nicht davon ab, verdammt ... hartnäckig vorzugehen. Ich könnte mir vorstellen, dass Doyal und Gahrvai schon bald ausreichend Hinweise erhalten, um den Rest von Waimyns Organisation in Manchyr ständig auf Trab zu halten.«

»Großer Gott, Merlin!« Während Merlins Bericht hatte Cayleb geschwiegen. Jetzt schüttelte er den Kopf. »Vergebt mir meine Direktheit, aber hatten wir nicht eigentlich beschlossen, dass wir diese Leute *in Ruhe* lassen wollten? Dass wir sie im Auge behalten und eine Datenbank über sie einrichten wollten?«

»Ja«, erwiderte Merlin. »Aber der Mord an Pater Tymahn hat die Situation grundlegend geändert.« Seine Saphiraugen waren hart. »Es wäre schon schlimm genug gewesen, wenn sie ihn nur entführt hätten, etwa um mit ihm als Geisel Forderungen zu stellen. Aber sie hatten von Anfang an vor, ihn umzubringen. Und mit der Art, *wie* sie es getan haben, haben sie nicht nur Erzbischof Klairmant herausgefordert, sondern die gesamte Staatsspitze: Sie haben an Gahrvais Autorität, an der des Regentschaftsrates und sogar an Chermyns Autorität gerüttelt. Das konnte ich nicht zulassen – nicht, nachdem Tymahn und die anderen Reformisten solche Fortschritte in der Hauptstadt gemacht haben.«

»*Ihr* konntet das nicht zulassen?«, fragte Sharleyan vorsichtig, und Merlin nickte.

»*Ich* konnte das nicht zulassen«, räumte er ruhig ein.

Wieder legte sich Schweigen über das Besprechungszimmer. Der Schnee fiel jetzt dichter, und Nahrmahn konnte sich fast einbilden, die Kälte des Morgens selbst noch hier in seinem Sessel zu spüren. Nur dass dieser eisige Schauer, der ihm gerade über den Rücken lief, nicht das Geringste mit dem Wetter zu tun hatte.

Wir vergessen nur allzu leicht, dass Merlin – Nimue Alban – eigene Pläne verfolgt, dachte Emeralds Fürst. *Wir arbeiten so eng mit ihm zusammen und der Erfolg von Charis ist für seinen eigenen Auftrag so unerlässlich, dass wir immer wieder vergessen, dass er gar kein Charisianer ist. Nicht einmal ein* Safeholdianer, *wenn man es genau nimmt. Ich vermute, das ist das erste Mal, seit Cayleb die Wahrheit über ihn erfahren hat, dass Merlin nicht einmal mit dem Kaiser Rücksprache gehalten hat, ehe er eine derart weitreichende Entscheidung getroffen hat. Ich frage mich, wie Cayleb und Sharleyan – vor allem Cayleb – darauf reagieren werden.*

»Und warum habt Ihr uns das alles nicht schon gestern berichtet?«, fragte Cayleb leise.

»Weil ich es Euch, wie gesagt, persönlich berichten wollte. Ich hatte gehofft, Ihr würdet nichts von Pater Tymahns Ermordung erfahren, bevor ich hier eintreffe. Schließlich bin *ich* derjenige, der sich um die Geschehnisse in Manchyr kümmert. Ich wollte es Euch persönlich sagen, nicht nur über das Kom. Und ich wollte Euch persönlich erklären, was ich unternommen habe – und warum.«

»Weil Ihr damit gerechnet habt, wir könnten verärgert darüber sein? Schließlich habt Ihr nicht einmal mit uns gesprochen, bevor Ihr unsere gesamte Strategie für Manchyr auf den Kopf gestellt habt. War es das?« Es war gänzlich unmöglich, Caylebs Tonfall zu deuten, aber seine Augen wirkten sehr wachsam.

»Nein, nicht deshalb«, erwiderte Merlin mit fester Stimme. »Aber da ich ohnehin schon gehandelt und damit Euch vor vollendete Tatsachen gestellt hatte, war es ein Gebot der Höflichkeit, mich Euch persönlich zu erklären.«

Cayleb lehnte sich in seinem Sessel zurück und blickte den hochgewachsenen blauäugigen Mann nachdenklich an, der in der geschwärzten Rüstung mit dem gold-blau-silbernen Abzeichen des Kaiserreichs Charis auf der anderen Seite des Tisches stand. Nahrmahn fragte sich, was Cayleb gerade sah: den Imperialen Gardisten oder den PICA mit der Seele einer längst verstorbenen Frau?

Dann schaute der Kaiser kurz zu Sharleyan hinüber und zuckte mit den Schultern.

»Zunächst einmal, Merlin, gestattet mir zu sagen – und ich denke, ich kann hier auch in Sharleys Namen sprechen –, dass ich unter den gegebenen Umständen Eure Entscheidung ganz und gar billige.«

Sharleyan nickte nachdrücklich, und Cayleb fuhr fort: »Zweitens jedoch möchte ich Euch an ein Gespräch erinnern, das Ihr vor langer, langer Zeit mit meinem Vater geführt habt. ›Ich respektiere Euch, und in vielerlei Hinsicht bewundere ich Euch‹, habt Ihr zu ihm gesagt. ›Aber meine wahre Treue? Diese Treue gilt nicht Euch, nicht Cayleb, sondern der Zukunft. Ich *werde* Euch benutzen, wenn mir das möglich ist, Euer Majestät.‹«

Wieder lag Schweigen über dem Besprechungszimmer, und Cayleb lächelte schmal.

»Überrascht es Euch, dass ich weiß, was Ihr zu ihm gesagt habt?«, fragte der Kaiser nach.

»Ein wenig«, gestand Merlin nach kurzem Schweigen. »Ich hatte nicht gewusst, dass Euer Herr Vater Euch davon erzählt hat.«

»Das hat er auch nicht. Das war Charlz Gahrdaner. Vater hatte es ihm ausdrücklich untersagt. Aber als Gahrdaner bemerkte, wie eng wir beide einander allmählich standen, dachte er, ich sollte es *doch* erfahren. Nicht, dass er Euch misstraut hätte, Merlin. Nur dass seine Treue immer nur Charis gegolten hat. Dem Hause Ahrmahk.«

»Und seid Ihr darüber erzürnt, dass das für mich nicht gilt?«, fragte Merlin leise.

»Merlin.« Cayleb schüttelte den Kopf und lächelte unerwarteterweise, sehr sanft. Dieses Lächeln war zwar ein wenig schief, aber es war eindeutig ein *Lächeln.* »Merlin, ich habe das *schon immer* gewusst. Selbst wenn Charlz es mir nicht erzählt hätte, habt Ihr das doch selbst getan – häufig und gänzlich offen. Das hat Euch nicht davon abgehalten, Sharley und mir die Freundschaft anzubieten – sogar Eure Dienste. Um Gottes willen, ihr habt den halben Planeten umrundet, um ihr das Leben zu retten! Natürlich würde ich mir wünschen – oder hoffen –, dass wir immer der gleichen Meinung wären. Und ich muss auch gestehen, dass ich es doch vorgezogen hätte, davon zu erfahren, *bevor* Ihr Gahrvai auf Waimyns Spur gesetzt hättet. Was das betrifft: Fühlt Euch bitte ab sofort jederzeit frei, mich mitten in der Nacht zu wecken – so wie ich das bei Euch auch so viele Male getan habe oder es jederzeit *hätte tun können.* Aber glaubt nicht, ich würde von Euch erwarten, auch nur einen einzigen Deut von dem abzuweichen, was Ihr Eure Pflicht nennt! So dumm bin ich nicht. Und so *selbstsüchtig* auch nicht, Merlin.« Wieder schüttelte er den Kopf. »Ihr habt einmal über jemanden in meiner Gegenwart gesagt, er habe mit barer Münze für das Recht gezahlt, seine eigene Meinung haben zu dürfen. Nun, für Euch gilt das Gleiche.«

Kurz herrschte wieder Schweigen. Dann lachte Merlin in sich hinein.

»Ich hatte gehofft, dass Ihr es so aufnehmen würdet«, sagte er. »Aber ich müsste lügen, wenn ich behauptete, ich wäre mir sicher gewesen.«

»Bleibt nur eine Frage: Würde es, was Euer zukünftiges Handeln betrifft, einen Unterschied machen, wenn ich hier einen ausgewachsenen Wutanfall aufs Parkett gelegt hätte? Würdet Ihr dann nie wieder so unverschämt Entscheidungen treffen, ohne Sharley und mich vorher zu fragen?«

»Es hätte keinen Unterschied gemacht«, gestand Merlin, ein schiefes Grinsen auf den Lippen, »nein.«

»Das hab ich mir schon gedacht«, erwiderte Cayleb.

.XIII.

Erzbischof Maikels Gemächer, Erzbischöflicher Palast, Stadt Cherayth, Königreich Chisholm

Maikel Staynair blickte von dem Buch in seinem Schoß auf, als jemand leise an die Tür zu seinen Gemächern klopfte.

Der Morgen war so still gewesen, wie nur ein Wintermorgen es sein kann. Staynair hatte sich den Sessel bis vor das Ostfenster des Gemachs geschoben, um im Schein der Morgensonne besser lesen zu können. Zugleich konnte er von dort aus Chisholms schneebedeckte Landschaft betrachten. Er war noch nicht lange genug in Cherayth, um sich schon an das Naturschauspiel Schnee gewöhnt zu haben. Das anmutige Herabsinken der Flocken faszinierte ihn. Ahrdyn hingegen hatte bereit beschlossen, dass Schnee grässlich sei und sonst nichts. Glücklicherweise war sein Körbchen groß genug, um zusätzlich Platz für eine wohlige, herrlich weiche Decke zu bieten – ein Geschenk von Kaiserin Sharleyan. Unter eben dieser Decke versteckte Ahrdyn sich jetzt. Nur seine Nasenspitze ragte darunter hervor.

Der unerwartete Besucher klopfte erneut, dieses Mal ein wenig kräftiger.

»Ja?«, rief Staynair, und die Tür öffnete sich gerade weit genug, dass jemand seinen Kopf durch den Spalt stecken konnte. Besagter Kopf gehörte zu Pater Bryahn Ushyr, seinem Privatsekretär – zugleich der Berater, dem Staynair am meisten Vertrauen schenkte.

»Ich bedauere Euch stören zu müssen, Eure Eminenz, aber *Seijin* Merlin lässt fragen, ob Ihr wohl einen Augenblick Eurer Zeit für ihn hättet.«

Erstaunt hob Staynair die schneeweißen Augenbrauen. Einen Moment lang blieb er schweigend in seinem Sessel sitzen. Dann legte er ein Lesezeichen in sein Buch und klappte es zu.

»Selbstverständlich, Bryahn. Bitten Sie den *Seijin* doch herein!«

»Sehr wohl, Eure Eminenz«, murmelte Ushyr, und schon verschwand sein Kopf wieder.

Nur wenige Sekunden später wurde die Tür erneut geöffnet, dieses Mal weiter, und Merlin Athrawes trat ein. Aus mehreren Gründen wunderte sich Staynair über das Erscheinen des *Seijin*. Zum einen hatte er gedacht, Merlin werde noch mindestens einen weiteren Tag in Maikelberg bleiben. Zum anderen war er mehr als erstaunt darüber, dass Merlin ihn persönlich aufsuchte, statt sich einfach nur über das Kom an ihn zu wenden. Die SNARCs des *Seijin* mussten ihm doch gemeldet haben, dass er in seinem Gemach allein war. Niemand hätte bemerkt, wenn der Erzbischof plötzlich angefangen hätte, Selbstgespräche zu führen.

»Danke, dass Ihr Euch so kurzfristig Zeit für mich nehmen könnt, Eure Eminenz«, sagte Merlin, während Ushyr die Tür hinter ihm wieder schloss.

»Ihr seid hier stets willkommen«, erwiderte Staynair lächelnd. »Allerdings muss ich gestehen, dass mich Euer Besuch doch ein wenig verblüfft.«

»Das kann ich mir denken.« Merlins Lächeln war nur höfliche Erwiderung. Es verschwand sofort wieder von seinem Gesicht. »Ich komme gerade von einer Besprechung mit Ihren Majestäten und Nahrmahn. Na ja ...«, korrigierte er sich, »dazwischen lagen noch ein kurzes Bad und eine frische Uniform.«

»Was für eine Besprechung?«

»Es ist in Manchyr zu einigen ... unerwarteten Entwicklungen gekommen.« Staynair kniff die Augen zusammen, als Merlins Stimme mit einem Mal sehr grimmig klang. »Einer der Gründe, Euch aufzusuchen, ist, Euch zu bitten, sich zu weiteren Beratungen zu den dreien zu gesellen. Allerdings soll die Besprechung aus mehreren Gründen *nach* Eurem Frühstück stattfinden.«

»Dann sind diese ›unerwarteten Entwicklungen‹ also eher unschöner Natur?«, fragte Staynair leise.

»Leider ja. Sie werden sich wohl auch auf Euren Gemeindebesuch auswirken.«

»Ich verstehe.« Staynair legte sein Buch beiseite und wollte sich gerade schon aus dem bequemen Lehnsessel erheben.

»Wartet noch einen Moment, Eure Eminenz, bitte!«

Wieder wölbte der Erzbischof die Brauen, als Merlin ihm mit einer Handbewegung bedeutete sitzen zu bleiben. Also lehnte er sich wieder zurück und neigte den Kopf zur Seite.

»Ja?«, forderte er seinen Besucher zum Weitersprechen auf.

»Ich sagte, *einer* der Gründe für mein Kommen sei es, diese Einladung auszusprechen«, setzte Merlin an. »Aber ich habe noch einen weiteren Grund. Einen Grund, den ich mit Euch besprechen muss, bevor ich den drei anderen gegenüber dieses Thema anschneide.«

»Hat das etwas mit dem zu tun, was sich in Manchyr ereignet hat?«

»Nein, Eure Eminenz. Zumindest nicht direkt. Es hat mit einem Gespräch zu tun, das Ihr mit Baron Wave Thunder geführt habt, vor Eurem Aufbruch nach Emerald.«

»Wie bitte?« Staynair blinzelte ihn erstaunt an, und Merlin warf ihm ein schiefes Grinsen zu.

»Bevor Ihr Tellesberg verlassen habt, Eure Eminenz, habt Ihr dafür gesorgt, dass Pater Bryahn mehrere Kisten mit Dokumenten zum Baron bringen ließ. Dokumente, die Euch aus Zion geschickt wurden … von Madame Dynnys.«

Staynair erstarrte. Einen Moment lang sorgten die Überraschung – und der Schock – dafür, dass er reglos im Sessel sitzen blieb. Nur seine Augen weiteten sich vor Erstaunen. Dann verfinsterte sich sein sonst so sanftes Gesicht. Die Augen, eben noch geweitet, kniff er zusammen, und sein ganzer Körper schien zu erschauern, so entrüstet war er.

»Merlin . . .!«, setze er mit harter, zorniger Stimme an.

»Bitte, Eure Eminenz!«, fiel der ihm rasch ins Wort und hob beschwichtigend die Hand. »Ich habe nicht die Absicht, dafür zu sorgen, dass Ihr Vertraulichkeiten preisgebt!«

»Das habt Ihr doch schon!« So zornig hatte Merlin Staynair noch nie erlebt. »Mir ist wohl bewusst, dass die ganze ›Kirche des Verheißenen‹ eine einzige Farce ist, und noch nicht einmal eine sonderlich gute«, fuhr er in scharfem Ton fort. »Aber *Gott* ist es nicht, und daher nehme ich meine priesterlichen Pflichten sehr ernst! Madame Dynnys hat sich unter dem Schutze des Beichtgeheimnisses an mich gewandt!«

»Ja. Ja, ich weiß«, sagte Merlin, selbstbewusst und gelassen. »Ich weiß davon auch nur, weil Owl mir die entsprechenden Informationen im Rahmen eines routinemäßigen Speicherauszuges gegeben hat. Es tut mir leid, dass ich damals noch keinen Filter eingerichtet hatte. Sonst wäre Eure Privatsphäre so weit geschützt gewesen, dass die Vertraulichkeit Eurer Gespräche mit Gläubigen gewahrt geblieben wäre. Vertraut mir, seit besagtem Zwischenfall habe ich das entsprechend geändert!«

Staynair schaute ihn finster an, und Merlin erwiderte diesen Blick, ruhig und ungerührt.

»Ihr dürft das gerne bei Owl überprüfen, Eure Eminenz«, sagte er sehr leise.

Kurz hing angespanntes, bedrohliches Schweigen in der Luft. Dann zitterten Staynairs Nasenflügel, so tief atmete er durch.

»Das wird nicht nötig sein.« Nun sprach er ebenso leise wie Merlin. »Euer Wort ist mir mehr als genug, *Seijin* Merlin. Das war es schon immer.«

»Ich danke Euch«, sagte Merlin und meinte es auch so.

»Aber ich muss annehmen«, fuhr Staynair mit der Miene eines Mannes fort, der sich ganz bewusst von einem bedrohlichen Abhang abwandte, »dass Ihr einen guten Grund habt, mich auf Euer ... Wissen um diese spezielle Situation aufmerksam zu machen?«

»Durchaus.«

Merlin trat ans Fenster und starrte auf die schneebedeckte Landschaft hinab. Mehrere Sekunden lang schwieg er, dann wandte er den Kopf und blickte den Erzbischof an.

»Eure Eminenz, der Zufall wollte, dass ich über Mistress Ahnzhelyks Akten Bescheid weiß. Ich weiß auch, warum Madame Dynnys die Identität der Dame und die Dame selbst um jeden Preis beschützt wissen will. Derartige Dinge dürfen keinesfalls leichtfertig preisgegeben werden. Was ich hingegen *nicht* weiß, eben weil ich seit Eurem Gespräch mit Madame Dynnys besagte Filter durch Owl habe einrichten lassen, ist, ob Madame Dynnys Euch gegenüber jemals die Identitäten derjenigen Personen im Tempel verraten hat, die mit Ahnzhelyk zusammengearbeitet haben.«

Kurz dachte Staynair über die Frage nach, dann sagte er: »Nein, das hat sie nicht.«

»Das überrascht mich nicht.« Merlin wandte sich wieder dem Fenster zu. »Aber seit ich von Eurem Gespräch mit Madame Dynnys erfahren habe, war ich so frei, Mistress Ahnzhelyk ... im Auge zu behalten.«

»Was?!« Nun klang Staynair wieder besorgt. »Ich dachte, Ihr hättet gesagt ...«

»Was ich gesagt habe«, fiel Merlin ihm ins Wort, ohne den Blick vom Fenster abzuwenden, »war, dass ich es nicht wage, SNARCs oder Fernsonden im *Inneren* des eigentlichen Tempels einzusetzen.« Nun war es an ihm, die Achseln zu zucken. »Ich habe immer noch keine Ahnung, was das für Energiequellen unter dem Tempel sind. Ganz offensichtlich müssen zumindest einige davon mit der Klimaanlage des Tempels zu tun haben und den automatisierten Fernsonden, die sämtliche der ach so geheimnisvollen Eigenschaften des Gebäudes steuern. Aber mir scheint, dass sich dort unten mehr Energiequellen befinden, als dafür erforderlich sein dürften. Ich werde es daher nicht riskieren, irgendwelche Annäherungssensoren auszulösen. Aber Ahnzhelyks Stadtvilla ist weit genug vom Tempel entfernt. Die *kann* ich im Auge behalten. Vorsichtig, natürlich. Im Übrigen«, mit einem sonderbaren Funkeln in den Augen blickte er erneut den Erzbischof an, »war ich ja schon einmal in Zion, wisst Ihr?«

»Ihr *wart* schon in Zion?« Staynairs Erstaunen schien sich nicht verbergen zu lassen, und Merlin lachte stillvergnügt in sich hinein.

»Das war noch, bevor ich jemandem in Charis die Wahrheit hatte erzählen können. Habt Ihr Euch denn nie gefragt, wie es kam, dass Erzbischof Erayk auf Ahnzhelyks Treppenstufen ausgerutscht ist?«

Nun hatte Staynair die Augen wieder weit aufgerissen, und Merlin nickte.

»War das nicht ein bisschen arg riskant?«, fragte der Erzbischof nach kurzem Schweigen nach. »Nach allem, was Ihr bislang gesagt hattet, hätte ich angenommen, dass durchaus die Gefahr bestanden haben muss, Ihr könntet entdeckt werden.«

»Dem war auch so«, stimmte Merlin dem Erzbischof zu. »Bedauerlicherweise war das die einzige Möglichkeit, die mir eingefallen ist, um seinen Gemeindebesuch zu verhindern, und diesen Aufschub brauchten wir unbedingt.«

»Das ist wohl wahr«, bestätigte Staynair mit Nachdruck, und wieder zuckte Merlin mit den Schultern.

»Nun, wie ich schon sagte: Ich habe die Dame also im Auge behalten. Und um ganz ehrlich zu sein: Ich mache mir zunehmend Sorgen um ihre Sicherheit.«

»Warum das? Was geschieht denn gerade?«, fragte Staynair sofort nach.

»Ich bin mir nicht ganz sicher«, gestand Merlin. »Aber sie hat einige äußerst ungewöhnliche Kontakte geknüpft. Und sie hat auch noch andere ... ungewöhnliche Dinge getan. Unter anderem hat sie dafür gesorgt, dass sich mehrere Gruppen von Personen an verschiedenen Orten in Zion verborgen halten. Die meisten dieser Personen habe ich nicht identifizieren können. Aber zumindest bei einigen weiß ich, um wen es sich handelt.«

»Um wen?«, verlangte Staynair zu wissen, als Merlin nicht weitersprach.

»Es handelt sich um Familien. So viel weiß ich. Und wenn ich mich nicht sehr täusche, dann sind es die Familien hochstehender Kirchenmänner. Die Familien von Vikaren und Erzbischöfen.«

Braune Augen blickten in saphirblaue, und einige Atemzüge lang war es in Staynairs Gemächern sehr, sehr still.

»Von den ›Reformisten‹, von denen Adorai gesprochen hat«, sagte Staynair dann sehr leise.

»Das denke ich auch – und das befürchte ich.« Merlin schüttelte den Kopf. »Je mehr ich von Ahnzhelyk sehe, desto mehr bewundere ich sie. Das ist eine *äußerst* bemerkenswerte Dame, Eure Eminenz! Ich bin mir sicher, dass sie ihre eigene Flucht schon vorbereitet hat, auch wenn ich sie dabei noch nicht beobachtet habe. Und das halte ich für ein gutes Zeichen. Wenn Owl und ich keine Hinweise auf ihre Flucht gefunden haben, dann scheint es mir sehr unwahrscheinlich, dass die Inquisition schon etwas davon bemerkt hat. Andererseits können wir das unmöglich wissen, vor allem, da ich nun einmal nicht wage, Fernsonden im Inneren des Tempels einzusetzen. Aber wie gut die Vorbereitungen auch sein mögen, die sie getroffen hat: Die schiere Anzahl an Leuten, denen sie zu helfen versucht, ist etwas, das für sie durchaus von Nachteil sein könnte. Ich bin mir sicher, dass Clyntahn und Rayno schon jetzt herauszufinden versuchen, wo ein paar dieser Leute abgeblieben sind. Und wenn es etwas gibt, worin diese Inquisitoren gut sind, dann ist es, Leute aufzuspüren.«

»Ich verstehe.«

Staynair lehnte sich in seinem Sessel zurück. Sein Blick war sehr besorgt; mit einer Hand nestelte er an dem Szepter, das vor seiner Brust hing und deutlich zeigte, welches Amt er bekleidete. Mehrere Sekunden lang saß er nur schweigend da, dann blickte er wieder zu Merlin auf.

»Wohin genau wollt Ihr, Merlin?«

»Nach Zion, denke ich«, gab der *Seijin* zurück.

Dieses Mal zuckte Staynair nicht einmal mit der Wimper. Ganz offensichtlich gefiel ihm überhaupt nicht, worauf dieses Gespräch hinauslief. Doch es war ebenso eindeutig, dass es ihn nicht überraschte.

»Wie das?«, fragte er nur.

»Was mir vorschwebt, ist gar nicht so kompliziert. Ein wenig riskant vielleicht, aber nicht kompliziert.«

»Ihr erfüllt mich mit Grausen«, merkte Staynair trocken an, und wieder lachte Merlin in sich hinein.

»Darauf gebracht hat mich etwas, das Sharleyan heute Morgen gesagt hat. Cayleb und sie haben die Absicht, mich an Eurer Seite nach Corisande zu schicken, damit ich Euch im Auge behalten kann. Schließlich, so meinten die beiden, könnten wir jetzt jederzeit in Kontakt bleiben, wo auch immer ich mich gerade befände. Sie finden, es sei nachvollziehbar, dass Cayleb dem Erzbischof von Charis zum Schutz seinen persönlichen Waffenträger mitgäbe. Aber wenn man mich nach Corisande schicken kann, ohne den Kontakt zu Ihren Majestäten zu verlieren, könnte ich genauso gut auch nach Zion reisen, ohne dass der Kontakt abreißt.«

»Und da wollt Ihr dann einfach so durch die Stadt spazieren? Am besten wohl noch in Eurer Imperialen Uniform?«

»Nicht ganz.« Merlin gestattete sich ein Lächeln. »Ich kann meinen PICA rekonfigurieren, Eure Eminenz. Natürlich hat alles seine Grenzen. Ich kann zum Beispiel meine Körpergröße nicht jeden beliebigen Wert annehmen lassen. Aber ich kann meine Haarfarbe ändern, meine Augenfarbe, meine Hautfarbe.« Er zuckte mit den Schultern. »Vertraut mir, ich bin ein echter Meister der Verkleidung. Oder vielleicht sollte ich lieber sagen: eine Meister*in*.«

Staynair nickte. Mittlerweile hatte er Archivbilder von Nimue Alban gesehen. Niemand, der Nimue sah, würde gleich eine Ähnlichkeit mit Merlin Athrawes erkennen, obwohl es eine gewisse Familienähnlichkeit schon gab.

»Es macht mich nervös, mich und damit die ganze Elektronik in meinem Inneren – und vor allem meine Energiezelle – so nah an den Tempel heranzubringen«, fuhr Merlin fort, »aber niemand, der mich sieht oder sogar mit mir spricht, wird jemals auf die Idee kommen, ich könnte etwas mit Merlin Athrawes zu tun haben. Nicht einmal dann, wenn dieser Jemand später einmal mit *Merlin* sprechen sollte.«

»Na gut, das verstehe ich wohl«, gab Staynair zu.

»Da ich nun schon einmal dabei bin, kann ich auch gleich eingestehen, dass ich weitestgehend werde improvisieren müssen, wenn ich erst einmal dort bin.« Wieder zuckte Merlin die Achseln. »Anders könnte es ja auch gar nicht sein. Aber ich werde mehrere Vorteile haben, die Ahnzhelyk eben *nicht* hat. Zudem kann ich jederzeit erklären, auch ich sei ein *Seijin* – ein Freund von *Seijin* Merlin, der nach Leuten suche, die ihm helfen könnten. Das sollte zumindest einige besagter Vorteile erklären, falls ich auf sie im Beisein von Zeugen zugreifen müsste.«

»Und wo genau wird sich *Seijin* Merlin aufhalten, während all das geschieht?« Staynair schüttelte den Kopf. »Ihr werdet doch zumindest einige Tage lang fortbleiben müssen – wahrscheinlich eher einige Fünftage!«

»Das ist einer der Gründe, weswegen ich Euch aufgesucht habe«, erwiderte Merlin. »Eine kurze Abwesenheit meinerseits ließe sich erklären, in dem wir uns der Legenden über *Seijins* bedienen. Zumindest in einigen dieser Berichte heißt es, sie müssten sich von Zeit zu Zeit aus der Welt zurückziehen, um zu meditieren. *Seijin* Merlin hingegen war ständig im Dienst, seit er in Charis eingetroffen ist. Zweifellos ist bei ihm ein solcher Rückzug schon lange überfällig. Nennen wir es doch: spirituelle Einkehrtage! Für die Öffentlichkeit sieht es dann so aus: Cayleb und Sharleyan bleiben auf absehbare Zeit im Palast. Da sind sie von einer Unzahl von Gardisten umringt, weshalb sie ja auch auf meinen Schutz verzichten und mich zusammen mit Euch nach Corisande schicken können. Diese Gelegenheit nutzt der *Seijin* für besagte spirituelle Einkehrtage.«

»Ja, so könnte es gehen«, stimmte Staynair bedächtig und mit nachdenklicher Miene zu.

»Das Problem ist, dass wir Cayleb und Sharleyan davon überzeugen müssen, bei all dem mitzuspielen.« Merlins Mundwinkel zuckten; es war halb ein Grinsen, halb eine Grimasse. »Sicher werden die beiden von meinem Abstecher nicht sonderlich entzückt sein. Andererseits möchte ich, dass sie über alles informiert sind, was ich tue. Sie sollen und müssen auf dem Laufenden gehalten werden. Wir hatten gerade über genau dieses Thema ein kleines ... öhm ... Gespräch.« Einen Moment lang erhellte ein echtes Grinsen sein Gesicht. »Aber ich kann ihnen unmöglich erzählen, wohin ich aufbrechen möchte oder warum, ohne ihnen von Ahnzhelyk zu erzählen, Eure Eminenz. Und das kann ich nicht tun, wenn ich damit vertrauliche Informationen weitergebe und das Beichtgeheimnis verletze.«

»Ich verstehe«, wiederholte Staynair.

Fast zwei Minuten lang saß er da und dachte angestrengt nach. Schließlich suchte er Merlins Blick.

»Das ist eine wirklich unangenehme Situation«, sagte er.

»Zunächst einmal wisst Ihr ja bereits, welche Informationen mir unter dem Schutz des Beichtgeheimnisses anvertraut wurden. Streng genommen bedeutet das, dass Ihr nicht auf meine Erlaubnis angewiesen seid, um diese Informationen an Cayleb und Sharleyan weiterzugeben – wir reden hier von Informationen, die Ihr erhalten habt, ohne dass Ihr wissentlich und willentlich das Beichtgeheimnis verletzt hättet. Außerdem seid Ihr noch nicht einmal ein Kirchenmann, also ist das Beichtgeheimnis für Euch ohnehin nicht bindend. Aber Ihr und ich, wir wissen beide, dass das natürlich ein rein legalistisches Argument ist.«

Schweigend nickte Merlin. Staynair atmete tief durch.

»Als Erzbischof steht es mir zu, unter bestimmten, genau umrissenen Bedingungen, das Beichtgeheimnis aufzuheben. Die Kirche des Verheißenen kennt dafür zahlreiche Gründe – meistens um jemanden möglichst rasch an die Inquisition weitergeben zu können. Aber selbst Langhornes Kirche erkennt an, dass es Situationen gibt, in denen die unmittelbare Gefährdung anderer berücksichtigt werden muss. Und das trifft in diesem Falle ja nun zweifelsohne zu! Bedauerlicherweise habe ich keinerlei Möglichkeit, mich mit Adorai zu beraten und ihre Erlaubnis einzuholen, zumindest nicht rasch genug, und Eile scheint ja nun geboten. Gleichzeitig aber besteht unmittelbare Bedrohung für Madame Ahnzhelyk und ihre Schutzbefohlenen. Wäre dem nicht so, dann würde ich über das Ganze keine Sekunde nachzudenken haben, versteht Ihr?«

Merlin nickte lediglich ein weiteres Mal, und Staynair seufzte.

»Also gut, Merlin. Dann unterstütze ich Euch und Euren Plan vor Ihren Majestäten – was bleibt mir anderes übrig!«

.XIV.

Madame Ahnzhelyk Phondas Stadtvilla, Stadt Zion, die Tempel-Lande

Leise Musik erfüllte den luxuriös eingerichteten Salon. Männer in kostbarer Kleidung füllten ihn, die meisten in Soutanen aus Baumwollseide oder Stahldistelseide, mehrere davon im Orange der Vikare. Sie hatten auf den Polstermöbeln Platz genommen oder ergingen sich im Salon, in der Hand Weingläser oder Brandy-Schwenker. Madame Ahnzhelyks Etablissement lief immer gut. Aber nie war es besser als während der Wintermonate, wenn die Bürger von Zion sich unweigerlich eher Beschäftigungen suchten, die im Hause stattfanden. Junge Frauen, die Teints von blass bis dunkel und alle von auffälliger Schönheit, leisteten den Gästen Gesellschaft. Sie schwatzten munter und lachten viel. Alle waren sie geschmackvoll gekleidet, die meisten äußerst dezent geschminkt. Es wäre kaum möglich gewesen, sich Prostituierte vorzustellen, die dem Klischee noch weniger entsprochen hätten.

Genau deswegen war Madame Ahnzhelyk schon immer so erfolgreich gewesen.

Unter *ihren* Damen gab es keine, die sich vulgär gebärdete! Es fanden keine banalen, plumpen oder gar rüden Gespräche statt. Keine anspruchslosen Witze. Die Kurtisanen aus Madame Ahnzhelyks Salon waren allesamt intelligent, lebhaft, gebildet. Stets hielt man sie an, viel zu lesen, sich über die neuesten Entwicklungen der politischen Lage zu informieren, in der Lage zu sein, über jedes nur erdenkliche Thema geistreich und taktvoll Konversation zu betreiben. Diese Damen zogen nur Kunden aus besseren Kreisen an. Und in der Hierarchie des Tempels war es allgemein bekannt, dass Madame Ahnzhelyks Damen stets diskret waren.

Ja, die Standards, die Ahnzhelyk anlegte, waren hoch, aber auch nicht höher als zu der Zeit, da sie selbst aktiv im Gewerbe tätig gewesen war. Es war erstaunlich, wie viele Mitglieder des Vikariats mit ihr … vertraulich umgingen, selbst heute noch. Gerade durchquerte Madame Ahnzhelyk langsam den Salon, blieb kurz stehen, wechselte stets hier und da ein paar Worte mit denen, die sie besonders gut kannte. Dazu gab es eine sanfte Berührung an der Schulter, einen keuschen Kuss auf die Wange für die, die sie ganz besonders schätzte. Für alle anderen hatte sie stets ein freundliches Lächeln oder einen Scherz übrig. Niemand, der sie sah, wäre jemals auf die Idee gekommen, sie könnte besorgt sein.

Natürlich war eine der wichtigsten Fertigkeiten einer jeden Kurtisane immenses Schauspieltalent.

Ahnzhelyk wandte den Kopf, als sie aus dem Augenwinkel eine Bewegung wahrnahm. Dann hob sie überrascht die Augenbrauen, als ein gut gekleideter Mann, den sie nie zuvor gesehen hatte, den Salon betrat.

Er war hochgewachsen, säuberlich rasiert, mit haselnussbraunen Augen. Sein braunes Haar trug er ein wenig länger als es derzeit Mode war in Zion; mit einer edelsteinbesetzten Spange hatte er es zu einem Pferdeschwanz zusammengebunden. Der schwere schneebedeckte Mantel, den er gerade dem Butler an der Tür reichte, war mit dem Winterpelz einer Peitschenechse besetzt. Um den Hals trug der Fremde eine schwere Goldkette, an den manikürten Fingern goldene Ringe – ein weiteres Zeichen für echten Wohltand. Mit neugierigem Interesse runzelte Ahnzhelyk die Stirn. Der Schönheit ihres immer noch lieblichen Gesichts tat das indes keinerlei Abbruch.

»Bitte entschuldigt mich!«, sagte sie leise zu ihrem derzeitigen Gesprächspartner. »Ich habe gerade jemanden entdeckt, den ich begrüßen sollte, Eure Eminenz.«

»Gewiss, meine Liebe«, erwiderte der Erzbischof, an den sie sich gewandt hatte.

»Ich danke Euch«, sagte sie und schenkte ihm ein herzliches Lächeln.

Mit anmutigen Bewegungen näherte sie sich dem Neuankömmling, der sich gerade umblickte – nicht aufdringlich, aber doch unverkennbar voller Neugier. Dann bemerkte er, dass die Dame des Hauses nahte und wandte sich ihr zu. Wieder lächelte Ahnzhelyk, dieses Mal noch freundlicher, und streckte ihm ihre zarte Hand entgegen.

»Willkommen«, sagte sie nur.

»Ich danke Ihnen«, erwiderte er mit einer angenehmen Tenorstimme. Galant führte er ihre Hand an die Lippen und hauchte einen Kuss darauf. »Ich hoffe, ich habe das Vergnügen, mit Madame Ahnzhelyk persönlich zu sprechen?«, erkundigte er sich dann.

»Sehr wohl, Sir«, bestätigte sie. »Und Sie sind?«

»Ahbraim Zhevons.« Er deutete eine Verneigung an, und Ahnzhelyk nickte. *Desnairianischer Akzent,* dachte sie, *nicht sonderlich auffällig, aber doch unverkennbar.*

»Sind Sie zu Besuch in unserer schönen Stadt, Meister Zhevons?«

»Bitte, nennen Sie mich doch Ahbraim!« Das charmante Lächeln, bei dem auffallend weiße Zähne aufblitzten, spiegelte sich auch in den nussbraunen Augen wider. »Und, ja, ich bin tatsächlich zu Besuch hier. Hat mich mein Akzent verraten? Klinge ich zu ländlich?«

»Ach, wohl kaum ›ländlich‹ … Ahbraim!« Ihr glockenhelles Lachen war ebenso bezaubernd wie der ganze Rest von ihr. »Aber ich habe tatsächlich die Spur eines Akzents erkannt. Desnairia?«

»Fast.« Sein Lächeln hatte jetzt etwas Schelmisches. »Eigentlich Silkiah.«

»Ach, vergeben Sie mir!« Dieses Mal lachte sie etwas lauter.

Viele Bürger der Großherzogtums Silkiah schätzten es nicht sonderlich, für Desnairianer gehalten zu werden.

»Da gibt es nichts, was man Ihnen vergeben müsste«, versicherte er ihr. »Und wäre es anders, so wäre es mir eine Freude, einer so charmanten Person wie Ihnen diesen Gefallen zu tun.«

»Welche Frau hörte nicht gern ein solches Kompliment von einem Meister des Charmes?«, erwiderte sie.

»Das über mich zu hören, wäre zumindest meinen Eltern eine Freude.«

»Darf ich fragen, was Sie um diese Jahreszeit nach Zion führt?« Ahnzhelyk verzog ein wenig das Gesicht. »Auch wenn ich natürlich niemals das Urteil der Erzengel würde in Abrede stellen wollen, wundere ich mich doch so manches Mal über die Beweggründe, den Tempel an einem Ort von solch winterlichem Klima zu errichten!«

»Es macht die Reise nach Zion gewiss ein wenig beschwerlich«, gestand Ahbraim mit einem Achselzucken ein. »Bedauerlicherweise haben Geschäfte meinen Aufenthalt hier dringend erforderlich gemacht. Aber wie beschwerlich die Reise auch gewesen sein mag, die Gesellschaft, die am Ende dieser Reise auf mich wartet, hat sie mehr als lohnenswert gemacht.«

»Es freut mich, dass Sie das so empfinden. Darf ich Sie einer meiner jungen Damen vorstellen?«

Ahnzhelyks Tonfall war so höflich und freundlich wie gehabt. Doch gleichzeitig gelang es ihr, unmissverständlich zum Ausdruck zu bringen, dass ihre eigenen aktiven Tage hinter ihr lagen. Zhevons schien davon belustigt.

»Das wäre gewiss eine ausgezeichnete Idee«, sagte er. »Aber ich hoffe doch sehr, dass wir noch Gelegenheit für ein ausgiebigeres Gespräch finden?«

»Oh, ganz gewiss sogar«, versicherte sie ihm und hielt ihm den Ellbogen hin, als ob er sie führe statt umgekehrt. Die Geste hatte fast etwas seltsam Besitzergreifendes. Dann führte sie ihren Gast quer durch den Salon zu einer atemberaubend schönen Frau mit goldenem Haar und leuchtend blauen Augen.

»Ahbraim, darf ich Ihnen Mahrlys vorstellen? – Mahrlys, das ist Ahbraim. Er ist gerade aus Silkiah eingetroffen.«

»Tatsächlich?« Mahrlys warf Zhevons ein strahlend schönes Lächeln zu. »Oh, darum hat Madame Sie zu *mir* geführt, Ahbraim!«

»Ja, genau«, meinte Zhevons, als er den deutlich ausgeprägteren Akzent der jungen Dame erkannte. »Ich höre da doch die vertraute Satzmelodie aus Seidenstadt?«

»Ganz genau«, bestätigte Ahnzhelyk und legte Zhevons' Hand nun an den Ellenbogen der Kurtisane. »Ich dachte, das dürften Sie, fernab der Heimat, als tröstlich empfinden.«

»Oh«, Zhevons strahlte über das ganze Gesicht, »ich bin mir sicher, dass ich es als *sehr* tröstlich empfinden werde!«

Mehrere Stunden später, als Ahbraim Zhevons den großen Salon erneut betrat, war er fast verlassen. Mahrlys Fahrno begleitete Zhevons. Das Lächeln auf ihrem Gesicht war eindeutig nicht ausschließlich professionelle Pose. Ahnzhelyk entging das nicht, als die beiden näher kamen. Gut! Mahrlys war eine ihrer Favoritinnen, und Ahnzhelyk hatte gehofft, sie werde in Zhevons einen angenehmen Gefährten finden. Aber der erste Eindruck konnte immer täuschen. Madame war froh, dass es anscheinend dieses Mal nicht der Fall war.

»Verlassen Sie uns schon, Ahbraim?«

»Leider werde ich das müssen«, erwiderte er. »Ich habe morgen früh eine geschäftliche Besprechung mit einem der Schiffbau-Subunternehmer. Ich sollte dringend ausgeruht sein, bevor ich mich auf ein geistiges Duell mit einem von Vikar Rhobairs Mitarbeitern einlasse.«

»Eine sehr vernünftige Einstellung!«

»Das höre ich nicht zum ersten Mal.« Er lächelte sie an. »Aber bevor ich aufbreche, würde ich gern noch kurz unter vier Augen mit Ihnen sprechen. Wäre Ihnen das recht?«

»Unter vier Augen?« Sie furchte die Brauen.

»Ich würde Sie gern um etwas bitten ... im Namen einer Freundin.«

»Ich verstehe.« Ahnzhelyks Miene zeigte lediglich höfliche Aufmerksamkeit. Der Tonfall ihres Besuchers aber ließ sie aufhorchen. Was immer der Grund dafür war, es war kaum merklich – vielleicht hatte sie es sich auch nur eingebildet. Nein, es war eindeutig da. Dessen war sich Ahnzhelyk in sonderbarer Art und Weise sicher.

»Selbstverständlich«, erwiderte sie nach kaum merklichem Zögern und deutete anmutig auf eines der kleinen Séparées, die sich an den großen Salon anschlossen. »Bietet das hinreichende Privatsphäre?«

»Wunderbar!«, bestätigte ihr Besucher und reichte ihr den Arm.

Gemeinsam durchquerten sie den fast leeren Raum und plauderten währenddessen ungezwungen. Ganz beiläufig schloss Zhevons hinter sich die Tür des kleinen Zimmers, kaum dass sie eingetreten waren. Dann drehte er sich zu Ahnzhelyk um.

»Und nun, Ahbraim«, ergriff sie erneut das Wort, »was nun Ihre Bitte betrifft ...?«

»Es ist eigentlich recht einfach«, sagte er. »Adorai würde es sehr zu schätzen wissen, wenn Sie sich zu ihr nach Charis gesellten.«

Trotz all der Jahrzehnte, in denen sie reichlich Erfahrung und Selbstbeherrschung hatte erwerben können, riss Ahnzhelyk die Augen auf. Einen kurzen Moment starrte sie ihren Besucher nur an. Dann erbleichte sie, als sie begriff, dass sie sich gerade verraten hatte. Ihre zarte Hand zuckte hoch zum Hals, und ihre Finger schlossen sich um das kleine Medaillon, das sie an einem Seidenband trug.

»Nicht!«, sagte Zhevons sanft. Sie starrte ihn an, die Augen immer noch geweitet. Er schüttelte den Kopf. »Ich glaube nicht, dass Adorai sehr erfreut wäre, wenn Sie diese Zyanid-Tablette verschluckten ... Nynian.«

Sie erstarrte, konnte kaum atmen, und Zhevons bedachte sie mit einem schiefen Grinsen.

»Ich weiß, was Sie gerade denken. Aber, bitte, denken Sie noch einmal etwas genauer nach! Wenn Clyntahn und Rayno Sie im Verdacht hätten, wenn die beiden genug in Erfahrung gebracht hätten, um auch zu wissen, welchen Namen Ihre Tante und Ihr Onkel Ihnen gegeben haben, bestünde keinerlei Grund mehr, Ihnen eine Falle zu stellen. Sie befänden sich bereits in Gewahrsam.«

Ahnzhelyk starrte ihn an. Allmählich kehrte die Farbe wieder in ihr Gesicht zurück. Doch sie ließ die Hand nicht sinken; immer noch umklammerten ihre Finger das Medaillon.

»Das hängt davon ab ...«, sagte sie nach langem Schweigen. Für die Umstände klang ihre Stimme bemerkenswert fest und entschlossen. »Mir fallen sofort mehrere Szenarien ein, in denen es nützlicher oder zumindest vorteilhaft sein könnte, wenn man mich dazu brächte, mich jemandem anzuvertrauen, als mich einfach nur festzunehmen und peinlich zu befragen.«

»Das gewiss.« Er nickte. »Aber Clyntahn kennen Sie doch nun wirklich besser! Rayno«, kaum merklich zuckte er mit den Schultern, »mag ja subtil genug vorgehen, um dergleichen zu versuchen. Aber Clyntahn?« Er schüttelte den Kopf. »Nicht in Ihrem Falle. Nicht, wenn er auch nur die geringste Vermutung hätte, welche Dokumente, welche Beweismittel sie Adorai nach Tellesberg geschickt haben. Oder auch, dass Sie diejenige waren, die es ihr und den Jungs überhaupt ermöglich hat, die Tempel-Lande zu verlassen.«

Ahnzhelyk kniff die Augen zusammen, als sie begriff, wie viel ihr Besucher tatsächlich über sie wusste.

Und er hat ja Recht, dachte sie. Sie erschauerte innerlich, riss sich aber zusammen, sodass man es ihr nicht ansah. *Wenn Clyntahn, dieses Schwein, tatsächlich wüsste, wie viel Schaden ich schon angerichtet habe, hinge ich längst in einem dieser ›Vernehmungszimmer‹ an Ketten und schrie mir die Seele aus dem Leib. Und ich würde noch sehr, sehr lange schreien.*

»Also gut«, sagte sie schließlich, obwohl ihre Fingerspitzen immer noch das Amulett berührten. »Ich nehme also an, Sie kommen wirklich von Adorai persönlich. Es scheint nicht allzu sinnvoll«, sie gestattete sich ein ironisches Lächeln, »so zu tun, als wüsste ich nicht, worüber Sie reden, oder? Aber warum hat Adorai Sie geschickt? Und warum gerade *jetzt?*«

»Um ganz ehrlich zu sein«, erwiderte er behutsam, »sie *hat* mich nicht geschickt. Sie weiß noch nicht einmal, dass ich hier bin.«

»Aber Sie haben doch gesagt ...« Wieder verkrampfte sich ihre Hand ums Amulett.

»Ganz ruhig!«

Mit unfassbarer Geschwindigkeit zuckte seine Hand vor, schneller als Ahnzhelyk es je bei einem Menschen gesehen oder für möglich gehalten hatte. Die Hand schloss sich um Ahnzhelyks Handgelenk. Wieder riss sie die Augen auf. Zhevons hielt sie fest, das aber beinahe absurd sanft – und doch hätte seine Hand genauso gut auch eine stählerne Schraubzwinge sein können. Mit all ihrer Kraft lehnte sich Ahnzhelyk gegen den Griff auf, trat dafür sogar einen halben Schritt vor. Doch die Finger des Fremden rührten sich nicht einmal den Bruchteil eines Zolls.

»Ich habe gesagt, sie weiß nicht, dass ich hier bin, Ahnzhelyk«, erklärte er mit ruhiger Stimme. »Ich habe auch gesagt, sie würde es sehr zu schätzen wissen, wenn Sie zu ihr nach Tellesberg kämen. Beide Aussagen sind ganz und gar zutreffend.«

»Was meinen Sie damit?«

Sie gab den nutzlosen Versuch auf, sich aus seinem Griff zu

befreien. Ihre Augen verengten sich, dieses Mal noch nachdenklicher.

»Ich bin mir sicher, dass Sie selbst hier in Zion schon Geschichten über *Seijin* Merlin gehört haben und über die Dienste, die er Charis leistet.« Zhevons' Tonfall machte aus der Aussage eine Frage, und Ahnzhelyk nickte. Ihr Besucher zuckte mit den Schultern. »Na ja, man könnte wohl sagen, ich bin aus dem gleichen Holze geschnitzt wie der *Seijin*, und Erzbischof Maikel und Merlin ... haben gewisse Dinge erfahren, die sich hier in Zion ereignen. Daraufhin kamen die beiden zu dem Schluss, es sei ratsam, mich hierher zu senden. Bedauerlicherweise bestand nicht mehr die Zeit, Adorai über die Dinge, die sie befürchten, zu informieren oder sich mit ihr abzusprechen. Deswegen weiß ich sehr viel über Sie, aber nicht alles.«

»Also behaupten Sie, ebenfalls ein *Seijin* zu sein?« Ahnzhelyk klang eindeutig skeptisch. Wieder lächelte Zhevons.

»Wie Merlin selbst sage ich lediglich, dass ich über einige der Fähigkeiten verfüge, die gemeinhin *Seijins* zugeschrieben werden.« Wieder ein Schulterzucken. »Trotzdem: Es ist eine akzeptable Beschreibung.« Er hielt inne und blickte sie ruhig an. »Wenn ich Ihr Handgelenk jetzt loslasse, werden Sie mir dann versprechen, sich zumindest so lange nicht selbst zu vergiften, bis wir unser Gespräch beendet haben?«, fragte er sie dann.

»Ja«, sagte sie. »Aber auch *nur*, wenn Sie mein Handgelenk loslassen *und* einige Schritte zurücktreten!«

Ungerührt hielt sie seinem Blick stand. Ihr Besucher schien kurz, aber angestrengt über die Bedingungen nachzudenken, die sie ihm gestellt hatte. Dann nickte er.

»Also gut.« Er ließ ihren Arm los und trat drei große Schritte zurück. Viel weiter hätte er in dem kleinen Zimmer auch nicht zurückweichen können. Nun lächelte er wieder, ein fast sardonisches Lächeln. Er verschränkte dabei die Arme vor der Brust, um ganz eindeutig unbedrohlich zu wirken. »Würde das ausreichen, My Lady?«, erkundigte er sich.

»Es wird wohl ausreichen *müssen,* nicht wahr?«, gab sie zurück. Nachdem sie gesehen hatte, mit welcher Geschwindigkeit er sich zu bewegen vermochte, vermutete sie jedoch, er könnte sie notfalls immer noch davon abhalten, die kleine Pille zu schlucken. »Also, Sie sagten gerade ...«

Aufrecht saß Ahnzhelyk Phonda in ihrem Bett, im Rücken einen dicken, bequemen Kissenstapel. Auf ihren Knien lag ihr Frühstückstablett. Sie starrte aus dem frostbeschlagenen Fenster, während Dampf von einer frischen Tasse heißer Schokolade in ihren Händen aufstieg. Die Sonne ging gerade erst auf und ließ die Eiskristalle an der Scheibe in leuchtendem Rotgold glitzern. Ahnzhelyks Miene war unverkennbar nachdenklich, dabei aber sehr gelassen.

Sie begann häufig in dieser Art und Weise den Tag, auch wenn sie nur selten derart früh erwachte. Schließlich arbeitete sie meist bis tief in die Nacht hinein. Doch auch wenn niemand ihr das angesehen hätte, hatte sie doch in der letzten Nacht nur wenig Schlaf gefunden. Ihre Gedanken waren deutlich düsterer und besorgter, als ihr wohlbeherrschtes Gesicht das hätte vermuten lassen.

Jemand klopfte sehr leise an die Tür des Schlafgemachs, und Ahnzhelyk wandte den Blick vom Fenster ab.

»Ja?«

»Mahrlys ist hier, Herrin«, sagte Sandaria Ghatfryd, Ahnzhelyks persönliche Zofe, durch die geschlossene Tür hindurch.

»Dann kommt herein – ihr beide!«

Die Tür wurde geöffnet, und Sandaria trat ein, gefolgt von Mahrlys. Der Unterschied zwischen den beiden Frauen war bemerkenswert, und das nicht nur, weil Sandaria so sauber und schlicht gekleidet war wie stets, während Mahrlys einen bestickten Morgenmantel über ihrem Nachtgewand trug und ihr das Haar lose über die Schultern fiel. Sandaria war gute fünfundzwanzig Jahre älter als Mahrlys, mit mausgrau-braunem Haar, braunen Augen und der fast schwarzen Haut, die sie von ihrer Mutter geerbt hatte, die aus Harchong stammte. Zudem war sie mindestens vier Zoll kleiner als die goldblonde Silkiahanerin. Doch in den Augen beider Frauen stand unverkennbare Intelligenz. Auch wenn Sandaria bei ihrem Aussehen niemals die Voraussetzungen erfüllt hätte, um selbst eine von Ahnzhelyks jungen Damen zu werden, stand sie doch schon seit beinahe zwanzig Jahren in ihren Diensten. Niemand wusste, dass Sandaria Ahnzhelyk sogar noch deutlich länger kannte.

»Ja, Herrin?«, fragte Sandaria nun. Auch wenn Ahnzhelyk einen Mann angestellt hatte, der ihr als Butler und Haushofmeister diente, wusste doch jeder hier, dass in Wahrheit Sandaria den Haushalt führte.

»Es gibt einige Dinge, die wir zu besprechen haben, Sandaria«, erwiderte Ahnzhelyk. »Aber zunächst einmal wollte ich dich etwas fragen, Mahrlys. Welchen Eindruck hattest du von Meister Zhevons?«

Nachdenklich runzelte Mahrlys die Stirn, aber nicht aus Überraschung. Madame Ahnzhelyk beschützte ihre jungen Damen nach Kräften. Sie kannte die meisten ihrer Kunden, oder es gab jemanden, der bei ihr für sie gebürgt hatte. Anderenfalls hatte sie es sich zur Gewohnheit gemacht, bei den seltenen Neukunden ohne Empfehlung im Anschluss die junge Dame zu befragen, die einige Zeit mit dem Herrn verbracht hatte. Damit rechneten alle Damen ... genauso, wie sie alle wussten, dass sich stets eine Gruppe stämmiger Waffenträger, auf den ersten Blick Madames Diener, in der Nähe aufhielten, wann immer eine der jungen Damen sich in der Gesellschaft eines bislang unbekannten Kunden befand.

»Er hat mir gefallen«, sagte sie nach kurzem Nachdenken offen. »Er war höflich, geistreich, großzügig und in jeder Hinsicht ein Herr, der diese Bezeichnung auch verdient.« In äußerst liebreizender Weise zog sie die Nase kraus. »Er hat keine Sonderwünsche geäußert und war die ganze Zeit über zärtlich. Einer der Männer, die ebenso darauf bedacht sind, Freude zu spenden wie sie zu empfangen. Und«, ihr Lächeln war noch charmanter, »er war dabei auch ziemlich gut.«

»Darf ich davon ausgehen, dass ihr beide euch auch ein bisschen unterhalten habt?«, fragte Ahnzhelyk und lächelte ebenfalls. Mahrlys kicherte.

»Ein bisschen«, gestand sie.

»Es muss nett gewesen sein, wieder mit jemandem aus der Heimat sprechen zu können.«

»Eigentlich, Madame, habe ich Silkiah nie sonderlich vermisst.« Mahrlys verzog das Gesicht. »Ich glaube nicht, dass die Familie meiner Mutter mich nach Vaters Tod je akzeptiert hätte – und das war schon so, bevor sie herausgefunden haben, dass meine ›Berufung‹, wenn ich dergleichen überhaupt habe, gewiss nicht Mutter Kirche gilt!« Wieder lächelte sie. Doch dieses Mal wirkte es fast ein wenig verbittert. »Trotzdem muss ich zugeben, dass es schön war, etwas über die neuesten Ereignisse in Seidenstadt zu erfahren. Und Ahbraim kennt sich wirklich mit *allen* derzeitigen Skandalen aus!«

Mahrlys verdrehte die blauen Augen, und nun war es an Ahnzhelyk, in sich hineinzukichern.

»Darf ich also davon ausgehen, dass es dir nicht recht wäre, besuchte er uns erneut?«

»Oh, das dürfen Sie gewiss, Madame!«

»Gut.« Ahnzhelyk nickte. »Ich denke, damit wären alle meine Fragen beantwortet, Mahrlys. Geh und hol dir ein Frühstück!«

»Sehr wohl, Madame. Ich danke Ihnen.«

Mahrlys deutete einen Knicks an und zog sich zurück. Kaum dass sich die Tür geschlossen hatte, blickte Ahnzhelyk zu Sandaria hinüber und neigte fragend den Kopf zur Seite.

»Ja, Herrin?« Sandaria war die einzige in Ahnzhelyks Haushalt, die sie gewöhnlich mit diesem Titel bedachte und nicht mit der Anrede ›Madame‹.

»Unser silkiahanischer Besucher von gestern war deutlich interessanter, als Mahrlys bemerkt hat«, erklärte Ahnzhelyk. Sandaria wölbte eine Augenbraue, und Ahnzhelyk schnaubte. »Wenn er mir wirklich die Wahrheit gesagt hat – und davon gehe ich eigentlich aus –, stammt er gar nicht aus Silkiah. Oder zumindest ist er nicht hier, um Dingen nachzugehen, die etwas mit Silkiah zu tun haben.«

»Nicht, Herrin?«, fragte Sandaria leise nach, als Ahnzhelyk nicht weitersprach.

»Er sagt, und ich bin geneigt, ihm zu glauben, er sei hier als Vertreter der Charisianer«, erklärte Ahnzhelyk unumwunden.

»Darf ich fragen, warum Sie ihm glauben, Herrin?«

»Weil er sehr viel über mich weiß«, erwiderte Ahnzhelyk. »Er weiß über das Material Bescheid, das ich Adorai geschickt habe. Er weiß, was es mit Nynian auf sich hat.« Fest blickte sie Sandaria in die Augen. »Und was das Verstörendste von allem ist: Er weiß zumindest über einige unserer ... Gäste Bescheid.«

»Ich verstehe.« Falls Sandaria beunruhigt war, ließ sie es sich nicht anmerken. Sie legte lediglich nachdenklich die Stirn in Falten und schloss kurz die Augen. Dann schaute sie wieder ihre Herrin an. »Sie werden gewiss die Möglichkeit in Erwägung gezogen haben, er könne Ihnen gegenüber nicht gänzlich aufrichtig gewesen sein.«

»Natürlich.« Ahnzhelyk zuckte mit den Schultern. »Er selbst sprach es an. Er sagte, wäre er ein Agent im Dienste Clyntahns, verschwendete die Inquisition wohl kaum Zeit darauf, mir eine Falle zu stellen.«

»Es sei denn, sie legten es darauf an, von Ihnen zu besagten Gästen geführt zu werden, Herrin.«

»Ich weiß.« Ahnzhelyk seufzte und richtete den Blick wieder auf die Eisblumen am Fenster des Schlafgemachs. »Aber er hat wahrscheinlich Recht: Clyntahn hätte mich lediglich festnehmen lassen und mich der peinlichen Befragung unterzogen.«

Nun zitterte ihre Stimme, kaum merklich. Niemandem, der sie nicht außerordentlich gut kannte, wäre das überhaupt aufgefallen. Aber Sandaria *kannte* sie gut, und nun kniff die Dienerin die Augen zusammen. Sie schalt sich dafür, das Amulett übersehen zu haben, das Ahnzhelyk um den Hals trug. Eigentlich trug ihre Herrin es nicht zu den Schlafgewändern.

»Aber selbst wenn man annimmt, dass er Recht hat, was Clyntahn betrifft«, fuhr Ahnzhelyk fort, ohne Sandarias Reaktion auf besagtes Amulett zu bemerken, »ist es immer noch möglich, dass er in Wirklichkeit für *Rayno* arbeitet. Wir haben ja schon erlebt, dass Rayno gewisse Dinge sogar Clyntahn vorenthält, bis er sie bis zu seiner eigenen Zufriedenheit untersucht hat.«

»Das ist wahr, Herrin.« Sandaria nickte. »Andererseits: Ist es wirklich wahrscheinlich, dass er dergleichen tun würde? Unter diesen Umständen?«

»Ich ... denke, nein«, antwortete Ahnzhelyk langsam und bedächtig. »Wenn man bedenkt, wie fieberhaft Clyntahn nach unseren Gästen sucht, glaube ich nicht, dass Rayno Informationen über deren Aufenthaltsort zurückhalten würde. Das ist einer der Gründe, weswegen ich geneigt bin, Meister Zhevons zu glauben.«

»*Einer* der Gründe?«, wiederholte Sandaria und wölbte erneut eine Augenbraue.

»*Einer* der Gründe«, bestätigte Ahnzhelyk. Ihr Grinsen wurde ein wenig schief, als sie sich daran erinnerte, wie schnell sich Zhevons bewegt hatte und wie fest sein doch so sanfter Griff gewesen war.

»Sehr wohl, Herrin.« Sandaria nickte. Es war unverkennbar, dass sie voll und ganz auf Ahnzhelyks Urteilsvermögen vertraute. »Was wünschen Sie zu tun?«

»Ich mache mir Sorgen um den ›Kreis‹«, erklärte Ahnzhelyk unverblümt. »Um ganz ehrlich zu sein, bin ich wirklich erstaunt, dass Clyntahn so lange abgewartet hat – vorausgesetzt natürlich, Samyl hat Recht, was die Pläne des Großinquisitors betrifft.« Ihre schönen Augen verdunkelten sich. Es war der Schatten der Vorahnung lang erwarteter Trauer. »Aber lange wird er nicht mehr abwarten – da bin ich mir sicher. Wenn er zuschlägt, wird er jeden, den er aufgreift, auch der peinlichen Befragung unterziehen ... mindestens. Das weißt du genauso gut wie ich.«

Wieder nickte Sandaria. Sie beide wussten ganz genau, wie effektiv die Inquisition darin war, Informationen aus ihren Gefangenen herauszufoltern. Wenn es sich bei den betreffenden Gefangenen auch noch um persönliche Feinde des Großinquisitors handelte, konnte man sich darauf verlassen, dass die Verhörleiter noch deutlich skrupelloser zu Werke gingen als sonst.

»Samyl und Hauwerd sind die Einzigen, die von uns wissen«, fuhr Ahnzhelyk fort. »Zumindest hoffe ich das. Denn ich traue den beiden unbegrenzt, auch was ihren Mut angeht. Aber wenn sie tatsächlich festgenommen werden, müssen wir davon ausgehen, dass sie meine – *unsere* – Beteiligung an der ganzen Sache trotzdem preisgeben könnten, wie mutig sie auch sein mögen. Letztendlich *wird* es geschehen. Ich fürchte, wir können uns nicht völlig sicher sein, dass von unseren Gästen wirklich *niemand* Kontakt zum Ehemann oder Vater aufgenommen hat. Also ist es sehr gut möglich, dass auch noch jemand anderes unter der Folter zusammenbricht und die Inquisition zu seiner Familie und damit hierher führt.«

Sie zuckte mit den Schultern, und ihr Dienerin nickte.

»Unter diesen Umständen, Sandaria«, entschied Ahnzhelyk, »werden wir wohl annehmen müssen, dass dieser Mann wirklich das ist, was zu sein er vorgibt. Das aber bedeutet, dass wir seine Warnung ernst nehmen müssen: Es ist an der Zeit, unsere Gäste ganz aus Zion fortzubringen. Und zwar jetzt.«

»Ja, Herrin.« In einer sonderbar förmlichen Verneigung senkte Sandaria das Haupt, fast wie ein Waffenträger, der Befehle seines Lehnsherrn entgegennimmt.

»Du wirst wohl heute Nachtmittag einkaufen gehen müssen.« Ahnzhelyk brachte ein mattes Lächeln zustande. »Schau doch mal, ob du für mich blaue Stahldistelseide findest!«

»Sehr wohl, Herrin.«

.XV.

Der Tempel und Hahriman-Straße, Ecke Marktstraße, Stadt Zion, die Tempel-Lande

»*Gute* Nachrichten haben Sie wohl nicht für mich, Wyllym?«

Vikar Zhaspahr Clyntahn, Bischof-General des Schueler-Ordens und Großinquisitor der Kirche des Verheißenen blickte den Erzbischof von Chiang-Wu eisig und unzufrieden an. Seine Körpersprache passte zu seiner Mimik. Die meisten Angehörigen des Schueler-Ordens hätten einen eisigen, soliden Klumpen schierer Panik in ihrer Magengrube gespürt, hätte Clyntahn *sie* in dieser Art und Weise angeblickt.

Doch falls Wyllym Rayno Panik verspürte, so wusste er es geschickt zu verbergen.

»Nein, leider nicht, was die Dinge betrifft, nach denen Ihr Euch erkundigt habt, Euer Exzellenz«, gab er mit bemerkenswert ruhiger Stimme zurück. »Die jüngsten Berichte aus Corisande lassen darauf schließen, dass die Stimmung dort derzeit zugunsten von Mutter Kirche umschlägt. Aber das sind nur vorläufige Aussagen. Und wie jede Nachricht, die heutzutage aus Corisande eintrifft, ist sie vermutlich ziemlich veraltet. Die Schiffsbau-Programme – zumindest in den eisfreien Häfen – scheinen gut voranzukommen, auch wenn es immer wieder Engpässe und Verzögerung gibt. Graf Thirsk macht anscheinend ausgezeichnete Fortschritte bei der Ausbildung der Mannschaften, und Tarot trägt endlich auch seinen Teil zum Programm bei. Und natürlich habe ich Seablankets Bericht über die … Eignung des Grafen Coris hinsichtliche der Ziele von Mutter Kirche weitergegeben.« Er lächelte schwach. »Aber nichts davon hat mit dem zu tun, wonach Ihr Euch erkundigt habt, nicht wahr, Euer Exzellenz?«

»Nein, Wyllym. Hat es nicht.« Vielleicht war da ein Funken Respekt in Clyntahns Blick, weil Rayno so ruhig und gefasst blieb. Andererseits war es vielleicht auch nur Einbildung. »Also, warum gehen Sie nicht auf den Punkt ein, den ich *eigentlich* meine?«

»Sehr wohl, Euer Exzellenz.« Rayno deutete eine Verneigung an. »Seit meinem letzten Bericht haben wir keinerlei Fortschritte dabei erzielt, die Familien der Verräter ausfindig zu machen. Sie scheinen einfach verschwunden zu sein.«

»Ich verstehe.« Clyntahn schien Raynos Geständnis nicht zu überraschen. Er lehnte sich in seinem Sessel zurück, starrte über seinen Schreibtisch hinweg den Adjutant General des Schueler-Ordens an und verschränkte die Hände vor seinem beachtlichen Bauch. »Wahrscheinlich haben Sie sich bereits ausgerechnet, dass ich darüber nicht sonderlich erbaut bin, Wyllym«, sagte er, ein dünnes, kaltes Lächeln auf den Lippen.

»Selbstverständlich bin ich mir dessen bewusst, Euer Exzellenz. Ich könnte mir sogar vorstellen, dass ich selbst damit beinahe ebenso unzufrieden bin wie Ihr. Würdet Ihr es vorziehen, wenn ich Euch verspreche, wir würden gewiss bald Fortschritte bei der Suche machen, wenn wir doch genau wissen, dass es nicht so kommen wird?«

Einen Moment lang funkelten Clyntahns Augen. Seine Nasenflügel zitterten, so tief atmete er durch.

»Nein, das dann doch nicht«, gestand er ein, und genau so war es auch.

Einer der Gründe, weswegen Clyntahn den Erzbischof von Chiang-Wu so schätzte war, dass dieser nie log, um seinen eigenes Allerwertesten zu retten. Auch ein Scheitern verschwieg er nie. Clyntahn wusste von Gelegenheiten, in denen Rayno Misserfolge abgemildert dargestellt hatte, indem er bestimmte Fakten nicht zum unpassenden Zeitpunkt aufs Tapet brachte. Aber platte Lüge gab es nicht. Clyntahn war schon mehr als genug Menschen begegnet, die dumm genug waren, es mit letzterer Technik zu versuchen. Sie schienen einfach nicht zu bedenken, dass der Großinquisitor eine Lüge früher oder später auch als solche entlarven würde – und die Konsequenzen dann ungleich unschöner ausfielen.

Clyntahn hatte noch andere Gründe, Rayno zu schätzen. Dazu gehörte, dass der Erzbischof seine Treue schon weidlich unter Beweis gestellt hatte. Mehr noch, Clyntahn wusste, dass Rayno sich bewusst war, selbst nie zum Großinquisitor aufzusteigen. Dafür hatte er zu viele Gegner und nicht genug Einfluss, dagegen etwas zu unternehmen. Das bedeutete, dass das Amt, das er derzeit bekleidete, das höchste war, das er sich erhoffen konnte ... und genau jenes Amt würde er gewiss verlieren, sollte Clyntahn jemals die Macht entgleiten oder Rayno seine Unterstützung entziehen. Rayno hatte also jeden nur erdenklichen Grund, seinem Vorgesetzten mit unerschütterlicher Treue zu dienen.

Abgesehen davon war der Adjutant General außerordentlich gut in dem, was er tat. Gewiss, Samyl Wylsynns Familie war ihm durch die Finger geschlüpft, unmittelbar vor den Stadtmauern von Zion, aber das war nicht Raynos Schuld. Er hatte die Frau und ihre Bälger durch immerhin drei Inquisitoren observieren lassen, allesamt Männer, denen Rayno vertraute ... und alle drei waren am gleichen Abend *ebenfalls* verschwunden. Clyntahn war zu dem Schuss gekommen, mindestens einer dieser Inquisitoren müsste gleichfalls ein Verräter gewesen sein. So ungeheuerlich diese Vorstellung auch war, das war die einzige Erklärung für das spurlose Verschwinden Lysbet Wylsynns, die ihm einfallen wollte. Clyntahn hatte die Personalakten aller drei verschwundenen Männer genauestens untersucht. Aber falls wirklich einer von ihnen zum Verräter geworden sein sollte, fand sich darauf in den Akten zumindest nicht der kleinste Hinweis. Auf jeden Fall hatte Clyntahn nicht das Geringste entdeckt, was ihn zu der Überzeugung gebracht hätte, *Rayno* hätte es kommen sehen müssen. Dem Adjutant General war es bislang nicht gelungen, die Familien von immerhin drei Vikaren und zwei Erzbischöfen zu finden, obwohl sie zweifellos nach Zion gekommen waren – Familien, von denen sie fast sicher wussten, dass sie sich ganz in der Nähe befinden mussten, selbst jetzt noch. Das war äußerst ungewöhnlich! Tatsächlich fiel dem Großinquisitor nur eine einzige Situation ein, in der Rayno ähnlich gescheitert war.

»Also hat es gar keine Fortschritte gegeben?«

»Keine, Euer Exzellenz, so sehr ich bedauere, das sagen zu müssen.« Rayno schüttelte den Kopf. »Seit sie verschwunden sind, hat es keinerlei Kommunikation mehr gegeben, und sämtliche unserer Agenten haben in der ganzen Stadt keine einzige Spur gefunden.« Kurz hielt er inne, dann neigte er den Kopf zur Seite. »Wir könnten natürlich immer noch Stantyn beauftragen, sich nach ihnen zu erkundigen.«

»Nein.« Augenblicklich schüttelte Clyntahn den Kopf. »Dann könnten wir die Betreffenden auch gleich selbst fragen! Außerdem müssen wir, da wir ja ihre Familien nun einmal nicht finden, zumindest die Möglichkeit bedenken, dass *sie selbst* uns durch die Finger schlüpfen, wenn sie glauben, wir würden schon bald zuschlagen.«

Rayno nickte, obwohl er sich nicht ganz sicher war, hier mit seinem Vorgesetzten einer Meinung zu sein. Nyklas Stantyn, der Erzbischof von Hankey, war Clyntahns Maulwurf in der Gruppe reform-orientierter Vikare, die sich selbst ›der Kreis‹ nannte. Ja, es war Stantyn gewesen, der den Großinquisitor überhaupt erst auf die Existenz der Gruppe hingewiesen hatte. Rayno schien es ganz offensichtlich, dass die anderen Mitglieder des ›Kreises‹ – oder zumindest deren Anführer – wussten, jemand aus den eigenen Reihen habe sie verraten, auch wenn sie offensichtlich nicht wussten, wer es denn nun gewesen war. Rayno selbst war der Ansicht, man müsste Stantyn überwachen lassen. Es gab einige Mitglieder des ›Kreises‹ – der Name Hauwerd Wylsynn kam Rayno sofort in den Sinn –, bei denen damit gerechnet werden musste, sie könnten sich weit genug aus der Deckung wagen, um Stantyn die Kehle durchzuschneiden. Letztendlich würde sie das zwar auch nicht retten, aber eine gewisse Befriedigung würden sie daraus gewiss trotzdem ziehen. Wenn das geschähe, wäre das ein unumstößlicher Beweis ihrer Schuld – ein Beweis, den man auch guten Gewissens dem Rest des Vikariats vorlegen könnte. Gewiss, für Stantyn wäre das ein wenig hart. Aber er wäre ja ohnehin ab dem Augenblick ohne jeden Wert, wenn der ›Kreis‹ erst einmal zerschlagen wäre. Rayno war der Ansicht, der Erzbischof von Hankey wäre von jetzt an als Märtyrer ungleich nützlicher. Sein Tod würde noch einmal deutlich herausstreichen, welchen Verrats an Mutter Kirche sich der ›Kreis‹ schuldig gemacht hatte.

Zudem: Ein *so* großer Verlust wäre Stantyn ohnehin nicht.

Was nun die Frage betraf, ob den Abtrünnigen Clyntahns Abwarten, bevor er zuschlüge, bewusst war: Ja, so war sich Rayno sicher, es war ihnen allen klar, was auf sie zukam. Zumindest ein Vikar, der laut Stantyn seit mindestens zehn Jahren Mitglied des ›Kreises‹ gewesen war, hatte sich im vorletzten Monat umgebracht. Zwei weitere waren anscheinend bei Unfällen ums Leben gekommen. Doch Rayno war sich recht sicher, dass hier der Schein trog.

Nein, die haben sich alle drei umgebracht, dachte er erneut. *Sie sind zu dem Schluss gekommen, dass es ein leichterer Weg sei, als das, was das* Buch Schueler *für Ketzer vorsieht. Wahrscheinlich haben sie sich auch überlegt, das sei die einzige Möglichkeit, die Inquisition davon abzuhalten, sich auch noch auf ihre Familie zu stürzen.*

Rayno wusste nicht, ob sie mit diesem letzten Punkt Recht hatten oder nicht. Diese Entscheidung lag ganz bei Clyntahn. Auch wenn der erste Gedanke des Großinquisitors gewiss lautete, an den Familien der Verräter ein Exempel zu statuieren, so mochte er sich doch durchaus noch dagegen entscheiden.

Wenn er sich dabei zurückhielt, würde das zukünftige Gegner vielleicht dazu bewegen, ebenfalls den leichteren Weg zu wählen – sich selbst aus dem Weg des Vikars zu räumen, ohne dass dieser die Mühe hatte, sie entfernen lassen zu müssen. *Es wäre wirklich interessant zu sehen, welche Vorgehensweise Clyntahn letztendlich wählt.*

Aber im Augenblick, dachte Rayno leidenschaftslos, *genießt er es, dass die anderen bereits begriffen haben, was ihnen bevorsteht. Es ist ja nun nicht so, als könnten sie allzu weit davonlaufen im kältesten Monat, den Zion im Winter je erlebt hat. In der Zwischenzeit werden sie ihn jeden Tag aufs Neue sehen und genau wissen, was mit ihnen geschehen wird. Jedem im Vikariat wird das so gehen.*

Das war der eigentliche Grund für Clyntahns Abwarten. Da war sich Rayno ganz sicher. Nicht einmal mit ihm diskutierte der Großinquisitor derartige Dinge im Detail. Aber Rayno arbeitete mittlerweile lange genug mit Clyntahn zusammen, um die Denkweise des Vikars genau durchschaut zu haben. Ohne das hätte die Zusammenarbeit auch nicht so gut funktionieren können.

Clyntahn hatte bewusst die stetig anwachsende Furcht im Vikariat weiter angefacht – aber nicht nur aus reinem Sadismus oder auch nur dem Bedürfnis, all diejenigen zu strafen, die es wagten, sich der Macht der ›Vierer-Gruppe‹ entgegenzustellen. Nein, er hatte das stetig anwachsende Entsetzen dazu genutzt, die internen Grabenkämpfe, die es schon immer im Tempel gegeben hatte und die vor allem während der Wintermonate an Schärfe gewannen, immer weiter eskalieren zu lassen. Clyntahn wollte Entscheidungen erzwingen, er wollte selbst diejenigen, die sich sonst peinlichst darum bemühten, nicht in die internen Machtkämpfe hineingezogen zu werden, mit Gewalt dazu bringen, sich für die eine oder andere Seite zu entscheiden. Er wollte, dass jeder eindeutig Stellung bezöge. Er wollte, dass das unter Umständen geschah, die allein *er* festlegte. Da er das Kommando über die Inquisition innehatte und Allayn

Maigwair das über die Tempelgarde, hatte die ›Vierer-Gruppe‹ das uneingeschränkte Gewaltmonopol im Tempel und in ganz Zion. Der Winter hatte sämtliche hochrangigen Mitglieder der Kirche in Zion festgesetzt. Ohne einen anderen, einen das Gewaltmonopol ausgleichenden Machtfaktor bedeutete das, dass jedem im Tempel und in der Stadt eines klar war: Clyntahn war in der Lage, die gesamte, uneingeschränkte Macht seines Amtes auf jeden niederfahren zu lassen, der sich gegen die ›Vierer-Gruppe‹ stellte.

Angesichts einer derartigen Bedrohung war es kaum überraschend, dass selbst diejenigen, die leise Kritik am Umgang der ›Vierer-Gruppe‹ mit der Krise geübt hatten, nun nach Möglichkeiten suchten, in der einen oder anderen Art ihre Treue unter Beweis zu stellen. Sich einzuschmeicheln wie ein verängstigter Hund, der brav die Hand leckte, die ihn zu verprügeln drohte – und das alles in der Hoffnung, sich auf diese Weise ein wenig Gnade zu erkaufen. Oder zumindest das Überleben. Vorerst. Denn selbst noch dem größten Dummkopf musste bewusst sein, dass man ohne ein ›vorerst‹ auch nicht ›langfristig‹ überleben kann.

Zweifellos belustigte es Clyntahn, seine Feinde und Rivalen dazu zu nutzen, seine eigenen politischen Ziele zu verfolgen. Dessen war sich Rayno ganz sicher. Diese Neigung zur Grausamkeit, sogar zu ausgewachsenem Sadismus, die der Großinquisitor unter Beweis stellte, durfte man wohl als ernsten Charaktermangel ansehen. Doch Rayno war zu dem Schluss gekommen, dass jeder Mensch seine Makel hatte, und je bedeutender der Mensch, desto bedeutender auch der Makel. Dass es Clyntahn *Freude* bereitete, seine Feinde leiden zu lassen, machte seine Strategie ja keinen Deut weniger effektiv. Abgesehen davon war eine andere Strategie ja auch kaum vorstellbar. Denn so etwas wie eine vorsichtige Wiederannäherung zwischen Samyl Wylsynn und Zhaspahr Clyntahn war schlichtweg undenkbar, und sei es auch nur, weil Clyntahn gewiss davon ausging, dass andere potenzielle Gegner in einer Annäherung seinerseits ein Zeichen von Schwäche sähen. Es war unerlässlich, keinerlei Schwäche zu zeigen. Niemals würde Clyntahn zulassen, dass sein Verhalten anderen Anlass gäbe, ihn für schwach zu halten.

Deswegen *musste* er Stärke zeigen. Er *musste* seine Feinde zerschmettern, sie öffentlich und ganz und gar zermalmen – und genau das würde er auch tun. Er mochte ja vielleicht den Moment, in dem es geschah, noch ein wenig hinauszögern, er mochte diese quälende Vorahnung in die Länge ziehen, damit sich andere ihm noch aus freien Stücken unterwerfen konnten. Aber niemals hatten Zweifel daran bestanden, worauf das alles hinauslaufen musste. Denn Zweifel bedeutete Zögerlichkeit, Zögerlichkeit Ängstlichkeit, Ängstlichkeit Schwäche, und Schwäche führte zum Verlust der Macht.

Das verstand Rayno. Seiner Erachtens hatte Clyntahn praktisch all seine Ziele erreicht. Weiterer Aufschub würde also nur sehr wenig bewirken, was die interne Dynamik jener Vikariats-Mitglieder betraf, die den bevorstehenden Schlag überlebten. Das bedeutete, dass sich Clyntahn im Augenblick nur aus rein persönlichen Gründen zurückhielt. Nachdem er praktisch alle politischen Ziele erreicht hatte, genoss er jetzt die Zufriedenheit des in ihm schlummernden Raubtiers und beobachtete seine dem Untergang geweihten Feinde, wie sie von Vorahnungen gequälten wurden.

Falls sonst noch jemand bemerken sollte, was der Großinquisitor gerade tut, wird ihn die Vorstellung nur umso mehr ängstigen, ihn in Zukunft etwa gegen sich aufzubringen. Also erschlägt Clyntahn selbst jetzt noch zwei Wyvern mit einer Klappe.

Das Einzige, was den Großinquisitor unter Umständen in seiner Zufriedenheit noch stören mochte, war die Möglichkeit, dass die Familien einiger Feinde ihm vielleicht doch entwischt waren. Doch weder er noch Rayno machten sich allzu große Sorgen darüber, es könnte noch weiteren Familien gelingen.

Rayno hatte immer noch nicht herausgefunden, wie die Familien (vor allem der Wylsynns) spurlos hatten verschwinden können. Er vermutete, dass es bei diesem Spiel noch einen bislang unbekannten Teilnehmer gab, jemanden, von dem auch Stantyn nichts wusste und daher auch nichts hatte verraten können. Die Art und Weise, in der die besagten Familien verschwunden waren, konnte man nur als ... geschickt bezeichnen. Das Muster glich dem Verschwinden von Erzbischof Erayk Dynnys' Familie. Auch das hatte er nie aufzuklären vermocht. Aber er entwickelte allmählich widerwilligen Respekt vor der Person, die es geschafft hatte, sie aus den Tempel-Landen herauszuschaffen. Die Dynnys waren sogar bis nach Charis gelangt, ohne auch nur eine einzige Spur zu hinterlassen. Keinen einzigen Fußabdruck! Nur zu gern hätte der Adjutant General den Vorsitz, sollte der Verantwortliche hierfür zum Tode verurteilt und hingerichtet werden – aus Respekt vor den Leistungen seines Gegners.

Doch wie gut besagter Gegner auch sein mochte, keine der anderen Familien würde verschwinden *können*. Sie alle wurden rund um die Uhr von handverlesenen Inquisitoren bewacht. Gut, bei den Wylsynns war das nicht anders gewesen. Aber dieses Mal hatte er jeder Familie Zweierteams zugewiesen. Daher schien es dem Adjutant General zutiefst unwahrscheinlich, dass er so viele Verräter in seinen Reihen haben sollte – falls das überhaupt die Erklärung für das Verschwinden der Wylsynns war. Nein, die anderen Familien würden *nicht* ohne sein Wissen einfach verschwinden! Tatsächlich wünschte er sich sogar fast, die eine oder andere Familie würde es versuchen. Dann nämlich würde das die Inquisitoren zu den bereits Verschwundenen führen. Insgeheim war Rayno davon überzeugt, dass das die einzige Möglichkeit für ihn wäre, dieser Familien noch habhaft zu werden.

Nicht, dass er die Absicht hatte, die Jagd aufzugeben. Aber in der Zwischenzeit ...

»Habt Ihr schon darüber nachgedacht, wann genau die Verhaftungswelle beginnen soll, Euer Exzellenz?«, fragte er schließlich.

»Ich denke, einen Fünftag oder so können wir ihnen noch geben, meinen Sie nicht auch, Wyllym?« Die Frage des Adjutant General schien die gute Laune des Großinquisitors wiederhergestellt zu haben. Er lächelte jovial. »Es gibt doch keinen Grund, die anderen nicht noch ein wenig Zeit mit ihren Familien verbringen zu lassen, oder?«

»Vermutlich nicht, Euer Exzellenz.« Rayno erwiderte das Lächeln seines Vorgesetzten, das aber deutlich zurückhaltender.

Im Gegensatz zu Clyntahn zöge Rayno keinerlei persönliche Befriedigung daraus, die Feinde des Großinquisitors zerschmettert zu wissen. Er freute sich auch nicht darauf, deren Familienangehörigen der peinlichen Befragung zu unterziehen. Zugegeben war das eindeutig die effektivste aller Techniken der Schueleriten, Informationen zu erhalten. Dass sie nicht in der Lage wären, diese Technik auch bei den entkommenen Familien anzuwenden, erklärte vielleicht zumindest einen Teil von Clyntahns Frustration. Doch Rayno selbst würde das Ganze nur zu gerne so weit vermeiden wie eben möglich. Wirklich zwingend erforderlich wäre es wohl kaum. Sie hatten schon jetzt reichlich Beweise; sie konnten sich darauf verlassen, dass die Beschuldigten letztendlich geständig wären (letztendlich waren die Beschuldigten am Ende *immer* geständig, nicht wahr?). Von einigen weniger bedeutenden Bischöfen und Erzbischöfen abgesehen, die es geschafft hatten, die Stadt zu verlassen, bevor der Winter ganz hereingebrochen war, konnten sie die Schuldigen jederzeit verhaften.

Aber selbst die, die es geschafft hatten, Zion zu verlassen, schoben damit das Unvermeidbare lediglich auf. Sie alle wurden durch vertrauenswürdige Inquisitoren überwacht, die nur auf den über die Semaphoren übermittelten Befehl warteten, sie in Gewahrsam zu nehmen.

Vielleicht ist es ja entfernt möglich, dass der eine oder andere tatsächlich entkommt, zumindest vorübergehend. Aber höchstens einer oder zwei ... und wer auch immer entkommen sollte: weit wird er nicht kommen!

Niemand hätte sie in dem warmen, aber äußerst schlichten Poncho im Harchong-Stil erkannt, den sie über einem ebenso zweckmäßigen Wollmantel mit Kapuze trug. Selbst für jemanden, der Lysbet Wylsynn gut kannte, war sie jetzt Chantahal Blahndai. Zumindest hoffte Lysbet das, während sie die trotz der Handschuhe eisigen Hände unter ihren Poncho zog. Ihr Gesicht verbarg der dicke, eng gewebte Schal. Zudem hielt sie den Kopf ein wenig gesenkt, um sich vor dem Wind zu schützen.

Sie hatte den Winter in Zion schon immer gehasst. Die Ländereien ihres Gemahls lagen im Süden der Tempel-Lande, unmittelbar an der Grenze zum Fürstentum Tanshar. Lysbets eigene Familie, die Beziehungen zu einigen der wichtigsten Kirchendynastien unterhielt, stammte aus Tanshar, und selbst wenn der Winter auch am Golf von Tanshar schon eisig genug werden konnte, war es dort doch nie so bitterkalt wie in Zion. Ihr Gemahl war kaum fünf Meilen von der Landesgrenze entfernt zur Welt gekommen. So hatte er stets Verständnis dafür gehabt, wie wenig Lysbet den Winter in Zion mochte. Ja, er war hierin ganz einer Meinung mit ihr.

Er hatte auch nicht geplant, dass seine Frau ihm in diesem Winter nach Zion folgte, und das aus deutlich gewichtigeren Gründen als Lysbets Abneigung dem Schnee gegenüber. Tatsächlich hatte er ihr (sehr diskret) eine Nachricht zukommen lassen, es wäre ratsam für sie, sich andere Reisepläne zurechtzulegen. Bedauerlicherweise hatte sie, noch bevor seine Nachricht eintraf, schon bemerkt, dass sie beobachtet wurde.

Den meisten wäre das vermutlich gar nicht aufgefallen. Aber

Lysbet Wylsynn war nicht wie die meisten. Sie war eine sehr kluge, sehr aufmerksam beobachtende Frau. Schon als sie Samyl Wylsynns Heiratsantrag angenommen hatte, war ihr durchaus bewusst gewesen, dass sie bei einer Eheschließung mit einem Mann aus dieser Dynastie unweigerlich auch in die Politik des Tempels hineingezogen würde. Diese Vorstellung hatte sie zwar abgestoßen, zu Samyl hatte sie sich aber trotz des Altersunterschieds eindeutig hingezogen gefühlt. In bittersüßer Erinnerung zuckten Lysbets Mundwinkel. Sie empfand die gleiche Entrüstung wie er darüber, was aus Mutter Kirche geworden war.

Aber Lysbet hatte nicht damit gerechnet, dass es so schlimm würde. Nein, wirklich nicht. Niemand rechnete jemals *ernstlich* mit dem Ende der Welt, selbst die nicht, die sich darauf vorbereitet wähnten. Gut, ihr Verstand hatte Lysbet immer prophezeit, es könnte zu einer Katastrophe kommen. Im Laufe der letzten Jahre – vor allem, seit die ›Vierer-Gruppe‹ zu diesem katastrophalen Angriff auf das Königreich Charis aufgerufen hatte – hatte Lysbet daher unbemerkt eigene Vorkehrungen getroffen. Im Gegensatz zu den anderen Mitgliedern in Samyls ›Kreis‹ aus dem Vikariat, hatte Lysbet auch gewusst, wer der eigentliche Dreh- und Angelpunkt sämtlicher Kommunikationen der Reformisten war. Als Adorai Dynnys sich nach der Festnahme ihres Ehemannes gezwungen gesehen hatte, nach Charis zu fliehen, hatte sie ihre Aufgaben Lysbet übertragen. Dabei hatte sie ihrer Vertrauten auch gewisse Informationen zukommen lassen, die zuvor nur Adorai und Samyl bekannt gewesen waren. Aus diesem Grund wusste Lysbet, wie wichtig Ahnzhelyk Phonda für den ›Kreis‹ war ... auch wenn praktisch niemand sonst im ›Kreis‹ überhaupt nur einen Verdacht in diese Richtung hegte.

Soweit Lysbet wusste, waren sie und Samyl – und Samyls Bruder Hauwerd – die einzigen Personen in den gesamten Tempel-Landen, die überhaupt wussten, dass Ahnzhelyk in Verbindung mit dem ›Kreis‹ stand. Kaum dass Lysbet begriffen hatte, dass sie und die Kinder unter ständiger Beobachtung standen und jeder Fluchtversuch sofort vereitelt würde, hatte sie sich einen Plan zurechtgelegt. Statt Zion fernzubleiben, hatte sie Samyl geschrieben – ganz offen, über das Semaphorennetz der Kirche, zu dem sie als Gemahlin eines der ranghöchsten Vikare freien Zugang hatte –, sie werde ihn in diesem Winter doch besuchen kommen. Dementsprechend hatte sie in aller Öffentlichkeit ihre Reise vorbereitet.

Gleichzeitig hatte sie gänzlich *andere* (und sehr viel unauffälligere) Vorbereitungen getroffen – zusammen mit Ahnzhelyk. Sie hatte zwar nicht damit gerechnet, dass alle drei Inquisitoren, die sie ständig beobachtet hatten, das Leben verlieren würden, aber sie hatte ihnen auch keine einzige verlogene Träne nachgeweint. Bedauerlicherweise hatte sich Ahnzhelyks ursprünglicher Plan, sie und die Kinder umgehend aus den Tempel-Landen zu bringen, als undurchführbar erwiesen. Dafür war Wyllym Raynos heimliche Suche nach ihnen zu gründlich gewesen. Schon die offene Jagd auf die ›Entführer‹ ihrer Familie wäre selbst noch unter den besten Umständen hinderlich gewesen. Doch es war Raynos ebenso rücksichtslose wie effektive *heimliche* Suche, die Ahnzhelyk zur Vorsicht gemahnt hatte.

Und sie dazu bewogen hat, auch so viele der anderen *Familien wie nur irgend möglich aus der Stadt herauszuschaffen*, rief sich Lysbet erneut ins Gedächtnis zurück. Die selbstsüchtige Mutter in ihr – die Mutter, die *ihre eigenen* Kinder in Sicherheit wissen wollte, und zu Shan-wei mit allen *anderen* Kindern! – hatte Ahnzhelyk diese Entscheidung bitter verübelt. An sich allerdings war Lysbet ganz einer Meinung mit Ahnzhelyk gewesen. So sehr sie um die Sicherheit ihrer eigenen Familie bangte, wusste sie doch eines mit absoluter Gewissheit: Jetzt einfach jeden im Stich zu lassen, der sich vielleicht noch retten ließe, wäre ein Verrat an allem, wofür der ›Kreis‹ je gestanden hatte.

Da ihr Gemahl, ihr Schwager und auch die meisten ihrer

engsten Freunde aus dem Vikariat *ihr Leben lassen* würden für das, wofür der ›Kreis‹ stand, vermochte Lysbet Wylsynn diese Ideale ebenso wenig zu verraten wie Ahnzhelyk.

Nichts davon machte es ihr auch nur einen Deut erträglicher, diese nervenaufreibenden Fünftage hier in Zion zu überstehen – dieser Stadt, die zum Herzen des Ungeheuers geworden war. Nur gut, dass Chantahal Blahndai überhaupt keine Ähnlichkeit mit Lysbet Wylsynn hatte. Sie war älter, ihr Haar hatte eine andere Farbe; sie hatte einen auffälligen Leberfleck am Kinn, und sie war mindestens dreißig Pfund schwerer als die schlanke, jugendliche Madame Wylsynn. Und nicht nur das: Während Madame Wylsynn, als sie verschwand, in Begleitung ihrer beiden Söhne und ihrer Tochter gewesen war, hatte Chantahal nur einen einzigen Sohn.

Es war schon erstaunlich, welches Geschick jemand, der Ahnzhelyks Beruf nachging, beim Umgang mit Schminke und Haarfärbemittel entwickelte, und Winterkleidung vereinfachte es immens, die Körperkonturen zu verändern. Während die meisten Mütter es wahrscheinlich nicht gutgeheißen hätten, ihre zwölfjährige Tochter und ihren achtjährigen Sohn den Winter in einem Haus verbringen zu lassen, das, so elegant eingerichtet es auch sein mochte, nun einmal ein Bordell war, machte sich Lysbet diesbezüglich keinerlei Sorgen, was Zhanayt oder Archbahld betraf. Tatsächlich hätte sie keinen Ort der Welt nennen können, an dem die beiden sicherer gewesen wären. Lysbets größte Sorge bestand darin, dass eines der Kinder – am ehesten noch Archbahld, schließlich war er noch so klein – sie alle unachtsam an die Inquisition verraten könnte.

Ihr älterer Sohn Tohmys war jetzt vierzehn Jahre alt – ein sehr ernsthafter Junge, der schon jetzt das Bedauern (und auch den Zorn) seines Vaters über das teilte, was aus Mutter Kirche geworden war. Aber zugleich war er eben auch der Neffe seines Onkels. Wie Hauwerd war es bisher sein Wunsch gewesen, in die Tempelgarde einzutreten. Er war, trotz seiner jungen Jahre, bereits ein geschickter Schwertkämpfer und ein ausgezeichneter Schütze, sei es mit der Luntenschloss-Muskete, mit der Armbrust oder mit einem gewöhnlichen Bogen. Zugleich hatte er seiner Mutter gegenüber einen unstillbaren Beschützerinstinkt entwickelt. Er hatte sich rundheraus geweigert, sich zusammen mit seinem jüngeren Bruder und seiner Schwester verstecken zu lassen.

Lysbets Versuch, ihn umzustimmen, war, um bei der Wahrheit zu bleiben, eher halbherzig gewesen. Schließlich wusste sie, wie sehr er seinem Vater glich, und wusste daher auch, wann solche Versuche ohnehin hoffnungslos waren. Aber noch etwas trieb sie um: So sehr sie Ahnzhelyk vertraute und so effizient sie auch stets gearbeitet hatte, Lysbet wagte nicht, alles auf eine Karte, auf Ahnzhelyk, zu setzen. Deswegen waren für Lysbets älteste Tochter (nun, eigentlich ja ›Stieftochter‹, auch wenn Lysbet die einzige Mutter war, die Erais je gekannt hatte) gänzlich andere Vorkehrungen getroffen worden, um sie zusammen mit ihrem Ehemann der Inquisition zu entziehen. Lysbets Vermutung nach war Ahnzhelyk das überhaupt nur möglich gewesen, weil Lysbet ihrem Mann signalisiert hatte, sie käme nach Zion. Weil sie so offenkundig willig gewesen war, geradewegs ins Netz der Spinne hineinzulaufen, hatte die Inquisition Personen wie Sir Fraihman Zhardeau, seiner Gemahlin und ihrem gemeinsamen Sohn einfach nicht mehr ganz so viel Beachtung geschenkt.

Lysbet hatte stille, aber doch tief empfundene Dankbarkeit verspürt, als Ahnzhelyk ihr berichtet hatte, Fraihman, Erais und der kleine Samyl seien tatsächlich entkommen … zumindest vorerst. Doch als sie jetzt, unter einem windpolierten Himmel aus gefrorenem Blau, über den vereisten Bürgersteig schritt und dabei immer wieder Schneeverwehungen ausweichen musste, spürte Lysbet wieder Verzweiflung, eine ihr inzwischen vertraute Last auf den Schultern. Die verzweifelte Sorge galt weder ihrer eigenen Sicherheit noch der ihrer Kinder und ihres Enkels. Denn Lysbet hatte nicht die Absicht, unvorsichtig zu werden, auch wenn die Inquisition sie sicher schon gefunden hätte, wäre es ihr denn möglich. Nein, diese Verzweiflung, die an Lysbets Herzen nagte, verspürte sie wegen ihres Ehemanns und all dessen, was durch harten Kampf zu erreichen er erhofft hatte. Lysbet verzweifelte wegen all der Freunde und Kollegen, die ihnen stets die Treue gehalten und sie unterstützt hatten ... und die zusammen mit Lysbets Gemahl einem sicheren und qualvollen Tod entgegengingen.

Sie alle haben Samyl aus freien Stücken unterstützt, dachte sie. Sie zog den Poncho noch dichter um sich, als der Wind mit messerscharfen Zähnen zwischen den Häusern zu beiden Seiten der Straße hindurchpfiff. *Sie alle waren ebenso zornig und entschlossen wie* er. *Sie alle kannten die Folgen. Doch zu wissen, dass es geschehen* wird, *dass jemand wie dieser gierige, widerliche Dreckskerl Clyntahn obsiegen wird ...!*

Lysbet wusste nicht, dass ihr Schwager genauso dachte wie sie. Sie wusste nichts von seinem Zorn auf Gott, weil Er zuließ, was nicht hätte passieren dürfen. Hätte sie es jedoch gewusst, so wäre sie nicht überrascht gewesen. Sie kannte Hauwerd ebenso lange, wie sie Samyl kannte, und in vielerlei Hinsicht waren sich Hauwerd und sie einander ähnlicher als Samyl und sie. Vielleicht war das auch der Grund, warum sie sich von Anfang an immer ungleich mehr zu Samyl hingezogen gefühlt hatte als zu Hauwerd – zumindest als Gemahl und als Geliebter. Als Schwager war Hauwerd schon immer ihr Favorit gewesen. Er stand ihr sogar näher als ihre beiden eigenen Brüder (nicht, dass Lysbet das jemals zugegeben hätte!). Es gab einen Grund dafür, dass sie so froh darüber war, wie sehr Tohmys nach seinem Onkel schlug: Sie hätte sich kein besseres Vorbild für ihn vorstellen können.

Sie erreichte die Kreuzung von Hahriman- und Marktstraße. Sie lag auf halbem Weg zwischen ihrer billigen, äußerst karg eingerichteten Wohnung in einer echten Mietskaserne und dem drittgrößten Markt von Zion. Kurz blickte Lysbet auf die andere Straßenseite, zum Geschäft der Putzmacherin hinüber.

Sie hielt nicht an, als sie die Ecke erreichte, nicht einmal ihr Schritt verlangsamte sich. Erst danach riss Lysbet die Augen auf, ehe sie sie wieder zu schmalen Schlitzen verengte. Ihr Blick war auf das Schaufenster gefallen. Ein Ballen blauen Stoffs – *Stahldistelseide*, dachte sie – lag dort zur Schau gestellt. Die Kohlenträger, die das Geschäft allmorgendlich belieferten, mussten zudem heute zumindest ihre Ladung gleich hinter dem Gatter zum Lieferanteneingang abgeladen haben, wenigstens teilweise. Denn dort lagen Kohlen: Lysbet hatte die glitzerndschwarzen Brocken gesehen, überdeutlich zu sehen vor dem grauweißen Schnee. Sie lagen gerade weit genug jenseits des Gatters, dass keiner der verzweifelten Armen der Stadt sie stehlen konnte.

Ein einziger Blick hatte ausgereicht, um Seide und Kohle zu bemerken. Lysbet senkte den Kopf noch ein wenig tiefer, als sie nun geradewegs dem Wind entgegenstapfte.

Dann weiter bis zum Markt, dachte sie. Es war Chantahals üblicher Einkaufstag. Sie würde heftig um die sündhaft teuren Kartoffeln und die winterlich-holzigen Karotten feilschen, deretwegen sie den Markt aufsuchte. Vielleicht würde sie sogar noch ein paar Zwiebeln mitnehmen, wenn sie nicht allzu teuer wären. Aber so spät im Winter war die Hoffnung darauf nicht allzu groß. Gleich darauf würde sie wieder zu ihrer kleinen Mietwohnung zurückkehren.

Doch was auch immer sie noch täte, sie würde sich nicht anmerken lassen, dass sie die blaue Seide und den Haufen Kohle gesehen hatte.

Sie würde sich nicht anmerken lassen, was diese Dinge für sie bedeuteten: Ahnzhelyk mahnte sie, jederzeit bereit zum Aufbruch zu sein.

.XVI.

Madame Ahnzhelyks Stadtvilla und der Tempel, Stadt Zion, die Tempel-Lande

Ahbraim Zhevons blickte in den Spiegel und betrachtete seine haselnussbraunen Augen und das braune Haar. *Eine gewisse ›Familienähnlichkeit‹ mit Merlin Athrawes und Nimue Alban lässt sich immer noch erkennen, aber nur ganz schwach,* dachte er. Etwas an den Lippen hatte er nicht ganz so sehr randomisiert, wie er das eigentlich beabsichtigt hatte. Er fragte sich, ob wohl sein Unterbewusstsein dafür verantwortlich war. Vielleicht aber war es nur eine kleine Macke in der PICA-Software, die dafür sorgte, dass bestimmte Charakteristika einer Form auch auf die nächste übertragen wurden. Vor ihrer kybernetischen Reinkarnation hatte sich Nimue nie sonderlich für die Software interessiert, dank der es möglich war, das Äußere eines PICAs nach eigenem Gutdünken zu verändern. Viel wichtiger waren für sie die Anwendungen gewesen, vor allem bei Extremsportarten. Eigentlich hatte Nimue nie einen PICA haben wollen; der PICA war ein Geschenk ihres äußerst wohlhabenden Vaters gewesen, das sie nicht einfach hatte ablehnen wollen. Merlin Athrawes aber hätte sich gewünscht, versierter mit den ›kosmetischen‹ Aspekten ihres derzeitigen physischen Avatars umgehen zu können. Möglicherweise war die Datenübernahme nämlich ein Programmierfehler seinerseits.

Klar, möglich schon, dachte ›Ahbraim‹ sardonisch. *Daran lag's aber nicht. Das weißt du doch ganz genau, Merlin.*

Schon komisch, dachte er dann und wandte sich vom Spiegel ab. Er dachte von sich selbst immer noch als Merlin, nicht als

Nimue oder Ahbraim. Wahrscheinlich, weil er das die ganzen letzten Jahre über ständig gewesen war. Oder vielleicht weil er endlich akzeptiert hatte, dass Nimue Alban tot war und er eine andere Person als sie. Vielleicht aber auch, weil er einfach nur eine einzelne, feste Identität für seine Persönlichkeit brauchte, um nicht völlig den Verstand zu verlieren. Und das erklärte dann möglicherweise auch, warum er sich bei den Lippen so sonderbar angestellt hatte.

Na, außer mir wird diese Ähnlichkeit kaum jemandem auffallen, auch niemandem, der beide kennt oder kennenlernt, sagte er sich selbst. *Nicht, wenn Merlin sich erst einmal wieder seinen Bart wachsen lässt.*

Er blickte aus dem Fenster seines Zimmers in der Herberge. Es schneite schon wieder. Das tat es hier draußen in Zion häufig. Wieder einmal fragte sich Merlin, ob die ›Erzengel‹ sich für genau diesen Standort des Tempels entschieden hatten, weil so die ›auf geheimnisvolle Weise‹ aufrechterhaltene Temperatur im Inneren des Tempels für alle Gläubigen noch eindrucksvoller zur Geltung kam. Wahrscheinlicher jedoch war, dass man das Kolonialisierungshauptquartier des Planeten ausgerechnet in dieser Region errichtet hatte, eben weil das unschöne Klima die Kolonisten, die nicht auf hoch entwickelte Technik zurückgreifen konnten, davon abhalten musste, sich ausgerechnet hier niederzulassen. Damals, vor der Zerstörung der Alexandria-Enklave (und Commodore Peis Gegenangriff auf Langhorne und Bédard), hatte es noch keinen Tempel *gegeben.* Merlin vermutete, Langhorne und Bédard hatten den Standort ihres Hauptquartiers wohl für etwas wie den kaum erreichbaren Olymp gehalten: jenseits aller Regionen, die für Normalsterbliche erreichbar waren, aber doch der Welt der Sterblichen nahe genug, um ihnen stets das Gefühl zu geben, die Erzengel wären ständig in Reichweite, gerade hinter dem Horizont. *Ihnen* machte das Klima schließlich keine Probleme, und die sagenhaften Paläste der ›Erzengel‹ wären gewiss dazu angetan, den göttlichen Status der Kommandobesatzung in den Augen der Kolonisten, die zu Besuch kämen, nur noch zu verstärken.

Natürlich hatte Merlin für diese Annahme keinerlei Beweise. Andererseits hatten einige Bemerkungen in dem Download, den Commodore Pei hinterlassen hatte, auf eine derartige Denkweise schließen lassen. Es war durchaus möglich, dass Chihiro und Schueler (die anscheinend zu den Anführern der ›Erzengel‹ aufgestiegen waren, nachdem der winzige Nuklearsprengsatz in Commodore Peis Brusttasche das ursprüngliche Hauptquartier völlig zerstört hatte), sich die gleiche Denkweise zu eigen gemacht hatten. Es war auch durchaus wahrscheinlich, dass sie das neue Hauptquartier ganz bewusst an der gewohnten Stelle errichtet hatten, um den Sieg der ›Mächte des Lichts‹ über Shan-weis ›Finstere Legionen der Hölle‹ noch mehr zu betonen. Genauso, wie sie den gesamten Tempel als greifbare Mahnung an die Macht der ›Erzengel‹ gebaut hatten.

Das war doch sehr sinnig, dachte Merlin erneut und schaute zu, wie der scharfe, schneidende Wind die Schneeflocken tanzen ließ. *Denn nachdem der Commodore so viele von Langhornes Leuten in den Tod gerissen hat, brauchten sie etwas, um den Kolonisten weiszumachen, die ›Erzengel‹ wären letztendlich* immer *siegreich. Bei so vielen Verlusten keine einfache Sache. Wenn da nicht zu recht drastischen Mitteln gegriffen worden wäre, wäre der Versuch glatt gescheitert.*

Welche Logik auch immer dahinterstecken mochte, auf jeden Fall war die Region um Zion denkbar ungeeignet für die größte Stadt von ganz Safehold – zumindest im Winter. Im Sommer sah das ein wenig anders aus. Nur war der Sommer in Zion ein sehr kurzes Vergnügen, eines, das noch einige Zeit auf sich warten ließe – und das wirkte sich recht unschön auf ›Ahbraims‹ unmittelbar bevorstehende Pläne aus.

Merlin hatte Ahnzhelyk Phonda tatsächlich die ganze Zeit über im Auge behalten. Dabei hatte er äußerste Vorsicht walten lassen, hatte Fernsonden verwendet, die ihre Daten aufzeichneten und dann physisch wieder zurückgeholt wurden, statt ihre Daten an die Kommunikationsantennen im Orbit zu senden. Das schränkte natürlich die Überwachungsmöglichkeiten drastisch ein. Allerdings bot es Merlin zusätzlichen Schutz, und das schien ihm, gerade angesichts dieser unbekannten Energiequellen unter dem Tempel, mehr als ratsam.

Bedauerlicherweise verhinderte das jedoch auch, dass er – oder Owl – besagte Fernsonden während des Betriebs auf neue Positionen verteilen konnte, wie er das sonst überall auf Safehold zu tun pflegte. In Zion konnte er seine Sonden nicht ausschicken, damit sie einzelne Personen verfolgten. Merlin erhielt also weniger vollständige Informationen, als ihm das lieb war. Trotzdem hatte er im Laufe des letzten Fünftages begriffen, dass Ahnzhelyk ihr gefährliches Spiel sogar noch länger betrieb, als er das nach Adorais Bericht angenommen hatte. Er war mittlerweile zu dem Schluss gekommen, Ahnzhelyk habe sich an Samyl Wylsynn gewandt, nicht anders herum.

Als ihm dieser Gedanke das erste Mal gekommen war, hatte Merlin ihn noch verworfen. Ahnzhelyk schien, trotz ihrer Fähigkeiten, nur die Drehscheibe für Informationen und deren Weitergabe in Wylsynns Organisation zu sein. Wylsynn war eindeutig der Motor der Reformbewegung. Eines wusste Merlin nämlich dank Paityr Wylsynn in Charis und dank der Sonden in Tellesberg, mit denen er Adorais Unterlagen durchgesehen hatte (selbstverständlich mit Staynairs ausdrücklicher Erlaubnis): Die Familie Wylsynn arbeitete schon seit mehreren Generationen daran, das Vikariat zu reformieren. Aus diesem Wissen heraus hatte Merlin angenommen, Samyl müsste Ahnzhelyk angeheuert haben.

Tja, da habe ich mich wohl getäuscht, sinnierte er, *denn es war wohl so: Ahnzhelyk hat Samyls Organisation bemerkt, und sie hat ihm* von sich aus *angeboten, die Kommunikation für ihn zu organisieren. Aber bevor sie Kontakt zu ihm aufgenommen hat, hatte sie schon längst ihre* eigene *Organisation. Deswegen konnte sie ja auch Adorai und die Jungs so geschickt aus den Tempel-Landen fortschaffen. Und genauso hat sie auch Lysbet Wylsynn und die anderen ›verschwinden‹ lassen.*

Es gab immer noch viele Dinge über Ahnzhelyk Phonda, die Merlin bislang noch nicht herausgefunden hatte. Gewiss, dass *er* sie nicht hatte herausfinden können, trotz aller Vorteile, auf die er zurückgreifen konnte – selbst hier in Zion, wo er im Vergleich zu anderen Reichen deutlich eingeschränkter in seinem Handeln war –, mochte durchaus erklären, wie sie so lange der Inquisition hatte entgehen können. Merlin hatte schlicht keine Ahnung, wie sie Kontakt zu den anderen fünf Familien hielt, die sie irgendwo hier in Zion versteckt hatte. Merlin wusste nur, dass wieder einmal *sie* es gewesen war, die den Kontakt überhaupt hergestellt hatte.

Endlich war es ihm gelungen, Lysbet und Tohmys Wylsynn aufzuspüren. Nachdem er die Aufzeichnungen der Wanzen betrachtet hatte, die er unbemerkt Lysbet hatte anheften können, war ihm klar geworden, dass Samyl Wylsynn gewusst haben musste, was kommen würde. Doch Wylsynn war nicht bereit gewesen – oder nicht in der Lage –, den Rest des ›Kreises‹ zu informieren. Merlin fiel kein guter Grund ein, was einen Mann von Wylsynns unverkennbarer Integrität davon abhalten mochte, diese Information weiterzugeben, aber es *gab* einen – da war er sicher. Ebenso offensichtlich war für Merlin, dass Ahnzhelyk genau wusste, was bevorstand. Deshalb hatte sie den Kontakt zu den anderen Familien hergestellt, hatte sie in Verstecke gelotst, ohne das mit den Familienvätern und Ehemännern im Vikariat abzusprechen.

Diese armen Kerle fragen sich vermutlich, ob ihre Frauen und Kinder tatsächlich Clyntahn haben entkommen können – vorerst, zumindest –, oder ob dieser Mistkerl sie nicht schon längst in Gewahrsam genommen hat und irgendwo versteckt hält, dachte Merlin grimmig. *Großer Gott, mir war überhaupt nicht klar, was für ein Sadist Clyntahn ist! Wenn der ›Kreis‹ – oder zumindest Wylsynn – das schon seit so langer*

Zeit kommen sieht, wie ich das vermute, schaut dieses Schwein denen schon seit Monaten *dabei zu, wie sie sich vor Qualen winden! Und nach allem, was ich bislang gesehen habe, genießt er jeden einzelnen Moment davon.*

Zhaspahr Clyntahn hatte keine Ahnung, welches Glück er hatte, dass er nie das Gebiet des Tempels verließ. Manchmal beschwor Merlin das Schicksal, Clyntahn wenigstens ein einziges Mal einen Teil der Stadt betreten zu lassen, in dem Merlin ihn erwischen konnte, ohne dabei das Risiko einzugehen, irgendein unidentifiziertes Sensorsystem oder eine automatisierte Reaktion des Tempels auszulösen. Geschähe dies, verließe er den Tempel, wäre Clyntahn ein toter Mann. Merlin würde keinen Wimpernschlag lang zögern.

Leider waren die Aussichten dafür gleich null. Zumindest in absehbarer Zeit. Nicht rasch genug, um auch nur ein einziges der Opfer auf Clyntahns Liste zu retten. Merlin war gezwungen, das zu akzeptieren. Also konzentrierte er sich ganz darauf, die Angehörigen dieser Opfer aus den Tempel-Landen zu schaffen – und die Mitarbeiter von Ahnzhelyks Organisation, wie groß sie auch sein mochte.

Und genau das ist auch der Grund für den heutigen Besuch, rief er sich ins Gedächtnis zurück und griff nach Zhevons' Mantel.

»Guten Abend, Ahbraim«, sagte Ahnzhelyk Phonda, ein herzliches Lächeln auf den Lippen.

»Guten Abend, meine Liebe!« Wieder beugte sich Merlin über ihre Hand und küsste sie galant. *Vielleicht ist einer der Gründe, warum ich von mir immer als Merlin denke und nicht als Nimue,* dachte er, *dass Nimue nie an Frauen interessiert war. Merlin hingegen …*

Rasch schob er den Gedanken beiseite. Es spielte momentan kaum eine Rolle, welche sexuellen Neigungen Nimue, ohne es vielleicht zu wissen, gehabt hatte, oder ob Merlin etwas sehr

Menschliches und Männliches an sich entdeckt hatte. Sich Sorgen um etwas zu machen, was auf einem ganzen Planeten für niemanden sonst auch nur ansatzweise von Belang war, war nun wirklich Spielerei.

»Es freut mich, dass Sie heute Abend Zeit für uns finden konnten«, fuhr Ahnzhelyk fort. »Auch wenn an einem Abend wie diesem die Gesellschaft ein wenig spärlicher ausfällt als sonst.«

»Das wundert mich nicht.« Merlin neigte den Kopf zur Seite und lauschte dem Wind, der heulend um Ahnzhelyks Stadtvilla pfiff.

Die Temperatur lag acht Grad unter null – acht *Fahrenheit*, also in der auf Terra gebräuchlicheren Skala bei minus zweiundzwanzig Grad Celsius –, und sie fiel immer noch. In Böen erreichte der Wind Geschwindigkeiten von fast vierzig Meilen in der Stunde, und Merlin wusste genau: Während er sich hier in Ahnzhelyks gemütlich beheiztem Stadthaus aufhielt, erfroren draußen auf der Straße Männer und Frauen – und Kinder. Er wusste von dem Geräteschuppen auf Ahnzhelyks Grundstück, und von den vier armen Familien, die dort diesen Winter verbringen durften. Er wusste, dass Ahnzhelyk die Hütte gegen Schnee und Regen abgedichtet hatte, so wie jeden Winter. Dass sie dafür gesorgt hatte, dass genug Kohle für den eigens in der Hütte aufgebauten Kachelofen vorhanden war. Und Merlin wusste, so viel Ahnzhelyk sich auch bemühte: Die Familienmitglieder kauerten sich immer noch eng aneinander, um auch die Körperwärme miteinander zu teilen, nicht nur die lebensspendende Wärme des Ofens. Trotz allem waren sie durchgefroren und fühlten sich elend. Merlin bezweifelte, dass sie überhaupt richtig schlafen könnten vor Kälte. Doch im Gegensatz zu nur allzu vielen der anderen Armen der Stadt, die sich um die Abwärmeschächte der tempeleigenen Klimaanlage sammelten, würden sie überleben.

Ahnzhelyk weiß ganz genau, was dort draußen vor sich geht, dachte

Merlin und betrachtete erneut das freundlich lächelnde Gesicht seiner Gastgeberin. *Dieselbe Frau, die sich solche Mühe gibt, anderen das Leben zu retten, die Wylsynns ganze Kommunikation organisiert hat und die flüchtige Familienmitglieder irgendwo hier in Zion verborgen hält, lächelt, plaudert und lacht, als hätte sie überhaupt keine Sorgen.*

Seine Bewunderung für diese Frau wuchs. Dann nahm er sie sanft beim Arm und führte sie durch den Salon hindurch zu einem der Büfetttische. Ein Diener hielt ihm eine Platte entgegen, auf der sich die feinsten Köstlichkeiten stapelten – Schinkenröllchen, dünn geschnittenes rohes Filet, Wyvern- und Hühnchenbrust, Spinnenkrebse, Oliven, gefüllte Eier, Essiggemüse, Brot … *Hier gibt es genug zu essen, um die Familien, die sich in Ahnzhelyks Gartenschuppen aneinander drängen, mindestens einen Monat lang zu ernähren*, ging es ihm durch den Kopf. Und genau dorthin, das wusste er, kamen an jedem Morgen die Reste des Büfetts vom Vorabend. Dorthin und in die Suppenküchen des Bédard-Ordens.

Bédard – noch so jemand, der mich zur Weißglut reizt, dachte er. *Wenn es unter den ursprünglichen ›Erzengeln‹ jemanden gegeben hat, der Langhornes Wahnsinn überhaupt* möglich *gemacht hat, dann war das Bédard. Ja, ich weiß, dass das dämlich ist, verdammt noch mal! – aber trotzdem: Es wäre mir deutlich lieber, wenn ›ihr‹ Orden ebenso verderbt und korrupt wäre wie der Schueler-Orden! Aber das* ist *er nicht. Zumindest nicht* mehr. *Warum können die Schurken vom Anfang nicht einfach Schurken bleiben?!*

»Ich glaube, Mahrlys hat Sie in ihrem heutigen Zeitplan berücksichtigt, Ahbraim«, erklärte ihm Ahnzhelyk mit einem fröhlichen Lächeln, das ›Zhevons‹ ebenso freundlich erwiderte.

»Eigentlich«, sagte er leise und blickte sich kurz im fast menschenleeren Salon um, »bin ich, so charmant Mahrlys auch ist und so sehr ich ihre Gesellschaft genossen habe, heute doch hier, um mit Ihnen zu sprechen.«

»Ach?« Fragend wölbte sie eine Augenbraue, und er lächelte mild.

»Ich bin mir nicht ganz sicher …« Seine Mimik war die eines gewöhnlichen Gastes, der sich in völlig beiläufigem Small-Talk mit der Gastgeberin erging. »Aber ich glaube, die Zeit läuft ab.«

Kurz blickte er ihr direkt in die Augen, dann ließ er unauffällig den Blick über den Raum schweifen.

»Ja, das ist wohl leider so.« Sie lächelte zu ihm auf, als hätte ihn seine letzte Bemerkung sehr belustigt. Doch ihre Stimme klang unaussprechlich traurig. »Ich hatte gehofft, ich könnte noch weitere Leute aus der Stadt schaffen. Leider geht das nicht. Die Zeit reicht nicht.«

»Nein?« Nun war es an ihm, eine Augenbraue zu heben, und Ahnzhelyk schüttelte den Kopf.

»Ich habe einen Informanten in der Inquisition. Morgen wird Clyntahn zuschlagen.«

»Gegen Sie?« Unwillkürlich, und obwohl er ein PICA war, kein Lebewesen aus Fleisch und Blut, war Merlin nicht in der Lage, seine Besorgnis zu unterdrücken. Mit Stimme und Blick verriet er sich.

»Wohl nicht«, erwiderte sie. »Zumindest nicht sofort. Aber wenn er die Leute erst der peinlichen Befragung unterzieht …«

Sie beendete den Satz nicht, und Merlin nickte langsam. Doch seine Gedanken überschlugen sich fast. Im Gegensatz zu Ahnzhelyk konnte er auf ein ganzes Netzwerk von Wettersatelliten zugreifen. Er wusste, dass der heulende Wind und die eisigen Temperaturen dieser Nacht sich in den nächsten Tagen ein wenig beruhigen würden. Doch hinter diesem Tauwetter lauerte bereits eine neue Kaltfront. Und jene würde mindestens ebenso unschön ausfallen wie die jetzige.

»Gibt es irgendeinen Ort in der Stadt, an dem Sie für einen oder zwei Fünftage unterkommen können?«

»Wenn es sein muss«, sagte sie und lächelte dann matt. »Warum? Ist das jetzt eine Ihrer *Seijin*-Fähigkeiten, die Ihnen etwas verrät, was ich noch nicht weiß, Ahbraim?«

»Etwas in der Art«, gab er lächelnd zurück. »Das Wetter wird in den nächsten Tagen ungewöhnlich schlimm.« Ahnzhelyk bedachte ihn mit einem skeptischen Blick, und er tätschelte beruhigend ihren Handrücken. »Vertrauen Sie mir, Ahnzhelyk! Wenn es sich irgendwie vermeiden lässt, sollten Sie nicht auf Reisen gehen – und auch niemand sonst.«

Einen Moment lang blickte sie ihn nachdenklich an, dann zuckte sie mit den Schultern.

»Es wird sowieso einen oder zwei Tage dauern, bis ich die Flucht aus der Stadt endgültig organisiert habe«, sagte sie. »Und um ganz ehrlich zu sein, wäre es gar nicht so schlecht, noch ein paar Tage mehr zur Verfügung zu haben. Vorausgesetzt ich war wirklich so erfolgreich dabei, meine Schlupflöcher vorzubereiten, wie ich das denke!«

»Das glaube ich auch«, versicherte ›Zhevons‹ ihr.

»Na ja.« Kurz blickte auch sie sich im Salon um, dann zuckte sie erneut mit den Schultern. »Ich werde das Haus vermissen«, sagte sie beinahe wehmütig. »Hier habe ich wenigstens das eine oder andere Sinnvolle zustande gebracht. Ich wünschte nur, ich wäre nicht letztendlich doch gescheitert.«

»Das sind Sie nicht«, widersprach er ihr leise. Wieder blickte sie zu ihm auf, und er schüttelte den Kopf. »Glauben Sie mir, die Tage der ›Vierer-Gruppe‹ – des ganzen *Tempels* – sind gezählt! Es wird noch länger dauern, als es Ihnen oder mir lieb sein kann, aber es *wird* geschehen! Und Menschen wie Adorai Dynnys und Sie sind der Grund dafür.«

»Aber wie viele werden vorher sterben müssen, Ahbraim?«, fragte sie traurig, auch wenn ihre Miene immer noch die einer formvollendeten Gastgeberin war, die fröhlich mit einem ihrer Lieblingsgäste plauderte. »Wie viele werden vorher sterben müssen?«

»Zu viele«, gab er zurück, ohne mit der Wimper zu zucken. »Aber das ist nicht Ihre Schuld, und dank Ihnen werden es weniger sein, als es ohne Sie wären. Wenn es Ihnen also nichts ausmacht, dann sollten Sie jetzt lieber nicht mehr darüber nachdenken, wie sehr Sie ›gescheitert‹ sind. Stattdessen sollten wir uns wohl darum kümmern, so viele Leute hier lebendig rauszuschaffen, wie wir können, einverstanden?«

Mit raschen Schritten ging Khanstahnzo Phandys, Captain der Tempelgarde, den Tempelkorridor entlang. Er trug seinen auf Hochglanz polierten Brustpanzer aus Stahl und den scharlachroten Kasack der Garde über einem dicken Wollpullover, der ihm hier im Inneren des Tempels ein wenig zu warm war. An seiner Hüfte hing sein Schwert in der Scheide; die Handschuhe hatte sich Phandys unter den Gürtel geklemmt. Obwohl er seine schweren Stiefel beim Betreten des Tempels abgeschüttelt hatte, waren sowohl Stiefel als auch Hosen voller feuchter Flecken schmelzenden Schnees.

Captain Phandys' Miene wirkte alles andere als glücklich. Aber in letzter Zeit war er damit bei weitem nicht der Einzige. Er hatte festgestellt, dass sogar einige seiner Offizierskameraden von der Garde heute Morgen ein wenig gereizt waren. Etwas lag in der Luft – etwas, das man nicht sehen, nicht riechen und nicht berühren konnte. Doch es war überall und unverkennbar.

Es war beileibe nicht das erste Mal so, nicht seit dem katastrophalen Scheitern des Angriffs auf Charis. *Das war wie jene Sorte Erdbeben, das vielleicht einmal alle hundert Jahre vorkommt*, ging es Phandys durch den Kopf. Derartige Dinge sollte ein einfacher Captain der Tempelgarde vielleicht nicht denken. Andererseits hatte es keinen Sinn sich einzureden, es stimme nicht. Es hätte auch keinen Sinn gehabt sich einzureden, dass die auf das erste Beben folgenden Nachbeben – das Überlaufen Chisholms,

Emeralds und Zebediahs und die Eroberung Corisandes durch Charis – den Tempel und die Obersten des Vikariats nicht sogar noch mehr erschüttert hatten.

Für die meisten Untertanen auf den Festland-Reichen waren all diese fernab gelegenen Länder bedeutungslos – sie verloren sich einfach irgendwo am Rand der Dinge, die *wirklich* von Interesse waren. Abgesehen davon: Auch wenn der Reichtum von Charis vielleicht legendär war (und den Neid anstachelte), war die Bevölkerung dieses Inselreiches einfach entschieden zu klein, um jemals eine ernst zu nehmende Bedrohung für derart große Reiche wie Desnairia, Dohlar und Harchong darzustellen. Selbst die Republik Siddarmark war nicht gefährdet. Die Vorstellung war schlichtweg lächerlich ... und dabei ließ man noch gänzlich außer Acht, dass Gott in Seiner unendlichen Weisheit doch niemals derartig abtrünnigen, ketzerischen Ländern den Erfolg zugestehen würde!

Doch alle diejenigen, die das Orange von Mutter Kirche trugen, schienen die Dinge ein wenig anders zu sehen. So wenig sie auch bereit sein mochten, das einzugestehen – und viele *weigerten* sich rundheraus, das zu tun –, wussten sie doch alle, dass die Rebellion der ›Kirche von Charis‹ in den anderen Ländern des neugeborenen Kaiserreiches Charis auf erstaunlichen Widerhall stieß. Allmählich hatten die Köpfe an der Spitze begriffen, wenn auch nur sehr langsam, dass Leute wie Samyl und Hauwerd Wylsynn vielleicht doch die ganze Zeit über Recht gehabt hatten. Dass das Leben in Saus und Braus und die persönliche Macht, an die sie alle sich gewöhnt hatten, vielleicht nicht ganz so sehr geschätzt und gutgeheißen wurde, wie sie sich gegenseitig gern einredeten.

Dass die ›Vierer-Gruppe‹ mit dem Angriff auf Charis vielleicht Kräfte entfesselt hatte, die sie alle in den Untergang reißen könnten.

Derartige Überlegungen standen nur Ranghöheren zu als einem Captain wie Phandys, und das wusste er auch. Aber er war auch kein Idiot. Seit man ihn zum Kurierdienst versetzt hatte, befand er sich in einer idealen Position, um herauszufinden, was wirklich in der Welt vor sich ging. Schließlich gingen zahlreiche Nachrichten über die neuesten Entwicklungen jetzt durch seine Hände. Selbst wenn dem nicht so gewesen wäre: Er war jetzt schon seit über zwei Jahren im Tempel stationiert. Während dieser Jahre – und vor allem im vergangenen Winter – hatte er gesehen, wie viel sich verändert hatte, seit er das letzte Mal zum Dienst im Tempel abkommandiert worden war. Er hatte gesehen, was auch andere gesehen hatten; er hatte begriffen, was auch andere begriffen hatten; und er zweifelte nicht im Mindesten, dass Großinquisitor Zhaspahr und Phandys' eigener höchster Vorgesetzter, Captain General Maigwair, es ebenfalls begriffen: Der Tempel könnte es sich keinesfalls leisten, an mehr als einer Front gleichzeitig bedroht zu werden.

Genau das hatte Phandys am heutigen Tag hierher getrieben, obwohl er jetzt doch eigentlich in seinem eigenen Kurierdienstbüro im Seeseiten-Anbau des Tempels sitzen sollte.

Er erreichte einen Quergang und bog nach links ab. Vor einem der Fenster standen zwei Vikare und blickten auf die eisige Morgenlandschaft hinaus. Wie bei aufgeschreckten Wyvern zuckten ihre Köpfe hoch, als Phandys sie erreichte. Ja, sie waren wirklich zusammengezuckt. Dann aber hatten sie sich wieder im Griff. Der Captain fragte sich, worüber die beiden wohl gesprochen haben mochten. So wie sie auf das Erscheinen eines einfachen Captains reagiert hatten, war es wohl etwas, über das sie nicht hätten sprechen *sollen* … zumindest nicht nach Ansicht der ›Vierer-Gruppe‹. Derartiges hatte Phandys in letzter Zeit häufiger erlebt.

Schon seit mehr als fünfzehn Jahren diente Khanstahnzo Phandys in der Tempelgarde. Zum vierten Mal war er nun schon zur Ausübung seiner Pflicht in den Tempel versetzt worden. Doch in all den Jahren hatte er noch nie einen Winter wie diesen erlebt. Noch nie hatte er erlebt, wie selbst die ranghöchsten Vertreter des Episkopats und des Vikariats zu beunruhigten, halb verängstigten Gestalten zusammensanken. Sie alle waren stets auf der Hut und scheuten sich, selbst in Gegenwart ihrer engsten Vertrauten, ihre wahren Gedanken auszusprechen.

Höflich salutierte Phandys vor den beiden Vikaren, als er an ihnen vorbeiging. Keiner der beiden erwiderte den Gruß. Sie starrten ihn nur an wie Eiswyvern auf einer Eisscholle einen vorbeischwimmenden Kraken.

Der Captain ging den Gang weiter hinab, bog um eine weitere Ecke, stapfte eine kurze Treppe hinab und stand dann vor einer geschlossenen Tür. Kurz zögerte er – ihm selbst fiel das mehr auf als jedem Beobachter –, dann klopfte er kräftig an.

»Ja?«, antwortete eine Stimme.

»Hätten Sie einen Augenblick Zeit für mich, Major Kahrnaikys?«, gab Phandys zurück. »Es ist leider ziemlich dringend, Sir.«

Die Stimme antwortete ihm nicht sofort. Dann …

»Kommen Sie herein!«, sagte der Major, und die von geheimnisvollen Kräften betriebene Tür glitt zur Seite, als jemand mit der Hand über das magische Auge fuhr, durch das sie gesteuert wurde.

Major Zhaphar Kahrnaikys war ein recht hochgewachsener Mann mit rotbraunem Haar, auffallend buschigen Brauen und dunklen Augen. Ungewöhnlich an ihm war, dass er sowohl der Tempelgarde wie dem Schueler-Orden diente. Phandys spürte, wie sich ganz kurz sein Puls beschleunigte, als er sah, dass Kahrnaikys' Schwert in seiner Scheide auf dem Schreibtisch lag, statt wie gewöhnlich an der Wand seines Arbeitszimmers zu lehnen.

»Was gibt es, Phandys?«, fragte der Major, eine gewisse Ungeduld in der Stimme. Er wirkte, als sei er gerade furchtbar beschäftigt. Phandys kannte diese Ungeduld. Doch er nahm sich trotzdem einen Augenblick Zeit, zur Ordonnanz hinüberzuschauen, die im Vorzimmer am Schreibtisch saß. Kahrnaikys folgte dem Blick des Captains. Kurz zuckten seine Lippen; ganz offensichtlich war er verärgert. Was dieser Blick ihm bedeuten wollte, passte ihm nicht. Doch dann verzog er das Gesicht.

»Geben Sie uns einen Augenblick Zeit, Sergeant!«, sagte er scharf.

Der Unteroffizier blickte auf, dann erhob er sich rasch.

»Jawohl, Sir!« Es gelang ihm, sich seine Neugier nicht anmerken zu lassen, als er an Phandys vorbeischritt, und doch war sie unverkennbar – ebenso wie die unbestreitbare Erleichterung, als sich die Türen hinter ihm wieder schlossen. Er wäre abgeschirmt von dem, was Phandys dazu bewogen haben mochte, Kahrnaikys aufzusuchen.

Der Major schaute zu, wie sich die Türen schlossen, dann richtete er den Blick wieder auf Phandys.

»Also?«, fragte er brüsk, und der Captain atmete tief durch.

»Sir«, sagte er, und seine Stimme verriet, wie besorgt er war, »ich habe gerade etwas erfahren, was mich ... beunruhigt. Etwas, auf das meines Erachtens die richtige Person hingewiesen werden sollte.«

»Ach ja?« Kahrnaikys' Augen verengten sich zu Schlitzen, und er neigte den Kopf zur Seite. »Und da Sie jetzt in meinem Büro stehen, darf ich wohl annehmen, Ihrer Schlussfolgerung nach bin *ich* diese Person, ja, Captain?«

»In gewisser Weise«, stimmte Phandys zu. »Zumindest sind Sie der Erste, der mir eingefallen ist.« Kurz zuckte sein Blick zu Kahrnaikys' Abzeichen des Schueler-Ordens: Schwert und Flamme.

»Ich verstehe.« Kahrnaikys lehnte sich zurück und verschränkte die Arme vor der Brust. »Also gut, Phandys. Dann berichten Sie!«

»Sir, ich bin heute der Offizier vom Dienst bei den Kurieren«, setzte Phandys an, »und ...«

»Wenn Sie der Offizier vom Dienst bei den Kurieren sind, was machen Sie dann hier? Warum sitzen Sie nicht in Ihrem Büro im Anbau?«, fiel ihm Kahrnaikys harsch ins Wort. Er stand in dem Ruf, auf Disziplin äußersten Wert zu legen.

»Sir, ich befand mich gerade auf meinem Posten, als mir ein Schriftstück übergeben wurde, das mir ... sonderbar erschien«, erklärte Phandys und wählte dabei seine Worte offenkundig mit Bedacht. »Angesichts der Natur dieses Schriftstücks schien es mir, als bliebe mir keine andere Wahl, als Lieutenant Vyrnahn das Kommando zu übertragen, um Ihnen Bericht zu erstatten.«

»Was war das für ein Schriftstück?« Ganz offensichtlich maß Kahrnaikys Phandys' Urteilsvermögen keine besondere Bedeutung bei, was unschöne Dinge für die Zukunft des Captains vermuten ließ. Doch Phandys hatte sich jetzt endgültig festgelegt.

»Sir, es war die Anforderung der Morgen-Überfahrt mit dem Eissegler nach Seeblick.« Kahrnaikys legte die Stirn in Falten, und eilends sprach Phandys weiter. »In den Akten vermerkt wurde diese Anforderung gestern Abend. Eigentlich wäre mir vermutlich überhaupt nichts aufgefallen, wenn ich nicht gerade einige der üblichen Papiere aufgearbeitet hätte. Aber es kam mir sonderbar vor, dass für die Überfahrt kein Name eingetragen war. Anscheinend sollte ein Platz freigehalten werden, aber es fanden sich keine Hinweise darauf, wer der fragliche Passagier sein soll. Also habe ich noch einmal im Anforderungsbuch nachgeschaut, und da fand sich auch nicht der Name des Offiziers, der die Reservierung angefordert hatte. Soweit ich das beurteilen kann, Sir, ist diese Anforderung einfach *aufgetaucht,* ohne dass jemand sie tatsächlich vermerkt oder autorisiert hätte.«

»Was?!« Die Falten auf Kahrnaikys' Stirn waren noch tiefer geworden. »Das ergibt doch überhaupt keinen Sinn!«

»Nein, Sir, das habe ich mir auch gleich gedacht.« Phandys'

Erleichterung über die Reaktion des Majors war offensichtlich. »Also habe ich noch weiter nachgeforscht. Und so weit ich das von den Kennziffern auf dem Antrag sagen kann, wurde diese Anforderung irgendwann heute Morgen nach Langhornes Wache in die Warteschlange eingereiht. Sie wissen doch auch, wie wenig um diese Zeit los ist, nicht wahr?«

»Ja, ja, natürlich!«, gab Kahrnaikys zurück und wedelte ungeduldig mit der Hand. »Fahren Sie fort!«

»Also, Sir, etwa um diese Zeit hatte der Offizier vom Nachtdienst den Eingang einer langen Nachricht von einem der Vikare verzeichnet. Tatsächlich war sie sogar lang genug – und anscheinend auch wichtig genug –, dass der Vikar, der sie abschicken wollte, sie *persönlich* zum Anbau gebracht hat ... und das bei diesem Wetter, Sir.« Phandys zuckte mit den Schultern. »Ich weiß ja, dass das Wetter um diese Jahreszeit immer ziemlich unschön ist, aber letzte Nacht war es besonders schlimm. Auf dem Weg von der Kolonnade bis zum Anbau muss er beinahe erfroren sein. Und da die Annahmestelle um diese Zeit normalerweise geschlossen ist, musste der Offizier vom Dienst eigens jemanden losschicken, der dem Vikar öffnete.«

»Wollen Sie damit sagen, Captain, dass jemand, während die Annahmestelle geöffnet und den Eingang dieser Nachricht verzeichnet wurde, die Reservierung eines Sitzplatzes auf dem Eissegler, für eine namenlose Person, in die Warteschlange geschmuggelt hat?« *Kahrnaikys klingt nicht ganz so ungläubig, wie ich das erwartet habe*, ging es Phandys durch den Kopf.

»Sir, ich denke, genau das ist passiert«, gestand der Captain. Er wirkte äußerst unglücklich. »Major, ich weiß, dass wir offiziell nicht alles wissen sollen, was hier vor sich geht. Und ich will weiß Langhorne nicht meine Nase in Angelegenheiten stecken, die mich nichts angehen! Aber das alles ergibt für mich überhaupt keinen Sinn, nicht so, wie es wohl abgelaufen sein muss, und ... na ja ... unter diesen Umständen ...«

Er sprach nicht weiter, und Kahrnaikys schenkte ihm ein

schmales Lächeln. *Immerhin ... irgendwie ... doch zustimmend ... hoffe ich,* dachte Phandys.

»Ich verstehe, Captain. Und ich verstehe auch, in welcher ... misslichen Lage Sie sich befinden. Aber sagen Sie mir – welcher Vikar hatte zu einer derart gottlosen Zeit eine so auffallend lange Nachricht abzusenden?«

Kurz senkte sich Stille über das Büro, und Phandys hatte mit einem Mal das Gefühl, genau vor einem gähnenden Abgrund zu stehen. Ihm war klar, jetzt gab es kein Zurück mehr. Doch in Wahrheit hatte er das schon gewusst, bevor er den Mund aufgemacht hatte. So straffte er nur die Schultern und blickte Kahrnaikys fest in die Augen.

»Das war Vikar Hauwerd, Sir«, antwortete er leise, und in Kahrnaikys' Augen blitzte dunkles Feuer auf.

»Ich verstehe.« Einen endlos scheinenden Moment blickte der Major Phandys tief in die Augen, dann nickte er kräftig, schob seinen Stuhl zurück und erhob sich. Dabei griff er nach seinem Waffengurt.

»Captain, falls Sie den Eindruck gehabt haben sollten, ich hätte an Ihrem Urteilsvermögen gezweifelt, bitte ich um Verzeihung! Sie haben genau das Richtige getan. Und jetzt kommen Sie mit!«

Samyl Wylsynn griff nach seiner Tasse mit heißer Schokolade, umschloss sie mit beiden Händen und starrte über den Rand des Trinkgefäßes seinen Bruder an, der ihm am Frühstückstisch gegenübersaß. Samyls Blick war sehr nachdenklich. Nun neigte er auch noch den Kopf ein wenig zur Seite, während er über Hauwerds Mienenspiel nachdachte.

»Würdest du mir dann jetzt erzählen, warum du mich heute zum Frühstück zu dir gebeten hast?«, fragte er. Hauwerd blickte von dem Würstchen auf, das er in den letzten zehn Minuten appetitlos auf seinem Teller hin und her geschoben hatte.

Samyl lächelte ihn sanft an. »Ich speise stets gern zusammen mit meinem Lieblingsbruder, Hauwerd. Ach, du bist ja mein einziger Bruder, wo ich so darüber nachdenke! Aber eigentlich stehst du ja nicht gerade gern zu so nachtschlafender Zeit auf. Ich jedenfalls muss immer fast einen Knüppel schwingen, damit du dich mal dazu bequemst, *mir* beim Frühstück Gesellschaft zu leisten. Und wo wir gerade dabei sind ...« Mit dem Kinn deutete er auf das gabelgeschundene Würstchen, das gerade ein weiteres Mal über den Teller seines Bruders wanderte. »Ich glaube, du hast bislang noch keinen Bissen gegessen. Da steht mir doch ein gewisses Maß an Neugier zu, findest du nicht?«

»War das so offensichtlich?« Hauwerd grinste zur Antwort schief.

»Ja, eigentlich schon«, erwiderte Samyl. Kurz schwieg er und nippte an seiner Schokolade, dann holte er tief Luft. »Könnte es vielleicht sein, dass deine Kontaktleute dir etwas mitgeteilt haben, was vermuten lässt, dass wir nicht mehr allzu häufig gemeinsam frühstücken werden?«

Hauwerds muskulöse Schultern verspannten sich. Er wollte schon antworten. Dann aber zwang er sich zur Ruhe und blickte seinen älteren Bruder erst mehrere Sekunden lang schweigend an.

»Ja«, sagte er schließlich. »Ein paar Freunde bei der Garde habe ich immer noch, weißt du? Einer von ihnen – ich möchte seinen Namen lieber nicht nennen, selbst dir gegenüber nicht – hat mich gewarnt, dass uns die Zeit davonläuft, Samyl. Ich denke ... ich möchte, dass du noch einmal über das nachdenkst, was wir letzten Fünftag besprochen haben. Bitte.«

»Nein.« Samyls Antwort war sanft, fast bedauernd, aber fest.

»Samyl, du *weißt* doch ...«, setzte Hauwerd an. Samyl hob abwehrend die Hand und schüttelte den Kopf.

»Ja, Hauwerd, das weiß ich. Und ich werde nicht einmal so tun, als würde mir das keine Angst einjagen. Oder behaupten, dein Vorschlag wäre nicht verführerisch. Sehr verführerisch sogar. Aber das kann ich nicht tun. Was auch immer sonst noch geschehen mag, was auch immer sonst ich sein mag, ich bin immer noch ein Vikar von Mutter Kirche. Und ich bin immer noch Priester.«

»Samyl, selbst das *Buch Schueler* sagt, dass es, wenn eine Situation wirklich hoffnungslos ist, keine Sünde ist, wenn …«

»Ich habe doch schon gesagt, dass dein Vorschlag verführerisch ist«, fiel ihm Samyl ins Wort und klang nun ein wenig strenger. »Aber du weißt, dass die Passagen im *Buch Schueler*, auf die du dich da beziehst, deutlich mehr mit Krankheiten zu tun haben als mit Glaubensfragen.«

»Das ist doch Haarspalterei!« Auch Hauwerd klang jetzt rauer; Frustration und Besorgnis schwangen in seiner Stimme mit. »Verdammt noch mal, Samyl! Du weißt, was Clyntahn dir antun wird – gerade *dir!* –, wenn er dich erst einmal in den Klauen hat!«

»Es gibt einen Punkt, ab dem das nichts mehr ausmacht«, erwiderte Samyl. »Das ist nur eine Frage des Ausmaßes, Hauwerd – und er wird genau das Gleiche auch anderen Männern antun, die wir seit Jahren kennen und lieben. Das sind unsere Brüder, Hauwerd, auch wenn wir nicht die gleichen Eltern haben. Soll ich sie im Stich lassen? Ich bin doch derjenige, der dafür gesorgt hat, dass sie überhaupt in den ›Kreis‹ kamen! Ich bin seit Jahren ihr Anführer! Und jetzt soll ich den leichten Weg gehen und *sie* den Sturm ernten lassen?«

»Ach, um Langhornes willen!«, fauchte Hauwerd, und seine Augen blitzten. »Das wird doch ohnehin geschehen, ganz egal, was du tust, Samyl! Jetzt tu nicht so, als hättest du sie ganz allein dazu verführt – als hätten sie alle nicht *ganz genau* gewusst, was sie tun! Du bist doch nicht der einzige Erwachsene im Vikariat, verdammt noch mal, also nimm ihnen das nicht einfach weg! Nimm *mir* das nicht weg!« Finster blickte Hauwerd seinen Bruder an. »Ja, wir alle sind deinem Beispiel gefolgt. Und ich bin mir ziemlich sicher, dass zumindest einige der anderen es aus dem gleichen Grund getan haben wie auch ich – weil ich dich liebe und respektiere! Aber wir haben es auch getan, weil du *Recht* hattest! Weil wir es Gott schulden, zumindest den Versuch zu unternehmen, Seine Kirche solchen Mistkerlen wie Clyntahn wieder zu entreißen. Oder auch Trynair, der nie ein solcher Sadist war wie Clyntahn. Das war *unsere* Entscheidung, und *wir* haben sie getroffen! Also wage *ja* nicht, uns das jetzt einfach wegzunehmen!«

»Hauwerd, ich ...«

Samyls Stimme klang belegt. Er sprach nicht weiter, sondern starrte nur in den schneeverhangenen Morgen hinaus und blinzelte rasch. Dann räusperte er sich und blickte erneut seinen Bruder an.

»Es tut mir leid«, sagte er demütig. »Ich wollte damit nicht sagen ...«

»Ach, halt die Klappe!« Die Wortwahl war harsch, der Tonfall aber sanft. »So wollte ich das nicht verstanden wissen. Und du wahrscheinlich auch nicht. Aber dein Opfer ändert nichts. Wahrscheinlich ist es das, was mich so wütend macht. Du weißt genauso gut wie ich, dass das überhaupt nichts ändert! Du bist einfach nur *stur*, und das ist *dämlich.*«

»Ja, vielleicht«, gestand Samyl ein. »Du könntest durchaus Recht haben. Aber diese eine Befriedigung werde ich Clyntahn nicht zugestehen. Er soll nicht glauben können, ich hätte mich aus Angst vor dem umgebracht, was er mir antun könnte. So könnte ich Gott und den Erzengeln nicht entgegentreten!«

»Also, statt Clyntahn *diese* Befriedigung zuzugestehen, willst du ihm die Befriedigung zugestehen, dich zu Tode gefoltert zu haben?!« Hauwerd schüttelte den Kopf noch kräftiger. »Samyl, das ist doch eine lehrbuchartige Definition von ›dämlich‹!«

»Wahrscheinlich.« Samyls Lächeln geriet ein wenig schief, und doch lag auch ein Funken ernstlicher Belustigung darin. Dann verschwand es. »Erayk Dynnys hat die Zivilcourage und den Glauben gefunden, die Wahrheit auszusprechen, als man ihm die Gelegenheit geboten hatte, sich mit einer Lüge einen schnellen Tod zu erkaufen, Hauwerd. Kann ich weniger tun? Darf ich Zhaspahr Clyntahn durch meinen Freitod eine scharfe Waffe in die Hand drücken? Kann und darf ich ihm die Gelegenheit bieten, der ganzen Welt zu erklären, die Angehörigen des ›Kreises‹ hätten letztendlich doch nicht genug Gottvertrauen besessen, um sich der peinlichen Befragung und den Strafen Schuelers zu stellen für das, woran wir wirklich und aufrichtig glauben? Sollen wir zulassen, dass er unser ganzes Handeln, alle unsere Ideale, auf das Niveau seines eigenen Ehrgeizes und seiner eigenen Gier hinunterzieht? Du weißt genau, dass er niemals den Mut hätte, dergleichen für seine Überzeugungen zu tun – für das, woran *er* glaubt. Und soll ich dem Rest des Vikariats, dem Rest von Gottes Kirche, dem Rest von Gottes Kindern, sagen, dass es hier nur um einen weiteren *Machtkampf* gegangen ist? Ein weiteres Ringen darum, wer nun wem die politische Macht abnehmen kann? Wenn ich das tue, was geschieht dann mit dem *nächsten* ›Kreis‹? Mit der nächsten Gruppe mutiger Männer und Frauen, die sich vielleicht erfolgreich gegen Zhaspahr Clyntahn aufgelehnt hätten? Oder gegen dessen Nachfolger? Oder gegen den *Nachfolger* seines Nachfolgers?«

Hauwerd Wylsynn blickte seinen Bruder an. Einen winzigen Moment lang, als er die Leidenschaft hörte, die immer noch in Samyls Stimme mitschwang, als er die absolute, unnachgiebige Entschlossenheit in Samyls Augen brennen sah, da sah er noch etwas anderes: Eine Erinnerung an einen längst vergangenen Tag. Damals war er ... wie alt gewesen? Sechs? *So etwas in der Art*, dachte er und erinnerte sich an jenen Tag im Boot. Er erinnerte sich daran, wie er seinen älteren Bruder – diesen älteren Bruder, dem er unbedingt nacheifern wollte – dabei beobachtet hatte, wie er für ihn die Angelhaken beködert hatte.

Es war schon seltsam. Er hatte im wahrsten Sinne des Wortes seit Jahren nicht mehr an jenen Tag gedacht. Doch jetzt hatte er ihn wieder vor Augen, und er erinnerte sich daran mit geradezu erschreckender Klarheit. Das warme Sonnenlicht von Tanshar umschmeichelte seine Schultern. Samyls Finger bewegten sich flink und geschickt, und Hauwerd wünschte, er könnte das auch. Er erinnerte sich an das zusammenhanglose Gespräch, das sie während des langen, gemütlichen Angelausflugs geführt hatten. Kühle stieg vom Wasser auf und ließ den Rumpf des Bootes unter ihren nackten Füßen fast kalt erscheinen, während sich die Ruderbank unter der honiggelben, schweren Sonne fast unerträglich aufheizte. Eine milde Brise trug viel Blütenstaub mit sich. Der goldene weihrauchartige Duft des Stacheldorns war so schwer, dass er in der Nase kitzelte.

Viel gefangen hatten sie nicht, das wusste er noch. Nicht an jenem Tag. Auf jeden Fall nicht genug, dass beim Abendessen alle satt geworden wären, obwohl ihre Mutter den äußerst mageren Fang heldenhaft ausgenommen und zubereitet hatte: für sie beide und auch für sie selbst, die stolze Mutter, deren mutige Jäger und Fischer ihr tatsächlich etwas zu essen erjagt hatten. Ihr Vater hatte sich die ganze Zeit so bemüht – so sehr bemüht –, nicht in schallendes Gelächter auszubrechen.

Doch auch wenn Hauwerd Wylsynn an jenem Tag nicht viel gefangen hatte, so doch zumindest etwas: Er hatte den größten Fang überhaupt gemacht, den Todeswal aller Fänge, den freudigsten Fang seines Lebens. Diesem Fang hatte er sein ganzes Leben gewidmet. Denn während sie dasaßen und angelten und das zusammenhanglose Gespräch wie eine weitere Brise über den See strich, hatte Samyl noch einmal die alten Geschichten erzählt. Die wunderbaren Geschichten über die Erzengel und über die Verantwortung, die sie trugen. Über die Aufgabe, die Schueler der Familie Wylsynn übertragen hatte. Über die nur im Flüsterton verbreitete Legende, sie wären ... vielleicht ... ja, vielleicht tatsächlich ... Nachfahren Schuelers selbst. Über den Preis, den ihre Vorfahren dafür gezahlt hatten, Mutter Kirche zu dienen, und über die feierliche, freundenspendende Bürde der Pflicht.

Es war nicht das erste Mal gewesen, dass Samyl ihm diese Geschichten erzählt hatte. Aber an jenem Tag war es anders gewesen. Damals hatte Hauwerd das noch nicht gewusst. Er hatte es noch nicht begriffen. Tatsächlich bemerkte er gerade verwundert, dass er bislang noch *überhaupt nicht* begriffen hatte, wie grundlegend anders es damals gewesen war. Bis jetzt. Bis zu diesem Augenblick hier. An jenem Tag hatte Hauwerd das Leuchten in Samyls Augen gesehen und gewusst, dass seine Augen von genau dem gleichen Leuchten erfüllt waren. Er hatte nicht begriffen, wohin jener Tag und jene Geschichten sie beide letztendlich führen würden.

Jetzt wusste er es. Er spürte, dass sich ein bittersüßes Lächeln den Weg zu bahnen suchte, als diese Erkenntnis ihn endlich erfasste.

Eigentlich albern, dachte er. Das war das einzig richtige Wort dafür. *Albern,* dass zwei Jungs – selbst Samyl konnte damals nicht älter als fünfzehn gewesen sein – derart feierliche Gedanken gehegt haben sollten. Im Weihrauch aus Blütenstaub und Seenduft, im Geruch des Köderbechers, der Farbe und der Politur des Ruderbootes hatten sie erkannt, dass sie beide zum Priester berufen waren. Nach all den Jahren erkannte Hauwerd, dass sie beide sich an jenem Tag ganz der Aufgabe verschrieben hatten, die Gott ihrer Familie vor so vielen Jahrhunderten auferlegt hatte. Dieser goldene Prachttag, das erkannte Hauwerd jetzt, war der eigentliche Beginn ihrer Entscheidung gewesen, sich Gottes Aufgabe zu widmen.

Und nun war es so weit. Die Freude, selbst ganz in dieser Aufgabe aufzugehen, war der entsetzlichen, eisigen Furcht gewichen, der bitteren Erkenntnis, dass sie gescheitert waren. Dem Entsetzen ob des Schicksals, das sie im Namen eben jenes Erzengels erleiden würden, von dem diese beiden Jungs damals eindeutig gewusst hatten, er sei ihr Vorfahr gewesen. Diese

Furcht änderte alles. Sie verwandelte Freude in Trauer und Hoffnung in Verzweiflung. Es war nicht Verzweiflung angesichts des Schicksals, das ihren unsterblichen Seelen vorherbestimmt war. Denn keiner von ihnen zweifelte nur einen Augenblick lang daran, was sie erwartete. Es war die Verzweiflung angesichts dieses Scheiterns. Die *Heilige Schrift* lehrte, Gott verlange vom Menschen nie etwas anderes, als stets sein Bestes zu geben. Und das hatten sie getan. Doch letztendlich war es nicht genug gewesen, und dieses Wissen ließ Tränen in Hauwerds Augen aufsteigen.

Als er nun Samyl in die Augen blickte, sah er dieselbe Entschlossenheit, die in seinem Bruder immer noch brannte, dieselbe Leidenschaft, mit der sie das gemeinsam gesteckte Ziel verfolgten. Er sah auch dieselbe Liebe für den kleinen Bruder, der dem Älteren, ohne zu zögern, so viele Jahre lang gefolgt war und klaglos einen Teil der Bürde gestemmt hatte, die ihre Aufgabe bedeutete. Es hatte Zeiten gegeben, da hatte Hauwerd Samyl für hoffnungslos idealistisch gehalten, und Zeiten, in denen der kleine Bruder einige ihrer gemeinsamen Pläne … modifiziert hatte, ohne es seinem großen Bruder gegenüber zu erwähnen. Doch niemals war seine eigene Hingabe ins Wanken geraten, und niemals hatte er auch nur einen einzigen, flüchtigen Moment lang an Samyls unerschütterlicher Liebe zu ihm gezweifelt.

Gott sei Dank mussten ihre Eltern das alles nicht mehr miterleben. Lysbet und die Kinder waren – irgendwie – verschwunden. Hauwerd selbst hatte keine Frau und keine Kinder. Von einigen entfernten Verwandten abgesehen, waren die beiden Brüder wieder einmal unter sich – wie damals im Ruderboot beim Angeln. So viel Gnade schenkte Gott ihnen, trotz ihres Scheiterns. Und trotz ihres Scheiterns waren sie immer noch entschlossen. Selbst jetzt noch. So töricht es zweifellos auch war, es war schlichtweg die Wahrheit. Und Hauwerd Wylsynn hätte diese Wahrheit nicht einmal dann aufgegeben, wenn er schon am ersten Tage gewusst hätte, wohin das alles unweigerlich führen musste.

Und Samyl auch nicht.

In diesen Augen, die ihn über den Tisch hinweg anblickten, erkannte Hauwerd die Entschlossenheit, mit der Samyl mit ihm seit Fünftagen stritt. Hauwerd hatte den Streit gewinnen wollen. Gegen diese Entschlossenheit aber war das unmöglich. Er hätte andere Argumente vorbringen können – Argumente, die er schon mehr als einmal vorgebracht *hatte.* Zum Beispiel: Was auch immer Samyl letztendlich täte, Zhaspahr Clyntahn würde ohnehin nur eine erlogene Geschichte erzählen, die Tatsachen so weit verdrehen, bis sie seinen eigenen Zielen am dienlichsten wären. Oder: letztendlich mochte selbst jemand, der so fest entschlossen und fest im Glauben verwurzelt war wie Samyl, dazu gezwungen werden, nie begangene Sünden zu bekennen und alles zu widerrufen, wofür er sein ganzes Leben lang gekämpft hatte. Oder: Selbst wenn Samyl ein solches ›Geständnis‹ später in aller Form widerriefe, würde Clyntahn doch trotzdem triumphierend damit wedeln, sobald Samyl erst einmal tot wäre und damit nicht mehr der Behauptung des Großinquisitors widersprechen könnte, letztendlich habe die Inquisition über die Mächte Shan-weis obsiegt.

Oder: Innerhalb des ›Kreises‹ wussten nur Samyl und Hauwerd, dass Ahnzhelyk an ihrer Arbeit beteiligt war. Würde einer von ihnen unter der Folter zerbrechen, führte das Clyntahns Inquisitoren vielleicht auch zu Ahnzhelyk und dann zu all ihren anderen Kontaktleuten ... und zu Lysbet, Zhanayt und den Jungs.

Das ist zu viel, Samyl, dachte er, und seine Augen brannten, als er wieder das Ruderboot vor sich sah. *Zu viel! Gott mag uns abverlangen, notfalls auch für unseren Glauben zu sterben. Aber du hast immer darauf beharrt, Er sei ein Liebender Gott, und du hattest ganz Recht. Und ein* Liebender *Gott wird doch nicht – er* kann *doch nicht – dir das alles abverlangen! Aber davon kann ich dich nicht über-*

zeugen, oder? Genau deswegen habe ich dich ja auch zu diesem Frühstück eingeladen. Er spürte, wie seine Lippen sich kurz zu einem gänzlich unerwarteten Lächeln verzogen und riss sich zusammen. *Die Ewigkeit ist eine lange Zeit,* sagte er sich. *Wahrscheinlich lang genug, dass du mir vergeben wirst ... irgendwann.*

»Samyl ...«, setzte er an. Doch er erstarrte, als eine schwere Hand gegen die Tür zu seinen Gemächern hämmerte. Ihm wurde klar, wie lang eine Ewigkeit auch sein mochte, jetzt hatte er keine Zeit mehr, seinen Bruder zu überzeugen.

Samyls Kopf fuhr herum, als die Faust gegen das Türblatt schlug. Seine Miene spannte sich an, und er atmete tief durch. Die Hand aber, mit der er die Tasse auf den Tisch zurückstellte, war völlig ruhig.

»Es ist wohl leider so weit, Hauwerd«, sagte er mit bemerkenswert gefasster Stimme, ohne den Blick von der Tür am Ende des kleinen Vestibüls abzuwenden, als die Faust erneut dagegenhämmerte. »Ich liebe d...«

»Und ich liebe dich, Samyl«, flüsterte Hauwerd Wylsynn tränenüberströmt, als das Schwert, das er unter dem Esstisch verborgen hatte, das Rückgrat seines Bruders durchtrennte.

Die Wucht des Schlags schleuderte Samyls Leiche aus dem Stuhl. Und es *war* nur noch seine Leiche. Samyl Wylsynn war schon tot gewesen, bevor er auf dem Boden aufschlug. Dafür hätte der kräftige, gut ausgebildete ehemalige Gardist gesorgt, der den Schlag geführt hatte.

»Es tut mir leid«, sagte Hauwerd zu seinem Bruder, als das Hämmern an der Tür einem schrillen Heulen wich. Die Inquisition setzte einen ihrer Zauberstäbe ein. Hauwerd brauchte nicht die Sequenz der Warnsignale zu hören, um zu wissen, dass in diesem Moment das geheimnisvolle Schloss an seiner Tür in ebenso geheimnisvoller Weise entriegelt wurde. Er nahm sich noch den Moment, sich neben Samyl zu knien und seinem Bruder die erstaunten Augen zu schließen. »Ich konnte das doch nicht zulassen«, sagte er mit heiserer Stimme. Er erinnerte sich an den Geruch des Sees und an das Sonnenlicht, die feierliche Freude jenes Tages und den Duft von Gottes Liebe für die Welt, von Blütenstaub und blühendem Stacheldorn. »Wenn das Mord war, dann bin ich bereit, meinen Standpunkt vor Gott persönlich vorzutragen.«

Mit dem Zeigefinger zeichnete er das Zeichen des Szepters auf die Stirn seines Bruders. Dann wischte er sich die Tränen aus dem Gesicht. An seiner Hand klebte das Blut seines Bruders. Hauwerd erhob sich und schritt durch den schmalen Durchgang, der das kleine Vestibül vom Wohnzimmer abtrennte, gerade als der erste bewaffnete Gardist hereingestürmt kam.

»Hauwerd Wylsynn, ich verhafte Sie im ...«!, setzte eine ihm nur allzu bekannte Stimme hinter dem heranstürmenden Gardisten an. Doch der Satz blieb unvollendet, als Hauwerd mit einem Schwerthieb den Brustpanzer des ersten Gardisten durchstieß und das Blut aus der tödlichen Wunde sprudelte.

»Ach, *leck mich,* Kahrnaikys!«, erwiderte Hauwerd beinahe fröhlich über den Kopf des zusammenbrechenden Gardisten hinweg. »Du warst schon immer ein Arschloch!«

Ein zweiter Gardist versuchte jetzt zurückzuweichen, als er vor sich nicht etwa einen angsterfüllten Vikar sah, sondern einen bestens ausgebildeten Soldaten mit einer Waffe in der Hand. Bedauerlicherweise blieb ihm nicht mehr die Zeit, sich an die unerwartete Situation anzupassen.

»Und *Clyntahn* kann mich auch mal!«, sagte Hauwerd, während die Spitze seines Schwertes an dem hastig emporgerissenen Unterarm des zweiten Gardisten vorbeizuckte und sich dem Mann genau ins rechte Auge bohrte.

Plötzlich war das kleine Vestibül vom Gestank frischvergossenen Blutes und schlagartig entleerter Därme erfüllt. Konsternierte Stimmen erhoben sich, und Hauwerd sprang vor. Mindestens zwei Dutzend Gardisten gehörten zu Kahrnaikys' Trupp. Mehr als vier jedoch konnten das Vestibül nicht gleichzeitig betreten. Das hatte Hauwerd berücksichtigt, als er seine Pläne für diesen Tag geschmiedet hatte. Nun fletschte er die Zähne und ging seine Gegner an. Ein dritter Gardist stürzte zu Boden, bevor die anderen auch nur ihre Waffen gezogen hatten. Stahl klirrte gegen Stahl, und ein weiterer Gardist geriet ins Taumeln. Dieser Letzte war nur verwundet, nicht tot – zumindest *noch* nicht. *Das kann sich ja noch ändern,* dachte Hauwerd und sah, wie das Blut aus der tiefen Wunde im Oberschenkel des Mannes pulsierte. Da versuchten zwei seiner Kameraden schon, den Vikar in die Zange zu nehmen.

Hauwerd wich zurück, riss im Laufen einen Dolch aus dem Gürtel des ersten getöteten Gardisten. Er erreichte den kleinen Durchgang, der zu schmal war, um von zwei Seiten gleichzeitig angegriffen zu werden. Dort blieb er stehen, das Schwert in der einen Hand, den Dolch in der anderen, und verzog die Lippen zu einem kalten Lächeln.

»Kommt schon, Jungs!«, forderte er die Gardisten auf.

Beide griffen gleichzeitig an. Der Dolch in Hauwerds linker Hand parierte den Hieb des ersten. Des Angreifers Waffe flog beiseite, und wieder zuckte Hauwerds Schwert vor. Der Brustpanzer seines Gegners bot keinen Schutz gegen die Spitze eines Schwertes, mit dem aus nächster Nähe zugestoßen wurde. Schon wandte sich Hauwerd dem zweiten noch lebenden Gardisten zu. Eine blitzschnelle Folge von Finten und Stößen, und noch ein Gardist sank zu Boden.

Dann, plötzlich, taumelte Hauwerd, trat einen halben Schritt zurück und spürte, wie Blut pulsierte.

Ein bisschen bringt eine Rüstung wohl doch, dachte er, während er den Ellenbogen gegen die tiefe Wunde presste, die das Schwert des fünften Gardisten ihm zwischen den Rippen beigebracht hatte, bevor auch dieser gestorben war.

Der verwundete Vikar schüttelte den Kopf, blinzelte heftig, um wieder klar sehen zu können, und stellte fest, dass noch ein Gardist auf ihn zustürmte. Dieser Mann trug die Abzeichen eines Captains, und es gelang Hauwerd gerade noch, den ersten raschen Stoß abzuwehren.

»Ergib dich!«, schrie Captain Phandys und parierte den Gegenangriff des Vikars.

»Du kannst mich auch mal!«, gab Hauwerd keuchend zurück, und Stahl scharrte über Stahl, als der Brustpanzer des Captains einem kräftig geführten Stoß mit dem Dolch in der linken Hand des Vikars gerade noch standhielt.

Die beiden Männer prallten aufeinander, Stahl blitzte. Die Schwerter klirrten – es war kein schöner Klang, nicht rein wie Glocken, sondern hart wie der von Shan-weis Hammer und Amboss. Hauwerd war größer und kräftiger als Phandys, und erfahrener auch noch. Doch er war auch älter, bereits verwundet ... und ungerüstet.

Keiner der Gardisten von Kharnaikys' Abteilung hatte je einen solchen Kampf erlebt. Keiner hätte sich je ein Gefecht zwischen einem Vikar im Dienste von Mutter Kirche und einem Mitglied der tempeleigenen Garde auch nur vorstellen können, und schon gar nicht eine solche Explosion der Gewalt – hier, mitten auf dem heiligen Gelände des Tempels selbst. Das Orange von Hauwerds Soutane wurde dunkler und dunkler, als das Blut aus seiner Wunde schoss. Nichts allerdings schien seinen Schwertarm zu schwächen, und nichts vertrieb dieses eisige, konzentrierte Leuchten in seinen Augen. Er trieb Phandys zurück – einen Schritt, dann noch einen. Einen weiteren. Der Captain sprang zurück, blieb stehen und ging zum Gegenangriff über. Es war ein Tanz der Kräfte, der in all seiner Brutalität fast schon etwas Schönes hatte: die Reinheit und kraftvolle Anmut eines Raubtiers auf dem Sprung.

Major Kahrnaikys brüllte etwas. Das Klirren der Schwerter verhinderte, dass man auch nur ein einziges Wort verstand. Es hörte ihm ohnehin niemand zu. Eigentlich nicht. Sie alle schauten nur zu. Sie schauten zu, wie ein blutüberströmter Vikar sich mit aller Kraft gegen die missbrauchte Macht der

Inquisition zur Wehr setzte. Da war ein einzelner Mann, der genau *wusste*, dass er dem Untergang geweiht war und der korrupte Feind, den er aus tiefstem Herzen verachtete, schon bald jede Stimme in Gottes Eigener Kirche zum Schweigen brächte, die sich gegen eben diesen Feind stellte. Und dieser einzelne Mann stellte sich einem Dutzend bewaffneter, gepanzerter Gegner … und *lächelte.*

Sie wussten, dass keiner von ihnen diesen Anblick jemals vergessen würde. Sie wussten, dass sie niemandem davon würden berichten dürfen … und sie wussten auch alle, dass sie es trotzdem tun würden. Sie würden so leise flüstern, dass nicht einmal Zhaspahr Clyntahn ihre Worte hören würde. Egal, was Hauwerd Wylsynn sonst noch war, er war einer der Ihren gewesen, er hatte einige genau der Männer befehligt – Männer wie Khanstahnzo Phandys –, die jetzt in seine Gemächer vordrangen. Und während sie seinen hoffnungslosen Kampf beobachteten, seine Weigerung, sich zu ergeben, wussten sie, dass egal, was im Haftbefehl der Inquisition stand, dieser Mann ihres Gehorsams würdig gewesen war.

Dass er ihres Gehorsams *immer noch* würdig war.

Und dann sprang Hauwerd auf seinen Gegner zu – und richtete sich plötzlich zu voller Größe auf, das Kreuz durchgedrückt, als Captain Phandys ihm das Schwert tief in die Brust bohrte. Das Gewicht und der Schwung von Hauwerds eigenem Körper, verbunden mit der Wucht von Phandys' Stoß, trieben ihm die Klinge bis ans Heft durch den Leib.

Hauwerd stöhnte auf und ließ den Dolch fallen, umklammerte die Parierstange von Phandys' Schwert und sank auf die Knie. Fast augenblicklich ließ der Gardist das Heft los, und Wylsynn sackte vornüber, schien in seine eigene tödliche Wunde hineinzufallen. Doch dann gelang es dem Vikar, noch ein Mal hochzukommen. Irgendwie fand er sogar noch die Kraft, ein letztes Mal den Kopf zu heben. Blut stürzte ihm über die Lippen, doch er blickte dem Captain in die Augen – und im Blick des todgeweihten Vikars erkannte Phandys etwas ... etwas wie ... Dankbarkeit.

Dann schloss Hauwerd Wylsynn für immer die Augen und sackte über dem Schwert zusammen, das ihm das Leben genommen hatte.

.XVII.

Lagerhaus Bruhstair & Söhne und der Tempel und die Nördliche Landstraße, die Tempel-Lande

Die Reisevorbereitungen wären ... einzigartig.

Der Mann, der derzeit Ahbraim Zhevons war, hatte sich schon gefragt, wie Ahnzhelyk es schaffen wollte, ungefähr zwei Dutzend Personen fortzuschaffen, allesamt Flüchtige vor der Inquisition. Immerhin befand man sich mitten in Zion, der Hauptstadt der Kirche des Verheißenen, und das mitten im Winter. Wie wollte Ahnzhelyk es anstellen, dass keiner von ihnen bemerkt, aufgehalten und festgenommen würde? (Apropos Fragen: Merlin fragte sich, ob er für sein Team aus Persönlichkeiten nicht langsam eine Liste bräuchte, wann und wem gegenüber er welche Identität annehmen musste.)

Dann hatte Merlin erfahren, dass Ahnzhelyk gar nicht die Absicht hatte, ungefähr zwei Dutzend Personen aus der Stadt zu bringen: Es ging um mehr als das Doppelte.

Präzise: Es waren insgesamt siebenundfünfzig Personen.

Ungläubig hatte Zhevons Ahnzhelyk angestarrt, als sie ihn über diese Kleinigkeit unterrichtete. Allerdings war rasch klar geworden, dass er (wieder einmal) das Ausmaß von Ahnzhelyks Operation und die Größe ihrer Organisation unterschätzt hatte. Dieses Mal, so gestand er sich selbst ein, war das noch weniger zu entschuldigen. Seit Zhevons' Eintreffen in Zion hatte festgestanden, dass Ahnzhelyk ebenfalls die Absicht hatte, die Stadt zu verlassen. Es waren also nicht nur die Familien einiger hochrangiger Kirchenmänner in Sicherheit zu bringen, sondern alle Mitarbeiter der Organisation, die, einmal enttarnt, die

Inquisition auf die Spur der Verschwundenen bringen könnten. Wahrscheinlich war Zhevons nicht auf diese Idee gekommen, eben weil es ein so gewaltiges Unterfangen war. Vor langer Zeit auf Terra hätte man gesagt, so etwas durchzuziehen, die unauffällige gleichzeitige Evakuierung so vieler Menschen, erfordere Chuzpe.

»Das ist doch wohl ein Scherz«, entfuhr es ihm jetzt leise, als er neben ihr in dem eisigen, leeren Lagerhaus stand. Es war so groß, dass selbst die geflüsterten Worte von den Wänden widerhallten.

Ahnzhelyk hatte auf die kostspieligen, herrlich geschneiderten und stets der neuesten Mode entsprechenden Gewänder verzichtet, die sie so viele Jahre lang zu jeder nur erdenklichen Gelegenheit angelegt hatte. Ebenso wenig war sie aufwendig frisiert. Sie trug keinen Schmuck, und ihre Hände waren nicht mehr makellos manikürt. Die recht kleine Frau, die dort neben Zhevons stand, und deren Atemluft Wölkchen in der Kälte des Lagerhauses bildete, trug eine gesteppte Hose, Wildlederstiefel und einen dicken, aber praktischen und geradezu beklagenswert schlichten Wollpullover. Sie wirkte sehr bodenständig. Sie war schlank, gewiss, doch dabei irgendwie durchtrainiert. Das war ein erstaunlicher Unterschied zu der stets modischen, fast flatterhaften und irgendwie ätherischen Ahnzhelyk. Im Augenblick war sie darüber hinaus noch in einen Mantel gehüllt, der bemerkenswerte Ähnlichkeit mit den Wachmänteln besaß, wie sie von der Imperial Charisian Navy im Winter getragen wurden. Dieses Ding musste ungefähr das gleiche Gewicht haben wie Merlin Athrawes' Brustharnisch. Anscheinend aber war es ein Kleidungsstück, in dem Kleinigkeiten wie etwa ein eisiger Schneesturm gänzlich bedeutungslos waren.

»Scherz?« Ahnzhelyk blickte zu ihm auf und fuhr sich mit der Hand durch das jetzt kurz geschorene Haar. »Wie kommen Sie denn auf so etwas, Ahbraim?«

»Sie wollen mir erzählen, Sie haben das alles hier«, Zhevons vollführte eine Handbewegung, die das ganze Lagerhaus einschloss, »unmittelbar unter Clyntahns Nase eingefädelt?«

»Nein, eigentlich nicht.«

Auch Ahnzhelyk blickte sich jetzt in der großen Halle um. Wie alle Lager in Zion hatte man auch dieses zu Beginn des Winters bis unters Gebälk gefüllt, dieses hier vor allem mit Nahrungsmitteln. Ein Viertel der Lagerfläche hatte man allerdings für Säcke mit Gletscherherz-Kohle reserviert. Doch mittlerweile, so tief im Winter, waren mehr als zwei Drittel des gesamten Inhalts dieser Lagerhalle bereits fort (zweifellos mit beträchtlichem Gewinn verkauft), und entsprechend hatte man auch die Anzahl der Lagerarbeiter reduziert.

»Eigentlich«, fuhr sie fort und widmete ihre Aufmerksamkeit wieder ganz ihrem Begleiter, »hatte ich einen Großteil der Vorbereitungen schon erledigt, lange bevor Clyntahn überhaupt als Großinquisitor bestätigt war.« Sie verzog das Gesicht, und ihre ausdrucksvollen Augen wurden deutlich trüber und ungleich kälter als das Innere des Lagerhauses, als sie diesen Namen aussprach. »Ich habe schon immer sehr viel davon gehalten, lange im Voraus zu planen, Ahbraim. Selbst damals, als ich noch töricht genug war zu glauben, nicht einmal das Vikariat könne so korrupt sein – so *dumm* –, jemanden wie Clyntahn zum Inquisitor zu ernennen. Und jetzt ...«

Zornig deutete sie ein Schulterzucken an. Zhevons nickte. Nach Ahnzhelyks Verschwinden war ihr Informationsnetzwerk praktisch stillgelegt. Doch es bedurfte dieses Netzwerks auch kaum, um zu bestätigen, dass sogar ihre pessimistischste Einschätzung von Clyntahns Absichten erschreckend zutreffend gewesen war. Nicht ein einziges Mitglied aus Samyl Wylsynns ›Kreis‹ im Tempel oder in Zion war entkommen. Die Handvoll rangniedrigerer Bischöfe und Erzbischöfe, denen es gelungen war, vor Einbruch des Winters die Stadt zu verlassen, mochte vielleicht noch eine Chance haben, den Häschern der Inquisition zu entgehen. Aber niemand sonst hatte es geschafft – abgesehen von den Familienangehörigen, die Ahnzhelyk rechtzeitig erreicht hatte.

Es hatte drei Tage gedauert, bis der Tod von Samyl und Hauwerd Wylsynn eindeutig bestätigt war. Ahnzhelyk hatte sich aus ihrer prächtigen Stadtvilla in das winzige Kämmerchen hier in diesem Lagerhaus zurückgezogen. Dann hatte sie sehr leise die Tür hinter sich zugezogen, und nur das übermenschliche Gehör eines PICAs hätte das leise, unterdrückte, untröstliche und bittere Schluchzen zu hören vermocht. Als sie dann eine Stunde später wieder herausgekommen war, hätte ein aufmerksamer Beobachter ihr die Tränen noch angesehen, sonst aber keine Anzeichen ihrer bodenlosen Trauer entdeckt.

Die Wylsynns waren nicht die Einzigen, die es zu betrauern gab. Sie waren nur die Einzigen im ›Kreis‹ gewesen, die den Umfang von Ahnzhelyks Beteiligung daran gekannt hatten. Viele der anderen Mitglieder des ›Kreises‹ hatten sie aus ihrem Salon gekannt, und zahlreiche von ihnen hatten im Laufe der Jahre recht enge Freundschaft mit ihr geschlossen. Nur wenige hatten Ahnzhelyk ihre Berufswahl vorgeworfen, und die meisten hatten nach und nach von ihren karitativen Tätigkeiten erfahren, insbesondere von ihren Beiträgen zu den winterlichen Suppenküchen und Notunterkünften. Auch wenn Samyl und Hauwerd für sie nun auf ewig verloren waren, so waren sie doch wenigstens schon *tot,* ihren anderen Freunden war dieses Glück nicht beschieden. Sie befanden sich jetzt in Clyntahns Gewalt, und Ahnzhelyk gab sich keinerlei Illusionen hin, was mit ihnen in genau diesem Moment geschah.

Hier und jetzt, in diesem Lagerhaus, aber kauerten jetzt sechs Familien beieinander, und sie alle waren gezwungen, mit demselben Wissen zu leben.

Wenigstens werden sie nicht mehr lange beieinander kauern müssen, dachte Zhevons. *Dafür sei Gott gedankt! Die Stadt war schon schlimm genug, als ich hier angekommen bin. Jetzt ist sie zehnmal schlimmer!*

Die Nachricht der Verhaftung sämtlicher Mitglieder des ›Kreises‹ hatte Zion betäubt wie ein Hammerschlag. Wie Ahnzhelyk selbst hatte sich die Mehrheit der Mitglieder des ›Kreises‹ in verschiedenen karitativen Einrichtungen engagiert. Viele waren Bédardisten oder Pasqualaten gewesen und hatten sich um die Notunterkünfte dieser Orden gekümmert. Diese Notunterkünfte mochten unzureichend sein, unzureichend mit finanziellen Mitteln und Mitarbeitern ausgestattet und weitestgehend von Mutter Kirche ignoriert. Doch sie machten immer noch im wahrsten Sinne des Wortes den Unterschied zwischen Leben und Tod aus für viele der Ärmsten der Stadt. Und die hohen Kirchenmänner, die sich dazu herabgelassen hatten, sie zu unterstützen – die in manchen Fällen sogar regelmäßig in ihnen *gearbeitet* hatten –, waren beliebt gewesen bei eben jenen ärmsten Bürgern Zions. Andere der Verhafteten hatten mit einzelnen Kirchengemeinden zusammengearbeitet, die ihre Pflicht, sich um die weniger glückreichen Brüder und Schwestern zu kümmern, ernst genommen hatten, und auch sie wurden von den Bedürftigen in Zion geliebt.

Über jene Bürger hinaus, denen diese Vikare und Erzbischöfe unmittelbar geholfen hatten, war die Aufrichtigkeit ihres Glaubens und ihres Mitgefühls den jüngeren Kirchendienern und Laien bewusst gewesen, die mit ihnen zusammengearbeitet hatten. Dass sie unter dem Vorwurf des Verrats und der Ketzerei festgenommen worden waren, hatte zu Verunsicherung geführt. Dass man sie als heimliche Ketzer faktisch bereits verurteilt hatte, der charisianischen Abtrünnigkeit Vorschub geleistet zu haben, traf sie bis ins Mark. Dass plötzlich von unaussprechlichen persönlichen Verfehlungen und Perversionen die Rede war, schien schlichtweg unmöglich. Doch die Gerüchte, besagte Männer seien verhaftet worden, stellten sich als wahr heraus, und deren ›Geständnisse‹ kursierten, gleich nachdem die Inquisitoren ihnen ›gut zugeredet‹ hatten.

In Zion herrschte ein stiller, heimlicher Aufruhr. Niemand

wagte es laut auszusprechen. Viele aber hegten Vermutungen darüber, was in Wahrheit geschehen war. Das waren Menschen, die in der Zerschlagung des ›Kreises‹ ein skrupelloses, kühl geplantes und kalt ausgeführtes Manöver sahen, all das zum Schweigen zu bringen, was sich als Opposition verstehen ließ. Es war die Auslöschung jeglicher Toleranz, die offizielle Billigung einer fanatischen Treue nicht Mutter Kirche gegenüber, sondern dem Vikariat und – ganz besonders – der ›Vierer-Gruppe‹ gegenüber.

Zhaspahr Clyntahn hatte den Tempel mit eiserner Faust umklammert und damit das Herz der ganzen Kirche des Verheißenen. Die Stadt Zion hielt den Atem an und zitterte, während sie abwartete, welcher Preis für diesen Triumph zu zahlen sein würde.

Es wird nicht mehr lange dauern, bis das Denunzieren anfängt, dachte Zhevons traurig. *Die Inquisition hat schon immer überall auf Safehold ihre Informanten und ihr Spionagenetzwerk gehabt, besonders aber hier in Zion und im Tempel, und das auch aus gutem Grund. Aber jetzt werden sie alle nach jemandem –* irgendjemandem *– suchen, der als Exempel der eigenen Orthodoxie, Treue und Zuverlässigkeit dienen kann. Sie werden nach Opfern suchen, die sie den Kraken zum Fraß vorwerfen können, um sich selbst und ihre eigenen Familien zu retten.*

»Ich muss zugeben«, fuhr Ahnzhelyk mit düsterer, bitterer Befriedigung fort, »dass es, obwohl ich das hier schon geplant hatte, lange bevor Clyntahn an die Macht gekommen war, mich immens freut, gerade ihn dazu *benutzen* zu können, diese Menschen vor ihm zu retten.«

Wieder nickte Zhevons. Aber obwohl es *sie* freute, erfüllte *ihn* der schiere Wagemut ihres Planes doch mit beachtlicher Sorge. Aber diese unfassbare Unverfrorenheit war vermutlich genau das, was erforderlich war, um diesen Plan tatsächlich gelingen zu lassen.

Zhevons hatte bereits begriffen, dass Ahnzhelyk Phonda eine gerissene Geschäftsfrau war – und ebenso eine äußerst geschickte Verschwörerin. Allerdings hatte er bislang nicht erkannt, welches Vermögen sie sich im Laufe der Jahre erarbeitet hatte. Vielleicht hätte es ihn nicht überraschen sollen. Denn jemand, der seine Aktivitäten vor der Inquisition hatte geheim halten können, wusste mit dem gleichen Geschick auch seine verschiedensten geschäftlichen Unternehmungen vor den Steuereintreibern der Stadt und der Kirche zu verbergen. Zhevons war bewusst, dass es Ahnzhelyk nicht darum gegangen war, Steuern zum eigenen Vorteil zu hinterziehen. Im Gegenteil: Sie hatte einige großzügig bemessene Bestechungsgelder und auch Steuern bezahlt – nur nicht unter ihrem eigenen Namen. Jetzt, da Zhevons wusste, wonach er Ausschau zu halten hatte, war es ihm gelungen, nicht weniger als neun vollständig gefälschte Geschäftsidentitäten zu entdecken, die Ahnzhelyk erfunden und aufrechterhalten hatte – in einem Falle seit fast sechsundzwanzig Jahren. Und Merlin war sich sicher, noch längst nicht alle gefunden zu haben. Schon vor Cayleb Ahrmahks Geburt hatte Ahnzhelyk ein ökonomisches Netzwerk in Zion aufgebaut, einschließlich einiger nicht ganz legaler Unternehmungen – und fast jeder von diesen Geschäftszweigen hatte Gewinne erwirtschaftet. Natürlich variierte das Ausmaß des Profits von Geschäft zu Geschäft – es fand sich alles von ›gerade einmal kein Verlust‹ bis hin zu ›Lizenz zur Münzprägung‹. Doch der Gesamtwert ihrer verschiedenartigsten Aktivposten war wirklich erstaunlich.

Auch dieses Lagerhaus und die Firma Bruhstair & Söhne gehörte dazu, ein legaler, *höchst* profitabler Lager- und Speditionsbetrieb, in dessen Besitz dieses Lagerhaus offiziell war. Natürlich trugen Bruhstair & Söhne, ebenso wie viele andere derartige Betriebe, vor allem hier in Zion, zum so genannten grauen Markt bei. Sogar in recht beachtlichem Maße. Frachttransporte Bruhstair, das eigentliche Unternehmen, das für Bruhstair & Söhne das Rollgeld erwirtschaftete, hatte schon seit siebenundfünfzig Jahren bestanden und mehr als zweihundert

Mitarbeiter beschäftigt, als Ahnzhelyk es dem letzten ›& Söhne‹ abgekauft hatte (allerdings geschickterweise über Mittelsmänner). Unter ihrer Führung war das Unternehmen beträchtlich gewachsen. Ein derart großes und profitables Transportunternehmen (im letzten Jahr hatte es einen Gewinn von beinahe achtzigtausend Mark erwirtschaftet, und das war für eine Lagerfirma auf dem Festland geradezu atemberaubend) konnte in Zion nicht bestehen, ohne entsprechende Bedingungen mit den Mitgliedern des Vikariats und der Kirchenhierarchie im Allgemeinen auszuhandeln. So war es beispielsweise erstaunlich, wie wenige Importzölle auf Waren erhoben wurden, die für jemanden wie etwa … na, zum Beispiel: Vikar Zhaspahr Clyntahn bestimmt waren.

Dergleichen hatte es schon immer gegeben, aber im letzten Jahrhundert hatte diese Art von Drachenhandel deutlich zugenommen. Mittlerweile machte sich niemand mehr die Mühe, auf *anständigen* Papieren zu bestehen. Zöllner und Steuereintreiber wussten genau, dass es keine gute Idee war, sich etwas genauer anzuschauen, das von einem der ranghöchsten Kirchenmänner abgezeichnet war. Langhorne stehe demjenigen bei, der naiv genug (oder dumm genug) war, etwas zu bemerken, was er besser nicht bemerkt hätte! Allerdings kam das nur selten vor – *sehr* selten.

Natürlich fand sich derartiges Pflichtbewusstsein nicht allzu oft. Als Zhevons das Thema Ahnzhelyk gegenüber angesprochen hatte, erfuhr er, der letzte ehrliche Zöllner in Zion sei vor etwas mehr als siebenunddreißig Jahren gesichtet worden. Nicht, dass die derzeitigen Zöllner ineffizient oder unfähig wären: Sie hatten lediglich sehr genau verstanden, dass ein ernst zu nehmender Anteil sämtlicher Geschäfte der Stadt (Zhevons ging derzeit von etwa fünfundzwanzig Prozent aus, und das mochte noch zu niedrig angesetzt sein) entweder durch oder für Vikare und Erzbischöfe getätigt wurden, die praktisch von der Steuer freigestellt waren. Da niemand sich je darum gekümmert hatte, Steuerfreistellungen offiziell zu vermerken, begriffen selbst die pflichtbewusstesten Zöllner sofort, es mit rechtswidrigen Geschäften zu tun zu haben.

Und wenn man das erst einmal begreift, dann muss man sich doch auch fragen, warum man sich nicht selbst ein kleines Nest anlegen sollte, dachte Zhevons bitter und verglich die Situation vor Ort und die zügellose Korruption, der dadurch noch weiter Vorschub geleistet wurde, mit den momentanen Verhältnissen im Kaiserreich Charis.

Nicht, dass er die Absicht gehabt hätte, sich zu beschweren! Vor allem nicht, da Ahnzhelyk Phonda nicht nur über das Talent verfügte, diese Korruption so geschickt für die eigenen Zwecke zu nutzen, sondern auch über die stählernen Nerven, keinen anderen als Zhaspahr Clyntahns eigenen Verwalter zu einem stillen Partner von Bruhstair & Söhne gemacht zu haben.

Die schiere Unverfrorenheit dieses Schachzugs erfüllte *Seijin* Zhevons mit immenser Ehrfurcht. Welcher Steuerprüfer, welcher Zöllner würde es wagen, sich einzumischen, wenn *Zhaspahr Clyntahn* in Schmuggelei verwickelt war? Selbst unter Idealbedingungen hätte nur ein geistig sehr Minderbemittelter das gewagt. Die Vorstellung war schlichtweg lächerlich! Und jetzt, da Clyntahn in der ganzen Stadt seine Schreckensherrschaft errichtete, würde niemand auch nur das geringste Risiko eingehen, sich den Zorn des ohnehin schon erbosten Großinquisitors zuzuziehen. Damit stellte die indirekte Beteiligung Zhaspahr Clyntahns an Bruhstair & Söhne für Ahnzhelyk den besten, effektivsten Schutz gegen seine hoch motivierte Suche nach genau den Personen dar, die Ahnzhelyk zu beschützen suchte.

Die exquisite Ironie der Situation und Ahnzhelyks Lösung sind wirklich herrlich, wenn auch nervenaufreibend, dachte Zhevons-Merlin bewundernd.

»Am Morgen können wir aufbrechen«, erklärte Ahnzhelyk

jetzt. »Was verraten Ihre *Seijin*-Fähigkeiten Ihnen denn über das Wetter, Ahbraim?«

»Es sieht so aus, als würde es fast den ganzen Rest des Monats klar und eiskalt bleiben«, erwiderte er. »In der Mitte des nächsten Fünftags ist noch mit etwa einem Tag Schneefall zu rechnen, aber keine solchen Schneestürme mehr, wie wir sie schon hatten. Dort, wo Sie hinfahren, wird es vielleicht noch zehn Zoll Schnee geben.«

Ahnzhelyk schaute ihn nachdenklich an, und er erwiderte ihren Blick mit einem milden Lächeln. Er zweifelte nicht mehr daran, dass Ahnzhelyk Phonda, sobald sie die Personen in ihrer Obhut ins Alte Charis geschafft hatte, sehr rasch in einen anderen ›Kreis‹ aufgenommen werden würde. Doch in der Zwischenzeit bereitete es Merlin echte Freude, ihren messerscharfen Verstand am Werk zu erleben. Im Augenblick versuchte dieser Verstand ganz offenkundig herauszufinden, wie es Zhevons möglich war, eine derart präzise Wettervorhersage abzugeben.

Unter anderem.

»Das freut mich zu hören«, sagte sie schließlich. Dann blickte sie sich erneut im Lagerhaus um und schüttelte den Kopf. »Irgendwie werde ich das hier vermissen«, seufzte sie.

»Darf ich mich erkundigen, welche Vorkehrungen Sie für Ihre Unternehmungen hier in Zion getroffen haben? Was wird geschehen, nachdem Sie ... öhm, abgereist sind?«, fragte Zhevons nun, und Ahnzhelyk zuckte mit den Schultern.

»Ich war ernstlich versucht, meine Geschäfte weiterlaufen zu lassen«, gestand sie. »Ich habe so lange gebraucht, das alles aufzubauen und am Laufen zu halten, dass es mir fast vorkommt, als würde ich mir mit ihrer Auflassung selbst einen Arm abhacken. Ich hatte mit so viel Emotion gar nicht gerechnet, aber es ist nun einmal, wie es ist. Dem Eingeständnis dieser Haltung folgte die Erkenntnis, dass ich insgeheim immer noch versucht habe mir einzureden, ich könnte hier in Zion nach wie vor eine wichtige Ausgangsbasis aufrechterhalten und es aus der Ferne verwalten. Eine Basis, die vielleicht nützlich sein könnte, Clyntahn und seinen Spießgesellen eines schönen Tages ein wenig ... Schaden zuzufügen.«

Sie schüttelte den Kopf, und ihre Kiefermuskeln spannten sich an. Merlin sah, wie tiefster Hass in ihren Augen brannte, als sich ihr Blick in der Ferne verlor.

»Aber ...?«, forderte er sie zum Weitersprechen auf, als sie weiterhin schwieg.

»Was?« Sie blinzelte und konzentrierte sich dann wieder ganz auf ihren Begleiter. »Oh, Verzeihung. Ich war gerade ... in Gedanken versunken.«

»Das habe ich wohl bemerkt. Aber es klang ganz so, als hätten Sie sich letztendlich doch *dagegen* entschieden, die Geschäfte weiterzuführen.«

»Ja.« Sie zuckte mit den Schultern. »So wie ich die Dinge jetzt arrangiert habe, werden sämtliche meiner Geschäfte in Zion entweder dezent abgewickelt oder zur Gänze denen übertragen, die sie die ganze Zeit über für mich verwaltet haben. Ich habe schon vor langer Zeit beschlossen, es sei besser, hier unauffällig meine Zelte abzubrechen und dann meine Spuren zu verwischen, als dass ein Dutzend oder mehr Geschäfte plötzlich und unerwartet ihre Tätigkeiten einstellen – und das zufälligerweise genau zu der Zeit, da eine gewisse Ahnzhelyk Phonda spurlos verschwindet. Abgesehen davon haben die meisten Leute, die für mich gearbeitet haben – selbst die, die überhaupt nicht wussten, dass sie für *mich* arbeiten, wenn Sie verstehen, was ich meine – wirklich gute Arbeit geleistet.« Wieder zuckte sie die Achseln. »Ich sehe darin so eine Art Ruhestandsregelung.«

»Ah, ich verstehe.« Zhevons nickte. »Andererseits dürfte es Ihnen wohl nicht ausschließlich darum gehen, dass Ihre Mitarbeiter für Treue und harte Arbeit belohnt werden.«

»Tut es auch nicht.« Wieder blickte sie zu ihm auf. »Wenn

etwas wirklich sicher ist, was unter Gottes Himmel geschieht, Ahbraim, dann, dass Clyntahn seinen Würgegriff um sämtliche Reiche auf dem Festland verstärken wird. Wahrscheinlich wird er Siddarmark nicht ganz so rasch in den Griff bekommen, wie es ihm lieb wäre – zumindest nicht, bis er noch deutlich mehr Vorbereitungen in der Republik getroffen hat. Aber die anderen Königreiche, die Kaiserreiche – die wird er allesamt mit eiserner Faust regieren, natürlich im Namen von Mutter Kirche. Wenn er das überall tut, wird er hier in Zion noch härter und noch repressiver vorgehen. So verführerisch also der Gedanke auch sein mag, hier immer noch sozusagen den Fuß in der Tür zu lassen, kann ich es doch unmöglich rechtfertigen, dass alle diese Leute möglicherweise dafür bestraft werden, Agenten Shan-weis zu sein. Ich habe sehr sorgsam darauf geachtet, dass es keine nachverfolgbaren Spuren gibt, die meine Geschäfte hier in Zion in irgendeiner Weise mit dem ›Kreis‹ verbinden. Ich werde keinesfalls die Leute in Gefahr bringen, die so lange für mich gearbeitet haben, indem ich sie dazu bringe, aktiv gegen den Tempel vorzugehen, jetzt wo Clyntahn so offensichtlich Blut sehen will.«

»Ich verstehe. Natürlich«, er bedachte Ahnzhelyk mit einem dünnen Lächeln, »klingt das ganz danach, als hätten Sie die Absicht, selbst weiterhin aktiv gegen den Tempel vorzugehen, sobald Sie Zion erst einmal verlassen haben, nicht wahr?«

»Oh, ich glaube, *darauf* können Sie wetten, Ahbraim!«, erwiderte sie sehr leise, und niemand hätte die Art und Weise, mit der sie kurz ihre Zähne aufblitzen ließ, mit einem herzlichen Lächeln verwechselt. »Ich bin eine sehr wohlhabende Frau, wissen Sie?«, fuhr sie fort. »Selbst nach der Aufgabe sämtlicher Firmen hier in Zion stehe ich immer noch recht gut da. Sie wären erstaunt – na ja, *Sie persönlich* vielleicht nicht, aber die meisten anderen schon –, welche Geldmengen ich auf Konten in Tellesberg oder im Hause Qwentyn in Siddarmark habe unterbringen können. Nach dem, was Sie und Adorai gesagt haben, kann ich mich wohl darauf verlassen, dass auch Kaiser Cayleb und Kaiserin Sharleyan mir notfalls Unterschlupf gewähren würden. Und in diesem Falle werden mein Vermögen und sämtliche Verbindungen, die ich nach wie vor zum Festland unterhalte, mir dabei helfen, Zhaspahr Clyntahn das Leben zur Hölle zu machen ... und es«, in ihren dunklen Augen blitzte hungriges Feuer auf, »so kurz wie nur irgend möglich zu machen!«

»War das jetzt der Rest, Rhobair?«, erkundigte sich Graf Coris, während er dabei zuschaute, wie Rhobair Seablanket einen letzten Schrankkoffer zuklappte und mit Ledergurten sicherte.

»Ja, Mein Lord.« Seablanket stützte eine Hand auf den Koffer, als er sich zu seinem Arbeitgeber umdrehte. Auch wenn er so sachlich klang wie eh und je, hätte es eines Mannes bedurft, der deutlich dümmer und weniger aufmerksam gewesen wäre als Phylyp Ahzgood, um nicht die Erleichterung in den Augen des Kammerdieners zu bemerken.

»Wenn das so ist, sollten wir alles runter zur *Hornisse* schaffen.« Coris lächelte ohne sonderliche Belustigung, dabei aber sogar noch erleichterter als Seablanket. »Pater Hahlys erwartet uns, und ich würde ihn ungern warten lassen.«

»Sehr wohl, Mein Lord«, pflichtete Seablanket ihm inbrünstig bei. »In einer Stunde wird alles an Bord sein.«

»Gut, Rhobair. Gut!«

Coris tätschelte seinem Kammerdiener die Schulter. Dann wandte er sich ab, ging einige Schritte fort und starrte aus dem Fenster, durch das er auf die Stadt Zion hinabblicken konnte.

Großer Gott, ich kann es überhaupt nicht mehr erwarten, wieder über den See zu kommen! Er schüttelte den Kopf. *Auf dem Hinweg war ich mir sicher, viel schlimmer könnte es nicht werden. Wie wenig ich doch wusste ...*

Seine eigenen Besprechungen mit Zahmsyn Trynair und

Zhaspahr Clyntahn waren schon schlimm genug gewesen. Der Graf war zu dem Schluss gekommen, er habe Clyntahns Zynismus sogar noch unterschätzt ... und dessen Skrupellosigkeit. Ehrlich gesagt, hätte er es nicht für möglich gehalten, Clyntahn *könnte* überhaupt noch skrupelloser und berechnender sein, als Coris ursprünglich angenommen hatte. Jetzt wusste er es besser. Es wäre ihm vielleicht gelungen, sich in dieser Hinsicht auch nur der kleinsten Illusion hinzugeben, hätte ihn Clyntahns rücksichtslose Liquidierung sämtlicher Opposition im Vikariat nicht eines Besseren belehrt.

Coris verschränkte die Hände hinter dem Rücken und verkrampfte die Finger so fest, dass es schmerzte. Er war Samyl oder Hauwerd Wylsynn nie persönlich begegnet. Aber Vikar Chiyan Hysin, aus der namhaften Harchong-Familie Hysin, hatte er kennengelernt. Er hätte ernstlich Schwierigkeiten gehabt, sich jemanden vorzustellen, der sich weniger wie ein tobender Ketzer verhielt, der sich auch noch an kleinen Mädchen verging. Doch genau dieser Dinge wurde Hysin beschuldigt ... aber laut den ›schockierten und entsetzten‹ Inquisitoren hatte er sie auch schon gestanden.

Coris zweifelte nicht daran, was Hysins wahres ›Verbrechen‹ war – ebenso wie das wahre ›Verbrechen‹ aller anderen, die in den letzten drei Fünftagen verhaftet worden waren oder bei dem Versuch, sich der Verhaftung zu entziehen, das Leben verloren hatten: Es bestand darin, sich der ›Vierer-Gruppe‹ entgegengestellt zu haben – oder auch nur den Eindruck erweckt, es könnte vielleicht geschehen. Was Hysin betraf, schien es zumindest einige Indizien zu geben, dass er in ... heimliche Aktivitäten verwickelt gewesen war. Das musste Coris zugeben. Doch auch wenn er nicht in der Lage gewesen war, hier in Zion auch nur ansatzweise ein solches Geheimdienst-Netzwerk aufzubauen, wie ihm das an anderen Orten möglich gewesen war – wenigstens unter günstigen Umständen –, hatte er doch zumindest ein wenig seine Fühler ausgestreckt, in den Tempel hinein ebenso wie in die Stadt Zion selbst. Alle Informanten meldeten ihm – leise, vorsichtig und immer nur im Flüsterton, damit bloß niemand sie belauschen könnte –, dass die heimlichen Aktivitäten, in die Hysin und der Rest der Vikare und Prälaten, die man mittlerweile als den ›charisianischen Kreis‹ bezeichnete, darin bestanden hatten, die ›Vierer-Gruppe‹ und den allgegenwärtigen Machtmissbrauch des Klerus zu kritisieren.

Natürlich haben sie damit in Wahrheit auch die Abtrünnigen in Charis unterstützt, dachte der Graf kühl. *Diese Narren. Oh, diese* Narren! *Wie konnten sie nur ...?* Er schüttelte den Kopf. *Nein, du solltest ihnen gegenüber gerecht sein, Phylyp! Bevor diese ganze Sache mit Charis dem Tempel und der ›Vierer-Gruppe‹ um die Ohren geflogen ist, war es lediglich unfassbar riskant, sich Clyntahn entgegenzustellen, aber nicht unweigerlich* selbstmörderisch. *Die haben sich das doch nicht erst vorgestern überlegt ... Und Clyntahn hat sich auch nicht voller Vorfreude auf diesen Tag die ganze Zeit über erwartungsvoll über die Lippen geleckt, weil er ernstlich geglaubt hat, sie hätten ernsthaft Pläne eines Staatsstreichs im Vikariat verfolgt. Das ist ein klassischer Fall, zwei Wyvern mit einer Klappe zu erschlagen ... und genau daran hat Clyntahn jetzt jede Menge Spaß!*

Kurz schloss Coris die Augen und lehnte die Stirn gegen die eisige Fensterscheibe. Innerlich sprach er ein kurzes, inniges Gebet für die Seelen der Männer, die zweifellos genau jetzt, in diesem Augenblick, unter den Händen der Inquisition die Qualen der Verdammten erlitten. Diese Männer, die der gleiche Tod erwartete, den schon Erayk Dynnys erlitten hatte ... es sei denn, Clyntahn fiele noch etwas ein, das *noch* schlimmer wäre.

Und die *Familien* dieser Männer waren ebenfalls verhaftet worden.

Du musst zurück nach Talkyra, sagte er sich tonlos, fast verzweifelt. *Du* musst *zurück zu Irys und Daivyn.* Er schüttelte den Kopf, die Augen immer noch geschlossen. *Wenn Clyntahn bereit ist,* so etwas *durchzuziehen, wenn er bereit ist, jeden zehnten Angehörigen des*

Vikariats zu verhaften und zum Tode zu verurteilen, bloß um seine eigene Machtposition zu festigen, ist doch völlig sicher, dass er Daivyn *opfert, ohne mit der Wimper zu zucken!*

Wieder schüttelte Coris den Kopf. Das einzige Mitglied der ›Vierer-Gruppe‹, der sich ernstlich um Daivyns Wohlbefinden zu sorgen schien, war Rhobair Duchairn gewesen. Coris war dem Schatzmeister der Kirche nur zweimal begegnet. Allerdings hätte er sich eigentlich *überhaupt nicht* mit ihm treffen müssen. Diese Besprechungen – in denen es offiziell darum gegangen war, Daivyns finanzielle Bedürfnisse und ein angemessenes Maß kirchlicher Zuwendungen zu ermitteln, um seinen Hof im Exil zu unterstützen –, hatte Duchairn arrangiert. Für Coris war es ganz offensichtlich, dass es der Vikar persönlich gewesen war, der für ihrer beider Begegnung gesorgt hatte.

Das wusste der Graf zu schätzen, auch wenn er sich dies nur mit der gebotenen Vorsicht anmerken ließ. Er war sich fast sicher – bedauerlicherweise aber eben nur *fast* –, dass Duchairn sich aufrichtig um Daivyn sorgte. Das passte zumindest zu allen bisherigen Einschätzungen, die Coris über den Vikar vorgelegen hatten. Auch die Trauer im Blick des Mannes war Coris ganz und gar aufrichtig vorgekommen. Natürlich war es unmöglich, sich dessen wirklich sicher zu sein. Vielleicht hatte Duchairn Coris in einer sehr viel subtileren Art und Weise, als Clyntahn das jemals in den Sinn gekommen wäre, auf die Probe gestellt, um seine Nützlichkeit für die ›Vierer-Gruppe‹ einzuschätzen. Der Drahtseilakt, alles zu tun, was für Daivyn im Augenblick und in der Zukunft wichtig war, und seinen eigenen Ruf als angemessen käuflicher Handlanger aufrechtzuerhalten, gehörte zum Schwierigsten, was Coris je im Leben unternommen hatte. Doch seine Karriere als Spion war ihm dabei sehr zugutegekommen.

Wie echt (oder vorgetäuscht) Duchairns Besorgnis auch gewesen sein mochte, es bestand kein Zweifel daran, wie der *Rest* der ›Vierer-Gruppe‹ über das Ganze dachte. Im Augenblick war Coris nur sehr eingeschränkt dazu in der Lage, sich über die jüngsten Entwicklungen in Corisande zu informieren, vor allem über die großen Entfernungen hinweg. Doch seine Quellen hier im Tempel, so bruchstückhaft ihre Informationen auch waren, legten allesamt nahe, derzeit laufe es in Corisande nicht gerade außerordentlich gut – aus Sicht des Tempels. Auch seine letzten Gespräche mit Trynair ließen darauf schließen. Der Kanzler hatte zwar sein Bestes gegeben, die eigene Besorgnis so weit wie möglich herunterzuspielen, aber in Corisande und vor allem in Manchyr schien man sich mehr und mehr mit Cayleb und Sharleyan zu arrangieren – oder zumindest mit der Kirche von Charis. Sobald Zhaspahr Clyntahn zu dem Schluss käme, das Feuer von Corisande müsse noch einmal angefacht werden und ein weiteres heimtückisches Attentat durch die Charisianer könne die Stimmung in Manchyr wieder umschlagen lassen ...

Ich muss *zurück nach Talkyra!*

Sie hat es tatsächlich hinbekommen, dachte Ahbraim Zhevons. *Mein Gott, sie hat es tatsächlich hinbekommen!*

Bislang zumindest. Es war immer noch möglich, dass die Operation scheiterte. Aber während Zhevons die Karawane der massigen Schlitten beobachtete, die Eisechsen langsam über die vereiste Hauptstraße schleppten, war klar, dass seine ursprüngliche Besorgnis um Ahnzhelyk Phondas Sicherheit voreilig gewesen war.

In mancherlei Hinsicht hätte Ahnzhelyk für die Flucht aus Zion keinen besseren Zeitpunkt wählen können. So tief im Winter waren die Straßen hartgefroren, und es war deutlich einfacher, schwere Lasten über Land zu schaffen – sofern man anständige Schlitten hatte (und auf Zugtiere wie die safeholdianischen Eisechsen zurückgreifen konnte). Im Herbst oder frühen Winter hätte man dagegen Karren verwenden müssen –

auf durchweichten Straßen! Und im Frühjahr hätte die Schneeschmelze das Ihrige getan, das Vorankommen im Gelände zu erschweren. In mancherlei Hinsicht wäre selbst der Sommer nicht besser geeignet gewesen. Denn trotz Dutzender Lagerhäuser und Getreidespeicher in Zion benötigte die Stadt doch jetzt, so spät im Winter, dringend Nachschub. Regelmäßig kamen Frachtladungen nach Zion und in den Tempel, außer in jenem Monat des Jahres, wenn die Stadt wegen des Wetters vollständig von der Außenwelt abgeschnitten war. Jetzt, da der Frost heftig genug war, hatte das Liefertempo in den letzten Fünftagen deutlich angezogen, trotz der Schneestürme, die immer noch über die nördlichen Tempel-Lande hinwegzogen.

Im gleichen Maße aber, wie wieder Waren in die Stadt *hinein*geschafft wurden, nahm auch der Transport diverser Dinge aus der Stadt *heraus* zu, einschließlich einer großen Kolonne der Spedition Bruhstair. Zur Ladung gehörten Gemischtwaren, einschließlich mehrerer hundert Flaschen besten Brandys und Whiskeys. Zhevons war ja der Ansicht, die chisholmianischen Whiskeys seien deutlich besser als alles, was aus Zion stammte, aber dass auch die Destillerien des Tempels und Zions einen sehr guten Ruf genossen, war unbestreitbar. Ob das nun tatsächlich die besten Weinbrände der Welt waren oder nicht (und nach Zhevons' bescheidener Meinung war das eindeutig *nicht* der Fall), erzielten sie doch exorbitante Preise, einfach wegen ihres guten Namens.

Zusätzlich zu den Weinbränden transportierte Bruhstair hier auch noch eine Kiste mit Büchern aus Zions Verlagshäusern, kirchliche Kunstschätze im Wert von etwa einer Viertelmillion Mark, und dazu edelsten Schmuck von mindestens gleichem Wert. Der Rest der Fracht bestand aus relativ leichten (allerdings häufig recht sperrigen) Waren – zum Beispiel eine durchaus beeindruckende Sammlung von Teppichen und Wandteppichen sowie Luxus-Wirkwaren aus der Wolle der Schafe und Bergechsen verschiedener kirchlicher Gutshöfe. Bei derartigen Transporten war stets auf die Sicherheit der Kolonne zu achten. Das erklärte auch, warum auf so viele der Bruhstair-Schlitten große, robuste Frachtkisten aus massivem Holz geladen waren. Manche der Kisten waren fast so groß wie die Frachtcontainer, die Nimue Alban während ihrer Zeit bei der Navy hatte in Raumschiffe verladen sehen. Natürlich hatte man vor dem Aufbruch sämtliche dieser Kisten verschlossen und verplombt, unter den wachsamen Augen der Zöllner. Jedes einzelne Frachtgut hatte man gründlichst überprüft ... zumindest laut den zugehörigen Frachtpapieren. Und tatsächlich *waren* sie auch genauso gründlich geprüft worden wie sonst. Mit anderen Worten: Die Zöllner hatten sich die Papiere angesehen, hatten festgestellt, dass es sich bei einem der Versender um Zhaspahr Clyntahns Verwalter handelte, und sofort sämtliche Frachtkisten auf den Schlitten so offiziell verplombt, wie man sich das nur wünschen konnte.

Bei dem zweifellos lobenswerten Eifer der Zöllner, dafür zu sorgen, dass Vikar Zhaspahrs Eigentum endlich seine Reise antreten konnte, schienen ihnen jedoch einige kleine ... Ungereimtheiten entgangen zu sein. Vor allem hatten sie wohl nicht bemerkt, dass es auf sechs der größeren Schlitten zusätzlich zu den sorgfältig verschlossenen und verplombten Luken, durch die man die kostbare Fracht aufgeladen hatte, noch kleine, unauffällige Bodenluken gab. Diese Luken waren aus irgendeinem unbekannten (aber zweifellos triftigen) Grund so konstruiert, dass man sie nur erreichen konnte, wenn man auf Händen und Knien zwischen den Kufen hindurch unter den Schlitten kroch (gut, die meisten Erwachsenen hätten sich dafür sogar flach auf den Bauch legen müssen).

Durch diese Luken waren mehr als fünfzig Flüchtlinge auf die Ladefläche des Schlittens gelangt, allesamt Flüchtige, nach denen die Inquisition fieberhaft Ausschau hielt.

Es war gewiss nicht die bequemste Art zu reisen, die jemals ersonnen worden war. Aber die Frachtkisten der Schlitten hatten feste Außenwände und waren sehr wetterbeständig. Die kleinen Kämmerchen hinter der eigentlichen Ladung, in denen sich die Passagiere versteckt hielten, waren groß genug für ein bisschen Bewegungsfreiheit und um dort Matratzen und Bettzeug auszubreiten. Umgeben waren sie allesamt von Teppichen und Wandteppichen, in Zion hergestellten Decken und anderen teuren Textilien. So hatten es die Passagiere in diesen winzigen Kämmerchen sogar wärmer als jeder andere, der zur Kolonne gehörte. Nachdem Zion erst einmal einige Tage hinter ihnen lag, hatte man ihnen gestattet, ihr Versteck zu verlassen, sobald die Schlitten für die Nachtruhe zum Stillstand gekommen waren. Die blinden Passagiere durften sich unauffällig – *sehr* unauffällig – unter die Treiber und Wagenführer der Firma Bruhstair mischen. Diese waren, welche Überraschung!, damit vertraut, bei derartigen Reisen früher oder später Mitreisenden zu begegnen, die nicht als Passagiere in den Papieren eingetragen waren.

Kurz würde diese Reise nicht sein. Die Schlitten sollten der Südküste der Hsing-Wu-Passage bis zur Küste der Eiswind-See folgen. Unterwegs würden sie zumindest einen Teil ihrer Ladung in diversen Städten und kleineren Dörfern löschen. Doch der Hauptgrund, weswegen man sich ausgerechnet für diese Route entschieden hatte, war, dass man auf diese Weise das außerordentlich schwierige Terrain der Berge des Lichts vermied.

Um das Reisen zu erleichtern, hatten Mutter Kirche, die Tempel-Lande und die Republik Siddarmark im Laufe der Jahrhunderte gemeinsam Straßen gebaut und instand gehalten, die parallel zur Hsing-Wu-Passage verliefen. War die Passage befahrbar, wucherte das Gras auf den Straßen; sobald der Winter jeglichen Schiffsverkehr unmöglich machte, wurde die Straße wieder genutzt. Mittlerweile hatten Ahnzhelyk und ihre Flüchtlinge fast schon ein Drittel der Strecke bis nach Siddarmark zurückgelegt. Dort sollten Galeonen sie aufnehmen, die sie nach Tellesberg brächten, wo sie dann – hoffentlich – in Sicherheit wären. Falls nicht etwas entsetzlich schiefliefe, sollten sie in etwa zwei Monaten an Bord der Schiffe gehen können ... und dann sollten sie sieben oder acht Fünftage später Tellesberg erreichen.

Spätestens Ende Juni. *Unfassbar, wie einfach das bei Ahnzhelyk alles wirkt!*

Zhevons schüttelte verwundert den Kopf, während er zu dem Schlitten hinüberstapfte, der einer gewissen Mistress Frahncyn Tahlbaht gehörte, die sonderbarer Weise überhaupt keine Ähnlichkeit mit der zierlichen, liebreizenden Kurtisane Ahnzhelyk Phonda besaß. Nein, Mistress Tahlbaht sah zwar durchaus gut aus, aber sie war unverkennbar die erfahrene, professionelle, vernünftig für die Reise gekleidete leitende Angestellte der Firma Bruhstair & Söhne, der man die Aufgabe übertragen hatte, die kostbareren Waren der Kolonne im Auge zu behalten.

Leise klopfte Zhevons gegen die Seitentür des Schlittens, dann öffnete er sie und setzte den Fuß auf eine schmale Trittstufe, kaum dass eine Stimme ihn dazu aufgefordert hatte.

»Guten Morgen, Ahbraim«, begrüßte Mistress Tahlbaht ihn mit einem freundlichen Lächeln. »Was kann ich heute für Sie tun?«

»Eigentlich wollte ich mich nur bei Ihnen verabschieden«, erwiderte er. Sie lehnte sich in dem Stuhl hinter ihrem kleinen eingebauten Schreibtisch zurück und hob fragend eine Augenbraue. Zhevons zuckte mit den Schultern. »Soweit ich das beurteilen kann, sind Sie sauber davongekommen«, erklärte er. »Natürlich könnten wir beide uns in dieser Hinsicht täuschen, aber eigentlich glaube ich das nicht. Und jetzt, da ich Ihre Fluchtroute kenne, kann ich dafür sorgen, dass einige andere Freunde von *Seijin* Merlin Sie im Auge behalten.« Plötzlich lachte er leise in sich hinein. »Schließlich sind die Berge des Lichts ja das traditionelle Trainingsgelände der *Seijins*, nicht wahr?«

»Das habe ich auch gehört«, bestätigte sie. Dann drehte sie den auf den Bodenplanken festgeschraubten Stuhl zur Seite und stand auf. »Ich werde Sie vermissen, wissen Sie?«, sagte sie, trat die zwei Schritte vor, die erforderlich waren, um das winzige mobile Arbeitszimmer zu durchqueren, und streckte Zhevons die Hand entgegen. Dieses Mal ergriff er die dargebotene Hand mit beiden Händen und drückte sie sanft, ohne den traditionellen Handkuss. Mistress Tahlbaht lächelte. »Werde ich Sie wiedersehen?«

Sonderbarer Ton, den sie da anschlägt!, dachte er. Die Frau klang ja fast schon launig. Oder vielleicht wehmütig. Sie kannten einander zwar seit weniger als einem Monat, aber die Seelenverwandtschaft zwischen ihnen beiden dürfte ihr doch aufgefallen sein.

Noch eine starke Frau, die sich niemals unterkriegen lässt, ging es Zhevons durch den Kopf. *Sharleyan und sie werden sich prächtig verstehen – das sehe ich jetzt schon. Und ich denke, auch* ich *zähle noch immer dazu. Zumindest in gewisser Weise.*

»Oh, darauf können Sie sich verlassen!«, sagte er dann. »Man hat mir schon des Öfteren gesagt, ich sei wie eine schlechte Angewohnheit – oder wie eine Erkältung.« Sein Gegenüber wölbte die Augenbraue noch mehr, und er lachte auf. »Wenn man mich einmal am Hals hat, wird man mich nur sehr schwer wieder los, meine ich.«

»Gut.« Sie lächelte und drückte nun ihrerseits seine Hand. »Ich freue mich schon.«

»Ich auch«, versicherte er ihr. »Ich auch.«

.XVIII.

Königlicher Palast, Stadt Tranjyr, Königreich Tarot

König Gorjah III. war sehr schlechter Stimmung.

Im Laufe der letzten Jahre war das bedauerlicherweise zum Normalzustand geworden. Seit der völligen Zerstörung seiner Flotte bei der Schlacht vor der ›Felsnadel‹, die sich vor fast genau zwei Jahren ereignet hatte, jedenfalls war das so. Das hätte jeder bestätigen können, der sich die Mühe gemacht hätte, einen Kalender zurate zu ziehen.

Gorjah hatte nicht die Angewohnheit, Dinge im Kalender zu vermerken. Doch er hatte die verstrichene Zeit eindeutig im Auge behalten. Was das anging, war er immens motiviert.

Im Augenblick stand er am Fenster seines Palastes und blickte nach Nordwesten, auf die Thol Bay hinaus. Mit ihrer Länge von etwas mehr als siebenhundert Meilen erstreckte sich die Thol Bay von Tranjyr aus über Cape Thol und North Head bis zum Golf von Tarot und dem Kontinent East Haven. Es war ein prächtiges Gewässer. Vielleicht ein wenig arg flach, hier und da waren die Untiefen ein bisschen tückisch, doch alles in allem bot es Tranjyr hervorragenden Zugang zu den Weltmeeren. Die breite Front der Kais und der dortigen Lagerhäuser sprach Bände darüber, wie der Welthandel diesen Zugang zu nutzen verstand.

Es war einmal, dachte der König grantig.

Mit der Hand fuhr er sich über das Haupttuch, der traditionellen bunten Kopfbedeckung im Königreich Tarot. Seine düstere Stimmung verfinsterte sich noch mehr, als er darüber nachdachte, dass im Augenblick kein einziges Handelsschiff in diesem Hafen vor Anker lag. Dass keine Leichter zwischen Handelsschiffen und dem Kai der Stadt hin und her pendelten. Dass es kaum noch Hafenarbeiter und Schauermänner gab, deren Aufgabe es war, die Fracht ein- und auszuladen, die jetzt nicht mehr die zahllosen Lagerhäuser füllten.

Es gab einen Grund dafür, dass sich das vertraute Bild des Hafens nicht mehr einstellte. Der Grund hatte etwas mit dem Geschwader der Imperial Charisian Navy zu tun – eigentlich kaum mehr als einer Handvoll Schoner, unterstützt von einer einzelnen Division Galeonen. Dieses Geschwader hatte sich in der Thol Bay eingenistet. Charis hatte die bodenlose Frechheit besessen, einen eigenen Hafen in der Holme Reach einzurichten, im Schutze der Landzunge, die Teil der Bay war. Matrosen und Marines waren auf der Sanduhrinsel angelandet und hatten dort sogar Gärten angelegt, damit die Besatzungen genug frisches Gemüse und Salat bekamen! Aus irgendeinem Grund, den Gorjah selbst nicht ganz verstand, empfand er diesen Auswuchs der charisianischen Unverfrorenheit als besonders ärgerlich.

Vielleicht war das so, weil er wusste, dass er sich das alles selbst zuzuschreiben hatte. Größtenteils, zumindest; er wusste immer noch nicht, wie er dieses ›Angebot‹ hätte ablehnen sollen.

Nicht, dass du dir allzu viel Mühe gemacht hast, es überhaupt zu versuchen!, dachte er jetzt missmutig. *Damals kam es dir wie eine richtig gute Idee vor. Vielleicht hättest du daran denken sollen, dass Dinge, die zu schön sind, um wahr zu sein, es meistens nicht* sind. *Und genau das hat Edmynd ja von Anfang an gesagt.*

Gequält verzog der König das Gesicht, als er sich an die diplomatisch gewählten Worte zurückerinnerte, mit denen Edmynd Rustmyn, seines Zeichens Baron Stonekeep, seinerzeit versucht hatte, seinen König von dessen enthusiastischer Reaktion auf den Köder abzubringen, den man für ihn ausgelegt hatte.

Angesichts dieser Erinnerung schnitt Gorjah eine noch schlimmere Grimasse.

Ich würde ja gerne behaupten können, die Kirche sei an allem schuld – na ja, zumindest die ›Vierer-Gruppe‹. Und eigentlich ist es ja auch so. Aber sei doch ehrlich, Gorjah. Edmynd hatte völlig Recht, deinen Enthusiasmus ... zügeln zu wollen, oder etwa nicht? Aber du *hast ja nicht auf ihn hören wollen. Die hatten sich für dich genau den richtigen Köder ausgesucht, was? Du hast dich schon immer über dieses Bündnis geärgert – ganz egal, dass das auch seine guten Seiten hatte. Du hast gedacht, es wäre eine wunderbare Gelegenheit, das zurückzubekommen, was dir zusteht. Und* warum *hast du das gedacht? Weil du ein gottverdammter* Idiot *warst, deswegen!*

Kurz verwandelte sich seine Grimasse in ein wütendes Zähnefletschen. Gorjah beruhigte sich, verschränkte die Hände hinter dem Rücken, wandte sich vom Fenster ab und trat an den mit üppigem Schnitzwerk verzierten Sessel am Kopfende eines auf Hochglanz polierten Tisches. Der Sessel war beinahe schon ein Thron – nicht ganz, aber fast. Das Sonnenlicht, das durch das Fenster hereinströmte, schimmerte auf der Tischplatte, beinahe als wäre sie ein Spiegel, und erzeugte einen großen Lichtfleck an der Decke des Ratssaals. Gorjah bemerkte ihn in dem Moment, da er sich in den Sessel sinken ließ. Angefertigt hatte man den Sessel seinerzeit für seinen Vater, der deutlich größer und kräftiger gewesen war als der schlanke Gorjah mit seinem auffallend dunklen Haar. Äußerlich schlug der König deutlich mehr nach seiner Mutter. Nicht zum ersten Mal dachte er darüber nach, wie wünschenswert es doch wäre, einen neuen Sessel in Auftrag zu geben, in dem der jetzige König von Tarot nicht aussah wie ein kleines Kind, das auf einem Erwachsenenstuhl hockte. Rein von der Warte der politischen Psychologie betrachtet, von der Wirkung, die dieser Sessel hatte, wenn Gorjah versuchte, bei einer Ratssitzung machtvoll und dominant zu erscheinen, sprach sehr viel für ein neues Möbelstück. Aber leider war dieser Sessel beinahe schon sündig-bequem. Abgesehen davon hatte seinerzeit der damalige Prinz Gorjah so manche Stunde auf dem Schoß seines Vaters verbracht, und zwar in genau diesem Sessel. Jedes Mal, wenn Gorjah sich hineinsetzte, ging ihm die Erinnerung daran wieder durch den Kopf – vor allem in den letzten Jahren, als sein kleiner Sohn Rholynd, sich auf Gorjahs Schoß in diesem Sessel zusammengekuschelt hatte.

Ich frage mich, ob er *jemals in diesem Sessel sitzen wird?*, dachte der König verdrossen. *Ach, eigentlich frage ich mich, wie lange* ich *noch darin sitzen darf!*

Beides waren durchaus berechtigte Fragen, und die Antworten, die sich ihm geradezu aufdrängten, gefielen Gorjah ganz und gar nicht.

Cayleb von Charis hatte ganz offensichtlich Grund, seinen Kopf zu fordern. Denn Tarot hatte gegen die Bedingungen des bilateralen Bündnisses mit Charis verstoßen – und wie! Schlimm genug, dass Tarot sich mit seiner Flotte an dem großen Angriff auf Charis beteiligt hatte, aber leider hatte Gorjah es dabei ja nicht bewenden lassen. Oh nein! Er hatte die Anweisungen Kanzler Trynairs befolgt, wie sich das für einen braven kleinen Handlanger gehörte, und hatte König Haarahld auch noch angelogen. Hoch und heilig hatte er versprochen, die Verpflichtungen, die ihr Bündnis ihm auferlegte, in Ehren zu halten, während er gleichzeitig Baron White Ford den Befehl erteilt hatte, zur Royal Dohlaran Navy hinzuzustoßen. Haarahld war in der folgenden Schlacht gefallen – noch ein Minuspunkt auf Gorjahs Konto. Gorjah konnte sich nur damit trösten, dass an der Schlacht im Darcos-Sund keine seiner Schiffe beteiligt gewesen waren. Also konnte er anführen, er persönlich habe nicht zu Haarahlds Tod beigetragen ... nicht, dass er damit rechnete, dieser feine Unterschied würde allzu großen Eindruck auf Haarahlds Sohn machen.

Bedauerlicherweise war Cayleb nicht der Einzige, um den sich Gorjah Sorgen machen musste. Ja, wäre Cayleb tatsächlich seine einzige Sorge gewesen, wäre der König vermutlich deutlich besserer Laune. Doch so sehr er sich auch bemüht hatte: die ›Viererer-Gruppe‹ schien der Ansicht zu sein, er habe sich arg ungeschickt angestellt als Verräter, Schurke und allgemeines Kameradenschwein. Ehrlicherweise konnte Gorjah dem nicht einmal widersprechen. Er hatte es versucht – ja, wirklich versucht! Doch jemand aus seinem Hof hatte Haarahld die Pläne der Ritter der Tempel-Lande verraten und damit auch Gorjah fein säuberlich ruiniert.

Gorjah wusste immer noch nicht, wer für diesen Verrat verantwortlich war. Das lag nicht daran, dass er nicht versucht hatte, es herauszufinden.

Seine skrupellose, akribische Untersuchung hatte alles Mögliche an interessanten Dingen über seine Adeligen und seine Würdenträger zutage gefördert – von unbedeutenden Kavaliersdelikten über Bestechung bis hin zu Erpressung. *Zweifellos nützliches Wissen, ja,* dachte er. Wenigstens hatte er seinem Adel und seinen Bürokraten so kräftig die Hölle heißgemacht, dass die Überlebenden jetzt voller Hingabe darauf hinarbeiteten, ihre Arbeit effizient – und vor allem ehrlich – zu erledigen, so wie es Tarot seit Jahrzehnten nicht mehr erlebt hatte. Wahrscheinlich sogar schon seit *Generationen* nicht mehr. Doch Gorjahs sämtliche Bemühungen waren gescheitert, auch nur eine Spur zu entdecken, wie die Pläne der ›Vierer-Gruppe‹ nach Charis hatten gelangen können.

In seiner Korrespondenz mit Vikar Zhasyn hatte Gorjah respektvoll darauf hingewiesen, seine Ermittlungen seien durch Bischof-Vollstrecker Tyrnyr persönlich und auch Pater Frahnklyn Sumyr, seinen Intendanten, unterstützt worden. Außerdem hätten sich sämtliche Mitarbeiter der Inquisition hier in Tarot mit Feuereifer auf diese Aufgabe gestürzt. Aber allen Bemühungen zum Trotze habe man keine Spur zu dem Verräter entdeckt. Vielleicht, so hatte der König so diplomatisch wie irgend möglich angemerkt, sei das ein Hinweis darauf, dass sich dieser Patzer hinsichtlich der Sicherheitsvorkehrungen doch nicht in Tarot ereignet habe.

Soweit Gorjah das beurteilen konnte, unterstützte Failyx Gahrbor, der Erzbischof des Königreiches im weit entfernten Zion, die königliche Sicht der Dinge. Auf jeden Fall hatte Gahrbor reichlich persönliche Gründe, das zu tun. Und offiziell – ja, *offiziell* – hatte Kanzler Trynair Gorjah auch von jeglichem Fehlverhalten freigesprochen. Aber das war voller Groll geschehen. Gorjah konnte nicht behaupten, dass ihn das sonderlich überraschte. Hätte er des Kanzlers Soutane getragen, so wäre er vermutlich nicht einmal so weit gegangen. Denn die vernichtende Wahrheit war nun einmal, dass der einzige Königshof, der diese Information an Haarahld von Charis hätte weitergeben *können*, Gorjahs Hof gewesen war. Denn die Zeit hätte einfach nicht ausgereicht, die Informationen von irgendeinem anderen Hof aus nach Charis gelangen zu lassen.

Angesichts dessen, und vor allem, wenn man bedachte, wie vernichtend der Hinterhalt der Charisianer vor dem Armageddon-Riff gewesen war, sollte es Gorjah nicht überraschen, dass Trynair mehr als ein Jahr gebraucht hatte, um überhaupt so weit zu gehen, wie er es letztendlich getan hatte. Doch während dieses Jahres hatten Gorjah und sein ganzes Königreich unter der Missbilligung durch Mutter Kirche leiden müssen. Beispielsweise hatte man seine Werften bewusst und demonstrativ vom ursprünglichen Schiffsbauprogramm der Kirche ausgeschlossen. Und das machte Gorjah sogar noch unglücklicher, als er ohnehin schon gewesen wäre. Denn schließlich war bei den vorangegangenen Schlachten praktisch die gesamte Royal Tarotisian Navy aufgerieben worden. Gorjah *brauchte* neue Schiffe, und fast ebenso dringend, wie er neue Schiffe brauchte, benötigte er auch Zugriff auf die unerschöpflichen Goldströme, die die Kirche für ihre neue Galeerenflotte bereitstellte.

Eigentlich brauchte Gorjah das Geld sogar noch dringender. Denn seine unkluge Entscheidung, Charis zu verraten, hatte katastrophale wirtschaftliche Folgen gezeitigt. Damals war Gorjah alles so einfach erschienen. Die ›Vierer-Gruppe‹ hatte die Zerstörung von Charis beschlossen, also *würde* Charis zerstört. Die Möglichkeit, die Kirche könnte ihr Ziel vielleicht nicht erreichen, war ihm nie in den Sinn gekommen. Warum auch? *Niemand* – na ja, von Haarahld von Charis vielleicht einmal abgesehen – hätte ernstlich einen derart ungeheuerlichen Gedanken hegen können! Nach Charis' Vernichtung hätte Tarot fast unausweichlich zumindest einen ganzen Brocken des ehemaligen Seehandelsmonopols der Charisianer übernommen.

Bedauerlicherweise hatte sich dieser Weg in eine rosige Zukunft als deutlich dornenreicher erwiesen, nachdem Charis sich einfach geweigert hatte, genau nach Zeitplan tot umzufallen. Nicht nur, dass dieses lästige Königreich die Traute besessen hatte, den großen Angriff zu überleben, nein, ihre Flotte war daraus auch noch deutlich gestärkt hervorgegangen! Die Seuche charisianischer Freibeuterei hatte den Seehandel aller anderen Reiche befallen und dahingerafft. Profit daraus geschlagen hatten die Charisianer! Ihr besonderes Augenmerk hatte dabei der Handelsmarine von Tarot gegolten. Nach dem Raubzug der Freibeuter waren charisianische Marines im Schutze von Galeonen der Imperial Charisian Navy auch noch über die Küstengebiete hergefallen. Und um alles noch schlimmer zu machen, hatte Kaiserin Sharleyan auch noch eine offizielle Blockade über die Thol Bay verhängt, durchgesetzt von ihrer Navy, der unaufhaltsamen ICN.

Nach dem Verlust der Kriegsmarine hatte Tarot also auch noch seine Handelsmarine eingebüßt – und das hatte katastrophale Folgen für die Einkünfte des ganzen Königreiches. Aber es kam noch schlimmer. Es gelangten beachtliche Mengen charisianischer Waren nach Tarot, auch wenn Gorjah sehr darauf geachtet hatte, offiziell davon nicht das Geringste zu wissen. Selbstverständlich war nichts davon auch nur ansatzweise legal. Zum einen bestand Charis' Blockade; zum anderen hatte Mutter Kirche – oder zumindest das Offizium des Großinquisitors – charisianischen Handelsschiffen offiziell den Zugang zu sämtlichen Häfen der Welt versagt. Folglich konnte ganz offensichtlich niemand Waren aus charisianischer Fertigung in ein gesetzestreues Königreich wie Tarot bringen. Und doch geschah es!

Bedauerlicherweise war Tarot auf diese Waren *angewiesen.* Niemand im Königreich konnte sie in hinreichender Menge – oder billig genug – fertigen, um die Bedürfnisse von Gorjahs Untertanen zu befriedigen. Das Letzte, was Gorjah gebrauchen konnte, wäre, sich den Zorn seiner Untertanen zuzuziehen, die nicht einmal die lebensnotwendigen Dinge erstehen konnten, weil ihr König sich um juristische Haarspaltereien sorgte wie Handelsembargos. Also drückte Gorjah ein Auge zu, während der heimliche Handel mit den Schmugglern florierte, die ihre Waren überall an der Südostküste des Herzogtums Tranjyr an Land brachten.

Doch in mancherlei Hinsicht machte diese Schmuggelei alles nur noch schlimmer. Die Schmuggler waren nicht sonderlich daran interessiert, als Wohltätigkeitsorganisation aufzutreten. Sie alle verlangten – und erhielten – teures Geld für ihre Waren. Das bedeutet, dass Tarots sehr beschränkte (und rapide abnehmende) Geldvorräte immer weiter in die Taschen der Feinde des Königreiches wanderten. Dass der Tempel sich weigerte, Gorjah gegenüber großzügig aufzutreten, war unter diesen Umständen für das ganze Reich ein besonders herber Schlag.

Und das Verhältnis zum Tempel hat sich nicht gebessert, dachte er düster. *Und das kann ich* nicht *alles der ›Vierer-Gruppe‹ vorwerfen.*

Nachdem Trynair Gorjah offiziell von dem Vorwurf freigesprochen hatte, die Pläne der ›Vierer-Gruppe‹ verraten zu haben, hatte die Kirche das Königreich schließlich doch, wenngleich widerwillig, in das Schiffsbauprogramm einbezogen. Wahrscheinlich war auch das nur geschehen, weil die Pläne für dieses Programm noch einmal gründlich hatten geändert werden müssen, nachdem Allayn Maigwair, dieses militärische Genie, endlich herausgefunden hatte, sie hätten die ganze Zeit über doch lieber *Galeonen* bauen lassen sollen! Auf diesen Punkt hatte Gahvyn Mahrtyn, seines Zeichens Baron White Ford, bei seinem ersten Bericht über die Schlacht vor dem Armageddon-Riff schon sehr nachdrücklich hingewiesen. Selbstverständlich hatte man besagten Bericht zur Gänze ignoriert. Tatsächlich fiel auch die eine oder andere Bemerkung hinsichtlich besiegter, inkompetenter Admiräle, die Ausflüchte suchten, um ihre eigenen Fehler nicht eingestehen zu müssen. Es hatte Gorjah eine gewisse, bittere Befriedigung eingebracht, als White Ford schließlich rehabilitiert wurde. Allerdings hatte sich niemand in Zion die Mühe gemacht, diese Rehabilitation öffentlich zu verkünden. Es bestand kein Zweifel daran, dass die Planänderung zu einem höheren Bedarf an Werften und damit erst zur Berücksichtigung Tarots geführt hatte.

Schon die Stückzahl der in Gorjahs Königreich in Auftrag gegebenen Schiffe verriet deutlich, wie widerwillig die Kirche Geld nach Tarot fließen lassen wollte. Von den mehr als zweihundertvierzig Kriegsgaleonen, deren Bau die Kirche insgesamt in Auftrag gegeben hatte, sollte gerade einmal zweiundzwanzig aus Tarot stammen, obwohl man allein in Tranjyr schon fast das Doppelte hätte bauen lassen können. Weiterhin hatte man dem Königreich aufgetragen, zusätzlich Handelsgaleonen für die Bedürfnisse der Flotte umzubauen: nicht einmal zwanzig Stück. Welch schwindelerregende Zahl! Selbst dem Desnairianischen Reich, das vorher überhaupt keine Flotte *besessen* hatte, verlangte man doppelt so viele Schiffe ab ... Dafür baute die Kirche denen Werften und bezahlte auch noch die absurd überhöhten Preise, die von den Desnairianern verlangt wurden!

Bedauerlicherweise konnte Gorjah sich nicht einmal einreden, der Grund für die Kirche, Tarot nur derartig unbedeutende Brosamen zukommen zu lassen, bestehe einzig und allein darin, dass sie immer noch pikiert wäre. Die unschöne Wahrheit lautete, dass Tarot die einzige Schiffbaustätte war, die nicht zum Festland gehörte. Charisianische Freibeuter und Kreuzer hatten die Küstenboote, die das in den Festlandswerften so dringend benötigte Baumaterial beförderten, schon schlimm genug gepiesackt, behindert und geplündert. Da sie aber den Tarot-Kanal zwischen Tarot und der siddarmarkianischen Provinz Windmoor vollständig kontrollierten, hatten sie damit im Prinzip auch jeglichen Versuch fest im Griff, die entsprechenden Materialien nach Tranjyr zu schaffen. Bäume konnte man vor Ort fällen und sie auch über Land zu den Werften schaffen, auch wenn das langsam und aufwendig war. Schiffsrümpfe konnte man bauen. Auch Segel konnte man selbst weben, und Schiffe aufzutakeln wäre auch möglich gewesen. Aber es gab in ganz Tarot keine einzige Gießerei, die über das erforderliche Fachwissen verfügte, die benötigten Geschütze für die Schiffe fertigen zu lassen. Vor diesem Krieg waren sämtliche Geschütze der Royal Tarotisian Navy in *charisianischen* Gießereien hergestellt worden, und die schienen – oh Wunder! – nicht sonderlich geneigt, derzeit ihre Waren nach Tranjyr zu liefern.

In mancherlei Hinsicht waren die Charisianer die Eisenfabrikanten der ganzen Welt gewesen. Denn nicht einmal Siddarmark oder Harchong vermochten es mit der Leistungsfähigkeit der charisianischen Gießereien aufzunehmen. Dort waren die Gießereien in geradezu unfassbarem Maße konzentriert, daher war es viel billiger gewesen war, Eisenwaren praktisch jeder Art aus Charis zu kaufen. Darüber hinaus aber verfügten die Metallverarbeiter dieser Insel über deutlich mehr *Fachkenntnisse.* Selbst wenn Gorjah also über unbegrenzte finanzielle Mittel verfügt *hätte* (was definitiv nicht der Fall war), hätte er doch keine genügend erfahrenen Metallverarbeitungsmeister gefunden, die wussten, wie man eine Kanone so zu bauen hatte, dass sie nicht nach dem zweiten oder dritten Schuss explodierte. Einige sehr kleine Gießereien machten allmählich erste Fortschritte in dieser Richtung. Allerdings war es frustrierend schwierig – und es ging schmerzhaft langsam voran.

Und wie White Ford gesagt hat, ist es wahrscheinlich nicht unvernünftig von einer Schiffsbesatzung, zumindest einen gewissen *Argwohn Geschützen gegenüber zu hegen, die dazu neigen, ihre Schützen umzubringen oder entsetzlich zu verstümmeln,* dachte der König angewidert.

Nun ja, vielleicht würde ja die für den heutigen Morgen anberaumte Besprechung zu einer Verbesserung der Lage beitragen. Es war zwar unwahrscheinlich, aber man durfte ja hoffen.

»Also gut«, sagte er, nachdem er es sich in den Kissen des väterlichen Sessels noch etwas bequemer gemacht hatte. Er blickte zu dem Kämmerer hinüber, der unmittelbar vor der Tür des Ratszimmers stand. »Sagen Sie Sir Ryk, er dürfe jetzt hereinkommen!«

»Sehr wohl, Euer Majestät.«

Der Kämmerer verneigte sich, öffnete die Tür und trat auf den Korridor hinaus. Einen Augenblick später trat ein gedrungener, stämmiger Mann von mindestens sechzig Jahren ein. Er war fast kahl, und das wenige Haar, das ihm noch geblieben war, schimmerte in mattem Grau; seine Augenbrauen jedoch waren immer noch buschig und pechschwarz. Auch sein Vollbart war nur von einigen silbrigen Strähnen durchzogen. Seine Augen waren auffallend dunkelgrau, und seine Nase war bemerkenswert schief: Während seiner Jugendzeit hatte man sie ihm bei einer Schlägerei an Bord eines Schiffes unschön gebrochen. Als er näher kam, bemerkte König Gorjah wieder einmal, wie stark der Mann hinkte. Das hatte Sir Ryk einem Sturz aus den Wanten zu verdanken, der seine Karriere bei der Flotte beendet hatte. Anschließend war er bei einer charisianischen Gießerei in die Lehre gegangen. In den Jahrzehnten, die seitdem vergangen waren, war Sir Ryk Fharmyn zu einem der wohlhabendsten Gießereibesitzer in ganz Tarot aufgestiegen … bis ein Großteil seines Vermögens infolge der charisianischen Blockade aufgezehrt worden war. Aber so war es einer ganzen Menge tarotisianischer Bürger ergangen.

Fharmyn stand immer noch deutlich besser da als die meisten anderen von Gorjahs Untertanen. Er befand sich immerhin in einer Lage, einen Großteil dessen, was er verloren hatte, wieder zurückzugewinnen. Denn schließlich war er einer der sehr, sehr wenigen im ganzen Königreich, die überhaupt Erfahrung damit hatten, Geschütze zu gießen und auszubohren.

»Euer Majestät«, begrüßte der Gießereibesitzer seinen König und verneigte sich respektvoll.

»Sir Ryk.« Mit einem Nicken nahm Gorjah die Geste der Höflichkeit zur Kenntnis. Dann bedeutete er dem älteren Mann mit einer Handbewegung, sich wieder aufzurichten. Fharmyn gehorchte, und Gorjah lehnte sich in seinem übergroßen Sessel zurück. »Nun«, setzte der König an, »was verschafft mir die Freude Ihres Besuches an diesem Morgen?«

»Zunächst einmal, Euer Majestät, gestattet mir bitte, mich dafür zu bedanken, dass Ihr mich empfangt. Mir ist wohl bewusst, dass meine Bitte um eine Audienz recht kurzfristig kam.«

Mit der Linken vollführte Gorjah eine abwehrende Handbewegung. Fharmyn neigte kurz den Kopf, um dem König für seine Freundlichkeit zu danken.

»Zweitens, Euer Majestät«, fuhr Fharmyn fort, »habe ich mir erlaubt, Euch aufzusuchen, um Euch einzuladen. Es wäre mir eine Ehre, wenn Ihr zusammen mit Baron White Ford in einigen Tagen – ich hatte an Dienstag gedacht – die Gießerei aufsuchen könntet. Es stehen die ersten Testschüsse unserer neuesten Bemühung an, einen zufriedenstellenden Sechsunddreißigpfünder zu produzieren.« Ein wenig säuerlich verzog der Eisenhüttenbesitzer die Lippen. »Ich hoffe, dieses Mal wird es etwas besser laufen als beim letzten Mal. Dennoch werde ich weder Euch noch Baron White Ford auch nur in die Nähe von dem Ding kommen lassen, sobald es geladen ist, Euer Majestät.«

»Das wird Königin Maiyl gewiss zu schätzen wissen«, murmelte Gorjah, und ein belustigtes Lächeln umspielte seine Lippen.

»Ich bemühe mich stets, bei Ihrer Majestät der Königin nicht in Ungnade zu fallen, Euer Majestät«, versicherte Fharmyn ihm, und auch in seinen grauen Augen blitzte eine Spur Belustigung auf.

»Eine weise Entscheidung, glauben Sie mir«, erwiderte Gorjah. Dann neigte er den Kopf ein wenig zur Seite. »Waren das die einzigen Gründe, deretwegen Sie mich um die heutige Audienz gebeten haben?«

Er klang zwar immer noch freundlich. Doch eine gewisse Härte in seiner Stimme war unverkennbar. Es war kein Zorn, aber doch ein deutliches Zeichen, dass er sich sicher war, Fharmyn habe sehr wohl noch *andere* Gründe für seine Bitte um Audienz. Es war die unmissverständliche Aufforderung, bitte auf den Punkt und das eigentlich Wichtige zu kommen.

»Nein, Euer Majestät«, bestätigte Fharmyn. Auch sein Tonfall hatte sich ein wenig verändert. Zu Gorjahs Überraschung klang er jetzt fast ein wenig ... zögerlich. Das war nicht ganz das richtige Wort, doch ein besseres wollte dem König nicht einfallen.

Einen kurzen Moment lang schwieg der Gießereibesitzer. Dann zuckte er kaum merklich mit den Schultern.

»Wie Euch gewiss bekannt ist, Euer Majestät«, begann er dann ein wenig arg behutsam, »wurde ich ursprünglich in Charis ausgebildet. Seit mehreren Jahren tätige ich auch Geschäfte mit einigen charisianischen Manufakturen. Oder vielleicht sollte ich besser sagen: Ich *habe* Geschäfte mit einigen charisianischen Manufakturen getätigt – vor dieser derzeitigen ... Misshelligkeit.«

Wieder hielt er inne und betrachtete angespannt das Minenspiel seines Königs. Gorjah nickte.

»Selbstverständlich ist mir das alles bekannt, Sir Ryk«, gab er ein wenig ungeduldig zurück. »Und Sie sind kaum der Einzige, der wirtschaftliche Beziehungen – oder sogar *persönliche* Beziehungen – mit Charis unterhalten hat! Ich glaube nicht, dass das bei einem von den Untertanen, die in unser derzeitiges Bauprogramm involviert sind, anders ist, falls es das ist, was Ihnen Sorgen bereitet.«

»Eigentlich bereitet es mir nicht direkt *Sorgen*, Euer Majestät. Aber es hat doch einen gewissen Einfluss auf den Grund meiner Bitte um Audienz.« Ruhig blickte Fharmyn seinen König an. »Nun, zufälligerweise wurde mir ein Brief zugestellt – durch jemanden, der ihn, so muss ich vermuten, von einem charisianischen Schmuggler erhalten hat.«

Gorjah hob die Augenbrauen, und Fharmyn hüstelte dezent in die Hand.

»Ich will damit nicht sagen, er habe ihn *unmittelbar* von einem Schmuggler erhalten, Euer Majestät«, verbesserte er sich. »Ich vermute aber, nur auf diese Art und Weise hat der fragliche Brief überhaupt erst ins Königreich gelangen können. Allerdings war besagter Brief an *mich* adressiert, und das war für mich, wie Majestät gewiss verstehen werden, doch ein Grund zur Besorgnis.« Wieder zuckte er die Achseln. »Mein erster Gedanke war, den Brief sofort Pater Frahnklyn auszuhändigen. Allerdings bin ich Euer Majestät bereit zu gestehen, dass mir die Vorstellung nicht sonderlich behagt hat, die Aufmerksamkeit der Inquisition auf den Mann zu lenken, der mir den Brief ausgehändigt hat.«

Kein Wunder, dachte Gorjah trocken. *Und das nicht nur, weil Sie nicht wollen, dass dieser Bursche – wer auch immer es nun sein mag – in Schwierigkeiten gerät. Na, der Höflichkeit wegen werde ich annehmen, genau das sei Ihr Hauptbeweggrund. Aber sicherlich war Ihnen wichtiger, nicht* selbst *die Aufmerksamkeit der Inquisition zu erregen!*

Doch Fharmyn hatte noch nicht geendet.

»Mir behagte zudem die Vorstellung nicht, die Aufmerksamkeit der Inquisition auf den Empfänger eines zweiten Briefes zu lenken, der in dem an mich adressierten Umschlag steckte«, fuhr der ältere Mann fort. »Denn der Empfänger dieses zweiten Schreibens, Euer Majestät, seid *Ihr.*«

Gorjahs Augen weiteten sich, und er beugte sich in seinem Sessel vor.

»Wie bitte?«, fragte er sehr vorsichtig, und Fharmyn gestattete sich ein freudloses Lächeln.

»In dieser Art und Weise habe auch ich reagiert, Euer Majestät. Ich habe das an mich adressierte Schreiben nur geöffnet, weil ich den Mann, der es abgesendet hat, schon so viele Jahre kenne, und weil, das will ich zugeben, ich selbst einschätzen wollte, inwieweit dieses Schreiben mich in den Augen der Inquisition kompromittieren würde.« Dieses Geständnis sprach er sehr ruhig aus. »Soweit mir das bewusst ist, habe ich bislang noch nichts gesagt oder getan, das für mich ein ernst zu nehmendes Problem darstellt. Aber in Zeiten wie diesen kann man gar nicht vorsichtig genug sein.«

Ohne mit der Wimper zu zucken hielt er dem Blick seines Königs stand, und Gorjah nickte langsam, als er verstand, was die Worte seines Gegenüber alles implizierten. Auch dem König fielen gleich mehrere Möglichkeiten ein, welche Konsequenzen es haben mochte, wenn die Inquisition erführe, dass jemand in Charis ein Schreiben an *ihn persönlich* richtete. Bemerkenswerterweise wäre keine dieser Konsequenzen sonderlich angenehm.

»Nachdem ich diesen zweiten Brief im Umschlag entdeckt hatte«, fuhr Fharmyn fort, »habe ich ernstlich in Erwägung gezogen, beide Schreiben zu verbrennen. Nach reiflicher Überlegung jedoch wurde mir bewusst, dass ich keine Möglichkeit hatte, in Erfahrung zu bringen, ob mir vielleicht weitere Schreiben zugehen würden, falls dieses erste Schreiben nicht die Wirkung zeitigte, die ihr Absender im Sinn gehabt hat. Die Vorstellung einer unbekannten Anzahl charisianischer Briefe, die an mich adressiert sind – und möglicherweise auch an Euer Majestät –, und die überall im Königreich auftauchen könnten, steigerte mein Unbehagen. Mir erschien auch die Vorstellung, der Absender könnte versuchen, Euch auf einem anderen Wege zu erreichen – der dann in jedem Falle die Aufmerksamkeit der Inquisition erregen könnte – noch deutlich weniger angenehm.«

Der Gießereibesitzer war nicht darauf eingegangen, dass der Überbringer des Schreibens auf besagtem ›anderen Weg‹ wahrscheinlich gar nicht wüsste, dass der ursprüngliche Brief über Fharmyn zugestellt worden wäre. Aus Sicht der Inquisition wäre dieser dann nicht als mitschuldig angesehen worden. Schließlich hätte er sich nicht daran beteiligt, heimlich mit dem König zu kommunizieren. Fharmyn war entschieden zu scharfsinnig, um nicht selbst darauf gekommen zu sein. Dass er über diese Möglichkeit zu schweigen entschlossen war, verriet König Gorjah von Tarot eine ganze Menge über seinen Untertan.

»Darf ich davon ausgehen, Sir Ryk«, sagte er vorsichtig, nachdem er einige Sekunden hatte verstreichen lassen, »dass Sie diesen Brief mitgebracht haben?«

»Das dürft Ihr, Euer Majestät.«

Fharmyn verneigte sich erneut. Dann zog er unter seinem Kasack einen großen Umschlag hervor. Gorjah streckte die Hand danach aus. Fharmyn humpelte um den Tisch herum und wollte das Schreiben seinem König schon aushändigen, da zögerte er.

»Euer Majestät, ich habe Euch *beide* Schreiben mitgebracht«, sagte er und blickte Gorjah ruhig in die Augen. »Selbstverständlich habe ich den an Euch adressierten Brief nicht geöffnet. Ich habe keine Ahnung, was dieses Schreiben enthält. Falls Ihr Euch dafür entscheidet, all das hier in die Hände der Inquisition zu geben, werde ich in jeder Weise kooperieren, die sie –

oder Ihr – fordert. Wenn Ihr es wünscht, werde ich auch beide Schreiben umgehend zu Pater Frahnklyn bringen, ohne zu erwähnen, dass diese Audienz je stattgefunden hat.«

»Ich weiß dieses großzügige Angebot zu schätzen, Sir Ryk«, gab Gorjah zurück und meinte es auch so. »Allerdings scheint mir wichtig, zunächst in Erfahrung zu bringen, was dieser Brief enthält.« Er ließ seine weißen Zähne aufblitzen, und in seinen dunklen Augen funkelte echte, wenngleich sardonische Belustigung. »Mir fallen zahlreiche Möglichkeiten ein, ein Schreiben dazu zu nutzen, jemanden alle möglichen Vermutungen anstellen zu lassen.«

»Daran hatte ich auch schon gedacht, Euer Majestät«, bestätigte Fharmyn. »Aber gleichzeitig ging mir durch den Kopf, falls der dahinter stehende Gedanke sein sollte, Falschinformationen zu verbreiten oder bei der Inquisition falschen Verdacht zu erregen, stünden dafür Graf Gray Harbor oder Baron Wave Thunder wahrscheinlich einfachere und zuverlässigere Mittel und Wege offen.«

Nachdenklich runzelte Gorjah die Stirn. Es hatte seitens Fharmyn keinerlei Grund für die letzte Bemerkung bestanden. Der König fragte sich ernstlich, warum der Gießereibesitzer es trotzdem getan hatte.

Wollen Sie damit dezent andeuten, Sie glaubten, dieser verdammte Brief sei echt? Oder wollen Sie mir unaufdringlich vorschlagen, ich solle ihn lesen ... und dann ernstlich über das nachdenken, was *dort zu lesen steht?*

Kurz zog Gorjah in Erwägung, die Frage tatsächlich zu stellen. Sofort verwarf er den Gedanken wieder. Letztendlich war es egal ... Der Gießereibesitzer war in jedem Fall der Ansicht, sein König solle das Schreiben lesen.

»Das ist eine vortreffliche Bemerkung«, sagte er stattdessen. Mit einem kleinen Wackeln der Fingerspitzen seiner ausgestreckten Hand bedeutete er Fharmyn, ihm den Umschlag endlich auszuhändigen.

Fharmyn verstand den Hinweis sofort und legte den Umschlag auf die Handfläche seines Regenten. Gorjah starrte das Schreiben erst an, dann wog er es in der Hand. Schließlich blickte er wieder zu Fharmyn auf.

»Sir Ryk, mir ist wohl bewusst, dass Ihnen die Entscheidung, mir diesen Brief zu bringen, nicht leicht gefallen ist. Ich weiß den Mut, den es erfordert hat, wirklich zu schätzen, ebenso die Offenheit, mit der Sie mir die Umstände erläutert und Ihre eigene, tief schürfende Analyse der Implikationen vorgetragen haben. Doch jetzt wäre es wohl das Beste für Sie, wenn Sie wieder nach Hause zurückkehrten, während ich mich hiermit beschäftige und darüber nachdenke.«

»Sehr wohl, Euer Majestät.« Fharmyn zog sich vom Tisch zurück. Dabei ging er rückwärts, schließlich wollte er sich keinesfalls die Ungehörigkeit erlauben, seinem Monarchen den Rücken zuzuwenden. Doch Gorjah hob den Zeigefinger seiner freien Hand, und der Gießereibesitzer blieb stehen.

»Sollte ich zu dem Ergebnis kommen, die Inquisition müsse hierüber informiert werden, Sir Ryk«, sagte der König leise, »werde ich Sie darüber in Kenntnis setzen. Ehe ich mich an Pater Frahnklyn wende.« Er sah, wie sich Fharmyns Gesicht anspannte. »Ich halte das für ein Gebot der Höflichkeit. Ich verspreche Ihnen, nicht zu vergessen, dass Sie sich an *mich* gewandt haben.«

Die Betonung war eindeutig und unverkennbar. Fharmyn nickte.

»Ich danke Euch, Euer Majestät. Und jetzt, mit Euer Majestät Erlaubnis ...?« Er deutete in Richtung der Tür, und Gorjah nickte.

»Bitte, Sir Ryk«, stimmte er zu und schaute dem Eisenhüttenbesitzer hinterher, während dieser das Ratszimmer verließ und leise die Tür hinter sich schloss.

Beinahe zwei Minuten lang starrte der König von Tarot die geschlossene Tür an. Dann, schließlich, legte er den Brief vor sich auf den Tisch, öffnete ihn und zog den Inhalt heraus. Auf das an Fharmyn gerichtete Begleitschreiben achtete er vorerst nicht. Stattdessen öffnete er den zweiten Umschlag, der im ersten gesteckt hatte. Gorjahs Augen weiteten sich, als er die Handschrift erkannte. Einen Moment lang hielt er inne. Dann breitete er den Brief vor sich auf dem Tisch aus und hielt ihn kurz mit beiden Hände fest, beinahe so, wie man das Schoßtier eines anderen festhielte, weil man sich nicht sicher war, nicht doch noch gebissen zu werden.

Na, was!, dachte er, als er die handgeschriebene Adresse betrachtete. *Nun, er hat gewiss einen Sekretär, dem er praktisch jede Korrespondenz anvertrauen kann. So aber kann er sicher sein, meine Aufmerksamkeit zu erregen.* Es überraschte den König selbst, dass er ein belustigtes Schnauben ausstieß. *Nicht, dass das nicht schon mit der recht dramatischen Art der Zustellung erreicht war!*

König Gorjah betrachtete den Umschlag, den ein außergewöhnlich beschäftigter und ebenso außergewöhnlich einflussreicher Mann an ihn adressiert hatte. Der Mann, der dieses Schreiben abgefasst hatte, rechnete damit, der Empfänger werde seine Handschrift und daher die Echtheit des Schreibens erkennen.

Jetzt galt es nur noch herauszufinden, was Rayjhis Yowance, seines Zeichens Graf Gray Harbor und effektiv der Erste Ratgeber des Kaiserreiches Charis, ihm mitzuteilen hatte.

Charaktere

Adulfo, Sir – siehe Lynkyn, Adulfo.

Ahbaht, Ruhsail; Captain, *Imperial Desnairian Navy* – Kommandant von HMS *Erzengel Chihiro*; Flaggkommandant von Commodore Wailahr.

Ahlber, Sir – siehe Zhustyn, Ahlber.

Ahldarm, Mahrys Ohlarn – Kaiser Mahrys IV., Kaiser von Desnairia.

Ahlfryd, Sir – siehe Hyndryk, Ahlfryd.

Ahnzhelyk, Madame – siehe Phonda, Ahnzhelyk.

Ahrdyn – Erzbischof Maikels Katzenechse.

Ahrmahk, Zhanayt – Prinzessin Zhanayt; Cayleb Ahrmahks jüngere Schwester, zweitältestes Kind König Haarahlds VII.

Ahrmahk, Cayleb Zhan Haarahld Bryahn, Herzog Ahrmahk – Fürst von Tellesberg, Schutzherr des Reiches, König Cayleb II. von Charis, Kaiser Cayleb I. von Charis. Gemahl von Sharleyan Ahrmahk Tayt.

Ahrmahk, Cayleb – König Cayleb I., Vater König Haarahlds VII., Begründer der Königlichen Hochschule.

Ahrmahk, Haarahld – König Haarahld VII.; mittlerweile verstorbener König von Charis, Vater von Cayleb Ahrmahk, gefallen in der Schlacht im Darcos-Sund.

Ahrmahk, Herzog – siehe Ahrmahk, Cayleb.

Ahrmahk, Sharleyan Alahnah Zhenyfyr Ahlyssa Tayt, Herzogin Cherayth – Schutzherrin von Chisholm, Königin von Chisholm, Kaiserin von Charis. Gemahlin Cayleb Ahrmahks. Siehe Tayt, Sharleyan.

Ahrthyr, Alyk, Graf Windshare; *Corisandian Guard* – Sir Alyk; Kommandierender der Kavallerie Sir Korvyn Gahrvais.

Ahstyn, Franz; Lieutenant, *Imperial Charisian Guard* – stellvertretender Kommandeur der Leibgarde Kaiser Caylebs I.

Ahzgood, Phylyp, Graf Coris – ehemaliger Leiter der Spionageabteilung Prinz Hektors von Corisande; derzeit Vormund von Prinzessin Irys Daykyn und Prinz Daivyn Daykyn.

Aidryn, Pater – siehe Waimyn, Aidryn.

Aimayl, Rahn – ein Mitglied des anti-charisianischen Widerstandes in Manchyr, Hauptstadt von Corisande. Ein ehemaliger Lehrling Paitryk Hainrees.

Airwain, Kaplan/Pater – siehe Yair, Airwain.

Airyth, Graf – siehe Sowthmyn, Trumyn.

Alahnah, Königinmutter/Königinwitwe – siehe Tayt, Alahnah.

Alban, Nimue; Lieutenant Commander, *Terran Federation Navy* – Admiral Pei Kau-zhi's Taktischer Offizier.

Allayn, Vikar – siehe Maigwair, Allayn.

Alyk, Sir – siehe Ahrthyr, Alyk.

Amilain, Bischof – siehe Gahrnaht, Amilain.

Anvil Rock, Graf – siehe Gahrvai, Rysel.

Aplyn-Ahrmahk, Hektor, Herzog Darcos; Ensign, *Imperial Charisian Navy* – diensttuender Lieutenant an Bord von HMS *Destiny*. Cayleb Ahrmahks Adoptivsohn.

Athrawes, Merlin; Captain, *Imperial Charisian Guard* – *Seijin* Merlin; persönliche Leibgarde König Caylebs II.; CyberAvatar von Lieutenant Commander Nimue Alban.

Awbrai, Pater – siehe Lairays, Awbrai.

Bahr, Dahnnah – Küchendirektorin im Kaiserlichen Palast von Cherayth.

Bahrns, Rahnyld – König Rahnyld IV., König von Dohlar.

Bairaht, Daivyn, Herzog Kholman, *Imperial Desnairian Navy* – Flottenminister Kaiser Mahrys' IV.

Bairmon, Sir – siehe Chahlmair, Bairmon.

Barcor, Baron – siehe Sumyrs, Zher.

Baron Green Mountain – siehe Sahndyrs, Mahrak.

Baron Green Valley – siehe Clareyk, Kynt.

Baron Jahras – siehe Hahltar, Urwyn.

Baron Larchros – siehe Mairwyn, Rahzhyr.

Baron Rock Point – siehe Staynair, Domynyk.

Baron Seamount – siehe Hyndryk, Ahlfryd.

Baron Stonekeep – siehe Rustmyn, Edmynd.

Baron Wave Thunder – siehe Raice, Bynzhamyn.

Baron White Ford – siehe Mahrtyn, Gahvyn.

Baronin Larchros – siehe Mairwyn, Raichenda.

Baronin Wave Thunder – siehe Raice, Leahyn.

Baytz, Nahrmahn – Prinz Nahrmahn, Regent des Fürstentums Emerald; Kaiserlicher Berater für Nachrichtendienstliche Aufgaben an Cayleb und Sharleyan Ahrmahks Höfen.

Baytz, Ohlyvya – Prinzessin Ohlyvya, Gemahlin Prinz Nahrmahns von Emerald.

Bédard, Adoree, Dr. phil. – Leitende Psychiaterin bei ›Operation Arche‹.

Bischof Amilain – siehe Gahrnaht, Amilain.

Bischof Hainryk – siehe Waignair, Hainryk.

Bischof Kaisi – siehe Mahkhynroh, Kaisi.

Bischof Mailvyn – siehe Nohrcross, Mailvyn.

Bischof-Vollstrecker Ahrain – siehe Mahrlow, Ahrain.

Bischof-Vollstrecker Mhartyn – siehe Raislair, Mhartyn.

Bischof-Vollstrecker Thomys – siehe Shylair, Thomys.

Bischof-Vollstrecker Tyrnyr – siehe Narth, Tyrnyr.

Bischof-Vollstrecker Wyllys – siehe Graisyn, Wyllys; siehe Haimltahn, Wyllys.

Black Water, Herzog – siehe Lynkyn, Adulfo; siehe Lynkyn, Ernyst.

Blahndai, Chantahal – Pseudonym Lysbet Wylsynns in Zion.

Bowave, Dairak – Dr. Rahzhyr Mahklyns Leitender Assistent an der Königlichen Hochschule von Charis.

Braynair, Pawal – Erzbischof Pawal; Oberhaupt der Kirche von Charis in Chisholm, Erzdiözese Cherayth.

Broken Rock, Herzog – einer der Unterstützer Baron Green Mountains bei König Sailys' Kampf gegen die Übermacht des Adels.

Bryahn, Pater – siehe Teagmahn, Bryahn; siehe Ushyr, Bryahn.

Byrkyt, Zhon – Pater Zhon; ein Oberpriester der Kirche des Verheißenen; Abt des Klosters Sankt Zherneau.

Cahkrayn, Samyl, HERZOG FERN – Erster Ratgeber König Rahnylds IV. von Dohlar.

Cahmmyng, Ahlbair – ein professioneller Attentäter in Pater Aidryn Waimyns Diensten.

Cahnyr, Zhasyn – Erzbischof Zhasyn; Erzdiözese Gletscherherz; Angehöriger des Reformisten-Zirkels von Samyl Wylsynn.

Cayleb II. – siehe Ahrmahk, Cayleb.

Cayleb, König – siehe Cayleb Ahrmahk.

Chahlmair, Bairmon, HERZOG MARGO – Sir Bairmon; Mitglied von Prinz Daivyns Regentschaftsrat.

Chaimbyrs, Zhustyn; Lieutenant, *Imperial Desnairian Navy* – Second Lieutenant an Bord von HMS *Erzengel Chihiro.*

Charlz, Sir – siehe Doyal, Charlz.

Cherayth, Herzog – siehe Tayt, Sailys.

Cherayth, Herzogin – siehe Ahrmahk, Sharleyan.

Chermyn, Hauwyl; Vizekönig General, *Imperial Charisian Marine Corps* – Kommandeur der Besatzungstruppen in Corisande. Regent in Cayleb und Sharleyan Ahrmahks Diensten in Corisande.

Chief Waigan – siehe Waigan, Frahnklyn.

Chihiro, Maruyama – Mitarbeiter aus Eric Langhornes Stab.

Chiyan, Vikar – siehe Hysin, Chiyan.

Clareyk, Kynt, BARON GREEN VALLEY; General, *Imperial Charisian Army* – Ex-Brigadier des *Imperial Charisian Marine Corps.*

Clyntahn, Zhaspahr – Vikar Zhaspahr, Großinquisitor der Kirche des Verheißenen; Mitglied der ›Vierer-Gruppe‹.

Cohlmyn, Lewk, GRAF SHARPFIELD, *Imperial Charisian Navy* – Sir Lewk; zweithöchster Offizier der Imperial Charisian Navy. Ehemals Angehöriger der Royal Chisholmian Navy.

Coris, Graf – siehe Ahzgood, Phylyp.

Craggy Hill, Graf – siehe Hillkeeper, Wahlys.

Dahnzai, Lyzbyt – Pater Zhaif Laityrs Haushälterin in der Kirche der Siegreichen Erzengel.

Daishan, Pater – siehe Zahcho, Daishan.

Darcos, Herzog – siehe Aplyn-Ahrmahk, Hektor.

Daykyn, Daivyn – jüngstes Kind Prinz Hektors von Corisande. Nachdem sein Vater ermordet wurde, ist er Prinz von Corisande im Exil.

Daykyn, Fronz – Prinz Fronz; Vater Prinz Hektors von Corisande; verstorben.

Daykyn, Hektor – Prinz Hektor, Fürst von Corisande, Anführer des Corisande-Bundes. Im Jahre 893 einem Attentat zum Opfer gefallen.

Daykyn, Hektor (der Jüngere) – zweitältestes Kind und Erbe Prinz Hektors von Corisande. Im Jahre 893 bei einem Attentat ums Leben gekommen.

Daykyn, Irys – Tochter Prinz Hektors von Corisande; ältere Schwester von Prinz Daivyn.

Deep Hollow, Graf – siehe Selkyr, Bryahn.

Dobyns, Charlz – Sohn von Ezmelda Dobyns; gelegentlich unterstützt er den anti-charisianischen Widerstand in Manchyr, Corisande.

Dobyns, Ezmelda – Pater Tymahn Hahskans Haushälterin in der Kirche Sankt Kathryn.

Domynyk, Sir – siehe Staynair, Domynyk.

Doyal, Charlz, *Corisandian Guard* – Sir Charlz; ehemaliger Artilleriekommandeur in Prinz Hektors Stehendem Heer; jetzt

Stabschef und Nachrichtenoffizier unter dem Kommando von Sir Koryn Gahrvai.

Duchairn, Rhobair – Vikar Rhobair, Schatzmeister des Rates der Vikare; Mitglied der ›Vierer-Gruppe‹.

Dunkyn, Sir – siehe Yairley, Dunkyn.

Dustyn, Sir – siehe Olyvyr, Dustyn.

Dynnys, Adorai – Witwe von Erzbischof Erayk Dynnys.

Dynnys, Erayk – Erzbischof Erayk; ehemaliger Erzbischof von Charis. Der Ketzerei angeklagt und im Jahr 892 hingerichtet.

Dynzyl, Sir – siehe Tryvythyn, Dynzyl.

Eastshare, Herzog – siehe Thairis, Ruhsyl.

Erais, Lady – siehe Zhardeau, Erais.

Erayk, Erzbischof – siehe Dynnys, Erayk.

Erek XVII. – siehe Großvikar Erek XVII.

Erzbischof Erayk – siehe Dynnys, Erayk.

Erzbischof Failyx – siehe Gahrbor, Failyx.

Erzbischof Fairmyn – siehe Saithwyk, Fairmyn.

Erzbischof Klairmant – siehe Gairlyng Klairmant.

Erzbischof Maikel – siehe Staynair, Maikel.

Erzbischof Nyklas – siehe Stantyn, Nyklas.

Erzbischof Pawal – siehe Braynair, Pawal.

Erzbischof Wyllym – siehe Rayno, Wyllym.

Erzbischof Zhasyn – siehe Cahnyr, Zhasyn.

Evyrahard, Großvikar – siehe Wylsynn, Evyrahard.

Fahrno, Mahrlys – eine von Madame Ahnzhelyks Kurtisanen.

Failyx, Erzbischof – siehe Gahrbor, Failyx.

Fairmyn, Erzbischof – siehe Saithwyk, Fairmyn.

Fern, Herzog – siehe Cahkrayn, Samyl.

Fharmyn, Ryk – Sir Ryk; ein Gießereibesitzer und Eisenfabrikant im Königreich Tarot.

Frahnklyn, Pater – siehe Sumyr, Pater Frahnklyn.

Gahrbor, Failyx – Erzbischof Failyx; Erzbischof der Kirche des Verheißenen in Tarot.

Gahrdaner, Charlz; Sergeant, *Charisian Royal Guard* – einer der Leibgardisten König Haarahlds VII.

Gahrnaht, Amilain – Bischof Amilain; abgesetzter Bischof von Larchros.

Gahrvai, Koryn; General, *Corisandian Guard* – Sir Koryn; Kommandeur des Stehenden Heeres von Prinz Hektor; jetzt Kommandeur der Corisandian Guard im Dienste des Regentschaftsrates. Sohn des Grafen Anvil Rock.

Gahrvai, Rysel, Graf Anvil Rock – Sir Rysel; offizieller Regent für Prinz Daivyn Daykyn; Vorsitzender des Regentschaftsrates in Corisande.

Gairlyng, Klairmant – Erzbischof Klairmant; Erzbischof der Kirche von Charis in Corisande.

Gardynyr, Lywys, Graf Thirsk; Admiral, *Royal Dohlaran Navy* – der beste Admiral König Rahnylds IV.

Garthin, Edwair, Graf North Coast – einer der Ratgeber Prinz Hektors; jetzt Mitglied von Prinz Daivyns Regentschaftsrat.

Gharth, Pater – siehe Gorjah, Gharth.

Ghatfryd, Sandaria – persönliche Dienerin von Ahnzhelyk Phonda/Nynian Rychtair.

Gorjah III. – siehe Nyou, Gorjah.

Gorjah, Gharth – Pater Gharth; Erzbischof Zhasyn Cahnyrs Privatsekretär.

Graf Airyth – siehe Sowthmyn, Trumyn.

Graf Anvil Rock – siehe Gahrvai, Rysel.

Graf Coris – siehe Ahzgood, Phylyp.

Graf Craggy Hill – siehe Hillkeeper, Wahlys.

Graf Deep Hollow – siehe Selkyr, Bryahn.

Graf Gray Harbor – siehe Yowance, Rayjhis.

Graf Helena – siehe Helena, Graf.

Graf Lock Island – siehe Lock Island, Bryahn.

Graf Mahndyr – siehe Rahlstahn, Gharth.
Graf North Coast – siehe Garthin, Edwair.
Graf Pine Hollow – siehe Ohlsyn, Trahvys.
Graf Sharpfield – siehe Cohlmyn, Lewk.
Graf Storm Keep – siehe Traigair, Sahlahmn.
Graf Swayle – siehe Rahskail, Barkah.
Graf Tartarian – siehe Lektor, Taryl.
Graf Thirsk – siehe Gardynyr, Lywys.
Graf White Crag – siehe Thompkyn, Hauwerstat.
Graf Windshare – siehe Ahrthyr, Alyk.
Graisyn, Wyllys – Bischof-Vollstrecker Wyllys; Erzbischof Lyam Tyrns Verwaltungschef der Erzdiözese Emerald.
Gray Harbor, Graf – siehe Yowance, Rayjhis.
Green Mountain, Baron – siehe Sahndyrs, Mahrak.
Green Valley, Baron – siehe Clareyk, Kynt.
Großvikar Erek XVII. – weltliches und geistliches Oberhaupt der Kirche des Verheißenen.
Großvikar Evyrahard – siehe Wylsynn, Evyrahard.
Großvikar Tairhel – siehe Wylsynn, Tairhel.
Gwylym, Sir – siehe Manthyr, Gwylym.

Hahlek, Symyn – Pater Symyn; Erzbischof Klairmant Gairlyngs Privatsekretär.
Hahlmyn, Sairah – Sharleyan Ahrmahks persönliche Zofe.
Hahltar, Urwyn, Baron Jahras; Admiral General, Sir Urwyn; Oberkommandierender der Imperial Desnairian Navy.
Hahlys, Pater – siehe Tannyr, Hahlys.
Hahskans, Dailohrs – Pater Tymahn Hahskans' Gemahlin.
Hahskans, Tymahn – Pater Tymahn; ein reformistischer Oberpriester des Bédard-Ordens in Manchyr; Erzdiakon der Kirche Sankt Kathryn.
Haimltahn, Wyllys – Bischof-Vollstrecker Wyllys; Erzbischof Zhasyn Cahnyrs Geschäftsführungsassistent in der Erzdiözese Gletscherherz.

Hainree, Paitryk – Silberschmied und Agitator der Tempelgetreuen aus Manchyr im Fürstentum Corisande.

Hainryk, Bischof – siehe Waignair, Hainryk.

Hairahm, Sir – siehe Wailahr, Hairahm.

Halbrook Hollow, Herzog – siehe Waistyn, Byrtrym.

Hantai, Waisu – Kaiser Waisu VI., Kaiser von Harchong.

Harvai, Sir – siehe Phalgrain, Harvai.

Harys, Zhoel; Captain, *Royal Corisandian Navy* – Kommandant der corisandianischen Galeere *Lanze*; damit beauftragt, Prinzessin Irys und Prinz Daivyn in Sicherheit zu bringen.

Hauwerd, Vikar – siehe Wylsynn, Hauwerd.

Helena – Graf Helena; einer der Unterstützer Baron Green Mountains bei König Sailys' Kampf gegen die Übermacht des Adels.

Herzog Ahrmahk – siehe Ahrmahk, Cayleb.

Herzog Black Water – siehe Lynkyn, Adulfo; siehe Lynkyn, Ernyst.

Herzog Broken Rock – siehe Broken Rock, Herzog.

Herzog Darcos – siehe Aplyn-Ahrmahk, Hektor.

Herzog Eastshare – siehe Thairis, Ruhsyl.

Herzog Fern – siehe Cahkrayn, Samyl.

Herzog Halbrook Hollow – siehe Waistyn, Byrtrym.

Herzog Kholman – siehe Bairaht, Daivyn.

Herzog Lakeshore – siehe Lakeshore, Herzog.

Herzog Margo – siehe Chahlmair, Bairmon.

Herzog Thorast – siehe Zaivyair, Aibram.

Herzogin Cherayth – siehe Ahrmahk, Sharleyan.

Hillkeeper, Wahlys, GRAF CRAGGY HILL – Mitglied des Regentschaftsrates Prinz Daivyns; zugleich ein ranghohes Mitglied der Nord-Verschwörung.

Howsmyn, Ehdwyrd – wohlhabender Gießereibesitzer und Schiffsbauer aus Tellesberg.

Hyndryk, Ahlfryd, BARON SEAMOUNT; Commodore, *Imperial Charisian Navy* – Sir Ahlfryd; Artillerieexperte der Imperial

Navy. Effektiv der Leiter der gesamten Forschungs- und Entwicklungsabteilung der Imperial Charisian Navy.

Hysin, Chiyan – Vikar Chiyan, Angehöriger des ›Kreises‹ um Samyl Wylsynn. Hysin entstammt einer einflussreichen Familie aus Harchong.

Jahras, Baron – siehe Hahltar, Urwyn.

Kahnklyn, Aizak – Rahzhyr Makhlyns Schwiegersohn.

Kahrnaikys, Zhaphar; Major, *Tempelgarde* – ein Offizier der Tempelgarde und Schuelerit.

Kaiser Cayleb I. – siehe Ahrmahk, Cayleb.

Kaiser Mahrys IV. – siehe Ahldarm, Mahrys.

Kaiser Waisu VI. – siehe Hantai, Waisu.

Kaiserin Sharleyan – siehe Ahrmahk, Sharleyan.

Kaisi, Bischof – siehe Mahkhynroh, Kaisi.

Kaplan Airwain – siehe Yair, Airwain.

Kaplan Awbrai – siehe Lairays, Awbrai.

Kholman, Herzog – siehe Bairaht, Daivyn.

Klairmant, Erzbischof – siehe Gairlyng, Klairmant.

Knowles, Evelyn – eine Eva, die der Zerstörung der Alexandria-Enklave entkommen konnte und nach Tellesberg floh.

Knowles, Jeremiah – ein Adam, der der Zerstörung der Alexandria-Enklave entkommen und nach Tellesberg fliehen konnte; dort wurde er Schirmherr und Gründer der Bruderschaft von Sankt Zherneau.

König Cayleb II. – siehe Ahrmahk, Cayleb.

König Gorjah III. – siehe Nyou, Gorjah.

König Rahnyld IV. – siehe Bahrns, Rahnyld.

König Sailys – siehe Tayt, Sailys.

König Zhames II. – siehe Rayno, Zhames.

Königin Maiyl – siehe Nyou, Maiyl.

Königin Sharleyan – siehe Tayt, Sharleyan.

Königin Ysbell – eine frühere Königin von Chisholm, die abgesetzt (und ermordet) wurde, damit ihr ein männlicher Regent auf den Thron folgen konnte.

Königinmutter Alahnah – siehe Tayt, Alahnah.

Königinwitwe Alahnah – siehe Tayt, Alahnah.

Koryn, Sir – siehe Gahrvai, Koryn.

Lady Eastshare – Ruhsyl Thairis' Gemahlin.

Lady Erais – siehe Zhardeau, Erais.

Lady Larchros – siehe Mairwyn, Raichenda.

Lady Wave Thunder – siehe Raice, Leahyn.

Lairays, Awbrai – Pater Awbrai; Unterpriester des Schueler-Ordens; Schiffskaplan von HMS *Erzengel Chihiro*.

Laityr, Zhaif – Pater Zhaif; reformistischer Oberpriester des Pasquale-Ordens; Erzdiakon der Kirche der Siegreichen Erzengel; sehr eng befreundet mit Pater Tymahn Hahskans.

Lakeshore, Herzog – einer der Unterstützer Baron Green Mountains bei König Sailys' Kampf gegen die Übermacht des Adels.

Langhorne, Eric – Leitender Administrator von ›Operation Arche‹.

Larchros, Baron – siehe Mairwyn, Rahzhyr.

Larchros, Baronin – siehe Mairwyn, Raichenda.

Larchros, Lady – siehe Mairwyn, Raichenda.

Lathyk, Rhobair; Lieutenant, *Imperial Charisian Navy* – First Lieutenant an Bord von HMS *Destiny*.

Lektor, Taryl, GRAF TARTARIAN; Admiral – Sir Taryl; während des Corisande-Feldzuges Oberkommandierender der Royal Corisandian Navy im Dienste Prinz Hektors; nach Hektors Tod der wichtigste Verbündete des Grafen Anvil Rock; ein weiteres Mitglied von Prinz Daivyns Regentschaftsrat.

Lewk, Sir – siehe Cohlmyn, Lewk.

Lock Island, Bryahn, GRAF LOCK ISLAND; High Admiral, *Imperial Charisian Navy* – Oberkommandierender der Imperial Charisian Navy, ein Onkel zweiten Grades Kaiser Caylebs I.

Lyndahr, Raimynd – Sir Raimynd; Prinz Hektors Intendant der Zivilliste; jetzt Mitglied von Prinz Daivyns Regentschaftsrat.

Lynkyn, Adulfo, HERZOG BLACK WATER – Sir Adulfo; Sohn von Sir Ernyst.

Lynkyn, Ernyst, HERZOG BLACK WATER, *Corisandian Navy* – Sir Ernyst; Oberkommandierender der Corisandian Navy; gefallen in der Schlacht vom Darcos-Sund.

Lywys, Dr. Sahndrah – Dozentin an der Königlichen Hochschule von Charis in Tellesberg; Spezialistin für Chemie.

Madame Ahnzhelyk – siehe Phonda, Ahnzhelyk.

Madame Dynnys – siehe Dynnys, Adorai.

Madame Wylsynn – siehe Wylsynn, Lysbet.

Mahkhynroh, Kaisi – Bischof Kaisi; Bischof der Kirche von Charis in Manchyr.

Mahklyn, Rahzhyr, Dr. – Rektor der Königlichen Hochschule von Charis. Vorsitzender des Kaiserlichen Forschungsrates.

Mahndrayn, Urvyn; Commander, *Imperial Charisian Navy* – Leiter der Kommission für Forschungsvorhaben.

Mahndyr, Graf – siehe Rahlstahn, Gharth.

Mahntain, Tohmys; Captain, *Imperial Desnairian Navy* – Kommandant von HMS *Gesegneter Krieger.*

Mahrlow, Ahrain – Bischof-Vollstrecker Ahrain; Erzbischof Zahmsyn Halmyns Geschäftsführungsassistent der Erzdiözese Gorath im Königreich Dohlar.

Mahrtyn, Gahvyn, BARON WHITE FORD; Admiral, *Royal Tarotisian Navy* – ranghöchster Offizier der Royal Tarotisian Navy.

Mahrtynsyn, Laizair; First Lieutenant, *Imperial Desnairian Navy* – Erster Offizier von HMS *Erzengel Chihiro.*

Mahrys IV. – Mahrys Ohlarn Ahldarm, Kaiser von Desnairia.

Maigee, Zhak; Platoon Sergeant, *Imperial Charisian Marine Corps* – ranghöchster Unteroffizier, zwoter Zug, Alpha-Kompanie vom *Ersten/Drei* (Erstes Bataillon, Dritte Brigade), ICMC.

Maigwair, Allayn – Vikar Allayn; Captain General der Kirche des Verheißenen; Mitglied der ›Vierer-Gruppe‹.

Mailvyn, Bischof – siehe Nohrcross, Mailvyn.

Mairah – ein Dienerin in Baron Larchros' Feste.

Mairwyn, Rahzhyr, Baron Larchros – Mitglied der Nord-Verschwörung in Corisande.

Mairwyn, Raichenda, Baronin Larchros – Gemahlin von Rahzhyr Mairwyn.

Maiyl, Königin – siehe Nyou, Maiyl.

Manthyr, Gwylym; Admiral, *Imperial Charisian Navy* – Sir Gwylym; zuvor Flaggkommandant Cayleb Ahrmahks während der Feldzüge vor dem Armageddon-Riff und im Darcos-Sund. Oberkommandierender der charisianischen Expedition zum Golf von Dohlar.

Margo, Herzog – siehe Chahlmair, Bairmon.

Merlin, *Seijin* – siehe Athrawes, Captain Merlin.

Mistress Ahnzhelyk – siehe Phonda, Ahnzhelyk.

Mistress Dahnzai – siehe Dahnzai, Lyzbyt.

Mistress Dobyns – siehe Dobyns, Ezmelda.

Myls, Gwyahn; Brigadier, *Imperial Charisian Marine Corps* – Kommandeur des Zwoten Regiments der Dritten Brigade, ICMC.

Nahrmahn, Prinz – siehe Baytz, Nahrmahn.

Naiklos, Frahnklyn; Captain, *Corisandian Guard* – Kommandeur von Sir Gahrvais Stabskompanie; später zum Major befördert.

Narth, Tyrnyr – Bischof-Vollstrecker Tyrnyr; Erzbischof Failyx Gahrbors Geschäftsführungsassistent in der Erzdiözese Tarot.

Nohrcross, Mailvyn – Bischof Mailvyn; Bischof der Kirche von Charis in Barcor; ein Mitglied der Nord-Verschwörung in Corisande.

North Coast, Graf – siehe Garthin, Edwair.

Nyklas, Erzbischof – siehe Stantyn, Nyklas.

Nyou, Gorjah – König Gorjah III., König von Tarot.

Nyou, Maiyl – Gemahlin Gorjah Nyous; als Königsgemahlin Titularkönigin von Tarot.

Nyou, Rholynd – Kronprinz von Tarot; Sohn von Gorjah und Maiyl Nyou; minderjähriger Erbe des Thrones von Tarot.

Ohlsyn, Trahvys, Graf Pine Hollow – Erster Ratgeber und Vetter Prinz Nahrmahns von Emerald.

Ohlyvya, Prinzessin – siehe Baytz, Ohlyvya.

Olyvyr, Dustyn – Sir Dustyn; einer der führenden Schiffskonstrukteure in Tellesberg; Leitender Konstrukteur der Imperial Charisian Navy.

Owl – von Nimue Alban verwendete KI, ein Taktik-Computer, Modell RAPIER, Mark 17a; der Name ergibt sich als Akronym der Hersteller: Ordoñes-Westinghouse-Lytton.

Paityr, Pater – siehe Wylsynn, Paityr.

Pater Aidryn – siehe Waimyn, Aidryn.

Pater Airwain – siehe Yair, Airwain.

Pater Awbrai – siehe Lairays, Awbrai.

Pater Bryahn – siehe Teagmahn, Bryahn; siehe Ushyr, Bryahn.

Pater Daishan – siehe Zahcho, Daishan.

Pater Derahk – siehe Razhail, Derahk.

Pater Frahnklyn – siehe Sumyr, Frahnklyn.

Pater Garth – siehe Gorjah, Gharth.

Pater Hahlys – siehe Tannyr, Hahlys.

Pater Paityr – siehe Wylsynn, Paityr.

Pater Symyn – siehe Hahlek, Symyn; siehe Shymakyr, Symyn.

Pater Tymahn – siehe Hahskans, Tymahn.

Pater Zhaif – siehe Laityr, Zhaif.

Pater Zhon – siehe Byrkyt, Zhon.

Pawal, Erzbischof – siehe Braynair, Pawal.

Phalgrain, Harvai – Sir Harvai; Haushofmeister des Kaiserlichen Palastes in Cherayth.

Phandys, Khanstahnzo; Captain – ein Offizier der Tempelgarde.

Phonda, Ahnzhelyk – Madame Ahnzhelyk; ein Pseudonym Nynian Rychtairs; eine der erfolgreichsten Kurtisanen der Stadt Zion; eine Agentin und Verbündete von Samyl Wylsynn.

Pine Hollow, Graf – siehe Ohlsyn, Trahvys.

Portyr, Danyel; Major, *Imperial Charisian Marine Corps* – Kommandeur des Ersten Bataillons des Dritten Regiments, Dritte Brigade.

Prinz Cayleb – siehe Ahrmahk, Cayleb.

Prinz Daivyn – siehe Daykyn, Daivyn.

Prinz Hektor – siehe Daykyn, Hektor.

Prinz Nahrmahn – siehe Baytz, Nahrmahn.

Prinzessin Irys – siehe Daykyn, Irys.

Prinzessin Ohlyvya – siehe Baytz, Ohlyvya.

Prinzessin Zhanayt – siehe Ahrmahk, Zhanayt.

Qwentyn, Tymahn – derzeitiges Oberhaupt des Bank- und Investment-Kartells des Hauses Qwentyn.

Rahlstahn, Gharth, Graf Mahndyr; Admiral, *Imperial Charisian Navy* – dritthöchster Offizier der Imperial Charisian Navy. Ehemals zur Emeraldian Navy gehörig.

Rahnyld IV. – siehe Bahrns, Rahnyld.

Rahskail, Barkah, Graf Swayle; Colonel, *Imperial Charisian Army* – leitender Versorgungsoffizier der Imperial Charisian Army.

Raice, Bynzhamyn, Baron Wave Thunder – Königlicher Ratgeber für nachrichtendienstliche Aufgaben im Alten Königreich Charis.

Raice, Leahyn, Baronin Wave Thunder – Gemahlin von Bynzhamyn Raice.

Raislair, Mhartyn – Bischof-Vollstrecker Mhartyn; Erzbischof

Ahdym Taibyrs Geschäftsführungsassistent in der Erzdiözese Desnairia.

Rayno, Wyllym – Erzbischof Wyllym; Erzbischof von Chiang-Wu; Adjutant General des Schueler-Ordens.

Rayno, Zhames – König Zhames II., König von Delferahk.

Razhail, Derahk – Pater Derahk; Oberster Heiler im Kaiserlichen Palast von Cherayth. Oberpriester des Pasquale-Ordens.

Rhobair, Vikar – siehe Duchairn, Rhobair.

Rock Point, Baron – siehe Staynair, Domynyk.

Rustmyn, Edmynd, BARON STONEKEEP – Erster Ratgeber und Leiter der Spionageabteilung König Gorjahs III. von Tarot.

Rychtair, Nynian – Ahnzhelyk Phondas Geburtsname; Adoptivschwester von Adorai Dynnys.

Ryk, Sir – siehe Fharmyn, Ryk.

Rysel, Sir – siehe Gahrvai, Rysel.

Sahndyrs, Mahrak, BARON GREEN MOUNTAIN – Erster Ratgeber Königin Sharleyans von Chisholm.

Sailys, König – siehe Tayt, Sailys.

Saithwyk, Fairmyn – Erzbischof Fairmyn; Erzbischof der Kirche von Charis in Emerald.

Samyl, Vikar – siehe Wylsynn, Samyl.

Sankt Evyrahard – siehe Wylsynn, Evyrahard.

Sankt Zherneau – siehe Knowles, Jeremiah.

Seablanket, Rhobair – der Kammerdiener des Grafen Coris.

Seahamper, Ehdwyrd; Sergeant, *Imperial Charisian Guard* – seit Sharleyan Ahrmahks zehntem Lebensjahr ihr persönlicher Waffenträger.

Seamount, Baron – siehe Hyndryk, Ahlfryd.

Seijin Merlin – siehe Athrawes, Captain Merlin.

Selkyr, Bryahn, GRAF DEEP HOLLOW – ein Mitglied der Nord-Verschwörung in Corisande.

Sharleyan, Königin – siehe Tayt, Sharleyan.

Sharpfield, Graf – siehe Cohlmyn, Lewk.

Shylair, Thomys – Bischof-Vollstrecker Thomys; Erzbischof Borys' Verwaltungschef der Erzdiözese Corisande.

Sir Adulfo – siehe Lynkyn, Adulfo.

Sir Ahlber – siehe Zhustyn, Ahlber.

Sir Ahlfryd – siehe Hyndryk, Ahlfryd.

Sir Alyk – siehe Ahrthyr, Alyk.

Sir Bairmon – siehe Chahlmair, Bairmon.

Sir Charlz – siehe Doyal, Charlz.

Sir Domynyk – siehe Staynair, Domynyk.

Sir Dunkyn – siehe Yairley, Dunkyn.

Sir Dustyn – siehe Olyvyr, Dustyn.

Sir Dynzyl – siehe Tryvythyn, Dynzyl.

Sir Ernyst – siehe Lynkyn, Ernyst.

Sir Gwylym – siehe Manthyr, Gwylym.

Sir Hairahm – siehe Wailahr, Hairahm.

Sir Harvai – siehe Phalgrain, Harvai.

Sir Koryn – siehe Gahrvai, Koryn.

Sir Lewk – siehe Cohlmyn, Lewk.

Sir Lyndahr – siehe Raimynd, Lyndahr.

Sir Ryk – siehe Fharmyn, Ryk.

Sir Rysel – siehe Gahrvai, Rysel.

Sir Taryl – siehe Lektor, Taryl.

Sir Urwyn – siehe Hahltar, Urwyn.

Sir Zher – siehe Sumyrs, Zher.

Sowthmyn, Trumyn, GRAF AIRYTH – einer der Ratgeber Prinz Hektors; jetzt Mitglied des Regentschaftsrates von Prinz Daivyn.

Stantyn, Nyklas – Erzbischof Nyklas, Erzbischof von Hankey im Desnairianischen Reich; Anhänger der Reformisten.

Staynair, Ahrdyn – Erzbischof Maikel Staynairs verstorbene Gemahlin.

Staynair, Domynyk, BARON ROCK POINT; Admiral, *Imperial Charisian Navy* – Sir Domynyk; Erzbischof Maikel Staynairs jüngerer Bruder.

Staynair, Maikel – Erzbischof Maikel; Oberhaupt der Kirche von Charis; war zuvor ranghöchster in Charis geborener Prälat der Kirche des Verheißenen; durch König Cayleb zum Prälaten von ganz Charis ernannt.

Stonekeep, Baron – siehe Rustmyn, Edmynd.

Storm Keep, Graf – siehe Traigair, Sahlahmn.

Sumyr, Frahnklyn – Pater Frahnklyn; Erzbischof Failyx Gahrbors Intendant der Erzdiözese Tarot.

Sumyrs, Zher, Baron Barcor – Sir Zher; einer der Ressortoffiziere Sir Koryn Gahrvais während des Corisande-Feldzuges; später Mitglied der Nord-Verschwörung.

Swayle, Graf – siehe Rahskail, Barkah.

Symkee, Garaith; Lieutenant, *Imperial Charisian Navy* – Second Lieutenant von HMS *Destiny*.

Symyn, Pater – siehe Hahlek, Symyn; siehe Shymakyr, Symyn.

Tahlas, Brahd; Lieutenant, *Imperial Charisian Marine Corps* – Zugführer des Zweiten Zuges, Alpha-Kompanie, *Erste/Drei* der Marines, ICMC.

Tahlbaht, Frahncyn – eine leitende Angestellte (und tatsächlich Eignerin) von Frachttransporte Bruhstair; ein Pseudonym Nynian Rychtairs.

Tairhel, Großvikar – siehe Wylsynn, Tairhel.

Tannyr, Hahlys – Pater Hahlys; Unterpriester des Chihiro-Ordens; Kommandant des Tempel-Eisseglers *Hornisse*.

Tartarian, Graf – siehe Lektor, Taryl.

Taryl, Sir – siehe Lektor, Taryl.

Tayt, Alahnah – Königinmutter Alahnah; Königinwitwe von Chisholm; Mutter Königin Sharleyans von Chisholm, Kaiserin von Charis.

Tayt, Sailys, Herzog Cherayth – König Sailys; verstorbener Vater Königin Sharleyans von Chisholm, Kaiserin von Charis.

Tayt, Sharleyan – Königin Sharleyan; Kaiserin von Charis und Königin von Chisholm. Siehe Ahrmahk, Sharleyan.

Teagmahn, Bryahn – Pater Bryahn; Oberpriester des Schueler-Ordens; Intendant der Erzdiözese Gletscherherz.

Thairis, Ruhsyl, Herzog Eastshare – Kommandierender Offizier der Imperial Charisian Army.

Thirsk, Graf – siehe Gardynyr, Lywys.

Thompkyn, Hauwerstat, Graf White Crag – Sharleyans Lordrichter in Chisholm, Teil des Kaiserreichs Charis.

Thomys, Bischof-Vollstrecker – siehe Shylair, Thomys.

Thorast, Herzog – siehe Zaivyair, Aibram.

Tohmys, Fraidmyn – seit vielen Jahren Erzbischof Zhasyn Cahnyrs Kammerdiener.

Traigair, Sahlahmn, Graf Storm Keep – Mitglied der Nord-Verschwörung in Corisande.

Trynair, Zahmsyn – Vikar Zahmsyn; Kanzler des Rates der Vikare der Kirche des Verheißenen, Mitglied der ›Vierer-Gruppe‹.

Tryvythyn, Dynzyl; Captain, *Imperial Charisian Navy* – Sir Dynzyl; Kommandant von HMS *Royal Charis.*

Tymahn, Pater – siehe Hahskans, Tymahn.

Uhlstyn, Yairman – Sir Koryn Gahrvais persönlicher Waffenträger.

Urwyn, Sir – siehe Hahltar, Urwyn.

Ushyr, Bryahn – Pater Bryahn; Unterpriester. Erzbischof Maikels Privatsekretär und engster Vertrauter.

Vikar Allayn – siehe Maigwair, Allayn.

Vikar Chiyan – siehe Hysin, Chiyan.

Vikar Hauwerd – siehe Wylsynn, Hauwerd.

Vikar Rhobair – siehe Duchairn, Rhobair.

Vikar Samyl – siehe Wylsynn, Samyl.

Vikar Zhamsyn – siehe Trynair, Zhamsyn.

Vikar Zhaspahr – siehe Clyntahn, Zhaspahr.

Vizekönig Hauwyl – siehe Chermyn, Hauwyl.

Waigan, Frahnklyn; Chief, *Imperial Charisian Navy* – Chief Petty Officer und Oberster Rudergänger, HMS *Destiny*.

Waignair, Hainryk – Bischof Hainryk; Diözese Tellesberg; nach Erzbischof Maikel ranghöchster Prälat im Königreich Charis.

Wailahr, Hairahm; Commodore, *Imperial Desnairian Navy* – Sir Hairahm; ein Geschwaderkommandeur der Imperial Desnairian Navy.

Waimyn, Aidryn – Pater Aidryn; Intendant der Erzdiözese Corisande.

Waistyn, Byrtrym, Herzog Halbrook Hollow – Königin Sharleyans Onkel und Oberbefehlshaber ihrer Armee. Verstorben.

Waistyn, Edvard; Sergeant, *Imperial Charisian Marines Corps* – einer der Aufklärer-Schützen im Ersten Bataillon der Dritten Brigade der Imperial Charisian Marines.

Waisu VI. – siehe Hantai, Waisu.

Wave Thunder, Baron – siehe Raice, Bynzhamyn.

Wave Thunder, Baronin – siehe Raice, Leahyn.

White Crag, Graf – siehe Thompkyn, Hauwerstat.

White Ford, Baron – siehe Mahrtyn, Gahvyn.

Windshare, Graf – siehe Ahrthyr, Alyk.

Wyllym, Erzbischof – siehe Rayno, Wyllym.

Wyllys, Bischof-Vollstrecker – siehe Graisyn, Wyllys und Haimltahn, Wyllys.

Wylsynn, Archbahld – jüngerer Sohn von Vikar Samyl und Lysbet Wylsynn; Pater Paityr Wylsynns Halbbruder.

Wylsynn, Evyrahard – der Großvikar Safeholds mit der kürzesten Amtszeit der Geschichte; der Urgroßvater von Samyl und Hauwerd Wylsynn.

Wylsynn, Hauwerd – Vikar Hauwerd; Paityr Wylsynns Onkel; Anhänger der Reformisten; ehemaliger Tempelgardist; Priester des Langhorne-Ordens.

Wylsynn, Lysbet – Samyl Wylsynns zweite Gemahlin; Mutter von Tohmys, Zhanayt und Archbahld Wylsynn.

Wylsynn, Madame – siehe Wylsynn, Lysbet.

Wylsynn, Paityr – Pater Paityr; Priester des Schueler-Ordens, Intendant von Charis. In dieser Funktion diente er bereits Erayk Dynnys und erfüllte diese Aufgabe auch unter Erzbischof Maikel.

Wylsynn, Samyl – Vikar Samyl; Pater Paityr Wylsynns Vater; Anführer der Reformisten innerhalb des Rates der Vikare und Priester des Schueler-Ordens.

Wylsynn, Tairhel – verstorbener Großonkel von Samyl und Hauwerd Wylsynn, verstorbener Großvikar.

Wylsynn, Tanniere – Samyl Wylsynns verstorbene erste Ehefrau; Mutter von Erais und Paityr Wylsynn.

Wylsynn, Tohmys – älterer Sohn von Vikar Samyl und Lysbet Wylsynn; Pater Paityr Wylsynns Halbbruder.

Wylsynn, Zhanayt – Tochter von Vikar Samyl und Lysbet Wylsynn; Pater Paityr Wylsynns Halbschwester.

Yair, Airwain – Pater Airwain; Kaplan und Beichtvater Rahzhyr Mairwyns.

Yairley, Dunkyn; Captain, *Imperial Charisian Navy* – Sir Dunkyn; Kommandant von HMS *Destiny*.

Yowance, Rayjhis, Graf Gray Harbor – Erster Ratgeber von Charis.

Ysbell, Königin – siehe Königin Ysbell.

Yuthain, Gorjha; Captain, *Imperial Harchong Navy* – Kommandant der Galeere IHNS *Eisechse*.

Zahcho, Daishan – Pater Daishan; ein Unterpriester des Schueler-Ordens; einer von Pater Aidryn Waimyns Inquisitoren in Corisande.

Zahmsyn, Vikar – siehe Trynair, Zahmsyn.

Zaivyair, Aibram, Herzog Thorast – ranghöchster Offizier und effektiv Flottenminister der Royal Dohlaran Navy; Schwager des Admiral-Generals Herzog Malikai (Faidel Ahlverez).

Zhaif, Pater – siehe Laityr, Zhaif.

Zhaksyn – Matrose im Krähennest von HMS *Destiny*.

Zhames II. – siehe Rayno, Zhames.

Zhanstyn, Zhoel; Colonel, *Imperial Charisian Marine Corps* – Kommandeur der Marines des *Ersten/Drei* (Erstes Bataillon, Dritte Brigade). Während des Corisande-Feldzugs Brigadier Clareyks erfahrenster Bataillonskommandeur.

Zhardeau, Erais – Lady Erais; Tochter von Samyl und Tanniere Wylsynn; Pater Paityr Wylsynns jüngere leibliche Schwester; Gemahlin von Sir Fraihman Zhardeau.

Zhardeau, Fraihman – Sir Fraihman; Angehöriger des niederen Adels von Tansharan; Gemahl von Lady Erais Zhardeau; Vikar Samyl Wylsynns Schwiegersohn.

Zhardeau, Samyl – Sohn von Sir Fraihman und Lady Erais Zhardeau; Enkel Vikar Samyl Wylsynns; Pater Paityr Wylsynns Neffe.

Zhaspahr, Vikar – siehe Clyntahn, Zhaspahr.

Zhasyn, Erzbischof – siehe Cahnyr, Zhasyn.

Zher, Sir – siehe Sumyrs, Zher.

Zhevons, Ahbraim – ein Pseudonym und Merlin Athrawes' zweite Persona.

Zhon, Pater – siehe Byrkyt, Pater Zhon.

Zhones – Midshipman an Bord von HMS *Destiny*.

Zhustyn, Ahlber – Sir Ahlber; Minister für Nachrichtenwesen des Königreiches Chisholm.

Glossar

Ächtungen der Jwo-jeng – die Definition der statthaften Technologie gemäß der Doktrin der Kirche des Verheißenen. Im wesentlichen beschränken die Ächtungen die statthafte Technologie auf alles, was durch Wind, Wasser oder Muskelkraft angetrieben wird. Die Ächtungen unterliegen stets der Auslegung, üblicherweise durch Mitglieder der Ordensgemeinschaft von Schueler – die üblicherweise im Zweifelsfalle konservativ entscheidet.

Baumwollseide – auf Safehold einheimische Pflanze, die viele der Eigenschaften von Baumwolle und Seide in sich vereinigt. Die daraus gesponnenen Fasern sind sehr leicht und doch belastbar; die Rohfasern werden aus einer Fruchtkapsel gewonnen, die noch samenreicher sind als die der Baumwolle auf Terra. Weil sowohl die Ernte, als auch die Aufbereitung und das Entkernen nur in Handarbeit durchgeführt werden können, ist Baumwollseide äußerst kostspielig.

Bergstacheldorn – eine Unterart des Stacheldorns, die sich vor allem in tropischen Bergregionen findet. Die häufigste Blütenfarbe ist ein tiefes, sattes Rot, doch besonders geschätzt ist der weiße Bergstacheldorn mit seiner trompetenförmigen Blüte, dessen Blütenschlund tiefblau gefärbt ist, fast schon kobaltblau. Dieser Farbton wird zum Rand der Blüte hin immer schwächer, wobei der Rand selbst in einem tiefen Goldgelb abgesetzt ist.

Drache – das größte auf Safehold heimische Landtier. Von Drachen gibt es zwei Unterarten, den Gemeinen Drachen und den Großen Drachen. Der Gemeine Drache ist etwa doppelt so groß wie ein Elefant von Terra und ernährt sich rein pflanzlich. Der Große Drache ist tatsächlich etwas kleiner – er misst nur etwa zwei Drittel des Gemeinen Drachen. Doch er ist Fleischfresser und besetzt die in der Nahrungskette höchststehende ökologische Nische der Landtiere von Safehold. Die beiden Unterarten sehen einander sehr ähnlich, abgesehen von der Größe und der Tatsache, dass der Gemeine Drache die für Pflanzenfresser charakteristischen breiten Kiefer und entsprechende Mahlzähne aufweist, während der Große Drache mit einem lang gestreckten Kiefer mit scharfen, sägeartigen Zähnen zubeißt. Beide Unterarten weisen sechs Gliedmaßen auf und tragen, im Gegensatz etwa zur Peitschenechse, kein Fell, sondern werden durch eine dicke, sehr gut isolierende Haut geschützt.

Dschungeldrache – ein Allgemeinbegriff, um die Drachenarten im Tiefland von den Hügeldrachen zu unterscheiden. Der Graue Dschungeldrache ist der größte Pflanzenfresser auf Safehold.

Eiswyvern – eine im Wasser lebende, flugunfähige Wyvernart, dem Pinguin von Terra recht ähnlich. Diese Lebensform ist sowohl in der nördlichen wie in der südlichen Polarregion von Safehold heimisch.

Fasteiche – auf Safehold heimischer Baum mit auffallend rauer Borke, der Eiche von Terra recht ähnlich; findet sich vornehmlich in tropischen und subtropischen Regionen. Auch wenn diese Pflanze an sich dem namensgebenden Baum von Terra ähnelt, ist er doch immergrün und bildet zur Aussat ›Kiefernzapfen‹.

Fünftag – eine Safehold-›Woche‹; besteht nur aus fünf Tagen: Montag bis Freitag.

Großer Drache – der größte und gefährlichste Landfleischfresser auf ganz Safehold. Tatsächlich ist der Riesendrache nicht mit dem Hügeldrachen oder dem Dschungeldrachen verwandt, obwohl gewisse oberflächliche Ähnlichkeiten unverkennbar sind. Eigentlich handelt es sich eher um eine riesige Abart der Peitschenechse.

Haupttuch – die traditionelle Kopfbedeckung im Königreich Tarot; es handelt sich um ein eigens dafür entworfenes Kopftuch, mit dem das Haar zu bedecken ist.

Hügeldrache – ein etwa elefantengroßes Zugtier, auf Safehold häufig verwendet. Trotz ihrer beachtlichen Größe können sie sich auch über lange Zeit erstaunlich schnell bewegen.

Intendant – der Geistliche, der einer Diözese oder einer Erzdiözese als unmittelbarer Repräsentant des Offiziums der Inquisition zugewiesen wurde. Der Intendant hat die ausdrückliche Aufgabe, darüber zu wachen, dass die *Ächtungen der Jwo-jeng* nicht verletzt oder übertreten werden.

Katzenechse – eine pelzige Echsenart, in etwa so groß wie die Katze von Terra. Diese Tiere werden gern als Haustiere gehalten und sind äußerst zutraulich.

Kloster Sankt Zherneau – Mutterkloster und Hauptquartier der Bruderschaft von Sankt Zherneau, ein relativ kleiner und armer Orden in der Erzdiözese Charis.

Kommentare, Die – autorisierte Interpretationen und dogmatische Erweiterungen der *Heiligen Schrift.* Sie stellen die offiziell anerkannte und sanktionierte Interpretation der ursprünglichen Schriften dar.

Kraken – Sammelbegriff für eine ganze Familie von Meeres-Raubtieren. Kraken ähneln einer Kreuzung aus Haien und Oktopussen. Sie haben kräftige, fischartige Körper, starke Kiefer mit einwärts geneigten Fangzähnen und eine Reihe von Tentakeln unmittelbar hinter dem Kopf, mit denen sie ihre Beute festhalten, während sie diese verschlingen. Die kleinsten Kraken, meist in Küstennähe anzutreffen, sind häufig nicht größer als drei oder vier Fuß; von Tiefseekraken wurde bereits über Exemplare von mehr als fünfzig Fuß Länge berichtet, und es gibt Legenden, denen zufolge noch deutlich größere existieren würden.

›**Langhornes Wache**‹ – die einunddreißig Minuten dauernde Periode unmittelbar vor Mitternacht, die eingeführt wurde, um die Überlänge des 26.5-Stunden-Tages von Safehold auszugleichen.

Meister Traynyr – eine Figur aus der Unterhaltungstradition von Safehold. Meister Traynyr ist einer der klassischen Charaktere im Puppentheater von Safehold, zugleich ein stümperhafter Verschwörer, dessen Pläne stets fehlschlagen, und der Puppenspieler, der sämtliche Marionetten-›Schauspieler‹ des Stückes steuert.

Nynian Rychtair – das Safehold-Gegenstück zu Helena aus dem trojanischen Krieg: eine Frau von legendärer Schönheit, geboren in Siddarmark, die letztendlich den Kaiser von Harchong ehelichte.

Offenbarungen, Die – mit Abstand die umfangreichsten Schriften der Kirche des Verheißenen; sie bestehen aus direkten Beobachtungen der ersten Menschengenerationen auf Safehold. Sie haben nicht den gleichen Stellenwert wie die Evangelien des Christentums, da sie keine grundlegenden Lehren und göttlichen Inspirationen offenbaren. Vielmehr stellen sie in ihrer Gesamtheit einen wichtigen Beleg der ›historischen Genauigkeit‹ der *Heiligen Schriften* dar und beweisen eindeutig und schlüssig, dass die Ereignisse, die sie kollektiv schildern, sich exakt so zugetragen haben.

Peitschenechse – ein sechsbeiniges, pelziges, eierlegendes Säugetier, das eine gewisse Ähnlichkeit mit Sauriern aufweist. Eines der drei gefährlichsten Raubtiere von Safehold. Im Maul hat es zwei Doppelreihen scharfer Fangzähne, die sogar Kettenhemden durchdringen können; jede der Pfoten läuft in vier Zehen aus, die mit Klauen von bis zu fünf oder sechs Zoll Länge bewehrt sind.

Rakurai – wörtlich »Blitz« oder »Blitzschlag«. Mit diesem Wort beschreibt die *Heilige Schrift* die kinetischen Waffensysteme, die bei der Zerstörung der Alexandria-Enklave eingesetzt wurden.

Rat der Vikare – in der Kirche des Verheißenen das Gegenstück zu einem Kardinalskollegium.

Ritter der Tempel-Lande – der gemeinsame Titel der Prälaten, die über die Tempel-Lande herrschen. Genau genommen sind die Ritter der Tempel-Lande weltliche Herrscher, die rein zufällig auch noch ein hohes Kirchenamt bekleiden. Laut geltendem Kirchenrecht ist jegliches Handeln, das sie in ihrer Funktion als ›Ritter der Tempel-Lande‹ vornehmen, völlig unabhängig von jeglichem offiziellen Handeln der Kirche. Diese juristische Fiktion war für die Kirche in mehr als einer Gelegenheit von beträchtlichem Wert.

Sankt Zherneau – Schutzpatron des Klosters Sankt Zherneau in Tellesberg.

Seijin – Weiser, heiliger Mann. Wörtlich aus dem Japanischen entnommen durch Maruyama Chihiro, einem Mitarbeiter aus Langhornes Kommandostab, der die Bibel der Kirche des Verheißenen verfasst hat.

SNARC – *(Self-Navigating Autonomous Reconnaissance and Communication Platform)* Selbsttätig navigierende, autonome Aufklärer- und Kommunikationsplattform.

Spinnenkrebs – ein auf Safehold heimisches Meerestier, deutlich größer als jede auf Terra bekannte Krebsart. Der Spinnenkrebs besitzt keine deutliche Ähnlichkeit mit den Krustentieren, sondern sieht eher aus wie eine segmentierte, vielbeinige Meeresnacktschnecke mit erstaunlich robuster Haut. Dennoch werden die Beine dieser Tiere als Delikatesse angesehen und sind tatsächlich erstaunlich wohlschmeckend.

Stacheldorn – blühender Strauch, dessen unterschiedliche Unterarten in fast allen Klimazonen Safeholds zu finden sind. Die Blüten können in unterschiedlichen Farben auftreten; die in den tropischen Regionen verbreiteten Unterarten wachsen meist höher als ihre Verwandten und tragen zierlichere Blüten.

Stahldistel – auf Safehold einheimische Pflanze, die immense Ähnlichkeit mit verzweigtem Bambus aufweist. Die Pflanze trägt Samenkapseln, deren kleine, stachelige Samen von feinen, geraden Fasern umschlossen werden. Es ist extrem schwierig, diese Samen von Hand zu entfernen, doch die Fasern können zu einem Stoff gewebt werden, der sogar noch widerstandsfähiger ist als *Baumwollseide.* Auch extrem reißfeste, stabile Seile lassen sich daraus drehen. Zudem wächst diese Pflanze ähnlich schnell wie der Bambus von Terra, und der Rohfaserertrag pro Hektar liegt um mehr als siebzig Prozent höher als der entsprechender Baumwollarten von Terra.

Todeswal – das gefährlichste Raubtier auf ganz Safehold, auch wenn es sich glücklicherweise nur äußerst selten mit etwas so kleinem wie Menschen abgibt. Es wurde schon von Todeswalen berichtet, die mehr als einhundert Fuß lang waren, und sie sind reine Fleischfresser. Jeder Todeswal beansprucht ein riesiges Revier für sich, weswegen man ihnen auch nur selten begegnet – womit die Menschen äußerst zufrieden sind, danke der Nachfrage. Todeswale fressen wirklich *alles* – einschließlich der größten *Kraken.* Es ist bekannt, dass sie, *äußerst* selten, auch Handelsschiffe und Kriegsgaleeren angreifen.

›Vierer-Gruppe‹ – die vier Vikare, die den Rat der Vikare der Kirche des Verheißenen dominieren und faktisch beherrschen.

Wyvern – auf Safehold das ökologische Gegenstück zu terrestrischen Vögeln. Es gibt ähnlich viele Arten Wyvern wie von Vögeln, einschließlich (ohne dass diese Aufzählung Anspruch auf Vollständigkeit würde erheben können) der Brief-Wyvern, die eigenständig zu ihrem Wyvernschlag zurückfinden, Jagd-Wyvern, die für kleinere Jagdtiere wie in der Falknerei eingesetzt werden können, die Felsenwyvern (ein kleinerer Jäger mit einer Flügelspanne von etwa zehn Fuß), verschiedene Arten Seewyvern, und die Königswyvern (ein sehr großer Jäger, dessen Flügelspannweite bis zu fünfundzwanzig Fuß messen kann. Alle Wyvern weisen zwei Flügelpaare und ein sehr kräftiges Beinpaar mit scharfen Klauen auf. Über die Königswyvern ist bekannt, dass sie auch Kinder als geeignete Beutetiere erachten, wenn sie keine andere Nahrung finden oder sich eine gute Gelegenheit bietet. Doch an sich sind diese Tiere recht intelligent. Sie wissen, dass der Mensch sich als Beutetier nicht eignet und man ihn bevorzugt in Ruhe lässt. Daher meiden sie im Allgemeinen von Menschen besiedelte Gebiete.

Zinkenechse – etwa elchgroße Echsenart mit einem einzelnen Horn, das sich auf etwa dem letzten Drittel seiner Länge in vier scharfe Enden teilt. Sie sind Pflanzenfresser und nicht sonderlich angriffslustig.